聊斋艺术高峰论

马瑞芳 著

齐鲁书社

目 录

引 言 ……………………………………………………………001

神 思 编

第一章　神鬼狐妖向人间的回归 ……………………………003
　第一节　神仙耶？凡人耶？ ……………………………………003
　第二节　阴司乎？人间乎？ ……………………………………011
　第三节　精灵欤？人生欤？ ……………………………………027

第二章　奇特的落差 …………………………………………037
　第一节　在历史转折关头 ………………………………………038
　第二节　理想主义者的现实观念 ………………………………042

第三章　封建末期爱情的百科全书 …………………………050
　第一节　柏拉图式的爱 …………………………………………051
　第二节　爱情的丰富性
　　　　　——层次化、多样性、复杂化 ……………………058
　第三节　聊斋爱情的时代色彩 …………………………………069

第四章　美哉，天地之文章
——聊斋艺术美论析（上） ……093
第一节　千殊万类的自然美 ……094
第二节　多彩多姿的动物世界 ……105
第三节　绮丽迷人的风土人情 ……114

第五章　人文荟萃是中华
——聊斋艺术美论析（下） ……126
第一节　忠正　侠义　孝友　贤贞 ……127
第二节　智慧　修养　蕴藉 ……141

人　物　编

第六章　锦绣文章巧名成
——《聊斋志异》的人物命名规律 ……157
第一节　人物命名的理念性、感形性、调侃性 ……157
第二节　姓名即谋篇之一道 ……162
第三节　姓氏、性格、命运、布局浑然天成 ……165

第七章　肖像　环境　人物出场
—— 聊斋人物的初步印象 ……171
第一节　美的描绘　美的欢欣——肖像描写 ……172
第二节　"野鸟格磔"与"迷目榛荒"
　　　　——人物与环境 ……178
第三节　开门见山和高屋建瓴
　　　　——聊斋人物的出场 ……183

第八章　真实的假象和感情的图像
——聊斋人物性格的主要构成 ……188
第一节　把谎话扯得圆——细节描写 ……188
第二节　"膝行而远之"和"悄然登榻"
　　　——聊斋人物的传神动作 ……194

第九章　在严峻的考验面前
——聊斋形象的深化手段 ……201
第一节　在风云突变的社会中逆水行舟 ……201
第二节　在伦理道德考验下鉴其妍媸 ……207

第十章　由说话看出人来
——聊斋人物性格的重要展示 ……213
第一节　口角毕肖　声态并作 ……213
第二节　特殊情况下的独特话语
　　　——人物语言对个性的异化 ……220
第三节　逼真的对话 ……223

第十一章　潜入心灵的深处 ……230
第一节　"兽伏而出"和"傞傞凉凉去"
　　　——寻找勾魂摄魄的言行 ……231
第二节　入情入理的心理分析 ……234
第三节　神话式心理和性心理 ……240

第十二章　画竹画风　烘云托月 ……252
第一节　反衬　正衬　自衬
　　　——对比中塑造人物 ……252

第二节　以竹画风　烘云托月
　　　　　　——侧面描写的技巧·················259
　　第三节　自己位置上的主角
　　　　　　——次要人物的描写·················263

第十三章　绝对真实的性格·····················272
　　第一节　悖于常情的奇女子·················273
　　第二节　刺贪刺虐　入骨三分
　　　　　　——讽刺性形象的塑造···············287
　　第三节　参破村庸之迷　大醒市媪之梦
　　　　　　——讽喻性形象的创造···············292
　　第四节　忘为异类　偶见鹘突
　　　　　　——亦人亦神的写人方法·············298

词　章　编

第十四章　客观世界向主观世界的过渡
　　　　　——"异史氏曰"在聊斋中的地位·········307
　　第一节　艺术欣赏的催化剂·················308
　　第二节　胸襟、胆识、勇气的裸裎·············313
　　第三节　救世之婆心　思想之藩篱·············320
　　第四节　相对独立的文体···················326

第十五章　接纳诸流　独制新体
　　　　　——聊斋的情节优势···················335
　　第一节　迂曲多变　细针密线···············336

第二节　无法不备的情节和刻画尽致的人物…………………341
第三节　传统题材的新构筑……………………………………345

第十六章　万户千门　各具局面
——聊斋的构思模式…………………………………361
第一节　天外飞来　眼前拾得…………………………………362
第二节　横看成岭侧成峰………………………………………373
第三节　戏胆——主题道具……………………………………382
第四节　画龙点睛　明于体要
　　　　——《聊斋志异》的散文小品…………………………388

第十七章　优美　雅洁　凝练　隽永
——聊斋的文学语言…………………………………392
第一节　形神意气　逼夺化工…………………………………393
第二节　趣语　隽语　幻语　口语……………………………403

第十八章　独步千古的文言艺术
——聊斋和古籍典故…………………………………416
第一节　酿得蜜成花不见………………………………………416
第二节　得手应心　点化熔铸…………………………………423

附　录
诺贝尔文学奖和《聊斋志异》……………………………………430

后　记（一）……………………………………………………440

后　记（二）……………………………………………………441

引 言

十六世纪意大利批评家卡斯特维特罗有句名言:"欣赏艺术,就是欣赏困难的克服。"①

这话使我联想到十七世纪清代文学家蒲松龄面临的困难,联想到他克服困难后创造出的、杲若皦日的《聊斋志异》。

几百年来,《聊斋志异》跨越了时间和空间,叩响了无数人的心弦。

它没有时代的限制,却又是那个时代的典型代表,它的魅力有如长青之树。

它的异样风味,老少皆宜,雅俗共赏。它的影响遍及五洲四海。

它的独特风格如九渊潜龙、千仞翔凤。它成为中华民族心理和文化素质的标志。

为写《聊斋志异》,蒲松龄克服了多少困难?家境清贫,屡试不第,寄人篱下,却矢志不移地潜心聊斋故事的写作。他百折不回,"落拓凭教鬼揶揄"②"千古文章赖我曹"③。对于穷秀才蒲松龄人生旅途

---

① [美]吉伯尔特,[德]库恩著:《美学史》,转引自杨绛:《春泥集》,上海文艺出版社1979年版,第105页。
② 蒲松龄:《荒园小构落成,有丛柏当门,颜曰绿屏斋》其十二,《蒲松龄集》上卷,上海古籍出版社1986年版,第537页。
③ 蒲松龄:《九日赠九如昆仲》,《蒲松龄集》上卷,上海古籍出版社1986年版,第544页。

上的拼搏，我已在拙著《蒲松龄评传》（人民文学出版社 1986 年版）中作了探索。同样值得探求，也许尤其值得探求的，是蒲松龄在《聊斋志异》创作上的披荆斩棘，拓荒建树。

人们习惯于称《聊斋志异》为"志怪"书，蒲松龄亦自称为"鬼狐史"。志怪小说自《山海经》开始，经六朝的繁盛，李唐的衍化，至明后期，已成强弩之末。人间、天上、冥世、海底，前辈作家的才能哪有不曾烛照的角落？羽化登仙，人神交游，鬼魂复活，梦中生死，精魅斗法，何等样千奇百怪、千殊万类的故事没有？想另辟蹊径？难哪，难！志怪小说再想前进，犹有如蜀道之难！

然而，正如海明威在诺贝尔文学奖授奖仪式上的书面发言：

> 对于一个真正的作家来说，每一本书都应该成为他继续探索那些尚未到达的领域的一个新起点。他应该永远尝试去做那些从来没有人做过、或者他人没有做成的事。这样他就有幸会获得成功。[①]

海明威是讲自己把已获诺贝尔奖的书作为新起点，这段话有普遍意义，对于"真正的作家"。

蒲松龄这位真正的作家则把前人的书作为自己的新起点继续探索。他做了前人没有做过，或没有做成的事。他的天界、冥界、龙宫既更奇诡迷离，又更近于人世。《聊斋志异》的现实主义光芒，令前辈志怪书如燐火之见朝日。故事奇幻到令人眼花缭乱，又平常得如同随时可以在人身边发生。……

如果用登山作一个不尽恰当的比喻，可以说，前辈志怪小说家以艰苦的奋争，登上了非洲海拔五千八百九十五米的乞力马扎罗山，登上了青藏高原海拔八千零一十二米的希夏邦玛峰，登上了帕米尔高原海拔八千六百一十米的乔戈里峰，可是，《聊斋志异》却登上了珠穆朗玛峰。

[①] ［美］海明威：《在诺贝尔文学奖授奖仪式上的书面发言》，《海明威论创作》，生活·读书·新知三联书店 1985 年版，第 24 页。

于是，人们喜欢说：《聊斋志异》是中国古代志怪小说的艺术巅峰。

这个评价很高，然而仍不全面。因为，《聊斋志异》不仅是志怪小说的高峰，还是中国古代文言短篇小说的高峰。鲁迅先生称唐传奇是第一高峰，而《聊斋志异》是第二个更加巍峨的高峰。《聊斋志异》还和《诗经》、楚辞、唐诗、《红楼梦》一起，形成中国古代文学史上绵延不断的艺术高峰，成为中华灿烂文化在世界文库中的代表。

约二十种外文译本的《聊斋志异》在五洲四海广为流传。

世界各大国的百科全书都以凝重的语气介绍《聊斋志异》——

《聊斋志异》……继承了中国古代散文的传统，富有浪漫主义色彩……情节离奇而引人入胜。（《大英百科全书》）

《聊斋志异》的文学语言是卓越的、有力的，达到了中国古典散文的高峰。（《法兰西大百科全书》）

《聊斋志异》……描绘幻境冥界与人间社会的错综，鬼怪与世人感情的交流，它的文字简洁、清新，是中国志怪文学的杰作。（《日本大百科事典》）……

把《聊斋志异》的赫赫声名和当年作者的艰苦、辛酸对照，或许是发人深省的。康熙十八年（1679年）作者在《聊斋自志》中倾诉他创作上的苦闷：

独是子夜荧荧，灯昏欲蕊；萧斋瑟瑟，案冷疑冰。集腋为裘，妄续幽冥之录；浮白载笔，仅成孤愤之书：寄托如此，亦足悲矣！嗟乎！惊霜寒雀，抱树无温；吊月秋虫，偎阑自热。知我者，其在青林黑塞间乎！

"青林黑塞"变成了"五湖四海"！现在，不再是聊斋先生觅求知音，而是不同国家、不同肤色、不同信仰的学者，都在研究《聊斋志异》。你作社会学研究，他作版本考订，她进行艺术分析，八仙过海，各显神通。十八般武艺，样样俱全。

一部杰作是如何产生的，永远是一个很难解开的谜。

这就使聊斋艺术高峰的研究成为令人神往的话题，成为相当必要、相当新颖而又十分艰难的课题。

我们也许永远不能弄清《聊斋志异》的艺术意蕴，但是靠了这样一些理解，我们希望可以渐渐贴近它：

好的作品是人类智慧与真诚的崇高的证据（罗丹语）；

富有创造力的心态对作家是至为重要的，而作家独特经验的尽致表达，则是最有魅力的；

想象力只有同鉴别力相伴而行才能使作品出神入化；

形式的熔铸应该永远和意象的拓展水乳交融，而只有真挚、深刻的感情才能找到比较完美的艺术形式；

一部杰作的产生，总是多部杰作的积淀、化合、升华；

"我的存在是一种生命力之永恒的惊奇。"（泰戈尔语）

神思编

第一章

神鬼狐妖向人间的回归

第一节 神仙耶？凡人耶？

生活在神州大地上的远古人类在榛莽丛生的大地上劳动，在"断竹、续竹、飞土、逐宍（肉）"时，"杭育杭育派"（鲁迅语）的文学创作便产生了。这种文学创作一开始便和大自然密不可分，正如《吕氏春秋·古乐篇》的记述：

> 昔葛天氏之乐，三人操牛尾，投足以歌八阕：一曰"载民"，二曰"玄鸟"，三曰"遂草木"，四曰"奋五谷"，五曰"敬天常"，六曰"达帝功"，七曰"依地德"，八曰"总禽兽之极"。

投足而歌、披发而舞之古人的创作对象是大自然的林林总总。有现实存在的，如草木、五谷、禽兽，也有虚无缥缈的，如天常、地德。有趣的是，公元前二百年出现的《吕氏春秋》对艺术概念的描绘，竟和十八世纪英国大学者弗·培根的定义不谋而合：

> Arse se homo additus natuae.（艺术是人与自然相乘）

"人与自然相乘"的结果使得大自然的千奇百怪进入文学，使得志怪小说成为中国率先繁荣的文学样式之一。于是，我们在《山海经》中看到白喙、赤足的帝女雀用她娇弱的小嘴衔了小小的树枝去填沧海，看到与日逐走的夸父弃杖化为邓林；看到以乳为目、以脐为口、操干戚以舞的刑天……而《淮南子》的神话更甚而决定着我们生存的大环境：天没有塌下来，原来是女娲炼五色石修补的结果；人、兽、禾苗之所以没被十个烈日晒死，幸亏羿射九日；茫茫神州何以西高东低？原来是共工怒触不周山，导致天倾西北、地不满东南……

《山海经》和《淮南子》记载的是些多么简单的故事！描写单一得近于草率。但它们却长久地影响了中国文学和中国人的思维。早期志怪小说的价值主要不在它的描写和章法，而在于体现了中华民族对世间万物的独有认识。它们创造的大量精辟典故被世代沿用。就像古希腊神话影响西方文学一样，早期志怪小说深刻地影响着中国文学，而且形成一个独立艺术疆域：天界、妖界、仙乡。

早期志怪小说人与神仙的关系如何？借一句俗语，有点井水不犯河水。

晋代太康二年（281年）从战国魏襄王墓中，发掘出的《穆天子传》，通常被看作历史小说，但它对于志怪小说却至少有两个不可忽视的意义：其一，《穆天子传》说明，志怪小说同历史小说本是同根生。《穆天子传》写周穆王驾八骏、率七萃之士长驱流沙、昆仑的故事，最精彩的篇章是周穆王与西王母瑶池相会。此乃以轶闻写历史人物。这种以史笔撰志怪的方式到了魏晋南北朝尤其繁盛。其二，《穆天子传》开始了人神之间的交往。穆天子在瑶池会见了西王母，西王母为他吟咏风雅的诗歌。我们特别需要留意的是，西王母形象的改变反映了神仙向人间的靠拢，西王母在《山海经》中是个吓人的怪家伙："其状如人，豹尾虎齿而善啸，蓬发戴胜。"到了《穆天子传》中，她变成了"美女＋神仙"，成了美丽、温柔、典雅的女神，她甚至过起民间女子的生活来，有了东王公这样一个可心的丈夫。

西王母的故事影响了汉代《汉武故事》以及此后的《汉武内传》《神仙传》。以仙界为题材，成为汉魏六朝小说中最有魅力的故事。这些对蒲松龄是至关重要的，它们给他以丰厚的滋养，多方的启迪，也给他留下驰骋才思的广阔余地。为了说明蒲松龄在六朝"游仙"故事基础上的创造性拓展，我们将六朝仙界故事归纳为两个方面：

第一，创造了瑰丽的天界、仙人。张华《博物志·八月浮槎》中写道：天界不仅是实际存在，而且有路可通，"天河与海通"。年年八月有木筏去天河，天亦与人间一样，有城郭，有屋舍，男牧牛，女织布。干宝笔下的神仙则繁衍到天界、海底、山川之中。《搜神记》中出现的神仙有海神、水神、庐山使、湖神、阴司神、泰山神、赵公明、织女、丁姑、灶神、蚕神，真是无处不有神在。道学家葛洪干脆认为写一部详尽的《神仙传》是他的职责。十卷《神仙传》中，山姝神灵接踵而来，长着鸟爪似的手指、已三见东海变桑田的麻姑，悬壶济世的名医，叱石成羊的黄初平……不仅本身脍炙人口，而且泽及后世，繁衍成类。

仙界故事尤其乐于表达人类对高高在上的仙界的向往，表达仙凡路隔的怅惘。丁令威学仙学得变成一只鹤高冲云天，留给人间"何不学仙"的话语："有鸟有鸟丁令威，去家千年今始归。城郭如故人民非，何不学仙冢垒垒。"在《搜神后记》中，丁令威化鹤飞去，到了《述异记》中，仙人又驾鹤而来，"羽衣虹裳"地欢宴一番再跨鹤飞去……对于仙界无比欣羡的心情不仅是志怪小说的现象，它还成为古代文人的"通病"，"黄鹤一去不复返，白云千载空悠悠"！

仙界可望不可即！神仙向人类显示他们的踢天弄井、腾挪变化，"指虾蟆及诸行虫燕雀之属使舞""冬为客设生瓜枣，夏致冰雪"。仙界向人间炫耀着它对人间不可抗拒的规律的蔑视——人间岁月流逝带给人的衰老、死亡都被神仙战胜了。《述异记》中的烂柯故事是最典型的：

> 信安郡石室山，晋时王质伐木至，见童子数人棋而歌，质因听之。童子以一物与质，如枣核，质含之。不觉饥。俄顷，童子谓曰："何不速去？"质起，视斧柯尽烂。既归，无复时人。

第二，开创了人神恋爱的广阔艺术天地。在我国最早期的文学创作中，神仙同人的交往即已开始，如西王母曾为周穆王赋别诗（《穆天子传》），人亦曾为神传书递柬（《列异记》），人神感应，甚至于人神恋爱（《幽明录》）。

人神之恋曾被认为是表现了人民对战乱的厌恶，是对桃花源般安宁生活的向往，如著名的刘晨阮肇故事。《幽明录》中创造的这个故事盛传不衰，"前度刘郎""胡麻饭"成为常用典故。与此相似的，还有同一书中的《黄原》和《搜神后记》中的《袁相根硕》。人神之恋又常常被写成天帝对仙女和下界良民的垂恩，如《搜神记》中的天上玉女，便是"天帝哀其孤苦，遣令下嫁从夫"（《天上玉女》）；卖身葬父的董永因为至孝，天帝遣织女下界为他做妻子，以织布机杼帮其偿债（《董永妻》）。

　　人神之恋，美则美矣，稍嫌不足：

　　神仙在那儿居高临下，操纵局势，天马行空，独往独来，施恩而不图报。

　　仙女干脆不认为爱情是她心灵的呼唤，而完全是权宜性任务，如织女帮董永偿还完债务便凌空而去，连回眸一望的柔情也无。

　　更有甚者，仙女干脆自居于婚外恋，置于正常婚姻、生儿育女之外。如天上玉女向弦超声明："然我神人，不为君生子，亦无妒忌之性，不害君婚姻之义。"

　　与六朝志怪小说中的仙界题材相比，《聊斋志异》便要生动得多、丰满得多，简直如鹤立鸡群。极重要的一点便是——

　　在《聊斋志异》中，满身紫气的仙人终于为凡人俗事征服。概言之：

（一）仙人还俗

　　《聊斋志异》对仙界的描写仍然是"精骛八极，心游万仞"（陆机《文赋》），还有一种不拘一类、不拘一格的气派。举凡六朝志怪书、释家辅教书、道家谈玄书、元明神魔书中出现的神灵，《聊斋志异》皆采用"拿来主义"，呼之即来。聊斋先生不去探求这些神仙的来龙去脉，绝不！他高傲地对神仙本身略而不顾，他在神仙与人的交往上做文章。聊斋先生乐于多花些笔墨的，恰好是千百年来人民群众约定俗成的，与人民的生老病死、穷通祸福有极大关系的神仙，如救苦救难的观世音、普济万物的海龙王。前辈作家创造的神话形象、志怪形象，即使是大作家创造的，只要不为群众喜闻乐见，蒲松龄绝不为他滥肆才情！例如，屈赋中的东皇太乙、东君、山鬼。可是，前辈作家很少描写、甚至不曾描写的，本身也没有多少传奇色彩的神灵，却意外地给庄重地矗立起来，如司管冰雹的雹神、分工瘟疫的牛瘟，前者同人民的稼穑有关，后者则同六畜兴衰相连。

《聊斋志异》中的仙界无非仍然是长生不老的所在，吃一粒仙丹而数月不饥，仙境瞬息一游而人世已历数世。仙人们仍然生活在霄汉之上，"遥望城郭如豆"（《雷曹》），"戛然一声，凌升空际"（《白于玉》），"云生足下，腾踔而上……琉璃世界，光明异色"（《齐天大圣》）……

然而，更多的仙人"迁居"了，搬到了接近人寰的所在。他们住进了人们可以循径探幽的深山洞府，如《青娥》《成仙》《劳山道士》；住进了人们可以乘船登临的海岛仙乡，如《仙人岛》《安期岛》《罗刹海市》……

尤其耐人咀嚼的是，仙人的寓所再也不那么神秘莫测，就像《太平经钞·三洞珠囊》中描绘的那么可望而不可即："玉树激音，琳枝自籁，众吹灵歌，凤鸣玄泰。"日常生活中随时可以点化出幻境，如劳山道士剪一个纸片贴在墙上，马上变成了光华满空的月亮，嫦娥随之冉冉而下。《寒月芙蕖》中的道士画了一个门，马上可以推开，门内人来人往，熙熙攘攘。彭海秋向天上一招手，天河中的一只画舫便飘然而至……仙乡在哪里？在现实生活中，在人们美好的意愿中，在人们殷切的翘盼里。

仙人的庄严、华贵，仍然是有的。但他们不再一概五色云为衣，仙乐缭绕，"身骑飞龙耳生风"（李白《元丹丘歌》）"霓旌照耀麒麟车，羽盖淋漓孔雀扇"（李颀《王母歌》）。他们越来越平民化了，他们穿戴得再也不富丽到谁也买不起的程度，有时反而是粗衣布衫，甚至于更甚，成为身着破衲、"两肩荷一口"去乞食的道士，成为比道士还寒酸的乞丐(《丐仙》)。

仙人还俗,究竟是艺术形象的更新,还是中下层人民渴望"神仙轮流做"的心理再现?对于艺术魔法的追寻者蒲留仙,对于终生乡居的穷秀才,可能兼而有之吧?

(二)仙界为人而存

《聊斋志异》中没有真正的、独立的神仙境界,仙界总是应人而生,为人而存,神仙们极力向人间回归:

其一,神仙,只要是正义的,无一例外地恪守着爱人类、助人类的原则。在《菱角》中,观世音菩萨保佑老百姓夫妻团聚、母子团圆。在《张不量》中,奉天命下冰雹的雹神因为对仁爱长者张不量的钦敬,擅自将冰雹落在不伤禾苗的沟渠中。《牛癀》中散布瘟疫的瘟神竟然不合规矩地同时留下药方。彭海秋用天河渡船为青年男女牵线。巩仙用自己的宽袍做痴男思妇的幽会地点。……这些神仙们遵守的不完全是天上的意旨,而更多地因应了平民百姓的需要。

其二,神仙也食人间烟火。他们不再终日仙乐嘹亮,仙姿绰约,不全是"饮则玉醴金浆,食则翠兰朱英,居则瑶堂瑰室,行则逍遥太清"(葛洪《抱朴子》)。

神仙甚至于住进了普普通通的乡村、养了鸡犬的村落,"把棹近岸,直抵村门,村中寂然,行坐良久,鸡犬无声"(《粉蝶》)。

神仙还要像常人一样,动手裁衣,下厨做饭。《翩翩》中的罗子浮遇到仙女,治好了恶疮,结为眷属。仙女给他做新衣穿,取洞口的大叶芭蕉为原料,而做起来后"绿锦滑绝"。吃饭时,"女取山叶,呼做饼,食之果饼;又剪作鸡、鱼,烹之皆如真者"。到了冬天,翩翩像农村少妇一样准备过冬,积蓄粮食,置办棉衣:"女乃收落叶,蓄旨御冬。顾生肃缩,乃持襆掇拾洞口白云,为絮复衣;著之温暖如襦,且轻松常如新绵。"蕉叶为食,白云絮衣,神奇之至,但这神奇外衣一点儿也不妨碍我们对生活真实的理解。《翩翩》的山洞衣食,只不过是寻常百姓风俗生活的诗意化描绘。

神仙们有了凡人的喜怒哀乐。《劳山道士》里微露半面的嫦娥，幽怨地诉说远离人寰的孤寂："仙仙乎！而还乎！而幽我于广寒乎！"《画壁》里边的双鬟少女迫不及待地按人间规矩改变了发型，变成云髻高耸的新妇。当天宫的金甲使者来搜查时，她又心惊胆战地把自己的新郎藏进床底。这个情节很像明代拟话本《吴衙内邻舟赴约》。我们还应当注意到，《仙人岛》中仙女同浅薄才子王勉的结合，不过是人间苏小妹式才女结缡的再版，不仅仙女用来取笑王勉的掌故多半是人间最常出现的故事（如《西游记》中猪八戒过子母河），就连仙女的侍婢也是用人间常采用的谐音来开最有社会内容的玩笑，当王勉跌入水中时，明珰说："美哉跌乎！秀才中湿（式）矣！""秀才"而且"中式"，非人间又是什么？难道天庭仙境还举行秀才、举人、进士的例行考试吗？

（三）人神恋爱新境界

《聊斋志异》中人神恋爱的新境界——神仙热烈地主动追求人类，来同人类过日常生活。

仙女纷至沓来向人间男子毛遂自荐。安大业深夜独坐，云萝公主携美婢凝妆而来（《云萝公主》）。月宫贬黜的姮娥对书生林子美有情，以黄金二铤赠贫生林子美（《嫦娥》）。神女对米生一见钟情，为了帮助米生恢复功名，神女赠珠花、赠金银。两人几经周折结为夫妇，多年后米生病故，"女鸠匠为材，令宽大倍于寻常；既死，女不哭；男女他适，则女已入材中死矣"。（《神女》）……仙女们对凡俗男儿的挚恋，连顽石都为之点头！

《蕙芳》尤耐人寻味。书中男主角贫苦而又没有学识，干最低下的工作，"货面为业"，连名字都猥琐不堪——"马二混"。但是谪居人间的仙女蕙芳却偏偏要嫁他，且不折不挠，非嫁不可。蕙芳先是登门向马母自媒，被疑为侯门亡人而遭拒绝，蕙芳又点化出吕媪做媒，得以同马二混结婚。婚后蕙芳马上使马家门户一新、顿更旧业。这位美丽聪慧的仙女为何苦苦追求一个卑贱的小贩？篇末"异史氏曰"透露了一点线索：

> 马生其名混，其业亵，蕙芳奚取哉？于此见仙人之贵朴讷诚笃也。

似乎为了加重"朴讷"的分量，作者还郑重其事地说，故事的主人公马二混仍然活着，"今马六十余矣，其人但朴讷，无他长"。

蕙芳珍视马二混的"朴讷"，云萝公主和嫦娥也都珍视他们人间夫婿的种种美德，她们都抛却了仙女的尊严，大胆地、执着地追求凡间男子。

仙女追求凡人，这种情况实际上反映了神话题材的一个历史性变革。在六朝小说中，天界似乎是比较具有人情味的地方，天帝也似乎是比较通情达理的，《搜神记》中织女、玉女下凡都是天帝安排的。此后，大约是受到日益严正的封建法规的影响，神话中的玉皇老儿竟渐渐变成为专门棒打鸳鸯的法海和尚，天界则成为一个禁欲主义的场所。天庭衮衮诸公、窈窈淑女尽是些孤男寡女！有谁在天宫本身、在天神之间看到自由恋爱？不错，有一对牛郎织女。而这一对恰好表达了天宫的冷酷绝情，幸亏靠了喜鹊的帮助，天宫这对硕果仅存的仙眷，才可以一年一度会合。牛郎织女这一关于天宫爱情的悲剧，如果同另一"爱情"闹剧相对映，就更加有趣：天蓬元帅因为带酒戏姮娥，被打了八百槌，贬到人间，变成了最脏的畜牲，投胎到母猪腹中！神仙生活虽好，却冷清寡爱，"天宫无限好，终非久留地"，要得到天伦之乐，还得下凡。这种"愿作鸳鸯不羡仙"的情绪，在六朝小说《清溪庙神》中已漏泄出来，到《聊斋志异》，则淋漓尽致，写了个笔酣墨饱。

是的，淋漓尽致。除了对人类的钟情、关心外，神仙还从不食人间烟火，转而思食凡间之物，就像《云萝公主》中公主的话："近病恶阻，颇思烟火之味。"公主就此吃起人间食物来，"从此饮食，遂不异于常人"。不仅饮食不异常人，她们还像人间少妇一样生儿育女，传宗接代。仙女的生育当然是十分奇特的，比如云萝公主，她发现自己怀了人间"俗种"，就让丫鬟替自己担负分娩之苦：

> 妾质单弱，不任生产。婢子樊英颇健，可使代之。乃脱衷服衣英，闭诸室。少顷，闻儿啼。启扉视之，男也。

几年后，云萝公主又生一子。这位母亲非常细心地为儿子安排他们的终身大事，订婚理财，运筹帷幄，真是一片苦心。

《翩翩》中的仙女扣钗而歌曰："我有佳儿，不羡贵官；我有佳妇，不羡绮纨。"淡泊高雅。但她同样有慈母情怀，翩翩在树叶上写书课子，为儿子向小花城联姻。

这些仙女再也不是驾飞龙、乘紫气、采灵芝、撷仙桃的世外之人，再也不是饮风吸露，超然于世情之外的槛外人，再也不"仙俗殊途两情邈"（王翰《赋得明皇玉女坛迓廉察尉华阴》），她们是忠心耿耿为丈夫，为子女，为家业昌盛而恪尽职守的贤妻良母！

蒲松龄为什么这样写仙人？他在《翩翩》的"异史氏曰"中点明了自己的良苦用心：

> 翩翩、花城，殆仙者耶？餐叶衣云，何其怪也！然帏幄俳谑，狎寝生雏，亦复何殊于人世？山中十五载，虽无"人民城郭"之异；而云迷洞口，无迹可寻，睹其景况，真刘、阮返棹时矣。

蒲松龄学习了前代作家的仙界——"人民城郭""刘阮返棹"，又完全超越了前人，这超越的秘诀就是："亦复何殊于人世。"

前人把美好的理想给了神仙，聊斋先生却把虚幻的神仙拉回了人间。

这大约是聊斋仙界题材最感人肺腑的原因，是其魅力之所在。

第二节 阴司乎？人间乎？

硬说冥界题材是蒲松龄的发明创造，就成了把脑袋埋进沙堆的鸵鸟。在蒲氏之前，我们从前人小说中至少可以注意到有关冥界故事的如下模式：

其一，死而复生。

《搜神记》中，《河间男女》和《父喻》中的女鬼，都因为对心上人的眷恋而返回人间。《搜神后记》中的李仲文女已然沉魂地下多年，忽然对张子长钟情，遂为夫妇。这些鬼魂的复活被处理得色彩斑斓。或者，复活且被家庭、社会接受，如河间少女唐父喻。或者，复活了一段时间又再回地下，如《博物志》中汉墓发掘出的女鬼，复活后受郭后怜爱，日日讲汉事，郭后死，鬼亦遂亡。也有的鬼魂功亏一篑，复活不成，令人无限怅惘。如《列异志》中《谈生》中的女鬼与谈生相恋，相约"三年后方可见光"。两人恩爱如蜜，已生有一子，时至二年，谈生急于求成，以灯照女鬼，但见"其腰上生肉如人，腰下但有枯骨"，从此永堕阴司。《搜神后记》中《李仲文女》，在与人世男子相爱后，"体生肉"，却因为其父母发冢太早，再也不能复活。……这类故事显示了爱情超生死、肉白骨的力量。

其二，人鬼之恋。

《搜神记》中《卢充》《秦闵王女》中的男主角遇到明知是鬼的少女，两情愉悦结成夫妇。《吴王少女》中的吴王女钟情韩生，吴王不允婚，女抑郁而死。韩生拜墓，吴王女从墓中走出，两人结为夫妇。数学家祖冲之的《述异记》写了个虽死也不忘心上人的女鬼形象：朱氏女与崔基有婚约，朱氏女暴卒，夜叩崔生门，雨泪呜咽："忻爱永夺，悲不自胜。"将自织的白绢赠给爱人。……这些故事中的女鬼善良、痴情，楚楚动人，她们的执着令人回肠荡气。

其三，完整的冥界世界。

冥界是现实世界的倒影，按现实社会秩序和佛家善恶观念构成。人们的道德观念比常世更鲜明，思维方式也更简洁。

佛教化的地狱境况最常见。《幽明录》中《赵泰》故事将生不作善者放进泥犁地狱用火烤，放进变形地狱按其恶行处以刑罚：杀生者变蜉蝣，淫逸者变鹄鸳，恶舌者变鸥鹎，偷盗者变猪羊……《舒礼》和《康阿得》写牛头人身者用铁叉烤人，用铁床铜柱、火山剑树惩治恶人。赵泰的故事到了《冥祥记》就更详尽而且成为此后作家们通用的地狱刑罚，就像数学家用"π"为圆周率的符号。

冥界的法治较为符合人民意愿，即善有善报，恶有恶报，执法如山。但例外总是存在的，例外常成为新形式的源头。《搜神后记》中，襄阳李除中时气而死，其妇守尸，他突然坐起夺了妇臂上的金钏，不久，复苏，言：归阴者有不少人因"行货得免"，他也用金钏去赎买了自己的生命。这是民间贿赂在阴司的反映。随着时间的推移，小说作品中的冥界越来越接近人世，在唐人牛僧孺《玄怪录》中，地府几乎同长安街那样繁华，阎王也剥下了鬼面来同人叙家常。

其四，多彩多姿的鬼魂形象。

对爱情的孜孜以求，对生的深深依恋，使女鬼形象格外优美动人。她们对心上人以身相许，生儿育女，赠金珠，脱厄难。她们从不以青面獠牙的形象出现，却常以柔美娴静的妍姿摇人心旌。

复仇厉鬼是常见的。《冤魂志》中《太乐伎》《弘氏》对草菅人命、残民以逞的蠹吏进行痛快淋漓的复仇。《徐铁臼》中被后母迫害而死的徐铁臼对后母以牙还牙。复仇鬼魂是劝善惩恶观念的形象化，是美好愿望的浪漫化。

鬼魂的多样化、谐趣性也早已受到作家们的瞩目。《幽明录》中出现一个调皮的少年，在一心一意玩他心爱的瓠壶子，其天真无邪使得许多少年文学形象（如让梨的孔融、温席的黄香）黯然失色。如果不是作家点明，我们真难以相信这是一个鬼魂。《述异记》中出现一个傻鬼，他去人家家中歌啸、学人语、投秽物，但他傻乎乎地被人捉弄了。人说，我不怕你用石头打，怕用钱打。傻鬼果然弄了银钱去打人。《幽明录》里的鬼则傻呵呵地去替人推磨，经过有经验的鬼指教，才学到吓人以讹取酒饭的本领……

不怕鬼的故事也闪出灿烂光彩。宗定伯把鬼变成羊卖钱（《列异传》）；安阳书生和南阳书生在恶鬼面前大义凛然，显出大无畏男子气魄(《搜神记》)……

冥界题材已被作家们写得详尽无遗。鬼魂形象也描写得淋漓尽致,多彩多姿。在这个疆域上想再往前迈进一步,那真是举步维艰。正如钱锺书先生所说:

> 前人占领的疆域愈广,继承者要开拓版图,就得配备更大的人力物力,出征得愈加辽远。否则他至多是个守成之主,不能算光大前业之君。所以,前代诗歌的造诣不但是传给后人的产业,而在某种意义上也可以说向后人挑衅,挑他们来比赛,试试他们能不能后来居上、打破纪录,或者异曲同工、别开生面。①

蒲松龄不是守成之主,他是个后来居上、别开生面者,他善于寻找新的描写对象,善于熔铸一个全新的艺术世界,善于从他人看过一千遍的旧东西身上窥察到全新的成分。在他身上有一种非常的、连现代科学也难于明辨的能力,这能力总能把送到他人没有到过的海外仙山,采撷到灵芝、蟠桃、人参果。我们可以借用元稹《唐故工部员外郎杜君墓系铭并序》中的两句名言说明蒲氏在冥界题材中的特殊贡献:"得古今之体势,而兼人人所独专。"

(一)有意识地将冥界作为表现现实、漫画现实的手段

《聊斋志异》中有个李伯言的故事,沂水李伯言平素"抗直有肝胆",暴病而死后,入冥间审案,先看到一个"私良家女八十二人"的恶棍被炮烙:"空其中而炽炭焉,表里通赤。"然后审查王生的买婢致死一案,李伯言因为王生是自己姻家,心中想袒护之,马上便受到了惩戒:

> 李见王,隐存左袒意。忽见殿上火生,焰烧梁栋。李大骇,侧足立。吏急进曰:"阴曹不与人世等,一念之私不可容。急消他念,则火自熄。"李敛神寂虑,火顿灭。

《李伯言》本身是个"福善祸淫之旨显然"的故事,但文末"异史氏曰"

---

① 钱锺书:《宋诗选注》,人民文学出版社1985年版,第15页。

寓意甚深：

> 阴司之刑，惨于阳世；责亦苛于阳世。然关说不行，则受残酷者不怨也。谁谓夜台无天日哉？第恨无火烧临民之廨堂耳！

只恨正义之火不曾烧到现实世界达官巨宦的衙门上！这段"异史氏曰"表明：虚构出冥界，正是为了讲现实生活中不能直接讲的、尖锐的、刺贪刺虐的话。

这，几乎可以看作是指导性文字。出于这样的创作用心，蒲松龄笔下的冥界不是一成不变的，而是随作家的批判锋芒随意变幻：

其一，有时冥界被看作理想的惩恶扬善处。

《考城隍》不仅以人的善恶确定官位、寿夭，而且提出了富有哲理性的见解："有心为善，虽善不赏；无心为恶，虽恶不罚。"

《汤公》描写人弥留之际的忏悔："凡自童稚以及琐屑久忘之事，都随心血来，一一潮过。如一善，则心中清静宁帖；一恶，则懊憹烦躁，似油沸鼎中，其难堪之状，口不能肖似之。"真是撼人心魄。

所有去过冥界者，不论是暴卒，如《僧孽》《三生》《王兰》，还是病亡，如《耿十八》《刘全》，还是梦中入冥，如《杜翁》《王大》《薛慰娘》，还是肉身入冥，如《爱奴》《湘裙》《刘大人》《阎罗宴》，甚至是无意间坠井落入冥界，如《龙飞相公》，探险探进冥界，如《鄷都御史》……无一例外，都要在冥间接受一番善善恶恶的"再教育"，从此洗心革面，隐恶扬善。否则便永堕地狱，变为畜生。

冥界善恶昭彰。《阎罗薨》尤具代表性。故事中的魏经历是个兼职阎罗。他人在阳世活，却梦断阴间事。巡抚大人为了自己在阴间的父亲，向魏经历求情。巡抚之父生前任总督，曾误调军队导致全军覆没，此事应由魏经历审判。魏经历虽然向巡抚声明"阴曹之法，非若阳世憒憒，可以上下其手"，但终于情面难却，"诺之"。当魏审案时，带了巡抚去偷听。为了平民愤，魏阎罗下令将总督扔下油锅炸一遭，不料巡抚见此，"中心惨怛，痛不可忍，不觉失声一号"，这"一号"的结果，竟使兼职阎罗受到了惩罚："及明，视魏，已死于廨中。"

想必是被阴司召回追查其徇私舞弊之行了。

廉洁无私，纤尘不染。这是蒲松龄借其间创造的一个理想世界。

其二，有时，冥界成为黑暗现实的漫画化。

《小谢》中黑判官对女鬼秋容的威逼，不过是讥刺了人世间强抢民女的官吏；

《伍秋月》中皂隶对在押少女的猥亵，不过是世间牢狱的写照；

《聂小倩》中逼良为娼的老魅，显然是人间那些鸨母、龟奴的画像。

把黑暗现实用凹凸镜表现得更集中、更强烈的，把吏治剥得体无完肤的，是《席方平》。席方平之父与羊姓豪绅在阴司打官司，狱吏受贿，日夜拷掠席父，席父被打得血肉模糊。城隍受贿，对席方平倍加折磨。冥王受贿，见了席方平，不由分说，"命笞二十"，把席方平推在火床上按捺折磨，将席锯成两半。席仍不屈服，冥王又以"千金之产，期颐之寿"相诱……席方平在阴司的遭遇，是封建官府鱼肉人民、对反抗者软硬兼施的实录，只不过因为"锯解""火床"等阴司特有刑罚的出现，而具有一定夸张性。

《席方平》结尾，由正直的二郎神出面判决冤狱，让受贿官吏和横行恶霸受到严惩，这是理想主义的结局。"二郎神"式清正廉明的官吏，不过是封建吏治重压下人民的美好幻想。作者借二郎神之口，对整个的封建吏治作了总括：所谓牧民之官，不过是些昏官、屠伯，"上下鹰鸷其手""飞扬其狙狯之奸""狗脸生六月之霜""虎威断九衢之路""阎摩殿上，尽是阴霾""枉死城中，全无日月"！

这是对社会现实的本质性概括，作家使用了阴司这一幻想形式，而如果不使用幻想形式，作家能不能如此淋漓尽致？恐怕不能。

蒲松龄的聪明，就在于他能在最不现实的形式上，做最现实的文章。

因为阴司鬼魂形式的采用，聊斋故事闪现出了逼人的思想锋芒和艺术光彩：

《饿鬼》。一个学官（临邑训导）"官数年，曾无一道义交。惟袖中出青蚨，则作鸠鹚笑；不则睫毛一寸长，棱棱若不相识"。作家运用轮回观念，说这个官的前世是个饿鬼，一一缕数他令人不齿的劣行。说那些为民父母的官儿尽是饿鬼转世、恶犬再生。

《梅女》。一个美丽异常而又善良温顺的少女，她死得那么冤屈：仅仅因为典史接受了小偷三百铜钱的贿赂，便诬陷梅女与小偷私通。这个无耻的典史被一个老妪骂得狗血喷头：

汝本江浙一无赖贼，买得条乌角带，鼻骨倒竖矣！汝居官有何黑白？袖有三百钱便而翁也！

这个老妪是鬼。如果不是鬼来开口，就不能把话讲得如此畅快。

《窦氏》。一个很普通的始乱终弃故事。地主南三复玩弄了农女窦氏。窦氏只有一个最低微的要求，让南三复娶她，以便名正言顺地生下孩子来。而南三复已经玩够了这少女，坚决不兑现当初的诺言，窦女最后悲惨地抱着儿子冻死在南府门前。按照常规，窦女的故事已经完了，她没有也不可能向负心人报仇。但是蒲松龄让她的鬼魂出现了，柔弱的窦女变成了坚强的斗士，向南三复讨还血债。窦女只有变成鬼，也只能变成鬼才能对负心贼作正义的讨伐。人在现实生活中没法做的事，鬼做了，做得毫不手软，毫不退让，大快人心。

其三，更重要的是，采用阴司、鬼魂这一艺术形式，蒲松龄涉猎了现实生活中绝不敢涉猎的问题——清廷对汉族人民的血腥镇压。

《野狗》写阙头断臂之尸体忽然起立如林，惊呼："野狗子来，奈何？"这个情节怪诞不经，因而掩盖了故事开始时作者战斗性很强的概述："于七之乱，杀人如麻。"

《公孙九娘》是个鬼恋故事。与若干以大团圆结局的爱情故事不同，《公孙九娘》卓然以悲剧结束，这个缠绵悱恻的爱情悲剧正是以令人发指的大屠杀为背景，男女主角在"碧血满地、白骨撑天"的前提下相遇，又在万分悲凉的场景中分手：

但见坟兆万接，迷目榛荒，鬼火狐鸣，骇人心目。

如果作者不给女主角以女鬼的身份，他就难以如此直率地对大屠杀进行尽情尽致的描写。

郭沫若曾在蒲松龄故居题词："写鬼写妖高人一等，刺贪刺虐入骨三分。"可以说，唯其因为蒲松龄不仅写人而且写鬼，尤其是因为他写鬼，这"刺贪刺虐"才能"入骨三分"。

（二）主要依恃仙乡、鬼魂等虚幻形式，蒲松龄开辟了文艺领域中的一个全新版图，对科举制进行了全面抨击

开始于隋唐的科举制给每一个田舍郎以"暮登天子堂"的幻想，衍至清初，这种培养统治鹰犬和奴才的制度已如枯木朽株，使得知识分子昏沉一世烂如泥。文艺作品已经陆续触及了这个制度，汤显祖《牡丹亭》写了陈最良的形象，这位腐儒从来不知伤春悲秋，还把爱情诗"关关雎鸠，在河之洲"讲成"后妃之德"。除《牡丹亭》外，明代冯惟敏的杂剧《不伏老》、明拟话本《钝秀才一朝交泰》《老门生三世报恩》都是此类题材的佼佼者。但是文学史家公认：蒲松龄对科举制的触及更为深入。固然，因他身受科举荼毒，从营垒内杀回马枪格外有力；但更重要的原因，却是他天才地采用了以冥界为主、仙乡和妖域为辅的虚幻形式。这种形式貌似虚无却格外真实，能够把事物的本质以神奇的想象力高度集中地表现出来。

其一，读书人魂灵赴试和白日梦。

东昌名士王子安一直孜孜以求功名，有一天，终于中了进士，立时膨胀得要出门以炫乡里，大呼"长班"，对不听招呼的"长班"捶床顿足地大骂，"骤起扑之，落其帽，王亦倾跌"。后被妻子提醒：家中只有我这么个老太婆，白天给你做饭，晚上给你暖足，哪儿来"长班"？原来，王子安盼中进士盼得做了一个白日梦！王子安白日做梦是受了狐仙的捉弄。狐仙戏弄的谐剧使我们看到一个典型生活场面，看到了读书人的急功近利、阴暗龌龊。

虚幻形式加深了对现实的认识。《叶生》更为典型。叶生"文章词赋，冠绝当时"，而困于名场。邑令丁乘鹤同情并荐举他，他却因"文章憎命""依然铩羽""嗒丧而归，愧负知己，形销骨立，痴若木偶"。

他已病入膏肓，眼看不能保住生命。意外的是，当丁乘鹤携子入都时，他又赶了来做公子的老师，使得公子考中亚魁，叶生表白他这样做是"借福泽为文章吐气，使天下人知半生沦落，非战之罪也"。丁乘鹤又帮叶生纳粟捐钱做监生，使叶生参加乡试，叶生终于"竟领乡荐"，衣锦还乡。结果——

> 归见门户萧条，意甚悲恻，逡巡至庭中，妻携簸具以出，见生，掷具骇走。生凄然曰："我今贵矣，三四年不觌，何遂顿不相识？"妻遥谓曰："君死已久，何复言贵？所以久淹君柩者，以家贫子幼耳。今阿大亦已成立，行将卜窀穸，勿作怪异吓生人。"生闻之，怃然惆怅，逡巡入室，见灵柩俨然，扑地而灭。妻惊视之，衣冠履舄如脱委焉。

为了功名，死人从坟墓中走了出来！这是多么可怜而可悲的精神。这样的描写与《牡丹亭》中腐儒陈最良详尽的酸语相比，尽管不那么细致，但却更为集中，与杂剧《不伏老》中梁灏的日常言语相比，尽管是不近情理的，但却更加鲜明，与《聊斋志异》中《王子安》的"异史氏曰"对秀才入闱的描写相比——入场似丐，唱名似囚，归号似秋末冷蜂，等发榜如被系之猱，名落孙山后似饵毒之蝇——《叶生》显然是虚幻的，但《叶生》却更加撼人心魄。因为，任何具体的描写都只能写出读书人的一时一事，而《叶生》这一虚幻形式，却触及了"遇合难期、遭遇不偶"的"古今痛哭之人"的灵魂！

其二，主考官——"聋僮署篆""鬼王司辖"。

以奇诡情节剥下掌握读书人命运的"文司"鬼面，是许多聊斋故事的独创之处。

《司文郎》写道："梓潼府中缺一司文郎，暂令聋僮署篆，文运所以颠倒。""聋僮"做文司长官，这讽刺已够辛辣了，而《考弊司》却又更进一步，掌管读书人命运的，是虚肚鬼王，凡去晋见的读书人，"初见之，例应割髀肉"。割肉当然是一种隐喻——索贿。这样一些考官是怎样登上文司宝座的？《于去恶》故事虚构了如此情节：地府召考帘官，"数十年游神耗鬼，杂入衡文"，其中有这样两位：没有眼睛的乐正师旷，有钱癖的司库和峤。

由这些人掌握读书人的命运，那就无怪乎有才气的读书人要像卞和一样痛苦！文司的暗无天日甚至需要张飞来横矛立马"裂碎地榜""宁知文昌事繁，需侯（张飞）固多哉"！

张飞出面来裂碎地榜的想象，使另一位大文学家王渔洋认识到科举取士制的无可救药。他在《于去恶》篇评点道："数科来关节公行，非瞰名即垄断，脱有桓侯，亦无如何矣。悲哉！"

其三，取士的标准文体——"蕞冗泛滥不可告人之句"，令人"下气如雷"。

掌管读书人命运的，是些"和峤""师旷"。他们是如何爬上去的？《于去恶》中尖锐地指出：

得志诸公，目不睹坟、典，不过少年持敲门砖，猎取功名，门既开，则弃去；再司簿书十数年，即文学士，胸中尚有字耶？

考官自己胸无点墨，如何识得俊才？名士贾奉雉才华出众，却考不好。他遇到的一个奇人郎秀才对他说，正因为他的文章写得美，才不能被考官欣赏、接受，"帘内诸官，皆以此等物事（糟糕的文字）进身，恐不能因阅君文，另换一副眼睛肺肠也"。贾奉雉开玩笑地把自己文章中所有"蕞冗泛滥不可告人之句"连缀成文，郎生断言：这类文章必能高中！他马上用神奇的方法，让这种不可见人的词句统治了贾奉雉的头脑，控制了应考的局面：

贾戏于落卷中，集其蕞冗泛滥不可告人之句，连缀成文，俟其来而示之，郎喜曰："得之矣！"因使熟记，坚嘱勿忘。贾笑曰："实相告：此言不由中，转瞬即去，便受榎楚，不能复忆之也。"郎坐案头，强令自诵一过；因使袒背，以笔写符而去，曰："只此已足，可以束阁群书矣。"验其符，濯之不下，深入肌理。至场中，七题无一遗者，回思诸作，茫不记忆，惟戏缀之文，历历在心。然把笔终以为羞；欲少窜易，而颠倒苦思，竟不能复更一字。日已西坠,直录而出。……未几,榜发,竟中经魁。

靠了狗屁不通的文章竟高中魁首,贾奉雉自己认为真真是"金盆玉碗贮狗矢",羞愧得一读一汗,读竟,重衣尽湿,愤而披发入山。

号称选贤的科举竟成了庸才选拔赛。《司文郎》以令人喷饭的情节来嘲弄这种选材。文中出现一个瞎和尚,可以用鼻子嗅出文章的好坏——这和尚是"前朝名家",因糟蹋字纸太多,被罚为瞽僧——有几个书生都去请和尚嗅自己的文章,其中有个余杭生是个狂悖无礼的人,僧嗅到余杭生的文章时,"咳逆数声"曰:"勿再投矣!格格而不能下,强受之以膈。再焚,则作恶矣。"可是,恰好这余杭生考了头名!趾高气扬的余杭生向盲僧耀武扬威,于是出现了一个戏剧性场面:

僧曰:"我所论者文耳,不谋与君论命。君试寻诸试官之文,各取一首焚之,我便知孰为尔师。"生(余杭生)与王(王生)并搜之,止得八九人。生曰:"如有舛错,以何为罚?"僧愤曰:"剜我盲瞳去!"生焚之,每一首,都言非是;至第六篇,忽向壁大呕,下气如雷。众皆粲然。僧拭目向生曰:"此真汝师也!初不如而骤嗅之,刺于鼻,棘于腹,膀胱所不能容,直自下部出矣!"

这只能"自下部出"的文章,恰好是余杭生的"伯乐"写的!那位前朝名家因之说:"仆虽盲于目,而不盲于鼻,帘中人并鼻盲矣!"

贾奉雉是位相信"学者立言,贵乎不朽"的读书人,怎么忽然写出糟糕透顶、不可告人的文章且以此中举?作家给以别出心裁的安排:是异人郎生以符写背的结果。余杭生那样狂妄无知的人何以能高中?作家用鬼僧嗅文的奇思给以"物以类聚"的合理解释。以符写背、鼻嗅文章都是荒诞不经的,但它们对于现实的揭露,却比任何照相式描写更刻骨而尽相。

我们常说蒲松龄是志怪小说家。但是,如果我们仅仅看到作家的搜奇猎异,而忽视了他寓于奇异中的孤愤之心和史家责任感,那么我们对作家的理解便是隔靴搔痒。当然,小说不是历史,也不应该与历史等同，小说应该是形象生动、血肉丰满的。但"史笔"永远是一切好小说的精髓。我们在《贾奉雉》《司文郎》中，就看到了科举制度的历史积淀。那是任何前辈作家的才能都未曾触及的角落。

我们还会被《三生》惊心动魄的阴司讨债所震撼：

> 湖南某能记前生三世：一世为令尹，闱场入帘。有名士兴于唐被黜落，愤懑而卒，至阴司执卷讼之。此状一投，其同病死者以千万计，推兴为首，聚散成群。某被摄去，相与对质。阎罗便问："某既衡文，何得黜佳士而进凡庸？"某辩言："上有总裁，某不过奉行之耳。"阎罗即发一签，往拘主司。久之勾至，阎罗即述某言，主司曰："某不过总其大成，虽有佳章，而房官不荐，吾何由而见之也？"阎罗曰："此不得相诿，其失职均也，例合笞。"方将施刑，兴不满志，戛然大号；两墀诸鬼，万声鸣和。阎罗问故，兴抗言曰："笞罪太轻，是必掘其双睛，以为不识文之报。"阎罗不肯，众呼益厉。阎罗曰："彼非不欲得佳文，特其所见鄙耳。"众又请剖其心。阎罗不得已，使人褫去袍服，以白刃劙胸，两人沥血鸣嘶，众始大快，皆曰："吾辈抑郁泉下，未有能一伸此气者；今得兴先生，怨气都消矣。"

这完全是个虚幻情节，似乎以痛快淋漓的复仇来宣扬善恶报应——考官们在阳世误黜考生，便在阴司受到白刃劙胸的严惩，如果我们仔细地考校，则发现在这个荒诞不经的故事背后，深藏着如峭壁悬崖般严峻而深沉的历史感：

——科举制"黜佳士而进凡庸"；

——考官目不识文，理应剜去双眼；心存鄙见，理应以白刃劙心。他们文过饰非，上推下卸；

——考生被黜落郁郁而死者以千万计。

联系《三生》中复仇者的姓氏，我们更可以窥见作家的良苦用心。

"兴于唐"！姓"兴"，已是十分罕见的姓氏，名"于唐"，更是稀奇，作者偏偏选中它。原来，那个影响了几代读书人的科举制度，恰好是起始于隋代而兴盛于唐。

一个阴司报应的虚幻故事，负荷了几百年知识分子血写的历史。

蒲松龄凭借冥界这一题材，凭借为功名而游魂等奇特想象，对科举制作了历史性开拓。由此我们可以体味到：

——想象，有时反而是表观现实的最好方式；

——想象，有时恰好是深化现实的最佳角度；

——想象，有时更可以使人感到比日常生活本身更多的、更深的哲理。

雨果在《莎士比亚的天才》中说：

> 莎士比亚是一种想象，然而那正是我们已经指出的而且为思想家所共知的一种真实。想象就是深度。没有一种精神机能比想象更能自我深化，更能深入对象，这是伟大的潜水者。

人们通常喜欢用作家的阅历来理解他文学上别开生面的原因。于是，蒲松龄的皓首穷经成为他涉足、深入科举题材的合理解释，这自然有一定道理，但不能完全说明问题，蒲松龄无疑熟悉取士制的一切现象，熟悉取士制的一切弊端，熟悉士子的种种感情，但更重要的是，他的心中有一面神奇的、把事物高度集中的镜子，他有着强健的想象力。他是个善于靠想象来自我深化，深入对象，潜入生活深处的"伟大的潜水者"。

（三）冥界的浓郁人情

可以说，在六朝小说中，随着骎骎岁月，小说家对冥界的描写越来越趋近于人情化。唐传奇《李章武传》中的王氏妇，因为思念情人李章武而病死，为申"九泉衔恨，千古睽离之叹"而深夜出会情人。《李章武传》写这个女鬼由阴间来人间就像一个从远而近的凡人："旋闻室北角悉窣有声，如有人形，冉冉而至。"这位女鬼虽然"举止浮急，音调轻清"，但她像生活中的常人一样："欵若平生之欢""倍与狎昵，亦无他异"。另一个类似的故事《唐晅》（见《太平广记》）更加袅娜动人。唐晅之妻死后，对丈夫思念不已，竟冒阴司之苛责来到人世，她还带了五六岁的女儿，而这个女儿死时正在"襁褓"中，居然在阴间长大了！阴间俨然成了另一人间，唐妻在那儿抚养女儿，拒绝"堂上"要她改嫁的安排。

六朝小说中阴司人情的涓涓细流，由唐传奇汇合成溪流，到聊斋故事中竟成泛滥之势。

《聊斋志异》冥界故事字里行间充溢着浓郁的人情：

其一，阴间、阳间没有明显界限。

人可以因病入冥。如《汤公》的主人公"抱病弥留"；《刘全》中主人公"病卧，被二皂摄去"。可以梦入阴间，如《杜翁》："觉少倦，忽若梦，见一人持牒摄去。"可以肉身因意外事故入冥。如《酆都御史》的主人公因探险而探进阴司；《龙飞相公》的主人公因坠井而入冥。蒲松龄有时也描写人由生到死的恐怖和痛苦，但更多地却是轻描淡写，不把阴司看成是阴森可怕的。似乎人进入阴司只是换了一个地域而已。

已经死了的人可以用种种方法复活。连琐、伍秋月、聂小倩都靠恋人的帮助返回人间，莲香和李女重新附身他人而再生，连城则和爱人乔生一块返回人间。还有人用十分简单的方法一下子从冥间跑回人间。《耿十八》故事中，耿十八被勾命者引入冥间时，途中乘引导者不备越台逃跑，还用手指把勾魂车上自己的名字抹去，他居然就这样复活了，而阴司也不追究。

阴司中上刀山、下油锅的刑罚固然有，有趣的是，有时阎王索性越俎代庖，把应当在阴间施行的刑罚，直接搬进人世。《阎王》中阴司惩罚阳世的妒妇，让她生病。《僧孽》中冥王在阴司惩罚淫赌僧人，将他"扎股穿绳而倒悬之，号痛欲绝"，其实这个僧人还活着，只是他的灵魂被阴司勾去加以处治，反映在他的肉体上，就成了"疮生股间，脓血崩溃，挂足壁上"，宛然冥司倒悬状。

冥间有时还成为人们心目中的桃花源。《祝翁》写一位老头担心自己死后老妻在人间受苦："一副老皮骨在儿辈手，寒热仰人，亦无复生趣",又返回人间,邀老妇同死。老两口欣然同赴阴司。真是"泉路茫茫,去来由尔"。

其二,阴司是十分丰富的人生。

聊斋故事中的阴司,不是人一切活动的结束,也不只是按人生前行为决定去向——升天堂、下地狱、入轮回——阴司成为继续生活的新开端。

没有儿子的晏伯居然在阴世纳妾,生下一个十分聪明的儿子(《湘裙》)。

豆蔻年华夭亡的惠儿不仅在阴司嫁了人,而且嫁的是阔少爷,可以华服绣裳,满头珠翠(《珠儿》)。

阴司里有人情往来的宴会。杜叟在阴司求了人情,像人世一样设宴酬宾,没有掌勺的人,就从人间把儿媳唤来,儿媳来后,"坚坐指挥",两个鬼妇人制馔,宴会完了,儿媳再返回人间(《鬼作筵》)。

阴司的孩子也要延师读书。做母亲的舐犊之情甚至胜于人间。《爱奴》写鬼请人师的故事,阴司的母亲为了不争气的儿子屡屡干扰教师,还低三下四地求情。不仅阴司的平民百姓去人间请老师,连阎王本人也到人间请西宾(《元少先生》)。

阴司有十分高雅的社交、游艺活动。《汪士秀》写一个生前爱蹴鞠的庐州人,死后仍然在阴司一展"流星拐"绝技。《棋鬼》中嗜好下棋的鬼魂为了下棋,误了为阎王写碑记的任务,被罚进永世不得超生的饿鬼地狱中。

鬼魂之间可以在阴世联诗,也可以像连琐姑娘那样与人联诗。《晚霞》中人世间出类拔萃的艺人在阴世龙宫仍然演出天女散花的绝美舞蹈。

《考弊司》《湘裙》《梅女》诸篇中阴司还出现了妓院,妓女们甚至把自己的生意做到人间来。

其三,阴冷的冥世常常漏泄出一缕缕温煦的人性的春光。

绿面赤髯的判官在任何幻奇派小说中都是令人毛骨悚然的。《聊斋志异·陆判》也写了这可怕的判官，可是这位判官却可亲、可信、可以交往。

《陆判》开头写陵阳有座十王殿，夜间常传出拷讯声，一群文人就用判官来打赌，怂恿朱尔旦深夜把"貌尤狞恶"的判官从十王殿中背出来。素来豪放不羁的朱尔旦果然把绿面赤髯的"髯宗师"背了出来，吓得众人瑟缩不安，朱尔旦只好再背回去，还开玩笑地邀请判官到他家耍耍："荒舍匪遥，合乘兴来觅饮。"判官老爷果然来了。朱尔旦以为自己得罪了判官，他来索命："意！吾殆将死矣。前夕冒渎，今来加斧锧耶？"朱尔旦的想法符合一般读者的传统心理，反映了怪异作品的一般规律，聊斋先生完全可以照前人的路子轻车熟路地写下去，写成一个可能也是离奇的、引人入胜的故事。

然而他不，他突出奇兀，绝不落他人窠臼。他把这位面目非常凶恶的判官变成了一个忠实可靠、坦率可亲的人。"判启浓髯微笑，曰：'非也。昨蒙高义相订，夜偶暇，敬践达人之约。'"判官像正常朋友一样来践约，和朱尔旦成为豪饮的酒友，他博闻多识，"与谈古典，应答如响"。还懂阳世的制艺，帮朱尔旦修改文章。当他发现朱尔旦因为"心之毛窍塞"而"作文不快"时，就很热心地把朱尔旦那颗愚钝的心从脏腑中取出来，从冥界千万个心中挑一个最聪明的心给他换上。朱尔旦从此文思大进，他得陇望蜀，要陆判替他妻子换个美人首，陆判居然又把朱尔旦之妻变成一个"画中人"。

《陆判》是个多么诙诡的故事！可是因为洋溢其中的温情，我们感到可亲也可信。

类似的情况很多，《王六郎》中溺水而死的王六郎因为喝了许姓渔夫的酒，就不辞辛劳地为渔夫驱赶鱼儿。上帝给王六郎一次重生的机会，安排一个妇人溺水来代替他，可是王六郎看到妇人扔下的婴儿，大为不忍，"代弟一人，遂残二命"，毅然帮妇人复还，宁可自己做鬼。这是何等善良的心肠！

《刘全》写牛医侯某，在外出途中戏谑性地祭奠旋风，又偶然为城隍庙中的刘全塑像除秽,后来他被一匹马的魂灵所告,被阴司拘去对质,就是他那股旋风中的鬼使和刘全帮他渡过难关,驳回马的诉讼,又返回人间。

至于阴司中的爱情,不管是女鬼因慕情而复生,如聂小倩、连琐,还是只有成为鬼才可以终成眷属,如连城、王生,这些爱情都强烈、执着、感人肺腑。

由以上的简要分析,可以看出,聊斋冥界故事以人情见长,以人情浓郁而具有独特魅力:

恢诡虚幻的冥界使人惊奇,人情味却使人愉悦,惊奇与愉悦如影随形,使艺术欣赏臻于完美;

冥界当然是虚无的,但浓郁的情趣使之可信,甚至令现实生活的实事相形见绌,浓郁的人情变荒诞不经为合理,最阴冷的冥界漏泄出和煦的春光。

聊斋的冥界题材显示了作家一种奇异的才能、一种在心灵中同时并怀极端和相反的感觉的艺术,也可以说从相反的方向扣动心弦。这样的艺术,可以意会,但很难模仿,这是狄德罗所谓"天才最显明的特征之一"。

第三节　精灵欤?人生欤?

妖精是聊斋故事的主人公之一。

妖精是什么?是动物、植物、器物变化成人,或者没有变化完美但已可以同人交往(言谈、交际)的半人半物。《西游记》中孙悟空最爱打妖精,其实他自己也是妖精的一种——猴精。吴承恩常常提醒他的猴妖之身,变一座庙宇时,还因为尾巴没处放,不合情理地竖在庙后,被二郎神识破。

妖精早在《山海经》中就有,六朝以来,越来越多地进入文学作品。首先是在张华《博物志》中系统地出现,所写异兽、异鸟、异虫、异草木,虽然着眼点基本在其生物属性上，但已经构思出妖变人、妖迷人的故事。例如，原载《吴越春秋》"袁公"条的猴抱妇人事，在《博物志》中改成猴抢了妇人又迷了其本性，生了儿子再还给人间。这个题材引起后世文人的盎然兴趣。唐传奇《补江总白猿传》，宋元《清平山堂话本》中的《陈巡检梅岭失妻记》，明代《剪灯新话》中的《申阳洞记》，皆是大同小异的猴妖惑人故事。

六朝郭璞所撰《玄中记》有关于姑获鸟的故事，称鸟为"鬼神类"。姑获鸟"衣毛为飞鸟，脱毛为女人"，喜欢取民间子养为己子。荆州一男子见田中有六七个漂亮女子，旁边放着羽衣，男子赶快抢一袭羽衣在手，诸女子皆衣羽衣飞去，仅一女子无羽衣不得飞，男子娶以为妻。……自《玄中记》开始，人鸟之恋的故事在文学作品中日渐繁衍，直到《聊斋志异》中的《竹青》，仍然袭用这身羽衣，以羽衣作人鸟交替的界限。

《玄中记》还出现了狐的故事："狐五十岁，能变化为妇人，百岁为美女，为神巫，或为丈夫，与女人交接，能知千里外事，善蛊魅，使人迷惑失智，千岁即与天通，为天狐。"这个故事的构思方法几乎成为后世约定的模式：狐有法术，善蛊魅；能化人形；以男诱女或以女诱男；狐的年岁越大，道业越深。《搜神记》也写千岁狐化美女事。"张华"条目中，写一个自称"胡博士"的狐女与张华讨论学问，使张甘拜下风。到了唐代，百姓多祀狐神，房中祭以祈恩，食饮与人同，事者非一主，当时有谚："无狐魅不成村。"唐传奇《任氏传》描写的任氏笃于爱情，信守情义，已经极少怪异而颇具人情。

前人小说中的妖精真可以说五彩纷呈，仅《幽明录》一书，就有狸化女子（"费升"）、乌鸦化男孩（"海西孝子"）、白鹄化女（"苏琼"）、獭精化人（"吕球"），甚至于几种妖精同时出现。"永初嫁女"写一个三魅惑新娘故事：蛇传话，龟为媒，鼍做新郎……

扼要回顾前人作品中的妖精形象、妖域描写，可能有助于我们认识聊斋故事的价值。因为任何一个人在文学上的价值都不是由他自己决定的，而只是在同整体的比较中见出的。

以整体的比较观察妖精类故事，可以看出，《聊斋志异》虽然不能算此类小说中最好、绝无仅有的，但至少，它更丰富、更成熟、更有艺术魅力。

（一）"幻由人生"的艺术哲学

观察中国古代志怪小说与欧美怪异小说，我们惊奇地发现，把"人"放在什么位置，是迥乎不同的。自希腊神话到文艺复兴时的欧洲小说，常常幻想人变成神奇的动物，获得神奇的力量。有时，把人变成动物是小说结束故事的手段。国王忒瑞斯追赶妻子普洛克涅和妻妹菲罗墨拉，两姐妹险些死于忒瑞斯凶刀时，神祇把姐姐变成了燕子，把妹妹变成了夜莺。到了当代外国小说中，这种人的异化还没有停止。卡夫卡让他的主人公变成一只大甲虫（《变形记》）；马尔克斯让他笔下的人长出一条猪尾巴（《百年孤独》）。中国志怪小说则多半让动物、植物、器物幻化成人形，来同人交往，同人结合，甚至同人生儿育女。有的小说还由此引出漂亮的波澜，《聊斋志异》中人与鸟结合要产生后代时，人间的丈夫向飞鸟妻子调侃曰："胎产还是卵产？"（《竹青》）

《聊斋志异》显示出以人心为基点的宇宙观，创造了独特的艺术哲学——"幻由人生"。

《画壁》写朱孝廉爱慕画上的散花天女，自己便飘飘入画，同天女结合，等他从画上返回人间时，画上的天女也从少女装束改成了"螺髻翘然，不复垂髫"的少妇。朱孝廉很惊讶地向老僧请教缘故，僧笑曰："幻由人生，贫道何能解！"

"幻由人生"——精灵可以因为人的翘盼而蓦然出现。

《狐梦》是更典型的例子。

书生毕怡庵因读《青凤》而慕狐仙，希望自己有耿生式的艳遇，深夜不寐，苦想凝思，结果，真把女狐盼了来。先是一个年逾不惑而风韵犹存的妇人，毕怡庵"投以嘲谑"，意在求欢，狐妇以自己年长谢绝，并不责怪毕怡庵无礼，反而把自己如花似玉的女儿嫁给了他。次夕，一群狐女出现在毕怡庵的梦中，或"淡妆艳美"，或"艳媚入骨"，来同毕怡庵饮酒调笑，把"衬饰工绝"的罗袜变成酒杯将毕怡庵灌醉。刚结婚一日的三娘以周到的柔情维护着她的人间夫婿……

毕怡庵饱尝了爱情的甜蜜，经历了现实生活中不可能有的、恣情游戏的极乐情趣。一切都因他的思慕而产生——"幻由人生"。

《婴宁》也是个"幻由人生"的故事。书生王子服在郊外遇到容华绝代、拈花而笑的婴宁，回去后日思夜想至于病倒，他的朋友吴生为了给他治心病，就骗他说，已经查得拈花女的下落：

> "已得之矣。我以为谁何人，乃我姑氏女，即君姨妹行，今尚待聘，虽内戚有昏因之嫌，实告之，无不谐者。"生喜溢眉宇，问："居何里？"吴诡曰："西南山中，去此可三十余里。"

吴生只不过对王子服编鬼话，按说，照这番鬼话去寻婴宁，准是海中捞月、镜中寻花。可是不然，等痴情的王子服向西南方向寻访时，果然在只有鸟道的山中见到了他日夜思念的姑娘，而这婴宁果然是他姨妹，他们还打破内戚忌讳成了亲！

只要你执着地追求、热切地盼望，你所希冀的一切，便可以在你眼前出现！

这便是"幻由人生"的艺术哲学。

这种哲学反映了作家的理想主义，也使得志怪小说摆脱了那种总是由人寻仙、遇仙的框架，展现了一个更加利于自由想象，更加利于才思驰骋的新天地。

"幻由人生"，这种新奇的构思，对于陈旧的妖界故事，像在一株古老而黝黑的老槐上，长出了一片嫩黄的新绿。

（二）跨越了"妖精害人"的规则

如上所述，六朝小说及唐传奇中，人常常处于被攻击、被损害、被蛊惑的位置。妖精们（尤其是狐）接近人、向人"采补"以利于自己成仙,这几乎成为一条艺术规则。《任氏传》那样善良而无害的妖精固然有,但如凤毛麟角耳。

在《聊斋志异》中,我们仍然常看到妖精对人的损害。如,《花姑子》中蛇精吸人精髓,《五通》中马精、豕精残害妇女,《荷花三娘子》中的狐女与宗某相爱而使他一病不起,这是"妖精害人"在聊斋故事中的"余毒"。蒲松龄如果总如此照猫画虎,他就抛弃了创造的职权,变成对前人没有价值的呆板重复。但是蒲松龄成功地超越了前人,他化敌为友,化仇为爱,变害为利。他让昔日的害人精打起了新旗帜:爱人类,帮人类。

难道不是吗?孔雪笠胸前长了一个肿瘤,饮食俱废,痛楚呻吟,狐女娇娜用自己炼的金丹给孔生治疗,使他沉疴尽失(《娇娜》)。桑生受鬼蛊,狐女莲香为他采药南山(《莲香》)。张鸿渐被官府追捕无处藏身,狐女舜华帮他脱离险境,又送他返回故土(《张鸿渐》)。幻化成少女阿绣的狐仙,千方百计帮心上人刘子固同真阿绣团圆(《阿绣》)。少女范十一娘的爱情生活遇到障碍,狐女封三娘极力为之斡旋(《封三娘》)。狐女小翠不仅帮王家治好了傻儿子,还在官场斗争中给王侍御以决定性帮助(《小翠》)……狐仙助人的故事,俯拾皆是。

助人者岂止狐仙?各类精灵都向人类敞开仁慈友爱的情怀:

《阿英》。一只鹦鹉那么真切地相信主人饲养时对儿子讲的戏言:"将以为汝妇!""不将饵去,饿煞媳妇矣!"鹦鹉十几年耿耿于怀,不能忘情。终于,幻化成一个美丽的少女来甘家做儿媳妇。

《花姑子》。一只老獐曾受安生放生之德,他虽然反对女儿同安生热恋,以为儿女私情玷污清门,但当安生为蛇精所伤、命在旦夕时,老獐向上帝请求坏道代死,哀之七日,有秦庭之哭的壮烈,又有舍己为人的崇高。

《二班》。自然界最凶猛的兽中王也以爱护人为己任。医生殷元礼曾为"容躯威猛"的班爪、班牙请去为班母治病。三年后,殷入山为群狼所扑,已然"自分必死"时,忽有二虎突至,扑杀群狼。二虎即二班,时隔三年,猛虎依然记得医生诊病之恩。

有时,妖物还给处于人生难关的人以巧妙的帮助。《三仙》是一个最有代表性的故事。

某士子赴试金陵,路遇三个秀才,谈吐超旷,他们邀士子进"门绕清流"的家中饮酒,且以"场期伊迩,不可虚此良夜"为由,出了四个考题写文章。三位秀才的文章令士子倾倒,遂笔录而怀藏。士子醺醉,和衣而卧——

> 既醒,红日已高,四顾并无院宇,惟主仆卧山谷中,大骇。呼仆亦起,见傍有一洞,水涓涓流溢,自讶迷惘,视怀中,则三作俱存。下山问土人,始知为"三仙洞"。盖洞中有蟹、蛇、虾蟆三物,最灵,时出游,人往往见之。士人入闱,三题皆仙作,以是擢解。

多么奇妙!蟹、蛇、虾蟆在日常生活中是颇不令人喜爱的,在这里却变成助人成功的仙。作者一开始用诗意化名字暗示秀才的身份:介秋衡(蟹)、常丰林(蛇)、麻西池(虾蟆),故事虽然蒙着宿命的阴影,但更有神秘的美感,亦不乏梦幻的朦胧和淡淡的讥讽。虚构出预知考题而顺利过关的故事,当然与蒲松龄乡试多次铩羽有关,是热切愿望产生的痴想(何垠就指出:"此疑有为而言"),但像这样写妖精助人,且是解决人生重大难题的故事,确乎出类拔萃,它宛如一泓轻盈而湍急的清流,那些带着人情味的东西都被这水雾迷蒙的溪流浸透着、宣泄着。

(三)人生、人物的多样化、深刻化

妖即是人。是更典型的人,更高层次的人。妖精恰好体现人类行为和文化的深层蕴意。

这是聊斋妖界故事给人的又一突出印象。

以怪异出现的深刻而庄重的人生——表面是妖精世界,骨子里是人生实际矛盾的浓缩、升华。

《青蛙神》。江汉薛昆生与青蛙神之女十娘联姻后，因青蛙神的财富和神力，薛家田增粟、贾增价，家庭骤富，而十娘每日凝妆坐，不操女红，薛生的衣履仍然依靠其母。母念曰："人家妇事姑，吾家姑事妇！"十娘闻之，与婆母拌嘴，薛生怒而逐妇且指责青蛙神："养女不能奉翁姑，略无庭训，而曲护其短！……"《青蛙神》出现不少青蛙神作法的描写，但这个家庭却完全是一种贫富结合的格局：富人的女儿不懂得也不乐意孝敬贫穷的翁姑，做丈夫的"人穷志不短"，正气凛然斥责岳父家的无家教，从而导致一系列矛盾爆发。神的以法术压人正是隐喻富者的跋扈，一个关于"怒蛙"的荒诞不经的故事反映了现实人生中贫富思想的交锋。

《白秋练》。直隶慕蟾宫随父外出经商，夜间苦吟，引起一个"十五六倾城之姝"的好感。女名白秋练，相思病苦，由乃母出面自媒，不料因为白家"微贱"，秋练"自总角时，把柁棹歌"，遭慕父拒绝。慕父成为一对青年男女结合的不可逾越的屏障。意外的是，这屏障忽然自己瓦解。原来，慕父发现白秋练可以预知货价，按其言经商准得暴利。《白秋练》的女主角被蒲松龄描绘成白鱀，显然是作家钟爱的妖仙，但这个故事却像一面明镜，映照出商人在婚姻问题上的历史性变化：不再以门第、以女子的贞与不贞为结亲条件，而鲜明地打上了"金钱就是一切"的印记。白鱀的怪异故事无疑成为社会风俗画的佼佼者。

《阿纤》。如果说《青蛙神》隐喻了富女嫁贫儿的家庭悲欢，那么我们有理由相信，《阿纤》恰好标志着贫女进势利之门的哀苦。奚山本来是个以贸贩为业的商人，途中遇雨，认识一位古姓老人，古家家境贫寒而待客诚笃，其女儿阿纤风致嫣然，惹人爱怜。奚山遂为其弟订婚娶。阿纤进门以后，"昼夜绩织无停晷"，却受到奚山等人的鄙视，阿纤愤而离家。作家巧妙地用侧写法，暗示阿纤的鼠精身份，着力描写，奚山怀疑"新妇非人""日求善捕之猫"，从而导致了阿纤的离去。

这似乎是妖精和人的分歧了。但耐人寻味的是，奚家对阿纤的态度始终受"经济杠杆"的制约。奚家贫时，纳贫女阿纤，阿纤入奚家三四年，奚家人富，遂厌恶阿纤；阿纤愤而离去后，"又数年，奚家日渐贫，由是咸忆阿纤"。奚山这位带着全部封建家长威势的人物，为何想要对他看不上的鼠精纤尊屈就呢？原来奚山相信阿纤是奚家的财神！为了发财，他也不觉新妇非人了，这是何等可怕的心态！这已经不是"妖与人"的肤浅故事了，完全变成社会伦理的深层探索。

凤仙和颜如玉是两个和书结了不解之缘的妖仙。《凤仙》的女主角是个狐女。却热衷于催促丈夫读书，为了激励丈夫求功名，她离开了丈夫，却从镜子中监视他攻读，读得好时她喜气盈盈，读得不好时，她泫然欲涕。《书痴》中的颜如玉干脆是从书本上走下来的。她来人间指导那位书痴郎玉柱如何有效地读书、怎样下棋，把这个书呆子变成一个倜傥不群的人。颜如玉还和这个本来不懂"人事"的呆子养下一个儿子。凤仙和颜如玉真是奇特得难以想象——一个躲在镜中监视丈夫，一个从书本上"忽折腰起，坐卷上微笑"——她们的"妖身"诱惑着、扰乱着读者的眼睛，可是她们的作为却诉诸我们的理智，引起关于历史、关于社会制度的思索：科举的毒雾是怎样地弥漫于闺阁，读书人的灵魂是何等的空虚！

《恒娘》。洪大业之妻朱氏姿致颇佳，其丈夫却偏偏喜欢"貌远逊朱"的小妾宝带。朱氏心中不平，常寻衅闹事，结果大伤了丈夫的感情，丈夫益嬖小妾。后来，朱氏交了位女友，名恒娘，她发现恒娘"姿仅中人"，其夫却独钟爱恒娘，年轻而娟好的小妾"虚员而已"。朱氏向恒娘"北面而弟子"地求教，细腻地揣摩性爱的技艺：换装着履，秋波送娇，欲擒故纵，用"易妻为妾""变易为难"的战术，夺得了丈夫的宠爱。这位深谙性爱心理和技艺的恒娘自称为"狐"，实际上《恒娘》所展示的是中层家庭中以色事人的妇女的悲哀，带着这些"嫡妻"的名分优裕和她们羁绊丈夫的强烈愿望。

和《青蛙神》《阿纤》《白秋练》《恒娘》《书痴》《凤仙》等

怪异故事类似的篇章，在聊斋故事中可谓俯拾即是，它们都是写狐鬼仙魅，但都展现着、隐藏着、暗喻着人生：

《宫梦弼》《柳秀才》等是真挚友情的象征。尤有趣味的是：《八大王》写一只巨鳖为报答冯生放生之恩，将一个小人捺入冯生臂中，冯生从此获得金帛无算，"小人"成为"友谊和力量"的象征。

《狐梦》《荷花三娘子》是怡游人生的凹凸镜，正如《丑狐》《毛狐》《武孝廉》是爱情的哈哈镜。

《红玉》《辛十四娘》写狐女的爱情周折，《石清虚》写石头的得而复失，实际全关乎一个重要的社会问题：人的最基本的人权。

蒲松龄为什么要写那么多的妖精？是为了更深邃地写人生。他巧妙地用各种妖精的不同发光点，烛照社会生活的各个角落。他常常突如其来地改变他笔下的"人化的非人"，忽而是青蛙，忽而是田鼠，忽而是绿蜂，新颖多样，使读者一直兴趣不衰。这些怪界形象优美也好，狞恶也好，都能闪电似地迸发出某种思想的火花，把人们的思绪一下子拽回到"人生"二字上来。我们不妨不厌其烦地引用作家一个不大被人重视的故事《鸮鸟》：

> 长山杨令，性奇贪。康熙乙亥间，值西塞用兵，市民间骡马辇运粮饷。杨假此搜括，地方头畜一空。周村为商贾所集，趁墟者车马辐辏。杨率健丁悉纂夺之，计不下数百余头。四方估客，无处控告。时诸令皆以公务在郡。会益都令董、莱芜令范、新城令孙，会集旅舍。有山西二商，迎门号诉，盖有健骡四头，俱被抢掠，道远失业，不能归，故哀求诸公为缓颊也。三公怜其情，许之。遂命驾共诣杨。杨治具相款。酒既行，众言来意，杨不听。众言之益切，杨举酒促釂以乱之，曰："某有一令，不能者罚。须一天上、一地下、一古人，左右问所执何物，口道何词，随问答之。"便倡云："天上有月轮，地下有昆仑，有一古人刘伯伦。左问所执何物，答云：'手执酒杯。'右问口道何词，答云：'道是酒杯之外不须提。'"范公云："天上有广寒宫，地下有乾清

宫，有一古人姜太公。手执钓鱼竿，道是：'愿者上钩'。"孙云："天上有天河，地上有黄河，有一古人是萧何。手执一本大清律，他道是'赃官赃吏'"。杨有惭色，沉吟久之，曰："某又有之。天上有灵山，地下有泰山，有一古人是寒山。手执一帚，道是'各人自扫门前雪'。"众相视觍然，不作一语。忽一少年入，袍服华整，举手作礼。共挽坐，酌以大斗。少年笑曰："酒且勿饮。久闻诸公雅令，愿献刍荛。"众请之。少年曰："天上有玉帝，地下有皇帝，有一古人洪武朱皇帝。手执三尺剑，道是'贪官剥皮'。"众大笑；杨恚骂曰："何处狂生？敢尔！"命隶执之。少年跃登几上，化为鸮，冲帘飞出，集庭树间，回顾室中，作笑声。主人击之，且飞且笑而去。

鸮鸟即猫头鹰，一向被看作不祥之物，此处却被作家借来表达人民的心声，作家还意犹未尽地在"异史氏曰"中直接说明他的用心："鸮所至，人最厌其笑，儿女共唾之，以为不祥，此一笑，则何异于凤鸣哉！"可以说，作者虚设人化鸮鸟的情节正是为了说出"贪官剥皮"的痛快淋漓的话，而这种"且飞且笑"的精心构想更起到了余音绕梁的效果。

怪异的出现、妖精的繁多使人应接不暇，使聊斋的艺术画面充满了不可言喻的美感和引人入胜的神秘、朦胧、恍惚，耐人寻味，也更加深邃。人们在寻奇探胜的乐趣中，不知不觉地领悟了某些绝妙的人生真谛。

不妨这样说："妖精"给聊斋在摹写人生上带来了象征性、寓意性、借用性，还有在此基础上产生的多彩多样性。

还应指出的是：怪异身份还构成典型性格的强有力因素。要言之：生物特点出神入化的运用是聊斋的巧夺天工处，林林总总的怪异实际上是千殊万类的人的诗意化或漫画化。因为精灵身份、特点的运用，蒲松龄在创造典型上左右逢源，收继往开来之功。关于聊斋艺术典型的构成，下文还要专论，兹不赘。

第二章

奇特的落差

波浪滔滔的白水河从重峦叠嶂间穿过，流至黄果树。一百多米宽的滔滔江水突然从六十多米的层崖间跌落！

飞瀑掀起轩然大波。浪花四溅，喧声大起，骄阳的投射，化作一道长虹飞临瀑布上空。布满空气的轻纱薄雾，忽明忽暗，忽闪忽现，幻影憧憧，……

"飞流直下三千尺，疑是银河落九天。"和黄果树瀑布的气势相比，天才诗人李白笔下的庐山瀑布成了一道不起眼的溪流。

如果白水河的河床不发生断落，这河仍然不失为一条美丽的河，然而却是一条普普通通的河。是巨大的落差给它带来了世间无与伦比的壮丽。

北美洲的尼亚加拉瀑布同中国的黄果树瀑布一样，银河倒泻，万马奔腾。从春飞到夏，从秋流到冬。严寒来临，瀑布周围草木岩石为水珠溅及，遍被冰雪，银装素裹。夜间，几千瓦的探照灯照过去，色彩迷离，如幻如梦。世界各地的旅游者，就乐意挑寒冬腊月去尼亚加拉，不远万里，顶风冒雪。

尼亚加拉瀑布的落差比黄果树还少了十米，但它靠了纬度、季节的落差，成就了这遐迩闻名的冬日奇观。

落差，这神奇的魔术师，它使本来平平常常、普普通通的事物，一下子变得突兀神奇，就像贫儿忽然登上王子的宝座，突如其来地，有了特殊的尊崇，有了响亮的声望。

落差更可以给文艺创作带来奇迹。

生于繁华、终于零落的曹雪芹，写下了盖世奇书《红楼梦》；

"蛇的智慧加上鸽子的温文"（林语堂语），这种世上只有少量人兼具的品格，造就了多才多艺、独具卓见的苏东坡；

……

蒲松龄的一生当然没有曹雪芹那样跌宕、苏东坡那样有趣，但他同样有着天才的精神阅历。

在他身上：

传统同新潮交错；

幻想同现实交汇；

传奇同志怪交融。

他是一个炼丹士，他利用种种落差，利用"千差万别"这一添加剂，去炼制他的金丹。在热情的昂奋中，他以强烈的；坚持不懈的艺术追求，全力熔铸自己独有的艺术世界。

《聊斋志异》是历史长河在巨大断层跌落时溅起的飞瀑；

《聊斋志异》是新思潮、新方法的阳光投射在传统文化的滔滔江水上映出的彩虹。

第一节　在历史转折关头

人们相信：能让各国读者喜欢的作品，一定是充分展示了本国特色，能被后世读者喜欢的作品，一定是充沛地体现了自己的时代精神。

钱锺书先生在《谈艺录》中说过："写忧而造艺。"

《聊斋志异》凝重、深沉地聚合了十七世纪中国社会生活的意义，生活在历史转折关头的蒲松龄把他的手伸进了中华民族生活的深处。

这是经历了大灾难、大忧患的年月。被清朝贵族的铁蹄刚刚践踏了的中华故土，十室九空。妻离子散的创痛还没有消失，平三藩的狼烟又再度点燃。谢迁在蒲松龄的家门口被残酷镇压，"尸填墟，血至充门而流"（《鬼哭》）。对栖霞于起义军的围剿，使得离蒲家庄二百余里的济南府"碧血满地，白骨撑天"！（《公孙九娘》）当困乏的人民以辛勤的劳动重建家园时，蒲松龄的想象仍然沉浸在伤心惨目的景象之中，他描绘出了他亲身经历或者耳濡目染的时代巨变，《公孙九娘》《野狗》《小二》《白莲教》《九山王》《头滚》《鬼哭》……都是动荡年月的艺术实录。

人民的困难因为幻想、夸张形式的采用，更加凝重、悠远而富于悲凉气氛。五千年文明中华在历史大倒退中产生的困惑、犹豫、反抗，顽强地、不自觉地显露着。于是，我们在《三朝元老》中，看到显赫官势下人格向下的悲哀，在《鬼哭》中，看到阴冷惨剧中人心向背的影像，在《张氏妇》中，看到险恶屈辱中人格尊严的力量。我们认识了我们现时代没法认识的事物，认识了为正史遗漏的历史。

蒲松龄所居的齐鲁之邦不仅是历史惨剧的演出场所，它还首先在经济上率先繁荣。水陆交通四通八达，京城数日可至，京杭大运河穿境而过，贸易连接五湖四海。齐鲁文坛在清初更是人才辈出，王渔洋、孔尚任、宋琬、赵执信……都是蒲松龄的同代人，甚至是熟人。一个有才能作家的出现或许有其独特条件，一群有才之士同时脱颖而出，就不能不、也只能够归结为齐鲁得风气之先。

为了说明《聊斋志异》的作者是在怎样的经济繁荣场景上挥动他的如椽巨笔，为了说明《聊斋志异》如何像晴雨表一样，标出了时代首先是经济的巨变，我们可以看一下一篇不大引人注目的故事——《小二》。

这实际上是一个农民起义失败者的故事。滕县赵旺之女小二自幼慧美，六岁从兄读书，五年而熟读五经。小二的同窗丁紫陌文采风流，二人相互爱恋但家长不允婚。后来赵旺参加白莲教，小二也师事教主，学得纸豆兵马之术。丁紫陌因恋慕小二，潜入白莲教徐鸿儒麾下，以"左道无济，止取灭亡"劝导小二随他逃出。二人先到莱芜地界，托名避乱，僦屋而居。后来因为有了大量家财，又要避开"蛇蝎之乡"的敲诈者，迁居益都西鄙。《小二》故事绘声绘色地描写小二如何乘纸鸢从白莲教营中逃脱，如何用"鸡笼判官"的法术向富家巧取千金，如何"戟指而呵"地治服了盗贼，如何以数百纸鸢逐走蝗虫……都像变魔术一样，十分有趣，又相当荒诞，尤值得注意的是《小二》中有这段文字：

> 女为人灵巧，善居积，经纪过于男子。尝开琉璃厂，每进工人而指点之，一切棋灯，其奇式幻采，诸肆莫能及，以故直昂得速售。居数年，财益称雄。而女督课婢仆严，食指数百无冗口。暇辄与丁烹茗著棋，或观书史为乐。钱谷出入以及婢仆业，凡五日一课。女自持筹，丁为之点籍唱名数焉。勤者赏赉有差，惰者鞭挞，罚膝立。是日给假不夜作，夫妻设肴酒，呼诸婢度俚曲为笑。女明察如神，人无敢欺；而赏辄浮于其劳，故事易办。

一幅多么详尽精彩的经济史图画，一篇形象生动的社会学资料！小二的工厂以奇取胜，也就是注意掌握顾客的猎奇审美要求和信息，及时推出新产品，因而价格贵却卖得很快。小二指挥着数百名手工业工人，赏罚分明的管理、劳逸结合的秩序、卓有成效的竞争，使她的事业如旭日东升，"财益称雄"。年轻慧美的赵小二，俨然一个"女强人"，指挥若定、胸有成竹、懂经济、善管理、谙心理、会调剂。这是一个崭新的形象，是商品经济高度繁荣的产物。当然，蒸蒸日上的资本主义生产方式不可能完全摆脱封建奴役式劳动的根基，"惰者鞭挞罚膝立"，即其深刻标志。

《小二》之深刻，在于它映现了封建经济向资本主义生产方式的过渡，映现了封建地主的闭关自守向工场主的竞争以求发展过渡，映现了传统的守财奴地主生活向享乐型资本家过渡。同样深刻的，还在于《小二》反映了两性因经济地位的变化渐趋平等的爱情生活。女企业家型的小二摒弃了"嫁汉嫁汉，穿衣吃饭"的封建女性格局，成为掌握自己命运的人。因为她"善居积""经纪过于男子"，她才可以豪迈地摆出主管架势，"自持筹，丁为之点籍唱名数焉"，才可以自在地同丈夫"烹茗著棋""观书史为乐"。男女经济地位平等，使她成为真正的女人，不再是男人的附庸。

聊斋故事中还有两位可以称之为企业家的人物：菊花之神黄英姐弟。黄英之弟陶生同马子才偶然相识，因艺菊的话题谈得投机，马子才邀陶氏姐弟住进自己家中，陶生的治菊高才大得马生赏识，但陶生的一番议论却使马子才不以为然：

> 陶一日谓马曰："君家固不丰，仆日以口腹累知交，胡可为常。为今计，卖菊亦足谋生。"马素介，闻陶言，甚鄙之，曰："仆以君风流高士，当能安贫，今作是论，则以东篱为市井，有辱黄花矣。"陶笑曰："自食其力不为贪，贩花为业不为俗。人固不可苟求富，然亦不必务求贫也。"

陶生的贩菊事业被她的姊姊黄英广而大之，她"课仆种菊，一如陶。得金益合商贾，村外治膏田二十顷，甲第益壮"。她嫁给马子才以后，靠她卖菊的收入，"鸠工庀料，土木大作，……闭门不复业菊，而享用过于世家"。马子才是位清高的书呆子，不能忍受卖菊的亵渎，也不乐意过太华贵的生活，黄英曰："妾非贪鄙，但不少致丰盈，遂令千载下人，谓渊明贫贱骨，百世不能发迹，故聊为我家彭泽解嘲耳。"

"聊为我家彭泽解嘲"是一句含义深刻的话。实际上是嘲弄以贫为清高的传统观念。黄英的作为反映了一种时代性历史巨变。她用古代文人历来用以比喻清高的菊花卖钱，以菊花致富心安理得，而且宣言要改变马子才那种"祝穷"的传统。这显然是资本主义生产方式的萌芽，是新兴资产阶级人生观的反映。《黄英》可以算是在最古雅的东篱下育出的近代芳香花朵。

《小二》所映现的经济繁荣，《黄英》所透露的人的传统观念因经济生活而发生的变更，都是十分纤细、微妙的。但是，一个有才能的作家，总是靠他非凡的感受力，见微而知著，用自己的感情和文思，自觉地或多半不自觉地记录下时代的脚步声。

于是，我们在《聊斋志异》中：

看到旧世界的庞大而羸弱，新生活的弱小而升腾；

看到旧道德的日落西山，新品格的喷薄欲出；

看到当路者的气势汹汹，黔首抗争的方兴未艾；

看到儒释道精华的沉淀和渣滓的泛起，看到人性论和功利主义的勃起及其先天的劣根性。

一言以蔽之：时代的、思想的新桃换旧符，尽收眼底。真是"远望之以取其势（形势），近看之以取其质（本质）"（郭熙语）。社会发展的形势、生活的本质在这部志怪书中，以形象的感人力量表露无遗。

马克思、恩格斯常提醒人们注意伟大的现实主义作家的认识价值。马克思说过，英国小说家（狄更斯、萨克雷、勃朗特等）"向世界指示了政治的和社会的真理，比起一切职业政客、政论家和道德家加在一起所揭示的还要多"。恩格斯指出，巴尔扎克的创作比当时的政治经济学、历史学、统计学的大量统计更详尽有力。巴尔扎克则在《〈古物陈列室〉〈钢巴拉〉初版序言》中剖白："从来小说家就是同时代人们的秘书。"

马克思、恩格斯对英法著名小说家的评价，完全适合我们拿来分析《聊斋志异》对封建社会末期的反映，巴尔扎克的剖白也十分适合于说明蒲松龄同清代的关系。尤为重要的是，蒲松龄这位时代的"秘书"，因为处于历史的转折关头、处于新旧交替的历史环节，就有了更多的机会倾听封建大厦将倾时发出的嘎嘎巨响，有机会观察民主主义思想"小荷才露尖尖角"的新绿。

第二节 理想主义者的现实观念

《聊斋志异》作者的思想驰骋于理想世界和严酷现实的双重断崖之间，思路大起大落、视野大开大阖、情绪高低起伏，造就出聊斋特有的幻想（仁风善政的向往）和现实（"官虎吏狼"的现状）相对立、相依存的艺术境界。

　　海晏河清的愿望，出将入相的企盼，惩恶扬善的心愿，历来是封建时代一切正直知识分子的理想。蒲松龄以明经终老，但我们从他一系列拟表中可以看出，他确曾做过上凌烟阁的从政练习，发过清君侧、治社稷的宏誓。世间万事难如意，有台阁之志的蒲松龄终其一生，只是一个寄人篱下的塾师，一个屡试屡败的应考者，一个穷村陋巷、拖儿带女的家长，一个"只恨田头不长金禾"的纳税者。他的两只眼睛，一只注视着台阁，一只注视着民间。前一只眼睛是靠"哲王图治""圣主垂谟"（《拟台省箴》）的美丽幻想在想象，后一只眼睛却在清醒地观察。这两只始终同时注视双重对象的眼睛，看到的是天悬地隔的景象。那尖锐的对立、鲜明的对照撞击着作者的心灵，使得他产生痛苦的内心震动，也使他从个人的痛苦和不幸中跳出，对喧嚣的官场进行深刻而严峻的观察。我们将他这种天才的认识和思考归纳为三个层次：

　　其一，"甲榜所为"——向同时代蟾宫折桂者投射的一道冷静的、哲人的揶揄目光。

　　如前所述，蒲松龄为"圣主"做股肱之臣的愿望，一直未能如愿。他遇到一个不可逾越的障碍，"进士吾所自有，所隔者一乡科耳"（《贺章丘周素心入泮序》）。他一定曾以一种十分复杂的心情长期地注视着、留心着一些"甲榜"进士出身者的所作所为。他肯定向一些人投射过艳羡的目光，因为他们之中，确有王渔洋那样的司寇，唐梦赉那样的太史，张嵋那样的县令，还有他的东家毕际有那样的刺史……这已经由他的诗文词做了证明。但他更能以自己的良知去关切、注视另一些牧民之官，这些曾经蟾宫折桂者变成了令人掩鼻的丑陋人物：

　　　　长山王进士屾生为令时，每听讼，按律之轻重，罚令纳蝶自赎，堂上千百齐放，如风飘碎锦，王乃拍案大笑。

　　　　　　　　　　　　　　　　　　　　　　　　——《放蝶》

　　　　甲戌、乙亥之间，当事者使民捐谷，疏告九重，谓民乐输。

于是各州县如数取盈，甚费敲扑。是时郡北七邑被水，岁大祲，催办尤难。吾乡唐豹岩太史偶至利津，见系逮十余人，即当道中问其何事，答云："官捉吾等赴城，比追乐输耳。"农民不知"乐输"二字作何解，遂以为徭役敲比之名，亦可叹而可笑也！"

——《韩方》

教官某甚聋。……一日，执事文场，唱名毕，学使退与诸教官燕坐。教官各扪籍靴中，呈进关说。已而学使笑问："贵学何独无所呈进？"某茫然不解。近坐者肘之，以手入靴，示之势。某为亲戚寄卖房中伪器，辄藏靴中，随在求售。因学使笑语，疑索此物。鞠躬起对曰："有八钱者最佳，下官不敢呈进。"一座匿笑。学使叱出之，遂免官。

——《司训》

济之西邑有杀人者，其妇讼之。令怒，立拘凶犯至，拍案骂曰："人家好好夫妇，直令寡耶！即以汝配之，亦令汝妻寡守。"遂判合之。此等名决，皆是甲榜所为，他途不能也。而陈亦尔尔，何途无才！

——《郭安》

一个理想主义者的悲哀，莫过于看到自己追求的龙种变成了跳蚤，宛如眼中姮娥变成青楼妖姬。撞到蒲松龄笔下的四个进士，从不同的角度毁灭了聊斋先生对仁风善政的向往：他们不是"听断之爽快，禁博之严明，而且冰蘖自甘，鬼神可质"（《上张邑侯石年书》），而是把严肃的政事办成放蝶翩翩飞舞的儿戏，甚至昏聩到让杀人犯娶走被杀者的妻子！

他们，绝不去救荒拯溺、解民倒悬，反而对受灾的百姓落井下石、横加盘剥，直到荒唐得用敲比去求"乐输"！

他们，根本没有"玉鉴悬秋，冰心映日""经纶在抱""锦绣为心"（《呈昆圃黄大宗师》）的品格，反而低级下流，学使向下属索要"关说"，学官公然出卖淫具！

真是道德沦丧、斯文扫地！

不论是《放蝶》《司训》，还是《郭安》《韩方》，都带有相当重的真人真事成分。尤其是在《韩方》一文中，作家凿凿有据地指出，这件敲比"乐输"事发生在甲戌、乙亥之间，即康熙三十三年至三十四年（1694—1695）。蒲松龄已是五十多岁的人了，多年苦苦寻求金殿对策而不得，却眼见"正途"出身者的蝇营狗苟，这使他由愤懑而渐至冷静。这个怀才不遇的落榜者变成了平心静气的观察家，他向这些蟾宫折桂者投射去一瞥冷静的、哲人般的揶揄目光。

其二，官虎吏狼、世风日下——社会整体画。

蒲松龄是个真正的艺术家，他不拘泥于一时一事的感受，更不局限于本身遭遇的范围，而勇于放眼观望人世间，从中抓住普遍的、客观的东西。他从"甲榜所为"进而往前大大地迈进了一步，终于清醒地喊出："官虎而吏狼者，比比也！"

这是小说《梦狼》中的话。

《梦狼》是篇象征主义的杰作。直隶白翁有位做贵官的儿子，外出三年任职没有佳音，白翁很惦念儿子，恰好一个"素走无常"的丁某邀白翁同游，让他进入儿子的衙中：

> 窥其门，见一巨狼当道，大惧，不敢进。丁又曰："入之。"又入一门，见堂上、堂下，坐者、卧者，皆狼也。又视墀中，白骨如山，益惧。丁乃以身翼翁而进。公子甲方自内出，见父及丁，良喜。少坐，唤侍者治肴蔌。忽一巨狼，衔死人入。翁战惕而起曰："此胡为者？"甲曰："聊充庖厨。"

这个官衙人物以人为食的怪梦说明什么？"异史氏曰"讲得清清楚楚："窃叹天下之官虎而吏狼者比比也。即官不为虎，而吏且将为狼，况有猛于虎者耶！"

天下的官吏全是些吃人不吐骨头的虎狼。《梦狼》以寓言手段揭示了这样一个真理。在《成仙》中，作者索性把这些官宦控制的世道称为"强梁世界"，把这些官宦看成是不拿武器的强盗："强梁世界，原无皂白。况今日官宰半强寇不操矛弧者耶?"

这些强盗的嘴脸被生动地摄入各种镜头中:

《红玉》,一个已经退休的御史强抢民女,逼得平民家破人亡;

《石清虚》,为了赏玩一块石头,官吏可以把人诬陷下狱;

《续黄粱》,宰相将朝廷官职居为奇货,"量缺肥瘠,为价轻重",蚕食平民膏腴,抢占民间女子,荼毒人民,奴隶官府,声色犬马,日夜荒淫,却被皇上优容;

《三朝元老》,位至台阁者是贰臣,被讥为"王八""无耻";

……

不再是个别官吏的劣行,也不是个别事件的实录,而是一个高度浓缩而又十分完整的社会,一个与蒲松龄的理想世界完全对立的真实的人生。

十分可贵的是,作家还注意到因为"官虎吏狼"的存在,社会风气每况愈下。我们可以看两段"异史氏曰":

> 世风之变也,下者益谄,上者益骄。即康熙四十余年中,称谓之不古,甚可笑也:举人称爷,二十年始,进士称老爷,三十年始;司、院称大老爷,二十五年始。昔者大令谒中丞,亦不过"老大人"而止,今则此称久废矣。即有君子,亦素谄媚行乎谄媚,莫敢有异词也。若缙绅之妻呼"太太",裁数年耳。昔惟缙绅之母始有此称;以妻而得此称者,惟淫史中有林、乔耳,他未之见也。唐时,上欲加张说大学士。说辞曰:"学士从无大名,臣不敢称。"今之"大",谁大之?初由于小人之谄,而因得贵倨者之悦,居之不疑,而纷纷者遂遍天下矣。窃意数年以后,称爷者必进而"老",称老者必进而"大",但不知"大"上造何尊称,匪夷所思已!
>
> ——《夏雪》

> 潞子故区,其人魂魄毅,故其为鬼雄。今有一官握篆于上,必有一二鄙流,风承而痔舐之。其方盛也,则竭攫未尽之膏脂,

> 为之具锦屏；其将败也，则驱诛未尽之肢体，为之乞保留。官无贪廉，每莅一任，必有此两事。赫赫者一日未去，则茕茕者不敢不从。积习相传，沿为成规，其亦取笑于潞城之鬼也已！"

——《潞令》

作家揭示出整个社会的世风在变，变得下者谄、上者骄。下者谄的情况有两个常见的典型事例：其一，给刚到位的官儿送锦屏，极尽阿谀之能事；其二，给受到弹劾或离任的官儿涂脂抹粉，百般歪曲事实。这样一来，便官无廉贪，都有"好名"，香臭不分，抹杀了官吏清廉与贪酷的界限。下者谄由何而来？来自上者骄。而对上者骄，作家举出称谓这一似乎琐屑的事，并用编年记录的方法说明。越来越卑俗、越来越丑恶不分的世风，正是迎合贪官污吏的结果。

如果说，"官虎吏狼"较之"甲榜所为"对社会关系的剖析，要深刻得多、全面得多，那么可以说，对"下者日谄，上者益骄"的衰颓世风的描绘，就更胜一筹。它写出了整个时代人们精神崩溃的惨剧，写出了官僚政治的惨烈、浓重背景。

其三，"当于蜃楼海市中求之耳"——一个不能实现的美丽的理想。蒲松龄在《罗刹海市》的"异史氏曰"中说了这样一段话：

> 花面逢迎，世情如鬼。嗜痂之癖，举世一辙。"小惭小好，大惭大好"；若公然带须眉以游都市，其不骇而走者，盖几希矣。彼陵阳痴子，将抱连城玉，向何处哭也？呜呼！显荣富贵，当于蜃楼海市中求之耳！

这段话概括了作家对社会的总认识，也透露出他杜撰神异的良苦用心。它说明：现实世界鬼蜮般阴冷，美丑颠倒，举世嗜痂成癖，越丑越吃香，越坏越走运。一个人如果以堂堂正正的面目出现，一定受众人侧目——作家用了韩愈"小惭小好，大惭大好"、卞和献玉这两个典故具体说明——那么，怎样实现人生理想？到蜃楼海市中追求罢！

《罗刹海市》这段话，有利于理解作家幻想形式的采用，有利于说明聊斋先生如何利用奇特的反差（或落差），取得不同寻常的艺术效果。《罗刹海市》这一小说正是把诗意化的幻想和漫画化的现实聚合在一起，把两个截然不同的所在（罗刹国和海市龙宫）相得益彰地组合在一起，用巨大的差别、突兀的跌宕动人心魄。

俊人马骥有才学、讲道德。但同一个马骥在罗刹国和海市龙宫受到了殊若天壤的相待。在"黑石为墙"的罗刹国，俊人马骥被看成是最丑的，因为这个国以丑为美，越丑者官越大，稍有点人样的，都穷得住在僻远的山村，而那个丑到登峰造极，"双耳皆背生，鼻三孔，睫毛覆目如帘"者，却成为相国。当马骥以煤涂面作张飞时，居然被看作很美，可以去引见国王，官拜大夫。马骥气愤这种妍媸颠倒，愤而离去。

到了龙宫，马骥成了栋梁之材。龙君爱惜人才，君臣相得，如鱼得水，"龙媒之名，噪于四海"。马龙媒还娶龙女为妻，夫妻恩爱却又不忘人间的父母，最后龙女放马骥归乡，夫妇两人互守贞义，儿女都如玉树临风。作为封建时代知识分子的最高理想——忠君、孝亲、守义——马骥全实现了。这当然符合封建道德的理想。马骥在龙宫的生活，优雅、美好，同他在罗刹国所见的卑俗、龌龊，形成鲜明对照。

人们常常把《罗刹海市》的成功归结为对比手法的运用，归结为两个虚拟的海外奇景的强烈对比。

其实，理想同现实的巨大裂缝，这种不可弥补的断裂使作家感受到悲哀，才是"对比"之所以惊心动魄的原因。

像《罗刹海市》这样大幅度、长篇幅的理想与现实的对照画，《聊斋志异》中或许是偶一为之。但于黑暗中透出一点亮色，于绝望中生出一丝希望，却是聊斋的各类异花常汲取的相同养料。《席方平》中出现了把大小贪官痛加制裁的二郎神，《向杲》中主人公自己变成了噬仇人的猛虎，《博兴女》中受害孤女召来了天上神龙……我们可以从二百余字的《潞令》看出作者如何让理想与现实撞击发出炫目的光彩：

宋国英，东平人，以教习授潞城令。贪暴不仁，催科尤酷，

> 毙杖下者，狼籍于庭。余乡徐白山适过之，见其横，讽曰："为民父母，威焰固至此乎？"宋扬扬作得意词曰："喏，不敢！官虽小，莅任百日，诛五十八人矣。"后半年，方据案视事，忽瞪目而起，手足挠乱，似与人撑拒状。自言曰："我罪当死！我罪当死！"扶入署中，逾时寻卒。呜呼！幸有阴曹兼摄阳政，不然，颠越货多，则"卓异"声起矣，流毒安穷哉！

作家的意图已说得非常明显。幻景的设置就是因为自己的理想在现实中没有实现的可能，不仅是宋国英式的个别坏人横行无忌，而且干坏事越多越"卓异"声起。这样的人世还有什么希望？没有。作家只能想象出阴曹摄政，去实现惩凶驱邪的愿望。

蒲松龄是个正视现实、深入现实的严格社会学家。从主观上说，他还是个封建制度的拥护者。他所拥护的是君主贤明、政风廉洁的理想制度，是个至少可以是非分明、美丑明辨、隐恶扬善的社会。可以设想，一旦蒲松龄获得了出将入相的荣幸，或者即使他不曾飞黄腾达，他至少可以承认那些官儿总算还贤明，他就不会也不必去幻想，正是因为彻底绝望，他才浮想联翩，正是因为现实生活贫乏，他才想象奔驰。当实际上不仅没有好的房子，甚至也没有差可安身的茅舍的时候，想象就要建造空中楼阁了。

理想，是在心灵中改造现实；

理想的亮光，把现实映照得越发阴暗；

理想的纯洁，把人生衬托得更加污浊；

理想的丰富，把贫乏的生活变得多彩。

认识、思考、梦想。蒲松龄这位企望"学而优则仕"的秀才，终于认识了劣胜优败的人生，参破了"甲榜进士"的内蕴，看透了"官虎吏狼"的本质，看厌了每况愈下的世风。一切都灰飞烟灭了，只剩下、仅剩下蜃楼海市的梦。

梦想，仅仅是梦想。当然，是独特的梦想、美丽的梦想。

第三章
封建末期爱情的百科全书

希腊神话说，人是一种圆球状的特殊物体，有四只手、四条腿、四只耳朵，一颗头颅上有观察相反方向的两副面孔。人的能力使奥林匹斯山的众神忐忑不安，宙斯决定把人用一根头发像切鸡蛋那样切开，人从此变得软弱了，用两条腿走路。人被分成两半后，每一半都急切地扑向另一半，纠结在一起，拥抱在一起，强烈地希望融为一体……尘世爱情因之产生了。

费尔巴哈说过，爱就是成为一个人。瓦西列夫说过，爱情是人类精神的一种最深沉的冲动。

爱情，是文学创作中源远流长、百写不厌的永恒主题。无数古代作家都探索过爱情的秘密和其迷人的奥秘。王实甫一曲西厢轰动文坛，汤显祖的丽娘还魂，又几令西厢减价，杜十娘、金玉奴的悲剧，花魁女、玉堂春的喜剧，几百年来脍炙人口……

恋爱生活会随着时代发展，随着文明水平的提高而丰富。可以设想，当蒲松龄在敝庐穷居结撰聊斋故事时，会面对前人的书海踌躇、思忖。仍然热衷"月上柳梢头，人约黄昏后"，那未免陈旧；继续在绝代名姬从良、小家碧玉被弃上下功夫，难免走上老路。是啊，爱情描写需要更坚实的社会内容，更有层次、更复杂的精神感受，更深刻的道德教义，更迷人的美的曲调，更高的精神价值。

蒲老夫子和荆钗布裙的刘氏厮守了一生，没有什么浪漫色彩、传奇遭遇。他却在《聊斋志异》中创造了爱情的百花园。这儿有牡丹的华贵，有水仙的淡雅，有碧桃的艳丽，有夏荷的清爽，有笑靥迎人的山茶，有花香透心的桂花……姚黄魏紫，绰约多姿。

第一节 柏拉图式的爱

柏拉图式的爱要求男女在"纯"精神享受的云中畅游，具有"天使般的纯洁"。这种爱常常只是一种超脱尘世的幻想。

在中国古代，因为男女之大防，青年男女要有意外的际遇才可以偶然见面。一见钟情后，以"色授"为主要标志的爱情便产生了。进而沿着两性的自然要求向前发展，然后便是结局：或者，被父母拆散；或者，洞房花烛夜。就像十八世纪法国作家爱尔维修所说：小说家总是把它的主人公弄到一张床上结束。

"纯"精神恋爱，是蒲松龄率先栽进神州爱情百花园的"异种"。

男女之间可以不可以、可能不可能有纯粹精神上的爱？蒲松龄的回答是肯定的。《乔女》《娇娜》《宦娘》《乐仲》等故事，男女主角是相爱的，但是因为各种不同的原因——乔女因为封建观念的禁锢，娇娜因为父母之命，宦娘因为人鬼之隔，乐仲因为性冷淡——男女主角的感情没有发展成性爱，而是呈现出更加错综复杂的现象。

《乔女》乔女是个又黑又丑的女人，且鼙一鼻，跛一脚，年至二十五还嫁不出。丧偶的穆生因家贫而聘之，生一子后穆生又死。同邑的孟生丧妻后，媒人数次提媒皆不当意，而一见乔女，立即"大悦"。请人向女示意，女以"不事二夫"谢绝。孟生更加坚定，派人持金加币求婚，乔女仍然"志不夺"，乔女家乐意以少女嫁孟生，而孟生"殊不顾"。

孟生对乔女的求婚，已摆脱了"见色起意"的缘由，而带有道德选择的标志。因为乔女奇丑，不具备以貌媚人的条件。媒人数度登孟生之门说媒皆被拒绝，说明孟生择偶很慎重。独独看中丑陋的乔女，正是"知己忘形"的结果。乔女家乐意以少女嫁孟生,孟生掉头不顾,更说明了孟生对乔女感情的牢固性和道德感。

孟生之死,使乔女的真情实感山洪般迸发,她"临哭尽哀",她在无赖想窃夺孟生财产时挺身而出,她义正言辞地劝孟生的好友御侮而自己担承抚孤:

> 乃踵门而告曰:"夫妇,朋友,人之大伦也。妾以奇丑,为世不齿,独孟生能知我;前虽固拒之,然固已心许之矣。今身死子幼,自当有以报知己。然存孤易,御侮难,若无兄弟父母,遂坐视其子死家灭而不一救,则五伦中可以无朋友矣。妾无所多须于君,但以片纸告邑宰,抚孤,则妾不敢辞。"

因为林生的软弱,御侮、抚孤之任全部被乔女柔弱的双肩所担,她使孟生之子乌头聘婚名族,家业重兴,功名到手。乔女尽了作为母亲的最大职责。可以设想,就是孟生明媒正娶者也不过如此。因此,当乔女病故时,乌头认为让乔女同自己父亲合葬是天经地义的。他送金钱给乔女之子,得到同意。不料"及期,棺重,三十人不能举。穆子忽仆,七窍血出,自言曰:'不肖儿,何得遂卖汝母!'乌头惧,拜祝之始愈。乃复停数日,修治穆墓已,始合厝之"。终归还是将乔女埋到穆生墓旁。

古人常用"生不同衾死同穴"喻爱情坚贞,乔女却反其道而行之,死也不能去与孟生同穴,"棺重,三十人不能举",何等坚强的决心?然而,乔女如此劬劳终生地为乌头尽母亲义务,动力何来?因为她对孟生的爱。她为这柏拉图式的爱耗尽了整个生命、全部心血,究竟什么妨碍她与孟生结合(——生同衾死同穴)?是封建道德的强大阴影!正如她在回答孟生求婚时说的话:

> "饥冻若此,从官人得温饱,夫宁不愿?然残丑不如人,所可自信者,德耳;又事二夫,官人何取焉!"

乔女生前以"不事二夫"标榜,死后又认准了结发之夫穆生的坟墓。但因为她与孟生的强烈的精神联系,她实际上一直以孟生遗孀自况。《聊

斋志异》的点评家冯镇峦首先看出了乔女的娇情,指出在"不事二夫"的背后隐藏着为封建伦理所不允许的爱情:

> 女为穆守,孟生欲娶之,矢志不移,是也。厥后之所为,虽曰愤于义,似非妇之所宜矣。故但谓之乔女而不谓穆妇。

"非妇之所宜!""但谓乔女而不谓穆妇!"两句话攫出了乔女形象的叛逆本质,她与孟生倏忽不定的灵魂交往,她终生拥抱理想云雾的热情,恰好是对"不事二夫"的背叛,精神的背叛!

无疑,是更坚决、更彻底的背叛!

《娇娜》狐女娇娜出现在孔雪笠面前时,他正处于狼狈不堪的境地。他患痈,"胸间肿起如桃,一夜如碗,痛楚呻吟"。皇甫公子向孔生荐举医生说:"娇娜妹子能疗之。"于是,她来了:

> 引妹来视生。年约十三四,娇波流慧,细柳生姿。生望见颜色,辇呻顿忘,精神为之一爽。公子便言:"此兄良友,不啻胞也,妹子好医之。"女乃敛羞容,揄长袖,就榻诊视。把握之间,觉芳气胜兰。女笑曰:"宜有是疾,心脉动矣。然症虽危,可治,但肤块已凝,非伐皮削肉不可。"乃脱臂上金钏安患处,徐徐按下之。创突起寸许,高出钏外,而根际余肿,尽束在内,不似前如碗阔矣。乃一手启罗衿,解佩刀,刀薄于纸,把钏握刃,轻轻附根而割。紫血流溢,沾染床席。而贪近娇姿,不惟不觉其苦,且恐速竣割事,偎傍不久。

孔雪笠对娇娜的爱一经产生便如醉如痴,甚至可以"恐速竣割事,偎傍不久"。他还借用古人诗句向皇甫表达他非娇娜不娶的信念:"曾经沧海难为水,除却巫山不是云。"皇甫明明清楚他的朋友孔生热爱娇娜,但他却合情合理地把孔生的爱引导到松娘身上。他说:"家君仰慕鸿才,常欲附为婚姻。但止一少妹,齿太稚。有姨女阿松……"

然后,"娇娜偕丽人来",而丽人"与娇娜相伯仲也",丽人即松娘,孔生遂娶松娘为妻。

"娇娜一席,却被松娘夺去(冯镇峦评语)。"对这个出人意料的转折，作家有入情入理的解释，即：娇娜之父虽然十分想同孔生结亲，可惜娇娜太小了。小说中富有情趣地描写孔生因娇娜之美而灵魂出窍，而这种美却始终围绕着"齿太稚"做文章。她"年约十三四"，有着未成年少女的"细柳"样身姿和"娇波"，她妙语解颐、笑可倾城，可她毕竟"齿太稚"。孔生与松娘结婚了，松娘"事姑孝，艳名贤名，声闻遐迩"。娇娜也长大成人，嫁于吴郎，见了孔生时，大大方方地以"姊夫"呼之。

孔生与娇娜，"使君自有妇，罗敷自有夫"，俨然各不相干了。

然而，爱有着不能磨灭的魔力，爱像被深深掩埋的火种，一阵天堂的灵风便可以把它重新点燃。孔生中进士授高官，美妇佳儿生活美满，娇娜一家却面临灭顶之灾。原来，娇娜一家为狐，正面临雷霆之难。孔生不以异类见憎，矢共生死，仗剑于门保护皇甫一家，雷霆轰击而屹立不动，天崩地裂而面不改色。忽然，娇娜被怪物攫上天空，孔生的心中马上涌起爱的波涛，勇敢地为爱而献身，这炽烈的爱马上在娇娜身上得到强烈回响：

> 忽于繁烟黑絮之中，见一鬼物，利喙长爪，自穴攫一人出，随烟直上。瞥睹衣履，念似娇娜。乃急跃离地，以剑击之，随手堕落。忽而崩雷暴裂，生仆，遂毙。少间晴霁，娇娜已能自苏。见生死于旁，大哭曰："孔郎为我而死，我何生矣！"松娘亦出，共舁生归。娇娜使松娘捧其首，兄以金簪拨其齿，自乃撮其颐，以舌度红丸入，又接吻而呵之。红丸随气入喉，格格作响。移时，醒然而苏。

如果说当年"年约十三四"的娇娜尚不能与孔生之爱相呼应，那么在孔生为娇娜而死后，娇娜的爱终于苏醒了，这爱情达到不顾一切的程度，她宣布要和孔生共生死，她吐出自己的命根子金丹，在众人面前与孔生接吻而呵之，真是"报之者不啻以身"了。

雷霆过后，变故再起。娇娜夫家一门俱没，娇娜兄妹随孔生归家。故事至此，如果是一位凡庸的作者，很可能要迎合读者的心愿，让娇娜与松娘共效英皇了。然而蒲松龄不,他偏偏让娇娜仍然单身,她随其兄住进孔家的闲园,孔生时常来同她兄妹棋酒谈宴,过的是宁静高洁的生活。

聊斋中"双美共一夫"的情况实在够多了,何以对娇娜如此矫情?作者用意何在?"异史氏曰"点破了迷津:

> 余于孔生,不羡其得艳妻,而羡其得腻友也。观其容可以忘饥,听其声可以解颐。得此良友,时一谈宴,则"色授魂与",尤胜于"颠倒衣裳"矣。

男女精神上的契合无间,远胜于肉体上的结合。这种爱情,既有烈焰的火热,又是"雪地上永不凋谢的花朵"(易卜生语)。

《娇娜》既写了两性吸引,又写了两情相通,更赞颂了为纯洁爱情献身的精神,这是理想主义的爱,这种爱情在清初可谓空谷足音。

《宦娘》世家子温如春向神秘的道士学琴艺,尘间无对。一次,他因遇雨休于一小村,见一神仙似的少女赵宦娘。尚未婚娶的温如春马上"系情殊深",不料他向女郎的家长求婚时,被断然拒绝且不讲原因。温如春因为草湿腐无法安歇,遂危坐鼓琴以消永夜,雨停后归家。

温如春钟情的少女彗星样闪过一道光芒倏然而去,他的爱情成了无根的蔷薇。幸而,他因为鼓琴又遇到另一位"丽绝一世"的女子,是贵官葛公之女良工。她有艳名、善辞赋,但温如春求婚时又被拒绝了,因葛家嫌他"势微"。尽管良工对他"心窃倾慕",温如春却"志乖意沮,绝迹于葛氏之门"。看来,温如春的第二次钟情又要成为画饼。

孰知,围绕温如春和葛良工,奇异的故事迭起,终于使他们如愿以偿:良工拾得一首极力写怀春之意的艳词,置于案间,被葛父发现,以为是她写的,十分生气,决定将她尽快嫁出。请了一位贵公子来相亲,公子偏偏"坐下遗女舄一钩",为葛公不齿。温如春家的菊花莫名其妙地变绿,而绿菊恰好是葛家秘不外传的异种。温如春喜出望外地去看菊,恰在菊畔拾得了那首怀春艳词,正在那儿做"亵慢"之评,竟为葛公看见。葛公因之怀疑:良工同温如春有私,因而写怀春之词而向温赠菊。葛公为了给自己遮丑,只好把良工嫁给温如春。

有情人莫名其妙成眷属。在此前后,温如春发现,冥冥中有人向他学琴,遂耐心教之。闻声而不见人。良工家中有可鉴魑魅的古镜,用古镜照之,温如春当年求之而不得的赵宦娘竟出现了,她将这段奇事的前因后果和盘托出:

> 妾太守之女,死百年矣。少喜琴筝,筝已颇能谙之,独此技未有嫡传,重泉犹以为憾。惠顾时,得聆雅奏,倾心向往;又恨以异物不能奉裳衣,阴为君脶合佳偶,以报眷顾之情,刘公子之女乌,《惜余春》之俚词,皆妾为之也。酬师者不可谓不劳矣。

给了温如春、葛良工那么巧妙而周到的帮助者,原来是这百年沉魂。为了什么?为了爱。宦娘对温如春的深情厚爱找到了一种奇妙的表达形式:帮助温在人间找一个志同道合的妻子。她自己则以身为异物而泫然,凄然曰:"君琴瑟之好,自相知音。薄命人乌有此福。如有缘,再世可相聚也。"企盼相聚于来世,这是多么深沉的挚爱!

聊斋点评家早已注意到宦娘身上的特殊性,冯镇峦评道:"宦娘爱慕琴音,终不及乱,诚能以贞自守者。"但明伦谓:"调他人之琴瑟,代薄命之裳衣。"但、冯二人的评点有腐朽道学的宿命观,但他们无意中涉及了宦娘这种爱情的特异性:"不及乱"的高尚精神恋爱。以帮助恋人为最大幸福,甚至是帮助自己的恋人与他人成眷属。

蒲松龄本来是一位为鬼做斋修的行家、令白骨见生意的里手,可他偏偏让宦娘与温如春劳燕分飞,写得曲终人不见,令人怅然。这也许正是他的高明之处。

宦娘式水晶般透明纯洁的爱,不仅在情趣上高于一切粗俗、淫亵的"爱",在技巧上高于一切"温香软玉抱满怀"的套语,给人以极大的美感,而且它形象地说明,友谊、体贴、同情、温情脉脉、自我牺牲,是爱情更高级的表现形式,可以给人以更大的精神慰藉,也使爱情更加醇郁。

《乐仲》是个相当令人费解的故事。冯镇峦认为这故事干脆可以算佛教宣传品："此篇直可作一部圆觉经读。"何垠则注意到作家的创作意图同实际效果的矛盾性："乐仲、琼华，皆过来人。琼华已于乐仲大醉日现菩萨身矣。或以吾儒之规矩准绳较乐仲，似未必然。"

蒲松龄写《乐仲》究竟用意何在？他自己的"异史氏曰"宣称：

> 断荤远室，佛之似也。烂漫天真，佛之真也。乐仲对丽人，直视之为香洁道伴，不作温柔乡观也。寝处三十年，若有情、若无情，此为菩萨真面目，世中人乌得而测之哉！

显然，强调"香洁道伴"。乐仲是个对男女情爱持畸形观点者，结婚三日后他谓人："男女居室，天下之至秽，我实不为乐！"遂去妻而放浪形骸。他的笃信佛祖而故世多年的母亲给他托梦说：母现居南海。乐仲在朝拜南海的途中遇到名妓琼华，琼华愿附以行。乐仲携琼华"寝食与共，而毫无所私"。二人朝南海求到了菩萨现灵又返回家中。乐仲遇到自己离婚妻所生的嫡子并带回家，琼华随他回家做假夫妻，"至夜，父子同寝如故，另洁一舍舍琼华。儿母之，琼华亦善抚儿"。乐仲、琼华除了未同床共枕外，与真夫妻无异，二人共抚后代，同治家产，"广置婢仆马牛，日益繁盛"。小说中有两段具体描写两人关系的文字，颇耐人寻味，一段写乐仲于大醉中见艳妆的琼华，一段是乐仲已经死了又应琼华要求返回人间再待几年后同死，这两段文字迷离模糊、诡奇之至：

> 仲每谓琼华曰："仆醉时，卿当避匿，勿使我见。"华笑诺之。一日，大醉，急唤琼华。华艳妆出。仲睨之良久，大喜，蹈舞若狂，曰："吾悟矣！"酒顿醒，觉世界光明，所居庐舍，尽为琼楼玉宇。……由此不复饮市上，惟日对琼华饮，琼华茹素，以茶茗侍。

> （乐仲忽然气绝，琼华）祝曰："妾千里从君，大非容易。为君教子训妇，亦有微恩。即差二三年，何不一少待也？"一炊黍时，忽开眸笑曰："卿自有卿事，何必又牵一人作伴也？无已，姑为卿留。"（三年后，二人同时"衣冠俨然"死去）

乐仲大醉时，究竟看到的是"现菩萨身"？（何垠评语）还是发现了琼华动人的女性美？（如文中点出"华艳妆出"）既然以事佛为自己的目标，视涅槃为极乐终结，为何乐仲已然气绝，已然有了升天的机会，还要返回人间与琼华厮守，"姑为卿留"？乐仲、琼华如果仅仅是香洁道伴，为什么还要如此缠绵依恋！既然如此如胶似漆，为什么偏偏要"另舍居华"？这实在是若有情、若无情，"东边日出西边雨，道是无晴（情）却有晴"（刘禹锡诗）。

蒲松龄虚构出这个散花天女谪人间做假夫妻的故事，究竟寓意何在？是为了说明男女爱情中，对理想的共同追求、在求知上相携以力、在日常生活中相濡以沫，比狂热的情爱更持久？还是说明即使菩萨现身、天女谪凡，即使像乐仲那样以男女居室为"大秽"，仍然需要男女相偕、阴阳配合？就如《乐仲》中写乐仲的放荡同琼华的温柔相结合。真正清教徒式的生活实际是不可能也不必要的！

乐仲、琼华"毫无所私"而又难分难离，很有点像十七世纪产生在清教徒气氛中的《利维坦》所说："爱情就是一个人对他所爱慕者的需要的一种观念。"

《乔女》《宦娘》展示了男女精神恋爱的执着和深沉，展示了共同道德寻求、共同审美爱好或审美观在爱情中的巨大作用。《娇娜》描绘了男女主人公精神联系之意荡神驰、舍生忘死。《乐仲》中男女爱情同佛教教义相结合，若即若离、若实若虚，迷离如雾中观花。这些爱情描写，强调精神生活在爱情中相对独立的地位，如诗、如梦、如甜蜜的圆寂。联系晚明以来小说中爱情描写的世俗化、色情化，不能不承认，《聊斋志异》有优美化、雅洁化的艺术倾向。

第二节　爱情的丰富性
——层次化、多样性、复杂化

《红楼梦》把传统的写法打破了，在爱情描写中，从着眼"一见钟情"的两性吸引，变为长期了解、志趣相投而产生的爱情，变为共同生活理想和叛逆性格产生的爱情。宝黛爱情是打破传统写法而开出的奇葩。

——以上说法，几乎为古典文学研究者所公认。

然而，在曹雪芹出生那一年，魂归北邙的蒲松龄（——我们姑且采用曹雪芹生于1715年之说，蒲松龄恰卒于是年）早已做过打破传统写法的尝试，一种成功的、有着历史性蜕变意义的尝试。

聊斋先生笔下的爱情，有赤裸裸的性爱，有精神恋爱，有诗意化的爱、理想化的爱，有独辟蹊径的日常爱情描写，更有着性爱描写、感情交融、理想志趣的不同比例的混合，呈现了前此未有的层次化、复杂化、多样化。

（一）"春风一度"

《荷花三娘子》前半部分写士人宗湘若与一狐女的爱情：

> 秋日巡视田垄，见禾稼茂密处，振摇甚动，疑之；越陌往觇，则有男女野合，一笑将返。即见男子靦然结带，草草迳去。女子亦起，细审之雅甚娟好。心悦之，欲就绸缪，实惭鄙恶。乃略近拂拭曰："桑中之游乐乎？"女笑不语。宗近身启衣，肤腻如脂。于是授莎上下几遍，女笑曰："腐秀才！要如何便如何耳，狂探何为？"诘其姓氏。曰："春风一度，即别东西，何劳审究！岂将留名字作贞坊耶？"

"春风一度，即别东西"，与现时西方流行的"杯水主义"何其相似乃尔！

男女双方因为外貌的吸引而"春风一度"，不要婚姻形式，也不承担任何道义上感情上的义务。"爱情"（或者更确切地说性爱）与婚姻脱离，反映了封建士大夫放荡的一面，这可能是古人狎妓行为的隐蔽性描绘，可能反映了因渐渐经济发达而带来的性自由，也可能干脆是穷秀才的幻想，因为长期梅妻鹤子在外而产生的幻想。

显然，作家对这类临时性情爱持欣赏态度。聊斋故事中常常出现权宜性爱情，却又是动人的爱情，《狐梦》中毕怡庵同狐女结婚，因为是白日做梦，当然是没有任何法律约束的爱。《画壁》中朱孝廉虽然同画中仙女经过了"插簪"（上头），具备了婚姻形式，可是因男主角是飘然出画，依然可以认为，这是没有人生实际职责的艳遇。但是，《狐梦》《画壁》都以艳羡的态度写这种昙花一现爱情的甘美如饴。《绿衣女》中书生与绿衣女郎的邂逅情爱，更有着像绿衣女歌声的美学效果——"宛转清冽，动耳摇心"。作家似乎强调这种自由放纵的爱情与道德的脱离，但又不能全然摆脱道德常规的束缚。例如《狐女》中狐女放荡不羁，却严格遵守"岂能对翁行淫"的伦理。而似乎是为了说明艳遇的合理性，作家常杜撰出"命运"驾驭之。春风一度、片刻之欢皆由前世注定，由"宿缘"掌握。这"宿缘"的准确无误，可以细致到决定男女主角是有肌肤之亲，还是像《萧七》中写的，仅有"一扪之缘"。

对这种倏忽而来、倏忽而去的爱情，作家写得突兀、甜蜜，悠闲自在，像茶余饭后的一件谈资，绝不具备"终身大事"的严肃。《双灯》可以算作一个典型例证。

世家子魏运旺，夜独卧酒楼，忽有书生导一女郎近榻前，谓："舍妹与君有前因，便合奉事。"魏运旺因之落入温柔乡中：

> 魏细瞻女郎，楚楚若仙，心甚悦之。然惭怍不能作游语。女郎顾笑曰："君非抱本头者，何作措大气？"遽近枕席，暖手于怀。魏始为之破颜，捋裤相嘲，遂与押昵。晓钟未发，双鬟即来引去，复订夜约。至晚，女果至，笑曰："痴郎何福？不费一钱，得如此佳妇，夜夜自投到也。"……后半年，魏归家，适月夜与妻话窗间，忽见女郎华妆坐墙头，以手相招。魏近就之，女援之，逾垣而出，把手而告曰："今与君别矣，请送我数武，以表半载绸缪之义。"

这样的爱情究竟是道德的，还是不道德的？作者不去评判，不去深究。这样的爱情当然没有多少高尚的因素，但也没有太多猥亵成分，似乎表现了作家对性爱的矛盾态度，表现了一种追求自由的朦胧意识，在难以解释中不乏美感，这使人感到柔情充溢的环境、追求幸福的兴奋、享受生活的温馨。

（二）颠倒衣裳与色授魂与

蒲松龄在《娇娜》中将"颠倒衣裳"与"色授魂与"相对立。两者可以算是爱情的不同层次。"颠倒衣裳"指性行为，"色授魂与"指两性感情的深度交融、纯洁的意识冲动、高尚的美的感受，是情爱的快乐更多地向精神转化的结果。

男女主角爱的产生在聊斋中基本上是两种方式：

或者，蕴藉、倜傥的男儿遇到了殆似天仙的少女，一见倾心，狂想追求。如：耿去病一见青凤，即大呼："得妇如此，南面王不易也！"（《青凤》）"少轻脱"的冯生一见辛十四娘，便"窃好之"，立即求婚（《辛十四娘》）；有放生之德的安生夜入山谷，见荒舍中的美丽少女，马上表示爱慕，强接以吻（《花姑子》）；常大用偶遇一"宫妆艳绝"的女子，立时害了相思病，憔悴欲死（《葛巾》）；陈明允意外地见一"玉蕊琼英"姑娘，立即题诗以示爱慕（《西湖主》）；孙子楚见到有出世之姿的阿宝，立时掉了魂儿（《阿宝》）……男主角的爱狂热地迸发出来，如醉如痴，继而不顾一切地追求。

或者，年方及笄、姿容绝妙的少女向风流潇洒的男子毛遂自荐。桑生夜间独居，先有一位"倾国之姝"夜来叩斋，自言"西家妓女"，熄烛登床，绸缪备至。后有"风流秀曼"的良家女来"葳蕤之质，一朝失守"（《莲香》）。冯相如夜坐月下，有美丽的邻女自墙上窥之，梯而过，共寝处（《红玉》）。寄生为闺秀害相思，五可又为寄生害相思且千方百计求结姻好（《寄生》）。

男欢女爱渐渐由急促而突然向持久而隽永的方向发展，还常常以婚姻形式固定之。这是聊斋故事通常描写爱情的途径之一，《辛十四娘》中，冯生终于因鬼郡主做主与辛十四娘建立了家庭。《西湖主》中的陈弼教因救过西湖主的命，被允许娶公主为妻。《莲香》里边的狐女莲香和鬼女李氏都求得了转世为人再嫁与桑生的机会。

在这类爱情中，作家常常强调形体美对于爱情的重要作用。如《莲香》中的李女魂附在燕儿身上复活以后，揽镜自照大哭起来，道："当日形貌，颇堪自信，每见莲姊，犹增惭怍。今反若此，人也不如其鬼也！"

然而，"灵魂的美胜于身体的美"（乔尔丹诺·布鲁诺语）。聊斋爱情故事之所以不同凡俗，原因之一即是写了男女双方感情的深化。《吕无病》的女主角一改过去小说中女主角的格套——"沉鱼落雁，闭月羞花"，环珮铿锵——而是衣服素朴，微黑多麻。男主角孙麒本来是按传统的观点行事，对这位丑女连纳婢也没有兴趣，便以"纳婢亦须吉日"为遁词，让吕无病查通书，以试验她是否真的识文断字。结果吕无病马上翻检出且讲出十分精彩的笑谑之语。她的慧心妙语使孙麒"意稍动"，留她做"康成之婢"。吕无病以她的勤劳、温柔博得孙的好感，她身上散发的"清如莲蕊"气息又吸引了孙，"渐与同衾"。于此，外貌美已成为次要的，重要的是对气质和秉性的追求。

与此相似的例子不少。聂小倩本来是受恶鬼指使以诱人为业，她对宁采臣蛊惑失败，以金银诱之又遭严词拒绝，她因而受到宁的吸引，主动讲出她背后作祟的恶鬼。青梅因去张家见张生精心服侍其父，又见他让老人吃猪蹄自己吃糠，遂生爱慕之心。这里边没有直接写青梅如何喜欢张生的风流倜傥，而是强调她对道德的追求。《小谢》里边的两个少女小谢、秋容，本来只是同耿生在一起打打闹闹，有朦胧的情爱，但没有太深的知遇感。后来，他们在荆天棘地中共同拼搏，终于矢共生死。

这类强调两性思想、感情相通胜于外貌吸引的例子很多，最突出的是《瑞云》《连城》。

《瑞云》这个故事或许很能说明爱情生活中灵魂美对外貌美的胜利。

瑞云是杭州才艺无双的名妓，鸨母以十五金为其见客之价。瑞云择客日久，均以一弈、一画、一茶敷衍踵门的富商贵胄。余杭才子贺生使她一见钟情，赠诗以表寸心，并主动提出："能图一宵之聚否？"贺生穷踧之士唯有痴情可献知己，二人的感情遂束之高阁。

意外的是，瑞云突然变得丑状若鬼，因为一个异人在她的额头用手指按了一下，她渐渐变成面容尽黑，见者辄笑，车马绝迹，她被斥为粗使丫鬟，就在这时，贺生毅然而来：

> 贺闻而过之，见莲首厨下，丑状类鬼；起首见生，面壁自隐。贺怜之，便与媪言愿赎作妇。媪许之。贸货田倾装，买之而归。入门，牵衣揽涕，且不敢以伉俪自居，愿备妾媵，以俟来者。贺曰："人生所重者知己：卿盛时犹能知我，我岂以衰故忘卿哉！"遂不复娶。闻者共姗笑之，而生情益笃。

不需山盟海誓地承诺，只需在恋人困难时伸出援拾之手！西方有一风趣谚语：将要结婚的人，要两人都见过对方患过一次重伤风的样子，才可以放心结婚。《瑞云》故事中，贺生对瑞云的爱经历了比重伤风严重得多的考验，显示出他是真情种。他不仅不因色衰而爱弛，而且非常尊重瑞云的人格，坚决拒绝她"愿备妾媵"的低微要求，他还激起她对生活的信心。这样的人，真是十分难得的了。就像小说中帮助瑞云恢复昔日容颜的仙人所说："惟真才人为能多情，不以妍媸易念也。"

《连城》这是个新型爱情故事。其新，固然表现在对于传统观念的突破上，表现在男女主角对"门当户对"婚姻准则的违背上，表现在女主角对"父母之命"的反抗上，更重要的还在于：两人的爱情观有崭新的民主主义色彩。

连城与乔生之爱情萌动并非出于外貌的吸引，而出于一种"知己"之感。连城为孝廉之女，工刺绣，知书。其父拿出她的"倦绣图"征少年题咏，意在择婿。乔生献诗："慵鬟高髻绿婆娑，早向兰窗绣碧荷。刺到鸳鸯魂欲断，暗停针线蹙双蛾。"乔生的诗句含情脉脉，又不轻佻，引起连城的爱慕。此时，二人并未见面，因而，这不是那种千篇一律的一见钟情。连城对父亲盛赞乔生，其父嫌乔生贫穷，于是，连城"遣媪矫父命，赠金以助灯火。生叹曰："'连城我知己也！'倾怀结想，如饥思啖。"

连城、乔生之爱建立在知己感上，进一步发展成为爱人毫无保留奉献的精神。连城父嫌乔生穷，把连城许给盐商之子。两人情分已绝，乔生绝望，只能"梦魂中犹佩戴之"，连城则气愤而病，"病瘵，沉痼不起"。此时，一西域头陀出一治疗偏方：治连城之病，必须以男子膺肉为药引。这个偏方简直是对个人选择与父母之命孰优孰劣的试金石。连城父母定下的女婿果然显出其漠不关心和极端自私："痴老翁，欲剜我心头肉也！"连城之父一气之下许下诺言："有能割肉者妻之。"乔生挺身而出，"自出白刃，剖膺授僧"。

以自己心头之肉，为心上人疗病，乔生经受了生死的考验，然而更大的考验还在后边：

> 史将践其言，先告王。王怒，欲讼官。史乃设筵招生，以千金列几上，曰："重负大德，请以相报。"因具白背盟之由。生怫然曰："仆所以不爱膺肉者，聊以报知己耳，岂货肉哉！"拂袖而归。女闻之，意良不忍，托媪慰谕之。且云："以彼才华，当不久落天下。何患无佳人？我梦不祥，三年必死，不必与人争此泉下物也。"生告媪曰："'士为知己者死'不以色也。诚恐连城未必真知我，但得真知我，不谐何害！"媪代女郎矢诚自剖。生曰："果尔，相逢时，当为我一笑，死无憾。"媪既去，逾数日，生偶出，遇女自叔氏归，眈之，女秋波转顾，启齿嫣然。生大喜曰："连城真知我者！"

乔生又经住了双重考验：金钱的考验，连城"三年必死"的考验。他明确表示：他之爱连城，不是因为色，而是为知己，只要两人心心相印，婚姻仅仅是形式，"不谐何害"。至此，连城和乔生才第一次见面，乔生要求连城"为我一笑"，连城果然"启齿嫣然"。这是知己相逢时会心的微笑，是对爱情充满信心的笑，这已然不再是"色授"，而是"魂与"。

两人有了一段同生死的知己往返后，连城果然信守忠诚，在盐商之子逼婚时病死，乔生前往吊唁，一痛而绝，二人相从于地下。乔生的朋友顾生在阴府有势力,乐意帮他复活。乔生"乐死不愿生",要求与连城"行与俱去"。两人的真情感动得顾生帮助他们共同还魂。直到这时,爱情小说中常见的男欢女爱千呼万唤始出来:

> 连城曰:"重生后,惧有反复。请索妾骸骨来,妾以君家生,当无悔也。"生然之。偕归生家。女惕惕若不能步,生伫待之。女曰:"妾至此,四肢摇摇,似无所主。志恐不遂,尚宜审谋。不然,生后何能自由!"相将入侧厢中,嘿定少时,连城笑曰:"君憎妾耶?"生惊问其故。赧然曰:"恐事不谐,重负君矣。请先以魂报也。"生喜,极尽欢恋。因徘徊不敢遽生,寄厢中者三日。

连城、乔生的性行为,固然是爱情的表现,但不是唯一的,也不是最重要的,仅仅是二人关系中一个加重性的筹码。正如但明伦评论这个爱情故事:

> 生以肉报,女以魂报,一报于生前,一报于死后,一报于将死之际,一报于将生之前。是真可以同生,可以同死,可以生而复死,可以死而不生。只此一情,充塞天地,感深知己。

王渔洋曾评论《连城》曰:"雅是情种,不意《牡丹亭》后,复有此人。"《牡丹亭》的男女主角固然是情种,然而他们的爱一开始便以性爱为主要标志,反映了一种讴歌个性自由、要求两性自然发展的情结,他们是以"色"为契机。《连城》则"不以色"。这种重知己之感对于世俗婚姻形式的超脱,这种"色授魂与"即令人意荡神驰的思想共鸣,对于"颠倒衣裳"即单纯性爱的超越,这种为情生、为情死、生生死死、死死生生,是爱情的高尚化和文雅化,也是近代文明发展的一个重要标志。

(三)独辟蹊径的爱情驻春术

在对传统爱情观的挑战中,《诗经》之谓"期我乎桑中"和孟子鄙视的"逾墙相从",常常成为主要手段。如果男女主角冲破阻力,有情人终成眷属,爱情描写则常常终结于"洞房花烛夜",很像外国某学者所说:床是爱的摇篮,也是爱的坟墓。

作家们上天入地寻觅爱情的负载物：杜丽娘写真，一片痴情寄丹青；张生吟诗，"待月西厢"求莺莺；"琴挑"的喜剧，出现于清冷的尼姑庵中；"月上柳梢头，人约黄昏后"的艳词纷至沓来……爱情的快乐是一种复杂的化合物，每一个有才能的作家都能从中分解出一种新的化学成分。蒲松龄也是一个出色的化学家，他在《聊斋志异》中发现了爱情的多种新化学成分，写出了多种多样的爱：

如醉如痴、如梦如幻、狂热奔放的爱，如《阿宝》《晚霞》《香玉》；

纯洁、理智、忠诚如一的爱，如《王桂庵》；

望穿秋水的等待、矢同生死的信念，如《鸦头》《细侯》；

淡泊、优雅、柔情如水，如《黄英》《翩翩》；

爱得光明磊落、爱得纯真无私，如《阿英》《阿绣》《阿纤》；

爱得赤诚、爱得强烈、爱得凝重，如《连城》《白秋练》《花姑子》；

稚气而天真的爱情，如《青娥》《菱角》；

深思熟虑的成熟爱情，如《细柳》《红玉》；

充满了诗意的浓醇，如《仙人岛》《绿衣女》《荷花三娘子》《西湖主》《葛巾》；

洋溢着忧愁的哀思，如《公孙九娘》《连琐》；

夫妻间守贞守义的忠诚，如《罗刹海市》《庚娘》《陈锡九》；

夫妻间占有欲的显露，如《金生色》《鬼妻》；

夫妻间性变态的虐待狂和受虐狂，如《江城》《马介甫》；

……

它们，各有其特殊审美价值、社会意义，各有其独有的艺术魅力。蒲松龄似乎力求每一篇都写出新意，他善于发现爱情生活中人的心灵、行为的微妙变化，写作上灵活多变，可以说，世间永不枯萎的爱情之花、千姿百态的爱情之花，被尽情采撷进聊斋中。

——详析聊斋爱情故事或许不胜枚举，我们首先注意到，在聊斋爱情故事中有一个奇异的现象，那就是作家极力描写炽热恋情向温柔友情的转化，描写文明举止对爱情的助燃、葆春作用，描写恋人如何把单调无聊的生活变得富有情趣和乐趣。恋人生活种种别出心裁的新花样，使聊斋爱情故事避免了单调、充满了生气。

《小二》一文，充斥着因果报应的说教，然而，如上所述，作家对现实生活的历史性观察，使这个说神弄鬼的故事漏泄出一缕新生产方式的曙光。《小二》的爱情描写也十分新颖，少女小二及其父相信白莲教，投徐鸿儒麾下，小二知书善解，凡纸兵豆马之术，一见辄精。小二的同窗男友丁生假意投徐，劝说小二逃离，隐居乡下，两人过起一种田园生活来：

> 二人草草出，啬于装，薪储不给。丁甚忧之；假粟比舍，莫肯贷以升斗。女无愁容，但质簪珥。闭门静对，猜灯谜、忆亡书，以是角低昂；负者，骈二指击腕臂焉。（二人无钱时，小二以左道法术向富翁借钱）……煮藏酒，检《周礼》为觞政：任言是某册第几叶，第几人，即共翻阅。其人得食傍、水傍、酉傍者饮；得酒部者倍之。既而女适得"酒人"，丁以巨觥引满促釂。女乃祝曰："若借得金来，君当得饮部。"丁翻阅，得"鳖人"。女大笑曰："事已谐矣！"滴沥促釂。丁不服。女曰："君足水族，宜作鳖饮。"

这一段描写被聊斋点评家称为："一对小夫妇，小窗呢喃尔汝，琐琐幽事，如话如画。"的确抓住了《小二》的长处，它写的是十分琐细的小事，这些小事不会决定一对夫妻婚姻关系的成败，但它们的存在无疑标志了夫妇生活的和谐。

闺房嬉戏在聊斋故事中得到了多样表现，使人既觉惊奇又感有趣。《双灯》中魏运旺与狐女置酒猜枚。《梅女》中沉冤地下的少女为了剖前生清白，与封云亭感情甚笃但不及于乱，她和封云亭相处时，玩打马、交线游戏，使封云亭感到其乐无穷。她的按摩术，又使封骨软眼慵。《嫦娥》中的宗子美娶仙女为妻，纳狐女为妾。宗子美与妻嫦娥、妾颠当终日嬉戏，似乎生活在化装舞会中。宗子美以未见古代美人为憾，嫦娥执古代美人卷细细观察后，"对镜修妆，效飞燕舞风，又学杨妃带醉,长短肥瘦,随时变更,风情态度,对卷逼真"。嫦娥可以学历代美女,颠当又能凝妆作嫦娥状,引得宗子美拥抱呼。颠当还顽皮地扮龙女侍观音:"嫦娥每趺坐,眸含若瞑。颠当悄以玉瓶插柳,置几上,自乃垂发合掌侍立其侧。"……

在《小翠》中,闺房嬉戏达到了登峰造极的程度。《小翠》写孤女小翠因其母曾受王侍御的庇护,躲过雷霆之灾,为了报恩,小翠来王家给王侍御的傻儿子做媳妇:

> 王公夫妇,宠惜过于常情,然惕惕焉惟恐其憎子痴,而女殊欢笑,不为嫌。第善谑,剪布作圆,蹴蹴为笑,着小皮靴,蹴去数个步,给公子奔拾之。公子及婢恒流汗相属。一日,王偶过,圆确然来,直中面目。女与婢俱敛迹去;公子犹踊跃奔逐之。王怒,投之以石,始伏而啼。王以告夫人;夫人往责女,女惟俯首微笑,以手剚床,既退憨跳如故,以脂粉涂公子,作花面如鬼。夫人见之,怒甚,呼女诟骂。女倚几弄带,不惧,亦不言。夫人无奈之,因杖其子。元丰大号,女始色变,屈膝乞宥。夫人怒顿解,释杖去。女笑拉公子入室,代扑衣上尘,拭眼泪,摩挲杖痕,饵以枣栗。公子乃收涕以忻。女阖庭户,复装公子作霸王,作沙漠人;已乃艳服,束细腰,扮虞美人婆娑作帐下舞;或髻插雉尾,拨琵琶,丁丁缕缕然。喧笑一室,日以为常。

无奇不有的憨跳、无所不至的玩闹,这是小翠与痴公子的夫妇生活。不可否认,作家杜撰这样的闺房场景,主要是为了写小翠以"痴"为政治斗争手段。她让傻公子装皇帝,故意让王给谏看到。王给谏告发王侍御以旒冕谋反。皇帝调查发现,王侍御家"颠妇痴儿日事戏笑",遂赦免,而追究王给谏的诬告之罪。但是,这种小翠式的戏谑、嬉笑,而且以戏谑为夫妇生活基调,在古代小说中简直可以说是绝无仅有的。

情趣的高雅、言谈的文雅,还常使聊斋日常爱情描写有飘然若仙的情致。《绿衣女》写"绿衣长裙,婉妙无比"的少女同恋人谈论音律,以娇细之声,度销魂之曲。《吕无病》不太漂亮的鬼妾,讲出那么多如莲蕊透清香的谐语。《连琐》中孤苦的女鬼连琐因自己乃"夜台枯骨",不肯以幽欢减心上人杨于畏的寿数。二人谈诗文,治棋枰,购琵琶,作"蕉窗零雨"之曲、"晓苑莺声"之调,二人虽"不至乱"但欢同鱼水,甚于画眉。《白秋练》女主角闻慕生吟诗而相思得病,与慕生见面时,病得只能躺在床上,她要求他"为妾吟王建'罗衣叶叶'之作,病当愈"。慕生吟诗,白秋练马上"揽衣起坐"。后来慕生又因与秋练分别而相思病苦,白秋练来为他吟"杨柳千条尽向西",慕生神情立爽,秋练再曼声歌唱"菡萏香连十顷波"后,慕生马上从病床跃起,沉疴尽失……

显然,这样写有新鲜感,这是聊斋先生的爱情驻春术,不取悦读者"软玉温香抱满怀"的欣赏习惯,不依附陈旧的艺术传统,永远追求,也只追求真正的个性。蒲松龄落笔出己创,洒脱而富情趣,他笔下的爱情是优美而娴静的,又是热烈而清新的,是色彩纷呈的,是笔触纵横的,有种不可捉摸的奥秘,有着独特的气质和魅力。

第三节　聊斋爱情的时代色彩

(一) 以子嗣为中心的嫡庶、夫妻关系

如果我们稍加注意,便可以发现聊斋故事中的一个现象:作家固然赞成以爱情为基础的婚姻,但也同意爱情与婚姻分离。具体地说,他常在"情人"同"发妻"间划一个严格的界限。我们以《阿霞》为例稍作剖析。

文登景生在荒斋读书,夜有少女阿霞盈盈而来,二人欢爱甚笃,阿霞谓景生将"相从以终焉",约以旬日之后再会。景生顾虑斋居不可久住,想移诸家,"又虑妻妒,计不如出妻",决心已下,妻至则百般诟厉,妻不堪其辱愤而"出门去"。景生自以为得计,饰壁清尘,引领以待,以为可以同阿霞做长久夫妻了。而阿霞已嫁给了邻村郑生,景生与阿霞路遇,以"忘旧约"指责阿霞,反而被劈头盖脸骂了一顿:

女……启幛纱谓景曰:"负心人何颜相见?"景曰:"卿自

负仆,仆何尝负卿?"女曰:"负夫人甚于负我!结发者如是,而况其他!"

《阿霞》写了一种特殊的性爱:不排他、不独占、不取而代之。特别是"负夫人甚于负我"寓意深刻。蒲松龄在篇末强调,他写作的目的乃是批判"人之无良,舍其旧而新是谋",我们的深刻印象,是对于结发夫妻的尊重。

不排他的爱情,《聊斋志异》中也不乏其例。《萧七》写徐继长邂逅一美人,美人相约同归,徐告妻子,妻"戏为除馆"迎接新人。新娘进家后说:"姊姨辈欲来吾家一望。"徐妻即"为职庖人之守",热情招待一番。徐妻一点儿也没有吃醋,反而对丈夫同萧七的关系持纵容态度。《章阿端》更奇特,恋人的情谊成为他爱的引线。书生戚某与女鬼阿端相好,向阿端请求:"室人不幸殂谢,感悼不释于怀。卿能为我致之否?"阿端将戚妻从阴世引来,戚生"禁女(阿端)勿去,留与连床,暮以暨晓,惟恐欢尽"。《嫦娥》中仙姬与狐女共侍一人间书生,欢笑和睦。《陈云栖》写真毓生同女道士陈云栖几经挫折,得以团聚,陈云栖又热心地把自己的"道士同事"拉来与她"共效英皇"。

在许多非常精彩的爱情故事中,我们也常看到这类"效英皇"的画蛇添足:《连城》中两情可以共生、可以共死,何等恻人心肺?篇末男女主角终于双双复活,偏偏又莫名其妙地跟上了一个"泪睫惨黛""意态怜人"的宾娘。《阿英》写人与鹦鹉奇诡迷离的爱情,多么优美温馨!文中偏偏让男主角娶一个他并不爱的女人做正妻,让美丽娇婉的阿英处于"非李非桃"的尴尬情境……

性爱是排他的,这一点是不容置疑的。聊斋故事也反映了这种排他性。《莲香》写两个女人露骨的妒忌,李女极力反对桑生同莲香亲近,莲香挖苦李女"醋娘子要吃杨梅"。《小谢》写两个天真的鬼女同陶生交往,陶生将小谢揽在怀中教写字,秋容立刻面露不悦。《张鸿渐》中狐女舜华的话反映了女子不能忍受"双美一夫"的不满心理:"妾有褊心,于妾,愿君之不忘;于人,愿君之忘之也。"

那么，怎样维持这种本来互相排斥的"双美"去"共一夫"呢？《聊斋志异》有时乞灵于"双美"的友谊，如《陈云栖》中二女子早在当道士时，便情投意合，希望将来可以共侍一夫；《莲香》中李女和莲香经过再生后产生了深深的眷恋。《小谢》中两个女鬼因为历经磨难妒念全消，成为和睦相处的姊妹……显然，传统的娥皇女英故事是作家重要的支柱。

重要的是，作家常顽强地、执着地在婚姻问题上强调严格的嫡庶观念。

嫡庶关系

《阿霞》中女主角以"负夫人甚于负我"对情人进行一番教诲，联系她"妾身未分明"的第三者态度，此举未免滑稽可笑，但作家的态度是严肃认真的。他强调嫡妻凛然不可侵犯，赞扬阿霞式的自甘附庸。《萧七》中徐妻对夫妾及其家属的亲善态度，恰好反映了嫡妻地位的稳固。萧七来后"早起操作，不待驱使""殷殷相劳，夺器自涤，促嫡安眠"。萧七如此地甘居下位，如此地谦恭卑下，徐妻绝不会感到自己在家庭中的地位受到威胁。耿生之妻不同意迁家去追随丈夫的情人青凤，但对丈夫同青凤往来并无微词（《青凤》）。鱼生以竹青为外室，常常一住数月，其妻亦无异词（《竹青》）……这些都是作家心目中的贤妇，作家对这些贤妇的报答是：让她们子女俱贵，或多年未育忽诞麟儿……

《林氏》中的贤妇可谓"贤"到登峰造极，想方设法创造机会，让她的丈夫与婢女同床。她让婢女幞被睡丈夫床边，丈夫"终夜无所沾染"，第二次，她想造成既定事实让丈夫认可，自己冒充丫鬟"登床扪之，'我海棠也'"，被丈夫拒绝，她让海棠冒己名前去伴宿，被丈夫"咄之"。林氏到底挖空心思，采用与丈夫"预约"同衾的办法，达到了让海棠与丈夫同床的目的。

蒲松龄深为痛恨"悍妻妒妇"，他的《聊斋文集》中出现过多篇抨击"牝鸡司晨""河东狮吼"的文章，"悍妻妒妇，遭之者如疽附于骨，死而后已，岂不毒哉"（《云萝公主》）。《马介甫》《江城》是淋漓尽致地为悍妇画影图形之作。身为嫡妻而泼悍异常者在《聊斋志异》中层出不穷。如《吕无病》中的王天宫女骄纵横行，把前妻之子活活害死。《邵女》中金氏用烧红的烙铁烙夫妾的脸面。《阎王》中的大嫂把绣花针插到丈夫小老婆的腹脏。这些"附骨之疽"真令人毛骨悚然。

与悍妻对立而存的，是一批贤妾形象。她们对嫡妻的泼悍逆来顺受，曲意逢迎、丧失人格，只求得可怜的立足之地。邵氏被金氏烙铁烙面后，反而欣喜地说："彼烙断我晦纹矣！"这些可怜的妇人或者美丽出众如邵氏，或者知书达礼如吕无病，但出身寒微，一朝为妾，百无一是，地位可怜而可悲。作家解释这些美女或才女做妾媵而受辱为"吾分也"，归结为命中注定，不可更改。尤能说明这种观点的为《妾击贼》：

> 益都西鄙之贵家某者，富有巨金，蓄一妾，颇婉丽。而冢室凌折之，鞭挞横施。妾奉事之惟谨。某怜之，往往私语慰抚。妾殊未尝有怨言。一夜，数十人逾垣入，撞其屋扉几坏。某与妻惶遽丧魄，摇战不知所为。妾起，嘿无声息，暗摸屋中，得挑水木杖一，拔关遽出。群贼乱如蓬麻。妾舞杖动，风鸣钩响，击四五人仆地。贼尽靡，骇愕乱奔；墙急不得上，倾跌呀哑，亡魂失命。妾挂杖于地，顾笑曰："此等物串，不直下乎打得，亦学作贼！我不汝杀，杀，嫌辱我。"悉纵之逸去。某大惊，问："何自能尔？"则妾父故枪棒师，妾尽传其术，殆不啻百人敌也。妻尤骇甚，悔向之迷于物色。由是善颜视妾，遇之反如嫡然。妾终无纤毫失礼。邻妇或问妾："嫂击贼若豚犬，顾奈何俯首受挞楚？"妾曰："是吾分耳，他何敢言。"闻者益贤之。

根据聊斋手稿看，《妾击贼》的篇名曾颇费作家斟酌，抹改数次，最后终于圈掉"枪棒师女"改为"妾击贼"。题目的更改当然是技巧上的考虑，但"妾击贼"无疑更能突出作家对嫡庶之分的说教。《妾击贼》中的小妾实在可怜而又可叹，身怀绝技而俯首受大妻之辱，对这样的安分之举，作家"贤之"。

绝不肯屈居媵妾地位、一定保持人格尊严的女性，作家也是嘉许的。《王桂庵》中的芸娘同王桂庵结合后返回故乡途中，王桂庵戏言，说家中早有正妻，乃吴尚书女也。芸娘听后，立即跳入奔腾的江水，宁死也不做妾！《房文淑》中，游学兖州的邓成德与房文淑相识，同居一段后生下一子，邓邀请房文淑随自己返回故乡，明确声明：家中的妻子一点也不妒忌。房文淑哂曰："我不能胁肩谄笑，仰大妇眉睫，为人作乳媪！"房文淑的话切中肯綮，把做妾的实际地位讲得再明白不过：要看大妇的眼色行事，即使有了儿子，名分上也属于嫡妻，妾仅仅是个奶妈子而已。当然，是男人的泄欲工具和花瓶更是主要的。

嫡庶之间应当是如何的关系？蒲松龄在《聊斋志异》中所表彰的，是嫡庶相安：嫡妻不干涉丈夫的纳妾私婢、寻花问柳；妾甘心于自己卑微受辱，对嫡妻曲意侍奉，辞不当夕。可以像嫦娥与颠当那样，嫦娥对颠当有生杀之权，但平素和煦如春（《嫦娥》）；可以像青梅那样，对王进士女虚正位以待之，执婢子礼甚恭（《青梅》）；也可以像《陈云栖》与《寄生》那样，早由父母确定：二女并列，不分嫡庶，竟相恭顺侍奉丈夫孝顺公婆。总而言之，嫡妻与妾要恪守名分、相安无事。

俨然是有意无意地打破"嫡庶相安"这一道德化沉闷和虚伪和谐，无意间又给一片暗色添加了一点亮色，扑朔迷离、香艳奇特的《恒娘》出现了。

洪大业有一妻一妾，妻朱氏姿致颇佳，妾宝带外貌远逊于朱，但洪大业嬖爱宝带。夫妻常以此反目。后来，朱氏发现新邻居独爱妻子恒娘，小妾形同虚设。而恒娘"姿仅中人"，小妾"甚娟好"。朱氏遂向恒娘请教这种宠擅专房的妙诀。恒娘说：正是朱氏"自疏"于丈夫，"朝夕而絮聒之，是为丛驱雀"。于是恒娘教给朱氏一套夺宠的计策：归家以后，"男子自来，勿纳"，让丈夫与妾住一个月。下一个月，衣敝补衣，纺绩无他问。两个月后，袍袖袜履崭然一新，恒娘"代挽凤髻，光可鉴影；袍袖不合时制，拆其线，更作之"，让朱氏外出踏青，归家后，丈夫"上下凝睇之，欢笑异于平时"。

朱氏却"少话游览,便支颐作惰态",关上门睡了,丈夫敲门,"坚卧不起",对丈夫的求爱"吝之"。洪大业果然"如调新妇,绸缪甚欢"。恒娘又教朱氏"媚"的技巧,"秋波送娇""辗然瓠犀微露",使得洪大业"形神俱惑",专宠朱氏,鄙弃宝带。朱氏虽然夺回了丈夫的宠爱,却不能明了自己取胜之因,于是向恒娘请教——

  朱曰:"道则至妙,然弟子能由之,而终不能知之也。纵之,何也?"曰:"子不闻乎:人情厌故而喜新,重难而轻易?丈夫之爱妾,非必其美也,甘其新乍获,而幸其所难遘也。纵而饱之,则珍错亦厌,况藜藿乎!""毁之而复炫之,何也?"曰:"置不留目,则似久别;忽睹艳妆,则如新至:譬贫人骤得粱肉,则视脱粟非味矣。而又不易与之,则彼故而我新,彼易而我难,此即子易妻为妾之法也。"

深谋远虑、运筹帷幄,这是闺阁之论,还是战术讲座?多么可怕的心机、何等特殊的计谋,简直成了兵不血刃的战场!成了三十六计之外的又一计——变易为难、易妻为妾的三十七计!朱氏,她不乐意做只要名分高而甘守空帷的嫡妻,而要做真正的女人,不要被丈夫敷衍了事地应付,而要发自内心的怜爱。为此,她不惜嫡妻庄严的身份,忽而蓬头垢面,忽而华妆冶容,以取得丈夫的新鲜感。不惜以"色"为斗争手段,刻意学习"媚"的技巧,可以说,恒娘与朱氏身上体现的,才是大多数嫡妻的真正的、可怕的心理状况。

美国有位女作家写了本畅销书,教给女读者"如何叫丈夫永远爱你",她说,要永远给丈夫新奇感。每天换一个打扮,今天扮阿拉伯女奴,明天扮海盗,大后天做长了翅膀的安琪儿,再大后天化成一个老巫婆……台湾女作家三毛认为这样做是精神病。但事实是:西方许多妇女为笼住丈夫那野马一样的心,的确常常出其不意地变幻自己的服饰、发式。美国哈佛大学女博士蔡九迪女士同笔者讨论《恒娘》时曾说:这文章真同美国现下许多妇女杂志的文章如出一辙。那些文章就是教给妇女如何在丈夫面前保持魅力,使丈夫永远有新鲜之感,奇怪的是,几百年前，在那么封建、禁锢的中国，居然写出来可以供二十世纪美国妇女借鉴的文章！看来《恒娘》"异史氏曰"的话确有道理："新旧难易之情，千古不能破其惑。"

有贤妻、有悍妇、有贤妾、有逆媵；有嫡庶和美、有嫡庶反目。这就使得《聊斋志异》在描写封建时代婚姻中常出现的嫡庶关系时，有广泛而深刻的内蕴，有鲜明的时代色彩，有针针见血的气概，有同枝不同花、同花不同果的艺术效果。

特别值得注意的是，在爱情婚姻问题上，还有比性爱本身更要紧、比嫡庶之争更重要的、凌驾于一切又操纵一切的神力，那就是——

子嗣问题

"袖里乾坤"在《聊斋志异》中衍化成一个优秀的爱情故事。尚秀才同曲妓惠哥矢志嫁娶，因惠哥雅善歌，弦索倾一时，被鲁王选入宫中。尚秀才虽然别娶却对惠哥不能忘情。尚秀才求出入鲁王府的巩道士代为设法，巩道士淡然回绝："我世外人，不能为君塞鸿。"后来，道士忽然改变了主意，把尚秀才纳入自己袖中，那袖"中大如屋""光明洞彻，宽若厅堂"。"道士入府，与王对弈"，阳以袖袍拂尘，将惠哥纳入袖中。"袖里乾坤真个大""离人思妇尽包容"。惠哥竟在袖中生下一个儿子。

表面看来，道士是个何等热心的月老？他以自己的法术，使有情人终成眷属。然而道士本意却远非此，他对尚秀才说："君宗祧赖此一线，何敢不竭绵薄，但自此不必复入。我所以报君者，原不在情私也。"原来如此。仙人只是为了人的子嗣才一展神技，一旦子嗣解决，爱情或"情私"便可以马上中止，"自此不必复入"。可见，男女之间的爱情在这个爱情故事中占多么微小的分量！

"子嗣"真像如来佛的手心，使《聊斋志异》中几乎所有爱情的孙悟空，一概越不过五行山去：

"子嗣"把最妒忌的嫡妻变成积极的纳妾主义者。大名富翁段瑞环四十无子，妻连氏最妒，不许丈夫买婢纳妾，段私一婢，被连氏发现，挞婢数百卖掉。段益老而诸侄以其无子朝夕乞贷,泼悍的连氏大悔未让丈夫纳妾生子,急忙纳二妾,一妾产子而殇,一妾产一女。段瑞环死了,侄儿们马上来抢家产,连一所房子也不肯给连氏留下,要"令老妪与呱呱者饿死"。正在这时,有客入吊,是个青年男子,来认祖归宗,他原来是所卖之婢女生的儿子!连氏立刻神气起来,马上向诸侄炫耀;"我今亦复有儿!"命侄儿们马上送还产业,否则"有讼兴也!"连氏保住了家产,也接受了教训,临死还对女儿和孙媳叮嘱:"如三十不育,当典质钗珥,为婿纳妾。"(《段氏》)

"子嗣"使"冷如霜雪"的少女演出一出温情脉脉的剧目。《侠女》中的女主角是个父仇未报的侠客,艳如桃李而冷如霜雪。她见贫而孝的顾生无力婚娶,主动地约他幽会。顾生以为少女爱上了自己,频来相亲近,不料被正色拒绝。原来,女之主动约会顾生是"为君延一线"的目的。果然,顾生年纪不大便死了,侠女为他生的儿子终于中进士并给祖母送终。

"子嗣"使得最精明强悍的女子不得不违心地给没出息的丈夫纳妾。《颜氏》中的少妇"青紫直芥视之",女扮男装替丈夫应考,竟考中,做官做到御史,富埒王侯。她公婆也因她屡受皇恩。但她闭门雌伏以后,因为生平不孕,不得不自己出钱替丈夫纳妾。她只好这样自嘲:"凡人置身通显,则买姬媵以自奉。我宦迹十年,犹一身耳。君何福泽?坐享佳丽?"

"子嗣"可以拆散最恩爱的夫妻。《阿英》中,甘玉与阿英情爱甚笃,阿英与兄嫂也相处极好。但阿英不是人,是鹦鹉,当兄嫂发现她是有分身法的媳妇时,恳求她"幸勿杀吾弟"。阿英很诚挚地表白因为"自分不能育男女",她早已想离去。转眼化为鹦鹉翩然而逝。甘家便为甘玉再娶一姜氏,但姜氏却根本得不到甘玉的爱。后来在一次避难中,甘玉与嫂嫂偶然遇见了阿英,连忙拉回家中,看来嫂嫂也明白了"强扭的瓜不甜",乐意让弟弟同心爱的人共同生活。甘玉更是希望鸳梦重温,但他向阿英"约之三四始为之一往"。

美丽的阿英似乎对同丈夫重叙温情兴趣不大，却认真地为甘家后嗣操起心来：

> 嫂每谓新妇不能当叔意。女遂早起为姜理妆，梳竟细匀铅黄，人视之，艳增数倍，如此三日，居然丽人。嫂奇之。因言："我又无子，欲购一妾，姑未遑暇。不知婢辈可涂泽否？"女曰："无人不可转移，但质美者易为力耳。"遂遍相诸婢，惟一黑丑者有宜男相。乃唤与洗濯，已而以浓粉杂药末涂之，如是三日，面赤渐黄，四七后，脂泽沁入肌理，居然可观。

抛开"艳增数倍"的神异色彩不论，阿英之为姜氏及黑婢女细匀铅黄，肯定可以达到一个目的：使"宜男"者为甘家的男子亲近，起到传宗接代的目的。而阿英自己呢？明明被丈夫深爱，却因为不能生育，甘心放弃妻子的位置，还要为那鸠占鹊巢的妻子"涂泽"。这位女性的自我牺牲精神何等博大？然而，她过的这种"非桃非李"的生活，内心该怎样的苦涩？这是个真正爱情让位于虚假婚姻的悲剧。阿英式的妇德，显然是为作者所钟爱的。

"子嗣"可以使夫妻之间演出互相瞒骗、互相捉弄的丑剧。如上所述，《林氏》写一位妻子挖空心思想把自己的丈夫和丫鬟拉到一张床上做爱，那场面真是颇为不堪又十分蹊跷：

> 林翼日笑语戚曰："凡农家者流，苗与秀不可知，播种常例不可违。晚间耕耨之期至矣。"戚笑会之。既夕，林灭烛呼婢，使卧己衾中。戚入，就榻戏曰："佃人来矣。深愧钱镈不利，负此良田。"婢不语。既而举事，婢小语曰："私处小肿，颠猛不任！"戚体意温恤之。事已婢伪起溺。以林易之。……未几，婢腹震……（林氏）故谓戚曰："妾劝内婢而君弗听。设尔日冒妾时，君误信之，交而得孕，将复如何？"戚曰："留犊，鬻母。"

夫妻二人究竟谁骗谁？是丈夫受了妻子蒙骗，还是妻子被丈夫巧妙地愚弄了？林氏为了戚家的后嗣诡计四出。几经周折终于把丈夫欺骗了，让他同婢女同衾而使之怀孕。然而实际受骗者为谁？梓园评道："聊斋此篇，极意写戚为林诳，余窃意林为戚诳也。"戚安期因为对妻子发过"相负者必遭凶折"之誓，表面上不得不收敛他过去好狎妓的荡行。实际上，他不仅在妻子眼皮底下对丫鬟百般温存而且还故意对丫鬟已怀孕之事佯作不知，讲出更加让林氏上当受骗的话来。夫妻做爱而丈夫居然听不出妻子的声音，感觉不到"妻子"躯体的变化？戚安期真是个天才演员！他之所以如此做戏，除了"喜狎妓"的本性外，求取子嗣是主要目的。因而，当林氏以设问方法询问他如何处置怀孕的丫鬟时，他断然回答："留犊鬻母！"这是十分狡诈的回答，这是对林氏嫡妻地位的保证书。这个回答，一方面向林氏保证她地位的稳固，一方面暴露了他同海棠关系的残酷性——海棠既满足了他朝三暮四的邪念，又成了他、也仅仅成了他生育的工具！

《林氏》使我们看到，妻子为子嗣而丧失尊严，丈夫为子嗣而丧尽人格，看到妇女仅仅作为传宗接代工具的悲哀。

"子嗣"也可以成为青年男女向家长争取婚姻自主权的最有利借口。聂小倩是位受妖鬼所胁的"异域孤魂"，她被宁采臣救助，将其尸骨带回家。聂的鬼魂向宁母表示："蒙公子露覆，泽被发肤，愿执箕帚，以报高义。"宁母很策略地回答："小娘子惠顾吾儿，老身喜不可已。但生平止此儿，用承祧绪，不敢令有鬼偶。"聂小倩一直用自己的勤劳、善良去感化宁母。宁母虽然喜爱小倩，却仍坚持"但惧不能延宗嗣"。小倩劝说道："子女惟天所授，郎君注福籍，有亢宗子三，不以鬼妻而遂夺也。"宁母果然如释重负，为宁采臣、聂小倩隆重地举行了婚礼。

聂小倩用"命中注定"的男孩争来了妻子地位。女鬼湘裙则以代人抚育子女获得"生人妻"资格。《湘裙》写道：晏伯三十而卒，与亡妻在阴间生有二子，其妾之少妹湘裙孤苦无依随姊居住。晏伯之弟晏仲有一子而妻死去。晏仲一直希望可以多生一儿子承兄祧，在买妾路上遇到亡兄一家。晏仲乐意将侄儿阿小携回人间抚养，以"得湘裙抚阿小，亦得"为由，连女鬼湘裙一起带回人间。湘裙虽然自己"无所出"却因为帮晏仲抚育子孙，重回人间生活了五六十年……《湘裙》

故事充满善善恶恶的劝谕。作家之宗旨，显然主要不是歌颂晏仲与湘裙的爱，而是赞扬晏氏兄弟的友爱，用"阳绝阴嗣"大力渲染子嗣之重要。于是，小说出现这样的名实不符：作为篇名的女主角及其爱情，在这个说教故事中，占了极为不足道的分量。

在封建道德的巨大阴影下，爱情能不能具有脱离子嗣而存在的价值？妇女有没有超脱于传宗接代之外的独立位置？我们从阿英的不幸、林氏的尴尬、聂小倩的侥幸中可以想见。

"子嗣"这一法宝，在《聊斋志异》中还格外有利于体现作家善恶有报的爱情观。我们从《罗刹海市》和《韦公子》的对照中，将会有很深的体会。

《罗刹海市》中马骥与龙女是作家心目中道德文章的双璧。马骥与龙女虽然分别，但互守贞义，而他们的分别是出于孝亲的需要：马骥不因他在龙宫的豪华而忘记家中老母，龙女不以鱼水之欢而阻滞丈夫的孝子之情。在小说的结尾，作家用一双儿女将夫妇俩紧紧相连：龙女在龙宫生下一对儿女，待他们不母可活时，送还人间给马骥，"膝头抱儿时，犹妾在左右也"。两个孩子给马骥带来了无比欢悦。这样美好的结局显然是作家对这对佳夫妇高尚爱情的奖赏。

与马骥子女的富贵荣华迥然不同，韦公子的子女掉进了最肮脏的泥淖中，命运残酷地捉弄了那位卑劣的父亲。

韦公子放纵好色，家中婢妇有色者，无不私，且"载金数千，欲尽览天下名妓"，这个放荡无行的家伙居然高中进士。按照《聊斋志异》惯常的构思，冥中应因其淫滥将其秩禄削掉才对，就像《姊妹易嫁》中取消欲易妻之毛郎的考试名次。但蒲松龄让韦公子受到更加严酷的精神折磨——自食便液。韦公子托名魏姓游曲巷，遇一男妓罗惠卿，"夜留缱绻"，还约了罗惠卿的妻子来三人共一榻。韦公子还打算将变童带回家长期做男宠，一问罗的来历，韦公子吓得汗下浃体，连忙溜走。原来，罗惠卿说："某原非罗姓。母少服役于咸阳韦氏，卖至罗家，四月生余。"韦公子竟然与亲生儿子干起断袖、分桃的勾当，等他再到苏州任职时，又遇到一件奇事：

> 后令苏州，有乐妓沈韦娘，雅丽绝伦，心好之，潜留与押。戏曰："卿小字取'春风一曲杜韦娘'耶？"答曰："非也。妾母十七为名妓，有咸阳公子，与君侯同姓，留三月，订盟昏娶。公子去，八月生妾，因名韦，实妾姓也。公子临别时，赠黄金鸳鸯，今尚在。一去竟无音耗，妾母以是愤恚死。妾三岁，受抚于沈媪，故从其姓。"公子闻言，愧恨无以自容。默移时，顿生一策。忽起挑灯，唤韦娘饮，藏有鸩毒暗置卮毒杯中。韦娘才下咽，溃乱呻嘶。众集视，则已毙矣。

命运对韦公子的安排竟巧合得如此残酷！或者说，作家对他的惩罚就是如此昭彰分明。韦公子又和亲生女儿钻进了乱伦的衾被，而且有黄金鸳鸯的证据说明女儿的身份！韦公子因为同亲生女乱伦的恐惧，因为不甘心亲生女沦为娼妓，更为了掩盖自己的罪行，竟用毒药杀死了自己的女儿！以韦公子贵官兼巨富的身份，其子女岂不理应锦衣玉食，或蟾宫折桂，或名花藏深闺？他们却阴差阳错，落进污泥之中，而这全是父亲的罪过！韦公子眼见自己的子女做娈童、做娼妓，遭受到父亲同子女乱伦的难堪痛苦，在孤独和悔恨中死去。作家写道：他家中妻妾五六人，俱无所出。"不孝有三，无后为大"，韦公子受到封建时代最深重的惩罚。

世界名家常有惊人的相似。莫泊桑的《一个儿子》简直可算《韦公子》的姊妹篇。它描写一个父亲面对亲生儿子时，内心深重的矛盾、难言的痛苦，却又找不到可以摆脱的出路，只能让痛苦和悔恨积聚成千斤重荷，永无休止地锤击自己的心！

《一个儿子》写道，一位法兰西文学研究院士和一个议员在花园散步，两人从满垂着浅黄穗子的金雀花随风散布它轻盈的花粉，联想到他们这些上层男子的乱交：他们制造孩子正像这树一样，几乎不知不觉。他们估计，从十八岁到四十岁间他们曾同三百个左右女人的临时遇合，"您真能保证自己绝没有一个在街道上或者监牢里的匪类儿子？一个对于我们正派人士行使暗杀和窃盗的儿子？或者一个留在妓院的女儿？……"文学院院士回忆起他的一次艳遇：年轻时在一次外出中，他闹着玩一样地占有了一个旅店女佣，之后马上便忘掉了这种数见不鲜的冒险行动，若无其事地离去。三十年后他重游故地，惊愕地得知：这女佣在他去后八个月二十五天，生下一个儿子后死了。出现在高贵院士前的儿子是什么样？一个跛着脚走来的老粗，那一头缠得乱七八糟如同好些绳子一般垂到脸上的黄头发肮脏不堪。他在吃力地翻着兽粪。高贵的院士怎么也不肯相信，面前这个肮脏、卑贱、酗酒无知的汉子，竟是他这贵人的嫡子！院士产生了异样的、羞惭的、不可忍受的感觉，又无法安慰，悲恸难堪又不可告人……

《一个儿子》讽刺了资产阶级上层知识分子的道德沦丧。《韦公子》针砭了封建上层的寡廉鲜耻。鉴于封建中国对子嗣的无比重视，韦公子"自食便液"的行为便格外触目惊心。可以说，蒲松龄让韦公子受到了比炼狱的炉火更重的烤炙。

综上所述，可以看出，在《聊斋志异》爱情故事中，"子嗣"有着扭转乾坤的神功，有着惩恶扬善的威力，有着变换人物个性、更改人与人关系的魔法。这是一个无比重要的问题。蒲松龄以自己对生活丰富性的理解，自觉地或多半不自觉地，以"子嗣"为枢纽，对封建时代的爱情进行了深刻而广泛的开掘。因为爱情主人公与"子嗣"发生的不同程度、不同角度的联系，创造出形形色色、绝不雷同的故事。就像法国大画家莫奈关于巴黎圣母院的许多名画，因为角度的变换、四季的更迭乃至晨昏的不同，巴黎圣母院呈现出千娇百媚的形态。

嫡庶问题与子嗣相互依存、相互影响，它们又共同渗透着、支配着爱情主人公，让他们干出我们今天怎么也不能理解的怪事：如阿霞那样不排他的性爱，如力敌悍贼却俯首受辱的妾，如林氏那样夫妻相互瞒骗的丑剧。

蒲松龄也许不是一个大思想家，但他的作品却反映出封建婚姻、爱情的某些本质方面。

（二）父母之命

雨果论莎士比亚时说：莎士比亚的作品总不是那么单一或单调的，而是充满复杂的对照，公正和偏倚、天使与魔鬼、伟大与渺小、善与恶、欢乐与忧伤、高尚与卑下……总之，是些"永恒的双面像"。

《聊斋志异》也是这样的双面像，仅以爱情婚姻题材中"父母之命"论之，我们便可以看到不同形式、不同品格的"父母之命"，看到正反相济、善恶相形的异彩纷呈的丰富画面。

嫌贫爱富的父母，他们不以儿女感情为念，仅以门第、财富为准，有封建家长的专横又有势利小人的龌龊。例如：

《连城》中的史孝廉，本来他以女儿的倦绣图征诗，意在择婿。乔生以诗得连城知心，史孝廉反而嫌乔生贫，将自己有才华的女儿许给盐商那个粗俗无文的儿子，导致连城、乔生双双赴死。

《青梅》中的王进士夫妇，自以为阅历丰富，却瞳子如豆，不能欣赏暂时贫困而有腾飞可能的张生，还不及他们的丫鬟有胆识。他们刻薄地嘲讽自己女儿阿喜对张生的好感是：乐意携筐作乞儿妇。孰料世事颠倒，张生富且贵，丫鬟青梅成了凤冠霞帔的贵妇，小姐阿喜倒是反过来做了二房。

《陈锡九》中的富室周某，其势利眼更为突出，他本来仰望陈子言的声望而订为婚姻。陈子言累年不第又游学在外数载无信，周某便生悔婚之意。此时，周某早已不讲究"父母之命"的庄严，而只讲究"父母之命"的主观随意性。出来维持原有"父母之命"坚持要嫁贫穷女婿的，反而是他们的女儿。

《凤仙》是个狐仙故事。凤仙的父母对于女儿轻易嫁了"流荡自废"的刘赤水无可奈何，便在接待三个女婿时，明显地分个三六九等。对"靴袍炫美"的富家女婿极热情，对穷而无功名的刘赤水不理不睬。婢女以金盘进果时，老岳连忙说："此自真腊携来，所谓田婆罗也"，捧了几个放在阔女婿面前，对穷女婿连虚让一下也不肯。

《珊瑚》中的封建家长是位焦仲卿母式的家长，凶残刁钻、悍谬不仁。儿媳在她面前动辄得咎。珊瑚"靓妆以朝"，被她说成"诲淫"；珊瑚"毁妆以进"，她更"投颡自挝"，必欲逼儿子休弃媳妇才罢休。

《云翠仙》里的母亲，是个"棉花耳朵"，昏庸而没有主见。她同女儿翠仙一起拜佛，偶然遇到一个献殷勤的家伙，便贸然把女儿许配给他。云翠仙从一开始便厌恶梁有才这个豺鼠子，从他令人恶心的外貌"手足皴一寸厚"，到他"据女郎足"的轻薄行为。但翠仙的愿望却被她的糊涂而专横的母亲忽略，美丽聪明的云翠仙只好嫁给一个毫无好感的市侩，最终，还差点儿被梁有才卖到妓院中。

耐人寻味的是，以拆散儿女婚姻为乐事或昏聩得乱点鸳鸯谱的父母，在聊斋故事中不仅不占主要地位，而且不占重要地位。更多的父母之所以对儿女的自我选择持反对态度，恰恰是因为他们对儿女的长远幸福进行了深思熟虑。

辛十四娘偶然路遇一书生，是轻脱纵酒的冯生。冯生对十四娘一见钟情，马上追到家中。十四娘的父亲热情地以茶当酒，冯生乘醉遽然向老人求婚，被婉言谢绝。辛叟显然对于这个醉醺醺求婚者的人品不满，因而不肯贸然将爱女许配给他。冯生由鬼郡主做主，硬是娶走了辛十四娘。后来，果然因为他的轻脱和酗酒，惹起一场大祸（《辛十四娘》）。

与辛十四娘相比，狐女青凤的爱情较为自愿。她对耿生的狂热追求渐渐动了心，终于允许耿"拥而加诸膝"。却被其叔父闯见，痛斥她："贱婢辱吾清门！"狐叟反对耿生与青凤结合可能有两重含义：既指他们的无媒而合，也可能顾及耿生已有妻室，不乐于让青凤处于妾媵地位（《青凤》）。

《花姑子》中，章叟发现自己的女儿与安生同寝，闯入大骂："婢子玷我清门，使人愧怍欲死！"将花姑子带出"且行且詈"。章叟难道真的根本不同意花姑子同安生的结合吗？非也。他只是反对这种苟合，而坚持"清门"应遵守的规矩。所以当安生为蛇精所魅时，章叟乐意"坏道代死"。其中固然有报安公子放生之德的成分，也不乏对女儿情人"爱屋及乌"之意。

孔雪笠钟情娇娜，却不得不舍娇娜而娶松娘。因为皇甫老翁表示：很乐意同孔生结亲，但娇娜年龄太小了。这位家长拆散孔生、娇娜一对佳偶固然令人遗憾，但他对女儿年龄太小不肯让她早婚的考虑，却出于慈父情怀。与此类似，宁采臣的母亲起初婉拒聂小倩，说自己仅有一子，不敢令有鬼偶。宁母的理由也出于拳拳慈母之心，无可非议。

在《王桂庵》中，"父母之命"呈现出健康、圣洁、审慎的特点。芸娘的父亲孟江蓠对于女儿的婚事，抛开贫富的选择，注重人品的要求，表现出清高的情操、正派的为人。

大名世家子王桂庵南游时遇一小船，对船上"风姿韵绝"的"榜人女"芸娘闪电般地一见钟情，投以金钏。分手后，他多方寻访，半年后意外地在被徐太仆召饮时，误入小村，巧遇芸娘。芸娘告诉他"金钏犹在"，让他"倩冰委禽"。王桂庵以为，自己这样有钱有貌的世家子弟求一"榜人女"，岂非唾手可得？便携重金径自登门毛遂自荐，不料碰了个硬钉子。几经周折，才求得芸娘之父的首肯：

（王桂庵参加徐太仆的宴会后）罢宴早返，谒江蓠。江逆入，设坐篱下。王自道家阀，即致来意，兼纳百金为聘。翁曰："息女已字矣。"王曰："讯之甚确，固待聘耳，何见绝之深？"翁曰："适间所说，不敢为诳。"王神情俱失，拱别而返，不知其言信否。当夜辗转，无人可以媒之。向欲以情告太仆，恐娶榜人女为先生笑，今情急，无可为媒，质明诣太仆，实告之。太仆曰："此翁与有瓜葛，是祖母嫡孙，何不早言？"王始吐隐情。太仆疑曰："江蓠固贫，素不以操舟为业，得毋误乎？"乃遣子大郎诣孟。孟曰："仆虽空匮，非卖婚者。曩公子以金自媒，谅仆必为利动，故不敢附为婚姻。既承先生命，必无错谬。但顽女颇恃娇爱，好门户辄便拗却，不得不与商榷，免他日远婚也。"遂起，少入而返，拱手："一如尊命。"

一个可敬的慈父！不但不为富豪千金所动，还让女儿在婚姻问题上享受充分自主权，"不得不与之商榷"。孟江篱身上的"父母之命"丧失了作家通常津津乐道的嫌贫爱富，择高弃低，王桂庵正是因为自恃门第高又有金帛，才被不客气地回绝。孟江篱身上也没有素常惯见的家长式一意孤行、唯我独尊，而是同女儿平等协商。这位老人身上呈现出的中国儒教传统的"风骨"与近代民主色彩的融合，呈现出正人君子与舐犊慈父的汇合，具有全新的情致和独特的社会意义。因此，《王桂庵》这一故事也摆脱了千篇一律的"英台抗婚"，而更加广泛地涉及婚姻中的道德因素，就如小说中芸娘婚后讽刺丈夫的话："笑君双瞳似豆，屡以金帛动人。"在这个故事中，高洁的父亲与痴情的女儿、"父母之命"与自我选择取得了和谐的统一。

两代人审美趣味、择偶标准的和谐常常使得我们看到一些和煦协调的场面。

《罗刹海市》和《西湖主》中，父母为女儿主婚，郎才女貌，两情如怡；

《寄生》中，父母为儿子的心事曲尽全力、百般周全，终于皆大欢喜；

《姊妹易嫁》中，父母同女儿(次女)在对婚姻问题上共同恪守"贫贱不能移"的道德……

可见，我们不能一概而论地说蒲松龄反对"父母之命"。相反地，他有时对父母之命笔歌墨舞。

对《聊斋志异》中的"父母之命"必须作具体分析，即使在同一篇章中，也会出现截然相反的父母，如《白秋练》。

商人慕小寰之子慕蟾宫随父到楚地经商，蟾宫聪慧喜读，趁父外出时执卷吟哦，音节铿锵。他吟诗时辄见窗影憧憧，似有人窃听，原来是个十五六岁的倾城之姝！几天后，他们载货北旋，暮泊湖滨，慕父他出，忽然：

>　　有媪入曰："郎君杀吾女矣！"生惊问之。答云："妾白姓。有息女秋练，颇解文字，言在郡城得听清吟，于今结想，至绝眠餐。意欲附为昏因，不得复拒。"生心实爱好，第虑父嗔，因直以情告。媪不实信，务要盟约，生不肯。媪怒曰："人世姻好，有求委禽而不得者。今老身自媒，反不见内，耻孰甚焉！请勿想北渡矣！"遂去。少间，父归，善其词以告之，隐冀垂纳。而父以涉远，又薄女子之怀春也，笑置之。泊舟处水深没棹，夜忽沙碛拥起，舟滞不得动。

两家的家长，白母和慕父真是一个天上，一个地下。白母理解女儿的心事，支持女儿的痴情，甚至于亲自出去自媒，自媒不成，便施展法术阻止蟾宫北旋。然后乘慕父北归亲自送女儿来与心上人幽会。这位老太太扶女儿进情人船舱，劈面即一句："人病至此，莫高枕作无事者！"简洁得很、醒目得很，毫无忸怩之态，相反地，反而让当事人显出她的软弱和无能。这位白鱀幻化的老太太还有着不羡富贵的高尚秉性，龙宫欲选白秋练为妃，龙宫之富，未免不丰于慕家千百倍，但白媪不为利动，"实奏之"，维护女儿同慕生的自主婚姻，因而惹恼了龙王。白媪被放弃南滨，几死。白媪在女儿的爱情中充当了送简抱衾红娘的角色，她比白秋练本人更大胆直露，也更敢于斗争。

与白媪截然相反，慕父对儿子的爱情表现出患得患失、嫌贫爱富。他一开始从传统的观念出发，薄女子怀春，继而又嫌女方浮家泛宅，"自总角时，把柂棹歌，无论微贱，抑亦不贞"。完全是势利面孔。但是当白秋练以可以预知物价的奇术帮他获得几倍厚息时，慕父便迫不及待地"竭资而南""委禽焉"，显然，他不是娶什么儿媳，而是迎财神。

如果说，慕父的爱情观表现了门第观念在商品经济冲击下的大变化，那么更可以说，白媪则透露出封建末期民主思想对社会的广博影响，这影响不仅及于年轻的、易于接受新事物的青年人身上，也波及封建家长。

《聊斋志异》中的"父母之命"可谓千殊万类。有前代文学中已经耳熟能详的"棒打鸳鸯"父母，有封建僵尸样的父母，有挑肥拣瘦、嫌贫爱富的父母，也有虽然反对儿女婚事但反对得有理有节的父母，更有为儿女终生幸福而慎重从事的父母和做儿女知心朋友、保护儿女爱情的父母。正与邪、光明正大与肮脏猥琐、专制蛮横与通情达理、恪守礼教与思想解放……林林总总，摇曳多姿。

"父母之命"的各异，源于时代潮流在各阶层中不同的反映，"父母之命"的复杂，正标志着一个大变革时代的鱼龙混杂、泥沙俱下。这些父母之命的特点，恰好是封建末期历史的反映，它们与时代有千丝万缕、刀割不断的联系，它们恰好是时代和历史的产物。

这岂不是在讴歌那些素来以死硬面孔出现的封建家长吗？这不是降低了《聊斋志异》反封建的意义吗？

不。《聊斋志异》爱情故事的价值，恰恰主要不在于它的反抗性，而在于它的真实性，在于它植根于民族、时代、历史的凝重感。主要不在于它对封建婚姻的批判，而在于它对封建婚姻的多侧面、多层次、深刻而广博的反映。

难道我们还需要按照惯例对《聊斋志异》爱情故事来点儿两分法吗？比如说，双美共一夫，重男轻女，要求女性片面贞操，是其"片面性""历史局限"，进而说，瑕不掩瑜，诸如此类。

不。正如同不能把一个人切割成几部分，说他美丽的眼睛、挺直的鼻子是主体，而微黑和雀斑是其"局限"，一个人是完整的人，一部书也是如此。双美一夫等不是作家的什么局限，而是他对生活的忠实映射。正因他对时代的充分理解，蒲松龄才能在《聊斋志异》中集中时代社会生活的全部意义。

我们不需要拔高《聊斋志异》，只消静静地咀嚼它、体味它。

（三）奇特的"爱情"或婚姻

有的聊斋故事写爱情近于寓言，却巧妙地蕴含了深邃劝世之意，我们可以从《黎氏》《画皮》《丑狐》《武孝廉》《毛狐》诸篇进行剖析。

《黎氏》数千年宗法封建家庭中，一个相当严峻的问题是"后娶"，尤其在中下层家庭。《颜氏家训》曾以尹吉甫听后妻谗言放嫡子伯奇于野的故事，指出"假继惨虐孤遗、离间骨肉"难以避免，且说："凡庸之性，后夫多宠前夫之孤，后妻必虐前妻之子。非唯妇人怀嫉妒之情，丈夫有沉惑之僻，亦事势使之然也。前夫之孤，不敢与我子争家，提携鞠养，积习生爱，故宠之，前妻之子每居己生之上，官学婚嫁，莫不为防焉，故虐之。异姓宠则父母被怨，继亲虐则兄弟为仇，家有此者，皆门户之祸也。"

后母虐待前妻之子，《张诚》描写得真实细致，而《黎氏》是寓言式地描绘父亲不慎的婚姻给子女带来的厄运。它可能比《张诚》更有概括性，更触目惊心。

一个素来"佻达无行"的人物谢中条，二十多岁丧妻，便以子女为负担，又以渔色悦己为乐，他自己表白："枕席之事，交好者亦颇不乏，只是儿啼女哭，令人不耐。"显然是个饥不择食的滥淫者和不乐意承担育儿责任的家伙。有一天，他翔步山途，遇一女子，便先以言语调戏，继而"遽挚其腕，曳入幽谷，将以强合"。竟是个拦路强奸的流氓。那女的呢，居然来者不拒。两个苟合的男女马上论起嫁娶来，出现了这样的对话：黎氏曰："但继母难作，恐不胜其诮让也。"谢中条马上答复："请毋疑阻，我自不言，人何干与？"黎氏的问话已埋伏了残害子女的杀机，狼子野心的谢中条却沉醉于野合的欢愉中，公然作出"我自不言"、任其肆虐的许诺。于是，黎氏便有计划地实现其残害子女的计策，先剪其羽翼，让谢中条将佣媪"立便遣去"。然后，入谢家摆出一副贤妻良母的姿态，"倍极欢好。妇便操作，兼为儿女补缀，辛勤甚至"。等谢中条放心地把儿女交付她而自己外出办事时，归家却见：中门紧闭，叩之不应，进寝室猛见"一巨狼冲门跃出，几惊绝；入视，子女皆无，鲜血殷地，惟三头存焉，返身追狼，已不知所之矣"。

黎氏化成了巨狼，将二子一女吃掉，这是个幻化情节，也是寓言性情节。作家唯恐读者不能理解这个故事的内蕴，索性在"异史氏曰"

中明讲:"士则无行,报亦惨矣。再娶者,皆引狼入室耳;况将于野合逃窜中求贤妇哉!"

这段话有两重劝世寓意:一也,涉及了中下层人民生活中的一个普遍性问题:千万莫要为子女娶后母,否则将"引狼入室"。二也,劝告人择偶一定要慎之又慎,一定要讲求道德标准,万不可以从行为不检者(野合)、不知底细者(逃窜)中求妇。

后娘化狼固然奇崛,然而恶狼似的后娘却尤须警惕。男子万不可以因自己肌肤之欢而轻率婚娶。这是《黎氏》给人的教训。

《画皮》是个厉鬼化美女的故事。人们通常并不曾把它当作爱情故事来看。当然,蒲松龄构思此文,的确是有感于以妖为美、以忠为妄的世态,但其劝人在女色上一定要慎重的深意却是存在的。就此而言,此文同褒姒误国、妲己惑主有着近似的意义,正如"异史氏曰":"愚哉世人,明明妖也,而以为美。迷哉愚人,明明忠也,而以为妄。然爱人之色而渔之,妻亦将食人之唾而甘之矣。天道好还,但愚而迷者不悟耳。可哀也夫!"

太原王生家有贤妻却见异思迁,将一个"抱襆独奔"的"二八姝丽"邀进书斋"乃与寝合"。美女竟然是个翠色狞鬼,裂开王生肚腹把心掏走了。有位道士告诉王妻陈氏:欲求夫生,当向市中一卧粪土之中的疯者哀之,"倘狂辱夫人,夫人勿怒也"。陈氏向乞者求救以挽回丈夫生命,那场面十分奇特且发人深省:

(陈氏)见乞人颠歌道上,鼻涕三尺,秽不可近。陈膝行而前。乞人笑曰:"佳人爱我乎?"陈告之故。又大笑曰:"人尽夫也,活之何为?"陈固哀之。乃曰:"异哉!人死而乞活于我。我阎摩耶?"怒以杖击陈。陈忍痛受之。市人渐集如堵。乞人咯痰唾盈把,单向陈吻曰;"食之!"陈红涨于面,有难色,既思道士之嘱,遂强啖焉。觉入喉中,硬如团絮,格格而下,停结胸间。乞人大笑曰:"佳人爱我哉!"遂起行,已,不顾。尾之,入于庙中。迫而求之,不知所在,前后冥搜,殊无端兆,惭恨而归。

> 既悼夫亡之惨，又悔食唾之羞，俯仰哀啼，但愿即死。方欲展血敛尸，家人伫望，无敢近者。陈抱尸收肠，且理且哭，哭极声嘶，顿欲呕。觉鬲中结物，突奔而出，不及回首，已落腔中。惊而视之，乃人心也。

痰唾变成了一颗心脏，王生复活了！《聊斋志异》中，这类鼻涕三尺的乞丐或道士常常是"真人不露相"的异人。此处的乞丐明明是仙者，以痰唾治活人本是奇而又奇，但那番"人尽夫也"的议论，却是对痴情的陈氏的哀叹。乞人治死人的情节亦含义隽永：王生因迷恋女色而丧失良心，是他的贤妻帮他找回，而且是受尽了凌辱才找回。"爱人之色而渔之，妻亦将食人之唾而甘之矣。"

珍惜你身边的幸福，检点一下见异思迁的行为，这便是《画皮》给封建士子的劝谕。

一般地说，狐仙化为女子在《聊斋志异》中出现，多半年方二八，天姿国色。而在《丑狐》《毛狐》《武孝廉》中，她们却既不漂亮也不年轻：丑狐"衣服炫丽而颜色黑丑"，毛狐"貌赤色"，虽然"致亦风流"却"细毛遍体"。《武孝廉》中的狐妇"被服粲丽，神采犹都"，却"四十余"，已人老珠黄。她们同男主角的关系，当然不能像美丽的青凤那样，使耿去病魂魄俱失，思念不已；也不会像辛十四娘那样，使冯生穷追不舍、举动失措。但她们的出现，却在精神上、品格上考验着、鉴别着这些男子，甚至可以说，惟其因为作者有意制造她们的丑且老，才格外有利于讥刺时弊。

长沙穆生穷到冬无絮衣时，丑狐来到他身边，自我介绍："我狐仙也，怜君枯寂，聊与共温冷榻耳。"穆生惧她为狐，更嫌她丑，大号，女出示银元宝相赠，穆生立时变了笑脸，留与同榻。穆妻以狐女赠银市软帛为之缝纫卧具，狐女再来，又以金酬之。"从此至无虚夕，每去必有所遗。"一年多时间，穆家屋庐一新，内外皆锦绣衣服。穆生就讨厌起丑狐来，请来道士画符驱狐，结果受到严惩：

> 术士作坛，陈设未已，忽颠地下，血流满颊；视之，则割去

> 一耳。众大惧，奔散，术士亦掩耳窜去。室中掷石如盆，门窗釜甑，无复全者。生伏床下，蓄缩畏耸。俄见女抱一物入，猫首猁尾，置床前，嗾之曰："嘻嘻！可嚼奸人足。"物即龁履，齿利于刃。生大惧，将屈藏之，四肢不能动。物嚼指，爽脆有声。生痛极，哀祝。女曰："所有金珠尽出，勿隐。"

穆生从此又变回赤贫状，丑狐则带着财物嫁到其他人家中去了。穆生固然可悲，不仅要货婢鬻产，而且还丧失二指。狐女也很可悲，以金钱求取爱情，岂能真乎？

武孝廉石某对于所遇狐女，则不仅用其金钱，且蒙受狐女救命之恩。石某赴都求铨叙，暴病于途，唾血不起。狐妇饵以药石，即榻供甘旨，殷勤过于夫妇，石某对妇敬之若母。狐妇曰："妾茕独无依，如不以色衰见憎，愿侍巾栉。"凭理而论，妇四十余而石某仅三十余，本不相匹，但石某贫困潦倒之际遇此姻缘，却实用主义地同意了，而且似乎很和谐："喜惬过望，遂相燕好。"但石某是个莫稽式的人物，靠妇人金钱做了官，马上嫌"妇腊已高，终非良偶"，停妻再娶。狐妇寻至任所，斥责一番："薄情郎！安乐耶？试思富若贵何所自来？我与汝情分不薄，即欲置婢妾，相谋何害？"这位狐妇似乎对自己"腊已高"有自知之明，只要嫡妻名分，"三餐后掩闼早眠，并不问良人夜宿何所"。连石某继娶的王氏都受了感动，然而受过狐妇之恩且有夫妇之义的石某却必欲除之而后快，结果，倒霉的正是他自己：

> 一夕，石赴臬司未归，妇与王饮，不觉过醉，就卧席间化而为狐。王怜之，覆以锦褥。未几石入，王告以异，石欲杀之。王曰："即狐，何负于君？"石不听，急觅佩刀。而妇已醒，骂曰："虺蝮之行，而豺狼之心，必不可以久居。曩所啖药，乞赐还也！"即唾石面。石觉森寒如浇冰水，喉中习习作痒，呕出，则丸药如故。妇拾之，忿然径出，追之已杳。石中夜旧症复作，血嗽不止，半岁而卒。

比棒打无情郎还要痛快淋漓！文中王氏说的话十分有深意："即狐，

何负于君？"恋爱的双方，不在于一方的卑微甚或异类，而在于两情相悦、互守忠义。不讲情义者必将遭到武孝廉那样惨的下场。

相比之下，毛狐似乎对于她的恋人要稍稍通融一点儿，她的恋人很有点不自量力、得陇望蜀、俗气逼人。有了狐女的眷爱，马上伸手要银子，还异想天开地嫌弃狐女不是国色。狐女遂小施计谋，先是让他日思夜想的银子变成了一咬即碎的锡块，后是让这位农夫娶了一位大足驼背的女人。这个调侃性的故事固然颇有些因果说教、宿命观点，但它蕴含的机智却是颇耐人玩味的，用民间俗语来说那些想吃天鹅肉的癞蛤蟆：拿镜子先照照自己吧！

《聊斋志异》还生动地描写了畸形夫妇关系。《马介甫》《江城》《邵女》最具代表性。三篇小说的悍妇均行为乖张，而其撒泼对象，却不约而同地首先对准丈夫的妾。殷氏让丈夫和妾处于严密监视下，"旦夕不敢通一语"，江城化装跟踪丈夫，发现他有嫖妓之念，立惩不贷，金氏则千方百计要置夫妾于死地。这些泼妇是多妻制土壤上绽开的怪葩。

……

《聊斋志异》的爱情，是在理性和非理性、封建性和叛逆性、美和丑、善和恶之间相互渗透而存在，是性爱、感情因素、社会因素按不同比例融合而成，是每个爱情主人公生物形态和心灵内涵混合而成。爱情，把那个风云变幻时代中人的感受凝聚在一起，且被精心装饰，成为一个历史的时代窗口。

第四章
美哉，天地之文章
——聊斋艺术美论析（上）

《聊斋志异》何以几百年盛行不衰且名扬海外？

或曰：因为它"揭露了封建社会"，因为它"抨击了科举制度"，因为它深刻、因为它的战斗性……诸如此类。

《焚书》《日知录》的揭露、抨击岂不更深刻直截？怎么白发老妪、黄口孺子鲜有人知？

或曰：因为《聊斋志异》是小说。

《夜雨秋灯录》《夜谭随录》《萤窗异草》，不也是小说且是模仿聊斋小说？怎么传之不远？

或曰：因为《聊斋志异》写得好。

"好"的概念有非常广泛的具体内涵，有一点或许应放在首位：因为它美。

亚里士多德说：爱美是人的天性。

黑格尔说：人总是把自己的本质力量作为审美观照的对象。

美究竟是什么？是和谐？是善？是人的本质力量对象化？美是主观的？客观的？或主客观合一？这些玄妙的问题不是我们讨论的课题。我们用一个通俗词句描述《聊斋志异》：它美，因为它写了令人赏心悦目的自然美，因为它创造了令人心驰神往的社会美。

第一节　千殊万类的自然美

自然美历来是使作家万世流芳的负载物。"大漠孤烟直，长河落日圆"和王维，《永州八记》和柳宗元，"落霞与孤鹜齐飞，秋水共长天一色"和王勃，"大江东去"和苏东坡，……作家善于从"天地之文章"汲取美的滋养，结撰美的篇章。青山绿、林泉天籁、雨丝风片、烟波画船、奇花异草、珍禽异兽，总给作家以神助。山水游记，山水诗成为古代诗文中最繁盛的一支。因摹写自然美而蜚声世界的作家亦不少见：《林中水滴》的作者普里什文，《自然与人生》的作者德富芦花，《动物素描》的作者布封。

作家同自然美是什么关系？

塞万提斯说：他所有的事，只是模仿自然。

狄德罗讲得更详尽，他说：

自然有时枯燥，艺术却永远不能枯燥；

模仿自然并不够，应该模仿美的自然；

人们所赞扬的艺术魔力究竟何在？难道不应当承认，人可以美化自然？

狄德罗讲得更全面，也更深刻。

是否可以这样说：凡真正懂得自然美的作家，总要模仿自然、美化自然。

从《聊斋志异》写景名篇到各篇中写景的吉光片羽，可以看出，《聊斋志异》对自然美的捕捉可分三个层次：其一，各种客观存在的自然美，即模仿自然；其二，人格化的自然；其三，幻境幻域、奇景妙宇。

（一）天地之文章——形形色色的客观自然

有两篇文章需特别注意，一为《地震》，二为《山市》。

《地震》是实录性文学，冷静客观的纪实。这次中国近古史上罕见的大地震，自然科学家记载过它的破坏程度，却远没有文学家蒲松龄记载得那样精彩。蒲松龄以一个亲历者的感受一一记下：他何时遇到地震？"康熙七年六月十七日戌刻"，年、月、日、时，清清楚楚。何地？"余适客稷下"，明明白白。那次自然大变故由远及近，由模糊到清晰，随着作者的感觉呈现在面前："忽闻有声如雷，自东南来，向西北去"，突如其来的灾难损害到何等地步？作者眼观六路，一一写出，先是室内，"几案摆簸，酒杯倾覆，屋梁椽柱，错折有声"。后是室外，仆而复起的楼阁房舍，墙倒屋塌之声，儿啼女号声，喧如鼎沸。这些外界的表象同作者"眩晕不能立"的感觉构成一个较为完整的近相，然后笔触转向稍远："河水倾泼丈余，鸭鸣犬吠满城中"，一笔不漏。在作者自己眼见之外，又辅以耳闻：某处井倾仄不可汲，某处楼台南北易向，栖霞山裂，沂水陷穴……这个"非常之变"是灾，不是美，却成就了一篇难得的美文。大自然的暴虐恣肆显露无遗。

《山市》写"淄川八景"之一的奂山山市。蒲松龄在西铺设馆三十年，年年要经过奂山几次，他见过奂山"十里烟村花似锦，一行春色柳如腰"（《奂山道上书所见》），见过"风吹冈平拔老树，横如百尺蛟龙蟠"（《四月十八日与笏过奂山，风雹骤作》），但奂山山市"数年恒不一见"，蒲松龄显然一直未躬逢其盛，他采用记述他人见闻的方式，把这一天下奇景纳入《聊斋志异》：

> 奂山山市，邑景之一也。然数年恒不一见。孙公子禹年，与同人饮楼上，忽见山头有孤塔耸起，高插青冥，相顾惊疑，念近中无此禅院；无何，见宫殿数十所，碧瓦飞甍，始悟为山市。未几，高垣睥睨，连亘六七里，居然城郭矣。中有楼若者，堂若者，坊若者，历历在目，以亿万计。忽大风起，尘气莽莽然，城市依稀而已。既而风定天清，一切乌有，惟危楼一座，直接霄汉。楼五架，窗扉皆洞开；一行有五点明处，楼外天也。层层指数：楼愈高，则明愈少，数至八层，裁如星点；又，其上则黯然缥缈，不可计其层次矣。而楼上人往来屑屑，或凭或立，不一状。逾时，楼渐低，

可见其顶,又渐如常楼;又渐如高舍,倏忽如拳、如豆,遂不可见。

又闻有平行者,见山上人烟市肆,与世无别,故又名"鬼市"云。大自然的情趣不是梦幻,却胜似梦幻。山市一文,构成一个神奇之至的画面,瞬息万变,孤塔忽变宫殿、宫殿又变城郭,楼一样的建筑、厅堂一样的建筑、街坊一样的建筑,一一出现,忽而又全被风吹去,仅余危楼一座,仪态万方,变幻无穷……其景其变,均刻画入微,宛如一篇地方志,却是一个乌托邦。古人写山水实景,《山市》这样写海市蜃楼而又写到"秀绝"者,真乃师心独见。

奂山山市,在十七世纪已经是十分少见,它需要十分苛刻的自然条件,需要奂山和它反射的山市都澄净无尘,要两地成恰当比例,要季节的特异、阳光的特殊,一言以蔽之"数年恒不一见"。现在,因工业废气的污染,奂山山市已经不再出现了。昔日之寺庙奇观、清溪湍流都不存在了,山市更成为一个永逝的幻梦。

《山市》以文学形式保留了名胜古迹。

蒲松龄主要的不是游记作家。正如托尔斯泰虽然在《哥萨克》中描绘了高加索迷人的风光、原始部落淳朴的风习,托翁却不算风景作家,而首先是俄国社会的一面镜子,正如泰戈尔虽然写了《孟加拉掠影》,狄更斯虽然写了《意大利风光》,契诃夫虽然写了《萨哈林旅行记》,他们却也主要不是游记作家。但是因为他们的灵心慧性,即使仅仅偶尔注目深山幽谷、晨曦朝晖,也特别容易给人以强烈的感受、难忘的印象。

蒲留仙也是如此。

我们不妨顺手从《聊斋志异》掇拾几个片段:

  ……见长莎蔽径,蒿艾如麻。时值上弦,幸月色昏黄,门户可辨,摩娑数进,始抵后楼。登月台,光洁可爱,遂止焉,西望月明,惟衔山一线耳。

——《狐嫁女》

  寺中殿塔壮丽,然蓬蒿没人,似绝行踪,东西僧舍,双扉虚掩，惟南一小舍，扃键如新。又顾殿东隅：修竹拱把，阶下有巨池，野藕已花。意甚乐其幽杳。

——《聂小倩》

近临之，粉垣围杳，溪水横流；朱门半启，石桥通焉。攀扉一望，则台榭环云，拟于上苑，又疑是贵家园亭。逡巡而入，横藤碍路，香花扑人。过数折曲栏，又是别一院宇。垂杨数十株，高拂朱檐。山鸟一鸣，则花片齐飞；深苑微风，则榆钱自落。怡目快心，殆非人世。

——《西湖主》

一幅幅画面，初看似漫不经心、信手拈来。细细品味，却为其艺术魅力所折服。这是大自然的美和诗意的结晶。它们，那么细微、那么和谐、那么令人心旷神怡，给人以心灵的舒畅感。不管是《狐嫁女》对北方庵院的素描，《聂小倩》对寺庙环境的勾画，还是《西湖主》对南方园林的再现，都有强烈的透视感、色彩感、宁静感。篇中人物的心情"意甚乐其幽杳""怡目快心"，也传染给了读者。读者似可嗅到修竹荷叶的清香，听到榆钱片片落地的声响。如果没有作家对自然美的强烈感受，是很难给人留下如此难忘之印象的。

画过《孟特芳丹的回忆》的法国画家柯罗说过："艺术中的美就是我们从大自然感受到的美。"柯罗是杰出的风景画家，他的话也适合于我们对《聊斋志异》的感受。山川风物在《聊斋志异》中当然不是主要的，但因为"点缀小景如画"（冯镇峦语），而这一幅幅小景又是地道华夏式，就像西伯利亚的皑皑白雪反映了俄罗斯，聊斋中的如画小景不仅增添了其艺术美，还加重了其民族性。

《聊斋志异》中更多的是人格化的自然、加深了人物的自然属性。此点，将在人物编论及。

（二）幻景、幻域、奇境妙宇

实际不存在的，比实际存在的更美、更诱人。幻景、幻域比实山实水更有味,奇境妙宇比真境实况更美好,这是《聊斋志异》的独特之处。

境由心造这是幻觉。这幻觉是作家为读者精心构筑的意境,是根植于古代神话和道家佛学的沃土开出的格外芬芳的异葩。

自《山海经》开始,经过《博物志》等六朝小说,《柳毅传》等唐传奇,《西游记》等神魔小说,龙宫、天庭、仙宇都已经有了约定俗成的形式,即:它们是长生不老的所在;它们是丰足、逸乐的所在;它们集华贵富丽之大成。而在《聊斋志异》中,它们更仪态万方。

第一,瑰丽奇妙的龙宫:

《罗刹海市》和唐传奇的《柳毅传》,算得上古代小说描写龙宫奇景的双璧。

《罗刹海市》先对龙宫的外延海市进行描写:"水云幌漾之中,楼阁层叠""敌楼高接云汉""市上所陈,奇珍异宝,光明射眼"。进而描绘宫殿外形:"俄睹宫殿,玳瑁为梁,鲂鳞作瓦;四壁晶明,鉴影炫目。"然后,通过男主角马骥,去感受、触摸那些龙宫珍宝。马骥写文章,用的是"水精之砚,龙鬣之毫;纸光似雪,墨气如兰"。马骥同公主结婚,进入洞房:"珊瑚之床,饰以八宝,帐外流苏,缀明珠如斗大。"一切,都那么奇美;一切,都打着"水"的印记。尤其是宫中那棵树,真是美到无以复加:

> 宫中有玉树一株,围可合抱;本莹澈,如白琉璃,中有心,淡黄色;稍细于臂,叶类碧玉,厚一钱许,细碎有浓阴。……花开满树,状类薝卜,每一瓣落,铿然作响。拾视之,如赤瑙雕镂,光明可爱。时有异鸟来鸣:毛金碧色,尾长于身,声等哀玉,恻人肺腑。

跨五洲越四海,上穷碧落下黄泉,哪儿寻得出这样的奇树?它是何科?何种?植物学家恐怕做梦也想不出。这是蒲松龄创造的理想之树,它集光明与理想于一树,集美、善于一身,是龙宫奇景中最传神的一笔。

《罗刹海市》创造的是独立于人世外的龙宫。《余德》则把龙宫精魂摄取到人间。故事描写:武昌尹图南与一个"容仪裘马、翩翩甚都"

的少年余德来往。因为惊讶他家中美艳逾于仙女的美人、耳目未经的花石服玩，便向余德"细审官阀"。不料，被对方客客气气地拒绝："欲相还往，仆不敢自绝。应知非寇盗捕逃者，何须逼知来历？"尹图南只好作罢。后来，图南偶至余家，看到一片光明炫目的景象：

  屋壁俱用明光纸裱，洁如镜；金猊猊爇异香；一碧玉瓶，插凤尾孔雀羽各二，各长二尺余；一水晶瓶，浸粉花一树，不知何名，亦高二尺许：垂枝覆几外，叶疏花密，含苞未吐，花状似湿蝶敛翼、蒂即如须。筵间不过八簋，而丰美异常。既，命童子击鼓催花为令。鼓声既动，则瓶中花颤颤欲拆，俄而蝶翅渐张，既而鼓歇，渊然一声，蒂须顿落，即为一蝶，飞落尹衣。

尹图南被这见所未见、闻听未闻的奇景迷住了，逢人辄道。结果闹得余德那儿门庭若市，不堪其扰，遂悄悄地不辞而别。尹图南再访余家，只发现了余德留下的一个水缸，便顺手牵羊拎了回家，谁知那水缸又是一个奇物：

  尹携归，贮水养朱鱼，经年，水清如初贮。后为佣保移石误碎之，水蓄并不倾泻。视之缸宛在，扪之虚软。手入其中，则水随手泄；出其手则复合。冬月亦不冰。一夜，忽结为晶，鱼游如故。……腊夜，忽解为水，阴湿满地，鱼亦渺然。其旧缸残石犹存。忽有道士踵门求之，尹出以示。道士曰："此龙宫蓄水器也。"尹述其破而不泄之异，道士曰："此缸之魂也。"殷殷然乞得少许。问其何用，曰："以屑合药，可得永寿。"予一片，欢谢而去。

观《余德》，简直不能看成是多么成功的小说，至多是情节淡化的小说：尹图南认识了一个名叫余德的人——他去余家赴了一个销魂的宴会——余德搬走，尹图南从余家拣回一个鱼缸——原来，鱼缸是龙宫盛水器。

余德后来怎么样了？尹图南有这个"以屑合药，可得永寿"的缸是否长生不老了？作者均没有交代。作者只是让读者在奇妙的事物中怡性娱情，让读者目不暇接。《余德》的妙处，不在于人物，也不在于故事，更不在于人们通常津津乐道的"思想"。妙就妙在两段龙宫奇物。作者按人们平常所习惯的传说特点，以"水""亮""透明"为主要特征，绘出一个地上龙宫。裱墙的明光纸隐喻着水晶般的宫殿，飞蝶劝酒，象征穿梭般奉馔的龙宫侍女。最有趣味的是作家杜撰出一个"缸之魂"。龙宫已属天外奇想，龙宫之缸破损后还有灵魂，岂非奇之又奇？而正因为这个"缸之魂"的幻设，使得聊斋故事对于龙宫这一小说传统背景有了全新的意念，它不再是单纯地以幻境来反衬现实，而是更高层次的历史感悟——"魂"的追求。这是一种全新的艺术寻求、一种深邃的哲思。

第二，风景殊异的天界：

《西游记》中的天界，威严的凌霄宝殿、富丽的蟠桃池宴、肃杀的兜率宫、清冷的姮娥殿，琳琅满目，可以看成是古代天界描写的集大成者。然而吴承恩似乎过分热心于弼马温对天庭的亵渎，致力于对诸天神佛的调侃戏谑，因而这部最杰出的神魔小说中的天界，总不那么美妙、那么澄净。

《聊斋志异》作者的神思在天庭遨游，看到了神妙迷人的天空，幻化出瑰丽无比的天宇，总是透着新鲜，带着灵气。

到天上去，是那么容易、那么轻巧。"身忽飘飘，如驾云雾，已到壁上，见殿阁重重，已非复人世。"（《画壁》）"遂觉云生足下，腾踔而上，忽见琉璃世界，光明异色。"（《齐天大圣》）

没有什么道行的人，因为偶然的机会，也可进入天空。《雷曹》中的乐云鹤，因为招待一位异人吃豚肩，就被那人邀请去天空作云间游，他看见满天星斗，还担当起司雨天神来：

> 仰视星斗，在眉目间。……细视星嵌天上，如老莲实之在蓬也。大者如瓮，次如瓿，小如盎盂。以手撼之，大者坚不可动，小星动摇，似可摘而下者。……拨云下视，则银海苍茫，见城郭如豆。……俄见二龙夭矫，驾缦车来，尾一掉，如鸣牛鞭。车上有器，围皆数丈，贮水满之。有数十人，以器掬水，遍洒云间。

《雷曹》的天宫行走，简直是顽童式童心大发的游历，像在湖中采撷莲实，像在田野驱赶牛车，像在菜圃中喷灌蔬果。那种真切的观察、新颖的体验，活灵活现。

另一个人物进入天宫，更是简单容易到不可思议。《白于玉》中，吴青庵和一个叫白于玉的书生两情相洽。一日，白于玉告诉吴生：你如果思念我时，可以躺在我平时用的卧榻上。白于玉讲完，忽然变得手指头一般大小，骑在一只青蝉上飞入空中。吴青庵思念老友，"设席即寝"，竟乘了一只小鸟儿向茫茫太空飞去：

> 戛然一声，凌升空际；未几，见一朱门，童先下，扶生亦下。问："此何所？"曰："此天门也。"门边有巨虎蹲伏。生骇惧，童以身障之。见处处风景，与世殊异。童导入广寒宫，内以水晶为阶，行人如在镜中；桂树两章，参空合抱，花气随风，香无断际；亭宇皆红窗，时有美人出入，冶容秀骨，旷世并无其俦。……檐外清水白沙，涓涓流溢；玉砌雕阑，殆拟桂阙。

天宫景色在此显示出充分的诗情画意，纯洁的水晶和无边无际的香气衬托着冶容秀骨的美人，静谧清冷的月宫中，出现了耀眼的亮色，"亭宇皆红窗"，红窗以后马上是清水白沙、玉砌雕栏，多么强烈的反差，何等突兀的跌宕！蒲松龄似乎深谙油画的技巧，他用想象绘制了一幅色彩明丽的画，这里有浓得化不开的华夏风俗，有难以言传的中国情味，既惊世骇俗，又秀媚入骨。这是对中国古代月宫神话传统的继承和超越。

第三，妙不可言的仙境：

葛洪《抱朴子》这样归纳仙人："上士举形升虚，谓之天仙；中士游于名山，谓之地仙；下士先死后蜕，谓之尸解仙。"

小说家越来越扩大了仙人的家族。人们可以乘鹤飞入天空，可以驾船抵达仙岛，可以步入深山洞府。除了天界外，聊斋中有形形色色的仙境：

有南海。而南海在何所？"近在方寸地。"在南海洗浴一番，"池水清洁，游鱼可数，入之而温，掬之而有荷叶香"。洗过以后，白发白须簌簌而落,随之,黑须脱落,面纹舒展,变成十五六岁的童子(《鲁公女》)。南海像一块可望而不可即的彩云,"万朵莲花,悉变霞彩,障海如锦"。(《乐仲》)

有仙人岛。重楼琼阁,宏丽无比。岛上仙姬轻舒玉腕,丝竹之声响彻云霄。酒席上珍馐杂陈,甘芳无比(《仙人岛》)。

有《劳山道士》那样幽清的道观,有《青娥》那样山径崎岖的仙人洞府,有《翩翩》那样的山洞:洞内光明彻照,溪水可以疗疮,蕉叶可以制成鱼鸡烹而食之,可以剪成衣服,絮上白云成为轻软无比的棉衣。

有随手可以点化出的仙境。《寒月芙蕖》中,凌冬时节忽然荷叶满塘,千枝万朵,一齐开放,朔风吹来,荷香沁脑。《彭海秋》中,道士向天空招手,则飞船一只从天而落,载人升天,其驶如箭。《褚遂良》《蕙芳》《云萝公主》都出现了外边是茅屋,里边是画栋雕梁,外看是布衣,实感是锦绣的奇异景象……

聊斋故事的艺术美,丰富了、补充了古代神话的疆域和色彩。作家凭着丰富的想象力,设计出前所未有的幻想境界。这些幻想境界美妙无比,又渺茫难及。这种幻想反映了一种历史和哲学的观念。《丐仙》可算最为突出的事例。

《丐仙》是个传统的"真人不露相"的故事,其立意似乎与灵隐济颠和尚的故事有相通之处。但作者的用意,似乎不是要杜撰一个劫富济贫、惩恶扬善的故事,而仅仅是要描述一个奇美奇绝的场景。故事中,金成故家子高玉成救助了一个"脓血狼藉"的乞丐。乞丐住进高家后,索汤饼,乞酒肉,令仆人不耐烦。高玉成却善待之。结果,高被乞丐陈九邀进自己的后园,进行了一番销魂的游历:

> 时方严冬,高虑园亭苦寒,陈固言:"不妨。"乃从如园中,觉气候顿暖,似三月初。又至亭中,益暖,异鸟成群,乱哗清咔,仿佛暮春时。亭中几案,皆镶以瑙玉,有一水晶屏,莹澈可鉴,中有花树摇曳,开落不一,又有白禽似雪,往来句辀于其上。以

手抚之,殊无一物。高愕然良久,坐,见鹳鸰栖架上,呼曰:"茶来!"俄见朝阳丹凤,衔一赤玉盘,上有玻璃盏二,盛香茗,伸颈屹立。饮已,置盏其中,凤衔之,振翼而去。鹳鸰又呼曰:"酒来!"即有青鸾黄鹤,翩翩自日中来,衔壶衔杯,纷置案上。顷之,则诸鸟进馔,往来无停翅。……鹳鸰又呼曰:"取大爵来!"忽见日边闪闪,有巨蝶攫鹦鹉杯,受斗许,翔集案间。高视蝶大于雁,两翼绰约,文采灿丽,亟加赞叹……

作家似乎有意无意要让人眼花缭乱、莫衷一是,竟然又让巨蝶变成美女,翩翩而舞,还舞出一个典型的芭蕾舞动作:"舞到酣际,足离地者尺余,辄仰折其首,直与足齐,倒翻身而起立,身未尝着于尘埃。"高玉成心动,去狎抱美女,美女即时化成夜叉,"睛突于眦,牙出于喙,黑肉凹凸",极善极美倏忽间变为狞恶丑陋,真是笔走龙蛇,五花八门。这究竟来源于哪一传说? 很难探知。究竟要表达何类审美观念? 极为费解。连一向对聊斋故事剖析入微的点评家但明伦也叹为观止:"兴之所至,信笔直书,非色非空,非虚非实。"

聊斋的仙境,获得一种特殊的意蕴:

人,不需要上天入地地求仙,只要摒除一切杂念,则一切美景俱在意念中,一切愿望均可以实现。

反之,如果心生杂念,胸怀亵欲,那么,一切美景俱化为乌有、化为狞恶,人的心灵也要经受地狱之火的熬煎。

这,类似于佛学的时空环境,是一种感情上的趋向。人的感情创造幻觉,它不是现实体验,但比现实更自由、更放纵,它不是现实世界,但比现实世界更美好、更纯洁。它像传说中的凤凰涅槃、天鹅冰浴,是人生理想的净化和升华。

除了天界、龙宫、仙境,阴司也是聊斋的一种特殊审美形式。阴司常常针对阳世的坏人恶德而存在。《续黄粱》设想出对贪官最好的惩罚:他贪污多少钱,就把金银化成汤汁,让他全部喝进去!《李司鉴》把冥府的刑罚施于人世,让色鬼去自割其肾。《李伯言》把一个奸污良家妇女八十二名的恶鬼，驱赶去爬烧得里外通红的铜柱……极端的恐怖、极大的夸张，使这类事具有格外明显的劝谕性，它们无疑集丑之大成，骨子里却暗寓劝世婆心，反映着民心向善的道德力量。正如高尔基所说："生活在恶之中，爱的却是善。"

……

散布在天宫、海府、冥世、人间的神奇事物，给《聊斋志异》带来了奇特的美感。它们以极其多彩多姿的形式呈现出来：

掬梨大啖，且尽，把核于手，解肩上镵，坎地深数寸，纳之而覆以土；向市人索汤沃灌，好事者于临路店索得沸渖，道士接浸坎处，万目攒视，见有勾萌出，渐大，俄成树，枝叶扶苏，倏而花，倏而实，硕大芳放，累累满树。

——《种梨》

石径尺，四面玲珑，峰峦叠秀。……每值天欲雨，则孔孔生云，遥望如塞新絮。……前后九十二窍，巨孔中五字云："清虚天石供。"……"石上窍数，即君寿也。"

——《石清虚》

有大树一株，高数丈，上开赤花，大如莲，纷纭满树。

——《丐仙》

集数年自然之力于一时的种梨绝境，与人的生命息息相关的怪石盆景，长在空中的奇树异花……都有一个共通之处，梨、树、石是人间固有的东西，却又具备了人间没有也不会有的魔法，它们体现了人们那种驾驭自然、凌驾于自然之上的愿望，它们从心理上扶植着一切为"美"和"善"而奋斗的勇气……他们是作家心造的自然，憧憬的自然，美化的自然。

千殊万类的自然，给聊斋带来了千姿百态的美。

梵高说："艺术，这就是人被加到自然里去。"聊斋故事几乎总是人与自然的不同程度、不同角度的相加。婴宁把宁静的山村当背景，公孙九娘以鬼火狐鸣的坟场为人生舞台，马骥在瑰丽澄净的龙宫演出悲欢离合，余德的故事似乎仅仅为了布置龙宫的奇特场景，丐仙的情节也好像主要附丽于千变万化的幻域……

聊斋先生与一切有生命的事物、一切真善美之物融为一体，他在实在的自然与想象的自然中纵马驰骋、神游万仞，他"与天地精神相往来，而不敖倪于万物"。

自然为聊斋构成基本的色调——爱悦，自然给《聊斋志异》的尖锐理性蒙上一层动人微笑的轻纱。自然给聊斋人物以淡泊洒脱的情愫，给聊斋故事以恬静旷达的意境。

泰戈尔说："水里的游鱼是沉默的，陆地上的兽类是喧闹的，空中的飞鸟是歌唱着的，但是人类却兼有了海的沉默、地上的喧闹与空中的音乐。"①

有才能的作家必须要上天、入地、潜海，方能沉默、喧闹、轰鸣。

第二节 多彩多姿的动物世界

动物究竟有没有思维？动物有没有人情？近来成为动物学家和非动物学家的热门话题。各种奇闻轶事倾箧而出：

猫横跨日本，回归主人的家；

狗十几年为死去的主人守墓，风雨不辍；

战马被敌人俘获，对精草细料掉头不顾，绝食而死；

海豚在海洋里驱赶鲨鱼，救助落水人；

……

兽的人性，正如人的兽性一样，成为作家们津津乐道的论题。

也许，可以别出心裁地说：性本恶对大多数人，至少对"丑陋的××人"适合，性本善则对多数兽，甚至于猛兽相宜。

---

① ［印］泰戈尔：《飞鸟集》，湖南人民出版社1982年版。

人和动物的关系在《聊斋志异》里占了相当的比重，简言之：动物本身，动物寓言化，物而人。

（一）动物本性美的摄取

客观地摹写动物形象，在《聊斋志异》中也是有的，"毛黑青色，长数寸，或投以鸡，以爪搏而吹之，一吹，则毛尽落如扫"。（《狮子》）"一巨蛇入，粗十余围，昂首向客，怒目电纵。"（《蟒蛇》）但这种类于动物学的客观记述毕竟仅占极少数。蒲松龄所注目的动物，都有其美的一个侧面，曰奇、曰勇、曰智、曰义。

一曰奇。

如《鸽异》。这个故事的讽世嫉俗之意是昭然若揭的，一个把蓄鸽当成生命一般的角色，为了巴结某位居于要位的父执，郑重其事地选了自己最好的鸽子"鞑靼"送去，"自以千金之赠不啻也"。得到的评价是"亦肥美"。《鸽异》在结撰这个劝世故事时，对鸽类描写曲曲传神，几乎成为一个美鸽的文学性陈列馆。文章开头先如数家珍地列举各种鸽子的类型："晋有坤星，鲁有鹤秀，黔有腋蝶，梁有翻跳，越有诸尖。""又有靴头、大白、黑石夫妇、雀花、狗眼之类。"继而由养鸽者张公子结交一位白衣少年，引出几只异样的奇鸽来：

> 忽有两鸽出，状类常鸽，而毛纯白；飞与檐齐，且鸣且斗，每一扑，必作筋斗，少年挥之以肱，连翼而去。复撮口作异声，又有两鸽出：大者如鹜，小者裁如拳，集阶上学鹤舞。大者延颈立，张翼作屏，宛转鸣跳，若引之；小者上下飞鸣，时集其顶，翼翩翩如燕子落蒲叶上，声细碎，类鼗鼓；大者伸颈不敢动，鸣愈急，声变如磬，两两相和，间杂中节。既而小者飞起，大者又颠倒引呼之。……少年……招二白鸽来，……接而玩之：睛映月作琥珀色，两目通透，若无隔阂，中黑珠圆于椒粒；启其翼，胁肉晶莹，脏腑可数。

《鸽异》之奇，今古独步。这里简直成了中华俊鸽的博览会，有总写、有分写、有素描、有特写，两种奇鸽的毛色、形状、舞姿，历历在目，对于鸽眼的观察细入发丝，臻于仙品。

二曰智。

人们平日不齿的鼠类，被衷心赞美。两只老鼠一同出游，一只被蛇吞掉，人们通常用"鼠目寸光""鼠胆"来鄙视的老鼠，一下子变成了勇士。那幸存者先是气得"瞪目如椒"，但因为一时惊呆，遥望蛇而不敢前。等到蛇蜿蜒入穴时，幸存者突然暴发了抢救同伴的拼搏，它咬住蛇尾，蛇退则鼠追，蛇进穴，鼠又咬其尾，反复多次，直至蛇把鼠吐出为止。区区一只老鼠，为了同伴顽强战斗，有极大的勇气，更有"不轻进，不遽退"的智慧。无怪乎蒲松龄要以《义鼠》为题了。

《禽侠》所写的鹳鸟复仇故事，更像复仇的哈姆雷特那样悲壮：

> 天津某寺，鹳鸟巢于鸱尾。殿承尘上，藏大蛇如盆，每至鹳雏团翼时辄出，吞食净尽。鹳悲鸣数日乃去。如是三年，群料其必不复至，而次岁巢如故。约雏长成即迳去，三日始还；入巢哑哑，哺子如初。蛇又蜿蜒而上，甫近巢，两鹳惊，飞鸣哀急，直上青冥。俄闻风声蓬蓬，一瞬间，天地似晦。众骇异，共视，乃一大鸟：翼蔽天日，从空疾下。骤如风雨；以爪击蛇，蛇首立堕，连摧殿角数尺许，振翼而去。鹳从其后，若将送之。

巨鸟的神力、巨鸟的正义，自然是作家所喜爱的，称它为羽族之剑仙，妙手空空儿。但作家似乎更钟情于那弱者鹳鸟，它连续三年被蛇夺去幼雏，第四年仍然原地筑巢，这不是它愚蠢而乏记性，而是已定报仇大计，以幼雏为饵，诱蛇前来。它自己的力量不足以敌大蛇，但它懂得向大鸟求援，它去向大鸟作"秦庭之哭"，终于请来了禽侠。鹳鸟不仅有感情，而且善计谋，能忍辱负重，会审时度势，终于战胜了残暴的天敌。

《鸲鹆》里的鸟儿更小，却更聪明，它帮助了主人、捉弄了阔人。这只小八哥儿相伴主人外出求生，资斧已尽，主人一筹莫展。八哥建议主人卖掉自己，主人不忍心，八哥便出谋划策，让主人"得价疾行，待我城西二十里大树下"。俨然是个预先查勘了地形的军事家。主人携鸟进城，互相问答，引起人们注意，被传入宫中。王爷问鸟的主人：你的鸟卖吗？答曰：相依为命，不愿卖。主人讲的是实话。小鸟却开始了它的诈骗。王爷问鸟："汝愿往否？"鸟儿马上答愿意，还给王爷出主意："给价十金，勿多予。"似乎它因为"富易交"马上效忠新主人了。主人得金而去，鸟儿开始金蝉脱壳。它"应对便捷"地讨得王爷欢心，吃饱了肉脯便要求洗浴——实际上是脱身的第一步，离却金笼——那愚蠢王爷果然"开笼令浴"。浴罢，八哥儿飞檐间，梳翎抖羽，尚与王爷喋喋不休。我们想，它一定是在搞缓兵之计，麻痹王爷的警惕。果然，"顷之，羽燥，翩跹而起，操晋声曰：'臣去呀！'顾盼已失所在"。

一只小鸟儿，简直成了运筹帷幄的军师、攻城略地的宿将。它操纵着主人，让他表演"懊丧"卖鸟的角色；它愚弄着王爷，让他因喜而买，因宠而疏，终于只能"仰天咨嗟"眼睁睁看鸟儿飞走。这是个劫富济贫的小喜剧，此文虽是蒲松龄的东家"毕载绩先生志"，王渔洋却把它与聊斋名篇《阿英》相提并论："可与鹦鹉、秦吉了同传。"

三曰勇。

《螳螂捕蛇》捕捉了一个罕见的搏斗场面：一条像碗口那样粗的巨蛇，忽然在丛树中摆动，它的尾巴甩动着，打到的柳树枝叶簌簌而落。蛇反侧作倾跌状，似有物捉制之。原来，仅仅是因为一个小小的螳螂跳上了蛇的头顶，小螳螂"以刺刀攫其首"，竟至将蛇额上肉碎裂，巨蛇仆地而死。极小的螳螂制服巨大的蟒蛇，这种不成比例的形体对比，生动地突出了一个"勇"字。

四曰义。

社会如此尔虞我诈、人人自危，友谊短促而稀少，人们相处常常是各怀心腹事，猜疑、较量、斗智、虚与委蛇、貌合神离。人际关系像一座没有水的岩山，什么是活命的甘泉？

义。夫妇之义，朋友之义。《聊斋志异》着眼于此的美文不少。如《王六郎》《封三娘》等，都是写人的。而不可忽视的，还有聊斋先生在禽兽身上发现的义，超凡脱俗的义。

弋人捉住一只雌鸿，雄鸿为之哀鸣翱翔许久，始离去。次日，雄鸿早早地等待弋人出现，一见弋人，便"伸颈俯仰，吐出黄金半铤"。弋人明白了，"是将以赎妇也"，释放了雌鸿。于是"两鸿徘徊，若有悲喜，遂双飞而去"（《鸿》）。雄鸿比那些朝秦暮楚的男人好得多，比"大难临头各自飞"的人间夫婿痴情，它是那样不计个人安危，那样珍惜伉俪之情，连贪心的弋人都受了感动。

与《鸿》有近似审美价值的，有《鹿衔草》写牝鹿为牡鹿衔灵芝草使之回阳的故事。

动物之间的义进一步扩展了动物与人的感情。《聊斋志异》有两个题为《义犬》的故事。一条为潞安犬，一条为周村犬。两只犬，都是用"义"来感人，前一只为主人献出了自己的生命，后一只用救主人之命来报答主人的救命之恩。作家情不自禁地发表感慨曰：

"呜呼！一犬也，而报恩如是。世无心肝者，其亦愧此犬也夫！"

如果说，用"义"讴歌人类驯化的家犬和传说中比翼齐飞的鸿，还并不那么出人意料的话，那么，可以说，我们在《蛇人》中，便看到了很难相信的、纯洁无瑕而又缠绵悱恻的"义"。"二青"是一条豢养多年的蛇。它本来与名为"大青"的蛇共同服役蛇人，大青死后，蛇人打算找一条蛇，还未及行动，二青主动离开饲养的笥，去山林中邀来了一个"小侣"，被命名为"小青"。小青初近人时，不敢食，"二青含哺之，宛似主人之让客者"。二青长得过于大而不适于耍蛇了，蛇人将它"饲以美饵，视而纵之"，放归山林。两条蛇竟演出一出"长亭送别"：离去的二青返回向小青告别，"交首吐舌，似相告语""小青径出"，送二青进山林后，踽踽独回。又过了一段，小青也长得大了，需要放归山林，二青又来引伙伴离去：

（二青）又以首触笥，蛇人悟其意，开笥出小青。二蛇相见，

> 交缠如饴糖状，久之始开。蛇人乃祝小青："我久欲与汝别，今有伴矣。"谓二青曰："原君引之来，可还引之去。更嘱一言：深山不乏食饮，勿扰行人，以犯天谴。"二蛇垂头，似相领受；遽起，大者前，小者后，过处林木为之中分。蛇人伫立，望之不见乃去。

从两条青蛇身上，作家看到了难能可贵的美德：重友情、听劝告。正如作家在篇末所云："蛇，蠢然一物耳，乃恋恋有故人之意，且其从谏也如转圜。"《蛇人》中对蛇的行为描写，完全是动物性的，二蛇见面，"交缠如饴"，是蛇之间表达感情的方式，二青对蛇人"纵身绕蛇人，如昔弄状"，是一条蛇对人表达亲密的形式。蛇与蛇之间怎样感情交流？"宛似人之让客""似相告语"，好像是而已，究竟是不是？作者没讲，留下让读者想象。

对于动物本性美的摄取，激发了作家对"人性恶"的思绪，这"蠢然之物"的蛇使作者感叹"羞此蛇"的人，他在"异史氏曰"中讥刺那些对"十年把臂之交，数世蒙恩之主"落井投石、背信弃义者。

泰戈尔在《飞鸟集》中曾说："人做兽时，比兽还要坏。"蒲松龄比泰戈尔看得更痛切，索性认为，有的人比兽还坏！

蒲松龄为什么要写动物？显然不是单纯的猎奇心。动物世界常常使他对人间世事产生联想，纯属于动物间的弱肉强食，使他悟到人的贫富贵贱。《黑兽》中写了两个奇怪的动物现象：其中，号称兽中王的老虎埋在地下一只鹿，然后，像邀请贵宾一样，请了一只黑兽来，因为埋的鹿被人偷走，"虎探穴失鹿，战伏，不敢少动"，黑兽爪击虎额，虎立毙。其二，猕猴对狨的极端惧怕，狨一出现，猕猴"百十成群，罗而跪"，狨从猕猴中挑选出肥胖者以片石志其颠顶，然后次第按石取食。"猕戴石而伏，悚若木鸡。"明明石片是被吃掉的标志，却战战兢兢地怕石片掉下来，蒲松龄因之产生这样的联想：

> 余尝谓贪吏似狨，亦且揣民之肥瘠而志之，而裂食之；而民之戢耳听食，莫敢喘息；蛩蛩之情，亦犹是也。可哀也夫！

是描写禽兽的，又无时不与人世联系，同万物之灵的人挂钩，这是《聊斋志异》奇异美的表现之一。

（二）寓言化、拟人化动物

《毛大福》《赵城虎》等写动物名篇，呈现了更加耐人寻味的道德化因素。

《毛大福》写一位兽医毛大福同狼的交往。兽医曾被狼"请"去治疮，给一个额头上长脓疮的狼清洗、敷药，狼以金钏为谢礼。金钏恰好属于一位被杀害的客商，毛大福因杀人嫌疑被逮捕，他大发奇想地请狼为他作证、洗冤，狼果然把杀人真凶查了出来。

《赵城虎》写老虎"知过而能悔"。老虎先是犯下了不可饶恕的罪，吃掉了一个男子，那男子的母亲异想天开——也许是年老昏聩，如县官所认为——向县官投诉，要求杀虎报仇。县官明知人法不能制虎，因怜妪年老"诺为捉虎"，偏偏遇上个喝得醉醺醺的差役，领了捉虎差使去，自然捉不到，受杖数百，只好上东岳庙跪而祝之，老虎果真来投案自首了：

无何，一虎自外来。隶错愕，恐被咥噬。虎入，殊不他顾，蹲立门中。隶祝曰："如杀某子者尔也，其俯听吾缚。"遂出缧索系虎颈，虎贴耳受缚。牵达县署，宰问虎曰："某子，尔噬之耶？"虎颔之。宰曰："杀人者死，古之定律。且妪止一子，而尔杀之，彼残年垂尽，何以生活？倘尔能为若子也，我将赦之。"虎又颔之。乃释缚令去。妪方怨宰之不杀虎以偿子也，迟旦启扉，则有死鹿。妪货其肉、革，用以资度，自是以为常。时衔金帛掷庭中。妪从此致丰裕。奉养过于其子，心窃德虎。虎来，时卧檐下，竟日不去。人畜相安，各无猜忌。数年，妪死，虎来吼于堂中。妪素所积，绰可营葬，族人共瘗之，坟垒方成，虎骤奔来，宾客尽逃。虎直赴冢前，嗥鸣雷动，移时始去。土人立"义虎祠"于东郊，至今犹存。

《毛大福》《赵城虎》中，狼、虎一点儿不曾丢失其猛兽外形。其内核，却完全按中国式"仁""恕"行事。即，其一，蒙恩图报。狼受了兽医救治，便以金资报答，虎杀了老妪的儿子，便比儿子更好地孝养老人，生而能养，死而尽哀。其二，冤有头债有主。狼为毛大福洗冤，清出真凶，虎为皂隶解厄，前去自首。其三，恪守法律。咆哮山林的猛虎"帖耳受缚"，答应做老妪的儿子。狼和虎，都变成了仁人志士。

当然，动物性仍然鲜明存在。狼看见恩人被缚，"怒奔隶"欲解救，完全是人型的侠义行为，隶拔刀时，狼"以喙拄地大嗥"召来一大群狼，又完全变成动物性狼。

忽而是猛虎恶狼，忽而是孝子义友，忽而咆哮嗥叫，忽而听懂人言……若人若兽，亦人亦兽，产生出诗一样的韵味。

动物如此知礼重情，通常被看作是作家的善良愿望。聊斋点评家冯镇峦题诗曰："曾闻苛政猛于虎，又道纷纷虎渡河。若教山君可作子，食尽人间爷娘多。"

（三）"物而人"的集大成者

稍稍观察一下古代小说，就可以发现，小说家何等钟爱"物而人"这一特有模式。

《河东记·申屠澄》：贞元间一书生在风雪大寒中，休于一茅舍，遇见一位"雪肤花脸，举止妍媚"的少女，聘为娇妻，生有一儿一女。数年后故地重游，女于壁角下见一虎皮，披之，即变为斑斓猛虎，咆哮而去。

《宣室志·王含》：太原王含之母金氏是个胡人，常驰马臂弓腰矢入深山。金氏老病后，独居一室，要生麋鹿，送了去，"啖立尽"，家人窃语。结果，"有狼遂破户而出"，即金氏也。

《玄怪录·淳于矜》：晋太宝中，淳于矜娶了个"美姿容"的少女，生二子。一日，妇及儿忽被猎狗看见，咋之，化为狸。

《建安记·乌君山》：道士徐仲山在一山中遇一老者，老者以小女妻之，徐偶然发现，老者的家中悬挂多种鸟的皮羽。原来，老者一家均为鹓鶵一类的鸟儿。

……

任何一部小说，哪怕以《博物志》为名，都不曾如《聊斋志异》这样广博、深邃、优美、迷人的"物而人"。花鸟鱼虫、飞禽走兽，无所不有、无所不美。

——鲜花成为聊斋名篇的迷人的女主人公：出水的荷花（《荷花三娘子》），香气四溢的牡丹（《葛巾》），素洁的耐冬（《香玉》），高雅的菊花（《黄英》）……

——花间采蜜的蜜蜂也成为美丽娇婉的女性：绿衣长裙的女歌手绿蜂（《绿衣女》），兰麝四射的公主（《莲花公主》）。

——威胁着花的风，也有了人形，成为被群花怨恨的"封家婢子"（《绛妃》）。

——天上的鸟儿：鹦鹉（《阿英》），乌鸦（《竹青》；水中的生灵：白鱀（《白秋练》），猪婆龙（《西湖主》）；地上的走兽：鼠（《阿纤》），獐（《花姑子》），狼（《黎氏》），虎（《二班》《苗生》），狐（《婴宁》《小翠》《青凤》《娇娜》《鸦头》《红玉》《辛十四娘》）……无不可以成为精妙绝伦的人，连书中小小的蠹虫也不例外，变成了"年十三四以来，肌肤莹澈、粉玉无其白"的少女（《素秋》）。

物而人，不管是在形象塑造上，还是在故事结撰上，都给《聊斋志异》带来了特有魅力（后文将专论之）。作为一个阅读—审美的过程，读者可以从这种"物而人"的特殊形态，随时获得十分新鲜的体验。例如，《柳秀才》：

> 明季，蝗生于青、兖间，渐集于沂。沂令忧之。退卧署幕，梦一秀才来谒：峨冠绿衣，状貌修伟，自言御蝗有策。询之，答云："明日西南道上，有妇跨硕腹牝驴子，蝗神也，哀之，可免。"令异之，治具出邑南，伺良久，果有妇高髻褐帔，独控老苍卫，缓塞北度，即爇香，捧卮酒，迎拜道左，捉驴不令去。妇问："大

夫将何为？"令便哀恳："区区小治，幸悯脱蝗口！"妇曰："可恨柳秀才饶舌，泄吾密机！当即以其身受，不损禾稼可耳。"乃尽三卮，瞥不复见。后蝗来，飞蔽天日；然不落禾田，但集杨柳，过处柳叶都尽，方悟秀才柳神也。

物而人的《柳秀才》虽为聊斋中不起眼的短制，却颇为聊斋点评家瞩目。他们似乎从中悟出了若干人生哲理。其一，一切有益于黎民者，都该受到尊重和怀念，"柳秀才有大功德于沂，沂虽百世祀可也"（王阮亭）。其二，自我牺牲者最终也吉人天相，"叶尽而不伤枝干根本，柳固无恙也"（冯镇峦）。其三，世间万物为人造福，均为人的美德感化，"柳树代尔受过，乃因邑令有爱民之心。天地鬼神无有不爱民者：官能忧民，感而遂通矣"（但明伦）。

《柳秀才》有生物的表面形态，有生物蕴含的特殊活力，更有人赋予的美妙形体和善良心灵。类似《柳秀才》的篇章很多，愿意为人坏道代死的香獐（《花姑子》）；以德报德的猪婆龙（《西湖主》）；以情报恩的鹦鹉（《阿英》）……在聊斋中俯拾皆是。物体不管类型、形状，都能激发作家心中的激情，激发对朴素大自然的爱，同"仁爱""爱人"天衣无缝地汇合。

第三节　绮丽迷人的风土人情

丰富的文化知识、多彩的风土人情，使得《聊斋志异》字里行间散发着浓郁的华夏情调，浸润着古老文明的静谧气息。清初（主要是北方汉族）的社会风俗，举凡婚丧嫁娶、衣食住行、岁时节令、宗教迷信、餍胜禁忌……时时可见，处处可感。

（一）斑驳陆离的民间迷信

《聊斋志异》以儒学为宗，杂以释、道，因而我们看到：
道家宣扬的清静无为、长生不老、扬善隐恶，时隐时现。道士常常出现在书中，给凡人排忧解难、指点迷津，以镜花水月的美好幻想去阐发沉沦于利欲的人生。如《道士》《丐仙》《劳山道士》《颠道人》《佟客》《巩仙》。

佛教所宣扬的命中注定、生死轮回、冤冤相报、苦谛正语、正心正念、慈悲戒杀、瞋贪欲……大量被形象化、美化，尤其是佛法无边、救苦救难的观世音，深被推崇，经常成为操纵人物命运的主要力量。如《菱角》《湘裙》《乐仲》《锦瑟》。

迷信鬼狐：聊斋鬼狐故事逾百篇，作者自称"鬼狐史"，以"鬼狐事业属他辈，屈宋文章自我曹"自励。狐魅人、蛊人而被驱治的故事有之，如《狐祟》《伏狐》《捉鬼射狐》《狐入瓶》；狐出面惩治人间的恶人者也有之，如：《狐惩淫》《河间生》；狐同人交朋友、相往来者更有之，如《狐谐》《遵化署狐》《汾州狐》《酒友》。更多的，却是完全人化的狐，如莲香、青凤、娇娜、凤仙……她们，不再为我们演出魇胜闹剧，而成为令人心仪神往的优美女性，成为作者美好理想的寄寓。

与"狐"相随而来的，是中国古代若干约定俗成的神灵，如，关帝、土地、刘全、青蛙神（主要是南方的）和五通，还有明清之际盛行的白莲教。"仁爱""忠义"显然是作家恪守的信条，凡符合这种观念的，皆被讴歌；反之，受到讽刺。白莲教的"左道无济"，五通的淫佚无度，常被作为邪门歪道鞭挞之。

巫术的文学性描写在《聊斋志异》中常如肴食中的椒盐，随处可见："一小人荷戈入，及地，则高如人，……公疾斫之，则纸人已腰断矣。"（《妖术》）"术士作坛，陈设未已，忽颠地下，血流满颊，视之，割去一耳。"（《丑狐》）夸张戏谑、妙趣横生、滑稽可哂。

单纯性风俗描写，多为短制，良莠不齐。《乩仙》记述章丘米步云在乩仙时，按仙人的"指示"以"猪血红泥地"巧对"羊胎白玉天"，恢诡有趣，然似乎是作者以巧对卖弄才情的遣兴之作。《侯静山》写蒲松龄的前辈朋友高念东请了一个猴仙，仙不露形而尽知高家休咎。

文字以高念东自述形式写成，究竟是高氏自己自夸家世，还是蒲松龄的润色，我们不得而知。但按情理而论，当系前者。比较有独特价值的是《上仙》和《跳神》。

《跳神》是篇"济俗"，或者说北方风俗的精彩特写：

> 济俗，民间有病者，闺中以神卜，倩老巫击铁环单面鼓，婆娑作态，名曰"跳神"。而此俗都中尤盛，良家少妇，时自为之：堂中肉于案，酒于盆，盛设几上。烧巨烛，明于昼。妇束短幅裙，屈一足，作"商羊舞"。两人捉臂，左右扶掖之。妇刺刺琐絮，似歌，又似祝，字多寡参差，无律带腔。室数鼓乱挝如雷，莲蓬聒入耳。妇吻辟翕，杂鼓声，不甚辨了。既而首垂，目斜睨，立全须人，失扶则仆。旋忽伸颈巨跃，离地尺有咫。室中诸女子，凛然愕顾曰："祖宗来吃食矣。"便一嘘，吹灯灭，内外冥黑，人慑息立暗中，无敢交一语，语亦不得闻——鼓声乱也。食顷，闻妇厉声呼翁姑及夫嫂小字，始共爇烛，伛偻问休咎。视尊中、盎中、案中、都复空空，望颜色，察嗔喜，肃肃罗问之，答若响。中有腹诽者，神已知，便指某：姗笑我，大不敬，将褫汝裤。诽者自顾，莹然已裸，辄于门外树头觅得之。满洲妇女，奉事尤虔：小有疑，必以决。时严妆，骑假虎假马，执长兵舞榻上，名曰"跳虎神"。马虎势作成怒，尸者声伦伫。或言关、张、元坛，不一号。赫气惨凛，尤能畏怖人。有丈夫穴窗来窥，辄被长兵破窗刺帽，挑入去。一家媪媳姊若妹，森森蹜蹜，雁行立，无歧念，无懈骨。

《跳神》中，究为何神？未曾语及。神有何力？仅有两个细节：谁在内心姗笑神，辄被剥去裤子挂在门外树头上；丈夫窥视室内跳神的妇女，则被挑了帽子去。细究之，后一挑帽细节，仍然可以窥到人为的蛛丝马迹，因为跳神的女子手中是一直执着长矛的，她完全可以眼明手快地挑掉窥视者的帽子。只有那个姗笑神被谳裤的细节带有神异性。余者都是对于那种奇特民俗的详尽记录，有着不可取代的社会价值。那跳神的原因，跳神的具体而微的场面——所用道具"铁环单面鼓"

等，所穿服装"短幅裙"，跳神者作"商羊舞"和忽而委顿忽而跳跃的一系列做派——均如油画一般，鲜艳夺目。构成了一幅明季汉满民族特有的风俗画。神婆的举手投足，做神做鬼，众人的敬畏恐怖，跃然纸上。

透过闺中跳神的场面，我们还可以看到那个时代的妇女怎样借助于鬼神的力量反抗封建宗法制。她们扬言"祖宗附体"，对素来凌驾于她们之上的公婆姑嫂"厉声呼小字"；她们大模大样地把供神的美食佳肴，包括女人不得问津的佳酿，吃一个盆净盏干！何等的痛快淋漓！蒲松龄在他的俚曲中，曾多次写到中下层妇女日常的斗争策略：她们可以"老牛大憋气"地装死以吓唬对她们肆行迫害的婆母；可以把家族中已逝者的声音学得惟妙惟肖，让人们以为是阴魂附体，从而讲出对于她们大为有利的话来。"跳神"无疑是这些女中豪杰巧妙斗争的方式之一。

《上仙》纪实性更强一些。文中明写：此事乃作者亲见。时间（癸亥三月）、地点（稷下）、同观者（高季文、高振美、袁麟公），都写得明明白白，蒲松龄是亲眼看见这位善"长桑之术"的狐仙的——众所周知，女巫自称为狐以邀众宠是惯用伎俩——"入其舍，复室中挂红幕，探幕以窥，壁间悬观音像；又两三轴，跨马操矛，驺从纷沓，北壁下有案，案头小座，高不盈尺，贴小锦褥，云仙人至，则居此"。那位"致绥绥有狐意"的女巫"肃客就外榻坐"，自己坐帘下，一再击磬，终于把"上仙"请了进来：

> 言未已闻室中细细繁响，如蝙蝠飞鸣。方凝听间，忽案上若堕巨石，声甚厉。妇转身曰："几惊怖煞人！"便闻案上做叹咤声，似一健叟。妇以蕉扇隔小座。座上大言曰："有缘哉！有缘哉！"抗声让坐，又似拱乎为礼。已而问客："见菩萨否？"答云："南海是我熟径，如何不见！"又："阎罗亦更代否？"曰："与阳世等耳。""阎罗何姓？"曰："姓曹。"已乃为季文求药，曰："归当夜祀茶水，我于大士处讨药奉赠，何恙不已。"

求仙求得了什么结果？"众各有问，悉为剖决。"剖了些甚？没交代。

估计也没有什么惊人的成功。可以说，一点儿也不曾发生决定四个求仙者命运的变故。"过宿，季文少愈"，病人稍有好转，也可能是小病而自愈。

《上仙》的趣味，是那"狐仙"的作张作势，煞有介事。不过那场景、那布置颇像一出双簧戏，一系列逼真的音响效果极有可能是口技的作用。

（二）五彩缤纷的民间文艺

《上仙》极可能是口技的变种。巫师借用民间文艺的技巧使巫术更加可感可信。而民间文艺的主要形式常常是口技、魔术。

《口技》与《上仙》相近，但《口技》是纪实散文，丝毫没有"仙"的痕迹，纯写人的活动、人的技艺。文中交待，这个二十四五岁的青年女子是个卖药的："携一药囊，售其医"，她声言：她可以向诸神求教医力。她把自己闭诸室内，让求医者绕门窗倾听。在人们的听觉中，一群女神仙拖带婢携小猫出现了，反复商量怎样处方，最后终于定下来。"群讶以为真神，而试其方，亦不甚效。"原来，女医生是女杂技演员，她十分熟悉乡民的心理状态，利用人们习以为常的平凡生活引出所谓治病的仙人来。九姑、六姑、腊梅一个一个出现，腊梅还"抱"了个小男孩，小男孩则"抱"了一只小猫咪，为了加强确有其人其事的印象，还让"六姑"抱怨男孩太重，几乎累煞她，迟到的"四姑"则强调她乃千里奔波至此。除了仙人，谁能千里间倏忽而至？"喧繁满室"的音响和各个不同音质的女子说话声，宛如布置出一台生动活泼的戏剧。作者极善形容口技之妙，"丁丁然"形容拔笔掷帽的声音，"隆隆然"形容磨墨的声音，"苏苏然"形容纸张包药的声音，真是"巧言如簧，穷形尽相"（冯镇峦评）。

口技是传统杂技，当今世界亦有口技大师。中国古代文学反映口技的佳作以《聊斋志异》中的《口技》和林铁崖《秋声诗自序》为最出色。

《秋声诗自序》写一位演员以一桌、一椅、一扇、一抚尺为道具，虚拟出一幕家庭喜剧：深夜夫妻做爱，大小儿哺乳、啼哭、便溺，"一时齐发，众妙毕备"，忽然，温煦的家庭生活被一场突然的大火代替，"百千人大呼，百千儿大哭，百千犬吠""火爆声，呼呼风声、百千齐作"。《秋声诗自序》还写到了口技的艺术效果："宾客无不变色离席，奋袖出臂，两股战战，几欲先走。"林铁崖笔下的口技，生动、形象、鲜明，开聊斋之先河。《秋声诗自序》和《口技》可谓中国古代摹写口技艺术之双璧。

《聊斋志异》还把迄今已经失传的若干中华古代杂技记录了下来。

《小人》：记录康熙年间的一件实事，一术人带一椟演戏，椟中藏小人，有一尺多长，观众投以金钱，小人便启椟而出，唱曲而退。东莱县令对此小人产生了怀疑，"细审小人出处"，终于查出了一桩惨绝人寰的罪行：小人本是读书童子，被术人骗来，吃了药以后"四体暴缩"，成为术人戏具。聊斋点评家何垠在篇末说明："比年粤东亦有此事。"此类令人发指的残害儿童的现象直至二十世纪初尚可在齐鲁一带见到。

《鼠戏》《蛙曲》是动物演出之实录。《鼠戏》写术人背负一囊，肩扛一戏楼，"拍鼓板，唱古杂剧"，歌声一起，"则有鼠自囊中出，蒙假面，被小服装，自背登楼，人立而舞，男女悲欢，悉合剧中关目"。老鼠可以训练好演戏，这是个罕见的剧目，今亦失传。《蛙曲》稍稍容易一点，十二个青蛙蹲在十二个孔中，乱击蛙顶时，"如拊云锣，宫商词曲，了了可辨"。大约艺人按每个青蛙鸣叫的音色、音量，进行了巧妙安排，亦颇独出心裁。该事与袁枚《子不语》中《虾蟆教书蚁排阵》的故事类似。

最值得注意的，是短小精悍的《木雕美人》：

商人白有功言："在泺口河上，见一人荷竹簏，牵巨犬二；于簏中出木雕美人：高尺余，手目转动，艳妆如生；又以小绵鞯被犬身，便令跨坐。安置已，叱犬疾奔。美人自起，学解马作诸剧，镫而腹藏，腰而尾赘，跪拜起立，灵变不讹。又作昭君出塞：别取一木雕儿，插雉尾，披羊裘，跨犬从之，昭君频频回顾，羊裘儿扬鞭追逐，真如生者。

木雕美人生动活泼的形态、灵活机敏的动作，简直超出用电脑控制的现代机器人。中国传统的民间艺术中有"提线木偶"一种，可以由艺人手提丝线控制木偶的动作乃至表情。木雕美人"手目转动""频频回顾"究竟是提线控制？还是更加高明的方法？很值得民间艺术的研究者注意。

气功、武术也是作家热心关注的。《铁布衫法》绘影绘声地描写一位回族气功师的神力：双指可以断牛颈，可洞穿牛腹，裸腹可以击回悬空落下的巨木，"出其势"可以忍受木锥的力凿。《武技》通常被看作惊世骇俗的道德劝谕，其中比武场面亦生动精彩："李腾一踝去，尼骈五指下削其股，李觉膝下如中刀斧，蹶仆不能起。"

……

这些短文，都是对民间艺术不加矫饰的实录，都说明蒲松龄对华夏（主要是北方）民间艺术的熟悉和热爱。作者本意可能旨在记异猎奇，客观上却使散在民间的种种艺术形式获得了文学生命。这类文章最脍炙人口的是《偷桃》。

《偷桃》以回忆青年时代见闻的形式，描绘出一个惊险奇幻的杂技艺术演出场面。文中说："童时赴郡试"，显然指十九岁以前的见闻。作者自云"以其术奇，故至今犹记之"。记述与实事间有了一段不短的距离，是否也因之有了讹误？很难说。但偷桃的场面确有独步今古之奇异：

命取桃子。术人……乃云："我筹之烂熟。春初雪积，人间何处可觅？唯王母园中，四时常不凋卸，或有之。必窃之天上乃可。"子曰："嘻！天可阶而升乎？"曰："有术在。"乃启笥，出绳一团，约数十丈，理其端，望空中掷去，绳即悬立空际，若有物以挂之。未几，愈掷愈高，渺入云中，手中绳亦尽，乃呼子曰："儿来！余老惫，体重拙，不能行，得汝一往。"遂以绳授子，曰："持此可登。"……子乃持索，盘旋而上，手移足随，如蛛趁丝，渐入云霄，不可复见。久之，坠一桃，如碗大，术人喜，持献公堂。堂上传视良久，亦不知其真伪。忽而绳落地上，术人惊曰："殆矣！上有人断吾绳，儿将焉托？"移时，一物堕。视之，其子首也。捧而泣曰："是必偷桃为监者所觉。吾儿休矣！"又移时，一足落；无何，肢体纷堕，无复存者。术人大悲。——拾置笥中而阖之，曰："老夫止此儿，日从我南北游。今承严命，不意罹此奇惨，当负去瘗之。"乃升堂而跪，曰："为桃故，杀吾子矣！如怜小人而助之葬，当结草以图报耳。"坐官骇诧，各有赐金。术人受而缠诸腰，乃扣笥而呼曰："八八儿，不出谢赏，将何待？"忽一蓬头僮首抵笥盖而出，望北稽首，则其子也。

杂技艺人"作剧甚奇，关白亦甚诡"，与现代大型魔术"大变活人"近似。但现代魔术在舞台上进行，有一定设奇致幻的条件。偷桃却在光天化日之下，不能不有更大的困难。《偷桃》的场面活灵活现，杂技艺人的独有语言、行为令人应接不暇。这样的杂技场面，在古代文学描写中可谓凤毛麟角。《偷桃》成为英、法、日、俄诸译本（尤其是早期译本）竞相转译的篇章，可以归因于它对中华特有文化形神俱备的反映。

《偷桃》把中国魔术和古代神话（王母蟠桃）相融合，是古典魔术的典范。中国魔术历史悠久、技法精奇，尤富于民族特点。在汉代，魔术已成为"百戏"（杂技）的主要成分，《后汉书》已有"幻人"的记载。晋王嘉《拾遗记》和干宝《搜神记》也有魔术见闻，干宝尤其擅写幻术表演通过损伤人体以哗众取宠，如"断舌复续""吐火"。北魏杨衒之《洛阳伽蓝记》更把幻术的奇异色彩和观众的反应一并记载下来，"召诸音乐，逞技寺内，奇禽怪兽，舞忭殿庭，飞空幻惑，世所未睹，异端奇术，总萃其中，剥驴拔井，植枣种瓜，须臾之间，皆得食之，士女观者，目乱睛迷"。而像《偷桃》这样把魔术演出过程、魔术现象、效果反应一一交代，写得如此新奇、如此细致、如此令人目乱神迷者，实为难得。

（三）风俗形象的宝库

应劭《风俗通义》说："上行下效谓之风，众心安之谓之俗。"

风俗是心理信仰、习惯势力、传统力量。风俗是区别一个民族与另一个民族的鲜明标志。"千里不同风,百里不同俗。"风俗是文学作品中构成民族性、地域性、独特性不可或缺的成分。

《聊斋志异》是个色彩斑斓形象的民俗宝库,举凡汉民族的良俗、美俗、陋俗、怪俗,均罗织其中,杂于文内,形成特有的审美特征。

蒲松龄终生活动在淄川一带,可贵的是,他却以生花妙笔记下了几处吴俗。最出色的乃为城隍之神和龙舟之戏:

> 吴俗最重城隍之神,木肖之,衣以锦,藏机如生。值神寿节,则居民敛资为会,辇游通衢;建诸旗,杂卤簿,森森部列;鼓吹行且作,阗阗咽咽然,一道相属也。习为俗,岁无敢懈。
>
> ——《吴令》
>
> 五月五日,吴越间有斗龙舟之戏:剡木为龙,绘鳞甲,饰以金碧;上为雕甍朱槛,帆旌皆以锦绣;舟末为龙尾,高丈余;以布索引木板下垂,有童坐板上,颠倒滚跌,作诸巧剧。下临江水,险危欲堕。
>
> ——《晚霞》

《晚霞》的男主角阿端是镇江坠水的男童,女主角晚霞则是吴门坠水的美妓,两人进入龙宫演出一幕爱情悲喜剧。他们在人间冒着生命危险为富人作剧,进入龙宫后仍以娈童美女之姿为龙王取乐。离开龙宫后,龙王还要夺去晚霞,害得晚霞不得不以龟溺毁容。《晚霞》中男女主角的不幸命运,是从民俗描写龙舟之戏开始。

江南龙舟之戏是端午节的活动之一,端午是个始于江南、遍及神州,连续两千多年的传统节日。其来源一般传说为纪念爱国诗人屈原。南朝梁代吴均《续齐谐记》载:"楚大夫屈原遭谗不用,是日(五月五日)投汨罗江死,楚人哀之。乃以舟楫拯救。端阳竞渡,乃遗俗也。"实际上在周穆王时,已有龙舟(据《穆天子传》)。西汉时《越绝书》记载:越王勾践领导人民以借赛龙舟为名,操练水师。《吴越春秋》则记载:吴国大将伍子胥被诽谤构罪,为吴王所杀,五月五日,尸首入江不沉，人民驾舟追赶，冀其显灵。延至东汉，又有以龙舟赛纪念孝女曹娥之说。……所有有关端午龙舟之戏的传说都有一个共通之处：纪念受人民爱戴的历史人物。然而这种出于正义的良俗，竟渐渐成为肉食者声色犬马的取乐手段。《晚霞》所描写的残忍之极的龙舟之戏，毫无保留地揭示了繁华世态下的人世悲凉，写出了烂漫风俗中的冷酷，写下了所谓盛世的可怕。如此美丽的民俗与如此深刻的人生相汇合，真是前所未见、后亦少有的漂亮文字。

婚丧嫁娶的习俗，最能区别不同民族的心理素质、文化传统、宗教信仰。《聊斋志异》中婚姻描写如满天星斗，零零星星，却又周到全面地把中国古代"父母之命""媒妁之言"和婚姻程序——纳采、问名、纳吉、请期、亲迎——一一反映出来，然而，作家似乎对丧葬形式的兴趣更大，尤其是当这种形式痛快淋漓地揭示了人生时，当这种丧葬形式高度凝练地贬黜了时事，作家的艺术才能迸发出耀眼的光辉。

《金和尚》写一个无赖僧人成为暴发户的过程。作品的前半部皮里阳秋地写他的骄奢淫逸、横行乡里。后半部分详尽写这个恶僧大出丧。那场面、那过程，笔锋精密地一一尽写：

——和尚死了（文中挖苦地写"太公僧薨"），他的养子"缞绖卧苦块，北面称孤"。"缞绖"，是封建礼俗规定的子女对父母服的最重孝服，即披麻戴孝。"卧苦块"，按封建礼俗，居丧者要睡在草席上，枕以土块。"北面称孤"，灵床置于灵堂正北方，孝子对着灵床下跪，自称"孤子"。如死了母亲，则称"哀子"。和尚没有儿子，倒有了哀哀欲绝的孤子，而且还是个孝廉，有钱使得鬼推磨也。

——和尚的门人纷纷拿了哭丧棒来哭，和尚的养子（孝廉）之妻在灵帏后陪哭，棒堆满床榻。"释杖满床榻，而灵帏后嘤嘤细泣，惟孝廉夫人一而已。"

——地方上头面人物的妻子都穿上最讲究的服装，用上自己最大的排场，驱车前往金和尚灵堂吊唁："士大夫妇咸华妆来，塞帏吊唁，冠盖舆马塞道路。"

——到了和尚出殡的日子，更是极尽奢华糜费，备极哀荣：

"棚阁云连，幡幢翳天日"：地方权势人物路祭吊丧的彩棚连成彩云样的一片，佛家所用的旗帜迎风招展、遮天蔽日。

"殉葬刍灵，饰以金帛。舆盖仪仗数十事，马千蹄，美人百袂；方相方弼，着皂帛，首摩云；冥宅楼阁房廊亘数亩，万户千门，入者迷不出。"用纸人纸马殉葬，是古代"肉食者"们沿袭千年的习惯，这个恶僧丧仪沿用了这种习俗，且把它们极度地豪华化，那些殉葬的纸人纸马均以金银饰之，数目极多（马千匹、美女百个），制造精美（皆如生）。尤其有气魄的是两个开路神：方弼、方相，巨大威武、豪华讲究、做工精巧，还出心裁地把活人装进去操纵巨人的须眉，使它们宛如活的一般，这样做产生的效果是："观者惊怪，或小儿女遥望之，辄啼走。"

比殉葬刍灵更壮观的，是巍巍的冥宅。这些纸扎的房屋宫殿样华贵，楼台馆阁连绵几十亩，"千门万户，入者迷不可出""祭品象物，多难指名"。

送葬的人摩肩接踵，地方官员皆持朝拜皇帝的礼仪，有功名的书生"手据地以叩"，如丧考妣。

……

这里用得上贾元春归省说的一句话："太奢华糜费了！"古代封建迷信与豪门权势通过一个丧葬场面尽露无遗。辞达气盛，纵横驰骋。在客观上，《金和尚》反映了一般历史（包括经济史、宗教史）难得反映的现实、十分重要的事实。如果我们把《金和尚》的丧葬场面同李瓶儿出丧（《金瓶梅》）、谭孝移出丧（《歧路灯》）、秦可卿出丧（《红楼梦》）对照阅读，更能看出《金和尚》的价值。它的丧仪程序、规矩一丝不苟，丧仪画面富丽多彩，有鸟瞰式的总括、有细部的深描、有"当局者"的表演、有"旁观者"的反映。这样的场景是其他任何名著都无法替代的。

《堪舆》也写丧葬，但与《金和尚》很不同，写的不是出丧场面，而是死人为了活人利益不得下葬的怪事。作者的本意，本是批评那些痴于青乌之术者："负气相争，委柩路侧，其于孝弟之道不讲，奈何冀以地理福儿孙哉！"而他所叙述的故事，却难能可贵地汲取了习俗陋见的世态人情精华。故事写一个贵官宋侍郎死后，宋家演出了一幕惊心动魄的"青乌战"：

> 宋公卒，两公子各立门户，为父卜兆。闻有善青乌之术者，不惮千里，争罗致之。于是两门术士，召致盈百；日日连骑遍郊野，东西分道出入如两旅。经月余，各得牛眠地。此言封侯，彼云拜相。兄弟两不相下，因负气不为谋，并营寿域，锦棚彩幢，两处俱备。灵舆至歧路，兄弟各率其属以争，自晨至于日昃，不能决。宾客尽引去。舁夫凡十易肩，困惫不举，相与委柩路侧。因止不葬，鸠工构庐，以蔽风雨。兄建舍于旁，留役居守，弟亦建舍如兄；兄再建之，弟又建之，三年而成村焉。

认为死人的墓地可以决定后代人的贵贱，这是古代约定俗成的一种说法。蒲松龄似乎是相信这一"命中注定"的因果之说的，《堪舆》的结尾写宋公两子均亡故，两个媳妇力排众议，共同研究寻找宋公合适的阴宅，终于将宋侍郎下葬，宋侍郎之二儿媳预言：此地合出一武孝廉，果然兑现。在《姊妹易嫁》中，蒲松龄更是把卜窀穸同梦兆怪异相结合：掖县一家姓张的大户总听到自家坟墓地中有叱责声："若等速避去，勿久溷贵人宅！"张家人屡遭不幸，终于迁墓。此后，一个放牛的老头儿毛公溺死在张家故墓中。张大户因之断定：毛家必出贵人，坚决与毛家的放牛小子约为婚姻。若干年后，放牛儿果然贵至相国！……但是，蒲松龄所信奉和宣传的，似乎是一种顺天从命的观点，而不同意以青乌之术去刻意经营。至于宋家这种为了后世"封侯拜相"将父亲灵柩委诸路旁的做法，恐怕是这类故事中登峰造极者。作者掇拾此事，讽喻人间，形式未尽雕琢，内容却刻意苦为。这样有血有肉、具讽刺锋芒的文章，不仅社会意义深邃，亦且在表露时代风俗上有独到之功。

第五章

人文荟萃是中华
——聊斋艺术美论析（下）

歌德曾经说过："中国人在思想、行为和情感方面……更明朗，更纯洁，也更合乎道德。……这种一切方面保持严格的节制，使得中国维持到几千年之久，而且还会长存下去。"①

令大诗人如此动情的，实际上仅是中国文学的二流作品《风月好逑传》②，如果歌德看到《聊斋志异》③，他又会怎样嗟叹呢？

中国人特有的礼仪，中华民族特有的道德伦理观、特有的民族文化心理结构，在《聊斋志异》中得到了尽致的表达。聊斋的艺术美，尤在于它荟萃的中华精华——仁人志士、孝子贤妇、美妇佳儿，他们的形体美、道德美、性格美，他们所映照出的伦理、教养、聪明才智。他们所体现的中华民族特有的心理结构。蒲松龄善于捕捉人物的心灵光辉，烛照出动荡年月、艰苦人生中的美德懿行，这成为《聊斋志异》最令人神往、入迷的东西。

---

① ［德］爱克曼：《歌德谈话录》，人民文学出版社1980年版，第112页。
② 法国文学家阿伯尔·雷米特译为《两姐妹》，歌德在法译本上写了很多评语，还准备据此写一首长诗（未来得及写），事见《歌德谈话录》。
③ 歌德同爱德曼的此次谈话，时间为1827年1月31日，而《聊斋志异》最早的英文译文为《种梨》《骂鸭》发表在1848年《中国总论》。1872年《凤凰》杂志译载了爱情故事《嫦娥》《绩女》。法文最早译文《种梨》载巴黎《亚洲杂志》。最早的德译本已到了二十世纪初，这些西文译本均在歌德逝世后问世。

第一节　忠正　侠义　孝友　贤贞

蒲松龄的朋友王八垓有感于世情之薄，让蒲松龄为其子弟撰《为人要则》十二则，分别题为：正心；立身；劝善；徙义；急难；救过；重信；轻利；纳益；远损；释怨；戒戏。十二则全文甚长，兹不赘。这是蒲松龄作为道德标准提出来的格言。《聊斋志异》很像是这些道德的形象化，因为作家对这些带有封建伦理烙印的真、善进行了艺术化、美化，因而格外具备审美价值。

（一）仁政爱民的"牧民之官"

蒲松龄认为，"自古文人，多为良吏""弦歌之化，非文学者不能致"（《〈古香书屋存草〉序》）。像潘岳、苏轼这样的大文学家，他们最能接受中国儒家文化的精华，最能把博大仁爱之心用于"王事鞅掌"，做到"散百里之阳春""做八乡之霖雨"。蒲松龄掇拾了不少清官断狱的故事，如《折狱》《于中丞》《太原狱》《新郑狱》《王十》。其中有不少是文学之士，如《古香书屋存草》的作者——县令张嵋。聊斋中出现一批正直无私、明察秋毫、富有爱民之心的"牧民之官"，其中最有神采的是施闰章。

施闰章乃清初著名诗人，是蒲松龄的恩师。《胭脂》故事，写他机智多谋、怜才恤士，有一副菩萨心肠。他本是不负责断案的学使，但出于对人才的爱惜，他断定：鄂生未杀人，宿介也是代人受过，所谓"李代为冤，谁复思桃僵亦屈"。他施用心理战术让杀人凶犯毛大露出了原形，对于案中人物的处理更是合乎法度、入于情理：毛大"即断首领，大快人心"；宿介"姑降青衣，开其自新之路"。最能体现"施佛子"[①]仁爱之心的是他竟"仰彼县令，作尔冰人"，成全了胭脂和鄂秋隼。

[①] 施闰章"施佛子"绰号，见《清史列传》。

当胭脂一案水落石出时，胭脂和鄂秋隼已面临有情人难成眷属的窘境：胭脂明白了秋隼非杀父仇人，在相思痛苦之上，又添加了惭愧和痛惜；秋隼虽然被冤枉，却终于明白了胭脂的钟情，"感其眷恋之情，爱慕殊切"。但是做秀才的娶胭脂这样的少女却难上加难："念其出身微，且日登公堂，为千人所窥指，恐娶之为人姗笑。"学使施闰章却像一位通情达理的仁爱长者，不仅引用种种典故，为胭脂的"怀春"作容忍性的描写，而且下令县官做媒人，让痴男怨女成亲。《胭脂》的"异史氏曰"则生动地描述了施闰章的爱才如命，称之为"宣圣之护法"。施闰章是传统儒学之"仁""爱""恕"形象的体现。

在蒲松龄生活的康熙盛世，鱼肉人民、纳贿索贿、穷奢极欲的贪官污吏已遍布官场，刚直不阿的"包公"已成了凤毛麟角。然而，做一个正直的人、做一个清正的官，真是挟泰山以超北海？蒲松龄的回答："人皆言斯世不可以行直道；人自无直道耳，何反咎斯世之不可行哉。"（《一员官》）于是，他把"世人皆浊我独清"的一些官吏请进了他的聊斋：

有"一员官"，即济南郡七十二个官吏中，唯一可以算得上百姓父母官的吴公，他对贪赃枉法的上司坚决抵制，上司怒加叱骂，他怒斥曰："要死便死，不能损朝廷之禄，代人上偿枉法赃耳！"（《一员官》）

有被世人讥之为"橛子"的泰安知州张公。他"以其木强"得"橛子"绰号。他的"木强"对谁呢？"凡贵官大僚登岱者，夫马兜舆之类，需索烦多，州民苦于供亿。公一切罢之。或索羊豕，公曰：'我即一羊也，一豕也，请杀之以犒驺从。'"这位"木强"的官甚至连"枕头风"也不听，其夫人也不过劝了他一句"何老悖不念子孙"，竟至于被大骂一场，"呼杖，逼夫人伏受责"（《一员官》）。有湖广总督郭华野那样正义凛然的高官：

> 先生以清鲠受主知,再起总制荆楚。行李萧然,惟四五人从之,衣履皆敝陋。途中人皆不知为贵官也。适有新令赴任,道与相值:驼车二十余乘,前驱数十骑,驺从以百计。先生亦不知其何官,

时先之，时后之，时以数骑杂其伍。彼前马者怒其扰，辄诃却之。先生亦不顾瞻。亡何，至一巨镇，两俱休止，乃使人潜访之，则一国学生，加纳赴任湖南者也。乃遣一价召之使来。令闻呼骇疑，及诘官阀，始知为先生，悚惧无以为地。冠带匍伏而前。先生问："汝即某县县尹耶？"答曰："然。"先生曰名"蕞尔一邑，何能养如许驺从？履任，则一方涂炭矣！不可使殃民社，可即旋归，勿前矣。"令叩首曰："下官尚有文凭。"先生即令取凭，审验已，曰："此亦细事，代若缴之可耳"。

——《公孙夏》

以身作则、艰苦朴素、认真调查、坚决处置，甚至于未莅任者已进行考成、罢官，何等明决！

有连鬼神都不怕的刚介有声之官。《吴令》中某公发现居民敛资祀城隍，竟到城隍庙"指神面责之"，斥曰："淫昏之鬼""以无益之费，耗民脂膏"，大义凛然地"曳神于地，笞之二十"！《谕鬼》中的石尚书干脆给鬼下命令："谕后各宜潜踪，勿犹怙恶！"拳拳爱民之心，使他们具备大无畏的精神，不许上骄、不许下谄，连鬼神也不怕。

"异史氏"变成了"太史公"，把那些曾经为百姓做出点滴仁政者名标青史。这些人是黑暗王国的一线光明，是寒冰地狱中一抹温煦的春光，是作家为后世留下的封建时代清廉官吏的正面像。

作家一直以无限怅惘的心情，如大旱盼云霓般，盼望在雁过拔毛、不嫌鬼瘦的官场出现解民于倒悬的清官，当现实社会日渐官虎吏狼时，他就把蜃楼海市中的仁人志士越加美妙地矗立起来：

《续黄粱》里，宰相卖官鬻爵，皇帝养虎遗患，谁主持正义？阎王。"此欺君误国罪，宜受油鼎！""倚势凌人，合受刀山狱！"

《席方平》里，整个冥世上下贿通，良民"无路可达帝听"时，谁为黎民申冤？灌口二郎。"当掬西江之水，为尔湔肠；即烧东壁之床，请君入瓮。"

《于去恶》和《公孙夏》索性越俎代庖，让三国名将张飞和关羽来过问文场官场。张飞裂碎了地榜，给那些蝇营狗苟的"文士"以迎头痛击。关云长路遇一位走马上任的国学生——因行贿被弄到城隍缺，"车服炫耀"地携美妾上任。——他把贪鄙者看得入木三分："区区一郡，何直得如此张皇！""字讹误不成形象，此市侩耳，何足以任民社！"立刻将那国学生"褫去冠服，笞五十"逐出门外！

阎王、二郎神、张桓侯、关云长，传说神灵和历史人物变成了聊斋心仪的正人君子，负荷了千百年来中华民族上下求索的美德。

（二）仁侠仗义，范张鸡黍

世道昏暗，公道不彰；黄钟毁弃，瓦釜雷鸣；小人得志，贤士穷愁；世人逐势争奔走，当面输心背后笑。……《聊斋志异》写尽荣枯炎凉。在作家痛心疾首、历数人间巉岩时，也有清风明月、小溪淙淙、有阳光般妩媚、月光般皎洁的人情漏泄——路见不平、拔刀相助的侠士，为相知两肋插刀的朋友。

管仲和鲍叔牙，二人同心，其利断金；俞伯牙和钟子期，上交不谄，下交不渎。真正的朋友同声相应、同气相求、荣辱与共、生死与共、友于之情、侔于天地。《聊斋志异》范张鸡黍之类的故事随处可见：《王六郎》写渔夫与溺鬼的友谊写得令人泪下；《陆判》写判官与书生的交往，连作者自己都感动得要去追随；《刘全》中的神灵以大恩报微德；《大力将军》中施恩者坦荡，报恩者豪爽；《雷曹》更是"雷曹憨厚似曾识，一饭之恩舍命还"[①]。《宫梦弼》中柳芳华财雄一方而大手大脚，"家渐虚"，竟至死而无棺木，此时，对他"生平无所乞请"的宫梦弼把他安葬了，并帮助他的儿子从贫穷中奋起。这个"良朋葬骨，化石成金"的故事是神奇的，而其朋友切切偲偲之情却感人肺腑。《褚生》中，富裕的陈生与贫困的褚生共同从师吕某，褚聪慧

---

① 吴组缃：《颂蒲绝句》之五，载《蒲松龄研究集刊》第1辑。

而陈愚钝,但褚生需半工半读,陈生以金助之,吕师得知后免去褚生学费,"与共饔飧,若子焉"。褚生已经死了,还惦记着朋友的功名,竟魂附陈生身上帮他成为举人,然后再投生吕师家做儿子。为了友谊,魂从知己;为报知遇,转世为儿,这是多么深沉的挚爱。"异史氏"赞曰:"其志其行,可贯日月。"

人间自有真情在。《崔猛》《田七郎》是尤其受到读者喜爱的篇章,普通人的真诚、质朴、知恩报恩、舍己为人得到淋漓尽致的表现。

《崔猛》写乡民李申之妻为豪横一乡的某甲看中,诱以赌博,谋夺其妻。性情刚毅的崔猛,虽不认识李申却义愤填膺,深夜入宅,杀某甲于床上。官府捕捉了李申,以杀人罪"论辟"。崔猛便去自首,而李申"坚以自承"。两人争杀人的罪名。崔猛是好汉做事好汉当。"奈何以一身之罪殃他人?"李申则感于崔猛之义,"公子所为,是我欲为而不能者也。彼代我为之,而忍坐视其死乎?"崔猛本来就是一个任侠好义的汉子,李申原本却是个赌博的无赖,精诚所至、金石为开,李申在崔猛的感召下,居然也变成了一个义士。聊斋点评家但明伦赞叹二人曰:"吾欲买丝并绣之。"

《田七郎》中有两个正直坦诚、讲究信义、富有传奇色彩和道德光彩的人物——猎户田七郎和田母。田母的形象尤具风采。辽阳富户武承休梦中受神的指点,去结交猎户田七郎,"贻金作生计"被坚决拒绝。田母以丰富的生活阅历,教育七郎曰:"我适睹公子,有晦纹,必罹奇祸。闻之:'受人知者分人忧,受人恩者急人难。富人报人以财,贫人报人以义。'无故而得重贿,不祥,恐将取死报于子矣。"一番话显出贤母声口,真是"大识见,大议论"。后来,田七郎因争猎物殴伤人命,武承休以重金收买了仇主和邑令,使七郎释放回家。此时,田母慨然对七郎曰:"子发肤受之武公子,非老身所得而爱惜者矣,但祝公子终百年无灾患,即儿福。"她还叮嘱七郎:"见武公子勿谢也,小恩可谢,大恩不可谢。"实际意思是:武公子已有大恩于你,如此大恩,只能用鲜血和生命报答!所谓"不可谢",不可以言语谢,必须用生命谢。田七郎果然在武承休危难时，用自己的生命保护了武公子。

蒲松龄构思《田七郎》，难道仅仅是为了叙述一个知恩报恩的故事？非也，作者的"异史氏曰"表明：作家的目的是弘扬在茫茫人海中已经很少见、却弥足珍贵的品质：

> 一钱不轻受，正其一饭不忘者也，贤哉母也！七郎者，愤未尽雪，死犹伸之，抑何其神！使荆卿能尔，则千载无恨矣。苟有其人，可以补天网之漏；世道茫茫，恨七郎少也。悲夫！

那是怎样的一个世道？城狐社鼠、官虎吏狼。可是，正直之士、仁义之士，仍然"直如朱丝绳，清如玉壶冰"（鲍照诗句）。世道茫茫，七郎少也？万绿丛中一点红，动人春色不在多。

应当看到，崔猛、田七郎、宫梦弼、雷曹等人的义，与《三国演义》中关云长的"义贯千古"不同。崔猛等人的义，不是刘关张那种称王图霸事业中的义，而是"田父有好怀""倾盖定前言"（陶潜诗）。是劳动人民在同险恶世道中拼搏时的义，是在风雨飘摇人生中的肝胆相照的义，它无疑更符合中下层人民的利益和审美要求。

更需要注意的是：《聊斋志异》把前人小说中往往出现于男性角色身上的"义"，令人心动神移地赋予了巾帼人物，结合她们不同的人生，这种"义"以不同的方式呈现了出来，就像一颗多棱钻石在变幻的灯光下不断映出不同的色彩，像百花园中不同植株的异样花香。

《田七郎》中田母，身居陋巷而正大光明，一钱不轻受。教育儿子：受人恩惠必以十倍报答，乃至献出生命！这位穷妪"破木歧壁"的生活环境和她那番经纶天地的议论，产生了强烈反差的美学效果，真是啜糠菜的贤母、处蓬蒿的圣哲。这位下层老妪的所为，不亚于摔琴的俞伯牙，不亚于范张的道德文章，其人格力量，宛如雪后老枝疏梅，"不要人夸好颜色，只留清气满乾坤"（王冕《墨梅》）。

《封三娘》似乎是作家一个独辟蹊径的试验，写两位女性生死不渝的友谊。封三娘和范十一娘均"骚雅尤绝"，二人初见，便"把臂欢笑，词致温婉，于是大相爱悦，留恋不舍"，二人订为姊妹。封三娘暂离时，范十一娘"伏床悲惋，如失伉俪"。封三娘归来后，费尽心力为范十一娘谋得一"翰苑才"为侣，范十一娘未能脱出"效英皇"窠臼，封三娘却始终坚持仅为朋友做"曹丘生"，两少女友情冰清玉洁、超凡脱俗，两位少女在人生道路上相携相伴的友谊，使她们如"风含翠篠娟娟净，雨裛红蕖冉冉香"（杜甫《狂夫》）。

《纫针》中质朴无华的中年妇女夏氏为素不相识的少女舍生忘死。王心斋欠富户的钱，富户逼索王女为妾，王妻求助于弟弟，两位做舅舅的明明"田产尚多"，却不肯援手相助。倒是既不沾亲又不相识的夏氏挺身而出营救王氏女。她典当钗珥，借贷于母，"百计为之营谋"，凑足三十金，但不幸为小偷偷走，夏氏因不能兑现诺言"引带自缢"。一个普通少妇侠肝义胆重诺言，以致于此。夏氏同情的少女纫针"哭于其墓"，霹雳大作，震开坟墓，夏氏复活。巾帼不让须眉，夏氏如拔刀相助的剑客、彰善惩恶的游侠，闪耀着悦目的光彩。真如"涧松寒转直，山菊秋自香"（王绩《赠李征君大寿》）。

《香玉》中牡丹花神香玉和耐冬花神绛雪在人生道路上的相濡以沫，绛雪做出"代人作妇"的趣事；《葛巾》中葛巾和玉版棋枰相乐，潇洒高雅；《翩翩》中花城与翩翩扣钗而歌，超脱淡泊……如坠粉飘红香成阵，似行云留影月如水，蒲松龄创造出如诗如画、如梦如幻的女性友谊，是人间至情的升华、是文艺版图的一个新疆域。

（三）孝慈养亲，友兄悌弟

蒲松龄明确声明："忠孝，人之血性"（《佟客》）。"善莫大于孝"（《陈锡九》）。有的点评家认为，"孝义"乃聊斋通篇之首要题旨。聊斋故事开篇之作《考城隍》中的宋公焘，人已经死了，且考上了城隍，因他惦记"老母七旬奉养无人"，关帝即因其仁孝之心"给假九年"，俟其母逝后再到阴间上任。席方平的大孝感动得小鬼解下丝带为之疗伤，"赠此以报汝孝"，感动得二郎神下令为席方平已死之父

"再赐阳寿三纪"。《陈锡九》中的主人公家业萧索，但他为人纯孝，其父病死外乡，他"乞食赴秦，以求父骨"，结果其"孝行已达天帝，赐汝金万斤"……总之，"孝"是作家最推重的品质，凡有孝亲养老之善行者，总可以遇难呈祥，如《水灾》中所写的两个故事：石门庄一农人在水灾中，"弃其两儿，与妻扶老母，奔避高阜"，结果，全村都成泽国，"一屋仅存，两儿并坐床头，嬉笑无恙"。平阳地震"城郭尽墟，仅存一屋，则孝子其家也"。蒲松龄笔下的孝子，是儒家传统观念和人间至情的交融。

聊斋故事中那些珍视兄弟情谊的艺术形象写得尤为生动活泼、有血有肉。

譬如《湘裙》中的晏氏兄弟。晏伯、晏仲兄弟二人友爱甚笃，晏伯早卒后，身后无嗣，其妻亦继亡。晏仲便总惦记着为逝去的长兄立嗣。无独有偶，已死去多年的晏伯也记挂着兄弟，挂念兄弟死了妻子无人照管孩子。有趣的是，晏伯不仅在阴间生活得很好，还娶了妾生了两个儿子。于是，晏仲将兄长之子阿小带回人间，"啖以血肉，驱向日中曝之"，使他"骨肉更生"无异常人，居然娶妻生子，继承了晏伯的宗嗣。晏伯将自己鬼妾之妹派往人间，这位鬼女湘裙"抚前子如己出"，俨然一个善良的继母。这不是一番鬼话吗？蒲松龄正是用这种"阳绝阴嗣"的神奇构想，对晏仲"不忍死兄之诚心"，对晏仲式笃于兄弟情谊的人，予以赞美、歌颂。

如果说晏氏兄弟因成人之间深厚而成熟的情谊而感人肺腑，那么可以说，《张诚》中张氏兄弟那种稚嫩而单纯的手足之情，更可以使人心灵震颤。张讷的继母泼悍之至，对张讷"奴畜之，啖以恶草且，使樵，日责柴一肩，无则挞楚诟诅不可堪"。这个泼妇偏偏生出一个"性孝友"的儿子张诚来。张诚不忍心看见兄长劬劳。极力劝母亲，母亲不听，还罚令张讷饿饭。张诚遂偷了家里的面托邻居做好，"怀饼来饵兄"。两个十来岁的孩子，都以爱护对方为最大安慰，至情至性，友爱弥深，演出一幕催人泪下的剧目：

诚……怀饼来饵兄，……讷食之，嘱弟曰："后勿复然。事泄累弟，且日一啖，饥当不死。"诚曰："兄故弱，乌能多樵！"次日食后，窃赴山，至兄樵处。兄见之，惊问："将何作？"答曰："将助樵采。"问："谁之遣？"曰："我自来耳。"兄曰："无论弟不能樵，纵或能之，且犹不可。"于是速之归。诚不听，以手足断柴助兄。且云："明日当以斧来。"兄近止之。见其指已破，履已穿，悲曰："汝不速归，我即以斧自刭死！"诚乃归，兄送之半途，方复回樵既归，诣塾，嘱其师曰："吾弟年幼，宜闭之。山中虎狼恶。"师曰："午前不知何往，业夏楚之。"归谓诚曰："不听吾言，遭笞责矣。"诚笑曰："无之。"明日，怀斧又去，兄骇曰："我固谓子勿采，何复尔？"诚不应，刈薪且急，汗交颐不少休。……

弟只知爱兄，兄亦只知爱弟，稚子张诚对待异母之兄眷恋之至，不忍其受饥，不忍其受累，宁可自己以手脚砍柴，也要减轻哥哥的负担。张讷则忍辱负重，不管自己吃多少苦，也不肯一分一毫累及幼弟。小说中变故迭起，张诚被虎衔去，张讷穿云入海地找弟，丐而行……悬鹑百结，伛偻道上……虽心劳神疲，而寻弟之急切心情未曾稍减。在封建宗法制的阴影下，在继承家产的利益冲突前，两兄弟这种罕见的至死相爱，不能不说是基于高尚道德的人生行为，作家以"诚"作为小说主人公的名字和篇名，便不是一种偶然的随意了。

《湘裙》《张诚》中的兄弟之爱是相互的。"棠棣之华，鄂不韡韡。"（《诗经·小雅·棠棣》）《曾友于》则迥然不同，是一种带有"单相思"性质的痴爱。一种时时牺牲自我以求兄弟和睦的处世态度。曾友于兄弟七人，有三个母亲，长子曾成及母早年为强盗抢去。曾孝、曾忠、曾信为继室嫡出。曾悌、曾仁、曾义为庶出，曾悌即曾友于。他在家中一开始便处于被蔑视的地位：出身微贱（妾生），三个嫡出的长兄处处对曾友于凌折之、屈辱之。曾友于却总是忍让、退避、委曲求全。曾孝等人打架斗殴为县令抓去，曾友于本无过错却"见宰自投"。

因其品性素为县宰敬重，遂释曾孝等。曾友于还去被曾孝打坏了的周家负荆请罪，"讼遂止"。曾友于的母亲死了，曾孝等不许与父合葬，且"宴饮如故"。曾友于只好"瘗母隧道中"。偏偏曾孝不久也死了妻子，曾仁、曾义便不仅不奔丧，且在家中"鼓且吹"。又是曾友于去参加曾孝家的葬礼，"临哭尽哀"。两伙异母兄弟终于打了起来，还是这位曾友于周旋劝说乃至于向县宰"作词禀白，哀求寝息"，曾友于自称"我不怙弟悲，亦不助兄暴"……一连串的兄弟阋墙纷争中，曾友于永远忍气吞声、忍辱负重，惹不起则躲得起。这个人物是否过于软弱了？无能了？作家显然不这样认为。故事中不重兄弟情谊横施凶暴者，均没有好下场，而曾友于终于能掌管曾家一门的事，"门庭雍穆，称孝友焉"。

哲学家罗素说过："传统的中国文化反对一切强烈的感情，而且认为在任何情况下，人都应保持理智的支配地位。"① 纵观聊斋故事中这类爱亲敬慈、上和下睦，"象忧亦忧，象喜亦喜"②。我们发现主人公的行动当然有一种天生的亲情在支持，但相当程度上是理智起主导作用。曾友于能对曾孝之流的倒行逆施不反感吗？恐怕很难做到。但他却要压制自己的厌恶，去苦苦追求兄弟和睦。《水灾》中的人物能"不复念儿"吗？绝对不能。但为了保护母亲，孝子只好装出不复念儿的样子。据说有人向一个中国人和两个美国人提出一个二难推理：你的孩子、母亲、妻子同时掉进海里，而你只能救一个，你救谁？一个美国人说，救孩子，因为孩子最小，最有希望；另一个美国人说，救妻子，因为母亲已经老了，孩子虽然淹死，妻子却可以再生孩子；而那个中国人却说救母亲，为什么？人尽妇也，妇可以生子，母一而已也。把"孝"排在一切道德的首位，把兄弟友于之情摆在人生的重要地位，甚至于经常要高出亲子之情、夫妇之爱，都是中国传统道德

---

① ［英］罗素：《真与爱》，上海三联书店1983年版，第205页。
② 见《孟子·万章上》。象：舜之同父异母弟，舜随其喜忧而喜忧。

文化的特点，也是《聊斋志异》魅力独特之处。

（四）贤良、贞洁、通情达理——女性美德

聊斋先生虽然开玩笑地说"家家床头，有个夜叉在"（《夜叉国》）。实际上，他至为厌恶泼妇、妒妇、悍妇。他对这类人简直恨入骨髓："蛇蝎心，鸱鸮腹，斩而蒸尝，罗刹貌，刀剑唇，残彼鹣鹣。""鬼神为之愤怒，天地为之惨暝！"（《〈怕婆经〉疏》）

中国古代妇女最为灾难深重。所谓三座大山、所谓三权并立，无一不把妇女践踏在最底层。三从四德：在家从父，出嫁从夫，夫死从子；妇德、妇言、妇容、妇功。形形色色的女戒、女四书，宋儒所倡导的种种"美德"把妇女捆绑得没有一丝一毫的自由。封建偏见的毒雾遍布闺阁，思想禁锢使妇女寸步难行。有学识的女性、大胆的女性，用笔抒写其反抗："月上柳梢头，人约黄昏后。"写其悲苦："岂独伤心是小青。"大量处于社会底层的妇女，只能以一种逆反心理，演出一系列悖礼行为。悍妇、妒妇、泼妇实际上是一种反抗形式，以"悍"对压迫，以"妒"对爱情婚姻上的不平等，以"泼"对"温良恭俭让"对"妇德"。这类以恶制恶、以丑反丑的艺术形象在聊斋故事中是有生动表现的，如《马介甫》《江城》。蒲留仙基于他在《〈怕婆经〉疏》《〈妙音经〉续言》中直接袒露的思想，对这种"阳纲失竞""醋河失岸"大加鞭挞。因此，《马介甫》中的殷氏，被以其人之道还治其人之身，沦落为受尽摧残的屠人妇，而江城却回头是岸，变成了标准的淑女。

和这类悍、妒、泼妇相对照的是一大批贤妇形象。首先是一些以某种"妇德"为主要特征，其性格属于所谓的"扁平型"，作家极力加以美化：

例如林氏，贤妻也，以不妒为最重要特征，以给丈夫求后嗣为人生目标和最大幸福，演出了一出装神弄鬼的丑剧，以便把丫鬟和自己丈夫弄到一张床上，而且是在林氏自己眼皮底下（《林氏》）。

例如邵女，贤妾也，以逆来顺受为主要个性，以"命中注定"，

嫡庶观念为精神支柱。其温柔承顺、曲意迎合之态可掬、亦可哂可叹（《邵女》）。

例如珊瑚，贤妇也，以"孝""顺"为本，以三从四德为标榜，以曲意承欢为人生主要活动。真是温柔敦厚、怨而不怒（《珊瑚》）。

这些作家心目中的完人，都有好结果：林氏不仅没有因犯了"七出"（无子为"七出之一"）而被出，而且有了名分上属于她的两子一女，从而笼住了丈夫的心，稳坐嫡妻位置。邵女百折而不移其志，终于感动了嫡妻（乃鬼神之惩戒也），而且生下了后来成为翰林的儿子。《珊瑚》里边的悍妇臧姑，反贤媳之道而行之，对婆母役使若婢，结果，臧姑生了十个儿子都夭折，珊瑚却"生三子，举两进士"。作家用善有善报，恶有恶报，丝毫不爽地安排了这些贤妇。可是，我们今天读这类作品却不舒服极了，她们太奴性了，太矫情了，她们虽然可以让人哀其不幸、怒其不争，却很难使人产生共鸣甚至效法。因为她们实在是一种道德图像化，而且是过时的道德。

倒是另外一些女性形象，虽然也是作家某种道德观念的寄托，但这种道德更切近于人类的共同美德，更合乎人们心灵的承受能力，也更能体现民族美德，她们便格外鲜活、格外令人赏心悦目。要言之：

其一，她们恪守信义、尊老相夫、贤惠能干。

《白于玉》中的太史女，贵家小姐也，订婚于贫生吴青庵，这位小姐声明："吴郎贫，我甘其藜藿；吴郎去，我事其姑嫜，定不他适。"太史小姐嫁进吴家后，"事姑孝，曲意承顺，过贫家女"。《陈锡九》中的富家女周氏重然诺，嫁到"日不举火"的陈家，其父因陈家贫，将她接回，想让她改嫁有钱有地位的人，而女"泣不食，以被韬面，气如游丝"。《青梅》中的青梅姑娘，自择夫婿，乃因婿孝，"入门，孝翁姑，曲折承顺，尤过于生，而操作更勤，餍糠秕不为苦……梅又以刺绣作业……得资稍可御穷"。《宫梦弼》中的黄氏少女与柳家自幼订亲，柳家后来穷了，黄家即有悔婚之意，黄女却坚绝不以贫富而易念……

除了青梅以外，这几位少女均是富家少女，她们遵守的实际是"父母之命"（即父母原先为她们订下的夫婿），但是她们不嫌贫爱富，重视人的内在品格而轻视世俗观念，强烈的道德观和浓郁的人情味在她们身上交织。她们的确带有一定的封建色彩，但她们又是在超越的层次上，这使她们像带有小虫痕迹的琥珀熠熠发光。

其二，她们淡泊宁静、高雅脱俗的人生态度。

"仪度娴婉，实神仙也"的鸦头，本来可以凭借她的姿色过上纸醉金迷的生活，但她却不甘于风尘，追求一夫一妻、共同劳动、宁静淡泊的常人生活。她随王生逃回家徒四壁的汉江口，像当垆之文君，门前设小肆，王与仆人躬同操作，卖酒贩浆其中。"女作披肩，刺荷囊，日获赢余。"一个沦落风尘的妓女有如此的生活追求，可谓出淤泥而不染（《鸦头》）。

鸦头甘贫，黄英却不甘贫。她的人生态度是："清者自清，浊者自浊。"这是她在回答"祝穷"的马子才时说的话。表面上，以"清"誉马子才，以"浊"调侃自己。实际含意是：只要你的内心是清明的，哪怕你从事所谓唐突的东篱贩菊之业，也仍然是清高的。所以，她坦然地以贩菊为生，还豪迈地说："妾非贪鄙，但不少致丰盈，遂令千载下人，谓渊明贫贱骨，百世不能发迹，故聊为我家彭泽解嘲耳。"（《黄英》）

《云萝公主》中，贵为公主的女主角同丈夫的生活却是这样一幅静谧的图画：

> 安故好棋，揪枰尝置坐侧。一婢以红巾拂尘，移诸案上，曰："主日耽此，不知与粉侯孰胜。"安移坐近案，主笑从之。甫三十余着，婢竟乱之，曰："驸马负矣！"敛子入盒，曰："驸马当是俗间高手，主仅能让六子。"……

这是一段具有超凡气息的日常生活描绘，主角是谪降人间的仙姬。实际上，这是某些有高雅素质的女性闺趣图，像清风明月、像潺潺溪流，充溢着动人的至情。

另一位仙女翩翩，简直可以看作中国古代知识型妇女的楷模，她既笃于夫妇情爱，又通情达理。《翩翩》中写道，浮浪子弟罗子浮因为嫖妓银钱荡尽，还长了一身溃臭恶疮，已被世人不齿。"容貌若仙"的翩翩把她接进山洞，以清泉濯疮，以蕉叶制衣，以山叶剪为鸡、鱼，又与罗子浮结为白首之盟。罗子浮好了伤疤忘了痛，得陇望蜀，调戏起翩翩的朋友花城来。翩翩并没有打翻醋缸，更没有歇斯底里大发作，只是略施小技教训了一下这个吃着碗里、望着锅里的薄幸子："生方恍然神夺，顿觉袍裤无温，自顾所服，悉成秋叶。"罗子浮不得不收敛起自己的邪念，"惭颜息虑，不敢妄想"。此后有两段极为精彩的日常生活描写：

（花）城笑曰："而家小郎子大不端好！若弗是醋葫芦娘子，恐跳迹入云霄去。"女亦哂曰："薄幸儿，便直得寒冻杀！"相与鼓掌。花城离席曰："小婢醒，恐啼肠断矣。"女亦起曰："贪引他家男儿，不忆得小江城啼绝矣。"花城既去，惧贻诮责，女卒晤对如平时。

（个几年后，翩翩的儿子与花城的女儿成亲）花城亲诣送女。女华妆至，容光照人，夫妻大悦，举家宴集。翩翩扣钗而歌曰："我有佳儿，不羡贵官。我有佳妇，不羡绮纨。今夕聚首，皆当喜欢。为君行酒，劝君加餐。"

前一段，写出了作为妻子的翩翩对丈夫的轻薄行为的态度。她是宽容的，因而不曾"跳迹云霄"。她又不是纵容的，因而她用幽默的话语给罗子浮以必要的劝诫。人们常说，幽默是生活中的盐，幽默也是人的修养、学识的表现。翩翩式的幽默在中国古代文学中，惟有《红楼梦》可比，因而弥足珍贵。后一段，则以抒情诗格调，写出了翩翩作为母亲对富贵荣华的淡漠。但明伦评曰："扣钗作歌，词意亦翩翩可喜。""无畔援，无歆羡，天伦至乐，随地而安，茅屋菜羹，太和颐养，不可为外人道也。"

其三，孟母择邻、孟母断机的良母。不论是《田七郎》中阅历丰富的田母，还是《翩翩》中扣钗而歌的仙女；不论是《聂小倩》中语气温婉的宁母，还是《崔猛》中出语严峻的崔母，都以严肃的人生态度教育子女，她们要求子女正直、善良、宽厚，她们以身作则，不趋炎附势，不见钱眼开，她们是一些形象鲜明的老妇人的典型，也是中华民族特有心理结构的形象再现。

第二节　智慧　修养　蕴藉

泰戈尔在《园丁集》最后一节深情揣测：

> 你是什么人，读者？百年后读着我的诗？
>
> 我不能从春天的财富里送你一朵花，从天边的彩云里送你一片金影。
>
> 开起门来回望吧。
>
> 从你的群花盛开的园子里，采取百年前消逝了的花儿的芬芳记忆。
>
> 在你心的欢乐里，愿你感到一个春晨吟唱的活的欢乐，把它快乐的声音，传过一百年的时间。

文学巨匠的幸福在于，他们的肉体消逝了，他们的精神财富却长存。他百年前为读者采撷的花朵，依然散发着沁人的馨香。泰戈尔如此，莎士比亚如此，蒲松龄也如此。《聊斋志异》这朵开放在清初的奇葩，用它书中人物的鲜花般美丽，使今天五湖四海的读者感到春晨吟唱的欢乐。

人物之美，自然离不开人物的形体美。聊斋先生尤其善于描摹少女，"年可十四五，鬟多敛雾，腰细惊风，玉蕊琼英，未足方喻"（《西湖主》），贵族少女如荼蘼、如琼花，异香芳馥；"绿衣长裙，婉妙无比"（《绿衣女》），诗意化肖像，隽永无穷；"右一女郎，裁及笄耳……弱态生娇，秋波流慧"（《青凤》），小家碧玉，小荷才露尖尖角；"笑弯秋月，羞晕朝霞"（《公孙九娘》），大家闺秀，自是花中第一流；"瘦怯凝寒，若不胜衣"（《连琐》），文弱少女，我见犹怜；"艳若桃李,而冷若霜雪"(《侠女》),侠女风范,高山仰止……当然,聊斋先生欣赏的女性形体美,较多地带有封建士大夫的审美趣味,较多地喜欢以瘦弱娇怯为美,以弱不禁风为美,甚至以病态为美。较多地属于林黛玉型的美,而不是鲁迅说过的爱斯基摩人和非洲黑人喜爱的美。这些聊斋人物的外形美固然仍旧是昔日芬芳的花朵,但她(他)们远没有她(他)们身上的内在美——聪明智慧、文化修养,以及蒲松龄熔铸的特殊风范"蕴藉"等,更加与日常新。

(一)一智能灭万年愚

中国古代对少年的要求,格外欣赏"少年老成"。十二岁的甘罗不去上树爬墙、蹴球打弹,偏偏要封相。以智谋和勇气杀蛇的李寄本来是个天真活泼的少女,偏偏要封什么王妃。只有可爱的哪吒,这个古典文学少有的儿童形象如桂枝一芳,天真未夺。《聊斋志异》的作者是位学究,又是一位设帐五十年的私塾教师。他理应写下许多精彩的儿童,《绰然堂会食赋》即露出端倪,那些和老师抢饭吃的少年,"甫能安坐,眼如望羊,相何品兮堪用,齐噪动兮仓皇。……脱一瞬兮他顾,旋回首兮净光"。真是情状可哂,活泼生动。可惜,作家太矜持于师道尊严,太耽于成人世界,竟没怎么写这些可能是很精彩的内容——如现在流行的观点,绰然堂教书,乃蒲先生之"生活基地"也。而蒲先生笔下的学子形象却太少了。当然,我们在聊斋故事中,仍然可以看到几位富有才智的青少年形象。

十六岁的青年农民于江,其父夜宿田间为恶狼吞噬。于江决心为父报仇。夜间他等母亲睡下后(何以要俟母眠后才走?乃因为恐母亲担忧、阻止,可见其心机深重),偷偷地拿了铁锤,也去躺在父亲睡觉的地里。"少间,一狼来,逡巡嗅之,江不动,无何;摇尾扫其额,又渐俯首舐其股,江迄不动。"一个十来岁的孩子面临恶狼,毫无所惧,诱狼失去警惕,风雨不动安如山。狼果然上当了,"欢跃直前,将龁其额领,江急以锤击狼脑,立毙"。从容不迫,有大将临敌之风。

于江连杀二狼后,夜梦其父告曰:"杀二物,足泄我恨。然首杀我者,其鼻白,此都非是。"于是,于江又"坚卧以伺之"地连续等了三四夜。同时,把杀掉的狼悄悄地拖回家,扔进枯井中,以免母亲知道后担惊受怕。终于有一晚,"忽一狼来啮其足,曳之以行。行数步,棘刺肉,石伤肤,江若死者"。这只狼更加凶狠、也更加狡猾。于江也更加镇定、更加沉着、更能忍受残酷的考验。"狼乃置之地上,意将龁腹,江骤起锤之,仆;又连锤之,毙;细视之,真白鼻也。"一位平凡的农村少年,既有为父报仇的赤诚之心,又有超人的勇气和超常的智谋,其击狼情节,宛如《三国演义》中大将挫敌手,井井有条、进退有节。少年于江"义烈发于血诚,非直勇也,智亦异焉"。

《于江》是写实,《贾儿》则有较多虚幻。《贾儿》写一年仅十岁的男孩为家庭除害的故事。贾儿之母祟于妖狐,贾儿先后采取四个步骤,终于去掉了家中的心腹大患,第一步:断尾。贾儿夜间隐刀于怀,妖物出现,"急击之,仅断其尾"。仅断尾未如人意,但妖物不再来。第二步:侦察。循妖物之血迹,发现"入何氏园中"。得狐之穴矣。夜入园中,得知:妖狐有一"长鬣奴",打算买酒来饮用。第三步:买狐尾。贾儿"牵父衣娇聒之"买下狐尾一条,又偷出父亲的钱买白酒一瓶,寄放在舅舅家。买尾、买酒均未声张,乃因按习俗传说:声张则为狐魅察觉。小小年纪,如此周密、如此谨慎!尾、酒俱有后,又以耗子啮衣而母病为由,向舅父讨出毒药,然后,两头撒谎:告诉舅母说要去找父亲,告诉父亲却说在舅舅家,实际上,他去"日游廛肆"追踪那个"长鬣奴"了。第四步:毒狐。万事俱备后,贾儿混迹人群与长鬣奴搭讪,以"少露其尾"证明自己也是个妖狐,然后引妖狐跳入陷阱:

其人(长鬣奴)问:"在市欲何作?"儿曰:"父遣我沽。"其人亦以沽告,儿问:"沽未?"曰:"吾侪多贫,故常窃时多。"儿曰:"此役亦良苦,耽惊忧。"其人曰:"受主人遣,不得不尔。"因问:"主人伊谁?"曰:"即曩所见两郎兄弟也。一私北郭王氏妇,一宿东村某翁家。翁家儿大恶,被断尾,十日始瘥,今复往矣。"言已欲别,曰:"勿误我事。"儿曰:"窃之难,不若沽之易。我先沽寄廊下,敬以相赠。我囊中尚有余钱,不愁沽也。"其人愧无以报。儿曰:"我本同类,何靳些须?暇时尚当与君痛饮耳。"遂与俱去,取酒授之,乃归。至夜,母竟安寝,不复奔。心知有异,告父,同往验之,则两狐毙于亭上,一狐死于草中。喙津津尚有血出。……父惊问:"何不早告?"曰:"此物最灵,一泄,则彼知之。"翁喜曰:"我儿,讨狐之陈平也。"确如但明伦所评,十岁小儿,胸有成竹,胆大心细。从容措置,不躁不急,缜密而不轻泄,玩狐于股掌之上。智哉贾儿。

人们在同凶残的妖物搏斗中,闪现出智慧的光芒。《张老相公》中,妻女不幸为巨鼋所吞的张某向僧人请教报仇的方法,僧人骇曰:"我侪……惧为祸殃,惟神明奉之。"为了使它不兴风作怪,还要"时斩牲牢"去祭之。张某马上受到启发,"招铁工,起炉山半,冶赤铁,重百余斤。审知所常伏处,使二三健男子,以大钳举投之。鼋跃出,疾吞而下。少时,波浪如山,顷之,浪息,则鼋死已浮水上矣"。《狼三则》中的屠户在危急无助的情况下,或者抓住狼爪,"以吹豕之法吹之",或者"暴起,以刀劈狼首"。《农人》锄地的锄头,竟被用作"曲项兵",把百术不能驱逐的妖狐吓走……

在同恶人、恶势力的决战中,本来蛰居于闺中的女性显出过人的智谋。《辛十四娘》中男主角因轻脱纵酒而被坏人诬陷下狱。辛十四娘表面上"坦然若不介意""笑色满容,料理门户如平时"。冯生让老家人带信"寄语娘子一往永诀",她也"漫应之,亦不怆恻,殊落落置之,家人窃议其忍"。似乎她已经认命、已经认输,冯生也毫无生还之望了。实际上,辛十四娘在秘密地进行营救丈夫之大计,她派遣狐婢伪作流妓,得到出巡皇帝的宠爱,告御状曰:"妾原籍隶广平,生员冯某之女,父以冤狱将死,逐鸶妾勾阑中。"皇上爱屋及乌,痛快地为冯生翻了案。辛十四娘的计谋是双重攻心战:对皇帝,投其所好,以美色诱之;对仇人,伪为软弱和寡情,使其丧失警惕。至高无上的皇帝竟不自觉为其所用，骄横奸诈的坏人也落入法网。《庚娘》的女主角"丽而贤"，其丈夫不听她劝上了贼船，全家被溺。庚娘面临受辱之危险，按照常情，此时她应当或俯首受辱，或投江而亡。但她不，她要保存自己为家人复仇。她用缓兵之计逐步解除贼人的武装，"劝酬殷恳""强媚劝之"，终于将贼灌得烂醉，手刃贼人。"健妇持门户，亦胜一丈夫。"仇大娘本已是嫁出去的女儿，且出嫁后便与继母不合，她的父亲被强盗俘走，她娘家的恶叔仇廉与无赖魏名勾结，意欲夺取仇家家产，逼继母改嫁，并给仇大娘报信，欲挑拨她回家来争家产。仇大娘归家后，见继母垂危，幼弟生病，景象惨恻，触发骨肉之情，毅然挑起重整家业的全副重担。是她向县令"力陈孤苦"，情词慷慨地揭发恶徒霸产行径，使"故产尽返"；于是她养母教弟，治家井井有条；是她一次一次粉碎了恶徒魏名的阴谋，重振家业，"鸠工大作，楼舍群起，壮丽拟于世胄"……仇大娘身上既有中国古代孝悌之风，又闪现出女中豪杰、巾帼丈夫的光辉。

聊斋故事中《三国演义》式孔明斗智、周郎反间计、王允派貂蝉之类的故事并不多，但智慧之闪光却随处可见，他（她）们的主要表现是，审时度势，能恰如其分地顺应事物发展规律，不管如何危急艰难，他们智能谋、力能任、巧渡难关、逢凶化吉。他们有卓越的胆识，有随机应变的技能，有大智若愚的气度。一智能灭万年愚，这些人为人处世的态度、应付困局的方法，总给后人以启迪。

（二）深邃的华夏文化氛围

《聊斋志异》的作者对儒家、法家、杂家，对佛教、道教，兼收并蓄，对汗牛充栋的文化遗产，为我所用，使得聊斋全书打着深深的华夏文化、华夏文明的标记。聊斋先生笔下的人物——主要指那些为作者、读者喜爱的——未必都是金榜题名者、未必都是学富五车者，但他们总是清如莲蕊，行为和表现散发着古代文化的翰墨之香。

"儒雅"二字，言谈举止的儒雅、待人接物的儒雅，是聊斋人物艺术魅力的重要内蕴。公孙九娘这位屈死的鬼魂，经历了"碧血满地，白骨撑天"的惨剧，沉冤地下多年，她谈自己身世时，仅仅用了"十年露冷枫林月""白杨风雨绕孤坟"两首诗。孔雪笠爱上了娇娜，皇甫公子却要给他物色他人为妻，孔生面壁而吟："曾经沧海难为水，除却巫山不是云。"庚娘与其丈夫各自死里逃生，各自都以为对方已不在人世了，庚娘突然发现邻船上有一个人神情十分像自己的丈夫金生，金生也发现邻船少妇极像其妻庚娘，如何相认？如何在急行的船间最快地判断出对方是自己同衾之人？结果金生"急呼曰：'看群鸭儿飞上天耶！'少妇闻之，亦呼云：'馋猧儿欲吃猫子腥耶！'盖当年闺中之隐谑也。"白秋练与慕生相爱，相思病苦缠绵床榻，慕生为她吟"罗衣叶叶"，病情骤然好转……这些语言和行为，常有很明显的书卷气，但又有充沛的生活气息。这些人物所具有的华夏文化色彩，带来了诗情画意，读之如嚼橄榄，其味无穷。其中《连琐》《林四娘》《宦娘》中的女鬼形象尤具华夏雅士风采。

《连琐》中写道，书生杨于畏住在墙外多古墓的旷野，半夜中，在白杨萧萧的凄风中，忽然传来吟诗声："玄夜凄风却倒吹，流萤惹草复沾帏。"原来是一个女鬼"手扶小树低首哀吟"，在竭力搜寻佳句以续完这首诗。杨于畏隔壁而续："幽情苦绪何人见？翠袖单寒月上时。"女鬼连琐出现了，"瘦怯凝寒，若不胜衣"。她并不与杨于畏男欢女爱，而"与谈诗文，慧黠可爱。剪烛西窗，如得良友"。连琐还在灯下为杨写书，字态端媚，又自选宫词百首，录诵之。这位少女真乃"雅致翩翩"（何评）。她不仅爱吟诗，擅书法，还有各种高超的文化修养："使杨治棋枰，购琵琶，每夜教杨手谈；不则挑弄弦索，作《蕉窗零雨》之曲，酸人胸臆，杨不忍卒听。则为《晓苑莺声》之调，顿觉心怀畅适。"在杨于畏的帮助下，连琐终于复活了。这个人鬼之恋的故事没有多少山盟海誓的描写，更没有多少颠鸾倒凤的描绘，但人物之间的感情却极为深沉，这是志趣相投的爱、是同一文化层次的爱，非肌肤之亲，胜肌肤之亲，是楚楚有致的少女使吉士高尚的心田泛起的爱的涟漪。

《林四娘》中"长袖宫装"的林四娘也是书卷气息很浓的形象。她谈吐风雅。她懂音律,与男主角"阖户雅饮,谈及音律,辄能剖悉宫商",她将满腹愁情寄之于音,"俯首击节,唱伊凉之调"。这种所谓亡国之音使陈宝钥为之酸恻,林四娘剖白:"声以宣意,哀者不能使乐,亦犹乐者不能使哀。"林四娘还是一位诗评家,"评骘诗词,瑕辄疵之;至好句,则曼声娇吟,意绪风流,使人忘倦"。她自己也是一位出色的诗人,"忼慨而歌,为哀曼之音,一字百转,每至悲处,辄便哽咽"。她的诗歌"谁将故国问青天""汉家萧鼓静烽烟",更是以歌代哭,令人九曲回肠……林四娘身上有着独特的艺术情感,她总是以优美的方式表达自己的感情、思绪,以优雅的形式来对待炽热的恋情,使恋情温柔化、雅洁化。林四娘这种特殊的优美又与她惨遭不幸的女鬼身份融合,使人在体味艺术美的同时,联想时代、民族的命运,从而把艺术欣赏同理智哲思连接在一起。

《宦娘》中的女主角似乎比连琐、林四娘不幸,她也是沉冤地下的鬼魂,却没有畅饮爱情美酒的荣幸。但《宦娘》是成功的,其所以成功,除了刻画了宦娘为温如春撮合的特殊行为外,很大程度上因为作者通过宦娘以及她的恋人温如春,涉猎了一个特殊的文化领域——中国音乐。俞伯牙摔琴谢知音是脍炙人口的,除了小说中感人的友情外,音乐的文学性描绘也是重要因素,"高山流水"甚至变成了一个常用典故。《汤琵琶传》也是成功的,琵琶的弹奏可以使风波顿息,可以感动得猿猴长啸。《宦娘》则格外能传达中国音乐的魅力以及它对于陶冶人的情操所起的巨大而微妙的作用。《宦娘》中的男女主角都有特殊的文化修养——音乐。男主角温如春曾师事一奇异道长学琴,那道长"裁拨动,觉和风自来;又顷之,百鸟群集,庭树为满"。温如春"侧耳倾心"地认真学习,"精心刻画,遂称绝技"。他的弹奏技巧感动了女鬼宦娘,宦娘"恨以异物不能奉裳衣",便代他营谋,娶来同样谙音律的良工。良工带来的宝镜照出了暗中向温如春学琴的宦娘。始知这位少女生前就喜爱音乐,古筝的技艺已经"能谱之",

弹琴的技巧"未有嫡传",九泉之下仍然苦苦求索。

> 宦娘曰:"君之业,妾思过半矣,但未尽其神理。请为妾再鼓之。"温如其请,又曲陈其法。宦娘大悦曰:"妾已尽得之矣。"乃起辞欲去。良工故善筝,闻其所长,愿一披聆,宦娘不辞,其调其谱,并非尘世所能。良工击节,转请受业。女命笔为绘谱十八章,又起告别。夫妻挽之良苦,宦娘凄然,……以一卷授温曰:"此妾小像,如不忘媒妁,当悬之卧室;快意时焚香一炷,对鼓一曲,则儿身受之矣。"

宦娘的语言文雅谐和、柔婉如诉,虽名为鬼,实则仍然是属于尘世的热心肠的艺术家。在她身上既有笃爱音乐的崇高而缠绵的感情,又有少女遏制不住的热情。高度的音乐造诣和文雅宁静的风度语言,形成她身上独有的谐和、优雅、温柔,还有因净化而生出的纯洁的生机,真乃磊磊落落、杳杳漠漠,读之有万虑消释之感。

蒲松龄显然是把人的文化教养美看得高于人的形体美。《嘉平公子》男主角风度翩翩,却是绣花枕头一包草,因而作者揶揄之。但是是否认得几个字,写得几首诗,便符合蒲松龄对"文化"的要求?非也。《苗生》里几个秀才酸文假醋,却为作家所鄙夷。作家似乎格外看重那些把深厚的文化同聪慧的秉性结合起来的人物,看重那些有着心灵自由的人物,幽默、机智的人物,他常用他的生花妙笔为他们画出一幅幅绝妙的行乐图来。

《仙人岛》写以"中原才子"自诩的王勉(字黾斋)在一个道士的帮助下来到仙人岛,岛上桓公热情地将"若芙蕖之映朝日"的大女儿芳云许配给他。桓公另一位"姿态秀曼"的女儿绿云"颇惠,能记典故"。岛主和王勉谈起文艺来,两个少女不时以妙语参与之:

> 桓因谓:"王郎天才,宿构必富,可使敝人得闻教否?"王慨然诵近体一作,顾盼自雄。中二句云:"一身剩有须眉在,小饮能令块磊消。"邻叟再三诵之。芳云低告曰:"上句是孙行者离火云洞,下句是猪王戒过子母河也。"一座抚掌。桓请其他。

王述《水鸟》诗云："潴头鸣格磔"，忽忘下句，甫一沉吟，芳云向妹咕咕耳语，遂掩口而笑。绿云告父曰："渠为姊夫续下句矣，云：'狗腚响弸巴。'"合席粲然。王有惭色。桓顾芳云，怒之以目。王色稍定，桓复请其文艺。王意世外人必不知八股业，乃炫其冠军之作：题为"孝哉闵子骞"二句，破云："圣人赞大贤之孝"绿云顾父曰："圣人无字门人者，'孝哉……'一句，即是人言。"王闻之，意兴索然。恒笑曰："童子何知！不在此，只论文耳。"王乃复诵，每数句，姊妹必相耳语，似是月旦之词，但嚅嗫不可辨。王诵至佳处，兼述文宗评语，有云："字字痛切。"绿云告父曰："姊云：'宜删"切"字。'"众都不解。桓恐其语嫚，不敢研诘。王诵毕，又述总评，有云："羯鼓一挝，则万花齐落。"芳云又掩口语妹，两人皆笑不可仰。绿云又告曰："姊云羯鼓当是四挝。"

"中原才子"王勉自我感觉良好，以为自己有才名、诗名，又能写仙界所没有的制艺文，因而不可遏止地膨胀起来。王勉表现的文化教养，是以丑为美。东道主桓公有长者风，他谦恭有礼，他充分地尊重他人，哪怕微不足道的才能，因而一再提供让王勉充分表现自己的机会。连桓公邀来作陪的"齿德"邻叟也是妙人，他对王勉那稍稍精通的诗居然热情地"再三诵之"。两个少女是文化层次更高一筹的人，她们博览群书、思维敏捷、出语解颐、巧中肯綮。她们时时机智地给王勉挑毛病。这毛病既挑得准，又挑得妙：

一、王勉"一身剩有须眉在，小饮能使块磊消"之诗句，按其原意是抒发一种怀才不遇的感慨，文字也并非粗制滥造，可是顽皮的芳云偏偏给两句诗加以滑稽的注脚：前一句是孙猴子过火云洞，把身上的毫毛烧掉了，因而只有"须眉在"。后一句是猪八戒过子母河时喝了河水怀孕，饮了孙猴取来了落胎泉水才清了血块。芳云的解释既是揶揄的，又是对景的。二、王勉的诗"潴头鸣格磔"并非狗屁不通的诗句，但王勉恰好忘了下句，芳云灵机一动，以"潴"的谐音"猪"字为头，杜撰出一句"狗腚响弸巴"，貌似与上一句对仗，实际嘲笑王勉的诗如同狗屁。三、"孝哉闵子骞"一段，绿云以爽快而简洁的谑语，点出所谓冠军之作压根就不通。四、王勉文章上的宗师赞语"字字痛切"褒之弥甚也，被芳云删去一个"切"成了"字字痛"，贬之如粪土。宗师总评"羯鼓一挝，则万花齐落"可谓誉赞有加，芳云恶作剧地说"羯鼓四挝"，则成了"不通又不通"。这一段描写，是桓公当面许配给王勉的未婚妻芳云嘲弄其未婚夫，其嘲笑个别地方（如"狗腔"一句）有点"谑"过头，其余皆妙语惊人、趣味横生。在某种程度上，《仙人岛》可与著名才女故事《苏小妹三难新郎》媲美。

《狐谐》是一篇调侃性的作品，狐女风趣、博识而善于应对。她主动夜奔，与书生万福同居，万福的朋友便都来和她交谈。这些书生均以博学自负，想在同狐女对话中出一出风头。但是，无论他们如何发难，狐女总能巧妙地借故事、对联来取笑和调侃书生们。小说中出现狐女一连串的精彩谈笑，大有孔明舌战群儒的派头，诙谐滑稽，富有智慧光芒："善俳谑"的孙得言固执地求见狐女，用的是一种随便调笑的唐突口气："得听娇音，魂魄飞越，何吝容华，徒使人闻声相思？"孙得言几句话已经丧失了别人对他的尊重，因为他违背了"朋友妻不可欺"的原则（尽管狐女与万福尚无婚姻形式），但直接斥责似乎太不顾及万福情面了，狐女的回答是："贤哉孙子！欲为高曾母作行乐图耶？"既教训了孙得言，又保持了友好。她还饶有趣味地给孙得言等讲"狐典"：一个客人听说某家有狐，进门后看到，"群鼠出于床下"，客于是大呼"有狐"，且说："我今所见，细细幺么，不是狐儿，必当是狐孙子！"这个故事名为"狐典"实为即景生情的骂人话，是再次把孙得言打到"孙子"行列中。这个故事取笑而不留痕迹，需要回思才品出滋味。狐女对孙得言之类进一步唇枪舌剑地斗巧，更加显露出其能言善辩、智力和口才绝逸超群：

一日，置酒高会，万居主人位，孙与二客分左右座，上设一榻屈狐。狐辞不善酒，咸请坐谈，许之。酒数行，众掷骰为瓜蔓之令。客值瓜色，会当饮，戏以觥移上座曰："狐娘子大清醒，暂借一筋。"狐笑曰:"我故不饮。愿陈一典,以佐诸公饮。"孙掩耳不乐闻。客皆言曰:"骂人者当罚。"狐笑曰:"我骂狐何如?"众曰:"可。"于是倾耳共听。狐曰:"昔一大臣,出使红毛国,着狐腋冠见国王。王见而异之,问:'何皮毛?温厚乃尔。'大臣以狐对。王言:'此物生平未曾得闻,狐字字画何等?'使臣书空而奏曰:'右边是一大瓜(山左人谓妓女为大瓜,此讥右边之客),左边是一小犬(讥孙得言)。'"主客又复哄堂。二客陈氏兄弟,一名所见,一名所闻,见孙大窘,乃曰:"雄狐何在?而纵雌狐流毒若此!"狐曰:"适一典,谈犹未终,遂为群吠所乱,请终之。"国王见使臣乘一骡,甚异之。使臣告曰:"此马之所生。"又大异之。使臣曰:"中国马生骡,骡生驹驹。"王细问其状。使臣曰:"马生骡,是臣所见,骡生驹驹,乃臣所闻。"……酒酣,孙戏谓万曰:"一联请君属之。"万曰:"何如?"孙曰:"妓者出门访情人,来时'万福',去时'万福'。"合座属思不能对。狐笑曰:"我有之矣。"众共听之。曰:"龙王下诏求直谏,鳖也得'得言',龟也'得言'。"四座无不绝倒。

诗曰:"善戏谑兮,不为虐兮。"狐女的善谑可谓登峰造极。然而,谑于其当谑,止于其当止。她似乎从自嘲开始,用一个绘影绘声的故事紧紧地吸引听者的注意力,然后,轻轻一宕,落到对"客"的嘲弄上,于是,一个"狐"字拆成两半,分别用来挖苦孙得言和陈氏兄弟。有时,她巧妙地把对谈者的名字嵌入她临时杜撰的句子,取得喜剧性的效果。孙得言自恃才高,以妓者"万福"来挖苦狐女的情人。狐女一个妙对,请君入瓮,把孙得言的名字同"鳖""龟"连在了一起,狐女善谑的分寸感尤著,孙得言屡屡出言不逊,狐女便以近乎谩骂的"鳖也'得言',龟也'得言'"回敬他。陈氏兄弟仅仅是为孙得言帮腔,狐女只是把陈氏兄弟的名字巧妙地组织进话语中,话语本身"臣所见""臣所闻",却并无诬蔑性色彩。狐女真是嬉笑怒骂,尽成锦绣,无怪乎她的听众要"哄堂""又复哄堂""无不绝倒"。中国古代不管是历史书或文学书一向有"俳谐"人物,如东方朔、侯白,他们总是以谐语趣语,启人智慧、发人深思,或者当场起到劝诫权势人物改正劣行的效果,或者成为一种道德性笑料留存后世。《狐谐》出现的是这类俳谐文学中的一个"异种"——女性俳谐人物,其俳谐表现形式也主要局限于文化人之间的互相取笑,然其机敏聪颖、诙谐爽快、无拘无束、挥洒自如,像一出活泼轻松的喜剧,具备了不同凡格的品格。

(三)蕴藉、倜傥、慷爽——蒲留仙特定的美学风范

蒲松龄特别喜爱这样几个考语:蕴藉、倜傥、慷慨、慷爽。他常常把它们作为总括性的话语加在他所精心雕镂的、令人喜爱的正人君子身上,如:

孔生雪笠,圣裔也,为人蕴藉。

——《娇娜》

马骥,字龙媒,贾人子,美丰姿;少倜傥,喜歌舞。

——《罗刹海市》

秦邮王鼎,字仙湖,为人慷慨有力。

——《伍秋月》

宁采臣,浙人。性慷爽,廉隅自重。

——《聂小倩》

仅仅从字面上来解释,"蕴藉""倜傥""慷慨"只是对某一品格的概括。例如"蕴藉"其意有二:含蓄宽容,据《后汉书·桓荣传》:"荣被服儒衣,温恭有蕴藉。"注:"蕴藉,犹言宽博有余也。"蓄积。据《后汉书·逸民传序》:"汉室中微,王莽篡位,士之蕴藉义愤甚矣,是时裂冠毁冕相携持而去之者,盖不可胜数。"含蓄宽容或蓄积能否包容孔雪笠这个人物?显然不能,正如"倜傥"不能包容马骥,"慷爽"不能包容宁采臣。

孔雪笠为了一个未能成为自己妻子的女性,甘冒生命危险,仗剑

于巨穴前，与霹雳搏斗，此举岂止是"蕴藉"——含蓄宽容？

马骥才如春华、文似绣虎，在朝为栋梁之臣，归家为孝子慈父，岂独是"倜傥"？

宁采臣富贵不能淫，美色不能诱，而为知己之交，宁可抛头颅、洒热血，岂仅是"慷爽"？

这是蒲留仙精心熔铸的一种美学风范，他暂时以"蕴藉"等词为引语，却塑造出一批神采飞扬的人物。

他们是美的。他们的外貌，或如玉树临风，或如岩松独立，或如野鹤在鸡群，或如珠玉在瓦石中。所谓飘若游云、矫若惊龙，所谓轩轩如朝霞举、濯濯如春月柳。这些人的美是内在秉赋同外在形貌相交融的美，是地道的阳刚之美、中华儿女之美。

他们是善的。他们总是生活在一个特定的生活层次，为了一个特殊的原因在人世拼搏；或者，为了向恶势力讨还血债威武不屈，如席方平、向杲；或者，为了朋友舍身赴义，如田七郎、崔猛；或者，为了心上的人上刀山、下火海，生生死死、死死生生，如乔生、孔雪笠；或者，为了恪守伦理道德而舍情取义，如《素秋》中的俞慎；或者，为了兄弟之情，夫妇之情历尽艰险，虽九死而不悔，如张诚、乔生。

他们是真的。他们是实实在在的"这一个"，而不是似曾相识的，不是改头换面的，不是公式或图像，他们有血有肉、形貌如生。

他们最令人瞩目的品格、最夺目的光彩是追求理想，百折不回。他们使我们联想到披发行吟的屈原、大风刮走屋上茅的杜工部，想到"长使英雄泪满襟"的孔明，想到"家祭无忘告乃翁"的陆游……

这是蒲留仙以理想主义者的愿望熔铸的独有的美学风范。

人们为之心荡神驰，为之欢呼：美哉，中华儿女！

《浮士德》的结尾曰：

> 精神界这个生灵，
> 已从孽海中超生。
> 谁肯不倦地奋斗，

> 我们就使他得救。
> 上界的爱也向他照临，
> 翩翩起舞的仙童，
> 结队对他热烈欢迎。

浮士德得救了，浮士德身上的活力使他高尚化、纯洁化。

蒲松龄得救了，人文荟萃是中华，人文荟萃是聊斋，他赢得了"上帝"——世界读者——永恒的爱。

人物编

第六章

锦绣文章巧名成
——《聊斋志异》的人物命名规律

聊斋故事中的母亲很善于为子女命名。云萝公主有两子，生长男，女曰："此儿福相，大器也"，因名"大器"。生次男，女举之曰："豺狼也"，立命弃之，其夫不舍，云萝遂为之取名"可弃"。后来大器十七岁及第，可弃赌博无赖。人如其名，丝毫不爽。细柳嫁给高生后，因她有相人术，知高享寿不永，曾祝愿"高郎诚高矣，品高、志高、文字高，但愿寿数尤高"。细柳生子，命名"长怙"。高生问命名之义，女答："无他，但望其长依膝下耳。""无父何怙"（《诗·小雅·蓼莪》）高生早卒，长怙失怙，美梦落空。这些慈母熟谙"名以正体、字以表德"（《颜氏家训》）。但她们不过是蒲留仙手中的提线木偶，连她们自己的命运都是留仙用姓名框定的。

《聊斋志异》人物命名是对中国传统文化的继承和发展，是对短篇小说构思艺术的创造性拓展，是塑造人物性格的妙法天成。

第一节　人物命名的理念性、感形性、调侃性

《左传》就记载过命名法：鲁桓公得子，问名于申繻。申说命名有五法："有信、有义、有象、有假、有类。"以生（生理特征）名为信，以德（美褒与环境）命为义，以类（外貌长相性情）命为象，取于物（动植物或自然现象）为假，取于父（与父辈共同点）为类。（《左

传·鲁桓公六年》）屈原《离骚》"皇览揆余初度兮，肇锡余以嘉名，名余曰正则兮，字余曰灵均"。（正则为公正法则，是为平，灵均为美好的平地，是为原，故屈子名平，字原）这是以德命为义。李谪仙是其母梦太白金星入怀而生，取名"白"，字"太白"，此取于物为假。陆放翁之母临盆时梦见秦观（字少游），取名"游"，字"务观"，此取于父（广义的父辈）为类。传统文化及创造传统文化的历代先哲的命名艺术为蒲留仙提供了丰厚滋养，他食桑吐丝，命名法突出表现为三性：

其一，为志士仁人命名，着重于理念性，从伦理纲常出发，偏于阳刚、典雅庄重。

曾悌，字友于，名取于"孝悌忠信'，字取自《论语·为政》，"孝乎惟孝，友于兄弟'。《曾友于》一篇的中心，即嫡庶兄弟间纷争，曾友于一心求门庭雍穆，处处忍让。

俞慎（《素秋》男主角）字谨庵，真真正人君子，不肯以异姓妹为妾，不受内弟代买乡场关节的诱惑，认为千金不足顾，谨慎自重，人如其名。

张诚，以手足断薪助兄，为虎衔去，是个至诚君子，其名取自《中庸》："诚者，自成也。"其兄张讷，君子讷于言也。

陈锡九，孝子千里寻父亲，好人好报，合家团圆且得万金，名曰"锡九"顺理成章。

向杲，杲者，光明也。杲杲为日出之貌，故壮士光明磊落地为兄报仇，变为猛虎，啮仇人头。

崔猛，人如其名，疾恶如仇，性如烈火，字曰"勿猛"，相反而实相成。正如唐代诗人王绩，字无功；宋代学者朱熹，字元晦。

马介甫，制悍妇之狐仙，径借宋代治国名臣王安石表字为名。

席方平，据《万姓统谱》，尧为部落长时，遇席叟，击壤而歌，尧尊为师。聊斋孝子沿尧师之姓。方，方正、正直，"智欲圆而行欲方"（《淮南子·主术训》）"席方平"还隐含"席不正不坐"（《论语·乡党》）。

这是屈原式命名。也有李白式命名，如张鸿渐。《易·渐》："鸿渐于干"，渐，进也。"鸿渐"，意指鸿雁由水中进到岸上，喻仕途顺利，故张鸿渐金榜题名。马骥（《罗刹海市》），骥者，骏马也，字龙媒，仍是骏马，"天马来，龙之媒"（《汉书·礼乐志》），"穆天子，走龙媒"（李贺《瑶华乐》）。此类名字虽取于物，却与"致君尧舜上"的理想、抱负息息相关，与人物才德相辅相成。

其二，为佳丽贤媛命名，着重于感形性，从诗意化入手，偏于柔美，清丽脱俗。

或以鲜花瑶草珠宝为名，极显美艳。葛巾，直取紫牡丹之名，并象征性地将白牡丹花命名为"玉版"，人名有如篇中男主角对葛巾的形体感受："无处不馥。"香玉，取意于成语"怜香惜玉"[①]和才子佳人小说中男子对女性形体感受"温香软玉抱满怀"。"红玉"，则借用前人描绘美女肌色之典。《西京杂记》写赵飞燕与昭仪"二人并色如红玉……擅宠后宫"。皮日休《夜会问答》："亭亭嫩蕊生红玉"，红玉者，美女亦豪杰也。前有梁红玉击鼓催阵，后有狐女危难中重建家园。更有少女直接以宝为名曰"阿宝"，篇中写游春时有少女被恶少围观如堵，人们判断：此必宝也。阿宝者，出类拔萃、如珍似宝，人人欲得之也。

或用柔和愉悦的美景凝聚人物一生。如晚霞，似取意"余霞散成绮"（谢朓《晚登三山还望京邑》），"虹消雨霁，彩彻云衢""落霞与孤鹜齐飞"（王勃《滕王阁序》）。伍秋月，似取意于"月皎疑非夜，林疏似更秋"（梁肩吾《奉和春夜应令》），又似摘自"唯见江心秋月白"（白居易《琵琶行》）。青娥则借自李商隐《霜月》"青女素娥俱

[①] 《辍耕录·妓聪敏》载：翰林学士王元鼎与中书参政阿鲁温皆属意于歌妓顺时秀，阿问："我比元鼎如何？"对曰："参政，宰相也；学士，才人也。燮理阴阳，致君泽民，则学士不及参政；嘲风咏月，惜玉怜香，则参政不如学士。"

耐冷，月中霜里斗婵娟"。人即是名：晚霞美如天边彩虹，秋月爽利如青天冰轮。青娥当真像月中嫦娥、青霜玉女，入山修道。以长庚星命名的庚娘果然大难不死。名取意于"光亮的云彩"之瑞云终于拂云翳、恢复如花容颜。

或用优雅、慧美、隽永之词给人物灵秀蕴涵。阿英，英谐音"鹦"，娇婉善言的少女竟是鸟为人言的鹦鹉；阿纤，纤细、纤弱、纤巧也，柔弱勤劳而善积蓄的少女竟是小田鼠成精；阿绣，"绣"含华丽、精美之意，狐女阿绣恰恰精细过人更锦心绣口；颜如玉（《书痴》）是郎玉柱从书中得到，索性自"书中自有颜如玉"得名；素秋乃书中蠹鱼变化，肌肤光洁，粉玉无其白，其名与颜如玉一样皆是着眼于肌肤之白，暗喻人之皎皎；娇娜干脆是用形容词命名，这位娇娜无比的少女为痴情的孔生割肉剜疮，孔生竟贪近娇姿，恐速竣割事，偎傍不久。

秀雅、美艳的女性命名充溢着诗意，留仙尤善于化前人诗句，赋予女主角特有的素质。除以上例子外，还可以随手拈取几例：

连琐似取意于杜牧《送刘三复郎中赴阗》）："玉柯声琐琐"，琐琐即连琐，乃细碎的玉声，连琐吟诗之声确如玉箫低鸣。

珊瑚似取意李商隐《碧城》："玉轮顾兔初生魄，铁网珊瑚未有枝。"又似取自刘皂《长门怨》："珊瑚枕上千行泪，不是思君是恨君。"珊瑚是留仙用铁网在茫茫人海寻出的贤妇，珊瑚的眼泪，是封建时代千百万不幸妇女的泪。

聂小倩，取意于《诗经·卫风·硕人》："巧笑倩兮，美目盼兮。"故篇中老妪说，"遮莫老身是男子，也被摄魂去"。

锦瑟，似来自李商隐《锦瑟》诗："锦瑟无端五十弦，一弦一柱思华年。"粉蝶，似取自林逋《山园小梅》诗"霜禽欲下先偷眼，粉蝶如知合断魂"。锦瑟和粉蝶均有飘然欲仙之意。

最简单的也常常是最深刻的。花姑子，花骨朵也，含苞欲放，故有寄慧于憨的举动。绿衣女，化为人形的绿蜂也。神女，神仙变成的美姝也。梅女，俏也不争春的少女也……

其三，对讽刺性、讽喻性、寓言性形象，留仙以揶揄笔墨、漫画技法命名，人名常呈调侃性，有反讽意味。

《武技》中因一点武艺诩诩然骄人而立的轻薄之徒，偏叫李超，超在何处？一路败绩也。

《毛狐》中无才无德的农夫遇一貌赤色、细毛遍体的狐女，不拿镜子照照自己，反嫌狐女非天姿国色，狐女说，我等皆因人而异变幻相貌。此人仍想入非非，结果娶了个大足驼背之妻。这么个癞蛤蟆想吃天鹅肉的角色，偏叫个"天荣"。

《葛巾》娶花神为妻的书生，不珍视眼前的幸福，反而对妻子追根究底问来历，结果妻儿俱渺，如此笨伯，倒叫常大用。哪有一点儿用？

《云翠仙》中豺鼠子名梁有才，实则既无才能又无品性，还脏得叫人恶心。

千方百计接近田七郎，欲让七郎为己卖命者叫武承休。休者，美善也。《诗经·商颂·长发》："何天之休"，承者奉也，受也。承休者，接受美好的品德也，恰恰姓武（谐"无"），则南辕北辙，一点儿好心没有。正如田母一针见血地所说：引致吾儿，大不怀好意。

闻人生（《考弊司》）的姓氏可做两解，一曰姓"闻"，名人生，意指对人生有所闻；一曰姓"闻人"，名生，意为新闻人物的生活。"闻人"姓氏的始祖为鲁国著名学者少正卯，因其名气大，世称"闻人"，后用为姓。这两种破解法皆适合闻人生去考弊司的见闻。

《长治女子》中，女为妖道害死，父亲自然痛不欲生，奇怪的是，他的名字偏偏叫"陈欢乐"。

皮里阳秋，含蕴深长。不起名也是妙名：颜氏的丈夫，软弱无能，留仙干脆叫他"某生"，给人的印象是，此人的存在是因为他有个能干的妻子，作者对他本人连名字都懒得给起。嘉平公子，绣花枕头一包草，籍贯便构成了他的名字。

或曰：有些以数字为人名者，总不能以此理念性、感形性、调侃性概而言之吧？聊斋中以排行命名，或名、字中出现数字者，无论男女，不管美恶，均大有人在，然细细考较，留仙似乎也并非任意而为之，试推测：

王六郎，淄川方言"六六大顺"之语，故有幸由溺鬼升迁城隍。

田七郎，壮士也。"七"有两解，一也，孔夫子贤弟子称七十贤人，《史记·仲尼弟子列传》："受业身通者七十有七人"；二也，中国俗称铮铮汉子为七尺男儿，沈约《齐太尉王俭碑》："倾方寸以奉国，忘七尺以事君"所以名字中有"七"有男子汉大丈夫之意。

再看几位不同身份、不同性别而名中有"九"字者，竟不约而同地在人生灾难中蹉跌滚爬，岂非同《西游记》九九八十一难之说暗合？

公孙九娘，姓公孙氏，春秋时诸侯君主的孙子多以"公孙"为姓，意为王公贵族嫡孙。大家闺秀公孙九娘在"碧血满地、白骨撑天"场景登场，在"坟兆万接，迷目榛荒"背景含恨溘然而灭，她的苦难深重于任何聊斋故事女主角，家国仇、民族恨也。

邵女，亦名邵九娘，美而慧，一旦为妾，百无一是，为嫡妻百般凌辱，直到以赤铁烙面，是受尽"嫡庶有序"纲常磨难的贤妾。

黄九郎，面首也，官场群丑的玩物，丧尽人格。是花魁女、杜十娘的男性同行。

或曰：此皆胶柱鼓瑟，钻牛角尖。实则未必，试将这些人物名字中的数字加以调换，王九郎、田九郎、黄六郎、公孙大娘，顺耳否？

第二节　姓名即谋篇之一道

鬼狐史的思想格局启动了聊斋艺术更新，创造了双峰对峙的短篇结构方法。聊斋别出心裁的命名艺术也带来特有构思法：姓氏为谋篇之一道，表现为两种形式：其一，姓氏对情节起决定性作用。其二，姓氏对情节起重要作用。

一、如果主人公或篇中人物不是这个姓名，整个故事便不复存在，姓名即情节。如：《狐谐》《司札吏》《刁姓》《二班》《金永年》《金生色》。

《狐谐》中才思敏锐、口若悬河的狐女给人的深刻印象是舌战群儒。话题主要是以姓名开玩笑。狐女情人名万福，万福之友孙得言，万福之客陈所见、陈所闻。此四人如果换了名字，狐女开口解颐之语便无从说起：一也，狐女称"贤哉孙子""贤孙子"，取自孙得言之姓；二也，狐女说"马生骡是'臣所见'，骡生驹驹，是'臣所闻'"，以陈氏兄弟名取笑；三也，孙得言出对："妓者出门访情人，来时'万福'去时'万福'"，调侃狐女的情人，狐女即以其人之道还治其人之身，对曰："龙王下诏求直谏，鳖也'得言'龟也'得言'"，将孙得言骂为鳖和龟；四也，即使狐女以"右边一大瓜、左边是一小犬"暗骂分坐左右者的趣话，都是把"狐"字拆开以取笑，而"狐娘子"是此女之名也。附带说一句：《狐谐》主要讥骂对象姓孙，据无名氏评：《狐谐》似注意孙姓，但不知何人为翁所恶耳。在蒲松龄一生中，与孙姓交往最多的是孙蕙。蒲松龄早年曾在孙蕙任上做幕宾，中年以后二人交情渐渐变淡，孙蕙后来做了给谏，是言官。可以推测，此文就是针对做了谏官的孙蕙而写，"孙得言"者，姓孙的谏官（孙给谏）也，却偏偏"鳖也得言龟也得言"。由此可以断定：蒲松龄晚年与孙蕙已堪称"交恶"了。《狐谐》一篇，可以说是以"孙得言"为枢纽再构思其他人物名字，铺设情节。这个有趣的故事带有一定个人攻击色彩。

《司札吏》，短小而笔颖锋利的刺贪刺虐之作。主人公连姓名亦无，"游击官某"，此人多忌讳，年曰岁、生曰硬、马曰大驴、败曰胜、安曰放。司札吏犯其忌讳被杀，变鬼后捉弄他，先集其忌讳为一语，报"马子安来拜"，再改写成一个帖子"岁家眷硬大驴子放胜"。对于草菅人命者令人喷饭的嘲弄，就是建立在"马子安"的人名文章上。

某人说会相面，一伙人不信，杂一贵妇于人中，说："吾等众人中，有一贵人，能识之否？"某人从容横指空中说：贵人头上有云气环绕，众人不由自主看贵妇，某人遂说，"此真贵人也"。刁滑是文章精髓，是人物姓氏也是篇名——《刁姓》。

《金永年》中的夫妇，老翁八十一，老妪七十八，无子嗣，梦神人相告：念汝贸贩平准，赐一子，老妪果生一子。整个情节就是高龄得麟儿，天佑良善，无怪名曰"永年"。

《二班》写医生殷元礼善针灸，深山中遇壮汉班爪、班牙，请去石室为一老妪治嘴边赘瘤。三年后殷入山为群狼围困时，二虎突至，扑杀群狼，虎为殷解围后离去，殷又遇当年病妪，罗浆具酒。殷大醉酣眠，次日发现已坐岩上，岩下老虎方睡未醒，嘴边有掌大瘢痕。殷始悟二虎即二班（谐"瘢"）。整个故事乃以姓氏形成悬念，姓氏悬念解开，故事戛然而止。

金生色病死，其妻木氏不安于室，与恶少私通，为金之鬼魂惩罚。洋洋数千言的故事奇诡、曲折、迷离，而这个家庭悲剧原本建立在留仙巧设的姓氏上：男姓金、女姓木。何评曰："金木婚娶疑是寓言。"但评曰："金木相克，能有好姻缘？"但评还用阴阳五行解释整个情节，说木氏之母教唆她再嫁，是木能生火，而金能克木，金生色而木已荡然矣。这篇融封建伦理和封建迷信于一炉的小说篇名即是《金生色》。与此篇类似的：写家庭鸡争鹅斗的《邵九娘》，男主角姓柴，"柴"者木也，悍妇姓金，金木相克。

二、因为主人公或人物有某个特定姓氏，故事便出现了某个特定情节，如：《织成》《韦公子》《罗刹海市》《宦娘》《仙人岛》等。

《织成》中的狂生在洞庭湖水神借舟时，以齿啮紫袜侍女之足，为武士捉缚，他见南面类王者，且行且语："闻洞庭君为柳氏，臣亦柳氏……"倘如他不姓柳，就很难这样牵扯无赖而又有理有趣地同洞庭君套近乎了。

咸阳世家韦公子淫荡无行，家中婢妇无不私，又载金数千欲尽览天下名妓。此人中进士做官后遇雏妓沈韦娘，留与同榻，卖弄才学地问："卿小字取'春风一曲杜韦娘'也？"得到回答是：雏妓乃是做妓女的母亲同咸阳韦公子所生，母盼望韦公子而忧郁致死，遗孤由沈媪抚养，故以姓为名，"沈韦娘"之名成为韦公子同亲生女乱伦的铁证，又引出了韦公子丧心病狂毒杀亲生女儿的情节。

《罗刹海市》中马骥、龙女是天作之合的仙眷，马骥离开龙宫返乡孝亲，龙女生下双胞胎，取名为福海（男孩）、龙宫（女孩）。龙女巧妙地将儿女名字织进她抒情诗般锦绣信件中："'龙宫'无恙，不少把握之期，'福海'长生，或有往还之路。"预示了儿女命运，又深藏夫妇、母子情，妙语双关、深情无限。龙女给儿女起的名，何等巧妙。

宦娘为心上人撮合良缘，写《惜余春词》，词牌带"春"，词句有"杨柳伤春"，暗含温如春之名，良工之父据此判断女儿怀春，属意温如春。几经周折，不得不嫁女于温如春。倘若男主角不叫温如春，这姻缘怎做文章？

进入仙人岛的王勉，字黾斋，名与字皆大有美意，但此人轻薄，竟自称中原才子，在宴席间受到才女的尖刻嘲讽。东道主桓公为了给他台阶下，出了对子诙而慰之："王子身边，无有一点不似玉"，将"王"和"玉"并列，绿云就棍打狗，马上用王勉的字开一恶谑："黾翁头上，再着半夕即成龟"。上对以姓为诙，下对以字相骂，针锋相对、妙不可言。

中国古代小说自上古神话始，衍化至清初，作品如汗牛充栋，写法如百花齐放。"词客争新角短长，迭开风气递登场"（赵翼《论诗》）。蒲松龄博学慎思，在艺术创作道路上披荆斩棘、揆古察今、开源拓流、入道弥深、所见弥新，这种以姓名谋篇的手法，是蒲松龄在毕生艺术寻求中结出的硕果，它是中国古代短篇小说构思模式中的新品种，如同《宦娘》中的绿菊，《黄英》中的醉陶是菊之珍贵异种，这是聊斋对中国小说艺术的重大贡献。在中国古代小说家中，蒲松龄是第一位全面、周密、巧妙地讲究人物命名的作家，曹雪芹是第二位。

第三节 姓氏、性格、命运、布局浑然天成

蒲留仙被公认为中国古代作家中描写女性的圣手铁笔，他塑造的

女性形象数百年来家喻户晓,魅力日久弥新。这些人物之所以成功,在很大程度上取决于她们的芳名。我们对十几位最脍炙人口的聊斋女性试作剖析,以说明:由于留仙命名艺术的超凡脱俗,这些女性形象的姓名、性格,命运同小说的情节皆达到高度统一、尽善尽美:

乔女,"乔"者高矣,"厥木惟乔"(《书·禹贡》),有高雅超脱之意:"出自幽谷,迁于乔木。"(《诗经·伐木》)乔女心气殊高,虽然对孟生固已心许,却恪守不事二夫的道德,为了同孟生的精神恋爱献出毕生精力。点评家们称之为"伟哉乔女""巾帼丈夫""侠烈心事如青天白日,侠烈志节如疾霆严霜""美哉乔女"。"乔"又有矫情之意,乔女明明在精神上已经背叛了丈夫穆生,对孟生遗孤恪尽母亲之职,却坚持死后一定要同丈夫穆生合葬,不入孟生墓茔。何评便尖锐指出,她实际上已经背叛了自己的丈夫,她的所作所为"非妇之所宜",而且据此解释留仙命名:"故但谓之'乔女'而不谓之'穆妇'。"

连城,连城璧也,典出《史记·廉颇蔺相如列传》,和氏璧价值十五座城池,连城姑娘的志行确如和氏璧一样珍贵、一样皎美:她择婿不以贫富为念,宁嫁贫穷而有才的书生,不嫁龌龊的盐商之子。她忠于爱情,盐商逼婚时,宁为玉碎,不做瓦全。王士禛评道"雅是情种,不意牡丹亭后复有此人"。《连城》女主角既为连城美玉,她的心上人必须鹤立鸡群,故取意于高大树木,名曰"乔生"。

黄英姓陶,陶渊明后裔也。其名取自《离骚》"夕餐秋菊之落英"。黄英为人清高、旷达而又有近代民主主义色彩,陶氏姊弟坦然地以种菊致富,且说:"自食其力不为贪,贩花为业不为俗。"她的丈夫马子才表示异议,黄英说:"不少致丰盈,遂令千载下人,谓渊明贫贱骨,百世不能发迹,故聊为我家彭泽解嘲耳。"五柳先生真应当为蒲留仙替他立的后嗣而欣慰。

白秋练,白姓有两重寓意,其一,通常认为白阜为白姓始祖,他乃上古炎帝部落人(怪义之子),为炎帝通水道受称赞,其子孙便以祖字为姓,"白"与水联系,故秋练为水族;其二,白居易后裔,秋练爱诗如命，以听诗获佳婿、以诗句诉倾慕、以诗句治相思；更以梦李白诗起死回生，实得乃祖真传也。"秋练"之名似取自"澄江静如练"（谢朓《晚登三山还望京邑》）"冰轮斜碾镜天长，江练隐寒光'（陈亮《一丛花》），更可以说连姓加名从白居易诗句搬来："万丈赤幢潭底日，一条白练峡中天"（白居易《入峡次巴东》）。少女白秋练的平生遭际如白练之绚烂、如白练之皎洁、如白练之静美。

"翩翩"一词有文采优美之意，有欣喜自得的意喻。"翩翩然有以自乐也"（张华《鹪鹩赋》）。用来为人物命名，随之带来了超然世外的生活方式：芭蕉叶剪做衣服，绿锦滑绝；洞口白云絮做棉衣，温软如襦；山叶剪做饼，剪做鸡鱼；溪水灌进瓮中，变成美酒。翩翩的人生态度更有高士之风，她歌曰："我有佳儿，不羡贵官。我有佳妇，不羡绮纨。"但明伦评为："天伦至乐，随地而安，茅屋菜羹，太和颐养，不可为外人道。扣钗作歌，词意亦翩翩。"翩翩对夫婿的轻薄亦大度。夫婿调戏女友，女友戏曰："而家小郎子大不端好！若弗是醋葫芦娘子，恐跳迹入云霄去。"翩翩当然不是什么醋葫芦，女友离去，她对丈夫竟"晤对如平时"。何等的修养、甚样的心胸？真真风度翩翩。翩翩这女中高士，视功名如浮云，不因生活中一时不快自寻烦恼，生活得如白云悠悠，轻松快活、自然有趣。蒲留仙写此文，整个故事都在讴歌与女主角名字相同的"翩翩"处世态度。

狐女青梅见贫士张生抱父而私，便液污衣，奉父母豚蹄，自己吃糠，制行不苟，笃于学，于是断定：张生"非常人也""决其必贵"。极力说服小姐阿喜嫁给他。阿喜父母嫌贫爱富，青梅便自谋，先夜奔张生毛遂自荐，后托媒于张生。张生后来官至侍郎，青梅封夫人。《青梅》中心是描绘红拂式少女如何识英雄于蒿莱中，事事变幻，事妙人妙文尤妙，而命名寓意，岂非来自"青梅煮酒论英雄"？

《恒娘》全篇以曲曲之笔写狐仙向女弟子传授易妻为妾、变旧为新之法，设计以色相夺宠之计，"一媚可夺西施之宠"。留仙篇末说："新旧难易之情，千古不能破其惑。"恒娘者，永恒之娇娘也，向她北面而弟子者朱氏，朱者，红也，红颜易老，而求永恒，岂非缘木求鱼？想红颜永驻，是女人的千古难解之惑。

《林氏》女主角仅有姓氏，却韵味非常。"林下风气"是形容妇人不同凡俗的娴雅风度，《世说新语·贤媛》："王夫人神情散朗，故有林下风气。"林氏遇北兵入境，宁死不受辱，冰清玉洁。为夫婿立嗣装神弄鬼费尽心机，终于把丫鬟同丈夫拉到一张床上。不孝有三，无后为大。林氏真是忍辱负重，用心良苦。蒲松龄对林氏之盛赞也登峰造极："古有贤姬，如林者，可谓圣矣"。

细柳以腰袅娜可爱而得名，她嫁给高生后悉心了解田产情况，其夫戏曰："细柳何细哉，眉细、腰细、凌波细、且喜心思更细。"高生之语从形体到内心给细柳之名加诠释。但"细柳"的含意并不限于此。蒲松龄赋予她治家井井有条、对子女赏罚分明的个性。她训导前妻之子，让这个不长进的家伙衣败絮牧赌，里人纳继室者皆引细娘为戒，她甘冒恶名不避嫌；她严责亲生儿子，让他带伪金浪游，进监狱受教育，后才改邪归正。细柳是个恪守贤妻良母的教义者，我们据此推断，蒲松龄对她的命名主要取意于《史记·绛侯周勃世家》。汉代周亚夫屯军细柳，军令严明，后人遂以"细柳营"或"细柳"称纪律严明之军。孔尚任《桃花扇》："你坐在细柳营，手握着龙虎韬。"

细侯，侯者，美也。"洵直且侯"（《诗经·郑风·羔裘》）。细侯有出淤泥而不染，濯清涟而不妖之美。身为雏妓，处锦围翠绕之中，向往诗书自娱的清贫生活，爱穷书生不爱富商贾。细侯身为弱女，却气若风云，心如铁石，发现富商以监禁满生而骗娶自己的事实后，细侯毅然杀子，回归满生，颇像古希腊悲剧中美狄亚杀子。细侯的作为都是由其名字派生，除了"美"外，"细侯"另有含意，正如蒲松龄在篇中所说："寿亭侯归汉亦复何殊。"细侯者，女寿亭侯也。

芸娘（《王桂庵》，"芸"为香草之名，亦名芸香，是有驱虫作用的药草。《礼记·月令》"仲冬之月芸始生"。芸娘为人正气凛然，她与王桂庵一见钟情，却拒绝苟合，一定要明媒正娶。她不与轻薄儿为侣,宁死不做妾。"芸"又是花草枯黄之貌,《诗·小雅·苕之华》:"苕之华,芸其黄矣。"孔颖达疏:"及其将落则全变为黄,芸为极黄之貌。"心志高洁的芸娘嫁王桂庵后随之乘船还家,王开玩笑说"家中固有妻",芸娘当即投江,此香草枯萎、红颜凋零也。

《云萝公主》通常被看作爱情故事,其实它还通过云萝对安生感情的陶冶,表明留仙由汲汲于功名而大彻大悟的心灵历程。公主超然的人生观与其"云萝"芳名水乳交融。云者,耿耿银河也,萝者,女萝也,《楚辞·山鬼》,"披薜荔兮带女萝"。女萝为隐士服饰。云萝者,天界之隐士高人也。

……

类似例子还有许多,巧娘生前嫁天阉夫婿,悒恨而死,做鬼遇傅廉,恰好又是"寺人",世上哪有如此巧的事?故她名曰"巧娘";长亭在老父与夫婿间首鼠两端,疲于调停,又需常年住娘家,与夫婿类似于长亭送别……

《乔女》等篇,人名即人生,人名即故事,人名与个性、命运、情节浑然天成。姓氏是人物性格之标识,情节是姓氏的衍化。作家灵心慧性,一致于此。

可以想象,寒斋瑟瑟的蒲松龄为了一个人名,一个字号怎样孜孜以求,务求准确、鲜明、生动。

由马骥、田七郎、婴宁等命名,我们体味到,在留仙笔下:

姓名是一首诗,集山川之灵秀、日月之精华。韵致明快、趣味盎然;

姓名是一面旗,集善恶之秉性、美丑之精髓。深沉蕴藉、针针见血;

姓名是一条线,穿起人物终生命运、联起情节粒粒珍珠,简洁凝练、尺幅千里。

这是蒲留仙立足于传统文化,化腐朽为神奇求新之举。康有为《上清帝第六书》语:"物新则壮,旧则老;新则鲜,旧则腐;新则活,旧则板;新则通,旧则滞。"信夫!

某一篇章如此,作为(聊斋志异)全书有无规律可循?似可试言之：不论手稿本或其他抄本，可以肯定，《考城隍》为首篇，此篇提出了一个道德观点："有心为善，虽善不赏；无心为恶，虽恶不罚。"此论对全书有统帅意义。通过谁？主人公名字：宋焘，焘者，帱也，覆盖也。

如同世间一切事物，文学创作总是长江后浪推前浪，总是青出于蓝而胜于蓝。留仙辞世半个世纪后，《红楼梦》问世，曹雪芹汲取了包括《聊斋志异》在内的前人成就，以长篇白话小说形式，展示了令人叹为观止的命名艺术。

第七章
肖像 环境 人物出场
—— 聊斋人物的初步印象

女妖斯芬克斯用一个谜语难住并杀害了若干人:"是什么用四条腿、三条腿、两条腿行走,腿越多时,反而越没有力气?"

聪慧的俄狄浦斯猜了出来:那是人。人在婴儿时用四条腿爬行,成年后用两条腿走路,晚年加上一条拐杖。

女妖的魔法被识破,她只好跳下悬崖摔死。

世界上有无数的谜:远古有没有发生世界性的大洪水?埃及的金字塔是否为外星人建造?安第斯高原的神秘太阳门真是由一双看不见的手建起的吗?百慕大三角区的奥秘是甚?……一切迷幻都等待着人去解开。一切不可思议的事物都等待人去弄清庐山真面目。然而,在一切谜中,最难解的却是——人自己。

古希腊贤哲早就说过:人最难认识自己。

莎士比亚笔下的李尔王在旷野中狂呼:我是谁?

苏维埃社会主义文学的奠基人高尔基有一句著名的话:文学是人学。

美学家车尔尼雪夫斯基说:"在整个感性世界里,人是最高级的存在物,所以人的性格是我们所能感觉到的世界上最高的美。"

如神思编所述,《聊斋志异》不愧是封建末期社会的全面而确切的风俗画。而塑造人物却是这幅画中最生动、最传神的细节。留仙从各个角度来描写人,用各种场合刻画人,用各种平凡的或神奇的情况搂住人物。他不得不调动博学家的全部学识,运用史传文学、野史杂录、笔记"说话"、甚至于诗词曲赋、戏曲……种种文学样式中的艺术手段,不得不开启他这位时代书记官的全部宝藏——雅爱搜神、喜人谈鬼的有意识掇拾——不得不试用一切风格,才能描绘出如此丰富、如此精彩的芸芸众生。

蒲留仙在写人物时进行了四面八方的探索,最后呈现出一个五彩缤纷的明清人物画廊。人物首先要有名字,我们上一章已探讨了聊斋人物的命名规律,为了剖析的需要,我们将蒲松龄塑造人物的艺术手法再归纳为若干命题分别阐述,应当说明的是,这些手法是相辅相成的,而不是一成不变的。

第一节 美的描绘 美的欢欣——肖像描写

宋代杰出的画家李公麟所画的画,使观者如啖美果、如聆佳音。他的一幅五马图上,有黄山谷的笺题、跋语,说:李公麟画到五马之一的"满川花"(马名)时,画刚刚完成,满川花便死了。"盖神骏精魄,皆为伯时(李公麟字)笔端取之而去。"[①] 这幅五马图,不只形象地画出了骏马的外貌,而且通过高度凝练的手法,把骏马画得既真且美又生动。

按照顾恺之的观点,"凡画,人最难,次山水,次狗马"(张彦远《历代名画记》)。蒲松龄不是画家,但他的生花妙笔却使他笔下的人物肖像如李公麟笔下的神骏,真切、优美、生动。

蒲松龄笔下的人物肖像,似乎兼取李公麟的白描技法和梁楷(李公麟同代画家)的减笔写意法。蒲松龄极少一笔一画地去描绘人物的形貌采章,常常是几笔勾出一个人物:

---

① 傅抱石:《中国的人物画和山水画》,上海人民出版社1962年版,第22页。

> 两壁图绘精妙，人物如生。东壁画散花天女，内一垂髫者，拈花微笑，樱唇欲动，眼波将流。
>
> ——《画壁》
>
> 新人出，环佩璆然，……翠凤明珰，容华绝世。
>
> ——《狐嫁女》
>
> 年约十三四，娇波流慧，细柳生姿。
>
> ——《娇娜》

这类描写，好像没有跳出曹雪芹之谓"千人一腔，万人一面"才子佳人小说的窠臼，美人图而已。但这种简笔人物画，常常可以极省俭地、直接写出人物的年龄、职业乃至于性情：

> 鸡皮橐背，衰发可数。
>
> ——《傅饦媪》

衰老贫妇的肖像，着眼于皮肤的老化、头发的脱落、体态的变异。

> 有女郎携婢，拈梅花一枝，容华绝代，笑容可掬。
>
> ——《婴宁》

拈花大笑的姑娘，生动地体现了爱花成癖的个性。

> 一人出，年二十余，貂目蜂腰，著腻帢，衣皂犊鼻，多白补缀。
>
> ——《田七郎》

活画出一个贫困、健美、朴实的青年猎人。

鲁迅先生说过："要极省俭的画出一个人的特点，最好是画他的眼睛……倘若画了全副的头发，即使细得逼真，也毫无意思。"（鲁迅《我怎么做起小说来》）顾恺之说过："四体妍蚩，本无关于妙处，传神写照，正在阿堵（这个——指眼睛）中。"（张彦远《历代名画记》）蒲松龄很善于画眼睛。《婴宁》中天真的狐女受到王子服的凝目注视时，说了句这样的话："个儿郎，目灼灼似贼！"这是直接画王子服的眼睛，画出那种受到美色诱惑、灵魂出窍的神态。《公孙九娘》中莱阳生见到的大家闺秀公孙九娘"笑弯秋月，羞晕朝霞"，这双因微笑变得如秋月一样朗朗的双眸，是扇灵魂的窗子，透露出沉冤女魂向往爱情的春光。而这双秋月般的美目，又和因羞涩变成朝霞般的笑靥，构成了一幅极美的大家闺秀行乐图。

"笑弯秋月，羞晕朝霞"是外表的素描，但已然从静止的素描涉及更深一层的东西：表情。人的内心常常是通过表情表现出来的。狄德罗说过："什么是表情？一般说来，就是感情的形象。"①金圣叹说："文章最妙的是此刻被灵眼觑见，便于此一刻放灵手捉住。"（《读第六才子书〈西厢记〉法》）蒲松龄的笔似有鬼神相助，他知道抓住人物稍纵即逝的表情、抓住常人眼睛不易发现的容貌变化，把这种"感情的形象"用轻轻的笔触、淡淡的色彩描绘出来。请看蒲松龄对于菱角姑娘的描绘：

> 胡大成，楚人。其母素奉佛，成从塾师读，道由观音祠，母嘱过必入叩。一日，至祠，有少女挽儿遨戏其中，发裁掩颈，而风致娟然。时成年十四，心好之，问其姓氏，女笑曰："我祠西焦画工女菱角也。问将何为？"成又问："有婿家无？"女酡然曰："无也。"成言："我为若婿，好否？"女惭云："我不能自主。"而眉目澄澄，上下睇成，意似欣属焉。

菱角的肖像描写以形传神、形神俱出。人物变换的表情表露了人物燕婉、羞涩而又钟情的内心。菱角回答有无婿家的问题时，是"酡然"，羞红了脸，这是少女接触嫁娶问题时常有的态度，因而还有点一般化。当胡大成毛遂自荐时，菱角的表情变了，她的眼睛亮晶晶地上下打量着胡大成，"眉目澄澄上下睇成"，写得微妙之极！"澄澄"，既写了少女眼睛的明亮，又写了少女内心的欢喜；"上下"则袒露她的细心，那一个"睇"字，则把她那种想看而又不敢细看，羞于正面看的神色写绝了。在这儿，作者着重写少女的眼睛，眼为心之苗嘛！她固已心许，而她的心情是通过亮闪闪的眼睛自然流露出来的。正如黑格尔所说："艺术也可以说是要把每一个形象的，看得见的、外表上的

---

① ［法］狄德罗：《论绘画》，载《文艺理论译丛》，1958年第4期。

每一点，都化成眼睛或灵魂的住所，使它的心灵显现出来。……人们从这眼睛里可以认识到内在的无限的自由心灵。"①

蒲松龄在写人物时，还善于化静为动、层层深入、步步深化。《辛十四娘》是典型的篇章。

冯生偶然在外遇见了一位少女：

> 遇一少女，着红帔，容色娟好。从小奚奴，蹑露奔波，履袜沾濡。

通过冯生的眼，作家概括性地介绍了少女的外貌："容色娟好"。冯生马上迷上了这位红衣少女，又因为偶然的机会，进入少女的家中，便向少女的父亲求婚，被拒绝了。狂放的冯生便趁醉闯入内室，他的心上人的情态又被尽收眼底：

> 果有红衣人，振袖倾鬟，亭亭拈带。望见生入，遍室张皇。

这一笔，画出了一位洁身自好的少女在狂生面前娇羞的神态：她羞答答地拈弄着衣带，低垂着脖颈，惶急地四处张望，似乎要寻到可以逃逸之路。这种手足无措的特写，展示了她自重自爱的禀性。

贸然行事的冯生被辛家狠狠地惩罚了：他被乱石如雨地打了一顿，迷失了道路，遇见了姨祖母。她恰好是位有势力的鬼郡主，乐意为冯生聘娶意中人。但这冯生讲不出红衣少女名字，辛家的女儿又特别多，那美丽的娇羞少女究竟是哪个？书中出现了一段摇曳多姿的文字：

> 妪顾左右曰："我不知辛家女儿，遂如此端好！"青衣人曰："渠有十九女，都翩翩有风格，不知官人所聘行几？"生曰："年约十五余矣。"青衣曰："此是十四娘。三月间，曾从阿母寿郡君，何忘却？"妪笑曰："是非刻莲瓣为高履，实以香屑，蒙纱而步者乎？"青衣曰："是也。"妪曰："此婢大会作意，弄媚巧，然果窈窕，阿甥赏鉴不谬。"

---

① ［德］黑格尔：《美学》第1卷，商务印书馆1979年版，第198页。

辛十四娘的肖像画至此才全部完成。作家先从"容色娟好"总写，继而特写"亭亭拈带"，又借一个老妪的絮絮而言，细致地画出了这个爱美的小姑娘倩姿："刻莲瓣为高履，实以香屑、蒙纱而步。"这样的描写，完全符合古代名画家谢赫提出的写人标准："气韵生动。"但是从这里我们看到，作家有比画家更自由的技法，他可以这一次画人物的眉毛，而下一次画人物的衣履，可以概括地评价人物的相貌，也可以一笔勾出"颊上三毛"——最富特征的东西。他更可以借另外人物的感受来写人。冯生认为辛十四娘"容色娟好"，老妪则说她"作意弄媚巧"。都是对人物的多层次刻画。像《辛十四娘》这样化静为动、层层深入的肖像刻画，真是峭拔之至。

德国十八世纪美学家莱辛在他的名著《拉奥孔》中探讨过荷马进行肖像描写的经验：

> 荷马显然有意要避免对物体美作细节的描绘，从他的诗里几乎没有一次偶然听到说海伦的胳膊白、头发美——但是荷马却知道怎样让人们体会到海伦的美。在这方面，他却远远超过艺术所能做到的。我们试回忆一下荷马写海伦走进特洛亚国元老们的会场的那一段诗，这些尊贵的老人们见了海伦，就彼此私语道：
>
> "没有人会责备特洛亚和希腊的人民，说他们为这个女人进行了长久的、痛苦的战争。看起来她真像一位不朽的女神！"
>
> 能叫冷心肠的老年人承认为她进行花了许多血和泪的战争是很值得的，还有什么比这段叙述能引起更生动的美的印象呢？凡是荷马不能就组成部分来描写的，他就使我们从效果上去感觉到它。诗人啊，替我把美所引起的热爱和欢欣描绘出来，那你就把美本身描绘出来了。

其实，着眼于描写"美所引起的热爱和欢欣"，在描写物体美时，着眼于效果的描写，历来是中国古典文学的惯用手法。

如"沉鱼落雁""闭月羞花"，这两句被才子佳人小说用滥了的套话，原本是非常巧妙的肖像描写——写对于美的感受。"沉鱼落雁"典出《庄子·齐物论》:"毛嫱、骊姬,人之所美也,鱼见之深入,鸟见之高飞。"美女使得水中的鱼儿自愧弗如沉入水底,天上的鸟儿自惭形秽飞向天空。写的是鱼儿、鸟儿对美的惊诧,物犹如此,何况人乎?"闭月羞花"典出曹植《洛神赋》,"仿佛兮如轻云之蔽月"和李白诗句"荷花羞玉颜"。《洛神赋》的语句是比喻,李白的诗句则是描写美丽的花儿在美人面前感到相形见绌。

又如:乐府诗写罗敷之美,也是把人们因罗敷而呈现的种种可笑姿态,代替了对罗敷本身的描绘:

> 行者见罗敷,下担捋髭须。少年见罗敷,脱帽著帩头。耕者忘其犁,锄者忘其锄。来归相怨怒,但坐观罗敷。

再如,《西厢记》对崔莺莺的描写。相国小姐走到了根除了七情六欲的出家人面前,出现了一个戏剧性的场面:

> 大师年纪老,法座上也凝眺;举名的班首真呆傮,觑着法聪头做金磬敲。

崔莺莺出现在道场上,使那些有道业的出家人为美色而痴迷、凝视;海伦出现在元老院,使冷心肠的老年人感叹十年战争打得应该。东方的戏剧大师和古希腊诗圣真是不谋而合!

聊斋先生也乐于把自己笔下的人物肖像写得更别致一点,更有韵味。他采用了荷马和王实甫使用过的手段,"把美所引起的热烈和欢欣描绘出来"。

《阿宝》故事的女主角阿宝姑娘,绝色也,漂亮到什么程度?蒲松龄的正面描写仅四个字:"娟丽无双。"似乎有点儿空泛。但他煞费苦心地写出这样一段文字:

> 遥见有女子憩树下,恶少年环如墙堵。众曰:"此必阿宝也。"趋之,果宝;审谛之,娟丽无双。少顷,人益稠,女起,遽去。众情颠倒,品头题足,纷纷若狂。生独默然;及众他适,回视生,犹痴立故所,呼之不应,群曳之曰:"魂随阿宝去耶?"

有个美丽的姑娘在树下休息,引得恶少围观,她是谁?一定是阿宝,除了她,别人没有这么大的吸引力!向前一看,果然是阿宝,人们都迷住了,疯魔了一样,品头论足。只有一个人没有参与这些起哄,在那儿"默然",只有这个孙子楚异于众人。但是,大家走了,他还在那儿,原来,他的魂已被美丽的少女摄走了!

这还用直接写阿宝的外貌吗?完全不必啦!"手如柔荑,肤如凝脂,领如蝤蛴,齿如瓠犀,螓首蛾眉""巧笑倩兮,美目盼兮"(《诗经·卫风·硕人》),也不过如此吧!

第二节 "野鸟格磔"与"迷目榛荒"
——人物与环境

贾宝玉去找他的林妹妹,一进潇湘馆,凤尾森森、龙吟细细,一缕幽香从碧纱窗中飘逸而出。

刘备初访孔明,行于隆中,但见:山不高而秀雅,溪不深而清澄,松篁交翠,猿鹤相亲。

乞乞科夫寻访梭巴凯维奇,一进庄园,看到的是粗大得出奇的栅栏,沉甸甸的由百年不朽的圆木盖成的马厩、谷仓、厨房。看到的一切东西,都是顽固牢靠、屹立不动,结实而又笨重。

人物尚未露面,人物的气质已经充溢、弥漫。潇湘馆的幽雅,正如它的主人绝代才女林黛玉;隆中的地灵,恰衬托了人杰孔明;梭巴凯维奇庄园的一切好像都在说:我也是一个梭巴凯维奇!

文艺作品中的人物与环境正似鱼之于水。

黑格尔说,人要有现实客观存在,就必须有一个周围的世界,正如神像不能没有一座庙宇来安顿一样。

狄德罗说得更深一步:"人物的性格要根据他的处境来决定。"[①]

[①] [法]狄德罗:《论戏剧艺术》,见《西方古典作家谈文艺创作》第119页,春风文艺出版社1983年版。

《聊斋志异》的环境描写惜墨如金，但笔无妄下，总与人物的性格息息相关。

环境常常成为"神像"所必需的"庙宇"，恰合身份的庙宇，环境的描绘交代了人物的身份。

田七郎，猎户也。武承休受到神明的启示，寻访这位可以依托的朋友时：

> 见破屋数椽，木岐支壁。入一小室，虎皮狼蜕，悬布楹间，更无机榻可坐，七郎就地设皋比焉。
>
> ——《田七郎》

冯镇峦就此加了这样的评语："画一壮士居室。"寥寥几十字，便简明扼要地交代了猎户的身份：贫困生活、豪壮性情。

余德，龙宫神灵也。他幻化为秀才与尹图南交好。尹图南发现他家中花石服玩都异于常人，便好奇地询问他的官职。余德闪烁其词。尹图南一再追问，则回答说："应知非寇窃捕逃者，何须逼知来历？"那么，余德究竟何如人也？尹图南很好奇，读者也兴致盎然。于是，当尹图南走访余德时，看见这样一番境况：

> 尹至其家，见屋壁俱用明光纸裱，洁如镜，金猊猊爇异香；一碧玉瓶，插凤尾孔雀羽各二，各长二尺许；一水晶瓶，浸粉花一树，不知何名，亦高二尺许：垂枝覆几外，叶疏花密，含苞未吐，花状似湿蝶敛翼、蒂即如须。……鼓声既动，则瓶中花颤颤欲折，俄而蝶翅渐张，既而鼓歇，渊然一声，蒂须顿落，即为一蝶，飞落尹衣。

这是多么虚幻、奇异的环境！但"凿空不同于杜撰"（但明伦语）。这个环境与主人的身份十分契合。那明光耀眼的四壁，那透明的水晶、碧玉，都在隐示着余德的龙宫神灵身份。

《田七郎》与《余德》等篇的环境，从正面暗示人物的身份。《考弊司》则落点不同，它的环境简直与出现的人物南辕北辙：

> 至一府署，廨宇不甚弘敞，惟一堂高广，堂下两碣东西立，

> 绿书大于栲栳:一云"孝弟忠信",一云"礼义廉耻"。蹑阶而进,见堂上一區,大书"考弊司"。楹间,板雕翠字一联云:"曰校,曰序,曰庠,两字德行阴教化;上士,中士,下士,一堂礼乐鬼门生。"

这是何等的森严?!何等的冠冕堂皇?!然而是什么样的人活动在这个地方?

> 官已出,卷发鲐背,若数百年人;而鼻孔撩天,唇外倾,不承其齿。从一主簿吏,虎首人身。又十余儿孙侍,半狞恶若山精。
>
> ——《考弊司》

不仅面目可憎,行事尤为可憎。凡来晋见者,鬼王一定要割髀肉!

两件完全不同的事物被奇妙地糅合在一起,一个是封建社会统治者所时时宣扬的、庄严的道德标榜,一个是封建统治者所时时施行的、残酷的吃人生涯。强烈的对比使人物获得了"当场出彩"的艺术效果,环境成为对人物的反衬、对人物的讽刺,成为揭穿假面的手段。

环境常常成为人物性格形成的因素。婴宁这位天真烂漫的狐女,山花一样的明媚、山花一样的鲜艳、山花一样的灵透。她是怎样成长起来的?随着蒲松龄诗化的笔触,我们一步步进入这位少女生活的地方:

> ……(王子服)望南山行去。约三十余里,乱山合沓,空翠爽肌,寂无人行,止有鸟道。遥望谷底,丛花乱树中,隐隐有小里落。下山入村,见舍宇无多,皆茅屋,而意甚修雅。北向一家,门前皆丝柳,墙内桃杏尤繁,间以修竹;野鸟格磔其中。……(王子服进门后)见门内白石砌路,夹道红花,片片堕阶上;曲折而西,又启一关,豆棚花架满庭中,肃客入舍,粉壁光明如镜;窗外海棠枝朵,探入室中,裀籍几榻,罔不洁泽。……次日,至舍后,果有园半亩:细草铺毡,杨花糁径;有草舍三楹,花木四合其所。

这儿桃杏繁茂、丝柳繁花、生机勃勃,像婴宁盎然的生命力;这儿空气澄净、粉壁光洁,房中的摆设,无一不泽;豆棚花架,是那样的朴素无华,像婴宁一样天然而去雕饰。寂无人行的青山,花木四合的草舍,野鸟飞鸣其间的丝竹，还有那探出枝朵的海棠，似乎都在说：我也是一个婴宁！我也是婴宁的一部分！

顾恺之画谢鲲，置之岩中。蒲松龄则把他喜爱的"我婴宁"放在丛花丝柳中，和野鸟共存。这位摆脱了一切封建羁绊的姑娘就是在纯朴的大自然中长大的，她爱花成癖，她自己也是一朵鲜嫩的山花。

在《连琐》的开头，出现了一段悲风满纸的景物描写：

> 杨于畏，移居泗水之滨。斋临旷野，墙外多古墓。夜闻白杨萧萧，声如涛涌。夜阑秉烛，方复凄断。忽墙外有人吟曰："玄夜凄风却倒吹，流萤惹草复沾帏。"

旷野中的古墓、声如涛涌的萧萧白杨、飒飒的冷风在茫茫的黑夜中猖獗。飘动的鬼火和惹草的流萤平添一股阴森鬼气。在这样的背景上，出现了瘦怯凝寒、若不胜衣的连琐。凄凉的景物与人物的幽情苦绪融为一体。对于描写"九泉荒野、孤寂如鹜"的少女起到了渲染作用。

所谓环境，自然包括人物生活的场景，诸如，他周围的景物、他的居室，更应包括他生活的社会环境，也就是形成典型性格的典型环境。在《公孙九娘》中，出现了一个与连琐性格相近的女鬼，孤苦的鬼魂公孙九娘，她即使在新婚之夜也含怨带愤，吟出了这样感伤的诗句："十年露冷枫林月""白杨风雨绕孤坟"。书中描写她栖身于"坟兆万接，迷目榛荒，鬼火狐鸣，骇人心目"的地方，这个千坟累累的地方，是因为清廷大屠杀而形成的一个群鬼居住的村落，是社会大动乱中殉难者的葬身处。这样的环境、这样"碧血满地，白骨撑天"的时代大悲剧的背景，形成了公孙九娘充满悲哀的生活、缠绵悱恻的性格。

环境不仅烘托性格，环境还常常促进人物性格的发展。《娇娜》中，书生孔雪笠与狐女松娘结为眷属，与娇娜成为异性挚友。正当他们幸福生活时，灾难来临了，狐仙们将有雷霆之灾。孔生矢共生死，毅然仗剑于门，保护这些狐仙：

> 果见阴云昼瞑，昏黑如磐，回视旧居；无复闬闳，惟见高冢

> 肖然，巨穴无底。方错愕间，霹雳一声，摆簸山岳，急雨狂风，
> 老树为拔。

风流倜傥的孔生在狂风暴雨的背景上，在摆簸山岳的霹雳震击下，像山一样地屹立。暴雨巨霆考验出人物的忠诚。

和孔雪笠类似，向杲也受到大自然的洗礼。向杲的哥哥无端受到豪强的残害，向杲向官府告状而毫无效果。当他伏在路旁等待仇人时，暴风忽作，冰雹继至，上下沾衣。满腹悲愤的向杲在凄风苦雨中进一步得到了精神升华，他愈加报仇心切了。这种精神升华变成了一种奇异的力量：他竟然化身为虎，龁仇人之首（姑且不论这种化身为虎有着多么深刻而富有哲理的讽喻性）！蒲松龄为他笔下的人物创造出这样的环境：这个环境是这样的激动人心，在这个环境中，人物不行动，就不能达到自己的目的，也不能完成一种可以称为典型性的性格。

美的感受永远是天才作家成功的妙谛。我们在《聊斋志异》中还看到环境给人物带来的诗情画意。在《王桂庵》中出现了一个和才子佳人诸滥作迥乎不同的女性，一位高洁、优雅、坚强的少女。洁身自好的芸娘，她并没有一见一个稍微清俊的后生便想起自己的终身大事——如《红楼梦》里那位积世"老祖母"所说——芸娘自然向往美好的爱情，如同俊鸟眷恋密林，但她同时尤其注意谨慎地对待自己的爱情，她把爱情的纯洁性看得比生命还要珍贵。蒲松龄为这位散发着兰花一样馨香的姑娘安排这样一个居处：

> 一家柴扉南向，门内疏竹为篱，意是亭园，逕入之有夜合一
> 株，红丝满树。……过数武，苇笆光洁；又入之，见北舍三楹，
> 双扉阖焉。南有小舍，红蕉蔽窗。

这是个清贫的人家，但那红丝满树的夜合、青青绿竹编成的篱笆、遮掩着小窗的美人蕉，充溢着诗意，像一幅明丽的水彩画，这葱茏的诗意美化了人物。

我们在《西湖主》中，也看到一幅淡岚粉彩画：

> 茂林中隐有殿阁，谓是兰若。近临之，粉垣围沓，溪水横流；

> 朱门半启，石桥通焉。攀扉一望，则台榭环云，拟于上苑。又疑是贵家园亭。逡巡而入，横藤碍路，香花扑人。过数折曲栏，又是别一院宇，垂杨数十株，高拂朱檐。山鸟一鸣，则花片齐飞；深苑微风，则榆钱自落，怡目快心，殆非人世。

为了雕刻出一个美丽的女性、编织一个美妙的爱情故事，作家创造出天仙宝境一样的环境。这儿的朱门、台榭带有明显的富贵气，是对西湖主身份的暗示。而那花落翩翩、榆钱飞舞的景物，更是怡目快心，使生活在这儿的人物蒙上了一层诗意的轻纱。

第三节　开门见山和高屋建瓴
——聊斋人物的出场

《聊斋志异》人物出场具备短篇小说最难能可贵的长处：要言不烦、单刀直入。

《陆判》的开头这样写道：

> 陵阳朱尔旦，字小明，性豪放，然素钝，学虽笃，尚未知名。

和判官交朋友的朱尔旦，就这样直截了当地来到了读者面前。这里有他的姓名、籍贯，更有了他独特的秉性，而这独特的秉性是在小说中得到了淋漓尽致的描写的：他"性豪放"，因而出现了深夜中把"绿面赤须、貌尤狰恶"的判官从十王殿背出的情节；他"素钝"，因而他的判官朋友不得不为他开膛换上一颗伶俐心。换心的结果，又引起妻子易美人首。情节真如万花筒般炫目，却在人物一出场时就埋下了伏笔。

陆判式人物出场，是蒲松龄最常采用的习惯写法，带有程式化标志，如：

> 孔生雪笠，圣裔也。为人蕴藉，工诗。
>
> ——《娇娜》
>
> 王子服，莒之罗店人。早孤，绝惠。十四入泮。母最爱之，

寻常不令游郊野。

——《婴宁》

宁采臣，浙人，性慷爽，廉隅自重。每对人言："生平无二色。"适赴金华，至北郭，解装兰若。

——《聂小倩》

顾生，金陵人，博于材艺，而家綦贫。又以母老，不召离膝下，惟日为人书画，受赀以自给，行年二十有五，伉俪犹虚。

——《侠女》

卫辉戚生，少年蕴藉，有气敢任。时大姓有巨第，白昼见鬼，死亡相继，愿以贱售，生廉其直，购居之。

——《章阿端》

广平冯生，正德间人，少轻脱，纵酒。

——《辛十四娘》

安幼舆，陕之拔贡生，为人挥霍好义，喜放生。见猎者获禽，辄不惜重直，买释之。

——《花姑子》

常大用，洛人，癖好牡丹。

——《葛巾》

秦邮王鼎，字仙湖，为人慷慨有力，广交游。年十八，朱娶，妻殒。每远游，恒经岁不返，兄鼐，江北名士，友于甚笃。

——《伍秋月》

从这些例子，可以看出聊斋短篇小说在人物出场时的一些规律：

其一，开章明义就交代人物的籍贯、身世、家境、为人，尤其是人物的主要特点。《娇娜》中的孔雪笠，一露面便是带有"蕴藉"色彩的圣裔；《聂小倩》中的宁采臣，还有《伍秋月》中的王鼎，一登场便显示"慷慨"的秉性；《辛十四娘》中冯生的轻浮和纵酒；《葛巾》中常大用有爱牡丹之癖好；《花姑子》中安生喜欢放生……这样开门见山的写法，使得人物一出场便是性格描写的开始。短篇小说写得短，与此不无关系。

其二，人物出场时所显露的个性特点、秉性、爱好，恰好是这一短篇小说情节发展的主要因素。人物就是依据这种特性来行动，而人物的行动构成了曲折跌宕的情节。"蕴藉"的孔雪笠终于演出了以自己生命保全狐友的壮举；为人"轻脱纵酒"的冯生终于因为戏言贾祸，几至丧生；爱好牡丹的常大用得以与花仙结为伉俪；家贫而二十五伉俪犹虚的顾生，终于以他的贫困而孝感动了侠骨柔肠的侠女……《花姑子》是写人与香獐的爱情，人与香獐怎么能产生爱情？作者落笔便写男主角"挥霍好义"，有"放生"的习惯，而"放生"便成了优美离奇的爱情故事的契机。《章阿端》写人鬼之恋，男主角戚生一出场便进入"白昼见鬼"的传奇处境中。《叶生》的故事一开始，涉及人物命运的矛盾，叶生的才华出众和"困于场屋"的冲突便展现在读者面前……这样写的结果，好像高屋建瓴，迅疾地铺开了情节。

其三，聊斋人物的出场，往往是居于次要地位的男主角率先登场，然后，由于他特定的性格引出女主角。以上所引各篇，除《叶生》外，均如此。蕴藉的孔雪笠引出了如映日荷花般的娇娜；绝惠的王子服引出绝慧的婴宁；廉隅自重的宁采臣引出了女鬼聂小倩，经受了女色和财诱的考验；贫穷而孝顺的顾生感动了仁侠的侠女，干出了"为君延一线之续"不婚而生育儿子的奇事；慷慨有力的王鼎救了女鬼伍秋月；有气敢任的戚生遇合了女鬼章阿端……当女主角登场以后，这些男主角退居于次要地位，因而男主角的出场往往成了女主角的铺垫、引线，或者是成为呼唤女主角的氛围。以上诸篇如此，《翩翩》《公孙九娘》《鸦头》等名篇也莫不如此。别开生面的作品《封三娘》，因为着眼于写两个少女间的纯真友情，因而在人物出场时也随物赋形，由狐女封三娘的女友范十一娘先露面，由于她的"骚雅尤绝"引来了同气相求的封三娘。可以说，这简直形成了一种模式。这种模式带来了叙述角度的更换，从全知全觉地，完全以"上帝的眼睛"（第三人称）来写人物（男主角），过渡到半知半觉地，以书中人的观察、感受来写人（女主角），不仅亲切得多,而且文笔通脱而潇洒。

这是典型的中国传统小说,尤其是中国古代文言小说恪遵的法度,聊斋以前的小说中此类章法俯拾皆是,如《搜神后记》中《白水素女》就是这样让人物登场:

> 晋安帝时,侯官人谢端,少丧父母,无有亲属,为邻人所养,至年十七八,恭谨自守,不履非法,始出居,未有妻。邻人共悯念之,规为娶妇,未得。

蒲松龄与此传统写法一脉相承,当然他写得更简练、更优美、更熟达。

不过,以上所举的也还仅仅是《聊斋志异》中人物登场时的常见方法。在《织成》中,作者就一反常规,小说的人物并没有在故事开头出场,文章是在水神戏舟的神异情节中拉开帷幕的:

> 洞庭湖中,往往有水神借舟。遇有空船,缆忽自解,飘然游行。但闻空中音乐并作,舟人蹲伏一隅,瞑目听之,莫敢仰视,任所往。游毕,仍泊旧处。有柳生,落第归,醉卧舟上。笙乐忽作,舟人摇生不得醒,忽匿艎下……

乔吉在《辍耕录》中说过,文章应写成凤头、猪肚、豹尾。即:开头要优美隽永,内容须充实丰富,结尾要简洁有力。聊斋故事常用的人物登场为文章开头,因为作者别具慧眼,这些开头就有了引人入胜、耐人寻味、清新雅洁的特点。较为典型的范例是《阿宝》:

> 粤西孙子楚,名士也,生有枝指。性迂讷,人诳之,辄信为真。或值座有歌妓,则必遥望却走;或知其然,诱之来,使妓狎逼之,则赪颜彻颈,汗珠珠下滴。因共为笑,遂貌其呆状,相邮传作丑语,而名之"孙痴"。

人物登台,作者为之报了家门:姓名、籍贯、身份,还有个性:迂讷。而且围绕迂讷出现了特征性细节:妓女狎逼时"赪颜彻颈"的窘态,连一滴一滴汗水都历历如画。这仅仅百余字的段落,画龙点睛地点出了"痴",有具体的例证,还有恰如其分地标明这个个性的绰号"孙痴"。尤妙的是,草蛇灰线,伏下了下文的一个大波澜:"生有枝指。"

这个痴老哥儿将要因为听到美女阿宝的一句戏言，用利斧一斧子砍去这个枝指，砍得鲜血淋淋昏了过去……《阿宝》创造了多么美的"凤头"，多巧妙的人物出场！简直有京剧中"挑帘红"的味道。

富有诗情画意的《晚霞》在女主角晚霞的出场上更是匠心独运。这一充满了奇理别趣的小说从开始便介绍吴越一带的龙舟之戏，在龙舟的尾端，以布索引木板下垂，有男童在上边表演种种杂技，做出种种惊险的动作，"险危欲堕"，男主角阿端便是龙舟落水者之一，实际上是进入了龙宫。在这一段叙述中，似乎无意地插进了一句："吴门则载美妓，较不同耳。"表面上是写各地风俗的不同，实则暗写晚霞的来历，但明伦评道："叙阿端之死，先插入吴门载美妓一笔，仍是暗用双提法。"阿端落水后，进入龙宫，因为聪明过人受到了解姥的称誉，"得此儿，不让晚霞矣"。明赞阿端，暗钩晚霞，"是逗下笔"（但评）。至此，晚霞已微露面目，当然，若即若离、若明若暗、影影绰绰。在晚霞露面之前，已有两次对她的描写，就像《三国志通俗演义》中司马德操神秘地赞"伏龙"，徐庶走马荐诸葛一样，对主要人物加以隐写，如东鳞西爪，却引人神往，"恍然望见者，第指其一鳞一爪，而龙之首尾完好固然在也"（赵执信《谈龙录》）。终于女主角姗姗来迟，在阿端的视野中飘然而至：

次按燕子部：皆垂髫人，内一女郎，年十四五已来，振袖倾鬟，作散花舞；翩翩翔起，衿袖袜履间，皆出五色花朵，随风飏下，飘泊满庭。

美极了！亏蒲老夫子想得出。未露面则如云中神龙、雾中奇葩，使人翘盼之至；一出场则如雏莺临风、芙蓉出水，使人耳目一新。

第八章
真实的假象和感情的图像
——聊斋人物性格的主要构成

第一节 把谎话扯得圆——细节描写

歌德在《诗与真》中说过："每一个艺术家的最高任务即在于通过幻觉产生一个更高更真实的假象。"亚里士多德在《诗学》中说："把谎话扯得圆主要是荷马教给其他诗人的。"

蒲松龄写聊斋，搜神谈鬼，"事或奇于断发之乡""怪有过于飞头之国"（《聊斋自志》）。可以算是一个"说谎"说到登峰造极的行家。但蒲松龄是位把谎话扯得圆的大艺术家。他笔下的人物是虚幻的，但他们又比现实生活中的真人更真实，达到了高度的艺术真实。蒲松龄在漫长的岁月中，慢慢地、一点一滴地再现了整个封建社会。他从四面八方描写这个社会，矗立起千姿百态的人物。他笔下的人物形成了封建末期丰富多彩的人物画廊。他们真实地、强烈地反映着那个时代的追求、人们的苦闷、人们的求索。读聊斋，我们似乎可以感受到书中人的欢乐、苦恼，似乎觉得他们是确曾生活过、追求过的真人。我们甚至于和他们呼吸相通、喜忧与共。

蒲松龄所使用的艺术魔杖便是细节描写。精细入微的细节描写在聊斋故事中无处不在，琳琅满目、美不胜收。这些真实、形象的细节描写把人物的特殊身份、特殊教养、特殊性格，恰当地表现出来。

《小谢》写陶生与两个女鬼恋爱的故事，两个女鬼在深夜出现：

第八章 真实的假象和感情的图像——聊斋人物性格的主要构成

> 二女自房中出,所亡书送还案上。一约二十,一可十七八,并皆姝丽。逡巡立榻下,相视而笑,生寂不动。长者翘一足踹生腹,少者掩口匿笑。……女近以手捋髭,右手轻批颐颊,作小响。……夜将半,(耿生)烛而寝,始交睫,觉人以细物穿鼻,奇痒,大嚏,但闻暗处隐隐作笑声。生不语,假寐以俟之。俄见少女以纸条捻细股,鹤行鹭伏而至;生暴起诃之,飘窜而去,既寝,又穿其耳:终夜不堪其扰。……(耿生读书时)长者渐曲肱几上,观生读,既而掩生卷。生怒捉之,即已飘散;少间,又抚之。生以手按卷读,少者潜于脑后交两手掩生目,瞥然去,远立以哂。

一个书生与两个女鬼相恋,自然是虚幻的,但这两个鬼女似可触摸一般!她们无奇不有的憨跳,正是现实生活中那些没受过封建家教的、活泼少女的现实做法。她们捋人的胡子,用纸条儿捅人的鼻子,捂住书本不让人看,掩着人的眼睛……那种顽皮好动,那种恶作剧,跟现实生活一样逼真。

传说,北齐画家高孝珩作"苍鹰图"于壁,吓得鸠雀不敢飞近。聊斋先生比画鹰驱雀的画家高明。画家画的,毕竟是生活中实有的鹰,蒲松龄写的却是生活中子虚乌有的鬼,而这鬼竟然真实得似乎要从纸上走下来。

恩格斯给现实主义下定义时,首先强调细节真实,巴尔扎克在《〈人间喜剧〉前言》中说:"小说在细节描写上是不真实的话,它就毫无足取了。"《聊斋志异》是向壁虚构的志怪书。本身便是描绘人世压根儿不存在的魑魅魍魉、仙姬神灵。但这些形象却个个平易可亲,使人忘为异类。这是因为,作品的情节越离奇、细节越逼真。细微熨帖的细节使得高度的艺术真实代替了生活真实。娇娜用药丸给孔生治病,是个离奇的情节,"口吐红丸如弹大,着肉上,按令旋转:才一周,觉热火蒸腾,再一周,习习作痒;三周已,遍体清凉,沁入骨髓"。这是多么不可思议!多么荒诞!但孔生对于娇娜的迷恋,那种灵魂出窍的爱慕却是真实的,"贪近娇姿,不惟不觉其苦,且恐速竣割事,偃傍不久"。王子安梦中进士的情节是虚构的,但王子安屡试不第的惶急心情却是实在的。

聊斋中的人物常常遇到现实生活中绝不会出现的际遇。在《席方平》中,斗士席方平面对冥王的酷刑坚贞不屈,遭到了锯解:

> 鬼乃以二板夹席,缚木上。锯方下,觉顶脑渐辟,痛不可禁,顾亦忍而不号。闻鬼曰:"壮哉此汉!"锯隆隆然寻至胸下,又闻一鬼云:"此人大孝无辜,锯令稍偏,勿损其心。"遂觉锯锋曲折而下,其痛倍苦,俄顷半身辟矣。板解,两身俱仆,鬼上堂大声以报。堂上传呼,令合身来见。二鬼即推令复合,曳使行。席觉锯缝一道,痛欲复裂。半步而踣。一鬼于腰间出丝带一条授之,曰:"赠此以报汝孝。"受而束之,一身顿健,殊无少苦。

人死了,灵魂犹存,这些灵魂又组成了一个秩序井然的社会,这已是谎话了。这个灵魂又在阴世被锯成了两半儿,更属信口雌黄!但是凿空不等于杜撰,小说中写席方平的痛苦写得多么真实:锯到头上时,感到脑袋渐渐成了两半,痛不可支;锯到胸膛时,竟锯得隆隆作响,仿佛人们在锯木头;锯锋之处像要裂开,痛得走了两步便跌倒了……法国作家福楼拜写包法利夫人服毒时,作家自己都有了饵毒之感,大约蒲松龄写到席方平被锯时,自己也有"两身俱仆"之感吧!

细节之所以真实,就是因为和现实生活相吻合。因此,才能把不可能的写成仿佛可能,把不存在的写成似乎存在。如《席方平》写的受酷刑之苦,那是封建社会中处于水深火热中的人民常常遭受的,甚至于那个把丝带送给席方平的鬼,我们也可以从下层的、较为正直的衙役和禁卒身上看到。

在蒲松龄神鬼狐妖的瑰丽故事中,这类真实的细节几乎俯拾皆是:《画壁》中,朱孝廉与画中仙女结合,画中人受到上界神灵的盘查,把情人藏于床底。朱孝廉藏在床下时间久了,"觉耳际蝉鸣,目中火出",耳、目的感受,把焦急的心境形象托出。《莲香》中的鬼女李氏"风流秀曼,行步之间,若还若往"其飘忽之感,真切之至。《连琐》

中鬼女复话:"摩之微温,蒙衣舁归,置暖处,气咻咻然,细于属丝,渐进汤酏,半夜而苏。"这多像休克的病人在救护下复苏!《雷曹》中,乐云鹤升入空中,代雷曹行雨,时值苦旱,乐云鹤"接器排云,约望故乡,尽情倾注"。那点私心是何等入情入理!《伍秋月》中,女鬼伍秋月被囚,"坐榻上,掩袖鸣泣;二役在侧,撮颐捉履,引以嘲戏"。干脆就是现实中恶徒戏弄弱女的写生画。

普希金曾指出:"逼真仍旧被认为是戏剧艺术的主要条件和基础。"蒲松龄的小说是引人入胜的,而在这些"庄严的谎话"(巴尔扎克语)中,细节总是逼真的。

至于那些以现实生活为表达内容的聊斋篇章,其细节描写的真实性,更使人须眉立见、声态并作。《姊妹易嫁》中姐姐嫌贫爱富,花轿临门,"犹眼零雨而首飞蓬"。这里关于眼睛和头发的特写,使大姊的懊恼、失意形象如画。商三官扮男装,深入仇敌家,"往来给奉,善觑主人意向""代豪拂榻解履,殷勤周至;醉语狎之,但有展笑"。生动地写出了商三官忍辱负重的老辣作风。

聊斋的细节描写不是《金瓶梅》式的自然主义写法,不是堆砌一些琐屑的场面、行动、语言,而是使一切细节恰到好处、各守其位,没有一丝一毫多余的感觉。似乎只有这个细节才能贴切地表现这个人物,而只有这种人物才适合这种细节。特定的细节和特殊人物高度统一,甚至于成为某一个人物特定性、贯穿性的动作。

婴宁是个天真未凿的狐女,她没有受到什么三从四德的封建教育,她不会懂得也绝不遵守什么笑不露齿、坐如钟的"妇训"。她爱花成癖,她想说即说,想笑即笑,一连串爱花和爱笑的细节一直伴随着这个可爱的狐女,郊游时,她拈花一朵,笑容可掬,被"目灼灼似贼"的书生凝视,便丢花于地,边说边笑地离去;书生寻至深山,她又露面了,仍然是手中拿着花,正要戴到头上,见到王子服,"含笑拈花而入"。狐媪认王生为外甥,唤婴宁相见,婴宁没有露面,她的笑声已两次出现:始而隐有笑声,继而嗤嗤不已。王生进了门,婴宁既没有寒暄,也不问客人的来历，没有一点儿待客的虚套，只是在那儿一个劲地笑：先掩口笑不可遏，受到训斥，强忍住笑；王生向她施礼，她就笑得直不起腰来；迷恋婴宁的王生凝目注视，丫头说"目灼灼贼腔未改"，婴宁于是大笑，然而似乎在媪面前还有点收敛，跑出户外，"笑声始纵"。王生蹑踪而寻，这姑娘已经爬到树上摘花了，一见王生，笑得几乎从树上跌下来："女且下且笑，不能自止，方将及地，失手而堕，笑乃止。"王生偷偷地捏了她的手腕，这样一个调谑的动作，竟没有引起应有的恼怒或假作的恼怒，反而引起了笑："女笑又作，倚树不能行，良久乃罢。"她的母亲让她随了王生去，她居然没有一点儿疑虑和恐惧，没有一星儿离愁别绪，笑着跟去。到了王子服家，"但闻室中吃吃，皆婴宁笑声"。客人来了，婆母命她出见，她"浓笑不顾"。婆母拉她出见，她才极力忍住笑，还要"面壁移时"，才能安定下情绪去见客人。"才一展拜，翻然遽入"，放声大笑。甚至于结婚行合卺礼时，她都笑得太厉害，笑得不能行礼……狐媪这样训斥婴宁："有何喜，笑辄不辍？若不笑，当为完人。"实际上，如没有笑、没有花、没有一连串爱花爱笑的情节，便没有了天真、娇憨、活泼、聪慧的婴宁，正如没有"哭"便没有潇湘妃子，没有"痴"便没有怡红公子。

《聊斋志异》用来"圆谎"的细节，不仅是真实形象，可感可信的，而且常常是新颖别致、情趣盎然的。这样的细节常产生美妙的艺术效果。《阿绣》写刘子固爱上杂货店的女儿阿绣，借了买花粉去亲近她：

  所市物，女以纸代裹完好，已而以舌舐黏之。刘怀归，不敢复动，恐乱其舌痕也。

用舌头舐物粘住，是写少女天真烂漫形态的妙笔，而怀归不敢动，恐乱其舌痕，又把刘子固的痴情写得新鲜。一对少男少女在"花粉"上表现的奇情别趣，又引出了阿绣以红土代花粉捉弄刘子固的故事，越发把人物写得活灵活现。

《辛十四娘》中，冯生爱上狐女辛十四娘，但十四娘的慧眼已看出了冯生的轻薄，不肯贸然以身相许。但她对于冯生那种不屈不挠的追求又不能不心动，于是当鬼郡主唤她来要硬作主张为二人做红媒时，出现了这样的情态：

> 旋见红衣女子（辛十四娘）望妪俯拜。妪曳之曰："后为我家甥妇，勿得修婢子礼。"女子起，娉娉而立，红袖低垂。妪理其鬘发，捻其耳环，曰："十四娘，近在闺中做么生？"女低应曰："闲来只挑绣。"回首见生，羞缩不安。妪曰："此吾甥也，盛意与儿作姻好，何便教迷途，终夜窜溪谷？"女俯首无语。妪曰："我唤汝非他，欲为阿甥作伐耳。"女默默而已。

少女的娉娉而立、羞涩不安、俯首不语、默默不应，一系列细节，形神俱备，使我们的眼、耳，都可以感受到这位娇羞自爱的少女。

这类新奇有趣的细节，在聊斋中随处可见。《叶生》中素有才名而淹蹇以死的叶生，死后阴魂不散，潜心科考，最后终于金榜题名，衣锦还乡。"归见门户萧条，意甚悲恻，逡巡至庭中，妻携簸具以出，见生，掷具骇走。"这个丢下簸箕逃走的细节很新巧。它表现了叶生妻骤见丈夫鬼魂的慌乱，也以妇人的操劳暗示了家境的贫寒。《贾奉雉》中的才子把自己不可见人之句连缀成文，竟以此中魁首，他"阅旧稿，一读一汗，读竟，重衣尽湿"。衣服湿透之琐事使懊恼之态立于纸上。《云翠仙》中，无赖梁有才为了讨好云翠仙之母，大献殷勤："才殷勤，手于橐，觅山兜二，异媪及女。己步从，若为仆。过隘辄呵兜夫不得颠摇动，良殷。"那种故作老实忠厚状，刻意献功讨好，把这个无赖的假态写绝了。

新奇的表达和作家素常对生活的敏锐观察是分不开的。只有在生活中以敏锐的视觉、触觉去洞察一切，以生动的方式表达出来，才能不断创出新意。正如巴尔扎克对司各特的分析：

> 司各特始终保持着自己的本色，但也始终能独创新意。他的惊人的多产虽然使我目瞪口呆，不过我并没有感到绝望。因为我在人性的千殊万类中发现这种才能的原因。偶然性是世上最伟大的小说家：若想文思不竭，只要研究偶然就行。

蒲松龄是捕捉偶然的行家里手。他创造的每一个具体形象，千殊万类，都如闻其声、如见其人。在很大程度上，这取决于细节的成功。这些细节各守其位、恰到好处、没有多余、没有虚假。这使他的人物像高尔基赞美过的托尔斯泰的人物：他描写出来的形象，使人真想用手指去碰碰他。

用少量的句子，用细枝末节，简便而又成功地创造人物，是一切小说巨匠的共通点。俄国作家谢德林常常只用二三十个字，一两个细节，便把俄罗斯的贵官剥得只剩一张皮；契诃夫笔下的变色龙、套中人，莫泊桑笔下的羊脂球，也都是三笔两画，写入人物骨髓，鲁迅笔下的祥林嫂、阿Q、子君、闰土也是寥寥几笔、淡淡数事便使人物凸出。聊斋先生的细节描绘，则可以称是中国古代文言小说的典范，不仅给了现代作家鲁迅等以深刻的影响，和世界小说巨匠相比，亦毫不逊色。

第二节　"膝行而远之"和"悄然登榻"
——聊斋人物的传神动作

梅里美在《亨利·贝尔——札记与回忆录》中记叙贝尔（司汤达的本名）先生的创作习惯说：

> 贝尔经常注意的乃是热情之研究，某次，一个外省人问他干什么职业，他严肃地答道："人类灵魂的观察者。"（有一天，他用这句话回答一个傻瓜，那人以为这是便衣警察的别称，几乎跌了个倒栽葱。）在每一足以使人洞察心灵角落的轶闻中，他总要记下他称之为"特征"的东西。"特征"就是指表现出感情的辞句或动作。比如"膝行而前"，这是他在一个爱情小故事里觅得的特征。而且，根据他从某些个别事实得出一般结论的习惯，他认为这个动作乃是疚悔和热烈爱情的表现。

观察社会、观察人们、记下"特征"，使《红与黑》的作者可以在刻画人物时信手拈来他需要的动作。比司汤达早一个半世纪的中国小说家蒲留仙也是如此。他善于解剖人的举动,细细地捕捉那些细微的动作、微妙的变化,"这些变化在别人看来并不能说明什么,或者永远说明同一事实"。可是蒲留仙却用这一个或几个动作,简洁地写出一个人。

和异域的小说大师司汤达不谋而合,蒲松龄的一个爱情故事中,也用了"膝行"的动作:

> 梁有才,故晋人,流寓于济,作小负贩,无妻子、田产。从村人登岱。岱四月交,香侣杂沓;又有优婆夷、塞,率众男子以百十,杂跪神座下,观香柱为度,名曰"跪香"。才视众中有女郎,年十七八而美,悦之。诈为香客,近女郎跪,又伪为膝困无力状,故以手据女郎足。女回首似嗔,膝行而远之。才又膝行近之,少间又据之。女郎觉,遽起,不跪,出门去。
>
> ——《云翠仙》

梁有才假作香客去调戏良家少女,做出的是一个相当下贱的动作:捏女郎足。云翠仙对于这个"熏熏作汗腥,肤垢欲倾塌,足皲一寸厚"肮脏而儇薄的家伙本无好感,受此侮辱,避之唯恐不远,"膝行而远之"。那梁有才的脸皮却厚得很,碰了少女的钉子,仍穷追不舍,又"膝行而近之",再去捏云翠仙的脚……云翠仙的"膝行"动作,表露的是高洁少女对豹鼠子的厌恶;梁有才的"膝行",显露的是市井无赖的厚颜无耻。法国小说家司汤达用"膝行而前"描写爱情的愧疚和热烈。中国小说家蒲松龄则用"膝行"写"鲜花插在牛粪上"的"爱情",既写了"鲜花"的洁身自好,又写了"牛粪"的涎皮涎脸。云翠仙是个仙女,实际上又是父母包办婚姻下不幸的弱女子,这些特征性动作显示了这位弱女子对于自己命运奋力而无益的反抗。

在另一个人与非人的恋爱故事《花姑子》中,蒲松龄塑造了温婉可爱的香獐女形象。在"异史氏曰"中,蒲松龄自己分析他塑造这个人物形象的手法:

> 至于花姑,始而寄慧于憨,终而寄情于恝,乃知憨者慧之极,恝者情之至也。

这段话点明：可爱的花姑形象主要是依赖"寄慧于憨""寄情于怼"两个动作矗立起来的。

花姑子是香獐的化身，她的父亲受到安生的"放生"之恩，在安生迷途时，幻化成为老叟，把安生引入家中，并唤花姑子出来斟酒：

> 俄，女郎以馔具入，立叟侧，秋波斜盼。安视之，芳容韶齿，殆类天仙。

一个楚楚动人的少女露面了，她是怎样的一个姑娘？是勇敢的，还是怯懦的？是钟情的，还是寡欲的？我们只看到她"殆类天仙"的外貌描写扣"秋波斜盼"的信笔点缀。不过，作家马上写了她的两次"酒沸"行动——其实，一次是真沸，一次是假沸——少女的性格便刻画出来了。

先看第一次酒沸。受过安生救命之恩的章叟命花姑子煨酒，安生与章叟在攀谈：

> 忽闻女郎惊号。叟奔入，则酒沸火腾，叟乃救止，诃曰："老大婢，濡猛不知耶！"回首，见炉旁有蕙心，插紫姑未竟，又诃曰："发蓬蓬许，裁如婴儿！"持向安曰："贪此生涯，致酒腾沸，蒙君子奖誉，岂不羞死！"安审谛之，眉目袍服，制甚精工，赞曰："虽近儿戏，亦见慧心。"

这是个"寄慧于憨"的动作，是个非常琐细但画龙点睛的动作，"点缀琐事，写小女子性情，都是传神之笔"（冯镇峦评语）。一个贪玩而致酒沸的动作，把花姑子的稚气未脱、秀外慧中写得活脱脱的。而这儿戏又得到两个目睹者的不同评价，一个是：这么大的姑娘，还玩孩子的游戏！这是章叟的说法，是恨铁不成钢的老父的看法。另一个是：虽然孩子气，却看得出绝顶的聪明，这是安生的说法，是情人眼里出西施的看法。两个貌似对立的评语又把花姑子的天真举止深描上两笔。

再看二次酒沸，这是花姑子以"酒沸"为借口保护安生：

> 女频来行酒，嫣然含笑，殊不羞涩。安注目情动。忽闻媪呼，叟便去。安觑无人，谓女曰："睹仙容使我魂失。欲通媒妁，恐其不遂，如何？"女抱壶向火，默若不闻；屡问，不对。生渐入室，

女起，厉色曰："狂郎入闼将何为？"生长跪哀之，女夺门欲出。安暴起要遮，狎接腰胯。女颤声疾呼。叟匆遽入问，安释手而出，殊切愧惧。女从容向父曰："酒复涌沸，非郎君来壶子融化矣。"一系列的动作，一步一步、步步深入地把花姑子的感情生发出来。因为对于突如其来的爱情不知所措，花姑子最初的表现是抱壶向火，默若无闻；一再追问她：可以向你家求婚不？她仍然自珍自重，不吭声。于是情急的安生便进一步追入房中，缺乏生活经历的少女以为正言厉色就可以制止非礼行为，孰料召来了更大胆的越轨行为，从长跪哀求至强行接吻，她就只好呼救了。她的"颤声疾呼"本意是要求老父亲来保护自己。她的老父果然来了，然而一眨眼的工夫，她却以诡词保护安生："酒复涌沸，非郎君来壶子融化矣。"似乎是漠然而不在意，实际上，恰好"寄情于恝"，反映了内心爱的觉醒。这个酒沸动作，真乃追魂慑魄之笔，花姑子的机智、钟情真是鲜明和谐、跃然纸上。

花姑子的特征性行动，显示了她慧而多情的性格，这种个性带有她年方及笄的年龄特点，虽然稚气未脱，却已然是"有女怀春，吉士诱之"的年华，蒲松龄写她"秋波斜盼""嫣然含笑"是极有分寸的。

多种多样的人物有人各不同的爱情，怎样区分开来？常常靠捕捉特征性动作。《青娥》写的是稚儿稚女之恋，一种姑且称之为"爱情"的朦胧感情，稚气便成了主要特点。男的霍桓是个十三岁的孩子，又恰好被母亲溺爱，禁止出户，十三岁还不能辨别叔伯甥舅；女的青娥，稍长一岁，却又慕何仙姑，矢志侍父不嫁。一男一女，一个小而不晓事，一个多少懂点又矢志不嫁。于是两个人便演出了一幕奇奇怪怪的爱情喜剧。霍生偶遇青娥，爱之极，但母亲认为他还小，青娥又慕道，霍母不肯去求婚，在儿子再三请求下去求亲时，偏偏又遭到了拒绝。这时霍生得到了一把神奇的小镵，他去钻穴相会了：

顿念穴墙则美人可见，而不知其非法也，更定，逾垣而出，直至武第，凡穴两重垣，始达中庭。见小厢中，尚有灯火，伏窥之，则青娥卸晚妆矣；少顷，烛灭，寂无声，穿墉入，女已熟眠。

> 轻解双履，悄然登榻；又恐女郎惊觉，必遭诃逐，遂潜伏绣衾之侧，略闻香息，心愿窃慰。而半夜经营，疲殆颇甚，少一合眸，不觉睡去。女醒，闻鼻气休休；开目，见穴隙亮入，大骇，急起，暗摇婢醒，拔关轻出，敲窗唤家人妇。共爇火操杖以往。则见一总角书生，酣眠绣榻；细审视，为霍生；抅推之始觉，遽起，目灼灼如流星，似亦不大畏惧，但觍然不作一语。

这才是神来之笔，妙手偶成。逾墙相从、钻穴相会，古代恋人的惯伎也。在小说中成了俗滥的情节、公式化的动作。连名家巨匠有时也会写出"温香软玉抱满怀"的套语。蒲松龄笔下的总角书生也钻穴去见心上人了。钻进去怎样了呢？悄悄地脱掉鞋子，躺在女郎的身边，嗅到女郎身上的香气，感到很高兴，而不知不觉地，鼻息咻咻地，酣然睡去了！钻穴相从成了孩子气的游戏，简直和男欢女爱丝毫不搭界！但是，正是这样的"悄然登榻""潜伏绣裯"的动作，比任何卖油郎占花魁的怜香惜玉更妥帖。因为，它恰恰抓住了总角书生的特异性：一个刚刚十三岁的孩子，世事还没通晓，他虽然朦朦胧胧地懂得了爱，而且对青娥"爱之极"，但男女情爱的具体内涵，他还全然未晓呢！

茅盾先生说过："人物的性格必须通过行动来表现……人物性格之是不是典型的，也就要取决于这些行动有没有典型性。"① 蒲松龄的人物画廊之所以那样琳琅满目，那样新奇完美，常常因为他无论是铺开详写还是蜻蜓点水略写，总是从生活中攫取最有特征性的动作。《云翠仙》《花姑子》《青娥》的例子说明，一个或几个有特点的动作，便可以写活一个人物，可以区别开这一个与那一个。同样写爱情，"膝行而近之，据女郎足"，画出了一个流氓，写了爱的亵渎；假说"酒复涌沸"，画出了一个慧黠少女，写了爱的觉醒；"悄然登榻"，画出了一个不晓情爱的童子，写了爱的萌芽。

---

① 茅盾：《关于艺术的技巧》，载《文艺学习》1956 年第 4 期。

第八章 真实的假象和感情的图像——聊斋人物性格的主要构成

蒲松龄有时不大对人物作长篇大套的心理描绘，也不用大段大段的人物对话，或给人物加上许多描写类辞藻。他只是客观地、简洁地抓住人物的几个动作，便简洁而又鲜明地写出一个形象。如《饿鬼》中的那个令人作呕的形象：贫困时，衣衫褴褛，"两手交其肩，在市上攫食"，一副寄生相；冬天住在学宫中，"辄摘圣贤颠上旒而煨其板"，无法无天；为了替学官生财，故意到家庭富裕的某生门上要钱，"以刀自劙"真是公开放刁；待他重新托生于朱家时，居然入泮，居然做官，便呈现这样的德行：

> 官数年，曾无一道义交，惟袖中出青蚨，则作鸱鹠笑；不则睫毛一寸长，棱棱若不相识。

这个人的乞食行为、取暖办法、对金钱的态度，活现了一个"饿鬼"。

有时，蒲松龄像一个照相高明的摄影师、妙手速写的画家，同时描写许多人的行动。如《胡四娘》中，一向因为贫穷受到了兄姊们嘲讽的胡四娘，在三郎结婚时，没有得到邀请。突然，传来了一个意外的消息：四娘丈夫程孝思金榜题名做了官！势利的胡家兄弟姊妹顿时换了一副面孔来对待胡四娘，各人竞相登台表演：

> 忽一人驰入，呈程寄四娘函信；兄弟发视，相顾失色，筵中诸眷客始请见四娘。姊妹惴惴，惟恐四娘衔恨不至。无何，翩然竟来。申贺者，捉坐者，寒暄者，喧杂满屋。耳有听，听四娘；目有视，视四娘；口有道，道四娘也。而四娘凝重如故。众见其靡所短长，稍就安帖，于是争把盏酌四娘。方宴笑间，门外啼号甚急。群致怪问，俄见春香奔入，面血沾染。共诘之，哭不对。二娘诃之，始泣曰："桂儿逼索眼睛，非解脱，几抉去矣！"二娘大惭，汗粉交下，四娘漠然，合座寂无一语。

但明伦评这一段是："翻手为云，覆手为雨，炎凉丑态，极力描出。在他人竭尽心力，只说得一边，以至顾此失彼；即两边并写，亦难免纠缠拉杂。看其轻描淡写，急弦促响，数语中如珠盘错落，如飞瀑激扬，又鞺鞺嗈吰，大声发于水上，如闻无射之音，此为何等笔力！"

用白居易的《琵琶行》和苏东坡的《石钟山记》来比喻这一段的音乐效果，很是新奇。实际上，这一段描写很像达·芬奇那幅名画《最后的晚餐》。各个圣徒有各个圣徒的动作，各个动作反映各人微妙的内心，而那个几乎被抉去双眼的春香和她那粉汗俱下的主人二娘——她们曾发誓：如程郎发迹，"抉我双睛"——多么像那个按住自己钱袋的犹大！一笔俱写几面，而面面生风。《胡四娘》可以与刘姥姥二进荣府时大观园群艳齐哄堂的场面相媲美。

苏联作家法捷耶夫在谈到《青年近卫军》的创作经验时说："我听到这部小说的读者说，我写得最成功最有趣的人物是谢尔盖·邱列宁和刘巴·谢夫卓娃。这大概是正确的。问题在于谢尔盖和刘巴是非常爽快的人，是'直接行动'的人。因此，写刘巴·谢夫卓娃和谢尔盖·邱列宁比写（比方说）奥列格·柯歇伏依要容易，因为柯歇伏依的性格里的外露的、触目的特点很少。不错，艺术家应当把'直接行动'的人和知识分子气质的人，描画得同样地完美。但是描画后者要困难得多。"

跟《青年近卫军》的作者一样，描写人物的直接行动，或描写直接行动的人，只是蒲松龄艺术才能的一个方面。

第九章
在严峻的考验面前
——聊斋形象的深化手段

第一节 在风云突变的社会中逆水行舟

官渡之战后，兵精粮足的曹操挥师南下，虎视盘踞在江东的孙权和退守古城弹丸之地的刘备，拉开了赤壁大战之幕。诸葛亮舌战群儒，周瑜义激孙权，孙、刘联合破曹，黄盖诈降、诸葛借风、周郎放火、曹丞相败走华容遇美髯公……在这场气势雄伟、波澜壮阔的赤壁鏖兵中，魏蜀吴三足鼎立的政局形成。各种将士、谋士、文臣登台表演。个个栩栩如生，呼之欲出。作家罗贯中的艺术天才得到了淋漓尽致的发挥。

赤壁之战是在矛盾中写人物的典范。长篇小说《三国演义》《水浒传》《说岳全传》《杨家将》，短篇小说《霍小玉传》《杜十娘怒沉百宝箱》《侯官县烈女歼仇》等，都是把人物推到风口浪尖，放到严重的关头来考验。把正义与邪恶、高尚与卑劣、美与丑、爱与恨的矛盾升华到极点，通过这些矛盾来反映人物的个性。当代著名作家姚雪垠的《李自成》是从潼关大战写起，他在《李自成创作余墨》中说："从潼关大战开始，就会把主人公及其周围的人物放在惊涛骇浪中塑造性格。这种办法，也是在典型环境中写典型性格这一现实主义创作理论的一种运用。"

清代作家蒲松龄自然不可能如《李自成》的作者那样，有意识地运用典型环境中典型性格的理论。但在《聊斋志异》中利用矛盾写人物个性，却是常常采用的艺术手段。

小说中矛盾冲突有各式各样：似三国纷争中的政治斗争，风云突变、逐鹿中原；似水浒中的阶级搏斗，剑拔弩张、攻城略地；似红楼中的宝黛爱情，琐屑小事、细如发丝。这些矛盾中，有外在的矛盾冲突，即人物与环境，这一人物与其他人物的冲突，有内在的矛盾冲突，即人物内心世界的冲突。不论是政治斗争、军事斗争，还是家庭中的婚姻爱情、伦理道德的矛盾冲突，都对塑造人物有突出作用。

《聊斋志异》虽然不像《三国演义》，写帝王将相的治国治军大政；不像《水浒传》，写英雄豪杰的揭竿而起，但它同样十分注重观察和抓住人物与社会环境的矛盾。在《促织》这一虚构的故事中，人物与社会的矛盾达到了令人发指的程度：皇帝喜爱小虫儿，偏偏让老实的读书人成名去担任捉促织的里正，不仅搞得成名家产荡尽，还把他打得两股间脓血流离，"惟思自尽"。——这是多么尖锐的对峙！一边是最高统治者的玩乐，一边是劳苦百姓的倾家荡产！但是这还仅仅是矛盾的开始。成名在神灵的指引下捕得了一头"巨身修尾，青项金翅"者，高兴得举家庆贺。可是乐极生悲，成名的唯一的儿子因为好奇，趁父亲不在时，偷偷去看那小虫。"虫跃掷迳出，迅不可捉。及扑入手，已股落腹裂，斯须就毙。"极度恐惧的成名妻子吓得面如死灰，大骂儿子。儿子知道闯了滔天大祸，小小年纪居然寻了短见。成名归家后，先是为了小促织而愤怒地找儿子算账。等到找到了儿子时，却是"得其尸于井"！夫妻相对默然，茅舍无烟，连饭都没有心思吃了。儿子稍复苏，成名又想到捉促织的任务，"不复以儿为念"，愁得"自昏达曙，目不交睫"……一个小小的虫豸，竟然闹得天翻地覆，搞得民不聊生，甚至于逼得天真的孩子去跳井，这是多么尖锐的矛盾！正是在这样的矛盾中，读书人成名逆来顺受的顺民性格，得到了充分的显露。

狄德罗在《论戏剧艺术》中说："如果人物的处境愈棘手愈不幸，

他们的性格就愈容易决定。试想你的人物所要渡过的二十四小时是他们一生中最动荡最颠沛的时刻，你就可能把他们安置在尽可能大的困境之中。人物的处境要有力地激动人心，并使之与人物的性格成为对比，同时使人物的利益相对立。应该使一个人不破坏别人的计划就不能达到自己的目的，或者使大家关心同一事件，然而每个人希望这事件按照他的想法进展，对他有利。"

让人物处于最动荡最颠沛的时刻，处于尽可能大的困境中，人物的性格便格外鲜明地得到表现。读书人成名在皇帝的玩物小虫与亲生儿子的生命构成的尖锐矛盾中生活，显示了他的逆来顺受的性格。席方平的环境则是遭遇了更大的困境：他的父亲与富翁羊某有隙，在阴司中受到凌辱，席方平愤而代父申冤。告到城隍处，因羊某内外疏通，城隍置之不理；告到郡司，拖达半月才受理，不问青红皂白，便打原告席方平；告到冥王那儿，冥王亦受了贿，"不容置词，命笞二十"。这样一群贪官污吏，真是上下其鹰鸷之手，人面兽心，不嫌鬼瘦！在这样严峻的考验面前，烈火识真金，席方平的斗士性格大放异彩。他被冥王不问情由地打了，就大喊："谁教我无钱耶！"他被推在火床上受刑，骨肉焦黑，冥王问："敢再讼乎？"席方平回答："必讼！"以锯解威胁他，他的回答仍然是："必讼！"冥王以千金之产、期颐之寿来诱惑，席方平亦不为所动，必定要洗冤昭雪！真是富贵不能淫，威武不能屈，铁骨铮铮！

在与恶势力的殊死搏斗中，一些弱女子也像铁汉子席方平一样成熟了起来。商三官，一个不出闺门的深闺少女，在父亲被杀、官府受贿、投告无门的情况下，毅然女扮男装、潜入仇家、手刃仇人！庚娘，太守千金也，"丽而贤"。一个深闺中的文弱女子，在"流寇之乱"、风云突变的世道，渐渐获得了保护自己、进而报仇雪恨的本领。她的丈夫金生不听她的劝告，与贼人王十八同船，金生及其父母被溺，庚娘仓促之中能定大计：

母出时庚娘在后，已微窥之。既闻一家尽溺，即亦不惊。但哭曰:"翁姑俱没,我安适归?"王入劝:"娘子勿忧,请从我至金陵。家中田庐颇足赡给,保无虞也。"女收涕曰:"得如此,愿亦足矣。"……未几抵金陵,导庚娘至家,……归房,又欲犯之,庚娘笑曰:"三十许男子,尚未经人道耶?市儿初合卺,亦须一杯薄浆酒;汝家沃饶,当即不难,清醒相对,是何体段?"

在贼人的威胁下,庚娘警惕异常,她能够面对全家被杀的局面不露声色,表演出似乎她担心的仅仅是自己无家可归了,以此诱使王十八讲出请她"从我至金陵"的话。图穷匕首现,原来谋杀的目的便是为了霸占庚娘。庚娘听后,反而"收涕",止住了哭,说"愿亦足矣",好像她很高兴。以假象掩盖了她的深仇大恨,使王十八不起疑心。庚娘机智地保持了自身清白的同时,又以"合卺"为诱,灌醉了王十八,刺死杀夫仇人后自尽。至此,庚娘的机智权变、有胆有识、有勇有谋的性格已然成熟了。后文的复生与丈夫团聚,尤其是与王十八之妇为嫡庶,便近蛇足了。庚娘的独特个性正是通过她遇到的极为特殊的矛盾,通过她处理矛盾的方式来塑造的,正如但明伦的评语:

古有谈笑却雄兵者,人皆以为奇。此则大仇大敌,近在咫尺,污在顷刻,危在须臾,以柔脆当此,惟有一死,且虑不能洁而死耳,乃谈笑而从容出之,若行所无事。蜀昭烈帝谓赵子龙一身都是胆,吾于庚娘亦云。

"柔脆"之女面临凶残的仇敌,而且近在咫尺、危在须臾。大灾大难、大起大落、紧张之极、尖锐之至、惊心动魄、扣人心弦、才使人物的基本性格得到了深刻的表现。

《张氏妇》写一个普通的农村妇女在平三藩的战事中机警地对付那些泼悍无耻的南征之士——官兵。这些大兵以"剿匪"为由而暴虐甚于"匪"。他们所到之处,鸡犬庐舍一空,妇女皆被淫污。在这样险恶的情况下,张氏妇公然在家,她与丈夫把房中掘出深数尺的坎,覆以席,装饰成床铺的样子。蒙古兵调戏张氏妇时,"妇与入室,指席使先登,薄折,兵陷"。连陷两个蒙古兵,放火焚之。严惩了那些淫恶之徒。

这位平凡的农妇更能在危急险恶的关头显示出巾帼英雄气概：

> 由此离村数里，于大道旁并无树木处，携女红往坐烈日中。村去郡远，兵来率乘马，顷刻数至；笑语啁咻，虽多不解，大约调弄之语。然去道不远，无一物可以蔽身，辄去，数日无患。一日，一兵至，殊无少耻，欲就妇烈日中。妇含笑，不甚拒，而隐以针刺其马。马辄喷嘶，兵遂絷马股际，然后拥妇。妇出巨锥，猛刺马项，马负痛奔骇。缰系股不得脱，曳驰数十里。同伍始代捉之。首躯不知何处，缰上一股，俨然在焉。

疾风知劲草。张氏妇真是处于生死关头，置之死地而后生。蒲松龄自己称赞："巧计六出，不失身于悍兵。贤哉妇乎！慧而能贞。"以超人的智慧保持自己的人格尊严，使这个普通农妇给人以极不平常的印象。

蒲松龄能够捕捉和描写这种庚娘式、张氏妇式的急骤发展的激变。也善于把性格放在相当长的阶段中，让矛盾长期地、缓慢地作用于性格，让人物通过一连串或大或小的挫折、或大或小的不愉快事件，而这一系列较小的矛盾逐步导致人物性格的生动表现。鸦头和细侯，都是两个雏妓。鸦头与自己心爱的人私奔，被鸨母抓回，受尽鞭打，矢死靡他；细侯因为听信了谣言，以为心上人已死，嫁于"龌龊商"，等她得知爱人尚在，而爱人的入狱全是商人的设计陷害时，她决然地杀死了亲生儿子，奔向爱人的怀抱！仇大娘本是仇家嫁于远郡的前室之女，一向与娘家不合，数载不来往。当仇家屡受恶徒魏名所害，家产尽失、人口离散、后母奄奄一息时，魏名便想挑唆仇大娘来娘家纷争。仇大娘归家后，看到家中惨恻的景象，义无反顾地担起了理家之责，她投状公堂，告发诸人，追回被骗田产；她养母教弟，内外井井有条，为弟弟仇禄联得贵戚，教仇福悔过，劝回妻子，使仇家全家团圆而家产大增。仇大娘的巾帼丈夫性格，就是在复产袭仇、养亲救弟的一系列矛盾中逐步展现的。

聊斋故事中，人物性格与矛盾冲突是辩证统一的关系，矛盾冲突表现了人物性格，但矛盾冲突又由人物性格生发出来。《聊斋志异》描写了一系列读书人的形象，其中不少篇章着眼于读书人与科举取士制度这一基本矛盾。《叶生》《于去恶》《司文郎》《王子安》《贾奉雉》，把人物置于"文战"这一特殊矛盾中，让他们去充分表现。叶生文章词赋冠绝一时，但在科举考试中，屡试不第，出现这样沮丧至极的情景："榜既放，依然铩羽。生嗒丧而归，愧负知己，形销骨立，痴若木偶。"贾奉雉的奇语妙文皆不中盲试官的眼，他以不可见人之句连缀成文，竟中经魁。这使他尴尬愧悔之极："阅旧稿，一读一汗。读竟，重衣尽湿。"王子安也是叶生、贾奉雉那样的名士，他的表现则与前二人迥乎不同，他居然连做梦都想中进士：

……俄又有入者曰："汝中进士矣！"王自言："尚未赴都，何得及第？"其人曰："汝忘之耶？三场毕矣。"王大喜，起而呼曰："赏钱十千！"家人又诳之曰："请自睡，已赏之矣。"又移时，一人急入曰："汝殿试翰林，长班在此。"果见二人拜床下，衣冠修洁。王呼赐酒食。家人又绐之，暗笑其醉而已。久之，王自念不可不出耀乡里，大呼："长班。"凡数十呼，无应者。家人笑曰："暂卧候，寻他去矣。"又久之，长班果复来。王槌床顿足，大骂："钝奴焉往？"长班怒曰："措大无赖，向与尔戏耳，而真骂耶？"

这些极不相同的冲突表现了几位主人公大相径庭的性格。叶生为人羸弱而追求功名执着、可怜；贾奉雉洁身自好；王子安精神狭隘又官迷心窍。这些性格生发了各自的矛盾冲突，而矛盾冲突又推动了各自的性格发展：叶生阴魂不散，去求取功名；贾奉雉愤而披发入山；王子安梦醒后只好自嘲。

把人物安置在特殊的社会地位上，让人物与风云突变的社会发生千丝万缕的联系，产生千奇百怪的矛盾，特别是让主人公处于"逆水行舟"的逆境中，人物是刚是柔、是崇高还是卑微、是勇敢还是软弱，都在"矛盾斗争"这一试金石中鉴别了开来。而人物的个性、人物与人物之间的矛盾甚至斗争，又构成了广阔的社会生活的图景。

第二节　在伦理道德考验下鉴其妍媸

《聊斋志异》设置的矛盾丰富多彩：有人民与封建统治的矛盾斗争，如《席方平》《梦狼》《向杲》《石清虚》《红玉》，有反映知识分子与科举制度的矛盾的，如《贾奉雉》。这类广泛的社会矛盾对于刻画人物性格起了很重要的作用，反过来人物又映现着、代表着那个社会。但聊斋故事中占相当比重的矛盾，却是家庭中的妇姑勃谿、叔嫂斗法，爱情婚姻中的贫富相争、妍媸抉择，亲戚朋友间的财产纠纷、世态炎凉。这些家庭婚姻问题固然也是整个社会、整个时代的一部分，但在反映人物风貌时，这类矛盾有其特殊的优越性：它们可以洞幽烛微，照见人们最隐秘的内心世界，让人物在伦理道德的考验前把自己的真实面目裸呈无遗。

《镜听》是反映科举制度耐人寻味的力作，但没有致力于直接描写人物在求取功名中的争斗，只是撷取了一个极为平淡的、近于琐屑的家庭生活场景。故事写的是：益都有一对郑氏兄弟，大郑早知名，受到父母的偏爱，而且把这种偏爱施于其妇。二郑落拓，父母不喜欢，而且把这种厌恶扩及于二媳。二郑的妻子对这种冷暖不均的做法甚为反感，便激丈夫："等男子耳，何遂不能为妻子争气？"二郑也锐心功名，在大比之年，两兄弟都去赶考了：

> 闱后，兄弟皆归。时暑气犹盛，两妇在厨下炊饭饷耕，其热正苦，忽有报骑登门，报大郑捷。母入厨唤大妇曰："大男中式矣！汝可凉凉去。"次妇忿恻，泣且炊。俄又有报二郑捷者。次妇力掷饼杖而起，曰："侬也凉凉去！"

芝麻粒大的矛盾，不过是谁来炊饼而已，却把"次妇"那种扬眉吐气的心情写绝了，而且反映了封建社会中"贫穷则父母不子"的现实。

《姊妹易嫁》写的是一个带有宿命论色彩的婚姻故事：掖县毛家

与张家联姻——盖因张姓在梦中得到神灵启示：毛家将官至相国——但张姓的大女儿厌弃毛家贫穷，常向人发誓："我死不从牧牛儿！"当毛家到张家娶亲时，出现了近乎戏剧性的场面：

> 及亲迎，新郎入宴，彩舆在门，而女掩袂向隅而哭。催之妆不妆；劝之亦不解。俄而新郎告行，鼓乐大作，女犹眼零雨而首飞蓬也。父止婿，自入劝女。女涕若罔闻，怒而逼之，益哭失声。父无奈之。又有家人传白："新郎欲行。"父急出，言："衣妆未竟，乞郎少停待。"即又奔入视女，往来者无停履。迁延少时，事愈急，女终无回意。父无计，周张欲自死。其次女在侧，颇非其姊，苦逼劝之。姊怒曰："小妮子，亦学人喋聒！尔何不从他去？"妹曰："阿爷原不曾以妹子属毛郎，若以妹子属毛郎，更何须姊姊劝驾也。"父以其言慷爽，因与伊母窃议，以次易长。……女慨然曰："父母教儿往也，即乞丐不敢辞，且何以见毛家郎便终饿莩死乎？"

虽然是日常的嫁娶，但是矛盾却达到了白热化的程度：做姐姐的死也不肯上轿，做父亲的急得直要寻死，大有阴云四合、山雨欲来之势。蓦地，空中出现一线光明：妹妹既遵父母之命，又相信毛家郎不至于饿死，乐于代姊出嫁，满天乌云消散！在这样一场嫁与不嫁的矛盾斗争中，姐姐的嫌贫爱富、妹妹的深明大义、父亲的重然诺，都得到了极有力的表现。

《聊斋志异》中著名的爱情故事如《阿宝》《青凤》《聂小倩》《连琐》《辛十四娘》《瑞云》《黄英》《王桂庵》《晚霞》《连城》等，都是让男女主人公经受各种各样的考验。阿宝和青凤要冲破父母之命的束缚，才能与心上人结合；瑞云与鸦头则有烟花贱妓的身份，受到爱财的虔婆的钳制；聂小倩和晚霞则或者受恶鬼的指使，或者受到贵官的觊觎。这些青年男女要保护自己的爱情就要同黑暗势力、向封建家长、向渔色佽佻者斗争，而她们性格中的光彩便在斗争中显露出来。我们可以《王桂庵》《连城》为例，看看作者怎样以爱情的周折写人。

芸娘是《王桂庵》的女主角,她风姿韵绝,又有严肃自重的个性。小说中写她对待王桂庵追求的态度是:王桂庵在江上朗吟"洛阳女儿对门居",芸娘"举首一斜瞬之,俯首绣如故"持谨慎的观察态度,王桂庵投以"金锭",显出了富家子弟的面目,用金钱作为诱惑,芸娘便"拾弃之",丝毫不为金帛所动;王桂庵再以金钏投之——金钏便不是钱财相诱,而是信物相投了——芸娘弄清王桂庵不是拈花惹草,而是真心求爱时,便报以眷顾。当她父亲归至船上,王桂庵的金钏有被发现的危险时,她机警地把金钏藏了起来。芸娘的表现说明:她追求的是双方平等、真正相爱的爱情。因此,当她与王桂庵结婚后坐船回家,王以"家中固有妻在"相戏,她信以为真,"色变,默移时,遽起,奔出,王蹄履追之,则已投江中矣"。宁死也不居于媵妾地位!宁死不与轻薄儿为侣!追求平等的爱,不做富儿的玩物,没有平等的爱宁可去死!在爱情的考验下,芸娘这位柔弱婉妙的少女表现了高尚的胸怀、刚烈的品性。

《连城》所写的,是少女连城与乔生的死生不渝的爱情,这爱情经受了一层一层的磨难:第一层:连城之父嫌贫爱富,不允乔生求婚,连城却赠金以助。第二层:连城有性命之忧时,乔生割自己胸前之肉为她做药引,为爱人不顾个人生死。第三层:连城之父以千金报答乔生,乔生严正声明:自己割膺肉为报知己,"岂货肉哉!"第四层:连城自分必死,劝乔生不要争"泉下物",乔生声明:"士为知己者死"……一连串的困难接踵而来、一连串的考验纷纷而至,一系列的矛盾考验出:两人的爱情真是生死不渝的,甚至于可以同生同死,可以生前不能结合,地下结为连理。生死之间见真情。《连城》以生生死死的尖锐矛盾写出两个痴情的人物来。因而大文学家王渔洋认为此篇可以与《还魂记》相伯仲。

矛盾的雷同,描写的千篇一律,是小说家的大忌。金圣叹认为小说要懂"犯"与"避"的辩证法。毛宗岗在《读〈三国志〉法》中分析道:

> 吕布有濮阳之火,曹操有乌巢之火,周郎有赤壁之火,陆逊

有猇亭之火，徐盛有南徐之火，武侯有博望、新野之火，又有盘蛇谷、上方谷之火。

譬如树同是树，枝同是枝，叶同是叶，花同是花，而其植根安蒂，吐芳结子，五色纷披，各成异采。

蒲松龄以家庭婚姻、伦理道德的矛盾写人物，恰如罗贯中以"火"写军事家，能够用同样的矛盾写出完全不同的人来，能产生同树异枝、同枝异叶、同叶异花、同花异果之妙。《连城》和《阿宝》同样是写痴情男女同封建家长的矛盾，但作者可以处理得无一笔一划相借；《连琐》和《伍秋月》《聂小倩》《公孙九娘》同样写人鬼之恋，但没有什么重复；《黄英》和《香玉》都是写人与花神的爱情，但大异其趣，恰如一株清丽的秋菊与一棵艳丽的牡丹，《鸦头》和《瑞云》的女主角都是妓女，《神女》和《仙人岛》的女主角同是仙姝，但彼此没有近似……关键就在于作家能写出不同的性格。同样面对"法海和尚"似的家伙，《连城》中的乔生义正词严，据理力争；《阿宝》中的孙子楚却只能垂首无语，靠"离魂"去亲近情人。乔生要像孙子楚那样"痴"不可能，孙子楚如像乔生那样"勇"不合理。两个人处理矛盾的方式都以其各自性格内涵为基础。同样受到了命运的虐待，鸦头敢于发出"从一者何罪"的抗争，瑞云却只能日益憔悴。鸦头不会像瑞云那样俯首帖耳，瑞云不会像鸦头那样慷慨陈词。两人对待欺凌的态度，由她们的性格基调所决定。金圣叹评《水浒传》批到李逵打虎，写道：

前有武松打虎，此又有李逵打虎，看他一样题目，写出两样文字，曾无一笔相近，岂非异才。

写武松打虎纯是精细，写李逵杀虎纯是大胆。……

若要李逵学武松一毫，李逵不能，若要武松学李逵一毫，武松亦不敢。各自兴奇作怪，出妙入神，笔墨之能，于斯竭矣。

金圣叹对施耐庵的分析，同样适用于写家庭婚姻的圣手蒲松龄。

有时，作家还像一个奇计百出的军事家，在人们难以预料的地方设"奇兵"，让人物遇到极为特殊的矛盾，从而显露出超群的品性来。

像《娇娜》《素秋》两篇作品，按照惯常的写法，很可能把男女主人公的关系处理成爱情关系。但蒲松龄却让男主人公去经受别的考验：孔雪笠虽然爱过娇娜，所谓"曾经沧海难为水"，但他在小说中遇到的考验，却是能否为了柏拉图式的爱为一位异性献身。《素秋》中的男主角俞慎是一个洁身自好的书生，他始终以异性兄长的高洁姿态对待素秋，他所经受的伦理道德的考验，使这个人物成为极其深刻和生动的艺术典型。

俞慎与俞士忱、素秋兄妹的关系一开始便建立在纯真友谊的基础上。他因结义兄弟俞士忱"兄妹纤弱""无应门之僮"，邀到家中同住。两兄弟共同攻读，感情弥笃。俞士忱在自己病重时，安排素秋为俞慎作妾，被俞慎断然拒绝：

（士忱）急呼妹至，张目谓公子曰："吾两人情虽如胞，实非同族。弟自分已登鬼录。衔恩无可相报，素秋已长成，既蒙嫂氏抚爱，媵之可也。"公子作色曰："是真吾弟之乱命矣！其将谓我人头畜鸣者耶！"

这是对俞慎人格的第一次考验，在美色面前毫不动心，认为纳义妹为妾是畜生才干的事。俞士忱死后，化为蠹鱼。素秋因为被俞慎看见，哀婉而情切地表示担忧。俞慎马上表示，"即中馈当无漏言"，恳切而坦荡地说明，他与素秋兄妹的高洁情谊"情之所在，异族何殊"。俞士忱身化异物，是对俞慎的第二次考验，强调了友谊的坚如磐石。素秋长成，俞慎为之择婿，其妻弟以"许为买乡场关节"为交换条件，向素秋求婚，被俞慎"将致意者批逐出门"。功名的诱惑是对俞慎的第三次考验，见出其品性高洁。素秋出嫁后，其婿受人引诱，以素秋去换两妾及五百金。素秋巧使妙计逃脱，俞慎向公庭控诉，其婿愿以千金求罢讼，恰在此时，素秋返家了：

素秋夜归，将使公子得金而后宣之；公子不可，曰："向愤无所泄，故索金以败之耳。今复见妹，万金何能易哉！"

这是俞慎面临的第四次考验，他为人的坦荡和笃于兄妹情谊的品格又受到金钱的考验。俞慎这个封建时代的正人君子经受了美色、功名、金钱的一系列考验，就像阿·托尔斯泰《艰苦的历程》中的三姊妹一样，火中烧、水中煮、盐中浸，而愈加清白无瑕、高洁可钦。

如果说在《素秋》中蒲松龄是以封建社会正人君子的模式给俞慎以血肉之躯，那么可以说，在《张诚》《乔女》《珊瑚》中，他更以由衷的喜爱写出了符合封建伦理道德要求的典型。张诚斧薪助兄，张讷百般寻弟，在危难中见其"悌"；乔女在孟生求婚时不允，以"不嫁二夫"见其"节"，而孟生死后又扶孤成人，显其"义"；珊瑚对于恶婆婆笑颜相迎，打了左脸再送上右脸，毫无怨言，是个地地道道三从四德的范例。蒲松龄在艺术描写上，用伦理道德的考验写人是成功的，然而他那套孝悌忠信的封建说教有时却是腐朽的。

第十章
由说话看出人来
——聊斋人物性格的重要展示

曹雪芹在《红楼梦》第一回,就对中国小说中"千部共出一套"表示深恶痛绝。按照他的思维逻辑,千篇一律的原因何在?除了被封建礼教的绳捆索绑外,主要因为"千人一面,众口一腔"。

是的,"众口一腔"。这是导致小说凡庸化的要害,而"人各异词",则是刻画生动感人形象的要害之一。文豪巨匠都致力于人物语言性格化的追求。高尔基惊服巴尔扎克小说写对话的技巧,以为巴尔扎克并不着力描写人物模样,却能使读者由说话看出人来。的确如此,《贝姨》写于洛男爵的情妇玉才华接受了外号"梯也尔"大财东的巨额金钱,把男爵像扔破抹布一般扔掉了。男爵气愤地说玉才华"无耻",那歌星回答一句:"无耻是我的本行!"何等的有力!一句话,画出了歌唱家兼高级妓女的形象,胜过连篇累牍的铺垫。

《聊斋志异》是古奥的文言,但所写的人物却各有其特点、口吻。我们甚至可以不看人名、不看履历,只看一段话,就知道这是谁。应当承认,在曹雪芹出世前,聊斋先生已经把"众口一腔"的旧模式打得粉碎了。

第一节 口角毕肖 声态并作

《聊斋志异》的语言极富于个性,寥寥数语,便把人物的身份、职业、个性、心理描绘出来。我们可以信手拈来这类几句道白写活一个人物的范例：

《刘姓》中的老实农民苗某被刘姓恶霸占去了桃树，非但不去追索，反而哀求对方："我农人，半世不见官长。但得罢讼，数株桃，何敢执为己有。"语气何等诚笃、谦卑，写尽了甘于退让的老实人形象。与苗某争执的刘姓恶霸被阴司拘去，又因曾以三百钱救活一人命，被阎王放回，阴司皂隶向他索贿，刘姓怒告："不知刘某出入公门二十年，专勒人财者，何得向老虎讨肉吃耶！"是盛气凌人的恶霸腔调。

《蕙芳》中贫穷的马媪见蕙芳自愿嫁于自己的儿子马二混，并带来两个丫鬟，非但不欢喜，反而这样说：

> 我母子守穷庐，不解役婢仆。日得蝇头利，仅足自给。今增新妇一人，娇嫩坐食，尚恐不充饱，益之二婢，岂吸风所能活耶？

贫媪的语气和表达的忧虑，极贴合其身份。

《续黄粱》中，曾某听说自己可以做二十年太平宰相，便心气殊高，指同游者曰：

> 某为宰相时，推张年丈作南抚，家中表为参、游，我家老苍头亦得小千把，于愿足矣。

画龙点睛之语，极显小人得志之态。

《狐梦》中，少女们絮絮口语，二娘曰：

> 记儿时与妹相扑为戏，妹畏人数肋骨，遥呵手指，即笑不可耐。便怒我，谓我当嫁僬侥国小王子。我谓婢子他日嫁多髭郎，刺破小吻，今果然矣。

真是涉笔成趣的闺房喁喁小语。

《青梅》中，程生向狐女许诺共结白首盟，却又娶了王氏。狐女听说后，就把吃奶的女儿扔给程生：

> 此汝家赔钱货，生之杀之，俱由尔。我何故代人作乳媪乎？

气极之语亦是痛极之语，写透了弃妇的愤懑。

《青凤》中，耿去病夜入狐仙聚饮处，突然闯进去，大呼："有不速之客一人来！"看到美丽的青凤，他竟然拍桌子大叫："得妇如此，南面王不易也！"狂放不羁，狂态如见。

《鬼哭》中，自以为有权势者大呼："汝不识我王学院矣？"惹得群鬼嗤之以鼻，活画了败类的色厉内荏。

《聂小倩》中，正直书生宁采臣独居。半夜，有丽人自荐（盖女鬼聂小倩也）。他这样拒绝聂小倩的爱情："卿防物议，我畏人言；略一失足，廉耻道丧。"真是正义凛然。当聂小倩遵恶鬼之意再度纠缠并给宁采臣金子时，宁采臣道："速去！不然，当呼南舍生知。"把金子掷还曰："非义之物，污吾囊橐！"其语真是掷地作金石声。无怪聂小倩评价：此汉当是铁石！

《织成》中的柳生，乃是一个不拘礼法的才子。所以他有以牙齿咬织成翠袜的轻狂举动。但他因之获罪后，却以巧妙的言辞为自己辩护：

> 见南面一人，冠类王者，因行且语，曰："闻洞庭君为柳氏，臣亦柳氏；昔洞庭落第，今臣亦落第；洞庭得遇龙女而仙，今臣醉戏一姬而死：何幸不幸悬殊也！"（洞庭君遂命他赋《风鬟雾鬓赋》并因他构思慢而讥问时，柳生又答）曰："昔《三都赋》十稔而成，以是知文贵工，不贵速也。"

但明伦评前一段话："语委婉近人，虽是牵扯撒赖，亦有理有趣。"后一段："是能文语气。"这两段话风趣地描写了才子的形象。

《胭脂》中的青年知府吴南岱机智、聪明。他从鄂生的温雅外形，推出他不类杀人者，遂"温语慰之"，引出了王氏妇人参与鄂生和胭脂谈话的情节。由此直追，又引诱王氏讲出了真情，吴南岱便追问王氏：你要为他二人撮合之事，曾否告诉他人？王氏狡辩说没有。吴南岱说："凡戏人者，皆笑人之愚，以炫己之慧，更不向一人言，将谁欺？"这段话非常有道理，也极合乎逻辑，显示了吴南岱过人的才智。果然由此问出了王氏曾对宿介谈的真情。但聪明反为聪明误，吴南岱在宿介身上却犯了刚愎自用的错误。他说："宿妓者必无良士！""逾墙者何所不至！"以宿介的"宿妓"（实则王氏尚不能为"妓"）和"逾墙"作为他可能犯杀人罪的根据。正是这两句一概而论的话把知府自己引入歧途，出现了所谓李代桃僵，而桃僵亦屈的曲折情况。在《胭脂》中，吴南岱对王氏和宿介说的话，从不同角度反映了知府个性中的不同方面。他聪明过人、明察秋毫，却自以为是、主观武断。因为吴南岱的这一个性，胭脂一案呈现了山重水复疑无路的局面。

《吕无病》中，泼悍的王氏吓死了丈夫前妻之子，妾吕无病大哭，王氏怒曰："贱婢丑态！岂以儿死胁我耶！无论孙家襁褓物，即杀王府世子，王天官女亦能任之！"几句话，骄横、跋扈、狂悖之性情毕现。孙公子因儿子被害与王天官家发生争执，县宰软弱，不敢主持正义，把孙公子送给朱教官。但朱教官是个刚正不阿的世家子，问清了情况，果断而愤慨地说：

  堂上公以我为天下之龌龊教官，勒索伤天害理之钱，以吮人痛痔者耶？此等乞丐相，我所不能！

几句话，写出一个"风骨棱棱，真好教官"（冯镇峦评）。

《胡氏》中有一"直隶巨家"，这一家中住进了狐仙，狐仙又恰好看上了主人的女儿，便去求婚。那位做父亲的有一个奇怪的逻辑：他认为女儿嫁给狐，便随之成为狐，因而他不乐意。但如果儿子娶一狐妇，却可以把狐妇变成人。于是，他委婉地拒绝狐仙求娶小姐的要求：

  先生达人，当相见谅。以我情好，宁不乐附婚姻？但先生车马、宫室，多不与人同。弱女相从，即先生当知其不可。且谚云："瓜果之生摘者，不适于口"，先生何取焉？

但明伦评这段话："主人之言，亦婉而成章，遂释兵戎，言归于好。"这是一段出色的外交辞令每次遂化干戈为玉帛。

《道士》中，有一个主人每次吃饭都主动来参加的道士，另一个常来吃闲饭的人嘲笑道士，整天来做客，不做一次主人吗？道士笑着回答："道士与居士等，惟双肩承一喙耳。"一句反唇相讥的话，生动地表达了道士的机智。

《瑞云》中的贺生，在名妓瑞云艳名远噪时受瑞云的青睐，待瑞云因颧骨生黑斑门庭冷落时，毅然迎娶瑞云。他说："人生所重者知己，卿盛时犹能知我，我岂以衰故忘卿也？"简练地表达了才人的多情。

……

这些语言，都是人物个性化的典范。

聊斋的人物语言常常注意切合人物的特有气质。如《红玉》中的"虬髯阔颔"侠士是个粗豪的人，作家为这个人物设计的语言，便多用反诘句和惊叹句。冯生妻子被豪家抢去，父亲被豪家打死，处于极度悲怆、万分仇恨之中时，有一个不认识的大胡子来他家了。此人是谁？来做什么？作家一概不作絮语。一开始，便是"客遽曰：'君有杀父之仇，夺妻之恨，而忘报乎？'"话语如神龙矢矫，有不可挟制之势。当冯生稍有疑虑而且怀疑来人是仇人所派时，侠士怒眦欲裂，遽出曰："仆以君人也，今乃知不足齿之伧！"冯生知他为异人，逐请他为自己当"杵臼"即扶孤。侠士答："此妇人女子之事，非所能。"但却爽快地答应以身试法委任杀人复仇的危险任务。侠士的语言有气势、斩钉截铁，带有阳刚之气，表现了他的气质。可以说，这嫉恶如仇、拔刀相助的侠士，主要靠这几段语言立起来。

聊斋人物的语言常常着眼于表现人物的年龄特点。田七郎的母亲在武承林千方百计地要亲近田七郎时，龙钟而至，厉色曰："老身止有此儿，不欲令事贵客！"她的语言是一个积世老婆婆富有社会经验的语气。她为什么要拒绝儿子同武承休亲近？原来她观察出武承休可能要倒霉，而贫苦人与人交朋友，最终很可能以命来报答。田母的语言，表现了她那种年龄才有的深沉、虑重、稳重的特点。

大约因为长期乡居，又曾三十年设帐西铺，蒲松龄对于下层社会的妇女，不管是有丰富经验的老妪，如田七郎之母、宁采臣之母、马二混之母，还是周旋于家事纠纷的少妇，如细柳、邵氏、恒娘、仇大娘、珊瑚，还是豆蔻年华的少女如菱角、青娥、小翠，均能把握住她们各自说话的语气、习惯、癖性，尤其是那些年轻女性，真可谓百人百语、千人千面：

> 汾州判朱公者，居廨多狐，公夜坐，有女子往来灯下，初谓是家人妇，未遑顾瞻，及举目，竟不相识，而容光艳绝。心知其狐而爱好之，遽呼之："来！"女停履笑曰："厉声加人，谁是汝婢媪耶？"

——《汾州狐》

> 于生……读书醴泉寺，忽一女子……推扉笑入曰："勤读哉！"于惊起视之，绿衣长裙，婉妙无比。于知非人，固诘里居，女曰："君视妾当非能咋噬者，何劳穷问！"

——《绿衣女》

> 湘州宗湘若（野外遇一貌娟好的女子）……宗近身启衣，肤腻如脂。于是挼莎上下几遍。女笑曰："腐秀才！要如何便如何耳，狂探何为？"诘其姓氏，曰："春风一度，即别东西，何劳审究？岂将留名字作贞坊耶？"

——《荷花三娘子》

三个故事都写"春风一度"式的遇合，但三个女性给人留下的印象却差异很大。这几乎全靠她们几句简短的话语。汾州狐女并不拒绝朱公的"爱好"，但她以顽皮的批评口气声明：我可不是你家的丫鬟老妈子，可以随便呼来喝去！《荷花三娘子》中的狐女放荡不羁达到令人不悦的程度。她刚刚同一个人"野合"，被湘生撞见，立即来者不拒，再续鸳缘。她的话完全是一副"性解放"的语气，毫不在乎。《绿衣女》中的绿蜂就完全气质不同了。她对于生讲话亲热而不轻佻，谢绝于生的"诘问"也十分委婉。三个故事，寥寥数语，便画出了顽皮风趣的狐女、放纵淫荡的狐姬、含情脉脉的绿衣女。

聊斋的人物语言常常顾及于人物的文化教养。那些经常出现在小说中的读书人，有的炫己才学、有的书生气十足、有的清丽文雅，都是其文化修养的表现。至于那些负贩小商、皂役禁卒，则粗莽而乏文。

即使女性形象，也常常靠着她们的文学素养区别其身份，最典型的例子是《吕无病》。小说中的鬼女吕无病，并非姝丽，面黑多麻。但她的为人却如莲蕊之清气徐来。她的语言，温柔得体。她一见孙公子面，便说"慕公子世家名士，愿为康成文婢"。一个"康成文婢"的用典，慧心妙舌，已露文才。孙公子因为看她丑陋，以"舆聘之"敷衍，吕无病说："自揣陋劣，何敢邈望敌体？聊备案前驱使，当不至倒捧册卷。"一句"不至倒捧册卷"很贴合于她自诩之"康成文婢"身份。当孙公子说纳婢亦需吉日时，吕无病马上取出通书，自己看过后，对公子笑道："今日河魁不曾在房。"这是一句很传神的话，没有相当的文化素养，讲不出这样的典故来。据《荆湖近事》，性情迂缓的李戴仁连与妻子聚欢都要看历书。有一天晚上，他的年轻妻子主动来相见，他说"河魁在房，不宜行事"。吕无病用这个典故，显得她有情、有礼、而不轻佻。吕无病这个形象是很别致的，她为孙公子拂几整书、焚香拭鼎、俯首承睫、殷勤备至，是一个很典型的"文婢"。而这个"文婢"之所以生动，极大程度上是她的语言温婉而有修养。

聊斋人物的语言符合人物阶级出身、文化教养、为人秉性，语言与人物天衣无缝地结合。这些语言还具有简洁明了的特点，不拖泥带水、不模棱两可、不隔靴搔痒。句句有着落、句句有特点。蒲松龄似乎任凭他笔下的人物信口开河，就像在现实生活中一样，不论什么人、不论在什么时间、不论在什么场合，他都能为他笔下的人物找到合乎性格的语言。

人物是社会关系的总和，因此，人物的语言不仅应当与人物性格统一，而且应当与所反映的时代、社会有统一性。聊斋的人物语言，十分凝练，三言两句便打中社会的痼疾、抓住时代的脉搏。如：

> 是殆有命。借福泽为文章吐气，使天下人知半生沦落，非战之罪也，愿亦足矣。且士得一人知己可无憾，何必抛却白纻，乃谓之利市哉！

——《叶生》

> 强梁世界,原无皂白,况今日官宰半强寇不操矛弧者耶?
>
> ——《成仙》
>
> 惨惨如此,成何世界?
>
> ——《考弊司》

这都是人物的语言,但其意义已远远超过对某个人的描绘,而成为对整个社会的笔伐。前一段,真乃为科举制下不幸者的放声一哭;后两段则为刻画黑暗官场而入骨三分。

第二节　特殊情况下的独特话语
——人物语言对个性的异化

涅克拉索夫在《关于创办民族剧院的报告书》中说:"塑造典型的第一个必要的艺术条件便是忠实地绘出典型人物的传达方式,就是说,他的语言甚至口语的癖性。"

什么样的人说什么样的话,书生和农民、小姐和丫鬟、清官和污吏,既不会谈同样的话,也不会以同样的方式谈话。蒲松龄很善于抓住典型人物语言或口语的"癖性",即特殊性。这种有癖性的语言的重复使用,使得人物性格轮廓愈来愈清晰,愈来愈有典型意义。

我们先看《席方平》中,个性化的语言怎样成为塑造典型的主要手段:席方平到地狱中看到父亲被打的惨状,便对狱吏大骂:"父如有罪,自有王章,岂汝等死魅所能操耶?"理直气壮,蔑称狱吏为"死魅",其英气立见。阎王不由分说,命笞席方平,席方平受笞,喊"受笞允当,谁教我无钱耶!"语言十分愤激但又含蓄深沉,对冥王挖苦之至。等他受了酷刑,冥王再问:还告状吗?他的回答是:"大冤未伸,寸心不死,若言不讼,是欺王也。必讼!"被锯解以后,仍然是:"必讼!"大义凛然,威武不屈。席方平对狱吏、对冥王说的一连串话,使一个宁折不弯、坦坦荡荡的斗士如闻其声、如见其人。读过这些金刚石一样的语言,这个百折不挠的人物便立起来了。

再如商三官这个少女形象,她为了给父亲报仇,忍辱负重,化装成戏子,取得杀父仇人的爱悦,留下共寝,她进一步迷惑仇敌,"殷勤备至",终于得到了报仇机会,将仇敌身首两断。对于这个形象,王渔洋谓之"庞娥,谢小娥,得此鼎足矣"。蒲松龄自己评价:"三官之为人,即萧萧易水亦将羞而不流,况碌碌与世沉浮者也?"但是蒲松龄写这个复仇女神时,全然没有描写她的复仇过程。这固然是笔墨经济之一端:采用虚写。也因为,在商三官入仇敌家以前,她那种令萧萧易水羞而不流的品性已然十分清晰,而这主要是依据小说中的两段话:

> 焉有父尸未寒而行吉礼,彼独无父母乎?

这是商三官在小说中说的第一句话。她的父亲刚死,婿家便请求完婚,商三官的答复是决绝的,很有礼貌地拒绝了对方婚娶的要求,而且显示:她的兴趣在报仇,不在婚姻。

> 人被杀而不理,时事可知矣。天将为汝兄弟专生一阎罗包老耶?骨骸暴露,于心何忍矣!

这是商三官的第二段话,正如但明伦所评:"其才其识,足愧须眉。"这话很确切。她的见识的确高于两位木讷的兄长。尤为可贵的是,她讲这番不信任官府的话时,已然成竹在胸,有了弃"官了"而去"私了",即个人手刃仇人的打算。

商三官报仇计划付诸实施之前,靠她这两段话语,她的性格已经非常确切、鲜明。

不同性格的人有不同的话语,人物的个性化语言加深人们对性格的认识。但在同一人物身上,在性格统一的前提下,写出语言的变化,就显得格外唐突、格外引人、格外不平常。《红楼梦》中,"小心眼儿"是林黛玉的重要特点,话语中动辄含酸带刺儿,是她常有的语言方式。她对周瑞家说:"别人不挑剩了也不给我。"对贾宝玉说:"宝姐姐不绊住,你早就飞来了。"但是林姑娘也有豪爽而开朗的时候,如大观园联诗时的"抢命"和妙趣横生的姐妹取笑。这一方面使人物性格丰富化，一方面使作品色调不单调，这是作家艺术才能的表现。在《聊斋志异》中，我们也可以随手撷取这一类例子。

《小谢》中的陶生，是位风流倜傥的读书人。小说开头说他好狎妓，但有婢夜奔时，反而坚拒不乱，开始便为人物的个性定了一个基调，即：他为人有矛盾性。情节在尖锐的矛盾中迂回，人物语言也呈现摇曳多姿的状况。他初闻姜部郎家有鬼，泰然曰："鬼何能为！"他对于捣乱的女鬼，始而要杀却，产生了感情以后，又甘为之赴汤蹈火。小说正是用不同情况下的不同语言来展示这个人物的丰富性格内涵。他对于两个调皮的女鬼说这样的话："鬼物敢尔！""小鬼头，捉得便都杀却！"是一种吓唬的语气，简洁明快、铿锵有声。为了避免自己被鬼所害，他对两个女鬼讲了这样一段话：

> 相对丽质，宁独无情？但阴冥之气，中人必死。不乐与居者行可耳，乐与居者安可耳。如不见爱，何必玷两佳人；如果见爱，何必死一狂生！

这是劝两个女鬼自重的话，也是洁身自卫的话。当两个女鬼与陶生因为对恶势力的斗争结成生死之谊时——秋容被黑判抓去，但誓不屈从，忠于对陶生的恋情——陶生那颗铁汉子的心便软化了。他的语言也从铮铮如钢变得柔情似水，他要求与多情的秋容同寝，愿意为爱而死。

陶生的语言以豪爽多智为基调，时而刚健有力："黑老魅！何敢如此！明日仆其像，践踏为泥！"（对城隍数而责之）"案下吏暴横如此，渠在醉梦中耶？"——这是对横行判官的檄词。时而诙谐有趣："房中纵送我都不解，缠我无益。"——这是对来"捣乱"的女鬼讲的。时而柔情似水："今日愿为卿死。"——这是对经受了严峻考验的恋人说的。但明伦评道："刚直语而以妩媚出之，即鬼亦感而动容。"陶生语言时而刚、时而柔、时而烈、时而缓，多方面展露了他的蕴藉、他的倜傥。

聊斋中人物的语言，还常出现意外的变化，人物不使用他（她）的习惯用语，反而使用似乎与他（她）的个性格格不入之语。例如，《长亭》篇中的狐女长亭，因为老父与丈夫两人不合，经常出现翁婿不能兼顾的为难场面。她处于这种亲人的矛盾中，极力斡旋、忍辱负重，她的语言中，便总是出现一些如泣如诉的剖白、劝导性的话语。她的父母让她归家两年，不许返回婆家，恰好公爹去世，她的丈夫石太璞病惫不能理事时，长亭突然归来，这样说：

> 妾不孝，不能得严父心，尼归三载，诚所负心。适家人由海东经此，得翁凶问。妾遵严命而绝儿女之情，不敢循乱命而失翁媳之礼。妾来时，母知而父不知也。

长亭说话的语气是温顺而可怜的，确是一个受制于"父母之命"的淑女形象。她可以因父亲的严命而离开丈夫，却又严格遵守法度来为公爹奔丧。而这还必须瞒着父亲。她那种两边为难，两头求全，吃夹缝气的处境和温柔顺从的秉性如在眼前。后来，她的父亲（老狐狸）被人"遣神绾锁"抓住，她向丈夫求救，她的丈夫平时吃够了岳父的苦头，今闻老狐狸被捉，"笑不自禁"，长亭这位极为温柔、极为贤惠的女性忽然讲出了一番剑拔弩张的话语：

> 彼虽不仁，妾之父也。妾与君琴瑟数年，止有相好而无相尤。今日人亡家败，百口流离，即不为父伤，宁不为妾吊乎！闻之忭舞，更无片语相慰藉，何不义也！

谚曰：兔子急了也咬人。在伤心至极的情况下，温和的人讲出了尖刻的话。

挖掘人物在特殊处境下的话语，起到使人物形象多层次、多侧面、曲折有致的效果。

第三节　逼真的对话

苏联作家马卡连柯曾在《和初学写作者的谈话》中说过："对话——这是小说里最难的部分之一。需要熟悉生活中的对话，要凭空想出有趣的对话几乎是不可能的。""对话应该是非常活泼生动，它不但应该表现人的心情的变化，同时也应该表现人物的性格。"

《聊斋志异》的对话，也是如此。请看《翩翩》中的一段描写：

> 一日，有少妇笑入，曰："翩翩小鬼头快活死！苏姑子好梦几时做得？"女迎笑曰："花城娘子，贵趾久弗涉，今日西南风紧，吹送来也？小哥子抱得未？"曰："又一小婢子。"女笑曰："花娘子瓦窑哉！那弗将来？"曰："方鸣之，睡却矣。"于是坐以款饮，又顾生曰："小郎君焚好香也！"

真像侯宝林《戏剧与方言》中那段上海妇女的吴侬软语。没有写人物的情态、动作，但仅仅从对话，就仿佛看到两个美人亲热地开玩笑。这个说那个做"薛姑子好梦"，那个说这个是只会生女儿的"瓦窑"，帏幄俳谑，倩笑情态如画。

再看《聂小倩》：

> 妇曰："小倩何久不来？"媪云："殆好至矣。"妇曰："将无向姥姥有怨言否？"曰："不闻。但意似蹙蹙。"妇曰："婢子不宜好相识！"言未已，有一十七八女子来，仿佛艳绝。媪笑曰："背地不言人，我两个正谈道，小妖婢悄来无迹响。幸不訾着短处。"又曰："小娘子端好，是画中人，遮莫老身是男子，也被摄魂去。"女曰："姥姥不相誉，更阿谁道好？"

一段对话，画出三个人物：气势汹汹的妖妇、柔弱无依的聂小倩、还有既要讨好妖妇又不想得罪小倩的老姬，她的话有的是向妖妇讨好的，如说小倩"意似蹙蹙"，有向聂小倩讨好的，如夸聂小倩美丽。这个老于世故、两边讨好的虔婆很有神采，她对聂小倩的赞誉，又成为描绘聂小倩的巧妙一笔。

又如《婴宁》中，王子服在郊外遇到拈花而笑的婴宁，拣起了婴宁丢的花——作为爱情的信物——并追寻至深山中，终于在花园中得以与他日思夜想的婴宁相见。他们之间出现了一段精练而别致的对谈：

> 生俟其笑歇，乃出袖中花示之。女接之曰："枯矣，何留之？"曰："此上元妹子所遗，故存之。"问："存之何意？"曰"以

示相爱不忘也。自上元相遇，凝思成疾，自分化为异物，不图得见颜色，幸垂怜悯。"女曰："此大细事。至戚何所靳惜！待郎行时，园中花，当唤老奴来，折一巨捆负送之。"生曰："妹子痴耶？""何便是痴？"曰："我非爱花，爱拈花之人耳。"女曰："葭莩之情，爱何待言。"生曰："我所谓爱，非瓜葛之爱，乃夫妻之爱。"女曰："有以异乎？"曰："夜共枕席耳。"女俯思良久，曰："我不惯与生人睡。"

这段妙绝的对话，写出两个憨绝的人物。婴宁在野外遇见王子服，一见钟情，明明是以花遗地给"目灼灼似贼"的情人，当王子服拿出花时，她反而问：存这个干什么？而且说：你喜欢花，让老奴送一大捆给你！王子服直接指出，我爱的是拈花的人。婴宁又说：这样远的亲戚哪儿谈得上爱？好像王子服的爱与自己毫不相干。到说出这爱是夫妻之爱时，还要问：夫妻之爱与亲朋之爱有什么不同吗？听到"夜共枕席"的回答，她居然能这样说："我不惯与生人睡。"真是一个傻大姐！然而，她果真憨乎？非也，她是故意捉弄王子服，让王子服把爱情尽情尽致、一览无余地吐露出来。我们从她的话中可以找到破绽：她开始说"至戚何所靳惜"，把同王子服的关系说成"至戚"，后来又说是"葭莩之情"，疏远得很。她为什么前后不一？全是为了逗引王子服，而且，这个始终离不了"笑"的姑娘，说这一系列的话没有一丝儿笑意。那说明，她明明是把两人的爱情表白当成十分重要的事儿！真正憨的，是那个王子服。这一段二人对话使我们如同看到那个慧绝的狐女一边捉弄书呆子，一边眉目含情。看到那个王子服在那儿一本正经地解释夫妻之爱与亲朋之爱的异同，看到他那指天画地的爱情表白和得不到对方响应的窘急情态！

在《婴宁》中，婴宁与王子服的对谈几乎形成了一幅动态的人物图画，两个人的神情同时在变化着，时而隐隐露出书生的呆气，时而显出少女的慧黠。在另一个描写狐女的名篇《娇娜》中，我们从人物对话，则同时看到了一组人物。孔雪笠娶了松娘为妻，生了儿子，一同到皇甫家：

> 娇娜亦至，抱生子掇提而弄曰："姊乱吾种矣。"生拜谢曩德。笑曰："姊夫贵矣，创口已合，未忘痛耶？"

这短短的几行中，写了娇娜的两段对话，这个聪明、文雅而清丽的女孩子便活泼地站在了读者面前。她对表姐说："乱吾种矣。"讲得风趣横生、亲昵之至；她对孔生讲了三句短语，有问讯、有恭贺之意，又有适当玩笑语。正如但明伦所评："只三语十二言，而面面俱到，所谓回头一笑，百媚俱生。"娇娜的讲话极有分寸感，对表姐，她能开"乱吾种"的玩笑，极风趣。对孔生，则玩笑开到"未忘痛"的程度，绝不再深入一步。设若把两人的玩笑对调一下，便显得不伦不类了。说孔生"乱吾种"便轻佻了，便不成为娇娜。这时语言的对象化非常突出。不同的说话方式表达了双方不同的关系，不管是情绪还是性格，都与对话十分切题。那是因为，既不与关系很亲近的人说疏远的话，也不对关系不甚亲近的人说失去分寸的话。这一段对话极准确，从而也极富于表现力。

善于写对话，是小说家的基本功，蒲松龄小说的对话，总是准确、鲜明、生动、清新活泼、简洁有力，着笔不多，却把几个人的轮廓勾勒出来。《阎王》是聊斋故事中思想格调不高的作品，因果报应的腐朽思想、空洞的说教充斥全篇。但因为极为生动的人物对话，使这一思想蹩脚的小说却有相当的吸引力。小说中写的是：李久常的嫂子因为妒忌，曾在丈夫的妾生产时，针刺其肠上，阎罗因之罚她长恶疽——如其弟在阴间所见，乃是将这妒妇以钉子钉其手足于扉上——这个李久常归家后，见其嫂子卧榻上，创血殷席，正在骂妾，两人便对答起来：

> 李遽劝曰："嫂无复尔！今日恶苦，皆平日忌嫉所致。"
> 嫂怒曰："小郎若个好男儿，又房中娘子贤似孟姑姑，任郎君东家眠，西家宿，不敢一作声。自当是小郎大好乾纲，到不得代哥子降伏老媪！"李微哂曰："嫂勿怒。若言其情，恐欲哭不暇矣。"曰："便曾不盗得王母箩中线，又未与玉皇香案吏

一眨眼,中怀坦坦,何处可用哭者?"
恶狠狠的妒妇形象毕肖。这个妒妇的语气凶恶,还以最不可能发生的事(盗王母线)来表明自己没有过失。这一嫂一叔,一个是一种气势汹汹的进攻姿态,一个是稳坐钓鱼台的口气,极有张致。

人物的对话肇始于各自的性格,展示着各自的感情、态度乃至在社会生活中的地位。《司文郎》的故事,开始就着力于展示三个书生的品性,余杭生狂悖无状、宋生言语谐妙。两个人在王平子的酒席上唇枪舌剑地交起锋来:

(王生、宋生)相对嚎谈。余杭生适过,共起逊坐,生居然上坐,更不扪抲。卒然问宋:"尔亦入闱者耶?"答曰:"非也,驽骀之才,无志腾骧久矣。"又问:"何省?"宋告之。生曰:"竟不进取,足知高明。山左、右无一字通者。"宋曰:"北人固少通者,而不通者未必是小生,南人固多通者,然通者未必是足下。"

宋生始而温文尔雅,出语谦虚。听到余杭生目中无人的狂悖之词,终于忍无可忍,以绵里藏针的话加以冷嘲热讽。两人经过一番学识方面的真刀真枪交战后,余杭生说了这样一句话:"其为人也小有才。"是不得不向宋生认输,但认输的同时,仍然不肯给对手以高的评价。《司文郎》生动的对话不仅使带学究味的描写不显得沉闷,而且使人物性格昭彰分明。

普希金在《给拉叶夫斯基的信》中说:"境遇的逼真和对话的真实,这是悲剧的真正的准则。"聊斋故事便遵照这一"真正的准则"。它的对话不矫饰、不夸张,以生活本来的面目出现。类似于《阎王》中的叔嫂之争、《翩翩》中的少妇调谑、《娇娜》中的亲朋聚首,是现实生活中常常发生的,蒲松龄的才能在于,他把手深入到生活的深处,抓住它,饶有兴味地反映出来。

人物对话是人物间矛盾的主要表现方式之一,也是描写性格的主要手段。我们从《云翠仙》中可以看出人物对话对于人物性格的发展有多么重要的作用。

梁有才，是个懒惰无行的豺鼠之辈。他借礼佛的机会，调戏云翠仙，引起云翠仙的极大厌恶，但他却能以甘言美语去诱惑昏聩的云母："山路涩，母如此蹒跚，妹如此纤纤，何能便至？"靠了拍马迎合的伎俩，他骗得了云母的信任。云翠仙却十分清醒，她说："渠寡福，又荡无行，轻薄之心，还易翻覆。儿不能为逼伎儿作妇！"但她说服不了糊涂老母，因为梁有才在那儿"朴诚自表，切矢皦日"地发誓，并进一步作"殷勤良殷"的表演，云母遂命翠仙与之成婚。翠仙迫于母命，只好"漫相随"。梁有才劣性不改，婚后马上"朋饮竞赌"。渐渐盗取云翠仙的首饰，甚至想把云翠仙卖入妓院。但他的鬼主意不可告人，便做出击桌、抛匕箸、骂丫鬟的种种姿态来。云翠仙虽然有母亲赠的黄金，但为了考验梁有才，她珍藏密收，不让梁有才知晓。目的是让他充分显露，当她发现梁有才果然不务正业时，她尚且没有想到他会打卖妻子的主意，因而：

> 一夕，女沽酒与饮，忽曰："郎以贫故，日焦心。我又不能御穷，分郎忧，中岂不愧怍？但无长物，止有此婢，鬻之可稍稍佐经营。"才摇首曰："其值几许！"又饮少时，女曰："妾于郎有何不相承？但力竭耳。念一贫如此，便死相从不过均此百年苦，有何发迹？不如以妾鬻贵家，两所便益，得直或较婢多。"才故愕言："何得至此！"女固言之，色作庄。才喜曰："容再计之。"

云翠仙开始是要引梁有才开口，看这个不义之徒到底打的什么主意。她对于"同衾人"尚存幻想，因而以卖丫鬟相试探。梁有才的回答只有四个字："其值几许！"那就是说：他不是不想卖丫鬟，但丫鬟能值几个钱？那么值得更多的是谁？自然是云翠仙本人。这四个字如雷轰顶，打消了云翠仙的幻想。云翠仙清醒了，悲愤之极，她冷静地让那个轻薄者招供。她用"以妾鬻贵家"为试探，这当然正中梁有才下怀。但梁有才很狡猾，担心这不是真心，便故作惊奇："何得如此！"这是满心乐意而面子上不得不推托的话。云翠仙从这口是心非的语气中悟出了梁有才的真心，便故意郑重其事地坚持要卖自己，这猾徒才如释重负地说："容再计之。"——这就是说，可以讨论卖妻子以及卖多少钱了。他口头上是"容再计之"，但他这句敷衍话已被他喜不自禁的神色打了嘴巴，因此，他这句话愈显其无耻和狡诈。一段对话，写尽了人物微妙的内心活动，还使读者似乎看到对谈者的神情：梁有才带着鬼鬼祟祟的表情在狡辩，云翠仙时而皱着眉头思索，继而极度震惊，完全绝望，终而大彻大悟下定了惩办"豺鼠子"的决心。一正一邪，两个人物皆神情飞动。而两人这一段对话正好形成了两人性格的转折点：梁有才撕下了他的假面，云翠仙舍弃了一切幻想。

第十一章

潜入心灵的深处

中国古代小说的心理描写有逐渐细致的倾向。《世说新语》已有人物心理的白描,《王蓝田性急》中对王蓝田吃鸡子的行为描写,把他"瞋甚"的心理、烈火般的性情写得活灵活现。桓温感叹"木犹如此,人何以堪!"(《桓公北征》)王子猷自称"吾本乘兴而行,兴尽而返,何必见戴?"(《王子猷居山阴》)或者用对人物行为的简单勾画,或者撷取人物典型化的三言两语,粗线条地表达人物的内心。到了宋代,在文言小说(如《李师师外传》)和话本小说(如《碾玉观音》)中,心理描写仍然比较简略。明代的拟话本,人物内心世界的刻画有了长足的进步。《金玉奴棒打薄情郎》对于负心汉莫稽有三次精彩的心理描写——"内心独白":他穷困时,想入赘金家,以便于"人财两得";一得势便担心金家的门第辱没了自己,担心生下孩子被人讥笑为"团头的外甥";当他携妻赴任时便下了杀妻的决心。在另一篇拟话本名篇《杜十娘怒沉百宝箱》中,以人物的行为对人物内心进行画龙点睛的白描,取得了很高的成就。杜十娘识破李甲的纨绔子弟面目后,沉稳的行为、冷静的语言,成功地烘托了她悲痛欲绝的情绪和对于吃人世界的清醒认识。

到了中国古代小说的艺术巅峰《红楼梦》,人物的心理描写达到了出神入化、细致真切的程度。"诉肺腑心迷活宝玉"是学术界公认的心理分析绝唱;"鸳鸯女誓绝鸳鸯偶",鸳鸯女听邢夫人说媒的情态，是白描化心理描写的典范。《红楼梦》在小说艺术上，包括人物的心理描写技巧，成为中国古代小说不可逾越的艺术顶峰，这是有口皆碑的。

《红楼梦》出现于清代乾隆年间，实际上古代小说的心理描写在康熙年间已臻于成熟，并以蒲松龄的《聊斋志异》为标志。正如鲁迅先生的评语所说，"描写委曲，叙次井然"（《中国小说史略》），是《聊斋志异》心理描写的突出特点。

第一节 "兽伏而出"和"侬也凉凉去"
——寻找勾魂摄魄的言行

有经验的作家，应当善于观察和描写人物的内心世界，表现人的崇高或卑劣、伟大或渺小。怎样表现人物不可捉摸的内心世界？亚里士多德说过："所有的人情悲喜，都在动作中表现。"托尔斯泰也说过："为了让人物自己描述自己，主要应当寻找表现这种心理状态的动作。"

《聊斋志异》近五百篇，无论长至几千字的《张诚》《莲香》，还是短至几百字的《雨钱》《沂水秀才》，其中人物皆栩栩如生、跃然纸上。作为短篇小说，《聊斋志异》常常描写的是现实世界中极其微小的一个角落，是人生长河里支离破碎的一个片段。但往往在这一瞬间的、电光石火般的艺术再现中，人物便浮雕一般地矗立起来了。这是因为，蒲松龄明明白白、清清楚楚地写出了人物怎样做和为什么这样做，他非常善于通过一些细微的特征——一个未加藻饰的动作、一个并不渲染的场面、一句简单明了的语言——一下子，利箭一般地深入到人物的内心深处。

《萧七》写一个小吏的艳遇。徐继长偶然外出，在一个华丽的楼阁中遇到一个老叟，贸然向他求婚。徐"踧踖不知所对"——因为他已经有了妻子了；也可能对荒野中突然出现的楼阁怀疑——老叟马上把女儿装扮出来,女郎"姿容绝俗",于是本来在那儿犹豫的徐继长,"神魂眩乱,但欲速寝"。因为对美色迷恋,徐某的一切怀疑和举棋不定遽然消失!他们结婚后,徐继长虽然仍不忘穷诘女郎的来历,却因为"溺其色,款昵备至"而"不复他疑"……徐继长前后的心理变化,就是从他"蹰躇不知所对"的动作,到"神魂眩乱"的表情,到"款昵备至"的动作,令人信服地袒露着。

《青梅》是个曲折动人的爱情故事。能够"以目听""以眉语"的聪慧少女青梅,是王进士之女阿喜的侍女,青梅钦佩张生的家贫而为人纯孝,想为阿喜和张生撮合。当张生接受了这一建议,托卖花者到进士家说媒时,进士夫妇对于贫士的求婚持这样的态度:

夫人闻之而笑;以告王,王亦大笑。

只用了两个"笑"字,而进士夫妇嫌贫爱富的心理已昭然若揭。夫人的笑,是笑张生的不自量力,表现了贵夫人的倨傲心理;王进士的"笑"又增加了一个"大"字,他的自视甚高、视他人如粪土的心情,更加鲜明。两个"笑"字,把进士夫妇的势利嘴脸剖露无遗。

世事如转蓬。青梅自媒,嫁与张生。张生金榜题名,青梅成为贵夫人。阿喜却因为父母双亡,家产罄尽,成为漂泊无依的孤女。一天,青梅与阿喜在尼姑庵中猝然相遇了:

夫人(青梅)起,请窥禅舍,尼引入。睹女(阿喜),骇绝,凝眸不瞬,女亦顾盼良久。

一个是旧日使女,却已贵为夫人;一个是昔日千金,却已流落下尘。两人意外地突然相逢,都是大为惊诧,但心理活动却很不相同。蒲松龄借她们互相对视的神情,借助于两人神情的微妙差异,开掘出她们各自的内心世界。青梅对旧日的主人是"凝眸不瞬",眼睛死死盯住阿喜看。这种神情说明,她为人的直率依然如昔,她对阿喜的亲昵依然如昔。阿喜对过去的使女"顾盼良久",也就是悄悄地看,睨之、瞥之、斜瞬之。这是一个富家少女看人的常态。她虽然沦落,但贵家少女的教养仍在起作用。她对于青梅的骤贵表现出十分复杂的心情:既大出意外,又不能不对身份已不同前的婢女示以充分的尊重。两个同龄少女深沉的心理活动,通过"凝眸不瞬""顾盼良久"两个稍纵即逝的镜头,准确、形象、分寸得当地凸现出来。

像《青梅》这类以人物一瞬间的动作,勾魂摄魄地反映人物内心的范例在《聊斋志异》中俯拾皆是。《姊妹易嫁》中写姐姐的嫌贫爱富心理,用了两个动作:花轿临门,"女犹向隅而泣""眼零雨而首飞蓬"。《二商》中,懦弱而又稍有点兄弟情谊的大商,在侄子借钱时,既想救助弟侄,又惧怕悍恶的妻子不首肯。他的动作是:"伯(大商)踌躇而目视伯母。"既想救助侄子又惧怕河东狮吼的情态跃然纸上。《画皮》中的太原王生突然发现自己金屋藏娇的美女变成了一个"面翠色"、狰狞无比的恶鬼,"睹此状,大惧,兽伏而出"。像狗一样地爬了出来!那是何等的惊恐万状、何等的狼狈不堪。"兽伏"二字写绝了王生的恐惧……作家捕捉一个适得其所的动作,抵得上一大篇心理分析。托尔斯泰只要写到一个人的后脑勺在颤动,便可以让人知道,这个人是因痛苦而哭泣。蒲松龄也有这种鬼斧神工的笔力。个性化语言对于雕塑人物、创造典型有着十分重要的作用。"言为心声",人物的个性化语言是裸露人物心理状态的更直接有效的手段。

《镜听》的故事写郑氏以儿子是否得到功名决定对儿媳的态度。大郑中式,她便命大郑妻放下厨房的活儿乘凉去,惹得二郑妻又怨又恨又妒又羞,在那儿且炊且泣。突然,有人报信:二郑也中式了,不待婆母吩咐,二郑妻便力掷饼杖而起,道:"侬也凉凉去!"一句话,二郑妇那种如愿以偿的欢快心情,一吐心中恶气的得意情绪,以及这心情带来的扬眉吐气之态,如在目前。《邵氏》写妒妇不许丈夫纳妾,丈夫偷娶的美妾邵氏偏偏前来"自首",而且以封建伦理来说服金氏:"妻之于夫,犹庶之于嫡",劝金氏笑脸承迎丈夫归家。此时,金氏满肚子不高兴,可是邵氏是"自投",且衣饰尽卑,她就不好作福作威,不便于马上对丈夫剑拔弩张,但她的恼怒是实实在在、难以按捺的。于是,蒲松龄让这位妒妇与丈夫见面时,说了这样一句话:"汝狡兔三窟,何归为?!"一句怨恨与要挟俱来的问话,把金氏的全部烦恼、愤懑与无可奈何和盘托出。一句话可以深化一个性格,一句话可以写透一个心灵,一句话甚至可以写活一个人物。《镜听》与《邵氏》不过是我们随手拈来的普通的例子而已。

或利用人物清晰可辨的行动,或利用人物典型化的语言,来描写人物的内心深处,将主宰人物行为的动机、意愿明察秋毫地显现出来,这是蒲松龄在进行心理描写时常用的手法。他总是因人、因事、因情、因境地下笔。或写言,或写行。更多的时候,蒲松龄把人物的语言、行动、性格、心理,天衣无缝地结合起来,把思想与行为、性情与语言、人物与环境写得水乳交融。《青娥》写一个"总角书生"同一位十四岁少女的纯洁、天真、朦朦胧胧的爱。霍生因爱青娥,用一把神奇的小镵,凿透重垣,来到青娥榻前。青娥先是因为发现了"贼"而惊恐,她悄悄离开卧榻,去把家人喊来。显然,她要把"贼"捉拿归案了。可是当听到霍生"以爱娘子故,愿以近芳泽"的表白后,这位"立志不嫁"的姑娘竟在"总角书生"的执着追求下,心动神移。作家写了青娥三个连续性动作:俯首沉思——不答——不言亦不怒。细致地、合情合理地写出了青娥内心的活动和斗争。她对于众人将告于母亲的话,"俯首不语",实则藏了千言万语,藏了她内心深处的狂澜般的变化,也就是她的"立志不嫁"的信念开始动摇了。众人建议她允许霍生求婚,她"不答",这个不答是恰合心意,羞而不答。仆人告诉她,霍生拿走了她的凤钗,她也明白,这实际是拿走了爱情的信物,遂"不言亦不怒"。不言,是不便于言;不怒,加以默许,才是本意。利用这几个连续的动作,就把少女羞于出口或不便于出口的内省活动具体化了,使之可感、可信。

第二节 入情入理的心理分析

以人物言行写人物心理,是《聊斋志异》常用的艺术技巧,对于人物的内心作入情入理的心理分析，也是《聊斋志异》不可或缺的艺术手段。聊斋故事的心理分析，可以说是千姿百态，对于描写人物、展示情节、深化主题，常常起着重要作用。

洛阳常大用爱好牡丹，恰好在曹州牡丹园中遇见一位"宫装艳绝"的少女和一个老太太，他立刻动了心机，先是"眩迷"，为那女子的倾城之貌陶醉了，进而"忽转一想，此必仙人，世上岂有此女子乎！"他不顾礼节地追了上去：

> 骤过假山，适与妪遇。女郎方坐石上，相顾失惊。妪以身幛女。叱曰："狂生何为？"生长跪曰："娘子必是神仙。"妪咄之曰："如此妄言，自当絷送令尹！"生大惧。女郎微笑曰："去之。"过山而去。生返，不能徒步，意女郎归告父兄，必有诟辱之来，偃卧空斋，自悔孟浪。窃幸女郎无怒容，或当不复置念。悔惧交集，终夜而病；日已向辰，喜无问罪之师，心渐宁帖；而回忆声容，转惧为想。如是三日，憔悴欲死。秉烛夜分，仆已熟眠。妪入，持瓯而进曰："吾家葛巾娘子，手合鸩汤，其速饮！"生闻而骇，既而曰："仆与娘子，夙无怨嫌，何至赐死？既为娘子手调，与其相思而病，不如仰药而死！"遂引而尽之。

常大用的心理被一层一层、一步一步地引向深入。他因为追求葛巾受到训斥，首先理所当然地想到自己会因此而得到少女父兄的诟辱，呆呆地守在书斋，居然吓出病来。然而，那少女父兄没来，常大用可以安心了，但思慕之情却比恐惧更顽强地向他袭来，以至于他相思病苦。这一次可不同前一天吓病时，这次，病得更厉害，"憔悴欲死"。到了老妪来送"鸩药"时，他的思慕之情已经登峰造极，他坦诚诉出自己的爱情，"引而尽之"，决绝地把那"鸩药"吞了下去！……这是多么细微、曲折的心理变化！常大用并不曾像《连城》中的乔生随爱人而入地下，也不曾像《阿宝》中的孙子楚那样魂追心上人。但这段周密的心理分析已经把他灼人的激情强烈而饱满地写了出来。

《西湖主》可以算是聊斋故事中情节多变、结构巧妙、意境优美的杰作,其心理描写也很有成就。故事中写陈生迷途在洞庭湖畔,无意中瞥见一位"玉蕊琼英"的公主,顿生爱慕之心,"睨良久,神志飞扬"。公主离去后,他又"徘徊凝想",拾得了公主所遗红巾,题诗巾上以志爱慕之意。突然,公主的侍女赶来寻巾,为他的"涂鸦"大惊失色,断言陈生将"死无所"。陈生"失色",哀求少女超拔。侍女以"孽乃自作,将何为计"相答,急急持巾而去。陈生遂"心悸肌栗,恨无翅翎,惟延颈俟死"。此处,写陈生惶急、绝望的心情,直写得惊心动魄。"山穷水复疑无路,柳暗花明又一村。"侍女又传来公主览红巾并无怒容的消息,陈生的心情也从万分焦虑、恐惧,变为"凶祥不能自必",而腹内饥馁,"忧煎欲死""徊徨终夜,危不自安"。写至此,文气渐缓,颇有风浪渐息的感觉。但马上风波骤恶,王妃闻讯"大骂狂伧",吓得陈生"面如灰土",以为自己必死无疑。不料,祸弭福至,意外地当上了驸马。于是,"生意出所望,神惝恍而无着"。这一大段情节,写陈生在迅雷不及掩耳的情况变化下,如流云回风般变幻无定的心理状态,时而骇急无智、时而彷徨无主、时而焦虑万端、时而茫然莫解。跌宕起伏、变化莫测。

一个有造诣、有成就的作家,固然应当从他人的条条框框中跳出,力辟新境界,更需要从自己的习惯写法中解脱。不随他人亦步亦趋当然重要,不重复、不模仿自己或许更为重要。唯其如此,作家的创作才能不断有新意、有前进,艺术之树才能长绿,艺术魅力才能长存。

《西湖主》的心理描写与情节变化是相辅相成的。更确切地说,是情节变化为主、心理描写为辅,情节变化为因、心理变化为果。这种心理描写带有从属性、被动性的特点。在《白秋练》中,人物的心理活动则反过来对于情节发展起重要影响,成为事件产生、发展,人物悲欢离合的前因,甚至可以说,《白秋练》是以人物的心理活动经纬作品的典范。

白秋练因听到吟诗声而爱慕商人之子慕蟾宫,秋练之母毅然出面"自媒",商人之子对于这种坦率的做法采取了游移态度:

　　　　　生心实爱好，第虑父嗔，因直以情告。媪不实信，务要盟约，
　　　生不肯。媪怒曰："人世姻好，有求委禽而不得者。今老身自媒，
　　　反不见内，耻孰甚焉，请勿想北渡矣！"

这是文章的第一个波折，而以人物的心理活动为统率。慕生虽然喜爱秋练，但考虑到严父之命，因而不肯允婚；白母则一片爱女之心，为了女儿的幸福，可以出面毛遂自荐为女儿说媒，说媒不成，便施以神法，阻止慕生北渡。

　　白秋练之母走后，慕生"善其词"以告其父，希望父亲同意。但慕父以十分不以为然的态度——不予考虑的态度——"笑置之"。他这样做的原因，出于两层顾虑：一为"涉远"，这是个次要的顾虑；一为"薄女子之怀春也"，这是主要的顾虑。慕小寰的这一心理导致了他把儿子婚事"笑置之"，也导致了白秋练之母的报复行为——以沙阻舟。从而引出了慕小寰只身还乡、慕蟾宫"留守"的情节，引出了慕生与秋练"互相爱悦，要誓良坚"的私自结合。

　　慕小寰归来，得知儿子的私情后，作品中出现了对他的三层心理分析：第一步，这位做父亲的"疑其招妓"，但"细审舟中财物，并无亏损"。这是一个做父亲的心理，而这种心理又完全是商人化了的。他疑虑儿子与妓女往来而"怒加诟厉"，但一旦发现儿子的私情并未使自己遭受经济上的损失，他便认为万事大吉，不去深究与儿子往来的女人，也不关心儿子的内心痛苦，只是把儿子带回家去，以致于他的儿子害起相思病来。继承祖宗香火的儿子一病，慕小寰便慌了手脚。小说中出现了他的第二层心理活动：为了救儿子，千方百计寻访白媪。找到后"登其舟，窥见秋练，心窃喜；而审诘邦族，浮家泛宅而已"。他既欣赏秋练的美丽，又瞧不起她的家世，因而既不想联姻，又想借秋练治好儿子的相思病。于是，他哀请白秋练登舟，去与自己的儿子幽会。这是一个商人卑劣心理的大暴露。为了救儿子的命，他可以允许儿子与一个少女私下来往，至于他们的婚姻，则束之高阁，简直把一个纯洁的少女视作可以招之即来、挥之即去的妓女了！果然，当慕

生的病一好，慕小寰的小算盘便清清楚楚地打了出来："女子良佳。然自总角时，把柁棹歌，无论微贱，抑亦不贞。"这是慕小寰的第三层心理活动。实际上，他是以"不贞"为借口，嫌弃对方的"微贱"，而且这种所谓"不贞"恰好是在他的允许下存在的。

对于慕父的心理活动，聪明的白秋练早已洞若观火：

> 女曰："妾窥之审矣。天下事，愈急则愈远，愈迎则愈拒。当使意自转，反求我。"生问计，女曰："凡商贾志在于利耳，妾有术知物价。适视舟中物，并无少息。为我告翁：居某物，利三之；某物，十之。归家，妾言验，则妾为佳妇矣。"

以利动之，果然使得慕小寰变被动为主动，变消极为积极，迫不及待地"委禽"，急急忙忙地为儿子"合卺"。对慕生与白秋练来说，这是有情人终成眷属；对慕父来说，是迎来了进宝的财神，而不是娶进了"不贞"而"微贱"的船家女。

慕小寰对白秋练前倨而后恭、前冷而后热。慕小寰一次心理活动，引出一个新的局面，使慕生与秋练的婚姻大计如逆水行舟，愈推愈远。白秋练针对商人的心理诱之以利，两个人的婚事立刻变得顺风顺水。人物的每一次心理活动，都打开一个新的局面，推动故事向前发展，促使人物的性格一步步深化。这样的写法，不但引人入胜，而且耐人寻味；不但技巧娴熟，而且思想深刻。

社会上的人不能不在善恶斗争的旋涡中浮沉，人物的心理描绘，也应和社会风云发生联系。蒲松龄巧夺天工的心理描写，使他对社会的反映更加真实、更加深刻。《白秋练》的故事中，慕小寰变化起伏的思绪，突出了一个"利"字，使我们看到，在新兴市民阶层中，赤裸裸的金钱关系怎样代替了封建的门第、纲常观念。这类心理描写加深作品思想深度的例子，我们更可以从《促织》这一名篇中找出来：

> （成名听说儿子将蟋蟀扑死）怒索儿，儿渺然不知所往；既得其尸于井，因而化怒为悲，抢呼欲绝。夫妻向隅，茅舍无烟；相对默然，不复聊赖。日将暮，取儿藁葬，近抚之，气息惙然。

> 喜置榻上，半夜复苏。夫妻心稍慰，但蟋蟀笼虚，顾之则气断声吞，亦不敢复究儿。自昏达曙，目不交睫。

成名的内心变化环绕着自己心肝似的儿子和一只小蟋蟀进行。始而怒气冲冲找儿子问罪，因为儿子弄死了上贡皇帝的虫豸。儿子被吓得投井，蟋蟀便暂时靠后，夫妇二人为儿子之死抢呼欲绝，连吃饭的心思也没有了。这是真挚的感情，亲子之情。但儿子复苏后，蟋蟀的重要性又突出起来，乃至占据了这个家庭的中心。一只小小蟋蟀，使得成名夫妇不再去注意昏迷的儿子，使他们焦虑到通宵不寐的地步！这一段描写，是真实深刻，又是合情合理的。它使我们看到，在苛政猛于虎的封建社会，人民的性命真是蝼蚁不如！"惨惨如此，成何世界！"

饶有情趣的是，《聊斋志异》中不少断狱故事，除了情节谲诡佳妙外，多半依恃于清官——毋宁说是作者——周密的心理分析。《新郑讼》《折狱》《诗谳》《冤狱》如此，《胭脂》更是如此，短小而诙谐的《太原狱》等尤为如此。

太原一家姑妇俱寡，婆婆与无赖私通，做媳妇的看不上婆婆的做法，"阴于门户墙垣阻拒之"。婆婆想拔去眼中钉，向官府告发：儿媳与无赖通奸。儿媳说淫妇乃婆母。无赖竟承认与儿媳相通，媳妇却不管怎么严刑逼供也不承认，最后由孙邑令断判。孙升堂后，既不动刑，也不问供，却奇怪地指示：

> 乃谓姑妇："此事亦不必甚求清析。淫妇虽未定，而奸夫则确。汝家本清门，不过一时为匪人所诱，罪全在某。堂上刀石具在，可自取击杀之。"姑妇越趄，恐邂逅抵偿。公曰："无虑，有我在。"于是媪妇并起，掇石交投。妇衔恨已久，两手举巨石，恨不即立毙之；媪惟以小石击臀腿而已。又命用刀，妇把刀贯胸膺，媪犹逡巡。公止之曰："淫妇我知之矣。"

爱而欲其生，恨而欲其死。多么简单明了的逻辑！在这里，心理分析成了清官断狱的法宝。显然，这也是聊斋故事引人入胜的原因之一。

第三节　神话式心理和性心理

不管正面描写人物的内心，还是侧面描写人物的言行，《聊斋志异》的人物心理皆真切可感。娇娜为孔生开刀，孔生"贪近娇姿，不惟不觉其苦，且恐速竣割事，偎傍不久"（《娇娜》）。写得何等新颖，又何等贴切。刘生去买花粉，阿绣以舌舐粘包装纸，刘生"怀旧不敢复动，恐乱其舌痕也"。最后两人结合了，刘生才知道，里边包的不是花粉，乃是红土（《阿绣》）。写得充满谐趣，又委婉纤细。安生与花姑子一见钟情，约于夜间幽会，安生归家，便"遣散家人，又虑女不得其门而入，潜出斋庭，悉脱扃键"（《花姑子》），写情人的小心眼，真是细如发丝！湘裙听说用巨针刺入迎穴位，血出不止者，可以为生人妻，不待别人来试验，自己先刺得手腕鲜血淋漓（《湘裙》）。湘裙对于晏仲的爱慕之情表达得多么新巧！……这些描写，都是细腻的，又是真实的。

但是，《聊斋志异》毕竟是一部志怪小说，对于《聊斋志异》的艺术分析，不能不考虑神怪的因素，不能不顾及幻想的成分，即使深不可测的心灵描绘也是如此。

在《聊斋志异》中，我们可以看到，人怎样在仙境中体会仙乐：

> 按弦挑动，若有旧谱，意调崩腾；静会之，如身仍在舟中，为飓风之所摆簸。
>
> ——《粉蝶》

我们可以看到，人怎样在天空中感受灿烂的星空：

> 既醒。觉身摇摇然，不似榻上；开目，则身在云气中，周身如絮。
>
> ——《雷曹》

我们可以看到，人在地狱中，怎样尝到了被锯解的滋味：

> 鬼乃以二板夹席（方平），缚木上。锯方下，觉顶脑渐辟，

痛不可禁。

——《席方平》

这些描写，是新奇的、又是可信的。

《翩翩》的心理描写，更是独出心裁、充满神奇的幻觉和诗情画意。这个故事写浮浪子弟罗子浮，因为放荡无行，流落他乡，长了一身恶疮，他在山中遇到了仙女翩翩。翩翩替他治好了癞疮，与他结为伉俪。天冷了，翩翩剪下蕉叶。絮上白云，为罗子浮制成轻暖可体的棉衣。可这罗子浮本性难移，得陇望蜀。翩翩的女友花城来访，他就露出一副轻薄相来：

> 生视之，（花城）年廿有三四，绰有余妍。心好之，剥果误落案下，俯假拾果，阴捻翘凤；花城他顾而笑，若不知者。生方悦然神夺，顿觉袍裤无温；自顾所服，悉成秋叶，几骇绝。危坐移时。渐变如故。窃幸二女之弗见也。少顷，酬酢间，又以指搔纤掌。城坦然笑谑，殊不觉知。突突怔忡间，衣已化叶，移时始复变。由是惭颜息虑，不敢妄想。

浪荡子旧态复萌，则棉衣变作秋叶；邪念收敛，则秋叶仍成棉衣。这是多么奇妙的神话式的心理变更。

《聊斋志异》是爱情的百花园，它描写的爱情或者像无忧无虑的小鸟在天空翱翔、歌唱；或者像美丽而迷惑本性的理想之花在伊甸园怒放；或者像凄风苦雨、泥泞坎坷路上的滚爬蹉跌。它写狂热的爱，也写理智的爱；写高尚的爱，也写卑微的爱；写乐而忘返的爱，也写痛苦不堪的爱；写精神丰富的悦爱，也写精神空虚的兽处而禽爱。写爱的神奇魅力，也写爱的痛苦创伤。但是，假定蒲松龄仅仅表面化地写男欢女爱的场景、悲欢离合的遭际，而没有感情的细腻流动，或者用时髦话说，没有性心理描写，《聊斋志异》似乎不可能具备美的充分条件。

性心理在《金瓶梅》中是得到淋漓尽致描写的，尤其通过潘金莲这个形象。论者以为她是种典型的、生物化的、令人恶心的性欲狂。

实际上，《金瓶梅》的性心理有相当程度的社会因素，甚至带有蓄奴制的烙印。蒲松龄肯定是研究过《金瓶梅》的，而且显然是把《金瓶梅》作为社会史资料来看的。他晚年写的《夏雪》中，一一历数社会风气的上谄下骄，其中有一句引起我们注意：

> 若缙绅之妻呼太太，裁数年耳。昔惟缙绅之母始有此称；以妻而得此称者，惟淫史中有林、乔耳，他未之见也。

用"淫史"来称《金瓶梅》，并且举出社会风气败坏之一例，以妻子称"太太"，最早见于《金瓶梅》，至少说明白了两个问题：其一，蒲松龄曾认真地阅读过此书；其二，蒲松龄对书中的性描写（当然也包括性心理描写），持批判态度。

古代文人的宗派意识是很强的，曹丕早就提出过"文人相轻"的著名论断。蒲松龄将《金瓶梅》贬之曰"淫史"，究竟是出于封建道学家的卫道感，还是正人君子的义愤感？我们不得而知。但是，倘若我们注意一下《聊斋志异》的爱情故事，便能发现，正是对《金瓶梅》的鄙夷，使得聊斋先生的性心理描写，得以不再停留在《金瓶梅》的同一层次上。

《聊斋志异》的性心理更丰富、更生动、更雅洁化、更着眼于把人的生物性和道德乃至心灵的美渗透起来。

第一，他十分善于描摹青年男女在畅饮令人陶醉的爱的美酒时那种喜悦、感动、满足：

> 一日行去，忽于深树内，觌面遇女郎；幸无他人，大喜，投地。女郎近曳之，忽闻异香竟体，即以手握玉腕而起，指肤软腻，使人骨节欲酥。……乃揽体入怀，代解裙结。玉肌乍露，热香四流，偎抱之间，觉鼻息汗熏，无气不馥。
>
> ——《葛巾》

> 生视女，髻云高簇，鬟凤低垂，比垂髫时尤艳绝也。四顾无人，渐入猥亵，兰麝薰心，乐方未艾。
>
> ——《画壁》

> 闭门甫坐，忽双扉自启，两人以被承女郎，手捉四角而入，曰："送新人至矣！"笑置榻上而去。近视之，酣睡未醒，酒气犹芳，赪颜醉态，倾绝人寰。喜极，为之捉足解袜，抱体缓裳。而女已微醒，开目见刘，四肢不能自主……刘狎抱之，女嫌肤冰，微笑曰："今夕何夕，见此凉人！"刘曰："子兮子兮，如此凉人何！"
>
> ——《凤仙》

有的外国学者认为，女性对男性的生理要求比较简单，而对于力量、意志、智慧的要求重于形体。但女人本能地不喜欢柔弱的男人。相反，男人对女人的要求要严格得多，发式、脸型、颈项、嘴唇、眉毛、眼睛、胸、臀、肩乃至表情、步伐。中国是个封建制绵延、闭关锁国达数千年的国家，一向压抑女性对男性的要求，更不要说什么女性性心理。中国男子对女性的要求，反映在古代小说中并不少，且基本是偏于形体的。《诗经·卫风·硕人》曾代替男人对女性美作了近于苛责的规定。宋玉又给加上诸如：增之一分则太长，减之一分则太短，涂朱则太红，施粉则太白。历代小说家也喜欢写男子对人面桃花、二八娇娃因外貌吸引一见钟情。蒲松龄在《葛巾》《画壁》《凤仙》中写的，是男女的性行为以及心理活动，他同样较多地从男子角度上去写，写男主人公对女主角形体的体验，写他们的强烈的激情，急促而突然的陶醉。《葛巾》等篇不过是一个比较显眼的例子。聊斋故事中这种男性感觉或者男性性心理的描写，可以说是经常出现的。例如，他写男性对女性的视觉：有"芳容韶齿""容华绝代"的外形，有从"眼波欲流""秋波婉转"（——这里边又包含女性与之相呼应的成分）到"绣履双翘，瘦不盈指"的金莲，从"莲步蹇蹇"的步态，到"娇喘细细"的呼吸，写男性对女性的嗅觉"无处不馥""兰麝四溢"，更写男性身心快感的高潮。这些描写，当然不能说绝没有"色"成分，但基本上是优美的，几乎没有了《金瓶梅》式的阴暗、龌龊、下流。

第二，《聊斋志异》中出现了详尽而细致的同性恋心理描写。在《聊斋志异》中，《绩女》较之《婴宁》《红玉》《神女》《晚霞》诸篇，是较少受到评论家及改编者注意的一篇。实际上,《绩女》在性心理描写上有独特的成就,甚至可以耸人听闻地说,《绩女》关于性心理的描写,具备了开宗作祖的资格。

《绩女》写一位天仙因为偶堕情障,被谪人间,住在一位贫苦的老媪那儿,邑中名士费生闻绩女美名,倾其产以重金啖媪,求见绩女,终于看到了,"容光射露,翠黛朱樱"。费生意眩神驰,不觉下拜,私下又遗憾没见美女下体,结果,"俄见帘下绣履双翘,瘦不盈指",费生遂题"南乡子"于壁曰:

> 隐约画帘前,三寸凌波玉笋尖。点地分明莲瓣落,纤纤,再着重台更可怜。花衬凤头弯,入握应知软似绵;但愿化为蝴蝶去,裙边,一嗅余香死亦甘。

绩女谓之"淫词污亵"。费生却是在对女性美做趣味欣赏。他感受并描写的是中国封建社会独有的女性美——"莲瓣""玉笋"。他当然是把那种病态美加以美化了,以满足畸形的视觉享受。他还不曾有常大用对葛巾的感受。但是,有一个人比费生感受得更深,那个人居然是个七十老媪。这段别致的文字很须详加推敲:

> 绍兴有寡媪夜绩,忽一少女推扉入……女曰:"怜媪独居,故来相伴。"……罗衿甫解,异香满室。既寝,媪私念:遇此佳人,可惜身非男子。女子枕边笑曰:"姥七旬犹妄想耶?"媪曰:"无之。"女曰:"既不妄想,奈何欲作男子?"媪愈知为狐,大惧。女又笑曰:"愿作男子,何心而又惧我耶?"媪益恐,股战摇床,女曰:"嗟哉!胆如此大,还欲作男子!实相告:我真仙人,然非祸汝者。但须谨言,衣食自足。"媪早起,拜于床下。女出臂挽之,臂腻如脂,热香喷溢;肌一着人,觉皮肤松快。媪心动,复涉遐想。女哂曰:"婆子战栗才止,心又何处去矣!使作丈夫,当为情死。"媪曰:"使是丈夫,今夜那得不死!"

聊斋点评家但明伦认为,关于老媪遐想的描写,是为了在"示色身,堕情障"上大做文章。如果只写费生,则命意既难新颖,措辞亦易支离,而从一个七旬老妪那儿写绩女的仪容、袍服、裙香、臂腻，特别是竟写到肌一着人，皮肤松快，又让媪讲出愿作男子的话，这样的描写，才把"色身""情障"写到百千万亿分。但明伦的评语有腐朽道学气，但訾着一点要害：媪之意荡神驰，达到新颖之至的功效，胜过男性的无数艳语情词，岂止新颖，这还是种迥然不同的爱——同性恋！同性恋作为艾滋病温床已在西方为路人所指。中国古代虽早有"男风""娈童"，有断袖、分桃的典故，但女性间的同性恋几乎没有作家涉猎。《绩女》描写一个七旬老妪对妙龄少女女性美的感受，并由仙姬讲出媪内心的活动，真实地袒露出一种别于常情的爱的萌动，而且写得形象、生动、可感。这样的描写，在中国古代小说中，甚至包括《红楼梦》，都是不曾有过的。

第三，不同年龄、不同身份的人物的性心理在聊斋故事中争妍：

有霍生（《青娥》男主角）那种纯粹是稚男的爱。他年十三岁（按照中国以虚岁道年龄的习惯，霍生的实际年龄为十二周岁），人事不晓，连叔伯甥舅都分辨不出。他看到美异常伦之青娥，"童子虽无知，只觉爱之极，而不能言"。他得到一个神镵，铲透重垣，来到青娥身边。这个敢大胆"逾墙"者却不谙"相从"之意，仅以"略闻香息，心愿窃慰"……十三岁少年因为爱一个人可以犯法，真正到了心上人身边，可以为所欲为时，他竟不知所为，"酣眠绣榻"！

有花姑子那样"道是无情却有情"的爱。她已经懂得向中意的异性卖弄风情，见安生时，她"秋波斜盼"，但这位"芳容韶齿"（——有人指出应为"髫齿"，童年之意）的少女毕竟还太年少，当她面临安生的狂热追求时，竟一时不知所措，安生强行接吻，她"颤声疾呼"，其父"匆遽入问"时，她心中已然历经了惧怕——爱的觉醒——救助恋人的急风暴雨般活动，她机智地用"酒复涌沸"掩护了安生。

有朗玉柱（《书痴》）那样的性无知者。他从书中得到一位"婉然绝代之姝"颜氏，马上喜爱之至，读书时必让颜氏旁听，日日以棋枰、樗蒲为戏，而且同宿。但朗玉柱是个极端的书呆子，他与颜氏"枕席间亲爱倍至,而不知为人"。他还天真地问颜氏:男女同居则生子,我们二人居久,怎么不生?颜氏告诉他:你日日读书,一点用没有,"夫妇一章,尚未了悟,'枕席'二字有功夫"。颜氏"潜迎就之",书呆子又乐极了:"我不意夫妇之乐,有不可言传者。"于是逢人辄道,无有不掩口者。

有舜华(《张鸿渐》)那样的希望尽量占有丈夫的妾。狐女舜华明明知道张鸿渐有妻室,却因为对张的爱慕而嫁给他。张鸿渐突然得仙姬,却并未乐不思蜀,时时思念家中之妻,甚至要求舜华"携我一归"去看妻子。舜华坦诚地倾诉她希望尽量占有丈夫的心思:"妾有褊心,于妾,愿君之不忘;于人,愿君之忘之也。"这是多么入情入理的心理!出于这种心理,舜华又变化为鸿渐妻方氏,去实际体验张鸿渐对发妻的感情,而且揭开了张鸿渐内心深处对自己的感情——"终非同类""恩义难忘"——舜华此后的心理十分矛盾,她欣慰张"幸未忘恩",又知道自己终究不能取代方氏,"痴情恋人,终无意味",遂决绝地放张鸿渐归家。

有恒娘和朱氏(《恒娘》)那样精心揣摩男子性心理的女性,恒娘收洪大业之妻朱氏为徒,教朱氏性爱的技巧,她对于男子心理可谓洞若观火:他们喜新厌旧,他们重难而轻易。丈夫之所以嬖爱小妾,正因为她"难获"。因为正妻作梗,那并不美的小妾成了丈夫难以到嘴的肥肉。他必然千方百计地去偷吃。恒娘教朱氏针对男子的这种心理,采取以故为新、以易为难、易妻为妾之法,终于宠擅专房。

有占有欲极强烈的男女。在《鬼妻》中,妻子明明已经死了,魂灵仍来丈夫身边,携就床寝,无异于常。夫家惧怕绝后,为丈夫娶了新妇,合卺之夜,夫妇俱寝。鬼来了,"就床上挞新妇,大骂:'何得占我床寝?'"对丈夫,"鬼亦不与聂寝,但以指爪掐肤肉;已乃对烛目怒相视,默默不作一语"。多么强烈的排他性,为了占有恋人,枯骨都从地下来到人间。与之类似的是《金生色》。丈夫明明死了,还不允许妻子另抱琵琶。这里边有"好女不嫁二男"的传统观念,更有难以形容的独占心理。

《马介甫》《江城》《锦瑟》诸篇，"阳纲不竞"的男性受虐心理，"牝鸡司鸣"的女性虐待狂，也是刻画入微的。

见色起意，一见钟情，固然是聊斋故事常出现的心理机制，但蒲松龄不是局促于一家一曲的作家，他善于浓淡相济、高下相协、雅俗相衬。

鬼女吕无病，面黑多麻，衣服朴洁，类贫家女。她出现在洛阳孙公子面前时，孙已经娶了太守千金且"甚相得"，可惜太守千金夭殂。孙悲而居于山中别业。此时，吕无病出现了，要求为"康成文婢"，且以其温婉取得了孙公子的好感。开始，吕无病完全起文婢作用："为之拂几整书，焚香拭鼎，满室光洁""俯眉承睫，殷勤臻至。"夜间，吕无病则因为害怕独宿，而卧于孙公子床头，并未有意挑逗，却意外地成为豪门公子的枕上人：

> （孙公子）中夜睡醒，则床头似有卧人；以手探之，知为女，捉而撼焉。女惊寤，起立榻下。孙曰："何不别寝，床头岂汝卧处？"女曰："妾善惧。"孙怜之，俾施枕床内。忽闻气息之来，清如莲蕊，异之；呼与共枕，不觉心荡，渐与同衾，大悦之。

因为气息"清如莲蕊"，贵公子竟把并不漂亮的文婢拉来同寝，待公子娶了许姓夫人后，仍然嬖爱吕无病，当然不是因为她美丽，而是爱她的气质。

诗歌，常常成为聊斋男女主角的月下老。连城因乔生的情诗而钟情；苦吟诗句的连琐终于因为杨生为她续了下两句诗而出现在风雅之士杨于畏面前。以诗歌表达爱的陶醉、热烈，表达忧情别绪，表达对于美的渴求，表达爱的满足，在《聊斋志异》中起着重要作用。有时候作家还突发奇想，结撰出以诗害相思、以诗疗相思的篇章。

《白秋练》写道，直隶慕蟾宫，随父贾于楚，蟾宫聪慧喜读，"生乘父出，执卷哦诗，音节铿锵。辄见窗影憧憧，似有人窃听之"。这位窃听者，乃"十五六倾城之姝"也。两三天后，一个老太太来说："郎君杀吾女矣！""妾白姓，有息女秋练，颇解文字。言在郡城得听清吟，于今结想，至绝眠餐……"因为听了吟诗害相思病的少女，终于在母亲的搀扶下来到了诗人的身边。

> 移灯视女，则病态含娇，秋波自流；略致讯诘，嫣然微笑。生强其一语，曰："'为郎憔悴却羞郎'，可为妾咏。"生狂喜，欲近就之，而怜其荏弱，探手于怀，接脰为戏。女不觉欢然展谑，乃曰："君为妾三吟王建'罗衣叶叶'之作，病当愈。"生从其言，甫两过，女揽衣起坐曰："妾愈矣！"再读，则娇颤相和。生神志益飞，遂灭烛共寝。

对于相思病什么是最好的药方？当然是心上人。但《白秋练》写的不是恋人的亲昵、狂热、情话绵绵，而是共吟古诗。诗，丰富着爱的情感、爱的内容；诗，使得多情少女在苦苦单相思后得以甜蜜的小憩；诗，成为恋人感情爆发的引线；诗，成为疗治疾病的最好手段。有位西方理论家说过，"诗促使女人更快地投入男人的怀抱"。蒲留仙则把吟诗——包括吟自己的诗，吟他人的诗——变成了恋人传达心声的绝妙手段。他把高雅的精神享受注入到狂热的恋情之中了。

对性爱的心理作新颖的描写，努力探索令人神魂颠倒的爱情世界，克服那些死板的、因循守旧的描写，使得《聊斋志异》的人物焕发出丰富的、鲜艳的色彩。人的精神美、内心世界美使爱情故事的主人公似乎闪着金光。《辛十四娘》的男主人公冯生本来是个轻浮的角色，他不听妻子的劝告，与恶人交往，终于下狱。幸亏妻子费尽心机，才把他救出来。冯生本来是因为十四娘的极端美丽而把她硬娶到家的。他的爱，基本建立在对"容色姣好""翩翩有风格"的形体美追求上。他出狱后，辛十四娘却在半年中变得又老又丑又黑，十四娘劝冯生不要再管她："君自有佳侣，安用此鸠盘为！"冯生却不变更对她的纯情，在她病时，"侍汤药，如奉父母"。冯生的爱情升华了，从对美色的迷恋变得把感情看得高于一切，把共患难的夫妇之义高于一切！

爱是激情、喜悦、满足，是两情相洽、相濡以沫，更应当是一种永恒的存在。《罗刹海市》中，马骥与龙女结合，过着诗情画意、恩爱弥笃的生活。马骥却丢不下人间的父母，他归养双亲，离别了龙女。他们已经比牛郎织女还要可怜，再无相会、相亲、相爱的机会。可是，他们纯洁而高尚的爱情却长存天壤。龙女写了这样一封信给马骥：

> 翁姑计各无恙。忽忽三年，红尘永隔，盈盈一水，青鸟难通。结想为梦，引领成劳，茫茫蓝蔚，有恨如何也！顾念奔月姮娥，且虚桂府；投梭织女，犹怅银河。我何人斯，而能永好？兴思及此，辄复破涕为笑。别后两月，竟得孪生，今已啁啾怀抱，颇解笑言；觅枣抓梨，不母可活。敬以还君。所贻赤玉莲花，饰冠作信。膝头抱儿时，犹妾在左右也。闻君克践旧盟（——指马骥回人间后未再娶妻），意愿斯慰。妾此生不二，之死靡他。奁中珍物，不蓄兰膏；镜里新妆，久辞粉黛。君似征人，妾作荡妇（——出游不归者的妻子），即置而不御，亦何得谓非琴瑟哉？

如泣如诉、如诗如画、穷理尽情、山盟海誓。这封抒情诗一般的长信，是龙女忠于爱情的最好证明。凝重温柔、情深意长，火一般的热情和雪花一般的纯真融合在一起，刻骨的爱恋和恬静的理智和谐地交融在一起。这一以书信形式出现的内心独白，最后完成了龙女性格的转变，使之成为聊斋故事中最优美、最优雅的女性形象之一。

《聊斋志异》的心理描写究竟居于什么类型？在文学史上占据什么地位？是一个值得探讨的问题。

人们通常的说法是：《红楼梦》的出现，把传统的写法打破了。所谓传统的写法，一般指陈旧的章法，公式化概念化的构筑方式，简单化的人物或者说扁形的人物，当然也包括简单的、不够成熟的心理描写。而《红楼梦》除了传统的心理描写，即所谓"白描"外，出现了细致的心理分析，学者们经常作为典范提出的是宝、黛的心理描写：

> 原来那宝玉自幼生成有一种下流痴病，况从幼时和黛玉耳鬓厮磨，心情相对；及如今稍明时事，又看了那些邪书僻传，凡远亲近友之家所见的那些闺英闱秀，皆未有稍及林黛玉者，所以早

> 存了一段心事，只不好说出来，故每每或喜或怒，变尽法子暗中试探。那黛玉偏生也是个有些痴病的，也每用假情试探。因你也将真心真意瞒了起来，只用假意，我也将真心真意瞒了起来，只用假意，如此两假相逢，终有一真。其间琐琐碎碎，难保不有口角之争。即如此刻，宝玉的心内想的是："别人不知我的心，还有可恕，难道你就不想我的心里眼里只有你！你不能为我烦恼，反来以这话奚落堵噎我。可见我心里一时一刻自有你，你竟心里没有我。"心里这意思，只是口里说不出来。那林黛玉心里想着："你心里自然有我，虽有'金玉相对'之说，你岂是重这邪说不重我的。我便时常提这'金玉'，你只管了然自若无闻的，方见得是待我重，而毫无此心了。如何我只一提'金玉'的事，你就着急，可知你心里时时有'金玉'，见我一提，你又怕我多心，故意着急，安心哄我。"

详尽、细致、贴切。红学家认为《红楼梦》的心理描写达到古典小说的艺术顶峰，的确持之有据。《红楼梦》既能在一个较长的历史进程中，反复描写一个人（如宝玉、黛玉、宝钗）的思想意识、心理感受，又有如"两假相逢，必有一真"的长篇幅的心理分析。这当然又与两个因素有关：其一，《红楼梦》是长篇小说，有利于描摹历史长河中的人世沧桑，自然也便于掇拾人物心理的点点滴滴的变化，集腋成裘，而终于造成其深厚感。其二，《红楼梦》是白话小说，其本来细腻的描写，因为以白话文字出现，自然较佶屈聱牙的文言，格外易于给人以深刻印象。

我们有理由相信，在《红楼梦》的作者出世之前，文言短篇小说《聊斋志异》心理刻画的成就已标志着中国古典小说心理描写的多样化、成熟化，概而言之：

一、《聊斋志异》的心理描写有白描式的，这是中国古代小说最常用的心理描写手段，毫端百卷，而聊斋格外澄练、格外得其神韵。

二、《聊斋志异》也有心理分析，甚至于有潜意识和意识流动的蛛丝马迹——尤其显露在诸如《画壁》《雷曹》等神游八极之作中。当然，《聊斋志异》没有，也不可能有宝、黛诉肺腑那样的长篇心理描绘，不可能出现俄国作家冈察洛夫在《奥勃洛摩夫》中长达万言的心理分析，更不可能像陀思妥耶夫斯基、茨威格等作家以解剖刀写人。但是，《聊斋志异》的确有了心理分析，如《促织》《西湖主》《葛巾》《白秋练》。这种心理分析画龙点睛、言简意赅、以一当十，真正体现了中国风格。

三、《聊斋志异》的性心理描写跳出了《金瓶梅》的窠臼，阔大轩矗，格调甚高，丰富化、雅洁化，为《红楼梦》的爱情描写模式提供了比《金瓶梅》更可借鉴的蓝本。曹雪芹有没有看过、研究过聊斋，且受其影响？以曹寅那样的文化要人，以曹府那样丰富而广博的藏书，有没有手抄本《聊斋志异》？很值得认真考察。至少，可以肯定，在性心理描写上，《聊斋志异》比《金瓶梅》更成功，更容易为后世作家提供养料。

《聊斋志异》的人物，如百花吐艳，各有情姿，真是达到了曹衣出水、吴带当风、气韵生动、形神俱现的境界。这自然依赖于蒲松龄多种的、杰出的艺术才能，而心理描写不能不在其中占重要地位。在他笔下，"画皮画虎难画骨，知人知面不知心"的俗语是不成立的。他笔下的人物，写人写面更写心，真是高人一等、入骨三分。因此，他笔下的人物简直可以说是透明的，他们的心灵是裸呈无遗的。或者可以窥察——通过他们典型化的言行；或者清晰可见——借助于恰如其分的心理分析。蒲松龄对前人的作品——包括文言和白话、志怪和传奇——的心理描写进行了继承和再创造，发展和独创，他既有浓墨重彩，又有淡墨轻岚，接纳诸流、推波助澜，把心理描写推到一个新的高度。

华夏文学犹河汉而无极，小说家究竟哪一颗星是最明亮的？曹雪芹？蒲松龄？还是李希凡先生在聊斋故居的题词写得妥帖："聊斋红楼，一短一长。千古绝唱，万世流芳。"蒲松龄永远是一颗光芒四射的星。

第十二章
画竹画风 烘云托月

第一节　反衬　正衬　自衬
——对比中塑造人物

《唐·吉诃德》中又高又瘦、耽于空想的吉诃德之所以给人那么鲜明的印象，与那个又矮又胖、讲求实际的桑科·潘查不无关系。贵贱妍媸、肥瘦黑白，相对比而愈加鲜明。

恩格斯曾称赞一幅绘西里西亚织工的图画，异常有力地把冷酷的富有和绝望的贫困形成了鲜明的对比，而且在《致斐迪南·拉萨尔》中提出，应该"把各个人物用更加对立的方式彼此区别得更加鲜明些"。通过对比，可以将真善美与假恶丑更鲜明地区别开来，可以把人物性格更清晰地刻画出来。

《聊斋志异》的人物形象鲜明、个性突出，便因作家自觉地、广泛地采用对塑造形象的方法，大致可以分为三种。

首先是不同性格之间人物的对比。《香玉》写了两个花神，一个是牡丹花神香玉，柔情绵绵；另一个是耐冬花神绛雪，清心寡欲。两人相映成趣，一为黄生爱妻，一为黄生良友。两人不同的气质，不同的人生态度，敷衍出一段摇曳多姿的文字。也是写花神的名篇《葛巾》，把紫牡丹葛巾与白牡丹玉版作对照描写，葛巾柔媚入骨，玉版豪爽活泼；葛巾说话字斟句酌，玉版开口落落大方。《莲香》中桑生同时爱上两个女郎，两个女郎都对他倾心，又彼此吃醋，但吃醋的方式不同，李女只是在人后对莲香切齿，因她为人孤僻而褊狭，莲香却当面讥笑李女："醋娘子要食杨梅也？"狐女为人热情而宽厚。《鸦头》中见异思迁、以色媚人的妮子使对爱情专一的鸦头更加可爱。《姊妹易嫁》中势利眼的姐姐把善良的妹妹映得更可亲。《商三官》中两个哥哥在父母被害后的迂腐，衬托了商三官的头脑清醒、行事果断。《陈云栖》中吕祖庵里行为淫荡轻浮的女道士白云深，更使得陈云栖出淤泥而不染。《珊瑚》中的珊瑚对婆母的虐待无怨色，奉事惟谨，是个典型的封建淑女。因为臧姑的出现，因为臧姑对婆母役使如婢、朝詈夕骂，那位做婆婆的才体会出珊瑚的贤良。

描写人物对同一事件的态度，可以立竿见影，使人物相得益彰。《青梅》描写了婢女青梅与小姐阿喜同张生的恋爱。篇中主张嫡庶相让，宣扬奴隶哲学，是"双美共一夫"的一个糟粕较重的爱情故事。但篇中的人物不管是势利眼的王进士夫妇，还是这个爱情故事的三方——张生、阿喜和青梅，都极富神采。这些人物都是围绕着"择婿"一事活动，各人面目不同、相得益彰。小说中写道：婢女青梅偶然到借居的张生，见到他自己吃糠粥而以猪蹄奉母，父亲卧病则"抱父而私、便溺污衣"，青梅断定这个孝子必非常人，便撺掇自己服侍的小姐与张生联姻，青梅又鼓动张生之母遣媒求婚，当说媒的登门时：

> 夫人闻之而笑，以告王，王亦大笑。唤女至、述侯氏意。女未及答，青梅亟赞其贤，决其必贵。夫人又问曰："此汝百年事。如能啜糠核也，即为汝允之。"女俯首久之，顾壁而答曰："贫富命也。尚命之厚，则贫无几时，而不贫者无穷期矣。或命之薄，彼锦绣王孙，其无立锥者岂少哉？是在父母。"初，王之商女也，将以博笑；及闻女言，心不乐曰："汝欲适张氏耶？"女不答；再问，再不答。怒曰："贱骨了不长进！欲携筐作乞人妇！宁不羞死！"女涨红气结，含涕引去，媒亦遂奔。青梅见不谐，欲自谋。

阿喜与父母形成对照，阿喜不以贫富为取婿标准，以委婉真切、抑扬吞吐的温柔语言表达了她对于张生的心许。阿喜的父母却以贫富为择婿的条件，用恶狠狠的刻薄话语，显示其市侩面目。阿喜又与青梅互相对照，阿喜是名门之女，因而她纵然钟情于张生，也要说"是在父母"。受到训斥后，她面红耳赤，唯有啼哭，没有一点儿冲破封建藩篱的勇气。青梅则是个天真未凿的丫鬟，她喜欢张生，就能在阿喜尚未开口时先抢话说，毫不掩饰地赞扬张生。阿喜受了父母的训斥后，青梅便不作曹丘生，而作毛遂了。她慧眼识人，又敢于大胆地追求。阿喜的延宕、任人宰割，衬出了青梅的果断和敢于反抗。勇敢的青梅终于夜奔张生，于是又出现了青梅与张生互为对比的生动场面：

> 过数日，（青梅）夜诣生。生方读，惊问所来，词涉吞吐，生正色却之，梅泣曰："妾良家子，非淫奔者；徒以君贤，故愿自托。"生曰："卿爱我，谓我贤也。昏夜之行，自好者不为，而谓贤者为之乎？夫始乱之而终成之，君子犹曰不可；况不能成，彼此何以自处？"梅曰："万一能成，肯赐援拾否？"生曰："得人如卿，又何求？但有不可如何者三，故不敢轻诺耳。"曰："若何？"曰："卿不能自主，即不可如何；即能自主，我父母不乐，则不可如何；即乐之，而卿之身直必重，我贫不能措，则尤不可如何。卿速退，瓜李之嫌可畏也！"梅临去，又嘱曰："君倘有意，乞共图之。"生诺。

但明伦在评论这一段对话时说："不谓昏夜儿女相会，乃有此正大光明语。须看其极难措辞处，偏能曲曲写出。文生情耶，情生文耶？"这段对话之所以妙，便是因为寥寥数语，把一对男女青年的感情、教养、心理互相映照着，曲曲写出。青梅本是以极大的勇气去"夜奔"，孰料却被"正色"拒绝。她说明自己是慕张生"贤"而来。张生便就"贤"大发了一段议论。张生的话真是刚直有理而又委婉动听。张生还条分缕析地剖解他们成亲可能遇到的困难，并劝青梅避瓜田李下之嫌："速退！"一个满腔热忱，一个正言厉色；一个历数困难，一个穷究办法。青梅对于爱情的执着，张生的不苟且、慎独，真是写得"一掴一掌血"。

描写人物对同类事件的态度，可以见出泾清渭浊，使人物善恶分明。《曾友于》写的是一个封建家庭中嫡子与庶子之间的纷争。曾家嫡妻所生的长子曾成幼时与其母被强寇掳去。续娶的嫡妻生子名孝、忠、信。妾生子名悌、仁、义。曾孝等便以嫡子身份鄙视曾悌等庶出兄弟。曾悌（友于）只知一味忍让。友于的母亲死了，曾孝等人不仅不为庶母服孝，而且"宴饮如故"，甚而把持住亡父的墓门，不许庶母合葬。曾友于只好"瘗母隧道中"。后来，流亡多年的曾成归乡来了，曾友于赠以田宅。曾孝等人按他们的惯伎，登门窘辱——盖因他们屡次欺负曾友于，曾友于屡屡退让，他们遂认定曾友于软弱可欺也，——不料，曾成却与曾友于完全不同，他不仅大怒大吼地痛骂了曾孝，一块大石头扔到曾孝身上！又把另外几个为虎作伥的兄弟用棍子打了出来。打了还不解恨，还要到县宰那儿告状，县宰问案问到曾友于。曾却不肯说真话，"俯首不语，但有流涕"。曾成不仅不像曾友于那样逆来顺受，还要闲管，要越俎代庖地替曾友于改葬母亲，让庶母与父亲合葬。"刻期发墓，作斋于茔，以刀削树，谓诸弟曰：'所不缞麻相从者，有如此树！'众唯唯。"《曾友于》的故事，让人物去面对同类事物——兄弟之间的财产、嫡庶纷争——作充分表演，各呈面目，曾成"久在寇中，习于威猛"，刚烈暴躁；曾友于枯守书斋，恪守礼法，萎弱忍辱，真是一似猛虎，一如羔羊。正如冯镇峦所评："用一刚猛人形容出友于之周至。"

《刘姓》写一件极琐屑的事，却刻画出两相对立、截然不同的人物。刘姓是个"虎而冠"者，明明是别人的桃树，他硬是占为己有。苗某，是个勤劳半世而从不见官长的和善农民，种桃被占，反而要求罢讼，也不再要自己的树。抢占者刘姓继续在那儿"指天画地，叱骂不休"。被占者苗某，"惟和色卑词，无敢少辩"。一个横行不法却气势汹汹；一个良善被欺，却一再退让，一恶一善，何等鲜明！鲁迅先生在《俗人避雅人》中说："优良的人物，有时候是要靠别种人来比较、衬托的，例如上等与下等，好与坏，雅与俗，小器与大度之类。没有别人即无以显出这一面之优,所谓'相反而实相成'者,就是这。"相反相成,以劣衬优;将反面人物与正面人物尖锐对立起来,让性格不同者旗鼓相当,极利于写出不同的个性。

其次,是性格相近的人互相对比。《小谢》中两个天真的鬼女作乱,对陶生做出若干鬼把戏:捅鼻孔,捂眼睛,捋裤于地,探手于怀,都是调皮鬼的作为。但两人的个性有微细差异。秋容见陶生拥小谢于怀而教书法,"色乍变,意似妒"。小谢似乎没有那样强的妒忌之心,她不仅对秋容的变色全然不晓,当陶生拥秋容于怀教之于书时,她也没有任何反应。《公孙九娘》中的两个女鬼(九娘和甥女)都是屈死的冤魂,她们都有沉痛的往事、刻骨的仇恨,又都谨遵封建家教,温顺有礼。她们的性格共同处很多:风趣、高洁、善良,但又有不同。甥女热情,喜欢开玩笑,她把公孙九娘的家庭败落戏称为"穷波斯",还当面拿九娘和舅舅的婚事开玩笑:"舅断弦未续,若个小娘子,颇能快意否?"公孙九娘却没有这一层明丽的性格色调,她的语言总是含怨带怒,她所背负的精神苦闷较甥女更沉重,她的性格中悲剧色彩也更浓。《封三娘》中出现了两个少女,范十一娘艳美而"骚雅尤绝",封三娘也是绝代之姝。两位少女互相爱悦,订为姊妹,连衣服鞋袜都互相换穿。两人为闺中良友。十一娘希望"效英皇",二人共一夫以求永聚。封三娘却要炼道升天。《王六郎》中,许姓渔夫与鬼魂王六郎都是看重友谊的人。他们一见如故,情逾骨肉。王六郎说:将有人代他作溺鬼,他马上要托生他处了。许姓渔夫很为之高兴,而且在第二天亲自守在河边看会有什么人代替王六郎做水鬼:

> 果有妇人抱婴儿来,及河而堕。儿抛岸上,扬手掷足而啼。妇沉浮者屡矣,忽淋淋攀岸以出,藉地少息,抱儿径去。当妇溺时,意良不忍,思欲奔救,转念是所以代六郎者,故止不救。及妇自出,疑其言不验。抵暮,渔旧处,少年复至,曰:"今又聚首,且不言别矣。"问其故,曰:"女子已相代矣,仆怜其抱中儿,代弟一人,遂残二命,故舍之。……"

许姓渔夫见妇人死而不救，以求朋友的超生。王六郎却舍去求生的机会，怜惜无母的婴儿。两位朋友之间虽未割席断义，然而究竟谁更高尚？读者由这一情节即一目了然。

《胡四姐》写尚生心迷目眩地猎艳。先后出现了两个狐女同他缱绻，先出现的已经"容华若仙"了，惹得尚生"惊喜拥入，穷极狎昵"，"相期永好"且"临无虚夕"。尚生之爱此美人（胡三姐），"瞩盼不转"，竟因闲话引出一个更加漂亮的狐女来：

> 女（胡三姐）笑曰："耽耽视妾何为？"曰："我视卿如红药碧桃，即竟夜视，不为厌也。"三姐曰："妾陋质，遂蒙青盼如此，若见吾家四妹，不知如何颠倒。"生益倾动，恨不一见颜色，长跽哀请，逾夕，果偕四姐来，年方及笄，荷粉露垂，杏花烟润，嫣然含笑，媚丽欲绝。

胡三姐成为对胡四姐的衬托，两相对照、辉映。三姐乃蛊人之狐，四姐却与人为善。两人的不同，首先从外貌上区分，一个仅仅是美丽，另一个却在美丽中显示纯真。

用反面人物衬托正面人物，固然可以黑白分明，用正面人物衬托正面人物，才更显出作者的艺术功力。因而毛宗岗在《三国志通俗演义》中说：

> 文有正衬反衬，写鲁肃老实，以衬孔明之乖巧，是反衬也；写周瑜乖巧，以衬孔明之加倍乖巧，是正衬也。譬如写国色者，以丑女形之而美，不若以美女形之而觉其更美；写虎将者，以懦夫形之而勇，不若以勇夫形之而觉其更勇。读此可悟文章相衬之法。

按毛宗岗的观点，这种"正衬"即用性格相近者作对比，较之"反衬"即用性格相异者作对比，有更好的艺术效果。

其实，"正衬"法也是世界各国小说家所惯用的艺术手法。萨克雷的《名利场》中有个出类拔萃的坏蛋菲利普。但他与他的老婆蓓基相比，却成了小巫见大巫。巴尔扎克的《贝姨》中有一个色鬼区长、花粉商克勒凡。但和于洛男爵相比，克勒凡的好色几乎算不上什么。克勒凡不过在女人身上花费计划中的金钱。于洛男爵却为了女人吃掉儿女的财产，抵押了自己的薪水和养老金，盗窃公款以至于害死自己的叔岳。于洛男爵的情妇玉才华是一个公然宣称"无耻是我们的本行"的交际花，但是她只能搅掉男爵几十万法郎。那个号称"良家妇女"的玛奈弗太太敲诈的本领比玉才华又高得多，她使得男爵倾家荡产，连男爵自己，都"像给乌鸦吃剩下来的"。巴尔扎克用克勒凡的好色衬托于洛的色癖，用玉才华的邪恶来衬托玛奈弗太太的邪恶，就是用了正衬的方法。作品中也用了反衬的方法，于洛男爵的哥哥于洛元帅正直、高尚，男爵盗用了公款，若无其事。他的哥哥却被活活气死。于洛元帅的廉洁反衬了于洛男爵的卑劣，正如男爵夫人的纯洁反衬了男爵的污秽。

再次，是人物自身的对比。将人物本身的宣言与行状、表面与内心、前与后做对比，常常可以产生强烈的艺术效果。《书痴》中写了一个世事不通的书生郎玉柱，他的书生气到了令人喷饭的程度，连夫妇间情爱都不晓。这个呆到极点的书生在生活中吃尽了苦头。县官为了霸占颜如玉，设计陷害，使郎玉柱几乎丧命。被残酷现实教育了的书痴不仅懂得了在官场中置敌于死地的手段，求得了"直指巡闽"的资格，抄了仇人的家，而且"取妾而归"。一个绝痴的书生变成了一个既懂官场斗争又爱女色的官僚，人物前后的变化不啻霄壤。《窦氏》中的农女也是一个典型例子，幼稚的农家女儿窦氏被地主南三复引诱，怀孕后又被抛弃，窦女抱着自己的儿子冻死在南三复的门前。从此，这位南三复轻易勾引上手的"低鬟微笑"的少女变成了复仇女神，终于让南三复遭受极刑。前后的窦女判若两人。人物的前后不同是社会使之然，书痴在尔虞我诈的环境中变得"聪明"，窦女在欺凌中变得刚强。

《考弊司》《妾击贼》《黎氏》《画皮》等是将人物的外表与内心、表面现象与本质作对比描写的篇章。虚肚鬼王口头上礼义廉耻，骨子里男盗女娼；平日俯首受辱的小妾实际上可以一人敌数十贼人；装成贤惠妇人的后娘原来是一只恶狼；披着美女外衣的厉鬼露出了狞恶之极的鬼面。

人物自身对比对于深化性格极为有利。契诃夫写《变色龙》，让人物随小狗主人的身份做出尔反尔的表现。几个细节的对比，就画出了人物灵魂。鲁迅《故乡》中，少年闰土是"我"的欢乐与共、亲如兄弟的伙伴。经过岁月的折磨，闰土的面目如枯枝干柴般苍老。而尤震撼人心灵的是，他对当年"迅哥儿"竟毕恭毕敬地以"老爷"呼之。

正衬、反衬、还有"自衬"（我们姑且以此概括人物自身的对比），都对塑造人物极为有利。恰当的对比应当是真实而自然，又是尖锐而鲜明的。可以有人物外貌如美与丑、善与恶等对比，更可以有人物言行的互相对应，尤其需要着眼于人物的精神世界、内心深处的比较，聊斋先生是深谙此道的。

第二节　以竹画风　烘云托月
——侧面描写的技巧

当年陆侃如先生给我们讲《文心雕龙》时曾把清代诗人江湜的《彦仲画竹燕》诗写到黑板上：

竹叶西出叶向东，

此非画竹实画风。

风本无质不上纸，

巧借竹枝以形容。

金圣叹评《西厢记》时说：

亦尝观于烘云托月之法乎？欲画月也，月不可画，因而画云，画云者意不在云也，意固在月也、然而意未必在于云焉。于云略失则重，或略失则轻，是云病也，云病即月病也。于云轻重均停矣。或微不慎，渍少痕如微尘焉，是云病也，云病即月病也。

用有"质"的竹叶形容无"质"的风,用瞬息即变的云彩烘托月亮,是侧面描写。侧面描写有时比直接写更有韵味,也更有力量。

《青凤》写狂生耿去病夜入狐仙聚饮处,看到了一位美丽的姑娘,这姑娘"弱态生娇,秋波流慧,人间无其丽也"。这个少女使耿生"神志飞扬,不能自主,拍案曰:'得妇如此,南面王不易也!'"耿生的反应既是描写狂生的妙笔,又是描写青凤的侧笔。她的美丽竟使人认为比"南面王"的吸引力还大!这样的侧面描写,比"弱态生娇"等概念化的简写更引人入胜。《席方平》中,勇士席方平在地狱中受刑,置火床、遭锯解、下油锅毫无畏惧。真乃大智大勇,已令人钦佩之至,作者又发巧思,让两个执刑的小鬼称赞他,"状哉此汉!"谚曰:"阎王好见,小鬼难缠"。在这里,连小鬼都受到了感化,真是精诚所至,金石为开。《阿绣》中卖花粉的少女阿绣因为超群出众的美丽,使刘子固昼思夜想,得了相思病,经过狐女的撮合,两人终于在离乱中相遇,阿绣蓬面垢耳地随刘子固返家后,"为女盥濯,妆竟,容光焕发。母抚掌曰:'无怪痴儿魂梦不置也!'"刘母的话,从侧面进一步渲染了阿绣的美。《青娥》中的少年霍生,年仅十三岁,还不晓得爱情究竟是什么时,已然能用小镜凿透重岩去与心上人见面,被人当作"贼"抓住以后:

> 将共告诸夫人,女俯首沉思,意似不为可。众窥知女意,因曰:"此子声名门第,殊不辱沾。不如纵之使去,俾复求媒焉。诘旦,假盗以告夫人,如何也?"女不答。众乃促生行。生索镬,共笑曰:骇儿童!犹不忘凶器耶?"生觑枕边,有凤钗一股,阴纳袖中。已为婢子所窥,急白之。女不言亦不怒。一媪拍颈曰:
> "莫道他骇若,若小意念乖绝也!"

这段描写"手写本位而四面俱到""文笔玲珑,巧不可言"(但明伦评语)。少男少女的心思都是从他人的反应写出。"众人"看出了青娥有意于霍生,才有"俾复求媒"的建议。"一媪"看出了娃娃一样的逾墙者把凤钗偷偷放在袖中,是索取爱情的信物,因而评论:不要说他是个笨孩子，他的心思可挺鬼的！

聊斋人物的侧面描写着眼于形貌者俯拾即是。《阿宝》写阿宝的美，是用了路人围立如堵、孙子楚灵魂出窍的背面敷粉法，使阿宝的形象不著一字，尽得风流。《辛十四娘》则一层层地先从冯生眼中次第写其容貌、娇羞神情，后又借鬼媪的口画出其"刻莲瓣为高履，实以香屑，蒙纱而步"的倩姿，使辛十四娘的形象栩栩如生。《娇娜》中"娇波流慧，细柳生姿"的娇娜，使得背患巨痈的孔雪笠"望见颜色，嚬呻顿忘，精神为之一爽"。这都是以他人的观察、感受写人物相貌的妙笔。

用对人物的简单评价来写人也是富有成效的侧写法。《三国演义》中"青梅煮酒论英雄"一节，曹操与刘备一一评论袁绍、袁术、刘璋，从侧面提纲挈领地写出这些人的性格要点。一向被称为写人的典范。聊斋故事中也不乏类似章节，《张鸿渐》中方娘子对张鸿渐说过一段话："大凡秀才作事，可以共胜，而不可以共败：胜则人人贪天功，一败则纷然瓦解，不能成聚。今势力世界，曲直难以理定；君又孤，脱有翻覆，急难者谁也！"是对张鸿渐一伙"秀才造反，三年不成"者的合情合理的分析。《鸦头》中，雏妓鸦头一出面，作者便通过赵东楼向读者介绍她的身世、性格："此媪次女，小字鸦头，年十四矣。缠头者屡以重金啖媪，女执不愿，致母鞭楚，女以齿稚哀免，今尚待聘耳。"侧面描写了鸦头的形象。鸦头和王文离别后，又是这个赵东楼交代了鸦头的下落："媪得鸦头，横施楚掠，既北徙，又欲夺其志。女矢死不二，因囚置之。"是虚写，也是侧面描写。《梅女》中，阴间老鸨骂典史说："汝本浙江一无赖贼，买得条乌角带，鼻骨倒竖矣！汝居官有何黑白？袖有三百钱，便而翁也！"这段话以极大的义愤交代了典史的来历——浙江一个无赖贼，揭出这个典史的见钱眼开、为三百钱便害死人命的劣行。骂得痛快淋漓、入骨三分，是脍炙人口的名句，也是侧面描写的典范。

《侠女》篇塑造了一个违背封建常规的侠骨柔肠的奇特少女形象。她有不少令人难以理解的行动：她和顾生家相濡以沫，而且"枕席焉，提汲焉",尽了一个妻子的责任,但她绝口不言嫁娶。她究竟是什么样的人呢?读者在揣测,书中的其他人物也在揣测。读者随着书中其他人物的观察、分析,一步步地了解这位非常之女性。故事中写道,贫穷的顾生家贫而无力娶妻,恰好他家的对面搬了一家人来,家中仅有一老妪、一少女。于是,一个偶然的机会,顾生与少女见面了:

> 一日,偶自外入,见女郎自母房中出,年约十八九,秀曼都雅,世罕其匹;见生,不甚避,而意凛如也。生入问母。母曰:"是对户女郎,就吾乞刀尺。适言其家亦止一母。此女不似贫家产,问其何不字,则以母老为辞。明日当往拜其母,便风以意,倘所望不奢,儿可代养其老。"明日造其室,其母一聋媪耳。视其室,并无隔宿粮。问所业,则仰女十指。徐以同食之谋试之,媪意似纳,而转商其女,女默然,意殊不乐。母乃归,详其状而疑之曰:"女子得非嫌吾贫乎?为人不言亦不笑,艳如桃李,而冷如霜雪,奇人也!"母子猜叹而罢。

母子两人观察着、"猜叹"着一个人。顾生以青年男子的眼光注意到这少女的年龄和风度:十八九岁,文雅而秀丽,见人大大方方,没有一般少女娇羞不语、低头走避等做派,但是又一本正经,"意凛如"。顾母以富有生活经验的老妈妈心理去忖度这个少女:因为少女一来就是来"乞刀尺",借剪刀和尺子,可见她的家境清贫,连刀尺这类日常用具也没有。但她的气度又使顾母感到她不似穷人家出身。为什么不出嫁?据说是因为母亲老。顾母因之打起姑娘的主意来,要让自己的儿子代养其母。不料,这入情入理的打算却碰了钉子:姑娘不同意。于是,顾母猜叹了,难道嫌我们家穷吗?这么漂亮的一个姑娘,却不说不笑,冷如霜雪!

"奇人也",是母子分析的结果。这种猜叹还要继续下去,先是一位白狐化成的娈童说:"艳丽如此,神情一何可畏!"接着是顾生忽而得到少女主动幽会,忽而遭受拒绝,便产生了猜疑。怎么这事实上的妻子不肯言嫁娶?"将勿憎吾贫耶?"最后是顾母听说姑娘已然怀孕时说的话："异哉此女！聘之不可，而顾私于我儿。"作家借他人一点一滴的观察、一步一步地设下了对女主人公的疑念，像神龙见首不见尾，写出了她违背常理的作为。读者从他人的臆测分析，从似乎矛盾的情节中，获得了非同凡响的印象，最后才让主人公自抒胸怀：她是司马大人之女，因父被仇人陷害，家产抄没，她负老母出，隐姓埋名，以图复仇。因为感念顾生对自己老母的照顾，又"为君贫不能婚"，才"为君延一线之续"。她对顾生不言嫁娶却私之，"相报不在床笫"，乃是为了"君福薄无寿，此儿可光门闾"……大仇已报，"女一闪如电，瞥尔间遂不复见"。侠女的表白解开了一切"猜叹"的谜，读者才明白这些悖理行为的合理性，而这个人物也就有棱有角、有血有肉、光彩夺目地留在了读者的心目中。

第三节　自己位置上的主角
　　　　——次要人物的描写

海涅在《论浪漫派》中说：

> 歌德的最大技能就在于他所描写的一切莫不是完美的；在这里不是一些部分写得强而其他部分写得弱，不是一部分写得详尽而其它部分粗浅草率，这里没有捉襟见肘之处，没有陈腐俗套的敷衍，没有对个别事物的偏爱。他在他的长篇小说和戏剧里面精心处理每一个人物，他们无论在什么地方出现，他们总像是主角。在荷马和莎士比亚的作品里也是这样的。在一切大作家的作品里面根本无所谓配角，每一个人物在他的地位上都是主角。

跟歌德、莎士比亚、荷马一样，罗贯中、施耐庵这些中国大作家笔下，也无所谓配角。《三国演义》这一卷帙浩繁的历史小说，既塑造了孔明、曹操、周瑜、刘关张等一系列主要人物的典型形象，又在长期的战争过程、政治斗争中塑造了上百个次要人物典型形象，塑造了魏蜀吴三集团中的战将、谋士。有的人物着笔不多，却富于典型性。如"乐不思蜀"的刘禅,干大事而惜身的袁绍,赤膊上阵的许褚。三国的配角各具神采,形成了琳琅满目的次要人物肖像画廊。《水浒传》则在阶级搏斗的风口浪尖写活了"逼上梁山"的英雄群像,作为陪衬的奸邪群像——高俅、蔡京、童贯,还有活动于重要人物间的小人物——阎婆、王婆、郓哥儿也都栩栩如生。《红楼梦》写的是一个贵族大家庭的兴衰,在细微的生活溪流中,映出了色彩鲜明的宝玉、黛玉、宝钗、熙凤等主要人物,也映出了形神俱现的一大群丫鬟、仆妇、小厮,成为古典文学人物画廊的空前大丰收。王实甫在《西厢记》中,不仅使热情执着的张生、凝重蕴藉的莺莺、爽朗泼辣的红娘的个性得到最大程度的发挥,那些过场人物,如见义勇为的莽和尚惠明、庸俗粗鄙的郑恒,也写得活脱脱。汤显祖的《牡丹亭》、孔尚任的《桃花扇》、洪昇的《长生殿》中的配角也都不比主角逊色。次要人物能否写得好,常常是对戏剧、长篇小说的考验。

对短篇小说这一艺术形式似乎有一种约定俗成的章法:次要人物仅仅是主要人物的铺垫;次要人物可以"召之即来,挥之即去";在形象塑造上不应像对主角那样求全。

但是,艺术大师的短篇小说却常常信手点缀几笔,便把次要人物的形神雕出来:《阿Q正传》中不许别人姓赵的赵太爷和手拿哭丧棒的假洋鬼子"柿油党";《林家铺子》中呃声连连的林师母和《春蚕》中被侮辱和被损害的贱女人荷花;《木木》中蛮横专制的老公爵夫人;《套中人》里活泼鲜亮的瓦连卡……《聊斋志异》的作者更是具有这种大作家的全面才能,他的短篇小说中无所谓配角。

《阿绣》写的是刘子固和真假阿绣的爱情波折。刘子固在姚家杂货铺中看到了美丽的阿绣就一心一意地爱上了。他热诚地去追求,而且让自己的舅舅登门求亲,却得到这样的答复:"阿绣已字广宁人。"刘子固灰心绝望,涕泪交流,希望能遇到一个和阿绣一样美丽的人。出人意料的是,他果然见到一个女子,"怪似阿绣"。刘子固紧追细访,"真阿绣也",两人遂燕好。谁知,他们的来往被刘子固的仆人发现了:

> 一夜，仆起饲马，见室中灯犹明；窥之，见阿绣，大骇。不敢诘主人，旦访市肆，始返而诘刘曰："夜与还往者，何人也？"刘初讳之。仆曰："此第岑寂，鬼狐之薮，公子宜自爱。彼姚家女郎，何为而至于此？"刘始觍然曰："西邻其表叔，有何疑沮？"仆言："我已访之最审：东邻止一孤媪，西家一子尚幼，别无密戚。所遇当是鬼魅。不然，焉有数年之衣，尚未易者？且其面色过白，两颊少瘦，笑处无微涡，不如阿绣美。"

聊斋先生真是写人的能工巧匠。短短二百字，便写出了一个血肉丰满的智仆形象。首先，这个仆人有辨人于毫末的好眼力。他无意中发现了"阿绣"，马上看出，这个"阿绣"与原先的阿绣有细微的不同：她的脸色比较白，人稍微瘦一点。尤其是，她笑的时候脸上没有微小的酒窝。于是仆人断定：这是个假的。而且，哪有几年前的旧衣服丝毫不变的？这一思索细如发丝，非常有力。其次，这个仆人办事周密，他对于"阿绣"的身份发生了怀疑，并不马上向主人挑明，而是先去"访市肆"。他弄明白了，这个地方东边仅一孤老太，西边仅一小孩子，不可能有阿绣这个人。把阿绣之假弄得十拿九稳，他才去与主人面质。在与刘子固的对答中，他沉着冷静、应对得体。先问：夜里来的是谁？主人不肯讲时，他便加以诱导：此处多鬼魅，请多当心。而且突兀地提出，"彼姚家女郎，何为而至此？"使主人措手不及。然后便一层层地剥下"阿绣"的外衣：先是此处没有她出现的条件，续是穿几年前的旧衣不合理，最后是连情郎都没有看出的她与真阿绣面目的差异、决定性的差异。

仆人在这儿起到了化隐为显的作用，把幻化为阿绣的狐仙显现出来。因为细腻的观察、严密的推理、相当得体的问话，从而使得这个仆人成为有独特个性的形象。

《陈锡九》是个"孝子节妇，出于一门"（何垠评语）的故事。富室周某，因为慕陈锡九父之名士声望订为婚姻，陈父游学不归，家中日贫。周有悔亲之意。但周女不从，周遂以恶服饰遣归锡九。有一天，派了一个女仆去陈家：

> 一日，使佣媪以榼饷女，入门向母曰："主人使某视小姑姑饿死否。"女恐母惭，强笑以乱其词，因出榼中肴饵列母前。媪止之曰："无须尔！自小姑入人家，何曾交换出一杯温凉水！吾家物，料姥姥亦无颜唅啖得。"

写这个佣媪统共不过百十字，却活画出一个狐假虎威的势利眼、刻薄老妇的形象来。

《邵女》写的是一个家庭中嫡庶相处的故事。金氏的嫉妒、邵氏的贤顺皆写得气韵生动。尤为精妙的是文中贾媪劝说邵家秀才将女嫁于柴家为妾的章节。柴生偶尔见了邵氏，羡其艳丽，而有意纳为侧室。但邵家是秀才，怎样说服他家把女儿嫁出来做妾呢？媒婆贾老太婆登场了：

> 登门，故与邵妻絮语，睹女，惊赞曰："好个美姑姑！假到昭阳院，赵家姊妹何足数得！"又问："婿家阿谁？"邵妻答："尚未。"媪言："若个娘子，何愁无王侯作贵客也！"邵妻叹曰："王侯家所不敢望，只要个读书种子，便是佳耳。我家小孽冤翻复遴选，十无一当，不解是何意向。"媪曰："夫人勿须烦怨。恁个丽人，不知前身修何福泽，才能消受得！昨一大笑事：柴家郎君云，于某家茔边望见颜色，愿以千金为聘。此非饿鸱作天鹅想耶？早被老身呵斥去矣！"邵妻微哂未答，媪曰："便是秀才家，难与较计；若在别个，失尺而得丈，宜若可为矣。"邵妻复笑不言。媪抚掌曰："果尔，则为老身计亦左也。日蒙夫人爱，登堂便促膝赐浆酒；若得千金，出车马入楼阁，老身再到门，则阍者呵叱及之矣。"

谢朓有语："好诗圆美流转如弹丸。"这段文字也是圆美流转，而又婉转曲达。贾媪登门做媒，这是一个非常棘手的婚事。邵家乃秀才，儒林中人物，自然讲究脸面，羞于以女儿为人妾。但是他们家贫穷，是否可以以利动之？这是贾媪必须要探明的。如果进门即开门见山地提出：柴生要以千金聘邵氏为妾，则很可能因为邵家脸上下不来，一口回绝，无法回转。贾媪便采用迂回的方法，先说主人最爱听的：夸邵家的女儿漂亮。由此便很自然地引到正题上，引出邵女择婿的标准：读书种子。柴生恰好是个读书人。但就此莽撞地正面提出"千金之聘"，仍有可能碰钉子。故而贾媪又耍了一花枪：采用说笑话的方式，亮出"千金"的重利，观察对方的反映。结果是"邵妻哂未而不答"。据青柯亭本，为"哂未答"，显然是既受到重利的诱惑，又顾忌秀才的家声，首鼠两端。贾媪索性替邵妻说出她的为难处，进一步加以引诱，这是"失尺而得丈"。这"一纵一擒，一挑一剔"（冯镇峦语），进一步对邵妻动之以利，如果再在邵妻背上狠狠推一把，她就要迈出决定性的一步了。贾媪不失时机地、极力把千金渲染一番，故意设身处地描绘富贵后的气势。这段话的确说到邵妻的心里去了，说得舌底生莲，无一字呆板，"抑扬顿挫，不即不离，使人入彀中而不觉"。这个女苏秦、雌张仪，真有把死人说活的本领，一段说媒的情节，这个三姑六婆的形象真是绝了。

《王成》描绘一个性至懒的故家子因为偶然机遇致富的故事。王成时运不济，靠山山崩，靠水水流。外出经商非但没赚到钱，反而连自己的一点儿本钱也在住店时被偷走了。有人建议他告官，让店主赔偿。他不肯，主人"闻而德之"。后来王成无意中买了些鹌鹑，孰料阴雨连绵，卖不出去。一担鹌鹑仅剩了一头。王成在那儿愁得要死，店主人却看出："此似英物。"判断：那一担鹌鹑之死乃因争斗所致，而这一只硕果仅存，当是最善斗的。持向街头，果然三战三胜。店主又给王成出主意：进亲王宫相角，而且预先说好："鹑斗胜，王必欲市之，君勿应；如固强之，惟予首是瞻，待首肯而后应之。"鹑果然取胜，亲王果然要出钱买。出价三百两银，"成目视主人，主人色不动"。待亲王出价六百两银子时：

> 成又目主人，主人仍自若。成心愿盈溢，惟恐失时，曰："……即如王命。"王喜，即秤付之。成囊金，拜赐而出。主人怼曰："我言如何，子乃急自鬻也？再少靳之，八百金在掌中矣。"成归，掷金案上，请主人自取之，主人不受。又固让之，乃盘计饭直而受之。

一位富于生活经验、很有眼光的店主。一位很善于"奇货可居"、讨价还价的商人。又是一位狷介仁侠,绝不见钱眼开的贤者。

以上所列举的,《阿绣》中的仆人、《邵女》中的媒婆、《王成》中的店主,都是小说中次要人物,有的还是一闪即逝的人物,但都写得委曲尽情。在他们自己的位置上,他们是当之无愧的主角。

从《聊斋志异》的实际情况看,作家对于次要人物的处理主要有以下几种形式:

其一,这些人物多半性格单一、鲜明,是英国小说家福斯特之谓"扁平人物",类型化或漫画式人物。他们的行为可以像福斯特剖析的《大卫·考伯菲尔》的米考伯太太,用一句话描述殆尽:"我永远不会舍弃米考伯先生。"《青凤》中的封建家长可以用一句概括:"汝何坏我家风耶?"《姊妹易嫁》中的姐姐也可以用一句话概括:"我死不从牧牛儿!"《曾友于》中刚猛的曾成就像他说过的一句话一样:"不缞麻相从者,有如此树!"《胡四娘》中胡四娘在俗情眼浅、墙倒众人推的形势下,只有一个人同情她:

> 独有公爱妾李氏,三姊所自出也,恒礼重四娘,往往相顾恤。每谓三娘曰:"四娘内慧外朴,聪明浑而不露,诸婢子皆在其包罗中而不自知。况程郎昼夜攻苦,夫岂久为人下者?汝勿效尤,宜善之,他日好相见也。"

这个众人皆浊我独清的李氏,代表着不以成败论人的理念,也代表着"放长线钓大鱼"的老谋深算。作家在这个人物身上并不多着笔墨,而是选了她的一个特征——对于作品却是最有用的特征——她慧眼识人。于是作家让她在作品中应运而出,为势利眼的胡家增添了一分亮色,为故事增添了一分波澜。

其二,这些人物常常和主人公形成互相映衬、甚至于个性相互对立的关系。《曾友于》中曾成与曾友于,《姊妹易嫁》中的姐姐和妹妹,《王成》中的店主与王成,都是如此。《吕无病》骄横跋扈的王天官女成为贤妾吕无病的有力反衬。《珊瑚》中泼悍自私的臧姑成为温顺、善良的珊瑚的鲜明对比。《连城》中爱色而自私的富家子与割膺肉救心上人的乔生显出截然相反的品性。这些次要人物的出现，除了情节上的作用外，还产生了曲直对比、黑白对比、明暗对比、强弱对比、正邪对比、光明与黑暗的对比等作用。从而使形象更加明显、更加充实。

其三，这些人物常常采用粗线条勾勒。因为短篇小说篇幅所限，应当尽量把次要人物写得轮廓分明，忌含混不清，更忌喧宾夺主。聊斋中的次要人物多半没有细致的心理描写，只是用粗线条把人物的特征勾勒出来。《红玉》中冯生的父亲"性方鲠"，文中写他的耿直用了一个深夜见儿子与红玉笑语，怒而训之的情节：

> 翁夜起，闻子舍笑语，窥之见女。怒唤生出，骂曰："畜产！所为何事！如此落寞，尚不刻苦，乃学淫荡耶？人知之，丧汝德；人不知，亦促汝寿！"生跪自投，泣言知悔。翁叱女曰："女子不守闺戒，既自玷而又以玷人，倘事一发，当不仅贻寒含羞！"骂已，愤然归寝。

这一段，大起大落，以狂风卷浪之势写出了一个耿直的严父形象。但是作家以"丧德促寿"这样的话语为人物立型后，便不再给他更多的笔墨，而是用极简省的文字粗略地写出这个人物的其他情节来：冯生娶了卫家的女儿，在上坟时遇见因贪污而罢归林下的宋御史。宋要以金贿买卫女。冯生听了很生气，但惧其权势，"敛怒为笑"。归告翁，冯父大怒，"奔出，对其家人，指天画地，诟骂万端"。宋御史派人打伤冯氏父子，抢走卫女，"翁忿不食，呕血寻死"。冯父指天画地骂恶徒和绝食而死的情节都很典型，但作家的笔墨十分吝惜，粗略勾勒而已。

其四，姑称为"画龙点睛法"。而所谓"点睛"又有两方面含义，一方面，对次要人物常选用典型化的一两个细节、几句或几段个性化的语言来写。《黎氏》中以狼为妻的谢中条，作家写他偶步山中见到一个青年女子就说："娘子独行，不畏怖耶？""四望无人，近身侧，遽挚其腕,曳入幽谷,将以强合。"两句话,几个动作,便写出谢中条的佻挞无行。《蕙芳》中穷苦的马媪听到蕙芳要委身其家,说:"娘子天人,有此一言,则折我母子数年寿!""贫贱佣保骨,得妇如此,不称亦不祥。"诚笃守分的语言简练而精彩地为马媪画了像。

另一方面,次要人物有时担任了为主角"点睛"的任务。例如《细柳》篇塑造贤妻良母的典型:细柳是个"填房",却把同前妻之子的关系处理得有口皆碑;细柳是弱女子,却以柔嫩的双肩担起了丈夫遗下的重担;细柳是慈母,却又是刚强的,通过让儿子经受磨难而成熟。在塑造这个人物时,作家就采用了"众星捧月"的方法,让配角们分别成为细柳某一品格或某一行为的评论者或见证人。这些人物同细柳的不同关系从不同侧面体现了细柳。先是细柳的丈夫高生。他是名士,娶了细柳为继室后,见细柳对前妻之子恤同己出,又晨兴夜寐,经纪田产诸事,满心喜悦:

> 于是生乃大喜,尝戏之曰:"细柳何细哉?眉细、腰细、凌波细,且喜心思更细。"女对曰:"高郎诚高矣:品高、志高、文字高,但愿寿数尤高。"

高生为细柳作点睛之笔,为她下的断语,这是从外形、内心对她为人的总写。后来高生果然如细柳的担心,二十五岁便中途夭殂。高生去世后,福儿成为描写细柳的"帮衬"。他娇惰不肯读书,细柳便让他衣以败絮放猪。"残秋向尽,桁无衣,足无履,冷雨沾濡,缩头如丐。"细柳因之成为里人的口实:"纳继室者,皆引细娘为戒。"福儿经受了磨难,终于改悔而读书,中了秀才。大约里中的闲话也早烟消云散了。可是细柳的亲生儿子、福儿之弟怙儿又蹈其覆辙且更兼以淫赌。细柳遂让他带一"铤金"即伪金外出。结果在妓家用尽资斧,因假金而入狱。此时,细柳才派福儿前去救助,并说:

> "汝弟今日之浮荡,犹汝昔日之废学也。我不冒恶名,汝何以有今日?人皆谓我忍,但泪浮枕簟,而人不知耳!"因泣下,福侍立静听,不敢研诘。泣已乃曰:"汝弟荡心不死,故授之伪

金以挫折之，今度已在缧绁矣。中丞待汝厚，汝往求焉，可以脱其死难，而生其愧悔也。"

从这段话可以看出：福儿、怙儿两个次要人物的存在是为画贤德多智的细柳"颊上三毛"之用，以此二人写她的教子有方，"不引嫌、不辞谤"的性格。

当然，《聊斋志异》描写次要人物的方法绝不仅这几个套子，以上几点仅描其大要而已。而最不能忽视的是：蒲松龄总是按照生活的本来面目去描写。在现实生活中，每个人都有自己的出身、教养、个性、追求，每个人都有自己的悲欢离合、喜怒哀乐，每个人都不是为了衬托他人而存在的。印度诗人泰戈尔在《飞鸟集》中说："采着花瓣时，得不到花的美丽。"鲜花之美，不在于某一个孤立的花瓣，而在于整朵花的统一、和谐，还在于绿叶加以烘托。聊斋次要人物是小说中的有机组成部分，正如每个现实人物是他家中或他的社会团体中的一个组成部分，浑然天成、不可或缺。

第十三章
绝对真实的性格

苏联著名作家尤里·瓦连京诺维奇·特里丰诺夫在二十世纪六十年代末、七十年代初发表了一系列抨击现代市侩的作品,被评论界誉为"莫斯科故事"。其中短篇小说《滨河街公寓》《交换》不仅在苏联文学界引起强烈反响,而且为中国当代作家所瞩目、所模仿。特里丰诺夫在同苏联著名评论家鲍恰罗夫谈话时,就他小说的人物塑造,讲出两段发人深省的话:

  文学作品的主人公的价值不在于他具备许多优秀品质,而在于作家在他身上体现的生活特征和意义。

  当我动笔写作时,我并没有考虑某个人物是否正面人物,更不用说他是不是一个值得效仿的榜样了。我也并不考虑这个人物是我们喜爱的,或是厌恶的。我只尽力做到一点(而这也并非有意识地),那就是寻找生活中遇到过的绝对真实的性格,竭力反映出他们内在的真实性。这仿佛是我力求击中的一个理想目标。①

这恐怕就是特里丰诺夫获得成功的原因。不管"好人""坏人",一概去冷静地探索,找出他们身上体现的生活特征;不管作者自己对形象是喜爱的、厌恶的,一概潜入他们心灵深处,潜入社会生活的深处,

---

① 北京师范大学苏联文学研究所:《苏联当代作家论创作经验》,北京师范大学出版社1984年版,第184页。

反映出他们内在的真实性，写出绝对真实的性格。

写绝对真实的性格，而不去写人们司空见惯的熟面孔，去制造概念化或公式化的人物，往往是大作家才能的标志。曹雪芹笔下的焦大是好人坏人？袭人和醉金刚是好人坏人？一言难尽。你能从前人的书中找到他们的类似者或雏形吗？恐怕很难。但他们确实是贵族社会中一个醒目的存在。他们身上体现的某种社会的、历史的、心理的特征，鲜明而奇异，任何人都不能替代。阿Q、祥林嫂是作家鲁迅喜爱的还是厌恶的？吴荪甫是茅盾赞扬的还是厌恶的？高老太爷是巴金所恨的还是所爱的？安娜·卡列尼娜是托尔斯泰心中的美神，还是荡姬妖娃？……都很难讲得清。但是，他们都传神，都有独特的艺术魅力。他们是让人觉得"似曾相识"——不是在其他文学作品中，而是在现实生活中——又总是有出人意料的成分。他们都不能简单地用"善""恶"归类，但他们的性格却以强有力的、十分独特的形式表现出来。《聊斋志异》的人物也是如此。

翻开《聊斋志异》，一股清新的风扑面而来，一群独特的人物姗姗走进我们的视野，他们像电光石火般地抓住了我们的心。我们不由自主地被他们感动，为他们担心、忧心、揪心。他们形神相融，如化工造物。如果穷究他们是怎么塑造出来的，我们又发现：越是精彩的人物，越是如虫蚀木，偶然成文；越是得之于心，淡于雕章。这些篇章真正做到了忘去法度、超乎技巧。但这里出现的人物穷其要妙，夺其造化，真真是左右逢源、八方来风！

第一节 悖于常情的奇女子

读罢《聊斋志异》，掩卷回思，一大批出色的女性形象似在面前：美丽而痴情的阿宝和连城；秀外慧中、沉稳干练的辛十四娘；瘦怯凝寒、娇吟诗歌的连琐；机智果敢、手刃仇人的庚娘；老练洒脱、胸有城府的仇大娘；性情刚烈而仪度娴婉的鸦头；吹气如兰的葛巾和潇洒通达的黄英；稚气未脱的小谢和顽皮天真的秋容……她们，给中国古代文学的画廊增添了异彩。她们和以往文学作品中的女性形象是那样的一脉相承：她们把中国古代妇女特有的处境、遭遇、气质反映了出来。与以往文学作品中出现过的女性相比，她们显得更加丰满、更加鲜明、更加生动：庚娘之于《崔俊臣再会芙蓉屏》中的王氏，商三官之于《侯官县烈女歼仇》中的申屠希光，阿宝之于《倩女离魂》中的张倩女，诙谐的狐女（《狐谐》）之于《快嘴李翠莲记》中的李翠莲……至于淡泊高雅的翩翩和黄英，遇事果断的红玉和辛十四娘，忠于爱情的妓女鸦头，举案齐眉的云萝公主和蕙芳，也都以新颖的面目出现。这些，不能不看作是中国小说人物画廊中前所未有的大收获。

对于写女性的圣手铁笔蒲留仙来说，他的超凡出众之处还在于：他能跳出前人窠臼，涉猎他人没有涉猎的"禁区"，写出了一批悖于常情的奇女子来。

第一篇是《颜氏》。

顺天一个秉性愚钝但善于书法的某生，因为偶然的机会，娶到了一位才女。才女颜氏本来是因为见到某生的手函而爱好之，又听人介绍，"此翩翩一美少年"，以为某生必然秀外慧中，遂成秦晋。不料婚后才发现：某生是个徒有其表的笨伯。她初以为努力不够，便严如教师，催丈夫苦读，但苦读仍然不效。颜氏便想出李代桃僵的主意来：

> 如是年余，生制艺颇通，而再试再黜，身名蹇落，饔飧不给。抚情寂漠，嗷嗷悲泣。女呵之曰："君非丈夫，负此弁耳！使我易髻而冠，青紫直芥视之！"生方懊丧，闻妻言，睒䁽而怒曰："闺中人身不到场屋，便以功名富贵，似汝在厨下汲水炊白粥；若冠加于顶，恐亦犹人耳！"女笑曰："君勿怒，俟试期，妾请易装相代。倘落拓如君，当不敢复藐天下士矣。"生亦笑曰："卿自不知蘖苦，真宜使请尝试之。"……女入房，巾服而出，曰："视妾可作男儿否？"生视之，俨然一顾影少年也。……会学使案临，两人并出，兄又落。弟以冠军应试，中顺天第四；明年成进士；

授桐城令；有吏治，寻迁河南道掌印御史，富埒王侯。

颜氏把封建重压下妇女被压抑的才能充分地显示出来：有文才，可以在"制艺"上超过男人；有治国的才干，可以在吏治上不逊于男子。这个形象与花木兰代父从军，与求凰得凤的黄崇嘏（徐渭《四声猿》中的人物）一脉相承。

颜氏终于以自己的聪明才智为女性扬眉吐气。她后来把自己的功名让给了丈夫，自己闭门雌伏，因生平不孕，遂出钱给丈夫买妾。颜氏对丈夫说："凡人置身通显，则买姬媵以自奉，我宦迹十年，犹一身耳。君何福泽，坐享佳丽？"她的丈夫开玩笑地回答："面首三十人，请卿自置耳。"山阴公主是有置男宠特权的，武则天也同样，但这种"特权"却不是一般女子、甚至缙绅家女性可以享受的。而且山阴公主的置面首也使她作为淫妇，千百年钉在耻辱柱上。颜氏绝不可能置面首，其丈夫却肯定纳妾置婢以接续香火。"青紫直芥视之"的颜氏，鄙视"侍御而夫人"的颜氏，在爱情生活中，却不得不败下阵来。用自己赚的钱让丈夫"坐享佳丽"，这是何等可悲的讽刺？

然而，这是历史真实，连颜氏自己也俯首受之。

第二篇是《细侯》。

昌化满生因为家境贫寒，设帐于余杭，遇到了一个妖姿要妙的雏姬——贾细侯：

相见，言笑甚欢，心志益迷。托故假贷同人，敛金如干，携以赴女，款洽臻至。即枕上口占一绝赠之云："膏腻铜盘夜未央，床头小语麝兰香。新鬟明日重妆凤，无复行云梦楚王。"细侯戚然曰：妾虽污贱，每愿得同心而事之。君既无妇，视妾可当家否？"生大悦，即叮咛，坚相约。细侯亦喜曰："吟咏之事妾自谓无难。每于无人处，欲效作一首，恐未能便佳，为听观所讥，倘得相从，幸教妾也。"因问生家田产几何，答曰："薄田半顷，破屋数椽而已。"细侯曰："妾归君后，当长相守，勿复设帐为也。四十亩聊足自给，十亩可以种黍，织五匹绢，纳太平之税有余矣。闭

> 户相对,君读妾织,暇则诗酒可遣,千户侯何足贵!"

出于淤泥而不染,细侯风雅恬静,处于锦围翠绕、饫甘餍肥、前门迎新后门送旧的糜烂生活中,能有学诗的雅兴,能看中满生这样的穷措大,把清贫自给的生活看成自己的理想,认为有"君读妾织""诗酒可遣"的生活,连千户侯都不足贵。在以功名富贵取人的社会,一个烟花女子有如此高洁的情怀,实在可贵。而尤可贵的是细侯后来的表现:满生为了凑足为细侯赎身的金钱,弃馆南游,因为打了弟子而弟子溺死,被捕入狱。对细侯窥伺已久的富商一方面行贿官府,设法将满生轻罪重判,关进黑牢,断绝他同细侯的联系。一方面假作满生绝命书寄细侯,把细侯偷娶到手,数年后细侯才发现这桩冤案:

> 细侯不得已,遂嫁贾。贾衣服簪珥,供给丰侈。年余,生一子。无何,生得门人力,昭雪而出,始知贾之锢己也;然念素无隙,反复不得其由。门人义助资斧以归。既闻细侯已嫁,心甚激楚,因以所苦,托市媪卖浆者达细侯,细侯大悲。方悟前此多端,悉贾之诡谋。乘贾他出,杀抱中儿,携所有亡归满,凡贾家服饰,一无所取。

细侯的表现似乎太残忍,自己的亲生儿子居然忍心杀掉!天下宁有如此忍情之母也?其实,细侯式的"忍情"倒是种世界性现象,古希腊悲剧中就出现过同样的女性。在中国,因为子嗣的重要性,细侯杀抱中儿,就又有着令贾断子绝孙的刻骨仇恨在内,哪怕这儿子是自己亲生!作者是用这个特殊的杀亲生儿子不近人情的情节,塑造了细侯这个有特殊意义的形象,但明伦的评语这样写道:

> 商本非其夫也,彼非夫而诡谋以锢吾夫,彼固吾仇也,抱中儿即仇家子也,杀之而归满,应恕其忍而哀其情。

此说有一定道理,但尚不足。杀抱中儿是一种义无反顾的决绝精神,表现在一个弱女子身上,更加感人。

第三篇是《侠女》。

一个仅有老母在堂的孤女,艳如桃李而冷如霜雪,使得顾生和他的母亲百思不得其解：她明明孤苦无依，却不肯与顾生结缡；她嫌顾生家贫吗？却又代顾母缝纫，"出入堂中，操作如妇"。她不肯与顾生结婚，却不顾及未婚而孕的恶名，为顾生儿子……这个奇女的种种乖张行止，最后由她自己讲明：

> 夜将半，女忽款门入，手提革囊，笑曰："我大事已了，请从此别。"急询其故，曰"养母之德，刻刻不去诸怀。向云'可一而不可再'者，以相报不在床笫也。为君贫不能婚，将为君延一线之续。……今君德既酬、妾志亦遂，无憾矣。"问："囊中何物？"曰："仇人头耳。"检而窥之，须发交而血模糊。骇绝，复致研诘。曰："向不与君言者，以机事不密，惧有宣泄。今事已成，不妨相告：妾浙人。父官司马，陷于仇，彼籍吾家。妾负老母出，隐姓名，埋头项，已三年矣。所以不即报者，徒以有母在；母去，又一块肉累腹中，因而迟之又久，曩夜出非他，道路门户未稔，恐有讹误耳。"

如果说为父报仇，像谢小娥那样沉稳，尚不算多么特殊；如果说，以匕首斩妖狐，尚不算多么神奇，那么在这位奇异少女身上表现的婚姻观，在那个讲求贞节、讲求婚姻是终身大事的社会中，侠女的表现正如她的宣言，是再出格不过了："枕席焉，提汲焉，非妇伊何也？业夫妇矣，何必复言嫁娶乎？"只要求两个人的真心相知、和衷共济、患难与共，不恪守表面的礼法和名分，这不能不说是一种极其解放的思想，一个极其不凡的形象。

第四篇是《乔女》。

与描写女性花容月貌、风花雪月的作品相比，《乔女》真是独树一帜。

她的形象实在是出奇的丑：黑丑，壑一鼻，跛一足。她的命运更不佳，好不容易嫁了出去，而且生了儿子，丈夫却偏偏死了。求娘家帮忙，娘家不耐烦，她只好纺织自给。这时，她有了一个转变自己贫穷和孤苦的机会——丧偶的孟生对她有情了：

> 忽见女，大悦之，阴使人风示女。女辞焉，曰："饥冻若此，

> 从官人得温饱，夫宁不愿？然残丑不如人，所可自信者，德耳；
> 又事二夫，官人何取焉！"孟益贤之，向慕尤殷，使媒者函金加
> 币，而说其母。母悦，自诣女所，固要之，女志终不夺。母惭，
> 愿以少女字孟；家人皆喜，而孟殊不顾。

乔女这一恪守封建道德的淑女形象，从这一段自剖心曲的话中，已鲜明地树立起来。而孟生不肯娶乔女的妹妹——显然并无乔女那样的"残丑"——孟生对乔女的钟情和执着，已使得乔女深深感动。但是天有不测风云，孟生竟然因病暴卒，他死后，村中无赖趁其子幼把家产夺取一空，又在谋划夺其田产。此时，家中佣人也趁火打劫。孟生的生前好友林生本来在乔女劝说下，打算出面向邑令控告无赖侵产之事，一遇到"无赖辈怒，咸欲以白刃相仇"，立时吓得噤不出声，闭门不敢行。孟生的产业竟眼睁睁地被无赖抢尽。最好的朋友都不管，并无相干的乔女却挺身而出：

> 女忿甚，锐身自诣官，官诘女属孟何人。女曰："公宰一邑，
> 所凭者理耳。如其言妄，即至戚无所逃罪；如非妄，即道路之人
> 可听也。"官怒其言戆，呵逐而出。女冤愤无以自伸，哭诉于缙
> 绅之门。某先生闻而义之，代剖于宰。

孟生遗孤乌头的产业得以恢复。乔女虽然"启户出粟，为之营办"，但自己"锱铢无所沾染，抱子食贫，一如曩日"。乌头长大了，乔女请老师来给他启蒙，让乌头向举业进发。自己的儿子，"使学操作""若为佣然"，乌头终于聘于名族，考上秀才。乔女"纺绩如故"，安贫若素。死了，坚决葬进穆生的墓穴，其灵魂也拒绝与孟生合葬。

乔女是个矛盾人物，如神思编爱情章所述，她有一定的叛逆性，而且是很彻底的叛逆。她与孟生的柏拉图式的爱，洗净尘滓、独步千古。但她怎么也越不出封建礼教的绳墨。于是，她成为封建文人赞赏的"节妇"。她同孟家的关系既有图报知己的友情，又恪守贫富有别的规矩，她俨然是孟家乌头夫妇的严母："有小过，辄斥谴不少贷"，却又严格地以贫贱之人约束自己。甚至带有《徐老仆义愤成家》故事中那种

奴隶般的忠诚。她的外貌是丑陋的，内心却秉赋了那个时代最珍贵的种种美德：曰节，曰义，曰勇（锐身诣官），曰智（教乌头有方），曰廉。外表和精神的对峙，挣脱封建樊笼和恪守仁义道德，平淡纯素的人生观和剧烈惨重的人生……相辅相成、墨色浓淡，作家笔势峥嵘，使得乔女妍而不媚，朴素而天下莫能与之争。

第五篇是《小翠》。

如果我们对古代爱情小说的主人公作观察，则会惊异地发现，他们的"情""思"，他们的个性几乎都是在他们追求合法婚姻中完成。或者，一见钟情，两地相思，至于倩女离魂；或者，月上柳梢头，人约黄昏后，私订终身，几经磨难而终成眷属。他们结婚以后呢？或者，像《霍小玉传》《金玉奴棒打薄情郎》《杜十娘怒沉百宝箱》，出现了痴情女子负心汉，爱情主人公的性格可以再往前发展；否则，"洞房花烛夜"后，爱情主人公便无一例外地回到"金榜题名"的追求上。似乎合法夫妻便不再存在什么炽热之情感。而梁鸿孟光"齐案齐眉"、张敞画眉，这几个夫妻间情爱的真实事例，反而战胜了一切小说，成了人们形容夫妇和美的套语。

于是，《小翠》使人耳目一新。

狐女小翠为了报答侍御王太常佑母亲避雷霆之恩，自愿到王家为痴儿作妇。王太常之子元丰绝痴，"十六岁不能知牝牡"，自然不懂夫妇情爱。颠妇痴儿，日事戏笑。一会儿，小翠成了足球运动员，自制一个布足球，脚着小皮靴，踢球为乐，让那痴丈夫"奔拾之"，成了她的巡边员。一会儿，小翠却又成了演员，着艳服，婆娑作帐下舞，像霸王别姬；头插雉尾，拨琵琶，如昭君出塞。那个痴丈夫呢，则成了男配角：楚霸王或沙漠人……

任何夫妇关系都不能以单调的公式来套。有凤姐和贾琏式的既"恩爱"又同床异梦的关系；有焦仲卿同他妻子生不能同衾则死同穴的关系；也有小翠同王元丰这种"颠妇痴儿"的关系。这种畸形的关系，是任何一位天才小说家忽略的一个角落，蒲松龄却奇兵突出，着力描摹之。用这种完全不是夫妻生活的真实细节，去描绘小翠"作妇"的善和美。她是那样的天真，哄了痴丈夫玩耍，竟然一脚把足球踢到公爹的面门上！她又是那样的与"三从四德"的闺教毫无干涉，因而婆母因其有嬉闹而诟骂，她毫不在乎，不惧亦不言。她又是那样善良，当痴儿王元丰受杖责时，她马上放下自己的尊严，屈膝求饶。而那些无奇不有的嬉戏又曲曲如画地写出了她的活泼、乐观、富于情趣。

小翠还有着运筹帷幄、决胜千里的才智。她仍然在那儿顽皮地戏耍着，贴上胡子化装成宰相招摇过街，故意从王给谏门前走过。声明"我谒侍御王，宁谒给谏王耶！"这似乎是个"过家家"的游戏，却使王给谏以为宰相对王侍御好，不得不放弃他中伤侍御的阴谋。但王给谏这个政敌的存在毕竟是对王侍御的致命威胁。于是，小翠又开始游戏。这次戏耍出了格：王元丰穿着龙袍出现在王给谏面前。这给王给谏最强大的武器：他可以向皇帝控告王侍御的"谋反"了。皇帝真正派人调查时却发现：那"龙袍"是破烂包袱皮儿；那"皇冠"是玉米秆儿插的小孩子玩具。邻居们也出来确认："颠妇痴儿，日事戏笑。"诬告之罪名，结结实实落在王给谏身上。一次无法无天的嬉闹，竟轻易地去掉了王侍御的心腹大患，王给谏被充军了！

《小翠》不仅独立物表，描写了一般作家看不到的与爱情近于风马牛的恋人闺房嬉戏生活。更进一步写出了正常的夫妇之爱。小翠用扮演家宰的恶作剧惩罚了王太常的政敌王给谏后，又施展魔法"泻热汤于瓮"，把绝痴的王元丰浸泡成一个彬彬然的男儿。两人"琴瑟静好，如形影焉"。接着他们的爱情受到考验，小翠失手打碎玉瓶，被王太常呵骂，愤而离家。王元丰的痴情因而表露了出来："睹其剩粉遗钩，恸哭欲死，寝食不甘，日就羸悴。"他不肯"胶续以解之"，画了小翠的像，日夜浇祷，终于感动了上苍，小翠又出现在他的眼前。

（王元丰）偶以故自他里归，明月已皎，村外有公家亭园，骑马经墙外过，闻笑语声，停骖，使厩卒捉鞚，登鞍以望，则二女郎遨戏其中。云月昏蒙，不甚可辨。但闻一翠衣者曰："婢子

> 当逐出门！"一红衣者曰："汝在吾家园亭，反逐阿谁？"翠衣人曰："婢子不羞！不能作妇，被人驱遣，犹冒认物产也？"红衣者曰："索胜老大婢无主顾者！"听其音，酷类小翠，疾呼之。翠衣人去曰："姑不与若争，汝汉子来矣！"既而红衣人来，果翠，喜极。女令登垣，承接而下之，曰："二年不见，骨瘦一把矣！"公子握手泣下，具道相思。女言："妾亦知之，但无颜复见家人……"

那个"寓嗔于欢，伏警于戏"的小翠消失得无影无踪，出现了一个平易的、钟情的、甚至带有弃妇情绪的小翠。明明是被王家"驱遣"的，却偷偷地住在王家园亭，且"冒认物产"。明明已经有夫婿不得聚首，偏偏要阿Q式地自嘲"索胜老大婢无主顾者"。明明是她给王家保全了功名、子嗣乃至身家性命，而王家对她的唾骂"擢发不足以数"，她反而忍辱负重地说"无颜见家人"……既有"日事戏笑"的颠妇式爱，又有刻骨铭心的相思；既有蔑视一切法度甚至皇权、宰相的气度，又忍受着无故被逐的痛苦且自我反省；既活泼天真、嬉不知愁，又缠绵悱恻、幽思如缕。小翠身上的色彩何等地斑斓！蒲老夫子塑造这个人物时的错综下笔、纵横驰骋，很像山水画大家郭熙在《林泉高议》中谈的"山有三远"经验：

> 山有三远。自山下而仰山巅，谓之高远；自山前而窥山后，谓之深远；自近山而望远山，谓之平远。高远之色清明，深远之色重晦，平远之色有明有晦。高远之势突兀，深远之意重叠，平远之意冲融而缥缥渺渺。其人物之在三远也，高远者明了，深远者细碎，平远者冲淡。

蒲松龄深得古代画家的经验。他不仅善于用梁楷式写意人物，深谙"颊上三毛"的技巧，他还把这种类似于"山有三远"的绘画技巧，用在人物塑造上。小翠形象的描写，便有仰视的角度——写其神奇；窥视的角度——写其怨诉；平视的角度——写其一言一行、一颦一笑。这是蒲松龄对写作对象细致观察的结果。可以设想，如果蒲松龄得以金殿对策，那么他便不可能写出如此新鲜活泼，如此神与形俱成的人物。这一类人物在聊斋中的出现，无论对于人物描写，还是对于时代的折射，都是有益处的。

第六篇是《婴宁》。

婴宁是聊斋先生最钟爱的人物，也是最成功的人物。

谚曰："马上看将军，花间瞧美人。"崔护写"去年今日此门中，人面桃花相映红"（《题都城南庄》），李白写"云想衣裳花想容"（《清平调词三首》之一），用花写美人格外传神。婴宁和花息息相关。她一露面，"拈梅花一枝"，再出场，"执杏花一朵"，她惦记着："视碧桃开未？"，索性，她像野小子一样爬到树上折花！她做了媳妇，不置"私房""爱花成癖，物色遍戚党；窃典金钗，购佳种。数月，阶砌藩溷，无非花者"。花，操纵着婴宁的行动。她遇见王子服，王子服"注目不移，竟忘顾忌"，她竟大大方方地"遗花地上，笑语自去"，花是她留下的爱情信物，王子服保存得都枯萎了，婴宁却天真地说："园中花，当唤老奴来，折一巨捆负送之。"故意用送花捉弄王子服。她还爬上王家垣墙折木香，"摘供簪玩"，惹了一场"西人子"暴卒的横祸来。婴宁自己呢？是远离尘嚣，只有鸟道的深山自由开放的一朵鲜花，是超凡脱俗，王母娘娘御花园中的仙葩，贬谪到污浊不堪的人间来了。

婴宁爱笑，无拘无束地笑、无法无天地笑，连结婚拜堂时她都"笑极，不能俯仰"。婴宁是中国古代小说中笑得最开心、最恣肆的一位。她几乎把封建时代少女不敢笑、不愿笑的一切条条框框全打破了。那些少女只能"向帘儿底下，听人笑语"。只能笑不露齿，否则就有悖纲常、有失检点，被视为不正经。而婴宁呢？她面对陌生男子"笑不可遏""忍笑而立""复笑，不可仰视""大笑""笑声始纵""狂笑欲堕""笑又作，倚树不能行"，她真是任性而为，一切封建礼教的繁文缛节对她均如东风吹马耳。她是人间真性情的化身。现实生活中，能不能有这样自由的女性？在腥风血雨遍布闺阁的封建社会，能允许婴宁们长存吗？婴宁，只不过是一种自由的象征、一种生命力的象征、一种天马行空的想象、一种芳草美人的比喻！这位幻想中的自由之神不仅使得封建时代受制于君权、夫权的女性更显得悲惨、更显得无助，而且，她自己，也终于一个跟头从自由飞翔的天空，栽到荆天棘地的地面。婴宁用巧计惩罚了西邻子，连县官都宽恕了这种也许过头的恶作剧，婴宁的婆母却结结实实地训斥道：

> 憨狂尔尔，早知过喜而伏忧也。邑令神明，幸不牵累；设鹘突官宰，必逮妇女质公堂，我儿何颜见戚里？女正色，矢不复笑。
> 母曰："人罔不笑，但须有时。"而女由是不复笑。

笑姑娘从此不再笑，就是故意逗她笑，她也不笑。一个如此纯洁的少女，来到如此肮脏的社会，哭还来不及呢，哪儿笑得出？

第七篇是《霍女》。

霍女似乎是个又淫荡又奢侈的妖姬。夜晚独行遇到"佻佅喜渔色的"朱大兴，她被"强胁之，引与俱归"，居然就住下来，而且大肆铺张：

> 顾女不能安粗粝，又厌见肉膻，必燕窝，或鸡心、鱼肚白作羹汤，始能餍饱。朱无奈，竭力奉之。又善病，自言日须参汤一碗。朱初不肯，女呻吟垂绝；不得已，投之，病若失。遂以为常。女衣必锦绣，数日即厌其故。如是月余，计费不赀，朱渐不供。女啜泣不食，欲复去。朱惧，又委曲承顺之。每苦闷，辄令十数日一招优伶为戏……

作张作势、骄奢至极，既有杨贵妃食荔枝式的娇纵，又有妲己对付纣王那般的任性胡为。而这样的享受，她仍然不安于室，"启后扉亡去"，到何姓大户家与主人"绸缪数日""穷极奢欲，供奉一如朱"，朱家与何家经官断，霍女被判归朱大兴后，她再次出走：

> 过一二日，女又逃。有黄生者，故贫士，无偶，女叩扉入，自言所来。黄怀刑自爱，艳丽忽投，惊惧不知所为，固却之。女不去，应对间娇婉无那，黄心动，留之，而虑其不能安贫。女早起，躬操家苦，劬劳过旧室焉。黄为人蕴藉潇洒，工于内媚，因

> 恨相得之晚。……女从黄数岁，亲爱甚笃。

在黄某家的霍女不仅与贫生黄某琴瑟甚笃，还机智地用巧计给黄某赚来千金疗贫。同一个霍女，前后判若两人，前为荡姬，后为贤妇。前边挥金如土，后边躬操家事、安贫守拙。霍女究竟是什么人呢？作家让她以自我剖析的方式讲解她的自相矛盾："妾生平于吝者则破之，于邪者则诳之也。"作家又直接在"异史氏曰"中声明构思这个形象的寓意："女其仙耶？三易其主不为贞，然为吝者破其悭，为淫者速其荡，女非无心者也。"

《霍女》的后半部分，果然围绕着"女其仙耶"大做文章。霍女带着黄郎回到自己的家中，又出于为黄生子嗣的考虑，让黄"伪为女也兄者"娶进一位阿美。阿美终于发现：自己的丈夫原来是霍家的女婿！而她竟落入"贱媵"地位了。阿美执意同霍女争嫡妻的地位，振振有词地说："渠虽先从，私也；妾虽后至，公也。"可是，霍女再也不露面了。霍家貌类天神的兄弟又把黄生和阿美一块送回了家。阿美仍然"恐以霍女来，嫡庶复有参差"，然而，她的担心完全成了多余的……

霍女之奇，在于她不在乎三易其夫。按"好女不事二夫"的礼教，她已经为人不齿了，但她我行我素；霍女之奇，在于她那种杀富济贫的侠客作风，在女人是弱者的岁月，她坚强地屹立；霍女之奇，在于她完全把那个时代人们看得至为重要的"嫡庶"置之度外。她像一个猜不透的谜，一朵飘忽不定的云。这种人物人间有吗？恐怕很难找到。她是作家的一个幻梦——"女其仙耶？"

第八篇是《绛妃》。

在《聊斋志异》一书中，除了一些短章、谈片外，作家极少以第一人称的语气出现。《绛妃》是一个很例外的情形。这是一篇虚构性很强的小说，但蒲松龄却这样写：

> 癸亥岁，余馆于毕刺史公之绰然堂。公家花木最盛，暇辄从公杖履，得恣游赏。一日，眺览既归，倦极思寝，解履登床，梦

> 二女郎，被服艳丽，近请曰："有所奉托，敢屈移玉。"余愕然起，问："谁相见召？"曰："绛妃耳。"

时间（癸亥——1683年，康熙二十二年），地点（毕刺史绰然堂），人物（余，作者自己）清清楚楚。进而写的故事却是一个梦境：余被召请去见一位"环佩锵然，状若贵嫔"的丽者，丽者殷勤地劝酒。"余屡请命"追问绛妃召请的原因，丽者乃曰："妾，花神也。合家细弱，依栖于此，屡被封家婢子，横见摧残。今欲背城借一，烦君属檄草耳。"原来花神请代写讨伐封家婢子（风）檄文！"余"文思若涌，写成一篇富丽堂皇的讨风神檄。绛妃遂"送余归"。

情节如此简单，大量的篇幅是那篇代绛妃捉刀的檄文。这篇檄文，造就了绛妃的精彩形象。檄文称封氏（风）："飞扬成性，忌嫉为心，济恶以才，妒同醉骨；射人于暗，奸类含沙。"檄文洋洋洒洒，以形象笔法写风的历史、风的肆虐。在写风的历史时，巧妙地运用了虞帝、宋玉、刘邦、汉武的典故，说明"风"如何捞取资本而起家。然后，用一系列故实写风的肆无忌惮（如化用欧阳修《秋声赋》和杜甫《茅屋为秋风所破歌》），尤其风的夜郎自大，持贪狠之逆气，给花带来的灾难：

> 姊妹俱受其摧残，汇族悉为其蹂躏。纷红骇绿，掩苒何穷？擘柳鸣条，萧骚无际。雨零金谷，缀为藉客之裯，露冷华林，去作沾泥之絮。埋香瘗玉，残妆卸而翻飞；朱榭雕栏，杂佩纷其零落。减春光于旦夕，万点正飘愁；觅残红于西东，五更非错恨，……尔乃趾高气扬，发无端之踔厉；……娟娟者陨涕谁怜？……

风，使得群花朝荣夕悴，备受荼毒。檄文最后满腔热情地"号召"兴草木之兵，蒲柳兰桂，桑柳菊树，"杀其气焰，洗千年粉黛之冤；歼尔豪强，销万古风流之恨！"

在青柯亭刻本中，《绛妃》为最后一篇。为什么一大部聊斋以此为殿？点评家们纷纷揣测。冯评曰："殿以此篇，抬文人之身分，成得意之文章。"何评曰："此书之旨，在于赏善罚淫，而托之空言，无亦惟是幻里花神,空中风檄耳。"但明伦写了几百字,有一句话最发人深思:"写情缘于花木,无非美人香草之思。"

绛妃是个什么形象?是聊斋故事中鬼狐花妖的哪一个门类?骆宾王般的檄文仅仅是作家抬主人身份的游戏文章?

非也。檄文者,蒲留仙之又一篇倾诉衷肠的《聊斋自志》也,檄文处处写风,无一字不写风,却又处处写世,无一处不喻世。风者,恶势力也,官虎吏狼也。

难道不是吗?是什么像风吹落花一般把蒲松龄出将入相、造福黎民的理想吹得烟飞云散?是那个号称"盛世"的魍魉世界。是什么把应当为民造福的忠臣良将变成了狼贪虎猛、虚肚鬼王?是那个把读书人(包括蒲松龄本人)一网打尽的科举制度!是什么把蒲松龄所爱的人间至情——父慈子孝、夫妇和美、朋友相欢——变成了尔虞我诈、勾心斗角,变成了恨不能你吃了我、我吃了你的乌眼鸡?是那些口头标榜仁义廉耻、骨子里男盗女娼的大人先生。

绛妃者,蒲松龄也。

……

从行为乖张的侠女,到恪守礼法的乔女;从绝不做妾的芸娘,到不问嫡庶的霍女;从天真烂漫的婴宁,到深沉反思的绛妃……这些与以往传统小说中司空见惯的才子佳人、义夫节妇迥异的人物,走进聊斋,又从聊斋走向世界。

她们是独创性的人物。

她们有绝对真实的性格。

她们进入古典小说的传统人物画廊,宛如将香曲添进村醪,酿出了清冽异常的佳酿。

十八世纪英国诗人爱德华·杨格说得好:独创性的作品是,而且应当是人们所喜爱的。因为他们是人们的大恩人。它们扩大了文艺王国,给它的版图添加了新的省份。有独创性作者的笔,好像有魔术的手杖一样,从不毛的荒野里,召唤出一个鸟语花香的春天。

第二节　刺贪刺虐　入骨三分
——讽刺性形象的塑造

鲁迅先生认为,吴敬梓的《儒林外史》是中国小说史上第一部足称讽刺之书,而此前,中国古代小说中几乎没有成熟的讽刺艺术,也没有成功的讽刺性形象:

> 寓讥弹于稗史者,晋唐已有,而明为盛,尤在人情小说中。然此类小说,大抵设一庸人,极形其陋劣之态,借以衬托俊士,显其才华,故往往大不近情,其用才比于"打诨"。若较胜之作,描写时亦刻深,讥刺之切,或逾锋刃,……则又疑私怀怨毒,乃逞恶言,非于世事有不平,因抽毫而抨击矣。其近于呵斥全群者,则有《钟馗捉鬼传》十回……然词意浅露,已同谩骂,所谓"婉曲",实非所知。

这段话分析了《儒林外史》包括以讽刺为主的《西游补》小说中讽刺性形象的弊病:(一)这些形象没有独立存在的价值,没有鲜明的个性,他们多半是为"俊士"的反衬而设,并不是作品刻意描摹的对象;(二)这些形象的社会意义不大,因为,他们或者是为了泄私愤而揭人隐私,或者为哗众取宠而打诨,归根结底,他们缺乏真实性和历史感;(三)对这些形象的刻画缺乏婉而讽的艺术手法,近于谩骂。

《聊斋志异》是短篇集,是被鲁迅先生列入"清之拟晋唐小说"门类。但此书却如异军突起,"刺贪刺虐入骨三分",显示了高超的讽刺艺术,塑造了一系列讽刺性的形象。实际上已经弥补了《儒林外史》前小说中讽刺形象的缺陷。要言之:(一)聊斋的讽刺性形象经常是作品的主角,是作者精心雕镂的艺术形象,即使在某些篇章中,反派人物作为次要人物出现,也人各一面,个性鲜明;(二)聊斋的讽刺性形象深刻而真实地反映了自己的时代,尤其把统治阶级的荒淫、昏庸、残酷、无知形象化了,有真实的社会意义和高度历史感;(三)塑造这些形象时,作者有"入骨三分"的艺术技巧。

我们之为的"讽刺性形象",在《聊斋志异》中,主要指"贪""虐"者。

首先,是至高无上的"天子"的形象。在《促织》中,作家通过一个小小的虫豸,写出最高统治者的荒唐,为了一个小玩物,既可以害得百姓倾家荡产,又可以使小人得志、鸡犬升天。在《续黄粱》中,"曾宰相"恶贯满盈,包拯的弹劾,皇上居然"留中"不发。《聊斋志异》中直接描写皇帝本人恶行者如凤毛麟角,这当然是因为文字狱威慑之故,但在作者隐隐约约、皮里阳秋的描绘上,讽世之寓意焉。

其次,是对于贪官污吏、卖国求荣的高官之苛政做出无情的鞭挞。《潞令》中的宋国英,贪暴不仁,因为催捐税打死的良民"狼藉于庭"。《梦狼》中的邑令白某,只求上台喜,不管百姓死活,肆意搜刮民脂民膏买通上级。《放蝶》中的县令则以严肃的政事为儿戏,听讼时按犯罪轻重,罚令纳蝶自赎,放得公堂上的飞蝶如风飘碎锦,他自己便乐得哈哈笑。《续黄粱》中的"曾宰相"更是一个成功的反面形象,把高级官吏的本质反映了出来:巧取豪夺、卖官鬻爵、收人贿赂、掠人妻女、任人唯亲、结党营私,名曰"宰相",实乃祸国殃民的魁首。《天宫》描写了高级官僚家庭的奢华和生活的淫靡。《潍水狐》中的邑令则是前生为驴,饮糟亦醉,狐都不堪为伍。《三朝元老》则把卖国求荣的洪承畴的寡廉鲜耻写了出来。

再次,勾出了有眼无珠、贪赃索贿的考官的假面。《考弊司》的虚肚鬼王主管天下读书人,凡进见者,必割其髀肉。《司训》中的教官拜见学使时,竟然把藏在靴中的房中伪器拿出来兜售。《贾奉雉》中的考官专干黜贤才进凡庸的勾当。《于去恶》中的考官,索性是瞎眼的师旷和只认钱的和峤。《司文郎》写道:一位瞎眼的和尚可以用鼻子嗅出文章的好坏,他嗅得好的文章,偏偏被黜落。他嗅得"格格不能下"令人作呕的文章,反而"领荐"。那个以糟透了的文章列榜首的余杭生来向和尚夸耀,和尚用鼻嗅余杭生老师之文,结果"向壁大呕,下气如雷"。主考官之文,臭不可闻,只能"从下部出"。如盲僧的话,"仆虽盲于目,而不盲于鼻,帘中人并鼻盲矣!"

最后,描绘出那些对人民敲骨吸髓者、骄奢淫逸者的无耻嘴脸。其中最优秀的篇章为《金和尚》《窦氏》《韦公子》。

《金和尚》写的不过是一个和尚,但却是一个完全豪绅化的角色。他有膏田千百亩,佃户几百家,他的住处金碧辉煌,内寝朱帘绣幕,豪华糜费,他的侍从如云,"一声长呼,门外数十人,轰应如雷"。家中有唱艳曲的狡童。连其徒儿出门都风鬓云辔,若贵公子。这个和尚又"广结纳,千里外呼吸可通"。这个和尚生前饮甘餍肥,死后办丧事又"棚阁相连,幡幢蔽日"。借这个和尚真是把上层社会的熏天气势和生活方式写透了。

《窦氏》中的南三复,是个在婚姻中始乱终弃的薄幸形象,但他的意义却不限于此,他反映了地主豪强在对贫苦农民经济压榨同时施行欺骗的恶薄事实。

《韦公子》篇则塑造了一个纨绔子弟的典型。出身于咸阳世家的韦公子,放纵渔色,竟然立下这样荒唐而无耻的愿:"欲尽览天下名妓"。他凭借自己的钱势,不仅家中稍有美色的婢女仆妇"无不私者",而且载金数千,到繁华的地方去嫖妓。蒲松龄鞭挞这个丑类,没有像《杜十娘怒沉百宝箱》那样,揭出这类人物的薄幸和自私,而是让他自己因为自己的恶行处于相当尴尬、不得不自责的境地。此人位居高官,年事已长,仍然嫖妓宿娼宠男色。无意中,竟把自己儿子当作了娈童,同自己的女儿"爱留与狎"!蒲松龄还特意写明,就是这个不齿于人行的家伙,先中乡榜、又成进士、后令苏州!

蒲松龄以刻骨的愤恨对于这些魑魅魍魉给以强烈的控诉。在描绘这些反面形象时,他能准确地抓住其本质,以熟练的技巧反映之。

首先,善于采用漫画式笔法,寥寥几笔便勾出这些人物的面貌。《罗刹海市》写妍媸颠倒、以丑为美的社会现象,一个被看作最美因而担任了宰相的是这样一副形象:"双耳皆背生,鼻三孔,睫毛覆目如帘。"《潞令》中的县令,当别人问他"为民父母,威焰固如此乎?"扬扬作得意之词:"诺!不敢!官虽小,莅任百日,诛五十八人矣!"《饿鬼》中的地方官,拜见者袖中出钱,则作鸠鹚笑,不出钱,便睫毛一寸长,若不相识。极为简短的情态描写,极为深刻地攫出其实质。

其次,在对于这些丑类的劣行作客观性描绘时,因为深沉的义愤,蒲松龄更以精彩的议论来加深这些形象的意义:

不然,颠越贷多,则"卓异"声起矣,流毒安穷哉!

——《潞令》

花面逢迎,世情如鬼。嗜痂之癖,举世一辙。……

——《罗刹海市》

……普告天下大人先生:出人面犹不可以吓鬼,无出鬼面以吓人也!

——《鬼哭》

这些精当的议论,如匕首投枪,击中反派人物的要害。《潞令》的这段评语指出:官吏的贪酷反而会导致"卓异"的名气。《罗刹海市》则把文中的寓言性描绘加以诠释。《鬼哭》则直言斥骂一切虚张声势、残民以逞的大人先生。精当的议论更可以从似乎个别性的社会现象上升到普遍性的社会问题:聊斋断案故事还写了昏官的奇特断案——判杀人者与被杀者的遗孀结婚,"亦令汝妻守寡"——后,顺手写了一笔:"此皆甲榜者所为",指出这种昏聩,不是某一个人、某几个人。《夏雪》则以主要篇幅追述世风日诡的历史事实。鞭辟入里的议论成为对整个黑暗社会的檄文。

再次,采用神奇的想象和奇妙的夸张。《司札吏》写一个武官有种种忌讳而又因为这些微不足道的忌讳致人死亡,这个草菅人命者亦受到鬼的捉弄:

游击官某,妻妾甚多,最讳某小字,呼年曰岁,生曰硬,马曰大驴;又讳败曰胜,安为放。虽简札往来,不甚避忌,而家人道之则怒。一日,司札吏白事误犯;大怒,以研击之,立毙。三

> 日后醉卧，见吏持刺入，问："何为？"曰："马子安来拜。"忽悟其鬼，急起，拔刀挥之。吏微笑，掷刺几上，泯然而没。取刺视之，书云："岁家眷硬大驴子放胜。"暴谬之夫，为鬼挪揄，可笑甚已！

把种种忌讳奇妙地组成一句令人喷饭的话，讥笑这个狂谬暴虐的武官，真是奇思妙想。

《续黄粱》中恶贯满盈的曾宰相，生前祸国殃民，死后在冥府受到严惩，作者为这个人物安排了一连串奇而又奇的酷刑：

> 王者（冥王）阅卷，才数行，即震怒曰："此欺君误国之罪，宜置油鼎！"万鬼群和，声如雷霆。即有巨鬼捽至墀下。见鼎高七尺已来，四围炽炭，鼎足尽赤。曾觳觫哀啼，窜迹无路。鬼以左手抓发，右手握踝，抛置鼎中，觉块然一身，随油波而上下；皮肉焦灼，痛彻于心；沸油入口，煎烹肺腑。念欲速死，而万计不能得死。约食时，鬼方以巨叉取曾出，复伏堂下。王又拣册籍，怒曰："倚势凌人，合受刀山狱！"鬼复捽去，见一山，不甚广阔，而峻削壁立，利刃纵横，乱如密笋。先有数人胃肠刺腹于其上，呼号之声，惨绝心目。鬼促曾上，曾大哭退缩；鬼以毒锥刺脑，曾负痛乞怜。鬼怒，捉曾起，望空力掷。觉身在云霄之上，晕然一落，刃交于胸，痛苦不可言状。又移时，身躯重赘，刀孔渐阔，忽焉脱落，四支蜷屈。鬼又逐以见王。王命会计生平卖爵鬻名，枉法霸产，所得金钱几何。即有髯须人持筹握算，曰："三百二十一万。"王曰："彼既积来，还令饮去！"少间，取金钱堆阶上，如丘陵。渐入铁釜，熔以烈火。鬼使数辈，更以杓灌其口，流颐则皮肤臭裂，入喉则脏腑腾沸。生时患此物之少，是时患此物之多也！

让作恶者入油锅、上刀山已然是严酷之至的惩罚，更妙绝的，是让贪赃者把贪来的金钱化成汁喝下去！作家对于鲸吞民脂民膏者的愤恨，火山一样地爆发！离奇的想象反映了现实的愿望。

作为一部以"鬼狐史"抒写"块垒愁"的别开生面的小说，聊斋故事常对讽刺性人物加以嘲讽，如《梦狼》中，就把县衙中的官吏比成食人肉的猛虎、恶狼：

> 窥其门，见一巨狼当道，大惧，不敢进。……又入一门，见堂上、堂下，坐者、卧者，皆狼也；又视墀中，白骨如山，……忽一巨狼，衔死人入。……甲曰："聊充庖厨。"

食民脂、榨民膏，"牧民之官"干吞噬良民的勾当，这是封建社会普遍存在的现实。《梦狼》以虚幻的梦境暗喻现实，达到了一种暗喻现实、高于现实的艺术境界，而且由此引出一段"异史氏"的评语："窃叹天下之官虎而吏狼者，比比也。即官不为虎，而吏且将为狼，况有猛于虎者耶！"更是锦上添花。

第三节　参破村庸之迷　大醒市媪之梦
——讽喻性形象的创造

蒲松龄之长子蒲箬在《柳泉公行述》中说：

> 如《志异》八卷，渔搜闻见，抒写襟怀，积数年而成。总以为学士大夫之针砭，而犹恨不如晨钟暮鼓，可参破村庸之迷，而大醒市媪之梦也。又演为通俗杂曲，使街衢里巷之中，见者歌，而闻者亦泣。其救世婆心，直将使男之雅者、俗者，女之悍者、妒者，尽举而陶于一编之中。

蒲箬还在《祭父文》中谈到，其父的《聊斋志异》"大抵皆愤抑无聊，借以抒劝善惩恶之心，非仅为诙谐调笑已也"。由此可见，聊斋先生很重视小说的社会作用。一大批讽喻性形象在《聊斋志异》中出现，便是这种"救世婆心"的生动事例。

《沂水秀才》《死僧》写财迷心窍者。沂水秀才因为贪财，连狐狸都不乐意与之来往。《死僧》讽刺生前拼命积攒财物、不肯享用，死后还"顾而笑之"的财迷相：

> 某道士云游，日暮，投止野寺，见僧房扃闭，遂藉蒲团，趺坐廊下。夜既静，闻启阖声。旋见一僧来，浑身血污，目中若不见道士；道士亦若不见之。僧直入殿，登佛座，抱佛头而笑，久之乃去。及明，视室门，扃如故。怪之，入村，道所见。众如寺，发扃验之，则僧杀死在地，室中席箧掀腾，知为盗劫。疑鬼笑有因，共验佛首，见脑后有微痕，刓之，内藏三十余金。遂用以葬之。

《骂鸭》则把长了"三只手"的家伙置于十分狼狈的境地：白家店的一个人偷了邻居的鸭，煮了吃掉后，第二天全身生鸭毛，痛楚难忍，神人梦示偷鸭者：必得失鸭者骂之，鸭毛才掉。偏偏失鸭的老人十分大量，丢了东西从来不"征于声色"。偷鸭者只好诡称"某甲"偷的，诱邻翁骂。翁笑答："谁有闲气骂恶人。"偷鸭者只好如实招供，请邻翁骂一顿，鸭毛才消失掉。

《劳山道士》写一个好逸恶劳的王生一心想求得长生不老的方法，负笈远游到劳山，拜道士为师，道士让他随众人劳作，上山砍柴，"手足重茧，不堪其苦，阴有归志"，因为看到道士有仙术，又暂时忍耐下来，再劳作一月，终于受不了苦，求归：

> 王曰："弟子操作多日，师略授小技，此来为不负也。"道士问："何术之求？"王曰："每见师行处，墙壁所不能隔，但得此法足矣。"道士笑而允之。乃传以诀，令自咒毕，呼曰："入之！"王面墙不敢入。又曰："试入之。"王果从容入，及墙而阻。道士曰："俯首骤入，勿逡巡！"王果去墙数步，奔而入；及墙，虚若无物，回视，果在墙外矣。大喜，入谢。道士曰："归宜洁持，否则不验。"遂助资斧，遣之归。抵家，自诩遇仙，坚壁所不能阻。妻不信。王效其作为，去墙数尺，奔而入，头触硬壁，蓦然而踣。妻扶视之，额上坟起，如巨卵焉。

《浙东生》写了一个见利忘义的书生受到这样的惩罚：栽在虎牢的上边，猛虎时时张牙舞爪地欲吞噬之，虽没被虎吃掉，也吓了个半死。《金陵乙》中的梁上君子更惨：因为学狐仙的祟人，终于惧怕擒魔者而发抖，而变为狐伏法……

《瞳人语》《戏缢》《画皮》《黎氏》描写了佻佅渔色者的可鄙形象。《黎氏》中的谢中条佻佅无行。他在山路上遇到一个漂亮女子，不问青红皂白引入家中作妇，结果，美女变成了恶狼，谢中条刚一离家，三个子女便被恶狼吃掉。《画皮》中的王生慕女色而引恶狼入室，自己的心被鬼吃掉，自己的妻子也遭到"食唾之羞"。《戏缢》的无行士子受到的惩罚似乎过于严厉：他本来打算以"戏缢"来取悦妇人，孰料果然吊得气息全无！《瞳人语》塑造的形象则有教人悔过的寓意：有才名的方栋"佻脱不持仪节"，每遇游女，辄轻薄尾随，有一次见一容光绝美的女郎便紧追不舍，被侍婢"掬辙土扬之"，归家后眼睛上生翳，百药无效，终至失明。待他深深引咎自责时，才有一目复明。这些自食苦果的人物身上都隐喻着聊斋先生的道德说教。

《丑狐》《毛狐》《武孝廉》中塑造了朝秦暮楚的负心汉形象。穆生家贫，冬无絮衣，衣服炫丽而面目黑丑的狐仙以元宝相赠，穆生见金色喜，与丑狐交好。靠了丑狐的馈赠，穆生成为小康之家，见狐仙的赠赂减少，便聘术士画符驱狐。最终，这个贪财而忘义的穆生被全部索回所赠金银，还被狐仙抱来的怪兽咬得鲜血淋漓！武孝廉在病势濒危的形势下，受到狐仙的救护，以自炼的金丹治好重病，结为伉俪，一选官便厌弃妇老而另娶，还想在狐仙显出原形时以刀斩之，被索回金丹，呕血而死！薄幸者受到比莫稽更惨酷的报复。

《夏雪》以简练的笔法写出了日颓的世风；《鸽异》则以寓于谐趣的情节画出了阿谀奉迎者诚惶诚恐地向达官贵人献殷勤，却一点儿也得不到预期效果的窘态：

> 有父执某公为贵官。一日，见公子，问："畜鸽几许？"公子唯唯以退，疑某意爱好之也，思所以报而割爱良难。又念：长者之求，不可重拂，且不敢以常鸽应，选二白鸽，笼送之，自以千金之赠不啻也。他日，见某公，颇有德色，而某殊无一申谢语。心不能忍，问："前禽佳否？"答云："亦肥美。"张惊曰："烹

> 之乎？"曰："然。"张大惊曰："此非常鸽，乃俗所言'靼鞑'者也！"某回思曰："味亦殊无异处。"

张姓少年自己所钟爱的是这样的异鸽："晴映月作琥珀色，两目通透，若无隔阂，中黑珠圆于椒粒；启其翼，胁肉晶莹，脏腑可数。"这样人世罕有的珍禽，明珠暗投，葬身汤釜中，是何等可惜，以鸽邀宠者得到"味亦殊无异处"的一句淡话，亦复可笑！

吹牛皮、撒大谎，罗士特莱夫式的人物亦受到作者的针砭。《武技》中的李超因为一得之功一孔之见而骄己傲人，刚刚从少林僧学得一点功夫，便"解衣唾手，如猿飞，如鸟落，腾跃移时，诩诩然骄人而立"，当场被少林僧踢得"仰跌丈余"。他仍不接受教训，存心卖弄。遇到一个卖艺的尼僧，又想"以要一日之名"，结果，"腾一踝去，尼骈五指下削其股，李觉膝下如中刀斧，蹶仆不能起"。吃了亏、丢了丑，事后才知，如果不是因为他师父的名气，尼僧就不会手下留情，"股已断矣"。《仙人岛》里的王勉是个胡吹海嗙的妄男子，满口胡柴、骄态可哂，他自称"才名略可听闻"，在仙人岛上顾盼自雄地吟自己的诗，受到才女芳云的捉弄，谓之"狗腚响弸巴"，王又诵自己的闱中应制文，被芳云嘲为"字字痛""不通又不通"。娶了芳云后，才发现芳云家中靡书不有，才学渊博，还受到这样的劝诫："从此不作诗，亦藏拙之一道也。"就是这样一个井底蛙一般的假才子，还要与才女们的侍婢私通，闹出许多笑话来。《佟客》中描写一个"慷慨自负"的董生，以忠臣孝子自诩，遇到一个剑客，便"出佩剑，弹之而歌，又斩路侧小树，以矜其利"。实际上，他所夸耀的宝剑，被佟客的尺许短刃一削即断。他自己更是一个银样蜡镴枪头。佟客略施小技，便考查出，"忠臣孝子"是个儿女情长英雄气短者：

> 更既深，忽闻隔院纷拏。隔院为生父居，心惊疑。近壁凝听，但闻人作怒声曰："教汝子速出即刑，便赦汝！"少顷，似加搒掠，呻吟不绝者，真其父也。生提戈欲往，佟止之曰："此去恐无生理，宜审万全。"生皇然请教。佟曰："盗坐名相索，必将甘心

焉。君无他骨肉，宜嘱后事于妻子；我启户，为君警厮仆。"生诺，入告其妻，妻牵衣泣。生壮念顿消，遂共登楼上，寻弓觅矢，以备盗攻。仓皇未已，闻佟在楼檐上笑曰："贼幸去矣。"烛之已杳。逡巡出，则见翁赴邻饮，笼烛方归；惟庭前多编菅遗灰焉。《冷生》《嘉平公子》《书痴》《王子安》等篇，塑造了一系列读书人的可笑形象。冷生哗笑，类似于精神病患者。嘉平公子虚有其表，腹内空空。书痴郎玉柱被"圣人书"搞得烂如泥，不仅世事一概不晓，连人情常识也不懂，客人在座，他便"诵声大作"。王子安则被科举制度搞得昏沉一世，官迷心窍，做梦成了进士，进了翰林院，便作威作福，寻思"不可不出以耀乡里"……思想的平庸、格调的低下、智力的贫乏，是这类知识分子的特点，蒲松龄借助于这些讽喻形象，把批判矛头指向社会。

《聊斋志异》塑造这些讽喻性形象时，像塑造那些不齿于人类的讽刺性形象一样，也采用了奇思妙想、冷嘲针砭、夸张的方法、漫画的笔法，而且也采用画龙点睛的议论，加深形象本身的意义。如：《死僧》故事后边，"异史氏曰"：

谚有之："财连于命。"不虚哉！夫人俭啬封殖，以予所不知谁何之人，亦已痴矣；况僧并不知谁何之人而无之哉！生不肯享，死犹顾而笑之，财奴之可叹如此。佛云："一文将不去，惟有业随身"。其僧之谓夫！

《王子安》一篇的议论，则以作者亲身的痛切感受，阐述了王子安之类形象的可怜、可悲、可叹。

跟对于贪官污吏等反面形象的极度愤懑不同，蒲松龄对于这些道德上、品行上有缺憾，但尚没有构成对人民的罪行者，表现了一种有分寸的愤懑，或者是冷峻的挖苦，如《死僧》《骂鸭》《丑狐》《武孝廉》；或者是善意的嘲笑，如《仙人岛》《佟客》《书痴》《鸰异》；或者是痛苦的箴言，如《叶生》《王子安》；或者是哀其不幸，怒其不争，如《马介甫》《江城》中"惧内者"的可笑形象。他不求肤浅的新奇，而求攫住人物的本质；他"把缺点和有害的东西，表现为滑稽的，让人们去嘲笑它！"（涅克拉索夫《十七世纪的主角》）他的讽刺适可而止，"善戏谑兮，不为虐兮"（《诗经·卫风·淇奥》），而且，他的揶揄百态，都有一个道德的目的。为了达到这样一些目的，他采用的艺术手法是集前人之大成，又开后代之先河。

讽喻性形象的喜剧性，是《聊斋志异》之所以为老幼皆知的原因。以笑来诛伐或纠正更容易为读者接受。好逸恶劳的王生碰得"额上坟起，如巨卵"；偷鸭的人恰恰长了一身毛茸茸的鸭毛；十足的书呆子郎玉柱向众人宣扬夫妇之爱有不可言喻之处的丑态；马介甫被悍妇整治得如刀下之牛羊……凡此种种，都以"滑稽"表现和鞭挞"缺点"，使人在笑声中思考、认识、警醒。

讽喻形象常常遭到"即以其人之道，还治其人之身"的惩罚。《瞳人语》中说："轻薄者往往自侮"，而且举了这样一个简短而典型的事例：

> 乡有士人，偕二友于途，遥见少妇控驴出其前，戏而吟曰："有美人兮！"顾二友曰："驱之！"相与笑骋。俄追及，乃其子妇，心赧气丧，默不复语。友伪为不知也者，评骘殊亵，士人忸怩，吃吃而言曰："此长男妇也。"

调戏妇女，偏偏调戏到自己儿媳的头上！《马介甫》中的悍妇殷氏是个有虐待狂的泼辣妇女，她打得侍妾流产，害得弟弟寻死，逼着男人穿巾帼衣、长跪于地并以白刃割体。真是无所不用其极。而结果，这个妇人成为狞恶张屠的婆娘，常常被"以屠刀孔其股，穿以毛梗，悬梁上，荷肉竟出"。而且"凤夜服役，无敢少懈"，还常被"挞詈不清"。至此，"始悟昔之施于人者，亦犹是也"。

鲜明的对比产生喜剧效果。或者是人物的宣言与人物的行动发生强烈的对比，如《佟客》中的董生，是语言的巨人、行动的矮子。或者是将人物的前后言行作强烈对照，《武孝廉》《丑狐》中的负心汉，都是困难时对狐仙甘言媚词、曲意逢迎，一阔脸就变，做出朝秦暮楚的勾当。《嘉平公子》则以人物秀美的外貌与人物平庸的实质相对照，产生了强烈的艺术效果。

讽喻性形象，"妙在水到渠成，天机自露，我本无心说笑话，谁知笑话逼人来，斯为科诨之妙境耳"（李渔《闲情偶记》）。如《鸽异》中附录的一个小故事：

> 灵隐僧某，以茶得名，铛臼皆精，然所蓄茶有数等，恒视客之贵贱以为烹献；其最上者，非贵客及知味者，不一奉也。一日，有贵官至，僧伏谒甚恭，出佳茶，手自烹进，冀得称誉。而贵官殊无一语，僧惑甚，又以最上一等，细细烹煎而后进之。饮已将尽，犹无赞语。急不能待，鞠躬曰："茶如何？"贵官执盏一拱曰："甚热。"

灵隐寺僧苦心孤诣地要以名茶邀取贵官的称赏，不料贵官恰好是个连品茶雅趣也没有的笨伯。因而僧人的诚惶诚恐，换来的是漠不关心、冷语慢答。献茶者有德色，吃茶者视若无睹。僧人窘相、可笑而又可怜的形象，俱是淡淡写出，不加夸张、不作雕饰、明白如画。然而，"没要紧处正是极要紧语"（刘熙载《艺概》），稍一咀嚼，余味无尽。

第四节　忘为异类　偶见鹘突
——亦人亦神的写人方法

鲁迅先生在《中国小说史略》中说：

> 明末志怪群书，大抵简略，又多荒怪，诞而不情。《聊斋志异》独于详尽之外，示以平常，使花妖狐魅，多具人情，和易可亲，忘为异类，而又偶见鹘突，知复非人。

《聊斋志异》的人物确如鲁迅先生的分析，亦人亦鬼、亦人亦狐、亦人亦神、亦人亦怪，凡人可能"出入幻域"——入梦境，如《续黄粱》；进幽冥，如《席方平》；升空中，如《雷曹》；下海底，如《罗刹海市》；乘飞船，如《彭海秋》；进画中，如《画壁》。而鬼狐精魅，则"顿入人间",更是人格化的。

"示以平常"——是妖性人格化的艺术魔杖。

《聊斋志异》中的狐魅精灵很少像《西游记》中的孙悟空,踢天弄井、上天入地;很少像《封神演义》中的哪吒,三头六臂、翻江倒海。他们好像生活中的凡夫俗子一样生活着、追求着。

《青凤》写人狐之恋。狂生耿去病到素有怪异的荒宅,"拨蒿蓬,曲折而入",出乎耿生的意料,也出乎读者的预料,这个鬼狐之薮,"殊无少异",居然出现了一幅秩序井然的、家庭聚饮画面:

> 潜窥之,见巨烛双烧,其明如昼,一叟儒冠,南面坐,一媪相对,俱年四十余;东向一少年,可二十许;右一女郎,裁及笄耳;酒胾满案,团坐笑语。

一个礼法森严的封建家庭再现了出来,封建家长"南面坐"而"儒冠",极显其恪守礼法和家法森严。媪与少年、女郎的座次,毫无越规。而"团坐笑语",又透漏出一丝家庭的和睦气息。多么平平常常的家庭!哪儿有一点儿"狐"味!当耿去病闯入,狐叟出迎,两人攀谈后,耿去病以"涂山氏"的赫赫功绩取悦狐叟,狐叟高兴了,出妻献子共聆高论,俨然是一个喜欢以高贵门第自悦的儒者。

《西湖主》中的书生陈明允,误入贵家园林,无意中看到了这样的场面:

> 红装数辈,拥一女郎至亭上坐:秃袖戎装,年可十四五。鬟多敛雾,腰细惊风,玉蕊琼英,未足方喻。诸女子献茗熏香,灿如堆锦。移时,女起,历阶而下。一女曰:"公主鞍马劳顿,尚能秋千否?"公主笑诺。遂有架肩者,捉臂者,褰裙者,持履者,挽扶而上,公主舒皓腕,蹑利屣,轻如飞燕,蹴入云霄。已而扶下。

尊贵公主的俊庞倩姿、气度派头宛然如画,红装宫女的殷勤周到历历在目。哪儿有一点儿"猪婆龙"的影子?

《葛巾》写常大用与牡丹花神的恋情。常大用偶遇"宫妆艳绝"的美女,害了相思病,经桑姥从中斡旋,终于得以与美女幽会。谁知好事多磨，偏偏有人来打扰：

> 遥闻人语。女急曰："玉版妹子来矣！君可姑伏床下。"生从之。无何，一女子入，笑曰："败军之将，尚可复言战否？业已烹茗，敢邀为长夜之欢。"女郎辞以困情。玉版固请之。女郎坚坐不行。
>
> 玉版曰："如此恋恋，岂藏有男子在室耶？"强拉之，出门而去。

两位少女对谈，一个因为屋中藏了情郎而心神不安，托辞拒绝对弈；一个全然不晓，说话轻松自如。就像现实生活中各有苦衷的人互相不体谅。

《画壁》中的朱孝廉看壁画中的散花天女，神摇意夺，身飘飘然到画壁之上，与垂髫仙女欢好。两天以后，为其余的仙女发现：

> 女伴觉之，共搜得生，戏谓女曰："腹内小郎已许大，尚发蓬蓬学处子耶？"共捧簪珥，促令上鬟。女含羞不语。一女曰："妹妹姊姊，吾等勿久住，恐人不欢。"群笑而去。

诸位仙女没有那种飘然仙姿，没有不食人间烟火的仙气，倒是十分的和易，像一群平民百姓家来闹洞房的、叽叽喳喳的姐妹。

"示以平常"的艺术描写，产生了"忘为异类"的艺术效果。读这些描写鬼怪仙魅的故事，我们所感受的不是光怪陆离的神仙洞府而是真实的人间生活，幽冥世界被世俗化了。我们所看到的不是哪吒、孙悟空、二郎神的腾云驾雾，而是现实生活中的穷通祸福，现实中活生生的人的爱和恨。蒲松龄这种亦人亦鬼、亦人亦怪的"障眼法"，把读者蒙混住了，尤其是把小说中与鬼怪打交道的当事人迷惑住了：

《荷花三娘子》中佻脱书生宗湘若结交了一个面目娟好的女子，备相亲爱，过了一段时间，一个有道行的和尚发现宗生"身有邪气"，断定其爱人为"其技尚浅"的狐，让宗生去捉住她：

> 乃书符二道，付嘱曰："归以净坛一事置榻前，即以一符贴坛口，待狐窜入，急覆以盆。再以一符粘盆上，投釜汤烈火烹煮，少顷毙矣。"家人归，并如僧教。夜深，女始至，探袖中金桔，方将就榻问讯，忽坛口飕飗一声，女已吸入。家人暴起，覆口贴符；

方欲就煮，宗见金桔散满地上，追念情好，怆然感动，遂命释之。散落在地上的金桔，这一情人相好的小小标志，邃然之间使得宗湘若忘记了相好者的怪异身份以及她对自己的"妖惑"。人情掩盖住了"妖性"。狐女呢？对这一仁义之举，也是用人世间"以德报德"的原则回复之，她不仅幡然醒悟，不再"以衾裯之爱，取人仇怨"，还为宗湘若和荷花三娘子的良缘撮合。

《阿纤》中的奚山外出贸贩，途中遇雨，至一老叟家止宿，受到殷勤的接待，老叟往来匆忙，"蹀躞甚劳"。其家的少女阿纤，"风致嫣然"，所供饭食，"品味杂陈，似所宿具"，奚山喜欢这一本分人家，遂为弟弟订婚于其家。一个月后，归家途中：

> 去村里余，遇老媪率一女郎，冠服尽素。既近，疑似阿纤。女郎亦频转顾，因把媪袂，附耳不知何辞。媪便停步，向山曰："君奚姓耶？"山唯唯。媪惨然曰："不幸老翁压于败堵，今将上墓。家虚无人，请少待路侧，行即还也。"遂入林去，移时始来，途已昏冥，遂与偕行；道其孤弱，不觉哀啼。山亦酸恻。

奚山见孤媪弱女无依，便按媪的建议，卖了粮食，让她们随之归家。阿纤与三郎完婚后，日夜纺织、任劳任怨、寡言少怒，人们与她说话时，"但有微笑"。

这段经历，完全是平平常常的亲戚间互相帮助，而阿纤姑娘，更俨然是一个出身平常、安分守己的姑娘。如果没有奚山的后一段偶然听闻，奚家压根儿也不可能知晓，这可爱的少女会是这样的来历——

> 一日，山宿古之旧邻，偶及曩年无归，投宿翁媪之事。主人曰："客误矣。东邻为阿伯别第。三年前，居者辄睹怪异，故空废甚久，有何翁媪相留？"山甚讶之，而未深言。主人又曰："此宅向空，十年无敢入者。一日，第后墙倾，伯往视之，则石压巨鼠如猫，尾在外犹摇……"

原来是田鼠成精！如果不是古家旧邻的泄露，如果不是翁压于败墙和石压巨鼠的巧合，奚家简直就要永远蒙在鼓里了。而阿纤被家人纷相猜疑后，自言"未尝少夫妇德"，担心有"秋扇之捐"。那一番凄楚婉转的自白，几乎从现实主义诗篇《孔雀东南飞》中脱胎，从古代弃妇词中脱化。

蒲松龄笔下的鬼狐仙魅不过是现实生活中芸芸众生的倒影。她（他）们为什么要"偶见鹘突"，露出非人的面目？那常常因为现实生活中根本不可能解决的问题，作家要加以硬性地干预：

比如：现实生活中有多少南三复洋洋得意地欺骗了、欺骗着、窥伺着千千万万天真的窦女？而官宰半强寇的社会中，有钱就有势，窦女们如何去伸冤？于是，作家让她化为厉鬼，完成她根本不可能完成的复仇任务。

又如：社会上有多少因父母包办婚姻，而所遇非人的少女？她们往往只能忍气吞声，认命怨前生。蒲松龄却让他笔下的云翠仙把豺鼠子吊在悬崖上，加以严惩！

又如：人世间有多少面庞姣好、心地纯洁的少女流落风尘，叫天天不应，呼地地不灵，度日如年？蒲松龄却让他笔下的鸦头在驴耳上系以双符，夜行千里，逃出鸨母的魔掌。又让鸦头的儿子有擒狐绝技，为含冤的母亲复仇！

再如：在"父母之命，媒妁之言"的法规下，有多少对鸳鸯被棒打两分离！蒲松龄却让他心爱的痴情男女，因为神异的力量，去冲破封建藩篱，终成眷属。婴宁与王子服，两个萍水相逢而一见钟情的青年男女，如果是现实生活中的人物，他们有多少结合的机会？几乎等于零。但因为婴宁是个狐女，她就能够在王子服寻找她时，恰好出现在"乱山合沓，空翠爽肌"的场合。刘子固与阿绣，虽然是双方有情有义，但是阿绣已然"另字"他人，两人的姻缘成为镜月水花，但是偏偏出现一位长相酷肖阿绣的狐女，与刘子固相爱，而且在自己的庐山真面目为智仆识破后，又热心地把真阿绣从战乱的奔波途中引到情人的身边。《青凤》中的耿去病与青凤邂逅含情，但两人刚刚得到一个表达爱情的机会，青凤那道貌岸然的叔父便来斥骂"污吾门户"。

两个情人被拆散了,但是,因为一个非常偶然、十分奇特的机会,他们竟再次会面了:

> (耿生)会清明上墓归,见小狐二,为犬逼逐,其一投荒窜去,一则皇急道上。望见生,依依哀啼,蓻耳辑首,似乞其援。生怜之,启裳袊,提抱以归;闭门,置床上,则青凤也。

真是"如天落下"(冯镇峦评语),如果不是"偶见鹘突"地露出狐狸本相,两位情人还没有重续旧好的机遇呢!

在这些和易可亲的异类形象身上,作家常常把极现实的细节和十分神奇的幻象杂糅在一起。或者是她们一直像常人那样生活着、爱恋着、追求着,然而在危急欲坠的情势下,在生命攸关的关口,她们突然显示了非人的力量。或者是:她们的所作所为,既是现实的,又同时是虚幻的:

> 仙女蕙芳因为与马二混有缘,贬谪人间与马结为秦晋。马二混母子素来贫穷,很担心自己的茅舍穷庐不合蕙芳的心意,不料,眨眼间,他们的茅屋变成了"翠栋雕梁,侔于宫殿",更使这穷困的母子感到宽慰的是:"天明出门,则茅庐依旧。"一点儿也看不出穷人乍富的迹象,连马二混的衣服也是:"笥中貂锦无数,任与取着;而出室门,则为布素。"(《蕙芳》)

晏仲的兄长病逝已久,晏仲因为思念兄长,感动了鬼神,在醺醉中来到了阴世间,见到已在阴世纳妾生子的兄长,还恋上了兄长侍妾之妹湘裙……这样的事实在太玄虚了,但是,他们之间的恋情,又那样的真实:晏仲向哥嫂婉转地请求以湘裙为侣,哥哥说如果用巨针刺女鬼的"人迎"穴,血出不止者可以为活人妻。嫂嫂便欲捉湘裙强刺以验之,不料嫂出得门去,却看到:

> 门外遇湘裙,急捉其腕,则血痕犹湿,盖闻伯言时,早自试之矣。嫂释手而笑,反告伯曰:"渠作有意乔才久矣,尚为之代虑耶?"妾闻之怒,趋近湘裙,以指刺眶而骂曰:"淫婢不羞!欲从阿叔奔去耶?我定不如其愿!"湘裙愧愤,哭欲觅死,举家

腾沸。

用针刺人迎穴判断女鬼是否可以嫁给活人为妻，是多么荒诞、多么无稽的事儿！地地道道的谵语，世上本无鬼，也不可能鬼为人妻，更没有刺人迎穴的判断法，可是蒲松龄写得却凿凿有据，湘裙的脉脉含情、嫂的幽默善言、妾的不通情理，和现实生活中的活生生的人几无二致。

亦人亦神，时而神变作人，时而人化为神。聊斋的人物真是令人目不暇接，眼花缭乱。而尤为有趣的是，作者很善于把这些"异物"的生物性隐隐约约地暗示出来：

绿衣女，腰细，声细，因其为绿蜂；

葛巾香气四溢，热香扑鼻，因其为牡丹；

花姑子无处不馥，因其为香獐；

阿纤勤劳如一般农女，然见猫戚戚不乐，因其为田鼠；

阿英娇婉善言，能解人意，因其为鹦鹉；

……

"异物"的特笔描写，使小说妙趣横生、扑朔迷离。

最虚幻而又最真实，最奇特而又最平凡，最离奇而又最合理，亦人亦神、亦真亦幻，这是作家蒲松龄描写人物的最大独创性。他创造虚幻的形象，但虚幻的形象比现实更深刻。成为更高真实的假象，成为现实和理想的交融。

绝对真实的性格的构筑，往往需要作家对生活进行独具慧眼的观察，见他人之未见；需要作家对前人已有的成果兼收并览、广议博考，以融进自己的艺术世界；更需要作家全副笔力凝聚于笔端，整个精神照彻毫末，精笔妙墨，苦心经营。蒲松龄自二十岁左右命笔聊斋，到古稀之年仍然"子夜荧荧，案冷疑冰"地继续撰写、修改《聊斋志异》。《聊斋志异》是作家毕生精力之凝聚，毕生人生经验之升华，是作家独特精神阅历的图像。

词章编

第十四章
客观世界向主观世界的过渡
——"异史氏曰"在聊斋中的地位

　　文学是什么？对于读者来说，是社会风俗画？是历史具体化？是人学？而对作者，文学却是一种艰苦的人生历程、一种卓绝的心理体验、一种主观意念的形象化、文学化。文学就是客观外在世界向作家主观内心世界的伟大过渡。作家是他那个时代的良知。他用良知去对世界万物进行检验、进行选择、进行再创造。

　　古代作家总是十分钟爱自己的文学事业，把它看得很高：

　　　　夫文章天下之公器，安敢私焉！①

　　　　盖文章，经国之大业，不朽之盛事。年寿有时而尽，荣乐止乎其身，二者必至之常期，未若文章之无穷。②

蒲松龄也常在他的诗、文、词中表露他创作的追求：

　　　　独是子夜荧荧，灯昏欲蕊；萧斋瑟瑟，案冷疑冰。集腋为裘，妄续幽冥之录；浮白载笔，仅成孤愤之书。寄托如此，亦足悲矣。嗟乎！惊霜寒雀，抱树无温；吊月秋虫，偎阑自热。知我者，其在青林黑塞间乎！

　　　　　　　　　　　　　　　　　　——《聊斋自志》

---

① 皎然：《诗式》。
② 曹丕：《典论·论文》。

> 鬼狐事业属他辈，屈宋文章自我曹。
>
> ——《同安邱李文贻泛大明湖》

作家有终身之忧，因为作家敏感多思，注定要率先受到一切痛苦和忧患。他再把这些愁苦之声、穷苦之言、怨恨之辞发为文章，流传千古。刘鹗在《老残游记》自序中说：

> 《离骚》为屈大夫之哭泣，《庄子》为蒙叟之哭泣，《史记》为太史公之哭泣，《草堂诗集》为杜工部之哭泣，李后主以词哭，八大山人以画哭，王实甫寄哭泣于《西厢》，曹雪芹寄哭泣于《红楼梦》。

作家怎样把他面临的客观世界变幻为完全属于他自己的主观世界？怎样把林林总总的世间万物以他的一管之笔化为文章？这永远是个谜。我们知道，屈子披发吟于泽畔，司马迁忍受宫刑之苦作《史记》，杜甫为吟好一句诗"捻断数茎须"……但我们更希望知道，在他们心灵中如何实现客观世界向主观世界的变更？也就是说：他们如何看待他们眼前的世界？如何杜撰自己的世界？他们借此想说明什么？想寄托什么？想阐发什么？

对于了解蒲松龄这一过渡，有一个十分便利的条件，那就是：异史氏曰。

"异史氏曰"，无论从立意、撰写，还是从客观效果上，都与司马迁"太史公曰"有近似的价值。蒲松龄以"异史氏"自居，却把"太史公"的职责担在肩上。"异史氏曰"是了解《聊斋志异》的作者如何从外在世界向内在世界过渡的最有利条件。

第一节　艺术欣赏的催化剂

（一）似曾存在的"实事"

"异史氏曰"的存在首先缩短了读者同作品的距离，使人觉得：聊斋并非在谈狐说鬼，并非建空中楼阁，而是实际发生的事情。

《武孝廉》的主人公石某是被作为负心汉的典型，永久地钉在读者记忆中的耻辱柱上了。但在此文的"异史氏曰"中却出现如此令人费解的文字：

> 石孝廉，翩翩若书生。或言其折节能下士，语人如恐伤。壮年殂谢，士林悼之。至闻其负狐妇一事，则与李十郎何以少异？

为什么作家不写此人如何"翩翩"，如何"折节能下士"，如何为士林悼念？偏偏要写他同狐妇的关系？难道世上真有狐妇吗？……当然没有。作家正是用似乎存在过的事实，来证实他编造的弥天大谎。

月中有无嫦娥？嫦娥可否被招至人间？人能否穿墙而过？回答似乎是没什么疑问的。但是《劳山道士》却写了这一切。为了加强可信性，"异史氏曰"说："闻此事者未有不大笑者。"劳山道士，其人其事是真正存在的了，有那么多人"闻此事"呢。

《刘姓》写一个无赖刘姓蛮横地霸占邻居苗某的桃树，还要同苗某打官司。同邑李翠石从中劝解，而刘不听。四五天后，传说刘死了。又过一天，李翠石遇见刘某，惊问他何以死而复生？才得知，刘因恶贯满盈被阴司勾去，又因曾有一善，被阎王放回……小说写道，刘某从此顿改前行，"七旬犹健"。似乎为了强调这个刘某的故事是的确存在的，作者不仅煞有介事地说刘某人七十多岁了还健康地活着，又在"异史氏曰"中写道：

> 李翠石兄弟，皆称素封，然翠石又醇谨，喜为善，未尝以富自豪，抑然诚笃君子也。观其解纷劝善，其生平可知矣。古云："为富不仁。"吾不知翠石先仁而后富者耶？抑先富而后仁者耶？

李翠石既然如此得作者赏识，何以不像某些聊斋篇章如《瞳人语》《新郑狱》，以相当的篇幅对李进行一番刻画？为什么仅仅说他喜欢"解纷劝善"？原来，是为了刘姓，为了说明刘姓这个无赖改邪归正的事是在本邑内，经本邑善人帮助才完成的。

《二商》的故事，写兄弟二人因贫富差异而产生隔阂，其结局贫者富而富者贫。"异史氏曰"写道：

> 闻大商一介不轻取与，亦狷洁自好者也。然妇言是听，愦愦不置一辞，恝情骨肉，卒以吝死。呜呼！亦何怪哉！二商以贫始，以素封终。为人何所长？但不甚遵阃教耳。呜呼！一行不同，而人品遂异。

这是比较切题的"画外音"。它分析了大商二商因为对待"阃教"的不同态度，而导致的不同命运。而"闻大商一介不轻取"，更给以娓娓闲谈，絮絮讲身边的故事。

可以说，《聊斋志异》有相当大的真人真事成分，《二商》算其中之一。《胭脂》的"异史氏曰"本身更是绝妙的史传文学。史传文学因其真实感、历史纵深感，特别容易感动读者。蒲松龄正是摸透了这种读者心理。因而，他常常借"异史氏曰"说明此事是他亲耳听到的——如《张诚》；是他的老乡亲手处理过的——如《刘姓》；书中的人物是他"闻"过、且"悼之"的——如《二商》《武孝廉》。他的障眼法甚至大胆到如此地步：有鬼有狐的《莲香》，也是他休于旅舍，听人所言，且有《桑生传》为蓝本。

（二）写作目的的自我剖白

《聊斋志异》的某些"异史氏曰"往往成为蒲松龄对自己写作用意的剖白，所谓"文之取义"，尽由"异史氏曰"徐徐道来，例如：

> 异史氏曰："乡人愦愦，憨状可掬，其见笑于市人，有以哉！每见乡中称素封者，良朋乞米则佛然，且计曰：'是数日之资也。'或劝济一危难，饭一茕独，则又忿然，又计曰：'此十人、五人之食也。'甚而父子兄弟，较尽锱铢，及至淫博迷心，则倾囊不吝；刀锯临颈，则赎命不遑。诸如此类，正不胜道，蠢尔乡人，又何足怪。"
>
> ——《种梨》

> 异史氏曰："蛇，蠢然一物耳，乃恋恋有故人之意。且其从谏也如转圜。独怪俨然而人也者，以十年把臂之交，数世蒙恩之

主，辄思下井复投石焉；又不然，则药石相投，悍然不顾，且怒而仇焉者，亦羞此蛇也已。"

——《蛇人》

异史氏曰："士则无行，报亦惨矣。再娶者，皆引狼入室耳；况将于野合逃窜中求贤妇哉！"

——《黎氏》

《种梨》，是个戏谑性很强的故事，一个卖梨的乡人，不肯送给道士一只梨吃，结果被道士略施巧计，把乡人的一车梨都"长"在他点化出的树上，分给大家吃光！作者写这个近于恶作剧的故事做甚？"异史氏曰"讲明了：正是因为有感于那些世间锱铢必较的人，才构思出这样一个故事。

《蛇人》，描写一个以弄蛇为生的人，先后养了三条蛇，这蛇和弄蛇者亲热极了，多年不见，骤一晤面，竟"纵身绕蛇人，如昔弄状"，蛇与蛇之间呢？"交首吐舌，似相告语"，本来曾骚扰过路行人的蛇，经其原主一番劝诫，息影深山，再不惊扰人……蛇人豢蛇的本身已经是一个很感动人的好故事了，但是，作家是否仅仅为读者提供这样一桩富有人情味的动物趣闻？非也。"异史氏曰"说明，作家之所以写蠢然一物的蛇如此懂感情、如此懂友谊，正是为了讥诮世间那些见利忘义者，为了让这些人"羞此蛇"！

《黎氏》，则是劝世人慎独、切勿后娶的箴言。

（三）艺术追求的自我总结

《聊斋志异》的"异史氏曰"常常把作家在艺术追求中的尝试、得失、经验记录下来。这些材料成为研究作家创作思想的重要依据。

例如，《画壁》写朱孝廉的奇遇：他到一个寺庙游玩，看见佛殿中"两壁图绘精妙，人物如生"，尤其是东壁那些散花天女使他感兴趣。"内一垂髫者，拈花微笑，樱唇欲动，眼波将流"。朱某"神摇意夺，恍然凝想"，居然"身忽飘飘""已到壁上"。他同垂髫的散花天女

缠绵恩爱一番,又"飘忽自壁而下"。那画壁上的仙女呢?"螺髻翘然,不复垂髫矣"。在"异史氏曰"中,作者说:

> 幻由人生,此言类有道者。人有淫心,是生亵境;人有亵心,是生怖境,菩萨点化愚蒙,千幻并作,皆人心所自动耳。

"幻由人生",表面上似乎是作者以佛教的理论来解释自己的故事,实际上,这是聊斋先生对于神鬼狐妖类作品的一种独特创造。如神思编所述:只要热切地盼望、殷切地等待,你所需要的一切便会产生。所谓"千幻并作,皆人心所自动"更进一步说明:聊斋故事中的"千幻",不管是丑恶无比的鬼,还是优雅绝伦的仙;不管是宁静缥缈的天际,还是阴森恐怖的冥界,都是为作家的艺术构思服务的。何垠在《莲花公主》的评语中,提出了"缘情生幻"的观点,就是对聊斋故事正确的艺术理解。

又如,《娇娜》写孔生雪笠与狐女娇娜两人的悲欢离合。孔生明明对娇娜一见钟情,却不得不娶了松娘。孔生娇娜不过算"葭莩之亲",却为了娇娜而宁肯献出生命。作家如此"乱点鸳鸯谱"所为何来?他为什么不让有情人终成眷属?原来,他想借这个故事,说明一种新型的、更加优美的两性关系:"余于孔生,不羡其得艳妻,而羡其得腻友。"

再如《翩翩》。仙女翩翩和罗子浮过着世外桃源的生活,饿了,取山叶呼作饼,果饼;又剪作鸡、鱼,烹之皆如真者。冷了,"持襆掇拾洞口白云,为絮复衣;著之温暖如襦,且轻松如新绵"。渴了,"室隅一罂,贮佳酝,辄复取饮;少减,则以溪水灌益之"。多么神奇,又多么优雅。作者如此"书空",如此"造奇",如此"致幻",究竟是要说明什么?

> 异史氏曰:"翩翩、花城,殆仙者耶?餐叶衣云,何其怪也!然帏幄俳谑,狎寝生雏,亦复何殊于世?山中十五载,虽无'人民城郭'之异,而云迷洞口,无迹可寻,睹其景况,真刘、阮返棹时矣。"

"餐叶衣云"的仙,仅仅是一种诗意化的寄托,仙也要吃饭,虽然是餐叶；仙也需穿衣，尽管是衣云。正常夫妇的和谐生活，养育子女才是其真正的内涵。《翩翩》描写的是一种洗濯尘嚣的生涯、一种虚静如古井水的生涯、一种高人达士的生涯。这种生涯，无常形而有常理——它把作家心目中的理想、作家所追求的精神境界，把作家挣脱凡尘束缚，向往自由的意愿表达无遗。——这，就是"异史氏曰"对于《翩翩》之艺术追求做出的概括。

"异史氏曰"给人以确有其事的真切感，"异史氏曰"让作家同读者娓娓谈心，谈其撰写聊斋故事的良苦用心，谈其在艺术创作中拓荒的喜悦和艰辛。读者不再对小说"隔岸观火"了，不再漠不关心了，而是如临其境、如见其人，随作家的笔触而喜、而忧、而思。艺术欣赏进入了一个崭新的层次，读者与书中人物、读者与作家融汇无间。

第二节 胸襟、胆识、勇气的裸裎

关于作家（尤其小说家）是否在作品中出面，有些经常被引用的说法：

倾向不要直接说出；

让形象本身说话；

作家的观点越隐蔽越好；

……

诸如此类，往往被当作衡量作品是否成功的重要标志。关于《聊斋志异》更有如此说法：蒲松龄慑于文字狱的威胁，借助鬼神等艺术形象来讽世。但是，如果注意一下"异史氏曰"，我们就发现，蒲松龄恰好与上述观点南辕北辙：

他经常直接说出他的倾向；

他的形象本身在说话，但他更喜欢用"异史氏曰"画龙点睛，加深思想意蕴；

他的观点绝不隐蔽——如果说，在小说中他的观点是巧妙地隐藏在形象背后,那么可以说,在"异史氏曰"中,这些观点便被直露无遗。

(一)直接投向"盛世"的匕首投枪

蒲松龄经常写鬼、写怪、写妖,用以讽世。但他免不了在他那些最有战斗性的作品篇末,以"异史氏曰"直接向黑暗社会投以匕首、投枪。

《促织》篇描写皇帝喜爱玩蟋蟀而成名一家因之受尽折磨。对于"天子"的控诉已经是血淋淋令人不能卒读。"异史氏曰"又直接用一种居高临下的口气,把皇帝教训了一顿:

> 天子偶用一物,未必不过此已忘,而奉行者即为定例。加之以官贪吏虐,民日贴妇卖儿,更无休止。故天子一跬步,皆关民命,不可忽也。独是成氏子以蠹贫,以促织富,裘马扬扬。当其为里正受扑责时,岂意其至此哉!天将以酬长厚者,遂使抚臣、令尹并受促织恩荫。闻之:一人飞升,仙及鸡犬。信夫!

这是多么强烈的反抗意识!万恶君为首。"天子一跬步",便可以殃民无穷。正因为上梁不正,所以下梁歪斜,官贪吏虐,害得人民卖儿卖女!那么来人间传达上帝意愿的天子,究竟给人间带来了什么?他使得老实巴交的成名和那些阿谀奉承的抚臣、令尹一起,受到了"恩荫",谁的恩荫?虫豸的恩荫。那么没有弄到促织的百姓呢?肯定仍然在那儿被打得两股脓血流离,仍然因为促织而家产荡尽。"独是成氏子⋯⋯以促织富",侥幸得到"天子"——"虫豸"恩荫者,何其少也?

《李伯言》里阴司之刑,公正无私,"关说不行",秉公断案。篇末"异史氏曰"大发感慨:"第恨无火烧临民之廨堂耳。"《鬼哭》中的人物原型王七襄是个贰臣,明代做知县,入清后任户部主事,官一直做到山西巡按提督、北直学政。这个势焰熏天的人物,在小说中大摆其臭架子,被鬼嘲笑了一番:"⋯⋯满庭皆哭(鬼哭),公(王七襄)闻,仗剑而入,大言曰:'汝不识我王学院耶?'但闻百声嗤嗤,笑之以鼻。"这个王学院不过是个跳梁小丑,但他的所作所为恰恰代表了那些身居高位的大人。故"异史氏曰"尖刻地说:"普告天下大人先生：出人面犹不可以吓鬼，愿无出鬼面以吓人也！"《伍秋月》出现的蠹役简直是无耻下流之极，他们对诬陷入狱的女犯，"撮颐捉履，引以嘲戏……一役挽颈曰：'既为罪犯，尚守贞耶？'"被侠士王生所杀。作家似乎认为仅仅杀却尚不能泄胸中之恨，干脆在"异史氏曰"中制定起法律来："余欲上言定律：'凡杀公役者，罪减平人三等。'盖此辈无有不可杀者也。故能诛锄蠹役者，即为循良。"满腔义愤，火山一般地喷发！《向杲》主人公向杲兄长被恶霸打死。向杲为报兄仇，日怀利刃伏于仇人经过之地，仇人却戒备甚严。有一天，向杲伏于田野伺机杀仇时，忽然得到道士赠衣，而着衣化为猛虎，把仇人"龁其首"。杀兄之仇报得痛快之至，又因为人而化虎"其事诞而无据"，逃脱了法律追查。这多么符合人民的心愿！"异史氏曰"痛快淋漓地说："然天下事足发指者多矣，使怨者常为人，恨不能暂作虎！"《素秋》中读书人的化身蠹鱼俞士忱拼命追求功名，榜发被黜，一命归天。"异史氏曰"忍不住痛骂："宁知糊眼主司，固衡命不衡文耶？"《僧术》杜撰了一个向冥世捐钱而在阳世得官的故事，作者忍不住就自己的"明经"身份大发牢骚："明经不第，何值一钱！"《于去恶》则大声疾呼："文昌事繁，须侯固多哉。"都是以犀利的语言揭露黑暗、批判科场。而到了《巩仙》的"异史氏曰"中，作家以挖苦的口气说明：他杜撰那么一个"袖里乾坤"实在是因为现实世界太令他厌恶了：

  袖里乾坤，古人之寓言耳，岂真有之耶？抑何其奇也！中有天地、有日月，可以娶妻生子，而又无催科之苦、人事之烦，则袖中虮虱，何殊桃源鸡犬哉！设容人常住，老于是乡可耳。

《巩仙》的"异史氏曰"说明："袖里乾坤"是作家的理想世界。作者着力描写"袖里乾坤"给人带来的安宁、幸福，正是因为现实世界太龌龊了。因为"异史氏曰"的出现，一个极为普通的痴男怨女的故事，获得了全新的诠释。与此类似的篇章很多，如《黑兽》，此篇所写的，本来仅仅是一个弱肉强食的动物世界、动物珍闻。但是"异史氏曰"却把这种纯然属于自然现象的记述，与社会联系起来："余尝谓贪吏似狼,亦且揣民之肥瘠而志之,而裂食之;而民之戢耳听食,莫敢喘息,蛰蛰之情,亦犹是也。可哀也夫!"此处,"异史氏曰"不仅画龙点睛,简直化腐朽为神奇。

(二)锦上添花,画龙点睛

因为"异史氏曰"的出现,《聊斋志异》中某些本来已经十分深刻而引人入胜的故事,进一步锦上添花,焕发着夺目的光彩。例如:

异史氏曰:"花面逢迎,世情如鬼。嗜痂之癖,举世一辙,'小惭小好,大惭大好',若公然带须眉以游都市,其不骇而走者,盖几希矣。彼陵阳痴子将抱连城玉,向何处哭也?呜呼!显荣富贵,当于蜃楼海市中求之耳!"

——《罗刹海市》

异史氏曰:"驴之为物庞然也。一怒则踶跃嗥嘶,眼大于盎,气粗于牛。不惟声难闻,状亦难见;倘执束刍而诱之,则帖耳戢首,喜受羁勒矣。以此居民上,宜其饮糙而亦醉也。愿临民者以驴为戒,而求齿于狐,则德日进矣。"

——《潍水狐》

异史氏曰:"窃叹天下之官虎而吏狼者比比也。即官不为虎,而吏且将为狼,况有猛于虎者耶!夫人,患不能自顾其后耳;苏而使之自顾,鬼神之教微矣哉!"

——《梦狼》

异史氏曰:"高阁迷离,香盈绣帐;雏奴蹀躞,履缀明珠。非权奸之淫纵,豪势之骄奢,乌有此哉!……"

——《天宫》

罗刹国重形貌而不重文章,"其美之极者,为上卿,次任民社;下焉者,亦邀贵人宠,故得鼎烹以养妻子"。何谓"美"?丑就是美。地位越高,越狰恶怪异。而真正的俊人马骥倒被"以为妖,群哗而走"。马骥用煤涂面作张飞时,马上成了美人儿:"何前嬺而后妍也!"……这是作家游戏人生的调笑？还是世上果然有如此以丑为美之国？"异史氏曰"使读者如醍醐灌顶：这原来是整个社会的高度典型化！而让马骥大展雄才的龙宫，则只是一个蜃楼海市，一个永远不能实现的美梦。

一只狐狸变幻为老翁，人人皆可以与之结交，"结驷于门"，翁"无不伛偻接见"。偏偏邑令——灭门知县也——求见，"辄辞以故"。原来，这位堂堂知县前身为驴，是个饮糟也醉的丑类。驴，是民众心目中最蠢的动物、最执拗的动物，"蠢如驴""倔似驴"。驴叫声难听，形体难看，而且一把草料即可以使它俯首帖耳。而这驴居然成了父母官。希望那些位居高位的大人先生以蠢驴作为自己的座右铭，首先求得兽类们——例如狐的好感。这是多么辛辣的讽刺。

官衙坐的，站的尽是狼，吃得白骨如山，做官的用人"聊充庖厨"……这是《梦狼》中一个令人惊心动魄的梦境，白甲这位知县就是这样吃人肉、喝人血。"异史氏曰"发出了"官虎吏狼"的评论，说明：这不是什么梦，也不是个别现象，而是社会本质。《梦狼》的"异史氏曰"在文章中处于正文和一段近乎附录的文字中间。这段附录叙述的是，一个官员虽然清廉，却被手下的人陷于贪官的地位。衙役向打官司的敲诈，都冒该官的名义，做官的自己还蒙在鼓里。作家用"异史氏曰"把虚幻的官场同实际的官场联系起来，更产生了强烈的对比效果。

《天宫》的"仙人"实际是"贾后"式人物，是贵家姬妾。小说中极写其骄奢，连侍奉的丫鬟都"履端嵌珠如巨菽"。篇末申明："有巫常出入贵家，言其楼阁形状，绝似严东楼家。"如果仔细推敲"异史氏曰"，可以发现，这个以"天宫"为名的淫污之地，极可能是本朝代的事，"非权奸之淫纵，豪势之骄奢，乌有此者"。但是作者没有再深究，更没有像某些聊斋篇章，以真人实事补充之，而是以这种扑朔迷离的推测，给人留下更多的思考余地。

诸如《阎罗》《宫梦弼》《田七郎》《公孙九娘》《续黄粱》《鸦头》《彭海秋》《堪舆》《窦氏》《云翠仙》……许多篇章中，"异史氏曰"都起到了深化思想的作用，起到了点题的作用。在许多揭露暴政、针砭时弊的作品中，形象本身已经令人受到极大的震动，"异史氏曰"中作家那喷薄如火的热情、摧枯拉朽的力量，更使读者受到心灵的震撼。

《聊斋志异》有的篇章从来没有成为大家重视的名篇，但其"异史氏曰"却极不简单。如《驱怪》。一个大人物家里有妖怪，他请一位秀才来驱怪，秀才本来有如意钩可以驱怪，但因为大人物没明讲家里有妖怪，秀才也就没带，他只是在妖怪出现时，急中生智将被子蒙到妖怪的头上，妖怪居然弄不清是什么武器，从此再也不来了。故事本身毫不足奇，值得注意的是"异史氏曰"前八个字"黄狸黑狸，得鼠者雄"，翻译成白话就是："不管黄猫黑猫，抓住老鼠的就是好猫。""黄猫黑猫"是影响到中国新时期社会生活的重要理论，提出这个理论的伟人邓小平，恰好是《聊斋志异》的热爱者。

（三）抒情诗和自白书

中国画常常在空白处题上一首诗，以咏诵画的意境。诗言志，题诗往往把画中那些朦胧的东西、迷茫的东西表露得更直率一点、更强烈一点（题他人的画，则常常借他人之酒杯，浇自己之块垒）。《聊斋志异》中的"异史氏曰"有时就像这题画诗。一方面与正文融汇成"诗中有画，画中有诗"，一方面直抒胸臆，把作家的喜怒哀乐，真真切切地记录下来。

《陆判》那面目狰恶的判官竟有那么一副古道热肠，可以为朋友易慧心，为朋友妻易美人首。作家情不自禁地表达他的衷心向往："明季至今，为岁不远，陵阳陆公犹存乎？尚有灵焉否也？为之执鞭，所欣慕焉。"《婴宁》那位野花般烂漫、野花似芳香的狐女，使得作家按捺不住内心的狂喜："观其孜孜憨笑，似全无心肝者；而墙下恶作剧，其黠孰甚焉。至凄恋鬼母，反笑为哭，我婴宁殆隐于笑者矣。窃闻山中有草，名'笑矣乎'。嗅之则笑不可止。房中置此一种，则合欢、忘忧，并无颜色矣；若解语花，正嫌其作态耳。"多么凝重的爱心！连解语花都不配作"我婴宁"的比喻了。作家把庚娘同三国时的大英雄王彦云（凌）相类比："大变当前，淫者生之，贞者死焉。生者裂人眦，死者雪人涕耳。至如谈笑不惊，手刃仇雠，千古烈丈夫中，岂多匹俦哉！谁谓女子，遂不可比踪彦云也？"《鸦头》写雏妓鸦头对爱情的忠贞，作者指出：妓女一向是狐媚惑人的，老鸨更是灭理伤伦，独独这位鸦头不仅没有妓女们那些淫贱品质，反而可以同历史上的台阁之臣相伯仲："至百折千磨，之死靡他，此人类所难，而乃于狐也得之乎？唐君谓魏征更饶妩媚，吾于鸦头亦云。"《商三官》则把文弱的少女凌驾于古代著名的侠客之上，认为连荆轲都对她望尘莫及："萧萧易水，亦将羞而不流。"《红玉》里边的贪官对无辜的冯生滥施酷刑，被侠士以"一短刀，铦利如霜"，剁到贪官的床头上。贪官遂不得不停止对良民的迫害。作家仍嫌如此不足以泄心中恨，愤懑不平地抒写道："官宰悠悠，竖人毛发，刀震震入木，何惜不略移床上半尺许哉？使苏子美读之，必浮白曰：'惜乎击之不中！'"

蒲松龄自己终生穷困不遇，常常以未遇伯乐的良骥自比。有时，他这种情绪在小说中以"异史氏曰"形式坦诚自白，如《叶生》："嗟呼！遇合难期，遭逢不偶，行踪落落，对影长愁；傲骨嶙嶙，搔头自爱。叹面目之酸涩，来鬼物之揶揄。频居康了之中，则须发之条条可丑；一落孙山之外，则文章之处处皆疵。古今痛哭之人，卞和惟尔；颠倒逸群之物，伯乐伊谁？"……这，难道不是作家在直抒心声？可谓字字血，声声泪。

这些带有浓郁抒情色彩的"异史氏曰"，有时表达了作家愤世嫉俗的激情；有时袒露了作家坦荡高尚的心胸；有时泄露了作家深沉的苦闷。这些抒情性语言如果再同哲理性思考契合，就更加寓意深邃、感人至深，如：

异史氏曰："性痴则志凝，故书痴者文必工，艺痴者技必良，世之落拓而无成者，皆自谓不痴者也。且如粉花荡产，卢雉倾家，顾痴人事哉？以是知慧黠而过，乃是真痴；彼孙子何痴乎！"

——《阿宝》

异史氏曰："嗟乎！死者而求其生，生者又求其死，天下所难得者，非人身哉？奈何具此身者，往往而置之，遂至觍然而生不如狐，泯然而死不如鬼。

——《莲香》

　　异史氏曰："嗟乎！冷暖之态，仙凡固无殊哉！"少不努力，老大徒伤。"惜无好胜佳人，作镜影悲笑耳。吾愿恒河沙数仙人，并遣娇女昏嫁人间，则贫穷海中，少苦众生矣。"

——《凤仙》

作家对孙子楚人物的好感已经上升为一种对事业和人生的哲学思考；作家对莲香、李女同桑生的生死恋的赞美，已经升华为一种对待爱情的人生经验；作家对于凤仙等个别人的思索，已经延伸到对整个读书人命运的关心。此类"异史氏曰"既以其情感人，又以其理喻人，举一反三，比物连类，描一山而现千山之奇，画一水而见万水之秀。使书中个别人物的生活体验变成了更大更广的精神世界。

第三节　救世之婆心　思想之藩篱

　　《聊斋志异》的"异史氏曰"与《史记》的"太史公曰"最近似的一点是：它真实地反映了作家救世的婆心。司马迁受了宫刑仍然矢志不移地修《史记》，乃是为了让万世后人接受历史经验。蒲松龄穷困潦倒而终生不辍地写聊斋，既是以鬼狐史写块垒愁，也是以教育者自任，希望以他的故事大醒村庸市媪之梦。这就使得他的"异史氏曰"又显现了两个特征：其一，它是作家苦口婆心劝喻世人的道德经。其二，它成为作家思想之藩篱。

（一）救世之婆心，劝世之格言

　　"异史氏曰"何所不劝？

　　劝孝——《席方平》等名篇均声明：善莫大于孝，孝可以感天地而泣鬼神,尽孝者可以封妻荫子、光宗耀祖。《珊瑚》篇云:不孝婆母的臧姑因为觉悟晚了,"逆妇化而母死",终于子嗣断绝。《孝子》夸奖割股为母疗病的"孝子之真",而且讽刺社会上以风教为己任者,不如作者表彰的这个不读书的人:"司风教者,重务良多,无暇彰表,则阐幽明微,赖兹刍荛。"

劝勿妒——《阎王》借李久常之嫂妒忌而受阴司之刑的故事,进行说教:"或谓天下悍妒如某者,正复不少,恨阴网之漏多矣。余谓:不然。冥司之罚,未必无甚于钉扉者,但无回信耳。"《邵女》也指出:人世间"抱疴终日"的愚妇,实际上也正是因为妒忌而致。作者指责那些"狡妒"者,赞许邵女式的"以命自安,以分自守"。《段氏》中的妒妇连氏,因为终于认识了"无子之情状实难堪",现身说法,教育女儿和孙媳:"三十不育,便当典质钗珥,为婿纳妾。"作家对她的"觉悟"表示十分称赞:"连氏虽妒,而能疾转,宜天以有后伸其气也。观其慷慨激发,呀,亦杰矣哉!"……劝女子勿妒,其落脚点在于:为夫家立子嗣;嫡庶有序;命中注定。

劝勿淫——《韦公子》语重心长地以韦公子的"自食便液"来劝诫一切淫逸者。《狐惩淫》则告诫:蓄媚药"宁知其毒有甚于砒鸩哉!"作家认为,尽管"蓄之不过以媚内",却很易"见嫉于鬼神"。在《犬奸》中,作家更是义正辞严地斥责那些不齿于人类者:"人非兽而实兽,奸秽淫腥,肉不食于豺虎。"

劝勿轻薄——《辛十四娘》篇,作家提出:士子最易犯"轻薄之罪"。他自己平时也曾被朋辈訾有轻薄之语,但他总是以不轻薄自励。他认为,"轻薄"之行虽微,然足可以招致杀身大祸:

  异史氏曰:"轻薄之词,多出于士类,此君子所悼惜也。余尝冒不韪之名,言冤则已迂;然未尝不刻苦自励,以勉附于君子之林,而祸福之说不与焉。若冯生者,一言之微,几至杀身,苟非室有仙人,亦何能解脱囹圄,以再生于当世耶?可惧哉!

劝人穷志不短——《申氏》篇云:"人不患贫,患无行耳。其行端者,虽饿不死；不为人怜，亦有鬼佑也。"《王成》的故事，表面上看来，是写一个懒汉有懒福。实际上，作家欣赏的，是王成人贫志不贫的耿介个性。王成拾到金钗，却不攫为己有，老老实实地等失主。结果，他竟因此认下一个祖母，并发了财。作家似乎很怕他的寓意为读者错会，因而谆谆曰："富皆得于勤，此独得于惰，亦创闻也。不知一贫彻骨，而至性不移，此天所以始弃之而终怜之也。懒中岂果有富贵乎哉！"

劝人要记住冥罚——《僧孽》让一个暴卒的张某去阴世转了一圈儿，看见他那个做和尚的哥哥被"扎股穿绳而倒悬之"，原因是他"广募金钱，悉供淫赌"。这个张某又活转来，发现他在福兴寺做和尚的哥哥"疮生股间，脓血崩溃，挂足壁上，宛然冥司倒悬状"。作家在篇末大发议论道："鬼狱渺茫，恶人每以自解；而不知昭昭之祸，即冥冥之罚也。可勿惧哉！"《姚安》的男主角见绿娥貌美，便"绐妻窥井，挤堕之"，娶进绿娥，又因猜忌而杀之他受到了一系列的惩罚，终于"贫无立锥，忿恚而死"。作家用他来劝诫人："爱新而杀其旧""新鬼为厉""故鬼之夺其魄""不亡何待！"是冥世惩罚了负义之人。《钱卜巫》则告诫说："汰侈已甚，王侯不免，……生暴天物，死无饭含，……父孽累子，子孽累孙，……"一切按"天"的意志，丝毫不爽。

劝人记住善有善报，恶有恶报，不是不报，时候未到。《小梅》篇对故事做出道德性解释："不绝人嗣者，人亦不绝其嗣。"《丁前溪》中贫穷的杨某之妻曾招待不相识的丁前溪雨中留饭。为了喂丁前溪的坐骑竟"撤屋上茅"。终于，在杨家饿得揭不开锅时，丁前溪"送布帛菽粟，堆积满屋"。"异史氏曰"赞扬了杨妻的"一饭之德"和丁前溪的受施必报。《褚生》里塾师吕先生对贫穷的学生不收学费，其妻断育几十年忽然生子，原来就是这位学生转世。作家喜不自禁地感慨："吕老教门人，而不知自教其子。呜呼！作善于人，而降祥于己，一间也哉！"

……

聊斋先生可谓苦口婆心，可谓用心良苦。他所竭力宣传的"善"

类品德，迄今当然有值得继续弘扬者，如孝，如慎独，如勿淫、勿赌、勿以怨报德、勿贪财、勿浪费。但是有不少作家倾全力宣扬的却是一些腐朽的道学经。是在当时也不算先进，现今更加酸朽的说教。如命中注定，如"三十不育，则典当钗珥，为婿纳妾"。"善恶到头终有报"更是对生活的片面性理解。众所周知，现实中，好人未必有好报，坏人未必有恶报，有时还恰恰相反。如此的观点，不仅片面，而且常常使作家在艺术上落到"大团圆"的窠臼中。

"异史氏曰"是《聊斋志异》思想的升华，但它美玉中时露瓦砾，鲜花间常现莠草。作家时而以它显示反压迫斗士的昂扬斗志，时而以它暴露出封建布道士的庸俗思想。观聊斋"异史氏曰"，不可不详察，不可不细思。

（二）思想和形象的矛盾

如果说，以上所列举的诸篇"异史氏曰"因为作者酸腐的说教，实际上已对聊斋故事画蛇添足，那么可以说，在另一些思想、艺术俱佳的聊斋名篇中，因为作家思维的局限，"异史氏曰"常常与故事本身脱节甚至错位，使思想与形象发生矛盾，以至于画虎不成反类犬。

《石清虚》。邢云飞好石，偶从河中获一石，"径尺，四面玲珑，峰峦叠秀"。他如获至宝。这石也果然奇特无比，"每值天欲雨，则孔孔生云，遥望如塞新絮"。但这块石头却给邢云飞带来了不幸。先是一个势豪"踵门求观，即见，举付健仆，策马迳去"，公然明抢明夺。后是一位尚书要"购以百金"，邢云飞不卖，尚书便暗地里算计："尚书怒，阴以他事中伤之。邢被收，典质田产。尚书托人风示其子。子告邢，邢愿以死殉石。妻窃与子谋，献石尚书家。"……一块石头映照出人间多少不平事？豪强蛮横地明抢，尚书阴险地暗算，黎民百姓爱好石头的一点点可怜雅趣却带来杀身之祸。最后出面断案的官员，也惦记着要把石头据为己有。这是血淋淋的压迫，足可以使一切有正义感者怒发冲冠。不料，"异史氏曰"竟发出了一段轻描淡写的爱石成癖怪论来：

> 异史氏曰："物之尤者祸之府。至欲以身殉石，亦痴甚矣！而卒之石与人相终始，谁谓石无情哉？古语云：'士为知己者死。'非过也。石犹如此，而况人乎！"

这段隔靴搔痒的议论，与故事本身相比，真乃失之毫厘、谬以千里。

《席方平》。这是聊斋故事中最富战斗性的篇章之一。不论是席方平这位斗士光辉的形象，还是阎罗殿这一金銮殿倒影，还有那如战斗檄文的二郎神判词，都是经常被评论家反复引用的。但很少有人把其"异史氏曰"与正文相提并论。

> 异史氏曰："人人言净土，而不知生死隔世，意念都迷，且不知其所以来，又乌知其所以去；而况死而又死，生而复生者乎？忠孝志定，万劫不移，异哉席生，何其伟也！"

刺贪刺虐的战斗锋芒哪儿去了？只剩下"忠孝"，这干巴巴的道德概念。

《三生》。一个湖南人能记住自己前生三世。第一世为令尹，在取士中黜落了名士兴于唐，被拘到阴司对质，被贬黜而屈死的考生"万声鸣和"，要求阎王挖掉湖南人的双眼。第二世，湖南人托生为庶人，兴于唐做了官，湖南人陷"贼"中后被俘，其他俘虏均被释放，到了这个湖南人，"不容置辨，竟斩之"。第三世，两个人均托生为狗，互相咬死，纠缠到阎罗殿，判决让兴于唐托生为湖南人之婿，终于翁婿和好。这个故事的篇末云：

> 异史氏曰："一被黜而三世不解，怨毒之甚至此哉！阎罗之调停固善；然墀下千万众，如此纷纷，勿亦天下之爱婿，皆冥中之悲鸣号恸者耶？"

这段议论是否锦上添花？固然，其后两句以揶揄的口气讽刺了时世，但这段议论远远没法包容故事本身所蕴含的深刻思想内蕴。就形象本身而言，所谓三世，第一世真真把科举之荼毒读书人写得刻骨而尽相；第二世实实把草菅人命的官员画得入骨三分；第三世，幽微而含讥，就像讽刺官长要"以驴为戒"一样，巧妙地把一世的令尹和二世的堂上官都变成了狗。然而，作家对于社会的深思到了"异史氏曰"中，

第十四章　客观世界向主观世界的过渡——"异史氏曰"在聊斋中的地位 / 325

却未能进一步开掘其意蕴。

我们还可以举出聊斋名篇几处"异史氏曰"：

> 异史氏曰："福善祸淫，天之常道。闻作宰相而忻然于中者，必非喜其鞠躬尽瘁可知矣。是时，方寺中官室妻妾，无所不有。然而梦固为妄，想亦非真。彼以虚作，神以幻报。黄粱将熟，此梦在所必有，当以附之'邯郸'之后。
> ——《续黄粱》

> 异史氏曰："得远山芙蓉，与共四壁，与以南面王岂易哉！己则非人，而怨逢恶之友，故为友者不可不知戒也。凡狭邪子诱人淫博，为诸不义，其事不败，虽则不怨亦不德。迨于身无襦，妇无裤，千人所指，无疾将死。穷败之念，无时不萦于心；穷败之恨，无时不切于齿。清夜牛衣中，辗转不寐。夫然后历历想未落时，历历想将落时，又历历想致落之故，而因以及发端致落之人。至于此，弱者起，拥絮坐诅；强者忍冻裸行，篝火索刀，霍霍磨之，不待终夜矣。故以善规人，如赠橄榄；以恶诱人，如馈漏脯也。听者固当省，言者可勿惧哉！"
> ——《云翠仙》

> 异史氏曰："人必室有侠女，而后可以畜娈童也。不然，尔爱其艾豭，则彼爱尔娄猪矣！"
> ——《侠女》

《续黄粱》写一个宰相祸国殃民的一生，对社会黑暗的批判如新磨之剑。"异史氏曰"理应有更加深刻的阐发、更加强烈的呼应。可惜作家更多地取于"福善祸淫"的宿命说教，虽然有对"必非喜其鞠躬尽瘁可知"的贬斥，也透露了作家艺术构思的用心——"彼以虚作，神以幻报"，然而毕竟分量不够，使人有虎头蛇尾之感。《云翠仙》的"异史氏曰"固然有颇具哲理之语，"以善规人，如赠橄榄；以恶诱人，如馈漏脯"，有对于穷败之人微妙的心理刻画，然而毕竟与云翠仙这个动人的艺术形象脱了钩，因而有头重脚轻之感。至于《侠女》之"异史氏曰"，简直舍本而逐末,变成了抒发封建士大夫闲情的雅谑文字。

究竟为什么出现这样的矛盾?按照理论家的说法,是"形象大于思想"还是"世界观与创作的矛盾"?

蒲松龄身上有着歌德式的矛盾——一方面是位天才诗人,一方面是个法兰克福市的小市民;有着托尔斯泰式的矛盾——一方面是个伟大的批判现实主义者,一方面"勿抗恶",正如列宁所指出的:上帝啊,我再也不吃肉了,我只吃米粉团子了!蒲松龄一方面愤世嫉俗,是那个时代的逆子贰臣;一方面循规蹈矩,为那个社会阐道翼教。他的双重人格像泰戈尔在《园丁集》里唱的那两只鸟儿:驯养的鸟儿在笼里,自由的鸟儿在林中。自由的鸟儿说:"我们飞到林中去吧!"笼中的鸟儿说:"让我俩都住在笼里。"自由的鸟儿要唱林野之歌,笼中的鸟儿要学说学者语言;自由的鸟儿怕笼子那紧闭的门,笼中的鸟儿在栅栏间,没有展翅的余地……蒲松龄的双重人格像《牡丹亭》中"春香闹学"的双方,他一方面是那个要挣脱枷锁、呼吸新鲜空气的春香,一方面是那个死抱住"诗云""子曰"的陈最良。

"异史氏曰"是研究作家首鼠两端、苦闷彷徨的最好注脚,是考查作家思想和创作矛盾的有力依据。

第四节 相对独立的文体

司马迁的"太史公曰"基本上就事论事,无旁枝斜出、侧蔓横生,更不会"下笔千言,离题万里"。蒲松龄的"异史氏曰",因为自称"异史",就有了自由驰骋的理由,所以他的"异史氏曰"有时成为独立存在的文体。可以借题发挥,成为一篇洋洋洒洒的议论文;可以即景生情,写出一篇篇纪实小品。还可以超出正文的价值,成为珍贵的社会史料。

(一)相对独立的纪实小品

"异史氏曰"有时是对正文的联想、补充、引申。它与正文如双峰并峙，如"红蜻蜓点绿荷心"（陆游诗句），虽同出一人之手，却风格迥异。

《聊斋志异》天马行空，笔势纵横。正文中却很少有大段抒情笔墨（——当然，有时采用人物对话写，如《小谢》，有时采用人物书信写，如《罗刹海市》中龙女的信）"异史氏曰"则不同，它汪洋恣肆如开闸之洪水，铺陈渲染如《七发》之赋。作家似乎把明清传奇的某种写法搬进《聊斋志异》中。传奇以"曲"为人物抒情，而聊斋以"异史氏曰"抒写胸襟。例如《折狱》是个类似侦探故事的短篇，其情节曲折，扣人心弦。断案之费县令是蒲松龄十分敬重的一位父母官，蒲松龄以崇敬之心，述说费县令的两个折狱故事之后，在"异史氏曰"中大发感慨：

> 异史氏曰："世之折狱者，非悠悠置之，则缧系数十人而狼藉之耳。堂上肉鼓吹，喧阗旁午，遂犟犟曰：'我劳心民事也。'云板三敲，则声色并进，难决之词，不复置诸念虑；专待升堂时，祸桑树以烹老龟耳。呜呼！民情何由得哉？余每谓曰：'智者不必仁，而仁者则必智；盖用心苦则机关出也。''随在留心'之言，可以教天下之宰民社者矣。"

很像现今之杂文或杂感。作家是个在仕途中屡战屡败的书生。败军之将，不足以言勇。他却偏偏要教诲"天下之宰民社者"，而且语重心长，颇有耳提面命之势。透过这篇短文，我们就不单纯地停留在一个曲折的破案故事的赏析上，而看到了作家那颗因为忧国忧民而支离破碎的心。

《王子安》在描写读书人的不幸上，可谓入木三分了。正文中追求功名以致于神魂颠倒的形象是幻奇式的，几乎与正文一般长的"异史氏曰"，却是一篇地地道道的实录性文字：

> 异史氏曰："秀才入闱，有七似焉：初入时，白足提篮，似丐；唱名时，官呵隶骂，似囚。其归号舍也，孔孔伸头，房房露脚，似秋末之冷蜂。其出闱场也，神情惝恍，天地异色，似出笼之病

鸟。迨望报也，草木皆惊，梦想亦幻。时作一得志想，则顷刻而楼阁俱成；作一失志想，则瞬息而骸骨已朽。此际行坐难安，则似被絷之猱。忽然而飞骑传人，报条无我，此时神色猝变，嗒然若死，则似饵毒之蝇，弄之亦不觉也。初失志，心灰意败，大骂司衡无目，笔墨无灵，势必举案头物而尽炬之；炬之不已，而碎踏之；踏之不已，而投之浊流。从此披发入山，面向石壁，再有以'且夫''尝谓'之文进我者，定当操戈逐之。无何，日渐远，气渐平，技又渐痒；遂似破卵之鸠，只得衔木营巢，从新另抱矣。

如此情况，当局者痛哭欲死，而自旁观者视之，其可笑孰甚焉。作家自十九岁在施闰章手下考中头名秀才，文名藉甚，此后惨淡经营多年，直到两鬓斑白，仍然没能越过"乡试"一关。康熙二十六年（1687年），四十八岁的蒲松龄因"闱中越幅"违反书写规则名落孙山。康熙二十九年（1690年），五十一岁的蒲松龄再度落榜。康熙四十一年（1702年），六十三岁的蒲留仙依然"三年复三年，所望尽虚悬"（《寄紫庭》）。蒲松龄亲身经历了多次秀才入闱，身受侮辱、折磨，心灵的极端痛苦使他的"异史氏曰"格外感人。那七个比喻，活灵活现、穷形尽相，对《王子安》正文是一种特殊形式的补充——更真实、更生动形象的补充。正文与"异史氏曰"，幻想和现实，虚构和写实，珠联璧合，创造出丰富多彩的艺术画面。

"异史氏曰"基本上是以真人实事，作为正文的补充。《瞳人语》虚构了一个浮浪子弟因为行为不端被仙人罚作瞎子的故事，"异史氏曰"便补写一个轻薄士人自作自受的实例。这位年龄肯定不小的士人和两个朋友同行，"遥见少妇控驴出其前，戏而吟曰：'有美人兮！'……'驱之！'"两个朋友随之说了不少下流话。结果，那少妇却是士子之长男妇！做公爹的当众调戏了儿媳！《梅女》写一个女鬼被陷害而终于复仇之事。"异史氏曰"写进一条趣闻：一个坏官被人拐走了妻子，有人代悬招状："某官因自己不慎，走失夫人一名……"该事有时间（康熙甲子）、地点（贝丘，即临淄），这段趣闻是给《梅女》中那类贪鄙的典史在鼻子上再抹一道滑稽的白色。《鸽异》的"异史氏曰"写了一段看人而下茶的市侩故事。僧人费尽心机要用上上茶换取高官的一个"好"字，却换回了"甚热"二字。这与《鸽异》中以异鸽送高官却被"烹之矣"相互辉映，产生了更强烈的喜剧效果。《颠道人》的"异史氏曰"写一位淄川生员之颠：官人们出门"各命舆马"，这位殷生也大呼："殷老爷独龙车何在？"则其独龙车为何？"二健仆，横扁杖于前，腾身跨之。"此生之颠真是妙极、趣极，堪与那位歌哭不常、煮石为饭的道人比肩。其不同是：颠道人有神异色彩，颠生员却实有其人："殷生文屏，毕司农之妹夫也。"是蒲松龄之老东家毕自严的妹夫。

　　就与正文的关系而言，补充正文的"异史氏曰"一般是"以正补正"，即以现实生活中实际发生的事，做正文中类似之事的补充。但作家并不拘泥于此，有时，他用"反比法"，在"异史氏曰"中写出与正文截然不同的人事，反而起到了意想不到的效果。《王六郎》写渔夫许某与溺鬼王六郎的友谊，"异史氏曰"中写了一段实事："余乡有林下者，家綦贫。有童稚交，任肥秩……"一个同乡又是幼年好友者奔涉千里去投靠做了大官的朋友，结果搬起石头砸了自家脚，非但没打来秋风，反而"泻囊货骑，始得归"，落了个"马化为驴"的结果。这个不念旧情的吝啬鬼从反面烘托了王六郎、许姓的深情厚谊，作家由此发出的感叹便格外耐人寻味了："置身青云，无忘贫贱，此其所以神也。今日车中贵介，宁复识戴笠人哉？"

（二）珍贵的社会史料

　　《聊斋志异》的"异史氏曰"，有时呈现今日之调查报告的风貌，把当时世风、世俗、世态的变化，以历史学家的准确观察、文学家的细致刻画忠实地记载了下来，这些记载在相当大的程度上超过了正文的价值，例如：《夏雪》《韩方》《盗户》。

　　《夏雪》。正文一百二十余字，主要是一个情节：苏州人祈祷神庙求止住大雪，神忽附人言："如今称老爷者，皆增一大字；其以我神为小，消不得一大字也？"众人忙呼"大老爷"，雪立止。"异史氏曰"为正文的三倍，其立意在说明"世风之变也，下者益谄，上者益骄"。作家以历史学家的严谨，如实记载：康熙二十年（1681年），举人称爷；康熙三十年（1691年），进士称老爷；康熙二十五年（1686年），司院称大老爷……同时，作家还引用唐代张说坚决辞去"大学士"之称，说明拒谄之优良传统已丧失殆尽。通过这段记载，清王朝盛世中渐渐噬咬其根基的蠹虫之一——上骄下谄，被挖了出来。

《韩方》。正文是一个鬼祟人的故事，岳帝要举荐不作邪祟的枉死之鬼去做城隍、土地，于是，"北兵所杀之鬼"纷纷欲前去争此官职，在赴岳帝庙的途中，众鬼在州郡作祟，以求贿赂……这个故事带有寓言性质，似乎讽刺那些以"为民"作标榜，实则害民的官。"异史氏曰"据鬼祟人的故事发生联想，揭发出官吏对人民敲骨吸髓的新花招来。在人民遭受水灾时，那些当官的非但不给人民减税，还要加税。并无耻地把新增的税取名"乐输"（即人民自愿多交）。这"乐输"如何交？用板子打着百姓逼索，用绳子捆了赴城以"敲比"！《韩方》正文鬼祟人的故事固然很精彩，但其现实性似乎还没有"异史氏曰"更深。"乐输"式残民以逞的恶行，蒲松龄曾多次义愤填膺地以诗、文形式揭露。据《聊斋文集》某些篇章记载，各地贪官污吏为了刮地皮，想出了种种横征暴敛的妙法，如"火耗"（赋额之外的浮收）、"杂费"（法定赋税外的用费），康熙年间，火耗倍增，杂费超过官赋，贪官蠹役中饱私囊，黎民百姓糠菜为生……《韩方》之"异史氏曰"描写的这个"乐输"情节，既对这种鹭鸶腿上刮肉的剥削进行冷静而真实的陈述，又语含讥讽，其批判性较之正文大大深入一层。

《盗户》。社会的道德水准是比人们的生产力、生活水平更容易引起作家注意的。因为人心向背有更惊心动魄的力量。官府对良民百姓百般欺压，对于"盗户"却尽力保护。蒲松龄为"十人而七盗"的现实忧心忡忡。《盗户》之正文摆出官府"曲意左袒之"的护盗行径，还有因之而出现的特殊社会现象："讼者辄冒称盗户，而怨家则力攻其伪，每两造具陈，曲直且置不辨，而先以盗之真伪，反复相苦。"多么可笑亦复可怜！自称"盗户"便可以从轻处置，连一只妖狐被捉，也大喊："我盗户也！"令人喷饭。"异史氏曰"举出一桩争产实事，更是对当时的世风日下作了绝好的注解：

> 章丘漕粮徭役，以及征收火耗，小民常数倍于绅衿，故有田者争求托焉。虽于国课无伤，而实于官橐有损。邑令钟牒请厘弊，得可。初使自首，既而奸民以此要士，数十年鬻去之产，皆诬托诡挂，以讼售主。令悉左袒之，故良懦者多丧其产。有李生，亦为某甲所讼，同赴质审。甲呼之"秀才"，李厉声争辨，不居秀才之名，喧不已。令诘左右，共指为真秀才。令问："何故不承？"李曰："秀才且置高阁，待争地后，再作之不晚也。"噫！以盗之名，则争冒之；秀才之名，则争辞之，变异矣哉！有人投匿名状云："告状人原壤，为抗法吞产事：身以年老不能当差，有负郭田五十亩，于隐公元年，暂挂恶衿颜渊名下。今功令森严，理合自首。讵恶久假不归，霸为己有。身理说，被伊师率恶党七十二人，毒杖交加，伤残胫肢；又将身锁置陋巷，日给箪食瓢饮，囚饿几死。互乡地证，叩乞革顶严究，俾血产归主，上告。"此可以继柳跖之告夷、齐矣。

这段"异史氏曰"不仅字数长出正文，内容也更为深刻、丰富。它使我们对当时社会风气的日益凋悴有着更真切的体会：其一，"火耗"即苛捐杂税，完全是为了官员们中饱。因此，"自己的耙儿上柴火"，他们格外关心，如何能收得多一点。"刁民"也兵来将挡，有应对之策，社会不良风气愈演愈烈。既然绅衿收得少，刁民干脆将田产寄于绅衿名下。官府要查这种真正挂在绅衿名下的产业，一下子许多"诡挂"冒认者出现了。刁民把实际早已卖出的田产又借机诬托乃是寄挂，于是产生了财产纠纷。明明是刁顽者诬赖田产，官员为了自己的利益（——产断为刁民，可以多收火耗以装入个人腰包），总是袒护那些"诬托诡挂"者。"良懦"因之丧产。于是出现了这样的咄咄怪事：某甲讼李生说自己之产业挂在其名下。甲称李"秀才"，李坚绝不承认，实际他是真秀才。为什么读书人那么看重的功名，他反而避之惟恐不远？因为"良懦"总争不过刁民！这是何等可怕的社会性堕落！"以盗之名，则争冒之；秀才之名，则争辞之！"最后一段"匿名状"又像波澜再起，以新编历史故事讽世，善恶倒置登峰造极：孔子弟子颜渊自己的负郭之田被诬告为霸占。孔子及七十二贤弟子成了"伊师率恶党七十二人"。这段匿名状显然脱化自《坚瓠集》，是柳跖告伯夷、叔齐故事的翻版。一段"异史氏曰"四百余字，却有世态俯瞰，有个别事例、有天外奇想的历史故事，像一面多棱镜，折射出那个沉沦的社会来。丰富、深沉、言简意赅、妙趣横生。

（三）精彩的议论文

"异史氏曰"有时将议论同描写融为一体，有时成为独立的议论文字。作家将满腹才华、满腔热血凝铸为文。理想、才华、热忱袒露无遗。这类文字虽也是抒情性的，但主要是阐发作家对于人生哲理的思考、乃至于治国利民大计。

《冤狱》之"异史氏曰"，简直可以看成蒲秀才的"为政宣言"。他提出："讼狱乃居官之首务，培阴骘，灭天理，皆在于此。"因为，打官司太伤害黎民百姓的利益了。"一人兴讼，则数农违时；一案既成，则十家荡产。"作家认为："为官者，不滥受词讼，即是盛德。"然而实际的官场却故意借百姓的鹅鸭之争大做文章，"摄牒者人手未盈，不令消见官之票；承刑者润笔不饱，不肯悬听审之牌"。百姓的"雀角之忿"变成了官吏的生财之道，官司还没开审，百姓"皮骨已将尽矣"！作家进一步指出：这些官吏何曾救民于水火？哪肯主持公道？他们实际上在助长奸民之气焰，欺负良善之百姓！"皂隶之所殴骂，胥徒之所需索，皆相良者而施之暴。自入公门，如陷汤火。"所谓审案，审出什么结果？只是"破产倾家，饱蠹役之贪囊；鬻子典妻，泄小人之私愤"！作家尖锐地指出："又何必桁杨（刑具）刀锯能杀人哉！"杀人而不见血的，正是那些俨然民上者！

《赌符》之"异史氏曰"既是一幅赌场绝妙的素描，又是一纸劝诫赌徒的深沉抒情文字。作家深刻地论析道：天下倾家败坏者，莫甚于赌博，赌博之害可以让人鬻子典母、败德丧行、倾产亡身。而对于赌博，"异史氏曰"进行了淋漓尽致的描绘，其详尽和生动，远甚于《赌符》正文：

> 尔乃狎比淫朋，缠绵永夜。倾囊倒箧，悬金于岌㠹之天；呵雉呼卢，乞灵于淫昏之骨。盘旋五木，似走圆珠；手握多张，如擎团扇。左觑人而右顾己，望穿鬼子之睛；阳示弱而阴用强，费尽魍魉之技。门前宾客待，犹恋恋于场头；舍上火烟生，尚耽耽于盆里。忘餐废寝，则久入成迷；舌敝唇焦，则相看似鬼。迨夫全军尽没，热眼空窥。视局中则叫号浓焉，技痒英雄之臆；顾橐底而贯索空矣，灰寒壮士之心。引颈徘徊，觉白手之无济；垂头萧索，始玄夜以方归。

多像茨威格《一个女人一生中的二十四小时》中赌场的描写！哦，应该说，茨威格像聊蒲松龄，因为奥地利小说家晚了两个世纪。那赌盘上转动的骰子、赌徒手中团扇似的纸牌，赌徒东张西望，忐忑不安的神情，他们装腔作势借以骗人的伎俩，赌徒患得患失、忽高忽低、忽冷忽热的情绪……真是精彩之至。

《王十》之"异史氏曰"痛陈盐法之弊，冯镇峦认为："可当一篇《盐法论》，读之真能洞见症结。"开头几句便旗帜鲜明地提出观点："盐之一道，朝廷之所谓私，乃不从乎公者也；官与商之所谓私，乃不从乎其私者也。"此数语好像绕口令一般难以理解。实际上挑出了一个最要紧的环节——"私中私"。也就是说，所谓制裁卖私盐者，实际执行的是"窃钩者诛，窃国者侯"的政策。"漏数万之税非私，而负升斗之盐则私之；本境售诸他境非私，而本境买诸本境则私之。"所谓禁私盐，成了专治穷人的武器。这样做的结果，恰恰是为丛驱雀，让好人去跟坏人学，将良民尽驱之为盗为娼。"然则为贫民计，莫若为盗及私铸耳：盗者白昼劫人，而官若聋；铸者炉火亘天而官若瞽；即异日淘河（受到淘奈河淤泥之惩罚），尚不至如负贩者所得无几，而官刑立至也！"多么痛快淋漓的议论！真乃语语中的、字字千钧。这段"异史氏曰"真是一篇出色的"百发百中"（冯镇峦评语）之作。如果联系"异史氏曰"，再读正文及附录，则可以有更透彻的了解。正文中阎罗判大奸商去淘奈河，让私盐小贩王十持蒺藜骨朵监工，王十故意对那个大商人"苛遇之""入河楚背，上岸敲股"，阎罗不仅不追究王十私贩盐的罪过，还派两个鬼帮王十运盐回家，并判决道："私盐者，上漏国税，下蠹民生者也。若世之暴官私商所指为私盐者，皆天下之良民。贫人揭锱铢之本，求升斗之息，何为私哉！"被朝廷命官们颠倒了的历史，在阎罗那儿又颠倒了过来。附录中张石年县令让私盐小贩当堂逃走，成为"公爱民之事"就更可以理解了。

一百九十四篇"异史氏曰"是《聊斋志异》的重要组成部分。它们既有激动人心的感情力量，又有感染读者的艺术魅力。在写法上一般有如下特点：其一，多夹叙夹议。其二，文采斐然，甚至于往往文采在正文之上。这是因为有的"异史氏曰"被作家当成抒情诗，有的被作家写成战斗檄文，有的被作家变成自己的"施政纲要"。这类文字常常如大江奔流，不计东西、热情洋溢、亦庄亦谐、嬉笑怒骂、皆成文章。所谓"麻姑掷米，粒粒皆成金砂"。此外，骈俪体和排比句也是常被采用的，八股文的起承转合也被运用得熟练之极。

第十五章
接纳诸流 独制新体
——聊斋的情节优势

故事是小说的基本成分，如同人体的骨骼。故事的悬宕，甚至于可以救人于死难。《一千零一夜》中富有才情的斯和克拉萨德就是用"且听下回分解"诱惑那日杀一姬的皇帝，换取了一天天的生命。"斯和克拉萨德看见早晨已临，就非常乖巧的，闭口不言。"读者可以对小说有不同爱好，有的爱看生动的人物，有的爱看细致的描写，有的爱由小说推及社会人生。但几乎都要从小说的"最大公约数"——故事入手。

按照佛斯特的说法，故事是按时间顺序安排的事件叙述。情节是较高的技巧。情节也是事件叙述，但重点在因果关系上，欣赏情节要用智慧和记忆。佛斯特引用"一般批评家"的观点：情节是小说的逻辑面；它虽需要有神秘感，然而那神秘之物在后头解决清楚。小说家必须头脑清醒，有能力置身作品之外。在这边露出一线光亮，在那边留下一点阴影。要不断自我思考，以使情节产生最好的效果……佛斯特似乎不太赞赏这些"一般批评家"的观点。他认为作家应在自己的材料中翻滚流动，而不是置身其上，应该受材料控制而不是控制材料。特别要把情节"藏起来，打碎它，烧掉它"。实际上，成功的小说家仍然必须让情节产生最好的效果，必须受因果律的左右，不过，要尽量让自己构筑的情节不显山不露水，巧妙而"请君入瓮"。

《聊斋志异》的作者十分懂得故事情节的重要性，他在《张诚》之"异史氏曰"中说：

> 余听此事至终，涕凡数堕：十余岁童子，斧薪助兄，慨然曰："王览固再见乎！"于是一堕。至虎衔诚去，不禁狂呼曰："天道愦愦如此！"于是一堕。及兄弟猝遇，则喜而亦堕；转增一兄，又益一悲，则为别驾堕；一门团圆，惊出不意，喜出不意，无从之涕，则为翁堕也。不知后世亦有善涕如某者否。

这是叙述作者本人对故事情节的感受。实际上读者中更不乏"善涕者"。因为《张诚》的确是"一本绝妙传奇"（王渔洋语），"事奇文奇"（但明伦评语）。聊斋故事大多如《张诚》，构思精巧、别出心裁。冯镇峦《读聊斋杂说》讲得好：

> 每篇各具局面，排场不一，意境翻新，令读者每至一篇，另长一番精神。如福地洞天，别开世界；如太池未央，万户千门；如武陵桃源，自辟村落。不似他手，黄茅白苇，令人一览而尽。

蒲松龄为了结撰好聊斋故事耗尽了全部心力，他建筑"聊斋"这座大厦，付出的无形而巨大的劳动，"像喝干海水一样困难"（冈察洛夫语），他的《聊斋志异》如峰回路转、柳暗花明，一处有一处的风光，其构思之妙，古代短篇小说无出其右者。

第一节　迂曲多变　细针密线

（一）波谲云诡，倏起倏落

人贵直而文贵曲。金圣叹曾一再称赞《水浒传》"千曲百折"，"处处不作直笔"，他认为，文章之妙无过曲折。"百曲千曲万曲，百折千折万折之文"可以带来极大的艺术享受。蒲留仙就是这样善曲折的小说家。他的聊斋故事波谲云诡、倏起倏落、纤徐曲折、大有层次。读者遂如铁遇磁石，被牢牢地吸住。

《张诚》之所以令人善涕，正因其充满了巧合，悬念不断，引人入胜。张翁的妻子在战乱中被北兵俘去，续娶妻生讷后病卒，再娶，生张诚。张讷受尽后母虐待,十几岁的张诚竭力帮哥哥,偷饼饵兄,帮采樵,一片至诚,一腔友爱。然祸从天降,张诚帮兄打柴时被虎衔去。张讷自杀,到阴司访弟,未找到,又还阳,后母还诟骂他"刎颈以塞责"。张讷决心穿云入海,不寻到弟,死不甘心。而转机来的意外的奇:寻至金陵,不仅找到了弟弟,还找到了被北兵俘去的大哥!曲折跌宕、变化莫测,但又细针密线、滴水不漏。首先,对于后文的变化一开头便做了伏笔,"豫人张氏者,其先齐人,明末齐大乱,妻为北兵掠去"。预伏了下文张别驾的出现。其次,叙事清晰而严密。按佛斯特的观点,故事是"按时间顺序安排的事件的叙述"。《张诚》即如此,人物一步步丰满,"孝悌之情"一步步加深,社会背景(战乱)也渐渐明确。这一切,均按严格的时间顺序。张讷寻弟,含辛茹苦,时间只有一年,"逾年,达金陵,悬鹑百结"。意外之极,寻到了支撑门户的长兄,又用长兄之母的话交代得清清楚楚:"我适汝父三年,流离北去,身属黑固山半年,生汝兄。又半年,固山死,汝兄以补秩旗下迁此官。"纪年史一般,一丝不差。

《西湖主》也是一个情节绝妙的例证,全文充满了悬念,环环相扣、节节相连、腾挪曲折、奥秘无穷。故事开头就写了一段似乎无关紧要的细事:

> 陈生弼教,字明允,燕人也,家贫,从副将军贾绾作记室。泊舟洞庭,适猪婆龙浮水面,贾射之,中背;有鱼衔龙尾不去,并获之。锁置桅间,奄存气息;而龙吻张翕,似求援拯。生恻然心动,请于贾而释之;携有金创药,戏敷患处,纵之水中,沉浮逾刻而没。

游戏式的小事,却埋下了伏笔。读者对陈弼教的善良有了印象,而且马上被他突遭不幸吸引住了:他再经洞庭,大风吹翻了船,沉水未死,到一山腰,看到几个"着小袖紫衣,腰束绿锦"者围猎,知为"西湖主""犯驾当死",慌忙躲进一个园亭。又偷窥了一位"玉蕊琼英"似的公主,拣了她的红巾,题诗以志爱慕。他欲出园门,则重门扃锢,而灾祸也从天而降：

> 一女掩入，惊问："何得来此？"生揖之曰："失路之人，幸能垂救。"女问："拾得红巾否？"生曰："有之。然已玷染，如何？"因出之，女大惊曰："汝死无所矣！此公主所常御，涂鸦若此，何能为地？"生失色，哀求脱免。女曰："窃窥宫仪，罪已不赦。念汝儒冠蕴藉，欲以私意相全；今孽乃自作，将何为计？"

这是陈明允遇到的第一个紧张时刻，吓得他恨无双翅飞出园门。幸而公主非但不怪罪，反而饷以饮食，陈明允又有了希望。但更大的恐惧接踵而来："多言者泄其事于王妃；妃展巾抵地，大骂狂伧。"这是第二个紧张时刻，更危急亦更无望。他急于摆脱困境，吓得面如灰土，跪地求侍女帮忙。此时，忽出意外：

> 数人持索，汹汹入户。内一婢熟视曰："将谓何人，陈郎耶？"
>
> 遂止持索者，曰："且勿且勿，待白王妃来。"

翻云覆雨，祸变为福。阶下囚升为座上客，因题红巾几至丧命的陈生，反而被召为驸马。陈生懵了，读者也如堕五里雾中。于是，出现了一段明确交代因果关系的文字：

> 生曰："羁旅之臣，生平不省拜侍。点污芳巾，得免斧锧，幸矣；反赐姻好，实非所望。"公主曰："妾母，湘君妃子，乃杨江王女。旧岁归宁，偶游湖上，为流矢所中。蒙君脱免，又赐刀圭之药，一门戴佩，常不去心。郎勿以非类见疑。妾从龙君得长生诀，愿与郎共之。"生乃悟为神人。因问："婢子何以相识？"
>
> 曰："尔日洞庭舟上，曾有小鱼衔尾，即此婢也。"

这就是故事结局。与开端严丝合缝，无隙可乘。故事开始作者描绘了清灵洁澄、水彩淡岚般的湖畔美景，描绘了如明媚春光般的公主，"令人赏心悦目，如山阴道上行，几至应接不暇"（但明伦评语）。实际上作家在布设疑阵，时而如逆水推舟，将主人公推进风狂浪险、危如叠卵的困境，时而如蜻蜓点水、若即若离。主人公的心情也时而惊心动魄，时而焦急不安，时而心存侥幸。文笔矫变，神秘莫测，真乃"处处为惊心动魄之文，却笔笔作流风回云之势"（但明伦评语）。整个故事曲折多变，然而前因后果昭彰分明。出人意料的事纷至沓来，主人公从失望到希望，从恐惧到喜悦，从巨大灾难到莫大幸福，万花筒般离离奇奇。每得到一点希望，都被更大的失望替代。而突如其来的洪福，又一下子代替了有燃眉之急的灾难！起伏跌宕、瞬息万变、酣畅淋漓。

《青蛙神》故事写蛙神与人的婚姻，实际反映的，是贫家娶了富家小姐的生涯，颇具典型意义且矛盾层出不穷。其矛盾在婚前已埋伏下：青蛙神以神之权威胁迫薛家联姻，"薛翁性朴拙"，不同意。昆生因十娘美色而同意。十娘进门，薛家暴富，但不堪青蛙之扰。十娘善怒，而昆生不买账，"岂以汝家翁媪能祸人耶？丈夫何畏蛙也！"十娘于是摆出自己的功绩："自妾入门，为汝家田增粟，贾益价……今老幼皆已温饱，遂如鸮鸟生翼，欲啄母睛耶？"小两口矛盾的结果，以"出妇"结束。青蛙神便报复，让薛家人生病。薛家只好让十娘复回。十娘一归，矛盾又起，这次，不是夫妻纠纷，成了姑妇矛盾。十娘总是"凝妆坐，不操女红"，昆生衣履仍然依靠母亲，其母便大发牢骚："人家妇事姑，吾家姑事妇！"姑妇龃龉，昆生再次出妻。这是一位小门户婆母与大家出身媳妇的矛盾。结果青蛙神再次显灵，让薛家发生火灾。此次，昆生不再温驯地迎回十娘了，而是上青蛙祠"诣祠责数"："养女不能奉翁姑，略无庭训，而曲护其短！神者至公，有教人畏妇者耶！……"斗争的结果是青蛙神屈服，十娘也温顺了。然而矛盾并没有结束。人与人之间的外在矛盾变成了个人品性的内在冲突：薛生善谑，得罪十娘，十娘自己归家，父母劝再醮，薛生大惭，夫妇和好……矛盾一次次再起，一次次不同，女子盛气凌人而被出，直到自己坚拒再醮奔回夫家，次次有变而回回不同，真文笔圆妙之至。

（二）出人意外，落人意中

造物之巧，尽聚聊斋。《青梅》之贵家女，因父母嫌贫爱富不许嫁张生，张生娶了婢女青梅，后来世事循环如转圆，贵家小姐父死身飘零，还是青梅把她带回家再嫁张生。真是笔笔变幻、语语奥折，"离离奇奇……无限经营，化工亦良苦"（《青梅》"异史氏曰"）。《大男》中奚成列有一妻一妾，嫡庶相争，嫡妻泼悍，恒不聊生。奚成列气得离家，嫡妻仍在家横行，妾生子大男也被虐待。长大了的大男外出寻父，嫡妻乘机逼妾改嫁。妾何氏守志不移，竟意外地回到奚成列身边成了嫡妻。嫡妻申氏却嫁了几次，居然最后嫁到奚家为妾。真是"颠倒众生，不可思议"！作家极善于平地起波澜。《娇娜》之女主角，已然与男主角"使君自有妇，罗敷自有夫"，偏偏来一场雷霆，让他们演出同生死的剧目。冯镇峦在评《王桂庵》时，引用金圣叹的话："文字不险不快，险绝快绝。"《王桂庵》一文，"夭矫变化，如生龙活虎"，王桂庵舟遇芸娘，以金钏投之为定情物，此后，沿江细访，而船终渺渺。终于因佳梦初成，可以去求婚时，孟江蓠偏偏说"息女已字"，又起一波。因为江蓠为人孤高，见王桂庵以重金求婚，倒起反感。王桂庵通过父执讲情，终于委禽焉，礼成焉，圆满得可以结束了，然而王桂庵轻薄之性不改，对芸娘开起"家中固有妻"的玩笑来。芸娘跳江，险象迭生，山穷水复疑无路。就连最后芸娘与王桂庵重逢，也充满曲折：先由寄生认父，再引出芸娘。构思奇妙，绝无平直、生硬之嫌。

　　蒲松龄的好友李尧臣在《帝京景物选略》题词中说，"余读之，幽幽曲曲，渺渺冥冥，一步一折，一折一形，乍离乍合，乍断乍缕。聚而目之，或不能句；平语气，定吾神，按丹点，寻墨痕，心几碎矣；而后其奇渐露……"①李尧臣的阅读感受，虽然指聊斋所选之文，但颇能道出蒲松龄撰文之特点：纡徐多变，绝无看头知尾之缺陷。聊斋故事常有"出人意外"的局面出现，但必定"落人意中"。例如《辛

---

① 蒲松龄著，路大荒整理：《蒲松龄集》，中华书局1963年版，第53页。此文为《帝京景物选略》，蒲松龄选文，李尧臣题于该选本之首。有人解释李尧臣此语评聊斋文，似非确，应为指古游记之特点。

十四娘》中，冯生因戏言贾祸，已系狱中待决，情况万分危急。但十四娘却"落落置之"。这位痴情狐女忽然如此薄情，所为何来？文笔莫测。然后，情况突变：冯生一案奉旨重审，冯生出狱而楚公子被下狱。这又是怎么回事？作家也不忙着说，却把狐婢拉出来向冯公子介绍："此君之功臣也。"但明伦评谓此为"先断后叙"。此时，才补叙狐婢化装成流妓，向皇上诉冤之事。此情节充满了悬念、突转，然而合情合理，连皇上为什么可以外出嫖妓也早有伏笔——小说开头即点明是明代"正德年间"，只有那位武宗皇帝有大同嫖妓之历史，偏偏被作家安排进小说中。聊斋故事回环往复、曲折生辉，但细针密线、一丝不走。作家尤其恪守"时间"的严格秩序，绝无什么漏洞可以授人以柄。作家可以生死人而肉白骨，可以上天入地、云游四海，但他绝不让太阳从西边出、东边落。

《青娥》中，霍生有一把神奇的镢，可以凿透重岩。神镢至奇，但凿岩之战却严格按时间进行：没入洞时，"昧色笼烟"，黄昏时分矣。等被青娥之父撵出洞来，"斜月高挂，星斗已稀"，整个过程似有人在计时。《翩翩》男主人公进入长生不老的神仙洞府，入洞时，穿蕉叶制成的夏装，继而穿白云絮成的襦衣，一年后儿子出生，儿子三岁和花城之女订娃娃亲，十四岁结婚……故事百折千回，时间顺序却严密清晰。

第二节　无法不备的情节和刻画尽致的人物

（一）情节为人物而设

高尔基认为：情节是人物之间的联系、矛盾、同情、反思和一般的相互关系。是某种性格、典型的生长构成历史。

简言之：情节是性格的历史。

《聊斋志异》写人手法巧妙，"同于化工赋物，人各面目""其叙事变化，无法不备，其刻划尽致，无妙不臻"①。叙事的"无法不备"，使得聊斋小说较接近于高尔基之谓小说。聊斋的每一情节，都是用这样、那样手法对人物"刻画尽致"；构筑每一情节——除了某些断狱小说的逻辑因素外——基本任务，都是用这样那样手法展示性格。

《王桂庵》中的主人公王樨，世家子，他南游泊舟江岸，遇一"风姿韵绝"的少女，一见钟情。作品出现这样情节：王以吟诗引起女方注意，继投以金一锭，被女"拾弃之"。王又投以金钏。恰女之父归来，王恐其父发觉，"急甚"，而女"从容以双钩覆蔽之"。这是第一个重要情节，一笔三面，写了三个人的性格：王钟情而有富家子恶习，屡以金动人；女高洁而又"有女怀春"，对金不动心，而对爱情信物"覆蔽之"；父"榜人"虽未有任何行动，但从女的需要"覆蔽"可见他为人严肃。第二个情节是梦和寻梦，梦写王桂庵之痴，而寻梦两人俱写：王桂庵一见芸娘，便备述相思之苦，芸娘却"隔窗审其家世"，还要追根究底，"既属宦裔，中馈必有佳人，焉用妾？"弄清了王的确是重情之士人，才郑重其事地要王"倩冰委禽"，且声明"非礼成偶，则用心左矣"。王桂庵听说可以求婚，高兴得"仓卒欲出"，又是芸娘告诉他："妾芸娘，姓孟氏，父字江蓠。"这个情节，恋人故事进展到论婚娶，恋人的面目也越加清晰：芸娘高洁自重，又细心周到，她同意谈婚娶，拒绝非礼成偶。她细心地告诉对方自己父亲名字。王桂庵是个"毛脚蟹"，只顾表达情怀，连对方名字也不问清楚。一个情节描写两个人物，一情急而一性慎，男慌乱而女周详。第三个情节：拒婚。芸娘估计求婚"计无不遂"，王带百金去求婚，却被断然拒绝："息女已字矣。"王桂庵只好求太仆出面再求。孟江蓠同意了，但还要与女儿商榷。这个波折精彩地映出了孟江蓠的为人。即其一，"仆非卖婚者"；其二，"顽女颇恃娇爱"，不得不同她商议。

---

① 冯镇峦：《读聊斋杂说》，载蒲松龄著，任笃行辑校：《全校会注集评聊斋志异》，人民文学出版社2016年版，第2480页。

一个秉性高洁而又慈爱通情的父亲,仅一个情节就矗立起来。第四个情节:戏言成祸,王桂庵开玩笑说家中早有妻子,芸娘跳江。这个情节可谓平地生波,无事出事,但王桂庵的轻薄、芸娘的自重却如同画出。

(二)传记体叙小说事

对于蒲松龄来说,如何把情节同人物结合,他有三个"教师",一个是唐宋传奇和白话小说,它们一般总是以一个人的荣辱得失、否极泰来,一对人或一家人的悲欢离合为主要情节,例如传奇《任氏传》《莺莺传》,拟话本《杜十娘怒沉百宝箱》《金玉奴棒打薄情郎》,它们大都以情节与人物相契合取胜。尤其是由"说话"进展而来的话本、拟话本,情节同人物的结合已较成熟。第二个"教师"是明末以来的志怪诸书,尤其《虞初新志》。该书编成于康熙二十二年(1683年,蒲松龄是年四十三岁),很快成畅销书,此书不可不谓《聊斋志异》的一个有主要借鉴意义的蓝本。其内容:"其事多近代也,其文多时贤也,事奇而核,文隽而工,写照传神,仿摹毕肖,诚所谓古有而今不必无,古无而今不必不有,且有理之所无,竟为事之所有者。"①《虞初新志》选文有一个明显特点:散文或史传文学的小说化,如《汤琵琶传》(王猷定)、《柳敬亭传》(吴伟业)、《马伶传》(侯方域)、《板桥杂记》(余怀)。第三个"教师",史传文学。蒲松龄自己坦然以"异史氏"步"太史公",冯镇峦认为,《聊斋志异》"予即以当《左传》看""此书即史家列传体也,以班、马之笔,降格而通其例于小说"。"聊斋以传记体叙小说之事,仿史、汉遗法,一书兼二体,弊实有之,然非此精神不出,所以通人爱之,俗人亦爱之,竟传矣。"②三个"教师"、若干史书,百川汇流,形成《聊斋志异》独有的情节特点:让

---

① 张潮:《虞初新志·自叙》,河北人民出版社1985年版。
② 冯镇峦:《读聊斋杂说》,载蒲松龄著,任笃行辑校:《全校会注集评聊斋志异》,人民文学出版社2016年版,第2480页。

人物挟带他的主要性格出场，然后，沿其性格特点设计情节。人物一出场活动，便追风掣电、纵似脱兔，情节则如舟行顺水、急流直下。我们不妨看看他常用的一些开头：

  长安士方栋，颇有才名，而佻脱不持仪节，每陌上见游女，辄轻薄尾缀之。清明前一日，偶步郊郭，见一小车……内坐二八女郎，红妆艳丽，尤生平所未睹。目眩神夺，瞻恋弗舍，或先或后，从驰数里。

——《瞳人语》

  王成，平原故家子，性最懒；生涯日落，惟剩破屋数间，与妻卧牛衣中，交谪不堪。时盛夏燠热，（王宿村外花园中，晨起）见草际金钗一股，拾视之，镌有细字云："仪宾府造。"

——《王成》

  邢云飞，顺天人。好石，见佳石，不惜重值。偶渔于河，有物挂网，沉而取之，则石径尺，四面玲珑，峰峦叠秀。

——《石清虚》

三个迥然不同的故事，出现三个性格不同的人物，情节展开却是同一模式，故事一开始便介绍了决定人物命运的个性特点：《瞳人语》人物轻薄，《王成》人物懒惰；《石清虚》人物执着。三个人物皆是类型化的人物。人物的一切遭际皆因这一性格生发，情节也由此发端。轻薄者一出场便尾随红装少女，继而被弄瞎了眼，最后因悔过而复明；执着者一露面便捞了块奇石，为了奇石历尽艰险磨难，直至以石殉葬；懒人偏有懒福，一出面便拣了一股金钗，又因他虽懒却正直，终于发了财。情节均由主人公个性生发，情节发展便是性格完成。《红玉》篇的主人公是冯相如，按惯例应当从相如落笔，可是小说开头却写"广平冯翁，有一子……翁年近六旬，性方鲠，……"冯翁这个"方鲠"个性成为情节发展重要契机：他直言斥骂红玉和冯生的无媒苟合，导致红玉离去而相如再娶；相如娶的新妇被御史看中，要用钱买，冯翁耿直的个性不能忍此污辱，大骂，因而带来家破人亡之惨变。

可以说，是冯翁的个性推动了情节的巨变。在情节变化中，红玉等形象才渐次丰满。

（三）通篇线索一丝不走

《聊斋志异》以传记体叙小说事，带来一个情节上的突出特点：简洁、单纯。短篇小说最忌头绪纷繁。《聊斋志异》因为以刻画性格为主要目标，以史传体经纬小说，故而故事虽令人眼花缭乱，却始终有非常明确、单一的情节主线——同主人公个性息息相关的主线：

《张诚》始终围绕兄弟深情；

《胡四娘》始终围绕程郎是否得志；

《促织》始终围绕皇帝爱虫豸；

《叶生》始终围绕"非战之罪"；

《白秋练》始终围绕商人慕某的患得患失；

《马介甫》始终围绕"悍"与"治悍"；

《西湖主》始终围绕西湖主的身份；

……

《聊斋志异》的情节是简单明了的，"通篇线索一丝不走"（但评），我们一眼看去，便能抓住其全局，但它又不是一览无余的。其笔墨诙诡、气势纵横、丰富多彩，情节当繁则繁、当简则简，一切为了人物，凡是可以画出人物的情节，作家可以连篇累牍、不厌其细。凡是不利于、无助于画出人物的，可以一语千里、一夕百年、一笔带过、迅疾若风。情节轻重相宜、快慢相和、和谐一致。情节不是目的，情节只是展示人物的理想、思想、命运，揭示人物之间关系的手段。这是蒲松龄的高明处。

第三节　传统题材的新构筑

古代文人特别强调读前人书。杜少陵曰："读书破万卷，下笔如有神。"（《奉赠韦左丞丈二十二韵》）韩昌黎曰："口不绝吟于六艺之文，手不停披于百家之编，贪多务得，细大不捐。"（《进学解》）重写前人写过的题材也是文人常干的事，或者，对原有的简略故事润之以词藻，运之以巧思；或者，对本来已很成功或很详尽的故事另辟蹊径。《聊斋志异》近五百篇作品中，据近人考证，可以从前代作家作品中找到"本事"者，已有百余篇（当然，有的很明显，有的则较勉强）。例如比较明显有继承关系的：

《画壁》——段成式《酉阳杂俎》之《诺皋记》；

《种梨》——《搜神记》卷四《徐光种瓜》；

《劳山道士》——《古今谭概》"灵迹"部《纸月取月留月》；

《陆判》——《觚剩》之《潜窜衿录》条；

《凤阳士人》——《说郛》卷四白行简之《三梦记》，《河东记》之《独孤遐叔》；

《赵城虎》——《古今谭概》之《杖虎》条；

《三仙》——《玄怪录》之《元无有》；

《促织》——《明朝小史》；

《向杲》——《续玄怪录》之《张逢》；

《绛妃》——《酉阳杂俎》之《崔玄微》；

《侠女》——《原化记》之《崔慎思》；

《续黄粱》——《枕中记》；

《大力将军》——《觚剩》之《雪遘》；

《阿宝》——《离魂记》；

《莲花公主》——《南柯太守传》；

《胡四娘》——《鹅笼夫人传》；

……

一般地说，重写前人作品，总应取法乎上。《诗式》有语："反古曰复，不滞曰变，若惟复不变，则陷于相似之格。"必须要变，要创新。传统题材之重新构筑，应当做到：

——在同样题材中，发他人未发之幽，著他人未现之微，使思想价值更上一层楼；

——在艺术形式上，自筑一堂奥，自开一户牖，现大匠之巧，青出于蓝而胜于蓝。

《聊斋志异》以设计新的情节，给传统故事带来全新的风貌。

《促织》。讽世忧民之佳作、珠圆玉润之佳品。其前有所本：

> 我朝宣宗最娴此戏，曾密诏苏州知府况钟进千个，一时语云："促织瞿瞿叫，宣宗皇帝要。"此语至今犹存。
>
> ——沈德符《万历野获编》

> 宣宗酷好促织之戏，遣使取之江南，价贵至数十金。枫桥一粮长，以都督遣，觅得一最良者，用所乘骏马易之。妻谓骏马所易，必有异，窃视之，跃出，为鸡啄食。惧，自缢死；夫归，伤其妻，亦自经焉。
>
> ——吕毖《明朝小史》[①]

有比较之可能者为后一文，此记载批判皇帝以小虫之乐而致民死命，而且初具情节梗概：

1. 皇帝玩瞿瞿，导致促织价涨；
1. 一粮长用自己的骏马换一促织；
3. 其妻好奇，窃视促织，而促织跃出，为鸡啄食；
4. 妻恐惧而自缢；
5. 粮长既惧失职，又伤妻，亦自缢。

《明朝小史》之记载，是纯粹现实主义的，没有任何虚幻成分。又是前因后果分明的。蒲松龄进行的工作是：把虚幻置于现实之中，

[①] 吕毖：《明朝小史》，引自聂石樵：《聊斋志异本事旁证》（《蒲松龄研究集刊》第1辑）。郑振铎辑《玄览堂丛书》90册，文字有不同，"数十金"为"十数金"，"妻谓骏马所易"为"妻妾以为骏马所易"。郑本中无"跃出为鸡所啄食"，今以聂文为据。

让思想磨砺出更耀眼的光;把前因后果进行脱胎换骨的另创造,使之更生动、更丰富、更能震撼人的心灵。我们仍然将其情节分为五部分,逐一看作家是如何呕心沥血以出新。

  1. 故事发生的时间仍然是宣德年间,但皇帝玩促织造成的后果,已不是"价贵至数十金",而是民不聊生。不是偶一为之,而是"岁征";不是从产促织的苏州等地征,而是从不产促织的陕西征。而且官吏以此作为剥削良民的新花招,"假此科敛丁口,每责一头,辄倾数家之产"。具体到小说主角成名,促织更是成了灾难之数。成名被报做里正,但他不敢或不肯向百姓收敛,只好把自己的家产赔尽,又被打得"两股间脓血流离"。促织,微虫也,而使百姓倾家败产,百姓不如一虫豸也!

  2. "最良者"的获得,在《明朝小史》,是以骏马易之。骏马易之,固然显促织之身价,但毕竟有骏马可易,不为难。蒲松龄却让他的主人公自己去找促织。先是去向女巫求神卜:"入其舍,则密室垂帘,帘外设香几。问者爇香于鼎,再拜。巫从傍望空代祝,唇吻翕辟,不知何词,各各竦立以听。"后是孩童一般地去捉瞿瞿:"遂于蒿莱中,侧听徐行,似寻针芥;而心目耳力俱穷,绝无踪响。"忽然,眼前出现了巫所指示的虾蟆,成名急逐蟆入草间,"蹑迹披求,见有虫伏棘根;遽扑之,入石穴中。拨以尖草,不出;以筒水灌之,始出。状极俊健。逐而得之。审视,巨身修尾,青项金翅,大喜,笼归"。

  且不说这段寻促织的场面何等精彩、何等富有情趣,作为故事情节,也比"骏马易之"有味得多。一个"操童子业"的读书人,顽童似地扑瞿瞿,多令人为之酸恻!更可贵的是,此段情节在小说中出现,使小说刚柔相济,越现妩媚。毛宗岗评《三国演义》,曾赞:"有将雪见霰,将雨闻雷之妙。将有一段正文在后,必先有一段闲文以为引;将有一段大文在后,必先有一段小文以为端。""有笙箫夹鼓,琴瑟间钟之妙。"《促织》里这段描写,是闲文,如金钹羯鼓间的琵琶银筝、如巉岩峭壁下的淙淙小溪。它的前边,成名被打,似凄风苦雨;它的后边,儿子投井,如风狂雨暴。捉促织这段细致优美的描写,像一只轻柔的手,拂去读者因"脓血流离"带来的心灵刺痛，又为更惨烈的心灵刺激作准备。这类情节措置，刚柔相济、水月交辉，非作意弄巧，乃妙手天成。

3. 促织死矣。蒲松龄摒弃了妻子好奇、窥视促织之情节，代之以儿子。"成有子九岁，窥父不在，窃发盆，虫跃掷迳出，迅不可捉，及扑入手，已股落腹裂，斯须就毙。"以子易妻，更为合理。因为，妻固然可以好奇，却不如九岁孩儿更合适。而且，玩促织乃孩子的正业，一天捉它几个，与成人、与社会乃至与皇帝有何相干？然而，既然促织成了御用品，就成了孩子的禁物。多么可悲亦复可笑！

4. 促织死的后果。《明朝小史》中妻子因促织死也自缢而死。痛则痛矣，却不及聊斋之痛入骨髓：死了一个小虫儿，给成名一家带来了滔天大祸。平日最疼儿子的母亲竟骂儿子"死期至矣！"天真的孩子竟干出走投无路的成人举动："得其尸于井。"夫妻两人为了儿子之死"化怒为悲，抢呼欲绝，夫妻向隅，茅舍无烟"。当发现儿子又有点气时，成名立即转而想那要命的促织，因为交不了差而愁得"气断声吞""自昏达曙，目不交睫"。这是真正的悲剧，人间最美好的感情被毁灭了，父母因为虫豸，丧失了对儿子的挚爱；天真儿童因为虫豸，丧失了活下去的信念！

5. 结局。《明朝小史》中妻死了，夫归，伤妻，亦自尽。这样的惨剧对于控诉那个重小虫而轻百姓的世道当然很有力。如果聊斋把这个情节形象化，也可能有强烈艺术效果。但是，有才之士是惯于作翻案文章的，聊斋不仅不让成名死，还让他全家好好地活着，而这更使《促织》的批判有如千钧，文章也锦上添花、璀璨夺目：

——促织不仅斗过很多同类，还斗得过大公鸡。送进宫去供皇帝玩乐，举天下所贡一切异品，均败在它之下，且"每闻琴瑟之声，则应节而舞"。

——皇上高兴了，赐抚臣名马衣缎，抚臣则不忘所自，推荐县宰为"卓异"。县宰一高兴，提拔成名为秀才。不几年，过去家产荡尽的成名"田百顷，楼阁万椽，牛羊蹄躈各千计，裘马过世家焉"。

真是大团圆了。然而这个大团圆不同于古代小说中"生旦当场团圆""金榜题名，洞房花烛""好人高官厚禄多子多孙"，甚至也不同于蒲松龄常罗织的大团圆。这个大团圆把讽世嫉邪的斗争锋芒直刺"天子"：

——所谓天子的皇帝，是戕害人民灵魂的罪魁，连九岁儿童都会受害。

——天子偶用一物，就可以让人民贴妇卖儿，而稍稍满足了天子的淫逸要求，则"一人飞升，仙及鸡犬"。

刘熙载在《艺概·赋概》中说过："按实肖象易，凭虚构象难。能构象，乃生生不穷矣。"郑板桥有诗云："画到情神飘没处，更无真有真魂。"《促织》篇的点睛之笔即在从成名到大臣皆得小虫"恩荫"。一箭而双雕，思深而艺精矣。

《大力将军》。是写孝廉查伊璜与将军吴六一的报恩故事。吴六一实际上是历史人物吴六奇，广东潮州人，《潮州府志》卷二十九有传。吴六奇势微时曾乞食于市，孝廉查伊璜拯之于贫困，助资斧使从军。吴六奇后来官至上将，印挂总兵，慷慨地向查孝廉报恩并拯查于冤狱中。查、吴二人奇遇并报恩的故事，除见于《潮州府志》外，另见于三部书，即：王渔洋《香祖笔记》、钮绣《觚剩》之《雪遘》、昭梿《啸亭杂录》。其中《觚剩》尤为详尽，三会本《聊斋志异》附于《大力将军》后。我们如果对照阅读则发现，《觚剩》基本上是作传记文学来写的，其叙述亦颇干净，描写亦相当精彩。其情节梗概大致如下：

1. 浙江海宁县孝廉查伊璜，两次帮助"铁丐"，第一次与之饮酒，赠絮袍。第二次再遇铁丐，絮袍已换了酒，查询问焉，知其名，以酒饭相待，以"海内奇杰"称之，赠金以助其归乡。

2. 吴六奇归潮州后，用查孝廉之钱买书，增长学识，后从军，以奇计平粤，数年间，官至水陆提督。

3. 吴将军报恩：吴六奇先向查伊璜赠三千金，又邀查来广东，盛情款待，再以三千金赠回乡。查伊璜陷于狱中时，吴六奇救拔得免。

第十五章 接纳诸流 独制新体——聊斋的情节优势 / 351

如果《觚賸》中的吴六奇事写得相当粗疏，那么，它可以给人留下驰骋才思的广阔天地；如果《觚賸》写得十分蹩脚，那么，稍加改窜即可立见不同。然而，《觚賸》也出自文坛高手，其布局清清爽爽，描写生动形象，字里行间流露出的感情亦使人"胜读淮阴传"（远村评语）。吴六奇的形象更可以说具有一种特殊魅力："敞衣枵腹而无饥寒之色""不读书识字，不至为丐也！""吴躬自出迎，既迎孝廉至府，则蒲伏泥首……"吴六奇不仅累赠查伊璜近万金，还细心地把查喜爱的一块石头"涉江逾岭，费亦千缗"地运了去。这是何等鲜明的形象！文末"孝廉既没，……而英石峰岿然尚存"，曲终人不见，余音尚绕梁。作为一篇小说化的传记文学，《觚賸》已可以令人叹为观止了。

"设文之体有常，变文之数无方。"（刘勰《文心雕龙》）文章"无一定之律，而有一定之妙"（刘大櫆《论文偶记》）蒲松龄在《与诸侄书》中提出：文士家作文，亦如大将临敌，要以"避实击虚为百战百胜之法""盖意乘间则巧，笔翻空则奇，局逆振则险，词旁搜曲引则畅"。他在写《大力将军》时，一题在手，断不肯攻坚撼实，而是人所易言，我寡言之，人所难言，我言易之。《觚賸》之《雪遘》虽然已错彩镂金，《大力将军》仍芙蓉出水、香远益清。

《大力将军》之妙，在于构思之简约、奇崛、悬念丛生。查伊璜对吴六一的帮助，仅出现一次：

> 查伊璜，浙人。清明饮野寺中，见殿前有古钟，大于两石瓮，而上下土痕手迹，滑然如新，疑之；俯窥其下，有竹筐受八升许，不知所贮何物。使数人抠耳，力掀举之，无少动，益骇，乃坐饮以伺其人。居无何，有乞儿入，携所得糗糒，堆垒钟下，乃以一手起钟，一手掬饵置筐内；往返数四始尽。已复合之，乃去。移时复来，探取食之，食已复探，轻若启椟。一座尽骇，查问："若男儿胡行乞？"答以啖啜多，无佣者。查以其健，劝投行伍。乞人愀然，虑无阶。查遂携归。饵之，计其食，略倍五六人；为易

衣履，又以五十金赠之行。

没有询问身世的话语，也没有乞人的自白，只有极力地渲染。乞人从此消失，无任何交代。十几年后，查孝廉的侄子在福建任职，忽然有位将军自称是查伊璜的"弟子"，侄子十分怀疑："叔名贤，何得武弟子？"告知偶来福建的叔父，查伊璜自己也茫无记忆。查伊璜"因其问讯之殷"，遂"投刺于门"。然而出来迎接的将军"殊昧生平"。查伊璜以为将军弄错了，将军偏偏"伛偻盖恭"，还要穿上朝服，"先命数人捺查座上不使动，而后朝拜，如觐君父"。如此大礼参拜为甚？查伊璜如堕五里雾中，读者也莫名其妙，突然，云开日出，真相大白，将军笑曰："先生不忆举钟之乞人耶？"蒲松龄故意设置了悬念，以增强小说的喜剧性艺术效果。其实，查伊璜既然曾将乞儿带回家，且商议让他从军，岂能不问名字？作家正是为了变出意外而有意让查伊璜不知吴的名字。小说开头极力描绘"举钟"情景，两个人对面不相识，再以"举钟之乞人"引起回忆，笔墨经济而情节奇幻。但明伦评此文时，以为"此事自当以《觚剩》为详"，而聊斋文章"笔亦超脱可喜"。

乞儿变将军，在《觚剩》中有大段交待，聊斋一字不提，留给读者去想象。古人绘画，讲究"无画处皆画"。聊斋撰文，亦在无笔墨处用心。就像海明威所主张的"冰山理论"，仅仅露出冰山的十分之一在海面，而把十分之九藏在水中。此不写之写，不著一字，尽得风流。将军如何报答查伊璜？《觚剩》几次写"将持三千金存其家""义取之资，几至钜万""复以三千金赠行"馈赠之重，数字尤见分晓，聊斋先生并不提将军究竟回赠金银多少，却在馈金的具体细节上大加渲染：

> 查醉起迟，将军已于寝门外三问矣。查不自安，辞欲返。将军投辖下钥，锢闭之。见将军日无他作，惟点数姬婢养厮卒，及骡马服用器具，督造记籍，戒无亏漏。查以将军家政，故未深叩。一日，执籍谓查曰："不才得有今日，悉出高厚之赐，一婢一物，所不敢私，敢以半奉先生。"查愕然，不受。将军不听，出藏镪数万，亦两置之。按籍点照，古玩床几，堂内外罗列几满。查固止之，

将军不顾，稽婢仆姓名已，即命男为治装，女为敛器，且嘱敬事先生。百声悚应，又亲视姬婢登舆，厩卒捉马骡阗咽并发乃返。

一段热闹之甚的文字，给人的突出印象是，固然是厚报，然而慷慨之极、豪爽之甚。本来可以数语提过的"报以万金"此处却排荡摇曳出之，然读后回思，不如此铺排，则无以写将军之深情。《大力将军》实际上只有两个情节，即举钟乞人受助和举钟之人报恩，彼此以"君不忆举钟之乞人耶"衔接，简洁而省笔墨。写乞人举钟受助时，作者变两次周济为一次，省却许多笔墨。作者的叙述角度是从查伊璜眼中写出。将军厚报则竭力渲染气氛，作家用第三人称，这"全能上帝的眼睛"，既写查之疑虑丛生："查以将军家政""查愕然不受""查固止之"，又写吴之诚心诚意："投辖下钥""将军不听""将军不顾""命男为治装，女为敛器""亲视姬婢登舆"……有声有色，跃然纸上，两个生活的横切面以巧妙的举钟乞人丝线维系，成为一篇短小精悍的短篇小说。《大力将军》既有别于一般古代短篇小说——以故事为主，以矛盾的发生、发展、结束为线索；又有别于蒲松龄常用的、史传体小说——以人物某种品格为情节发展依据，以人物品格左右矛盾发展，比较系统地写出人物较长时期乃至一生遭遇，如《仇大娘》。作家时时求新、处处求新，才可以"一洗千古凡马空"（杜甫诗句）。

《凤阳士人》。取材于白行简的《三梦记》、《河东记》之《独孤遐叔》。

《三梦记》写了三种异于常者的梦：

第一梦：彼梦有所往而此遇之。刘幽求夜归途中，经过一离家十余里之寺院，见十数人杂坐欢笑，其妻亦在其中。刘气愤得以瓦掷之，"因忽不见"。刘归家后，妻方寝，语之曰：刚刚梦见与人游寺，有人自外掷瓦砾，打得杯盘狼藉，遂醒。该梦，妻在那边梦而夫在这边遇。

第二梦：此有所为而彼梦之，元稹奉使外出，作者自己同兄白乐天等同游曲江，白乐天提到："微之当达梁矣"，时为二十一日。十几天后，收到元稹《纪梦诗》，其词云"梦君兄弟曲江头……"，日期与白氏兄弟游曲江相符。此梦，乃白氏兄弟在此有所为而元稹在彼有所梦。

第三梦：两梦相通。窦质梦至华岳祠，见一赵姓女巫，"黑而长"，为之祝神。次日，至祠，果遇此巫，而女巫昨晚亦得此梦。

《河东记》之《独孤遐叔》，乃对《三梦记》"祖述其意，别制篇章"，其情节梗概为：进士独孤遐叔未得功名时，游剑南而归，近家五六里外夜宿佛堂，夜分不寐，忽闻墙外有人聚饮，而其妻白氏在内。有一少年举杯要求白氏唱曲，白氏"冤抑悲愁"唱曰："今夕何夕，存耶！没耶！良人去兮，天之涯，园树伤心兮，三见花。"少年调戏曰："良人非远，何天涯之谓乎？"独孤遐叔气愤地"扪一大砖，向坐飞击，砖才至地，悄然一无所见"。独孤遐叔怀疑自己妻子死了。急速归家，其妻刚刚梦醒，梦境与独孤所见同。

《纂异记》之《张生》亦与《河东记》大致同。张生游河朔归家，忽于草莽中见灯火辉煌，则十几人聚饮，有长须者屡劝张生之妻唱曲，且语渐近狎亵，张生怒，力掷飞瓦，中长须者额，又飞一瓦，中妻首，人物忽不见。张以为妻死，急归家，婢女说："娘子夜来头痛。"其妻自述"昨夜梦草莽之处有六七人……"梦境与张生所见全一样。

梦，是中国古代文人颇喜驻足的园地。《太平广记》收集的有关宋以前梦兆类故事近一百七十则。绝世之文《红楼梦》有梦几十个。梦究竟是什么？中国古代文人已经有人用近乎科学的角度解释，如唐孟棨《本事诗》之《征异》记载元稹、白居易关于游曲江之梦，谓"千里神交，若合符契"。弗洛伊德将近四十万言的《梦的解析》提出一个著名观点："梦是愿望的达成。"中国古代小说的梦，乃至聊斋的梦，是颇可以费神专门研究的。我们谈《凤阳士人》，举出前人类似之作，并非为了解开"释梦"的乱麻，而仅仅是看一下，同样题材，因为作家的妙想巧构，如何可以妙笔生花。

《聊斋志异》之《凤阳士人》的故事情节是：凤阳一士人负笈远游，其妻翘盼綦切。一夜，才就枕，有丽人来，询"姊姊得无欲见郎君乎？"妻"急起应之"，随丽人前去，路遇士人骑白骡来，三人相遇，丽人邀士人夫妇去自己家中休息。丽人以士人夫妇"鸾凤久乖"为由设宴招饮，席中却与士人调情，"音声靡靡"地为士人唱曲，曲亦为艳词："黄昏卸得残妆罢，窗外西风冷透纱。听蕉声，一阵一阵细雨下，何处与人闲磕牙？望穿秋水，不见还家，潸潸泪似麻。又是想他，又是恨他，手拿着红绣鞋儿占鬼卦。"然后，士子、丽人竟以"伪醉"离席，去男欢女爱了。妻气愤欲死，恰好妻弟来，急以巨石击之，士子被打得脑浆崩流而死……原来，此为妻之一梦。惊醒后，次日，士子果骑白骡而归，他是夜亦得同梦。妻弟来省问，是夜亦梦曾愤慨投石。"三梦相符，却不知丽人何许耳。"将《凤阳士人》与《三梦记》及《独孤遐叔》等比较，可以见出其艺术创造在于：

1.《凤阳士人》使用的，仍然是传统题材，即以梦境展示世情。《三梦记》展示刘幽求对妻的思恋及白氏兄弟同元稹的深厚友情，《独孤遐叔》写独孤对妻子的爱恋。《三梦记》及独孤故事中均写男主角对女主角的爱恋，聊斋却反其道而行之，写女主角对男主角的思慕。《三梦记》及独孤故事中，被外人邀去宴饮的妻子都是正气凛然的，因为忠于丈夫，所歌之曲也是对夫妇感情的正面表达。《凤阳士人》却进行了双向反叛：一方面，丈夫不再思恋妻子，而是见异思迁，甚至公然当妻之面与丽人调情；另一方面，妻子的感情不再是单纯的"忠"，而主要挟带"怨"，妻子所表现的"又是想他，又是恨他"的感情更曲曲如画：

> 士人注视丽者，屡以游词相挑，夫妻乍聚，并不寒暄一语。丽人亦美目流情，妖言隐谜。女惟默坐，伪如愚者。久之渐醺，二人语益狎。又以巨觥劝客，士人以醉辞，劝之益苦。士人笑曰："卿为我度一曲，即当饮。"丽人不拒，……音声靡靡，风度狎亵。士人摇惑，若不自禁。少间，丽人伪醉离席；士人亦起，从之而去。……女独坐，块然无侣，中心愤恚，颇难自堪；思欲遁归，而夜色微茫，不忆道路。辗转无以自主，因起而觇之，裁近其窗，则断云零雨之声，隐约可闻；又听之，闻良人与己素常猥亵之状，

尽情倾吐。女至此手颤心摇，殆不可过，念不如出门窜沟壑以死。因此，《凤阳士人》描写人的感情上完全脱开了前人固有的模式，变"男思"为"女念"，变"忠诚"为"邪狎"，改弦更张，则便于作者腾挪变化。

2.《凤阳士人》的叙事角度变化了，男主角的主导地位让位于女主角。

3.《凤阳士人》既非彼梦而此有所遇，亦非此有所为而彼梦之，也非两梦相通。它独出心裁地使三梦相通，士子与妻之梦通，用"白骡"连接；妻弟与夫妇二人梦通，以"巨石"维系。头绪更多了，却一丝不乱。

4. 最为可贵的是，《凤阳士人》不是立足于讲故事，而是着力刻画人物，因而故事中出现的人物均有鲜明的个性：士子——滥情而放荡；丽人——妖冶而艳媚；妻子——懦弱而重情；三郎——莽撞而正派。其中，尤以妻子形象最为丰满，她对丈夫的深切思念，使她"才就枕，纱月摇影，离思萦怀"，不怕步履艰难，赶去看丈夫。丈夫公然与丽人眉来眼去，她亦只有装聋作哑。丈夫与丽人"狎亵之状，尽情倾吐"，她气极而又软弱得只想自尽。三郎以巨石打死薄情郎时，她又"愕然大哭"。这位女性的忍让、贤惠而又无能十分传神。

《胡四娘》。取材于周容的《鹅笼夫人传》。鹅笼即周廷儒，《明史》有传。《胡四娘》的故事基本沿袭了《鹅笼夫人传》，但艺术水平却不可同日而语。为了说明蒲松龄的创造性劳动，我们先将《鹅笼夫人传》转引如下：

> 鹅笼夫人者，毗陵某氏女也。幼时，父知女必贵，慎卜婿，得鹅笼文，即婿之。母曰："家云何？"曰："吾恃其文为家也。"家果贫，数年，犹不能展一礼。妹许某，家故豪，遽行聘，僮仆高帽束绦者将百人，筐筐亘里许，媒簪花曳彩，默部署，次第充庭帄，锦绣縠珠钏，金碧光照屋梁，门外雕鞍骏骑，起骄嘶声，宗戚压肩视。或且问乃姊家何以矣，媪婢共围其妹欢笑吃吃。夫人静坐治针黹，无少异容。一日，母出妹所聘币，裁为妹服，

第十五章 接纳诸流 独制新体——聊斋的情节优势 / 357

忽愠曰:"尔姊勿复望此也,身属布矣。"夫人闻之,即屏去丝帛,内外唯布。再数年,鹅笼益落魄。夫人妹已结鸳鸯枕,大鼓吹,簇凤舆出阁去,夫人静坐治针黹,无少异容。壬子秋,鹅笼二十四,举于乡。夫人母谓已出意外,即鹅笼亦急告娶。夫人谓母曰:"总迟矣。"于是鹅笼愧而赴京,中两榜俱第一人,名哄天下,南京兆闻状元贫,移公帑金代行聘,官吏奔走执事,宗戚媪婢间,视妹时加甚。夫人仍静坐治针黹,无少异。已而鹅笼奉特恩赐归,以命服娶,抚按使者已下及郡守俱集驿庭,候鹅笼亲迎。自毗陵至鹅笼家,绛纱并两岸数十里,县令角带出郊,伏道左。女子显荣,闻见未有也。十年为相,夫人常以礼规放佚,故鹅笼当时犹用寡过闻。……

《鹅笼夫人传》,顾名思义是为周廷儒夫人立传。该文写出了一位凝重沉稳、耿直正派、远见卓识的妇女形象。其对趋炎附势世态的描写,不乏精彩之处,然夫人形象失之于简略(如屡屡以"无少异容"写其行为),情节也缺乏大起大落。《胡四娘》却表现了作家的非凡才智和机敏。它所描绘的,不仅仅是历史传说中的人物,更多地却是根据对社会的观察、根据作家日常经常看到的生活图画。作家织进这个传统故事中的情节、场面,或许就是作家自己感受过的、苏秦不得志而辱于嫂的自我感受;或许是作家熟知的世态炎凉。他描绘的,全是隐藏在社会最深层的东西。他虚构出一位胡四娘,这位胡四娘已经不是鹅笼夫人,不是一个任何真实历史人物,而是作家心目中钟爱的人物、理想化的人物。是作家愿望的体现。胡四娘是个有人格力量的人。有自尊心和自信心的人、宠辱不惊的人。她端庄凝重、蕴藉自爱,不因失势而低三下四,也不因得志而趾高气扬。胡四娘身上生动丰富的色彩远远高于鹅笼夫人,主要因为作家从现实生活出发,重新构筑了生动、精彩乃至富有戏剧性、刺激性的情节:

1. 胡四娘嫁程孝思,未如《鹅笼夫人传》那样,因为天意,而是因为胡银台慧眼识人。程孝思父母早丧,家赤贫,求佣于胡银台,"胡公试使文，大悦之，曰：'此不长贫，可妻也'"。小说中固然也出现了"神巫知人贵贱"而相胡四娘为"贵人"情节，但神巫并未曾预言胡四娘须嫁程孝思才可以贵。因此，那位胡银台可以算得一位有眼光的长者。小说出现的第一次交锋，就是胡银台对反对入赘程孝思者"弗之顾""除馆馆生，供备丰隆"。胡的儿子们"鄙不与同食"，程孝恩的表现是："默默不较短长，研读甚苦。"小说一开始，矛盾就提了出来：四娘能否成为贵人？这决定于她的丈夫能否得志。胡家诸公子两瞳如豆，均以眼前贫富看人，四娘对一切嘲笑"端重寡言，若罔闻之"。

2. 暂时的贫贱受到难耐的讥讽。贫穷的程孝思受到公子们的鄙视，连仆人们也挖苦，还接连出现两次公然羞辱四娘夫妇的场面：

第一次，是胡二娘断言："程郎如作贵官，当抉我眸子去！"二娘之婢狗仗人势，曰："二娘食言，我以两睛代之。"四娘婢桂儿为其主而同二娘婢春香争吵，竟被二娘"立批之"。胡银台夫人"无所可否"，实际袒护二娘。胡四娘"方绩，不怒亦不言，绩自若"。一个抉眸子赌赛的情节映照出二娘主仆、四娘主仆，胡夫人五个人的为人。尤其四娘，不怒不言绩自若，"不言"是最有力的语言，是对势利眼的最大蔑视。

第二次，胡公过生日，儿子女婿均以重礼拜贺，又有人借机嘲笑四娘，这次是大嫂、二嫂唱双簧。大妇问四娘："汝家祝仪何物？"二妇曰："两肩荷一口！"受到当面羞辱的四娘呢？"坦然，殊无惭怍。"

独有胡银台三妾李氏"恒礼重四娘"，且教育自己女儿曰："四娘内慧外朴，聪明浑而不露，诸婢子皆在其包罗中而不自知。况程郎昼夜攻苦，夫岂为人下者？汝勿效尤，宜善之，他日好相见也。"

不管是羞辱四娘还是礼重四娘，实际上出于同样原因——程郎是否得志？两位嫂嫂只看见程孝思眼前"两肩荷一口"的困难。李氏却看到程"昼夜攻苦"有可能获胜的前景。羞辱和礼重，截然相反的两个极端，都是反应那种"雀儿专拣旺处飞"的世态！

3. 程孝思几经周折，终于金榜题名。购买了已故胡银台的别墅，去迎接胡四娘。那些势利眼的胡家兄妹马上演出了一出变倨傲为谦恭，变鄙视为仰视的闹剧，情节大开大阖，出现一场花团锦簇的热闹文字：三郎完婚，胡家兄妹不请四娘参加婚礼，等程孝思高中的消息传到婚礼上，胡家兄妹马上奴颜婢膝地请四娘来，"申贺者，捉坐者，寒暄者，喧杂满室"。一切围着胡四娘转，"争把盏酌四娘"。过去曾与四娘婢女桂儿以眼睛打赌的春香被桂儿"逼索眼睛"，其主人二娘因之"汗粉交下"，而"四娘漠然"。这个宴会情节，妙就妙在把"失志"与"得志"压缩在同一时间，让各类人物迅即表示自己的态度。宴会开始时，胡家兄弟姐妹以程孝思不得志，不邀同胞姐妹胡四娘赴宴。等听说程孝思高中，又马上变成一副副阿谀趋奉之面孔。春香被逼索眼睛，与前一情节紧相对应，文笔突兀却前后照应，二娘昔日发出"抉我眸子"之语，现虽然未被抉，却比春香之被抉更为难受。"汗粉交下"如同特写镜头。众人出丑，一人如故，胡四娘的凝重，确有"连林人不觉，独树众乃奇"（陶渊明诗）之功效。这段情节反反覆覆，将世态炎凉尽力推出。

4. 四娘贵而胡氏兄弟式微。作家对世态的描写，颠颠倒倒，就是为了将世俗之态写透。《胡四娘》后部并未因为四娘已得志而放松对社会的针砭。自以为门第高贵的胡氏兄弟在父亲病故后，"日竞资财"，撇下灵柩不顾，还是程孝思"刻期营葬"，二郎因为人命被逮还得去求四娘……

为了曲曲画出嫌贫爱富、趋炎附势之世态，作家设置了一个又一个环节，写胡银台之卓识、程孝思之力学、胡四娘之端默，写胡氏兄妹的刻薄、婢仆之张狂，然后一一对照：有卓识者终于被昔日穷婿厚葬；力学者终于高中；以势利眼光鄙薄他人的反过来极力趋奉。真是情节纷繁，而笔致周密，确如但明伦之评："纷纷杂沓，聒耳乱心；而若网在纲，如衣挈领，如阵步燕，然首尾相应，以叙笔为提笔，以闲笔为伏笔。人第赏其后半之工，殊不知其得力全在此等处。"

刘勰在《文心雕龙·熔裁》中提出："规范本体谓之熔，剪裁浮词谓之裁。裁则芜秽不生，熔则纲领昭畅，譬绳墨之审分，斧斤之斫削矣。"将《胡四娘》与《鹅笼夫人传》对照，可以发现，《胡四娘》抛却了为人物作流水账式列传的模式，撷取人物生活中几个有典型性的片段——例如第一次宴会是因为贫贱而被揶揄，第二次宴会却因为骤然贵而被众星捧月——有声有色、形神俱现地刻画人物。因而给读者的印象，不仅是女主角先贫后富的遭际，而是她始终"凝重"的个性；不仅是一个封建家庭的种种鸡争鹅斗，而是像毒瘤一样溃烂的世风；不仅是历史故事的简单重复，而是生动现实的深刻融汇。这当然主要不是技巧问题，不能仅仅取决于作家的构思谋篇，但作家的删繁就简，芟杂删秽，无疑是有重要作用的。

有人问一位西方著名雕刻家，你怎么能刻出栩栩如生的人物？雕刻家答："把不需要的一切统统砍去！"蒲松龄就是一位鬼斧神工的雕刻师，对前人之作，他大刀阔斧地砍，另起炉灶地炼，刻金描玉、镂月裁云，终于创制出全新的、珠圆玉润的艺术珍品。

第十六章
万户千门 各具局面
——聊斋的构思模式

刘勰在《文心雕龙·附会》中说：

> 何谓附会？谓总文理，统首尾，定与夺，合涯际，弥纶一篇，使杂而不越者也。……凡大体文章，类多枝派，整派者依源，理枝者循干。是以附词会义，务总纲领，驱万涂于同归，贞百虑于一致；使众理虽繁，而无倒置之乖，群言虽多，而无棼丝之乱。

扶阳而出条，顺阴而藏迹；首尾周密，表里一体，此附会之术也。刘勰认为，文章的结构就是要综合全篇条理，使首尾连贯，再决定写什么、不写什么，后把各部分联成一个整体。提纲挈领，把各种思绪统一起来。使文章内容丰富而不次序颠倒，文辞繁多而不纷乱。当然，写文章首先要讲求好的思想感情，"以情志为神明，事义为骨髓"。善于结构者，可以把不相干的事物联系得如同肝与胆；拙于结构者，则会把本来相联系的事物写得吴与越不相干。"善附者异旨如肝胆，拙会者同音如胡越。"刘勰在谈到文章剪裁时，又提出三个准则，即："设情以位体"，根据内容确定文体；"酌事以取类"，选择与内容有联系的素材；"撮辞以举要"，安排文辞来配合内容。写文章，从"思绪初发"到润饰修改，都要匠心独运，才能写出"情周而不繁，辞运而不滥"（内容丰富而不繁复，文辞多变而不滥用）的文章。

刘勰关于结构的理论，被戏剧家李渔发展为"立主脑"的构思方法。金圣叹、毛宗岗等小说点评家也充分注意到构思布局对作家的重要性。

蒲松龄则以艺术实践印证着、发展着刘勰及小说点评家们的构思理论。在艺术构思、情节构成上创出了丰富的经验。

每个成熟的小说家都有自己喜爱的构思方式，甚至于反复采用同一结构原则。巴尔扎克喜欢在小说开头大段大段地描写城市风光、建筑群体，让人物在非常清晰的地点（外省或巴黎）、年代登场活动。马克·吐温让他的人物换装，王子变成了贫儿，贫儿变成了王子，社会地位的天差地别成为展开故事、描写人物的灵丹妙药。欧·亨利则善于"抖包袱"，直到最后一刻，真相大白。易卜生的"误会法"是成功的，曹禺西学中用，使《雷雨》成为现代文学史上占重要地位的剧作……

《聊斋志异》也有它常用的叙述故事、展开情节的方式。冯镇峦谓："贪游名山者，须耐仄路；贪食熊蹯者，须耐慢火；贪看月华者，须耐深夜；贪见美人者，须耐梳头。看书亦有宜耐之时。"看聊斋须耐心咀嚼、认真回味，才可体会。

第一节　天外飞来　眼前拾得

亚里士多德在《诗学》中多次谈到"惊奇"对于文艺作品的重要性。他说："惊奇是悲剧所需要的。""惊奇给人以快感。""如果一桩桩事件是意外发生的而彼此间又有因果关系，那就是最能（更能）产生这样的效果（——指恐惧与怜悯）；这样的事件比自然发生，即偶然发生的事件（——指意外发生而无因果关系），更为惊人，这样的情节较好。"狄德罗在《论戏剧艺术》中说："布局就是按照戏剧体裁的规则而分布在剧中的一段令人惊奇的历史。"好的戏剧、小说都应当使人如入宝山，目不暇接，使人感到"意料之外，情理之中""不可能发生但十分可信""非常惊奇的事件，却有周密的因果关系"。俄底修斯坐的船被冲上岸，水手们把他放在岸上，然后乘船夜航，俄底修斯居然一直酣眠不醒。罗密欧偏偏在朱丽叶苏醒前的一刹那自刎而死。诸葛亮草船借箭,果然借回十万雕翎。薛宝钗偏偏在林黛玉葬花时扑蝶……《聊斋志异》也正是用美妙的想象力,用对每事每题前因后果的认真思索,营构令人惊奇不已的聊斋故事。

(一)戏言成真,戏言贾祸

《阿英》。人与鹦鹉恋爱的优美故事。甘玉父母早丧,遗五岁幼弟甘玉。甘玉视弟如子,常思为弟觅一佳偶。一日,甘玉偶游郊野,遇一位二八女郎,姿致娟娟,以秋波四顾而后言:"君甘家二郎否?……君家尊曾与妾有婚姻之约,何今日欲背前盟……"甘玉回家告诉长兄,甘玉以为"大谬""父殁时,我二十余岁,倘有是说,那得不闻?"几天后,甘玉遇见了那位女郎:

> 逾数日,玉在途,见一女子零涕前行,垂鞭按辔而微睨之,人世殆无其匹,使仆诘焉。答曰:"我旧许甘家二郎,因家贫远徙,遂绝耗问。近方归,复闻郎家二三其德,背弃前盟。往问伯伯甘壁人,焉置妾也?"玉惊喜曰:"甘壁人,即我是也。先人曩约,实所不知。去家不远,请即归谋。"乃下骑授辔,步御以归。

甘玉很高兴自己为爱弟娶回了佳妇。阿英姑娘又矜庄又娇婉善言,对待长嫂如奉老母,深为嫂子爱怜。可是,中秋节欢会,甘家发现新妇竟然有分身术!甘玉慌忙请她快快离开,"幸勿杀吾弟!"阿英遂化为鹦鹉翩然逝矣。至此,作者才把"约以婚姻"之谜解开。原来是句戏言:

> 初,甘翁在时,蓄一鹦鹉甚慧,尝自投饵。玉时四五岁,问:"饲鸟何为?"父戏曰:"将以为汝妇。"间鹦鹉乏食,则呼玉云:"不将饵去?饿煞媳妇矣!"家人亦皆以此为戏。后断镇亡去。始悟旧约云即此也。

戏言导致良缘。娇婉善言的少女恰是鸟为人语的鹦鹉!这样的情节穿插,奇诡而出其不意,且布局巧妙、行文细密,充满美感和谐趣。

王桂庵与芸娘在江边一见钟情,经过王的执着追求、孟江篱的慎重择婿，二人终成眷属。按照聊斋点评家但明伦的观点，此时已经万事齐备，皆大欢喜，"计已遂矣，礼已成矣，至此有风利不得泊之势，疑其一往无余矣"，已经"计穷力竭，莫可如何"，似乎小说已经可以搁笔了。然而，突然冒出了一句戏言，王桂庵对芸娘曰："家中固有妻"，顿起大波澜，"平江恬静之际，复起惊涛；远山逶迤而来，突成绝壁"。一句戏言，引出了芸娘投江的情节，引出了王桂庵认子的戏剧性场面。真乃一波三折、引人入胜。

书生王子服在郊外遇见一位拈花女郎，拣得女郎所遗梅花一枝，害起相思病来。他的表兄吴生为了救这位饮食俱废的呆子，诡称他已经访得了拈花人的来历："我以为谁何人，乃我姑氏女，即君姨妹行，今尚待聘；虽内戚有婚姻之嫌，实告之，无不谐者。"这完全是一番鬼话，一段戏言。当王子服问女郎居处时，吴生又信口胡诌："西南山中，去此可三十余里。"随后，这位"锐身自任"的吴生溜之乎也。王子服只好自己进南山寻访。偏偏吴生的戏言一一兑现，他寻见了拈花女郎，她果然是姨妹，他们很快成了亲。

《婴宁》戏言成婚之妙，不在于给词鬼语无心而侥幸说中，而在于作家按照"幻由人生"的艺术哲学，预先给这些"戏言"，天衣无缝地安排下了合理的解释。当王子服以"寻亲"为名寻至深山，找到婴宁时，却不知自己所寻之戚姓甚名谁，倒是婴宁的聋媪想起了"郎君外祖，莫姓吴否"马上认了外甥："尊堂，我妹子。"（——该聋媪乃王子服之姨母也，已亡多年，此鬼媪也。）而婴宁呢？却并非她的亲生，"亦为庶产""渠母改醮，遗我鞠养"。等王子服向母亲汇报所遇之聋媪时，其母才忆起有一早逝之姊与聋媪之面庞、形态一一符合。那么，婴宁究竟又是哪儿的"庶产"？作者让吴生出面说明："秦家姑（即聋媪）去世后，姑丈鳏居，祟于狐，病瘵死。狐生女名婴宁……"开始因吴生戏言，而导致了王子服、婴宁会合，最终又由吴生解开了婴宁的身世之谜。戏言的出现、戏言的实现，忽开忽合、突放突收，情节生动丰富，人物也更加丰满。

《九山王》也是一篇以戏言来构筑故事的佳作。故事中的曹州李某是个翻脸不认人的角色。他的家庭富有,舍后有荒园数亩。一日,有叟以百金租其荒园,且很谦恭地请李某去作客。李某入荒园,见舍宇华好,崭然一新。入室又见陈设华丽,"酒鼎沸于廊下,茶烟袅于厨中"。老叟请李吃饭,"行酒荐馔,备极甘旨"。李某知老叟及其一家均为狐精,遂市火药数百斤烧毁后园,"死狐满地,焦头烂额"。李某正在阅视自己的战果,"叟自外来,颜色惨怆,责李曰:'夙无嫌怨,荒园岁报百金,非少;何忍遂相族灭?此奇惨之仇,无不报者'"。

狐叟如何报此灭族之仇?就是用戏言去蛊惑李某。叟变幻为一善卜之"南山翁",为李某算命,"翁愕然起敬,曰:'此真主也!'李闻大骇,以为妄;翁正容固言之。李疑信半焉。乃曰:'岂有白手受命而帝者乎?'翁谓:'不然,自古帝王,类多起于匹夫,谁是生而天子者?'生惑之,前席而请。翁毅然以'卧龙'自任……"李某终于按"南山翁"的计划造起反来,成了不可一世的"九山王"。然而终于敌不住朝廷兵马,山破被擒,妻孥并戮之。

狐叟既以其人之道还治其人之身,终于用灭族之刑罚惩罚了李某。表面上看来,李某是因为一句"此真主也"的戏言而利令智昏。实际上,按照"异史氏曰"的解释,这戏言致祸早有性格依据,"壤无其种者,虽溉不生;彼其杀狐之残,方寸已有盗根,故狐得长其萌而施之报"。作家显然是分析了李某的性格,并透视了其他人物的性情,思索了环绕李某的世界,然后,他才让狐叟干出以"戏言"致"族灭"的复仇之举。为了让李某族灭的结果能够为读者接受,并从李某身上接受教训,作家首先描写狐叟家之良善:数亩荒园而岁报百金,非强占;礼请主人赴宴而绝无害人之恶行;儿女喁喁,仆婢诺诺,一派正人君子气象。因而李某对这一家人下毒手实在是欲加之罪。即狐何负于李某?戏言贾族灭之祸,不过是巧妙地将其残忍之心,引向悖逆之举罢了。

（二）误会和悬念

蒲松龄的小说中常常出现如此的局面：两件毫不相干的事物发生了紧密的连接；一些最平凡的事件产生了令人惊诧不已的效果；初看十分不合情理的事产生了，而且逐渐呈现合理内核；最小的篇幅惊人地集中了大量的生活。聊斋故事这座神秘的阿里巴巴山洞，用什么钥匙可以打开它的大门？有时，误会和悬念成了打开这扇殿门的诀窍。

《陈云栖》是一篇糟粕较多的作品，男主角真毓生佻侻渔色，文章以"命中注定"为线，以"双美共一夫"为结局。然而小说在结构上极富功力，以悬念和误会巧妙地布局谋篇，曲折起伏，使读者兴味盎然。真毓生在一个道观中遇见"旷世真无其俦"的女道士陈云栖，一听说对方"云栖，姓陈"，马上戏言道："奇矣！小生适姓潘。"这是调戏之意，用陈妙常与潘法成道观中相恋的故事，既打趣了陈云栖，又流露自己的爱慕之心。陈云栖却信"潘郎"为真，并对"潘郎"钟情，"赧颜发颊，低头不语"。姓氏的误会成为故事的一个重要契机。作家在姓氏之误上反复做文章，藏头露尾，半遮半掩，将二人的悲欢离合推向步步折、事事曲的境地。陈云栖向"潘郎"发出了"待妾三年"的约定，要求二人正式婚配，而拒绝"桑中之约"。真毓生未及讲清自己的真实来历便分手了。此后道观风云流散，陈云栖便在茫茫人海中寻找起"潘郎"来。真毓生归家，其母庭训最严，真毓生不敢以实情告，诡托"外祖母欲以婚陈氏"，拒绝母亲为他议婚。真母归宁，"以事问母，母殊茫然"。真母回家途中，一女道士向她打听"表兄潘生"，母归家告子，才知所谓"潘生"即自己儿子也。"潘生"的身份在母亲面前明确了，二人爱情却遭到大挫折：母亲斥之"以道士为妇，何颜见亲宾乎！"断然拒绝娶陈云栖。

这是误会引起的第一大波折。"潘郎"引出了真母的态度：绝不肯以道士为妇。真毓生再去寻访陈云栖，陈出游未归。事情似乎已山穷水尽。然而，山回水转，第二个姓氏误会发生了：真母奔丧途中，至一族妹家，见一"姿容曼妙"的王氏少女，马上看上了，思娶为儿妇。询问："婿家谁？"答："无之。"真母道出为儿子求妇之意时，族妹回答却近乎一个软钉子："其人高自位置，不然，胡蹉跎至今也。"这王氏竟如此难求！真母做梦也想不到，她今日诚心诚意要聘为儿妇的王氏女，正是她昔日坚绝不许为妇之女道士。但是，王氏女虽然不接受真母之求婚，却愿意"母夫人"，还同意随她回家。"王氏女"要与母同归，乃是为了寻找"潘郎"。真母要王氏女同回，却意在纳为儿媳。"王氏女"不知真母之子即为"潘郎"，真母也不知"王氏女"即陈云栖。两人一同归家，丫鬟告诉真毓生："夫人为公子载丽人至矣。"好色成性的真毓生一发现"王氏女"较陈云栖要漂亮得多，马上想当然地以为陈云栖必然"玉容有主"，打算接受眼前之佳丽。于是两人见面，误会才解开：

> 母乃招两人相拜见。生出，夫人谓女："亦知我同归之意乎？"女微笑曰："妾已知之。但妾所以同归之初志，母不知也。妾少字夷陵潘氏，音耗阔绝，必已另有良匹。果尔，则为母也妇；不尔，则终为母也女，报母有日也。"夫人曰："既有成约，即亦不强。但前在五祖山时，有女冠问潘氏，今又潘氏，固知夷陵世族无此姓也。"女惊曰："卧莲峰下者即母耶？询潘者，即我是也。"母始恍然悟，笑曰："若然，则潘生固在此矣。"女问："何在？"夫人命婢导去问生。生惊曰："卿云栖耶？"女问："何知？"生言其情，始知以潘郎为戏。女知为生，羞与终谈，急返告母。母问其"何复姓王？"答云："妾本姓王，道师见爱，遂以为女，从其姓耳。"

三个人同时恍然大悟：陈云栖如梦初醒，追寻了多年的"潘郎"压根儿就不姓潘；真母突然明白，自己那么喜欢的"王氏女"竟与儿子日思夜想的女道士合二为一；真毓生更是喜出望外：眼前较云栖尤艳绝的少女，不过是旧日情人的便装也。这段三人重相认的喜剧，固然有作家故意弄巧的痕迹——例如，陈云栖的外貌可以因为道装、便装而产生很大的差别，以致让真母认不出，那真母却不曾更改容颜，何以仅隔三年，陈云栖便认不出？——但故事的纵横顿挫、真真假假，还是并不勉强的。一个误会引出另一个误会，一个悬念引出另一个悬念，每一个悬念都针对特别需要知情的人物："潘郎"，即真毓生，真母知，陈云栖偏偏不知；"王氏女"即陈云栖，真母开始不知，后来终于清楚，而真毓生自己却不明白……潘郎既假，王氏女也非真，两相假托，终有一真。脉络繁杂，却如提线木偶，完全由作家随心所欲地操纵着。前半部密布重重疑云，藏头露尾，犹抱琵琶半遮面，乃为后半部分真相大白蓄势。读之如走迷宫，而兴味盎然。结局意外而又合理，产生了喜剧艺术效果。

《陈云栖》以姓氏误会造成悬念，《大力将军》则在将军的身份上造成悬念。将军自称查伊璜"弟子"，对查伊璜恭敬若侍君父。查为名贤，何来武将弟子？人为之猜疑。"举钟之乞人"一语解开疑团。《侠女》也充满了悬念、猜测、误会。顾生想亲近侠女，她"意凛如"，拒人于千里。忽然有一天，对顾生"回首，嫣然笑也"。顾生喜出望外，趋而从至其家，"挑之，亦不拒，欣然交欢"。再约，却"厉色不顾"，不久，又自己主动来与顾生幽会。她的行为自相矛盾，令人费解，成了对于顾生母子的悬念。母以为：得勿憎吾贫？顾生以为：莫非她另有相好？终于，侠女自己解开了疑团：她有杀父仇要报，但感于顾生之贫而孝，"将为君延一线之续"。对侠女的误解冰释，悬念解开，文章的结局也随之到来。

"妍皮裹媸骨"也是《聊斋志异》常出现的故事模式。《颜氏》的女主角颜氏乃名士后裔，其父称她"女学士"。有一次，颜氏看到一纸书法"反复之而好焉"，由书法及人，又知善书者"翩翩一美少年"，遂成秦晋之好。等她看见丈夫的文章才发现："文与卿似是两人！"文章糟糕透顶，仅仅写得一手好字，空长了一副秀美的面孔耳！丈夫的真相被识破，颜氏只好女扮男装去应考。《嘉平公子》则比《颜氏》更甚，通篇全用"反逼法"，人物如同剥笋一般，一层一层剥去表皮——

实际上也把以前的误会一次一次地解开——人物的面孔清晰了，故事也戛然而止。

风仪秀美的嘉平公子入郡赴童子试，考完以后，带了个非常漂亮的温姬回家，父母发现温姬是鬼，千方百计地驱逐，百无一效，有一天，这鬼妓却突然自动退却了：

> 一日，公子有谕仆帖，置案上，中多错谬："椒"讹"菽"，"姜"讹"江"，"可恨"讹"可浪"。女见之，书其后云："何事'可浪'？'花菽生姜'。有婿如此，不如为娼！"遂告公子曰："妾初以公子世家文人，故蒙羞自荐。不图虚有其表。以貌取人，毋乃为天下笑乎！"言已而没。

一个绝妙的结局，一个发人深省的讽刺故事。作家从温姬一见钟情写起。落笔即写嘉平公子"风仪秀美"，却不交代他实在的内涵，连他"赴童子试"考中了还是落榜都不交代。读者亦如温姬，知其秀美而已。温姬慕其风流，愿奉终身，甚至冒雨去赴会。连"五文新锦"的靴子亦不爱惜，她让公子代去靴上泥，"妾非敢以贱物相役，欲使公子知妾之痴于情也"。一派深情、极度爱怜，如乘奔御风、畅心快意。然而，突然出现一个顿跌：温姬听雨声不止，信口吟出"凄风冷雨满江城"的诗句，公子不仅不能续，甚至不解。温姬叹曰："公子如此一人，何乃不知风雅，使妾清兴消矣！"文章至此，剥去了一层皮，露出了一点端倪：公子虽秀美而欠风雅。温姬仍与之频繁往来，估计以为吟诗事，公子偶然失态也。不久，温姬的鬼物身份显露了，两人感情却更密切了。如此缠绵的情爱却因为一张谕仆帖——错字连篇的谕仆帖——一落千丈！作家以轻灵的笔触一层一层地揭示表面现象与实质的矛盾，充实而细腻地把表面现象，把二人的热恋，一步步写得透足，然后，让情节突然逆转，揭示出这热恋是建筑在冰山上的，因而，太阳刚刚投射了一束光线，热恋便开始降温，"使妾清兴消矣"。真相暴露，冰山暴露于骄阳下，热恋消失得如冰河崩流。"腹中无物"代替了"风仪秀美"，情节已经够悬宕有趣了，作家又加上这样一个结尾："公子虽愧恨，犹不知所题，折帖示仆，闻者传为笑谈。"人物抹上最后一道丑角油彩，情节也隽永之至。

（三）偶然和巧合

《聊斋志异》中有大量男女恋爱故事。在男女七岁不同席的时代，这类恋爱常常只能在巧遇时开始。张生读书于寺院，与莺莺佛殿相逢；崔护偶步郊野，为人面桃花吸引。聊斋故事中也常常男女巧遇一见钟情，甚至再次巧遇终身相托：

婴宁与王子服巧遇，王耽于情思，再次巧遇，终成眷属（《婴宁》）；

耿生在荒宅巧遇青凤，狐叟严词指责二人私会，恋人自此劳燕分飞，耿生郊外野游，见小狐为猎狗追咬，抱回家，狐化为青凤（《青凤》）；

青娥已经"死"了，为母求药的霍生夜入深谷，正巧走进青娥修炼的洞府（《青娥》）；

傅廉给人捎信夜入松声谡谡的古墓，正巧遇见了巧娘，巧娘因夫婿天阉而悒恨死，偏偏遇上傅廉，又是个"寺人"（《巧娘》）；

冯生夜坐月下，有东邻女自墙上窥，固请之，梯而过，遂共寝处。问其姓名，曰："妾邻女红玉也。"（《红玉》）；胡四姐也爬过墙垣去与尚生欢会（《胡四姐》）。偌多温文尔雅、容华若仙的少女，何善于爬墙？

重感情的满生偶至临街阁下，"忽有荔壳坠肩头。仰视，一雏姬凭阁上，妖姿要妙，不觉注目发狂"（《细侯》）。那么巧，荔枝壳不早不晚，不前不后，偏偏打在"生死冤家"肩上？

……

世界是何等地小啊！无缘对面不相识，有缘千里来相逢。完全是偶然性的、是巧合的。可是，读者不为某人的相遇是否可能去刻舟求剑。亚里士多德说过："在戏剧里，一桩可信而不可能的事，比一桩可能而不可信的事更为可取。"罗密欧发现朱丽叶"死"了，拔剑自刎，朱丽叶刚好在他死去时醒来，实在太巧，但两人的悲剧命运是必然的。

小说也如此，只要是合情理，尽可以采用、也应该采用"偶然""巧合"。

《王成》的整个情节几乎全是偶然发生：

1. 王成性最懒，偶然在村外拾一金钗，失钗者竟是其狐祖母，遂赠金让其经商；

2. 王成买了葛布贩到京都，偏遇上连阴雨，葛布价落，只卖了几十金；

3. 几十金又被小偷偷去，店主赠五金使归，王成以金购鹌鹑贩卖，偏偏又遇雨，鹌鹑日渐少，最后只剩一只；

4. 一只恰为英物，卖于亲王，得金六百。

乍一看，似乎偶然性太强了，然回想一下，这个懒人的懒福又是必然的：

1. 拾金不昧，才有仙人相助；

2. 贩葛如成功，则仅得小利，故宜于让他阻雨，让他仅卖几十金；

3. 金被小偷偷去，有人建议王成向店主索赔，王成性介，说"此我数也，主人何尤？"于是得到主人的好感，不仅赠他五金，且在卖鹌鹑给亲王时，帮了大忙。王成以五金买鹌鹑，偏又遇雨，鹌鹑渐次死尽。然此一只最善斗，以一当十、当百、当千矣。

如此看来，一切均顺理成章，就连几次阴雨也成了作家的及时雨，天有不测风云，偏偏放到"人有旦夕祸福"时出现。除了那位"仙乎"的狐媪，《王成》简直是一部商人的发迹史了。

是否越巧越好，越强调偶然越妙？蒲留仙的经验告诉我们：未必。试看其无处不巧的《薛慰娘》。小说梗概如下：

1. 丰玉桂病重卧于沂州城南丛葬处入梦，有李叟邀入家中，自称李洪都，"流寓此间，今三十二年"。请丰生待李家子孙查访时指示门户，且将义女慰娘许配于丰。

2. 丰梦醒（实际是还阳），知李叟乃鬼，遂待于村中，果有进士李叔向来求父骨。丰生指点墓穴。先发一冢，一少女复活，呼叔向"三哥来耶？"再发一冢，则为李叟之尸。李叔向清醮七日，女亦缞绖若女。

3. 李叟故去三十二年，何来义女？这位慰娘乃薛寅侯之女，一日自金陵归。操舟者乃金陵媒人，正欲为一宦者觅美妾，见慰娘，"隐生诡谋"，投毒食中，向慰娘及仆媪下毒，将老媪推入水中。慰娘被卖，自经死，葬于李叟墓旁，群鬼欺凌，李时呵护之，认为义女。

4. 李叔向认慰娘为妹，使姓李，嫁于丰生。夫妇随叔向归家。李母怜慰娘，欲为之买宅换留长住。恰有冯氏者来卖宅，慰娘发现，此人即金陵操舟者。冯氏也发现了女，连忙溜走。

5. 李氏兄弟因慰娘的疑问而到厅前请问时，冯氏已走，却来了巷南塾师薛先生。薛是应冯氏之邀来做卖房之保人的。慰娘前来观察，竟发现：薛先生乃其父薛寅侯！二人相认。原来，薛因痛失爱女，鳏无所依，游学至此。

6. 冯氏举家逃去。薛慰娘在李家安家。丰生中举，慰娘富贵，便常常想起当年随自己去金陵而屈死之媪。媪夫姓殷，其子贫而好赌。一日，因赌局杀人命，投奔慰娘，殷某所杀者，恰为冯氏。

《薛慰娘》可谓奇之又奇，但评谓之："头绪极繁，笔无经纬，则以棼而治丝矣。鸟迹蛛丝，若断若续，经营惨淡，大费匠心。"冯评谓之："串插联合之妙，令人白日欲迷。"何评谓之："冯某人诱卖慰娘，实为丰生作合耳。叔向之护父，寅侯之遇女，莫不曲曲引出。"对情节之成就，评价不可谓不高，然而奇怪的是，《薛慰娘》给读者的印象却远没有一些情节淡化的小说深，甚至没有那些基本无情节的散文深。作家显然过于耽于编织那个环环相扣的网了，放松了对于人物性格的精雕细镂。人物虽多，却面目苍白，甚至成了搬演离奇故事的优孟衣冠。试看：薛慰娘明明经历了庚娘式的磨难，却丝毫没有表现出庚娘式的抗争；丰生分明经历了宁采臣那样娶鬼妻的遭遇，却没有什么思想和意识的闪烁；小说人物的生死磨难，更不曾像《席方平》《商三官》那样紧扣社会和历史，似乎仅是个别坏人对良民的迫害……凡此种种，说明即使同一位天才作家，即使有同样巧夺天工的技巧。如果不立足于深刻的现实人生，立足于刻画性格，也不能轻易地写出上乘之作。

第二节 横看成岭侧成峰

苏轼《题西林壁》诗曰："横看成岭侧成峰，远近高低各不同。不识庐山真面目，只缘身在此山中。"

东坡横道出了"不传之妙"（黄庭坚语）。人们喜引此诗以阐明"当局者迷"之道理。殊不知，此诗首先是一首景物诗。前二句写迷宫般的庐山、梦幻般的庐山，似不经意之作，却浑成大雅、隽永之至。

读聊斋，亦如进庐山，倏见瀑布凌空，倏见白雾绕山，倏见青松岩间立，倏见俊鸟谷间翔，其构思固然有脱胎于史传文学处，然不拘一格；其布局，固然常求险、求快、求意外，然不作茧自缚。作者常在很难做文章处，撰出妙文佳篇来。

（一）真假相较，主宾相辅

聊斋点评家们在剖析情节较为曲折、布局较为复杂的聊斋故事时，提出如下观点：二龙戏珠、青龙白虎并行、李代桃僵……如果我们注意一下聊斋中那些双美共一男的故事，则发现：尽管蒲松龄的思想上笼罩着浓厚的多妻制观念，但是因为他的艺术才能太突出了，他竟然无意中在这类题材的构筑中创造出一种前人很少涉猎的构思方式。我们姑且称之为：主宾相辅、真假相较、人妖并存。

这些篇章有：《小谢》《巧娘》《莲香》《荷花三娘子》《嫦娥》《青梅》《寄生》《阿绣》《宦娘》《香玉》《张鸿渐》……它们共同的特点是，文章中同时出现两个女主角，都同男主角发生（主要是爱情）联系，但他们三人并非传统剧目中的生、旦、贴，而是双美并峙。同时写两个女主角在传统小说中实在是不多见的。著名的唐宋传奇中，不管是《流红记》《无双传》，还是《霍小玉传》《柳毅传》，都致力于编织一男一女的悲欢。著名的白话小说中，不论是《蒋兴哥重会珍珠衫》，还是《唐解元一笑姻缘》，也都是精心巧撰一男一女的离合。蒲松龄却异想天开地一笔写两面。耿生既同小谢同生死，又与秋容共患难（《小谢》）；桑生既体验到肌肤温和的莲香之柔媚，又耽于手冷如冰的李女之秀曼（《莲香》）；黄生既有香玉为爱妻，又有绛雪为良友；寄生为闺秀害相思，五可为寄生害相思；张鸿渐居家有方娘子百般劝诫，外出有舜华细心维持；温如春爱上宦娘，宦娘却帮他娶良工；刘子固爱阿绣，却出来一真一假俩阿绣……一家有一本自家的经，一人有一条自己的路。既不同前人小说重复，也不同聊斋其它故事雷同。戏法层现迭出、变化无穷、新鲜脱俗。何谓新鲜？写他人之未写；何谓脱俗？撰他人之未撰。

《阿绣》。刘子固爱上卖胡粉的阿绣（——此小说脱胎于《卖胡粉女子》）。可以设想，如果作家虚构出二人经战乱而离合、历生死而不变，也能成就一篇不错的作品。但不可能如现在的《阿绣》，如此扑朔迷离、趣味无穷。小说写刘子固向阿绣之父求婚被拒，曾希望"天下有似之者"。令他喜出望外的是，"阿绣"自己出现了。而且不需要费神去求嫁娶，已经"既就枕席，宛转万态，款接之欢，不可言喻"。可是，刘子固的仆人却观察出：这阿绣是假的。那么，假阿绣是固执地鸠占鹊巢，还是恼羞成怒，一去不复返？都不是。假阿绣在战乱中救出了真阿绣，为刘子固的爱情"阁效绵薄"。当刘子固与真正的阿绣美满团圆时狐女又来与新妇较优劣……盼真的引来了假的，假的引来了真的，真真假假，假假真真。刘子固见狐以为是阿绣，见了真阿绣，又以为是狐女，问"汝真阿绣耶？"小说以假阿绣效真阿绣开始，以真阿绣模仿假阿绣结束。假作真时真亦假，虚作实时实亦虚。在真假变幻中，两个阿绣均神采毕现。真的，聪明机智，美丽非凡；假的，善良执着、助人为善。

《宦娘》。一男二女均是民乐高手。温如春的琵琶技艺高超，先后令两位少女倾心。前一位是宦娘，后一位是良工。宦娘自分为鬼，却又不能忘情温如春，便千方百计促成温如春同良工的婚姻。温如春因为贫穷,本得不到葛太史之允婚,不料事端迭起,简言之:良工从花园中拣了一折旧笺,上书"惜余春词",良工爱之,带回闺房,被父所见,"恶其淫荡",欲速嫁→请来相亲的公子偏偏座下留女舄一钩,为葛太史厌恶,议婚不成→温家的菊花突然变绿,葛太史怀疑乃良工将自家的异种菊偷给了温如春,又恰好在温如春案头看到那"惜余春词",且"评语亵谩"。葛太史不得不把良工嫁给温如春。

温如春与良工的姻缘,作者一直实写。实际操纵着二人命运者却是宦娘,作者采用虚写。是宦娘写了"惜余春词",并利用"鬼"的法术,让这词三次恰适其时地为良工、葛太史、温如春所见。是宦娘让那位求婚的贵公子大出洋相。是宦娘让菊种变绿。实实虚虚,虚虚实实。最终三人相对,真相大白。《宦娘》一文写音乐家的爱情,其文章本身也如一曲指挥有素的合奏,温如春与宦娘的纠葛如古筝低鸣,温如春同良工的离合似琵琶欢唱。时而琵琶嘈嘈如急雨,时而古筝切切如细雨,时而古筝为琵琶伴奏,时而琵琶与古筝齐鸣。情节光怪陆离,人物渐渐地显出其高洁的情操和忧思如缕、脉脉含情的个性。

《张鸿渐》。书生张鸿渐的经历,贯穿了作家对于一代读书人命运的思索。此事先见于聊斋故事,后改编为《富贵神仙》,最终写成卷帙浩繁之俚曲《磨难曲》。《张鸿渐》一文无论是讽世嫉俗,还是写人写狐;无论是情节结撰,还是遣词用字,俱为聊斋故事之上乘。今仅看其情节特点:

书生张鸿渐因为执笔写了告状书,被贪酷的卢龙县令追捕。其妻方氏早以"秀才作事,可以共胜,而不可以共败"相劝,是个深谋远虑的巾帼谋士。但张不听,被追捕,只好外逃。张鸿渐逃至外乡,在困苦的情况下,狐女舜华给以帮助并同他结婚。于是张鸿渐的命运便在同两个妻子的遇合中,在真真假假、虚实相生的过程中向前发展。

——鸿渐思妻,要求狐女带他回去,狐女果然携他回家。这个家中有"方氏""秉烛启关"出迎。还有卧在床上的儿子。"夫妇相依,恍若梦寐"。张鸿渐情不自禁地向"方氏"倾诉他对狐女舜华的真实感情："恩义难忘"而"终非同类"。突然，"方氏"变成了舜华，床上的"儿子"原来是竹夫人，张鸿渐大惭。这一次，舜华以假乱真，探出了张的真情。

——舜华果然将张送回故里时，方氏却不肯让他进门，"诘证确实，始挑灯呜咽而出"。张鸿渐以为又是狐女戏弄。妻子在那儿"涕不可仰"，他倒开起玩笑来，把床上睡的儿子当成了"竹夫人"。这一次，张鸿渐以真为假，勾出了方氏的哀怨孤苦之情。

——张鸿渐归家，恶徒威胁他，他杀人闯了祸，方氏劝他再逃，他答"丈夫死则死矣，焉肯辱妻累子以求活耶？"毅然自首，被流放。途中为舜华营救。为了不连累人类的妻子受罚，却被狐妻所救。后来啮桃根，李代桃僵。

——鸿渐再次归家，户外又有汹汹者。他以为是捕捉自己的，马上逃走。岂不知此次乃为儿子科考报喜者。真是祸从天降，突变为福，祸福难测，变幻不已。

《张鸿渐》以男主角为主线，维系着两位女主角。方氏为他出谋划策，为他守贞教子；舜华对他钟情挚爱，给他救苦救难。张鸿渐有时把舜华变幻的"方氏"误以为发妻，有时把真正的发妻错当作狐姬。他自己迷离恍惚，读者看得兴味盎然。两次归家，一次是恶徒真敲诈，一次是自己假虚惊，各有因果，而纡徐曲折。

《莲香》中桑生爱怜两个女子，一为狐，一为鬼，两个人"彼来我往，彼往我来"，分分合合，合合分分。时而鬼为爱情复生，时而狐为情爱求死。《香玉》中黄生爱牡丹花神香玉，香玉被恶人夺去，耐冬花神出来安慰黄生寂寥。黄生终于变成了"赤芽怒生，一放五叶"而不开花的植株，伴随在牡丹、耐冬身边。因为不开花被砍，牡丹、耐冬随之憔悴而死……聊斋故事中的一男二女，盘旋往复，其态愈妍媚；如青龙白虎并行，因为互相映照而姿态愈鲜明。作家巧夺天工地以种种方法将她们勾连在一起——如宦娘与良工同爱温如春，莲香和李女同爱桑生，闺秀和五可同爱寄生——使聊斋故事情节主宾相辅，主线和副线交织为网状结构；人物也异处求同、同处求异。这种艺术效果是如何取得的？说到底，仍然依恃于作家书"鬼狐史"之巨椽之笔。作家在《香玉》之"异史氏曰"中说："情之至者，鬼神可通。"作家正是借助于谈狐谈鬼，才可以写尽至情，尤其写尽超脱于生死之情；借助鬼狐，才可以上天入地，离奇恍惚，使人叹其巧妙。作家在《巧娘》中说"彼虽异物，情亦犹人"，也是这样用意。因此，我们可以这样认为：

二龙戏珠、主宾相辅式的爱情小说，是中国古代小说中的一个变种，如同《宦娘》的绿菊，这是聊斋先生苦心营构的产物。

这说明："鬼狐史"的思想格局带来了构思上的得天独厚。

这正是鲁迅讲的"以传奇法而以志怪"，是这种创作方法在构思中的奇特运用。

（二）梦境和心境

梦境对于聊斋故事的构思有着十分重要的作用。

《凤阳士人》完全写梦，梦中写人而人物神采俱现；

《绛妃》写作者自己的梦，梦中造艺，而显其心灵追求；

《梦狼》写梦，实际是现实的典型化；

《狐梦》写梦，不过是怡游人生；

《续黄粱》表面是梦，实际是严酷而真实的人生；

《莲花公主》是梦，也是作家给传统的梦蒙上一层更为迷茫的轻纱；

……

梦对于人情小说，在构思上收纵横自如、诡谲变幻、离奇曲折之效。《王桂庵》和《寄生》，父子奇缘，均以梦成。蒲留仙自谓："善梦之父，何生离魂之子？"看来作家很得意他的梦中巧合，因而再三为之。

王桂庵遇"榜人女"芸娘，两情相悦而突然分离，芸娘漂泊不知何处。王桂庵日思夜想，终于梦至江村：

过数门，见一家柴扉南向，门内疏竹为篱，意是亭园，迳入

> 之。有夜合一株，红丝满树。隐念：诗中"门前一树马缨花"，此其是矣。过数武，苇笆光洁。又入之，……内亦觉之，有奔出睨客者，粉黛微呈，则舟中人也。

如果不是梦，王桂庵怎么寻得芸娘？如大海捞针。因而他喜出望外："亦有相逢之期乎！"梦，成了情节转换的枢纽、人物离合的红线。齐鲁有歇后语曰："做梦娶媳妇——妄想。"蒲留仙很善于把妄想变成现实。王桂庵因梦娶了姿容绝世而高洁坚强的芸娘。其儿子寄生青出于蓝而胜于蓝，因梦娶上两位美女。"戏不够，梦来凑"，古代小说家总是善梦的，蒲松龄之梦，既巧且奇又入情入理。

《王桂庵》等以梦纬文，《画壁》则以人的意识流动左右文章：朱孝廉观壁上散花天女，"不觉神摇意夺，恍然凝想"。这种意识导致了情节突变："身忽飘飘，如驾云雾，已到壁上。"在天宫演出一场爱情喜剧。他与拈花天女"乐方未艾"时，忽然有天将巡查，朱孝廉只好伏在床下。此时，他的感觉为"耳际蝉鸣，目中火出"。这种意识使他"出房窥听"，他之出房，即是由天界返回人间。意识与现实相因而生。《画壁》简直可以算意识流之先锋了。

（三）诗词入文的妙用

古代小说家历来喜欢以诗词入小说。《莺莺传》男女主角，崔莺莺约张生赴会，赋诗《明月三五夜》："待月西厢下，迎风户半开，拂墙花影动，疑是玉人来。"等她被张生抛弃，嫁给他人，张生再来求见，她赋两首诗谢绝，其一云："弃置今何道，当时且自亲。还将旧来意，怜取眼前人。"诗是崔、张结合的红娘，也是崔、张离分的标识，成也萧何败也萧何。聊斋以诗词入小说亦随在多见。且常常"立片言而居要，乃一篇之警策"（陆机《文赋》），要言之：

其一，点睛之笔，《鸮鸟》揭露贪官之劣行。文中以酒令撰诗。众官纷纷以诗劝诫贪官不要过分盘剥人民，均无效。最后傲岸而入的少年，吟"……手执三尺剑，道是'贪官剥皮'"。此诗为全篇之文眼。

其二，情节骤转的变换点。《公孙九娘》和《林四娘》篇如和风细雨，力写男女主人公的爱情生活，突然，公孙九娘在新婚之夜吟出："十年露冷枫林月，此夜初逢画阁春""忽启镂金箱里看，血腥犹染旧罗裙。"情节急转直下，情人分手，缠绵的爱情故事为凄风苦雨替代。《林四娘》文末，林四娘吟出了："静锁深宫十七年，谁将故国问青天？闲看殿宇封乔木，泣望君王化杜鹃……高唱梨园歌代哭，请君独听亦潸然。"小说至此，戛然而止。真如闻钧天广乐之声，结尽而不尽，留下余意凭人揣度。

其三，主人公遇合的重要依托。连琐苦吟"玄夜凄风却倒吹，流萤惹草复沾帏。"杨于畏续上诗句："幽情苦绪何人见，翠袖单寒月上时。"二人开始了爱的旅程。白秋练因听诗而生病、用诗来治病。仙人岛上的仙女却用剖析诗歌来讽刺夫婿。白秋练同慕生因为吟诗而感情弥笃。进仙人岛的王勉因为论诗而对仙女生敬畏之心。

其四，主人公命运的暗指、预寓重要决定因素。《田子成》写明代进士田良耜自幼父母双亡，其父田子成过洞庭湖，舟覆而没。母自尽，葬于竹桥西。良耜求父骨骸，力不从心，十分痛苦。一日晚，他过洞庭湖，于旷野见三人对酌，一位"卢十兄"吟出一诗："满江风月冷凄凄，瘦草零花化作泥。千里云山飞不到，梦魂夜夜竹桥西。"幽冷之至。三人中其余二人均对良耜十分客气，惟"卢十兄""殊偃蹇不甚为礼"。众人掷骰以相逢为率，要求一典故配合，"卢十兄"掷得双幺单二，曰："二加双幺点相同，吕向两手抱老翁。父子喜相逢。""卢十兄"还向良耜指点了田子成的墓葬处："但见坟上有丛芦十茎者是也。"田良耜按此指点，果然找到了父亲之安葬处，他于是大悟："卢十兄"乃隐言，实指丛芦十茎的墓，"卢十兄"乃其父之鬼魂也。《田子成》一文疑团丛生，而以诗歌为暗寓，"卢十兄"吟"满江风月冷凄凄"之诗，暗指其溺鬼身份，"梦魂夜夜竹桥西"则指田子成之妻死后葬处。吟"吕向两手抱老翁，父子喜相逢"。则干脆是明确点出自己同良耜的关系了。诗歌成为《田子成》构思中极为重要的环节。

《宦娘》中的"惜余春词",在《聊斋词集》中曾出现。作者把自己的词作直接搬进了聊斋故事。词曰:"因恨成痴,转思作想,日日为情颠倒。海棠带醉,杨柳伤春,同是一般怀抱。甚得新愁旧愁,划尽还生,便如青草。自别离,只在奈何天里,度将昏晓。今日个蹙损春山,望穿秋水,道弃已拚弃了! 芳衾妒梦,玉漏惊魂,要睡何能睡好? 漫说长宵似年,侬视一年,比更犹少,过三更已是三年,更有何人不老?"这首词有浓郁的抒情气息,它出自宦娘之手,却让良工"心爱好之",吟咏数日。因为词中刻骨的相思,和良工的心情吻合,两位少女"同是一般怀抱";又因词中有"春",暗离温如春之名,且"新愁旧愁"亦同他前失宦娘,后失良工相符,温如春便"细加丹黄"。一首词联系、胶合了三个有情人。一首词使得葛太史不得不把良工嫁给穷书生。诗笔既是史笔,又是趣笔。既是人物内心自白,又成情节发展的枢纽。真构思精巧、用心良苦。

(四) 模糊美、缺陷美对构思的作用

小说要思维明确、要脉络分明、要前后照应、要滴水不漏……一言以蔽之,要清晰。饶有情趣的是,《聊斋志异》中有故意含糊其词、闪烁其词的描写,却带来了意想不到的美学效果。

《彭海秋》落笔即写:丘生为名士,但有"隐恶",彭好古鄙之。然而中秋岑寂,无人为侣,只好"折简邀丘"。突然,有客来。客至,同好古同姓,名海秋。谈笑风流,为人豪迈,歌扶风豪士之曲。彭海秋也"似甚鄙丘""丘仰与攀谈,辄傲不为礼"。看来彭海秋这位真名士瞧不上丘生那位假名士。二彭欢宴后,乘飞船自天河去西湖。"众俱登"。一个"众"字,笼而统之,伏丘生在内,却不明点。彭海秋为彭好古与娟娘订三年之约之后,并不让彭好古仍然乘飞船返回,而是"牵一马来,令彭捉之"。彭海秋再不露面,丘生也无影无踪,好古只好自己返乡。但无路费,幸而马身上有小错囊,得金三四两。

马居然十分驯良,行半月归家。彭好古回家,系马于槽,才想起:他同丘生同去,却独自还乡,丘家人诘问怎么办?只好诫家人勿言。众人要看仙人送他的马,才发现马已无踪影,倒是丘生被草绳拴住,"垂首栈下,面色死灰,问之不言,两眸启闭而已"。似乎处于非人非马状态。有了人形,却不会讲人话。彭好古大不忍,忙将丘生灌以米汤,半夜苏醒,上厕所屙掉几枚马粪,才开始说人话。原来是彭海秋"戏拍项领",使得他"迷闷颠踣",变为马身为彭好古坐骑,"心亦醒悟,但不能言耳"……迷离恍惚,令人莫测。作家始终不明确地讲明,丘生有何"隐恶"?他在去西湖前干过什么不可见人事?他在彭好古爱情故事中占多大分量?均不讲。只有"异史氏曰"中影影绰绰地说:"马而人,必其为人而马者也;使为马,正恨其不为人耳。"人变马、马变人,隐隐约约、模模糊糊,令人迷惑之至而美感生焉。

缺陷美也是作家用来织补霞裳的机杼。《乔女》因为黑且丑,才导致与孟生的柏拉图式的爱;辛十四娘救回了冯生,自己变成"鸠盘",才考察出冯生,终于爱情得到升华——形体相爱变精神相系。《阿绣》中,真假阿绣有十分细微的差别,狐女阿绣脸过白,面颊没有酒涡,不及真阿绣美。狐女便三次来同真阿绣"较量",面色微白,颊无微窝,有什么了不起?狐女却竭力修炼,必欲尽善尽美。少了酒窝的小缺陷,不仅敷演出一系列引人入胜的情节,而且把假阿绣的内心美极有层次、极有韵味地表露出来。

聊斋故事如千峰万壑争秀,远近高低不同。作家的一管之笔,白云苍狗任变幻,天机云锦妙剪裁。归根结底,因为作家立意求新。《苕溪渔隐丛话》云:"若蹈习陈言,规摹旧作,不能变化,自出新意,亦何以名家。鲁直诗云:'随人作计终后人',又云:'文章最忌随人后',诚至论也。"

问渠那得清如许?为有源头活水来。

第三节　戏胆——主题道具

"戏胆"是传统戏剧的一个概念。简言之，是在一个曲折的戏剧中，出现某一物品（如《锁麟囊》中的囊，《拾玉镯》中的玉镯）或某一事物，对情节发展起特殊的作用。现代戏剧家称之为"主题道具"。

中国古代戏曲家很擅长用"戏胆"。明代传奇《白罗衫》以白罗衫为苏云一家离合的关键。明末清初传奇《一捧雪》以玉杯为情节发展的枢纽。孔尚任在《小忽雷》中以乐器小忽雷宫内、宫外流传为线索。到了《桃花扇》中，索性明确提出：

> 剧名《桃花扇》，则桃花扇譬则珠也，作《桃花扇》之笔譬则龙也。穿云入雾，或正或侧，而龙睛龙爪，总不离乎珠，观者当用巨眼。

中国古代小说（尤其短篇）以"戏胆"来操纵情节并取得突出艺术成就者，也不乏其例。比较著名的有：

《杜十娘怒沉百宝箱》，百宝箱乃是所谓"主题道具"。

《沈小霞相会出师表》，出师表把沈炼全家几十年遭遇紧紧勾连。

《顾阿秀喜舍檀那物，崔俊臣巧会芙蓉屏》，芙蓉屏连接着天各一方的崔俊臣和妻子王氏，连接着杀人越货的强盗和伺机报仇的受害者。

《聊斋志异》迄今已有上百篇被改编成戏曲、电影、电视剧，因其故事性特别强，戏剧性很明显。许多篇章戏胆起着画龙点睛、提纲挈领的作用。

（一）隽永的象征，深刻的寓意

《婴宁》中的花，是婴宁姑娘手中须臾不离的道具，就像京剧舞台上元帅身后的令旗、帝王身后的龙凤伞，包老爷摆在堂上的虎头铡。花，是婴宁姑娘的化身；花，是婴宁姑娘的寓意。她的行动也总用花来表示深刻内涵：

——她遗花于地，非丢花，丢爱情信物也；

——她问王子服：为什么要保留花？你走时，让老奴折一捆送去。她用谈花论草让王子服把爱情表白得更露骨一些；

——她爱花成癖，在污浊的人世，唯有花值得她爱；

——她在丁香花下惩罚恶人，让采花人采了花刺。

《王者》里边有一件引人注目的物事——姬发。并未贯穿故事始终，却起了重要作用。湖南巡抚某公，派州佐押饷银六十万赴京，在古刹中丢失。一瞽者对州佐说："从我去，当自知。"州佐随去，进一高门，一个"衣冠汉制，不言姓名"者引他进一园亭，数转廊榭，升阶而入：

  见壁上挂人皮数张，五官俱备，腥气流熏。不觉毛骨森竖。疾退归舍。自分留鞬异域，已无生望，因念进退一死，亦姑听之。明日衣冠者召之去，曰："今日可见矣。"州佐唯唯。衣冠者乘怒马甚驶，州佐步驰从之。俄至一辕门，俨如制府衙署，皂衣人罗列左右，规模凛肃。衣冠者下马，导入。又一重门，见有王者，珠冠绣绂，南面坐。州佐趋上，伏谒。王者问："汝湖南解官耶？"州佐诺。王者曰："银俱在此。是区区者，汝抚军即慨然见赠，未为不可。"州佐泣诉："限期已满，归必就刑。禀白何所申证？"王者曰："此即不难。"遂付以巨函云："以此复之，可保无恙。"

那位逼迫州佐去查找银子且"将置之以法"的巡抚，初听汇报后，仍然"怒不容辨"，将州佐"飞索以缚"。等他一看巨函，立即吓得面如土色，忙命松绑。还说："银亦细事，汝姑出。"什么东西有如此大的魔力？姬发。原来，不久前，巡抚与爱妾共寝，既醒而姬失发。巨函中即其发，同时有信云：

  汝自起家守令，位极人臣。赃赂贪婪，不可悉数。前银六十万，业已验收在库。当自发贪囊，补充旧额。解官无罪，不得妄加谴责。前取姬发，略示微警。如复不遵教令，旦晚取汝首领。姬发附还，以作明信。

姬发成了"明信"，姬发操纵了整个局面，送姬发，实际的寓意是抗压迫的宣言书,是以儆贪婪的檄文!

(二)解决矛盾的关键

《青娥》中的男主角霍生爱上了美异常伦的青娥,两人的爱情经历了曲折复杂的过程。其中,一把"长裁尺许""坚石可入"的小镵,对他们二人的离合起着十分重要的作用。简言之:

1. 霍生爱上了青娥,又有了奇异的小镵,"顿念穴墙则美人可见",便以镵掘开青娥家的重垣,然后,"鼻气咻咻"卧于青娥榻旁。青娥觉察,呼人来,婢仆建议"此子声名门弟,殊不辱玷",让霍生求媒。霍生临行,索镵,共笑曰:"呆儿童!犹不忘凶器耶?"镵留青娥处。

2. 几经波折后,青娥嫁进门,"乃以镵掷地曰:'此寇盗物,可将去!'生笑曰:'勿忘媒妁。'珍佩之恒不去身"。

3. 青娥之父武评事好道,亦让女儿修道。青娥婚后五年,武让青娥假死,而将其禁锢深山。霍生无意中发现了青娥之洞府。欲叙夫妻之情,却以"浴骨污吾洞府"被逐。霍生被武评事关在洞外,"回首峭壁巉岩,无少隙缝,只影茕茕,罔所归适"。于是,他又把道士赠的小镵请了出来:

> 愤极,腰中出镵,凿石攻进,且攻且骂。瞬息洞入三四尺许。隐隐闻人语曰:"孽障哉!"生奋力凿益急,忽洞底豁开二扉,推娥出曰:"可去!可去!"壁即复合。女怨曰:"既爱我为妇,岂有待丈人如此者?是何处老道士,授汝凶器,将人缠混欲死!"

一把尺余长的小镵,是男女主角的媒妁,又是战胜武评事这位"法海和尚"的尚方宝剑。区区小镵,既是结构的杠杆,又维系着男女主角的爱情幸福。

《白于玉》写一位书生同一仙女、一凡间女子的离合之情。离离奇奇、曲曲折折,一只金钏在其中起着重要作用,其情节大意是:

1. 吴青庵订婚于葛太史女。一日,梦中有秀才白于玉邀吴入天宫游历。吴与一紫衣仙女极尽绸缪,女脱金钏赠吴作为信物。

2. 吴梦醒"方将振衣，有物腻然堕褥间，视之，钏也"。十余月后，梦中紫衣仙女送来婴儿，遂取名梦仙。吴生娶葛氏进门，两年后外出不归。梦仙十五岁成翰林，奉葛母命寻父。中途遇盗，被一道人救，道人赠以金钏。道人，其父也。吴青庵之母告梦仙："此汝母遗物。"

3. 又过了一年，都城有回禄之灾，将及吴家，情况危难，而奇迹突现：

> 火终日不熄。夜不敢寐，毕集庭中。见火势拉杂，寝及邻舍。一家徊徨，不知所计。忽夫人臂上金钏，戛然有声，脱臂飞去。望之，大可数亩；团覆宅上，形如月阑；口降东南隅，历历可见。众大愕。俄顷，火自西来，近阑则斜越而东。迨火势既远，窃意钏亡不可复得；忽见红光乍敛，钏铮然堕足下。都中延烧民舍数万间，左右前后，并为灰烬，独吴第无恙，惟东南一小阁，化为乌有，即钏口漏覆处也。

这只嵌镂精绝的金钏在《白于玉》中，何等举足轻重！

——它是吴青庵与紫衣仙人爱情的信物，是梦境与现实的连接点。

——吴青庵走后，它又成为吴青庵的代表。带回了吴对琳娘（葛氏）夫人的恩爱感激。此时，仙女之信物变成了"道士"吴青庵不忘凡情的证明。

——金钏还成了保护葛氏及梦仙一家生命财产安全的护法神。邻舍俱焚而吴家无恙。

金钏，穿针引线，织成绵密的结构之网络；金钏，寓意深长，寄托着夫妻、父子之间绵绵无绝期的深情；金钏，魔力非凡，保护着孝子贤妇的身家性命。

（三）故事转折的媒介，人物之间的连接点

故事要写得简洁，转得漂亮，借助小道具之媒介，常事半而功倍。《彭海秋》中彭好古与娟娘相会于梦中，仙人彭海秋为二人订三年之约，

以彭好古凌巾赠娟娘，二人三年后会于扬州。人与人初见"似亦错愕"，而凌巾宛在。《大力将军》中，查伊璜怎么也记不起自家同那名将有何瓜葛，一句"举钟之乞人"，由钟而思人，顿然醒悟。《西湖主》中，陈明允如果不拣到红巾，不在上边题词，便无从获罪，也无从达于王妃，也就做不了驸马。红巾真明允之曹丘生也。

《竹青》是一个优美的人鸟之恋的故事，人与鸟恋，不亦奇乎？作家让男主人公披上一袭鸟衣也变成了鸟。然后，这鸟衣便成了人变鸟、鸟变人的契合点。最初，鱼容在神庙中得一黑衣，披衣而化为乌鸦，与一雌乌鸦竹青"雅相爱乐"（——此鸟与鸟之爱）。因鱼容"驯无机"被满兵弹弓打中，"终日而毙"，又复为人。鱼容再过故所，设食以飨鸟友，结果"几前如飞鸟飘落，视之，则二十许丽人"，原来是竹青，已成汉江神女。二人如夫妻久别，不胜欢恋（——此人与人之恋）。鱼容随竹青去汉南，两月余思归，竹青出黑衣："如念妾时，衣此可至；至时，为君解之。"鱼容归乡后思念竹青，"潜出黑衣着之，两胁生翼，翕然凌空，经两时许，已达汉水"。（——此时人忽变鸟）飞堕一楼舍，竹青出，命众人为鱼容解羽衣，羽毛尽脱，鸟复为人。而恰好竹青临盆，一向艰于子嗣的鱼容有了儿子……波澜迭生、变幻层出。然而，一袭鸟衣，使作家聚散低昂随意变换，如骊龙之珠，左盘右旋，搜妙创奇，神之又神。

《织成》故事在结构上有其独到之处。文章以"水神借舟"故事为开端，大异于作家习惯采用的"某某，性如何"模式，小说写柳生的奇遇，"冠类王者"的身份之谜却成为情节构成的妙笔。王者始而因为柳生戏侍儿而震怒，继而被柳生关于洞庭君柳毅的雄辩所折服，终于，"王者"欣赏了柳生的才气，赠以界方免死，且以侍儿婚之，原来，"王者"即洞庭君本人。在柳生与女主角织成的悲欢离合中，作家别出心裁地、像箭一般使用了"主题道具"，即：紫袜→界方→界方→紫袜：

1. 柳生在洞庭湖"王者"之船，听传呼"织成"，未见面容仅见足，"翠袜紫绡，细瘦如指"，柳生竟"以齿啮其袜"。

2. 因柳生啮袜的无赖醉汉状，王者（即洞庭君）欲惩之。又因其文才而见怜，赠以水晶界方。柳生在水难中因水晶界方之力免遭溺毙。

3. 柳生回武昌，有崔媪卖一"媚曼风流"少女，千金不售。但"蓄一水晶界方，言有能配此者，嫁之"。柳生以界方为聘，崔媪果以舟送女给柳生。

4. 柳生急奔入舟，则崔媪送来的少女，竟是洞庭湖上的侍儿：

（生）急奔入舟，女果及一婢在焉。见生入，合笑承迎。见翠袜紫履，与舟中侍儿妆饰，更无少别。心异之，徘徊凝注。女笑曰："眈眈注目，生平所未见耶？"生益俯窥之，则袜后齿痕宛然。惊曰："卿织成耶？"女掩口微哂。生长揖曰："卿果神人，早请直言，以祛烦惑。"女曰："实告君，前舟中所遇，即洞庭君也。仰慕鸿才，便欲以妾相赠，因妾过为王妃所爱，故归谋之。妾之来，从妃命也。"

紫袜是两人悲欢离合的见证，也是识别之标志。但紫袜毕竟不能有操纵人命运的神力，所以界方出现，李代桃僵。由界方再引出紫袜，周而复始、巧密精思。如果吹毛求疵的话，或曰：焉有不换之袜？是织成姑娘不舍得换？还是聊斋先生不容换，留作识别标志？

《神女》故事，突兀多变但层次井然。其中，珠花起了不可忽略的作用。故事梗概是：米生唐突地参加一位不知名者的宴会→同在宴会相遇的鲍庄告诉米生：那家人姓傅。但不久鲍庄却莫名其妙地死了，米生被怀疑为凶手，家产荡尽，衣巾被革→米生路遇女郎，赠以珠花，以复衣巾。但米舍不得珠花（——认为乃爱情信物），衣巾不得复。再遇女郎时，赠以银两→米生以金授兄，兄善居积，家渐富，米生成巨家。此时，福建巡抚恰好换成米生祖父之门人→傅公子突然登门求帮助：要求向巡抚说情，米生不允。赠花女郎之侍女至，告米生，傅公子即女之兄。米生遂要挟：必须女郎面求，才帮忙。女郎再次露面，告诉米生：他们乃神人，其父因"失礼地官"而"将达帝听"，需要人间的印信。米生乃假驱祟，求于巡抚，巡抚不允

→米生探得巡抚爱姬购珠,以珠花献上,姬偷盖印信给米生→米生"寄语娘子,珠花须要偿也!"傅家遂将神女嫁米生。神女数年不育,买一妾。妾髻插珠花,似当年故物,询之,果当年献于巡抚爱姬者。盖巡抚死而家产云散矣。

《神女》中的珠花,固然在情节穿插上起着重要的作用。更难能可贵的是,珠花一朵寄人情、寓世态。米生初以珠花为爱情信物时,神女并未曾对他钟情,而且对他必须神女亲自来求訾之"乘人之危"。但是米生在援救神女一家中表现的忠心,以及他"重花者,非贵珠也"的表白,终于感动了神女。珠花因之成了二人婚姻之謇修。当然,巡抚不肯随便使用印信,他爱姬却因爱珠花而偷盖印信,亦不能不是无意中刺向官场的一枪。

总之,"戏胆"的运用自如,使聊斋故事集中而简练,以尽量少的篇幅容纳尽量多的生活,也使得情节主线鲜明,构思别致而不落窠臼。

第四节　画龙点睛　明于体要
——《聊斋志异》的散文小品

《聊斋志异》并非短篇小说专集,除了篇幅较长、情节曲折的小说以外,还有将近二百篇散文小品,它们不能以小说法度视之。这些作品大致可以分为六类:

一、描绘自然景色、自然灾害的小品,如《地震》《水灾》《山市》等。

二、写人小品,如《张老相公》《快刀》《霍生》《于江》《妾击贼》《农人》《潞令》《狼三则》《三朝元老》《盗户》《牧竖》《农妇》《张氏妇》《车夫》等。许多篇章的"异史氏曰"也可以算成独立的人物小品,如《鸽异》《梅女》《爱奴》《刁姓》《郭安》《姬生》;

三、寓言小品,如《义鼠》《鸲鹆》《螳螂捕蛇》《义犬》两篇、《禽侠》《鸿》《象》《大鼠》《鹿衔草》等;

四、社会风俗小品，如《偷桃》《口技》《戏术》《鼠戏》《小人》《跳神》等；

五、畸形的社会纪实，如《真定女》《堪舆》《乱离二则》《戏缢》《红毛毡》《男妾》《犬奸》《龁石》等；

六、怪异谈片，如《莽中怪》《野狗》《伏狐》《白莲教》等。

聊斋散文小品不同于以悲欢离合的曲折情节取胜的小说，但生动精彩、短小精悍，而且在谋篇布局上同样创造了不少可资借鉴的经验。要言之：

第一，在构思上以近见远、以小见大、借事抒情、托事言理。寓重大主题于断笺简篇之中。如《三朝元老》：

> 某中堂，故明相也。曾降流寇，世论非之。老归林下，享堂落成，数人直宿其中。天明，见堂上一匾云："三朝元老。"一联云："一二三四五六七，孝弟忠信礼义廉"。不知何时所悬。怪之，不解其义，或测之云："首句隐亡八，次句隐无耻也。"

没有对那位贰臣的生平、为人作任何详尽的描写，更没有什么社会变故、人世沧桑，仅仅是一副对联。然而，作家对民族败类的鄙夷之情均浓缩于只言片语中，可谓"一粒砂里见世界，半瓣花上说人情"（郁达夫语）。字挟风雷，见微知著。

第二，在写人时，不依靠周详的故事，而截取精彩的片段，画龙点睛、简洁经济。善于抓典型情节，三刀两斧，肝胆俱现；寥寥数语，须眉毕张。《妾击贼》中的少妇，半夜贼人入宅，她突然手持挑水杖而出，"群贼乱如蓬麻。妾舞杖动，风鸣钩响，击四五人扑地。贼尽靡"。仅仅一个击贼细节，立显巾帼英雄本色。《农妇》中产后当日便负重百斤的健壮农妇，《牧竖》中以逸待劳、用狼崽诱狼自毙的牧人，《快刀》中脑袋掉了还大呼"好快刀"的壮士……都着笔不多，形神俱现。

中国古典散文特别善于抓住典型情节，以极省俭的笔墨刻画人物。柳宗元评《史记》，认为主要特点为"洁"，为"明于体要"。蒲松龄可谓得古典散文之精要。因而，他的短篇散文"大块铸人，缩七尺精神于寸眸之中",文短而意深,情节简单而神采飞扬。举凡《潞令》《三朝元老》《狼三则》《张氏妇》,少则百余字,多则几百字,人物形象却并不比《婴宁》《红玉》《席方平》等名篇小说逊色。

第三,聊斋散文小品很讲究起承转合。起首如爆竹,骤响易彻;如凤头,美丽之至;如山势嶙峋,突兀奇崛。内容言简意赅,尺幅万里,如江水浩荡,如清泉喷涌。结尾则如古刹晨钟,响亮而余音绕梁;如美女临去秋波一转,令人销魂;如奔马,干净利索;如豹尾,刚健有力。

《山市》写虚无缥缈的海市蜃楼,这是很难把握的题材,但作者从容不迫、巧夺天工。下笔先从孙禹年等人饮酒楼上,忽见有孤塔耸起开端。劈空而入,引人注目。次叙写山市的奇幻变化:孤塔变作有楼堂、有街道的城阁,城阁又幻作直冲霄汉的危楼,危楼渐如常楼、高舍,如拳如豆,直至不可见。一笔一笔次第写来,把虚无的境写得瑰丽超拔、气势雄伟。再间以大风忽起,或风定天清的实景描绘,把山市奇观油画般画了出来。篇末引用民间传说,"又闻有早行者,见山上人烟市肆,与世无别,故又名'鬼市'云"。另换了一个角度收尾,文笔峭拔、余味无穷。

《地震》以传神的笔墨,层次分明,出神入化地记载下华北历史上一次最大的地震。

> 康熙七年六月十七日戌刻,地大震。余适客稷下,方与表兄李笃之对烛饮。忽闻有声如雷,自东南来,向西北去。众骇异,不解其故。俄而几案摆簸,酒杯倾覆;屋梁椽柱,错折有声。相顾失色。久之,方知地震,各疾趋出。见楼阁房舍,仆而复起;墙倾屋塌之声,与儿啼女号,喧如鼎沸。人眩晕不能立,坐地上,随地转侧,河水倾泼丈余,鸡鸣犬吠满城中。逾一时许,始稍定。视街上,则男女裸聚,竞相告语,并忘其未衣也。后闻某处井倾仄,不可汲;某家楼台南北易向;栖霞山裂;沂水陷穴,广数亩。此真非常之奇变也。

《地震》开头以身历者的口气确切地记下地震发生的时间、地点,有亲切可信之感。具体写地震则如大将布兵、井井有序。先写听觉，后写感觉，由近及远、由点及面，最后还更深一步，俯瞰这次地震对整个齐鲁的广泛影响。有地域性损害，如山震、水灾；有长镜头：井口倾仄、楼台易向。有全景鸟瞰，有局部特写，还有人在突然灾难前的异常表现。尤其是作者摄取了"男女裸聚"这样一个在礼法森严的社会中极为罕见的镜头，把人们在大灾大难中惊惶之至的神态，淋漓尽致地表露无遗。全文仅二百三十三字，却有如此丰富的内容，结尾"此真非常之奇变也"，更使人回味无穷。

以上诸节举出的聊斋构思模式，并不能完全说清聊斋的特点，聊斋之文夭矫变化，如生龙活虎，不可捉摸；似千门万户，难以尽悉。但明伦曾认为：以法求之，可以用"蓄字诀""转字诀"概括。这也仅仅说中了某些方面。

聊斋先生善于文之屈伸，文之突转，文之波澜，文之布局谋篇、起承转合。他的文章章有章法，句有句法。篇与篇不同，事与事各异。同一篇中，也开头一个章法，结尾一种手段。"文无散漫之笔，无鹘突之笔，无落空疏忽之笔。"（但明伦评《晚霞》）"文有妙于骇紧者，妙于整丽者，又有变骇紧为疏奇，化整丽为历落者，现出各种笔法。左史之文，无所不有。"（冯镇峦《读聊斋杂说》）其文，首尾开阖，繁简奇正，各俱其度；抑扬顿挫，裁长补短，各尽其致。真可谓"篇有百尺之锦，句有千钧之弩，字有百炼之金"（徐师曾《文体明辩序说》）。

观聊斋故事，如入迷宫，迷离惝恍；如睹仙境，心旷神怡。其情节，千奇百怪又顺理成章，草蛇灰线而千里照应。因果相依、繁简得当，称堪短篇楷模。

第十七章

优美 雅洁 凝练 隽永
——聊斋的文学语言

《聊斋志异》是个奇特而耐人寻味的文学现象：

它以典雅的文言写成，却像最畅销的白话小说《红楼梦》《水浒传》一样，拥有亿万读者；

它用典近万，散见于经史子集、杂史小说、诗词歌赋等数千种书籍，博学的教授未必能全部参透它，但是不识字的市庸村媪也知道它；

它是一部荟萃中国古代文化的百科全书，又是一部老幼咸宜的"闲书"。

用文言写小说，除了晋以来志怪书、唐宋传奇外，清以前的笔记小说更是浩如烟海。但因古汉语的约束，很多内容实际不错的书如《子不语》（袁枚）、《谐铎》（沈起凤）等皆传之不广。聊斋先生异军突起。《聊斋志异》是文言小说中最典丽的一种，又是最通俗——不是浅显——的一种。没有一个比蒲留仙更高，比他更能称为文言小说家。这荣誉绝对是属于他的，聊斋像一部古汉语大辞典，包藏着民族语言的精华。蒲留仙比任何其他文言小说家都更加广泛地开拓了古汉语的界限，让那些本来僵死的、板结的语言活了起来，极大地显示了它的力度、幅度、优美性。

前人早就注意到蒲松龄独有的语言成就，冯镇峦《读聊斋杂说》云："文笔之佳，独有千古。"张元撰《柳泉蒲先生墓表》云："绝去町畦，自成一家。"朱缃在《聊斋文集题辞》中称赞："不费支撑，天然夷旷。""苍润特出，秀拔天半。"邹弢《三借庐笔谈》谓："脱胎于诸子。"

但丁说："作品的善在于思想，美在于词章雕饰。"聊斋刺贪刺虐，写人写鬼，构思新巧，情节奇诡，正是依靠水晶一般的语言，其文体才显得纯净和光亮。

第一节 形神意气 逼夺化工

陆机在《文赋》中提出："诗缘情而绮靡，赋体物而浏亮。"强调了语言在缘情、体物中无比重要的作用。他说："体有万殊，物无一量，纷纭挥霍，形难为状。"世间万物千殊万别，难以名状，只有恰如其分地遣词用句——例如以"披文以相质"写碑，以"缠绵而凄怆"写诔——才可以"穷形而尽相""辞达而理举"。刘勰在《文心雕龙·情采》中也强调文采的作用："圣贤书辞，总称'文章'，非采而何？……虎豹无文，则鞹同犬羊……质待文也。"但不能以文害质，而要"为情而造文""述志为本"。要切忌"采滥辞诡"。刘勰没有涉及作为"小道""雕虫小技"的小说。但这些观点适用于小说。

小说的语言应当做到穷形尽相，形神兼备；做到情必极貌以写物，辞必穷力而追新；做到传人者文如其人，述事者文如其事。《聊斋志异》便是状人赋物，逼夺化工。

（一）准确生动，形神兼备

蒲松龄是否倍受"河东狮吼"之苦？从《述刘氏行实》看，似乎不是。但他却把倍受悍妇之苦的懦夫写活了。《马介甫》中的杨万石"生平有季常之惧"。他之惧内真达到登峰造极的程度。其妇尹氏之悍无以复加。悍妇之悍，懦夫之懦弱，两人互相依存，俱写得精彩之至。小说开头写尹氏将杨万石之父"以齿奴隶数"，杨氏兄弟只好偷东西给父亲吃。又因父"衣败絮"不让他见客。然后，马介甫登场去访问杨家，

由此一层一层、一步一步写出尹氏之不良:

> 马忽携童仆过杨,值杨翁在门外曝阳扪虱;疑为佣仆。通姓氏使达主人。翁披絮去。或告马:"此即其翁也。"马方惊讶,杨兄弟岸帻出迎。登堂一揖,便请朝父。万石辞以偶恙。促坐笑语,不觉向夕。万石屡言具食,而终不见至。兄弟迭互出入,始有瘦奴持壶酒来。俄顷引尽。坐伺良久,万石频起催呼,额颊间热汗蒸腾。俄瘦奴以馔具出,脱粟失饪,殊不甘旨。食已,万石草草便去。

不到二百字,画出一幅生活场景,写活几个人。其人、其事、其境,笔到而栩栩如生。杨父的受虐状,触目惊心:他是那么可怜,穿着破衣烂衫,脏得长了虱子,被客人认为是仆人。杨万石兄弟受制于悍妇之状也形象如画:杨万石屡言备饭,却始终不见饭至。盖因未得河东狮允许。杨万石急得额头热汗蒸腾,乃因内外交困,外则恐失礼于友,内则惧不贤之妻。悍妇虽未露面,其阃威已写得透足:她不讲待客礼节,因而要杨氏兄弟反复催才肯送酒饭;她小气之至,因而酒一引便尽,饭也十分粗劣;杨万石一吃罢饭便赶快回内室,估计恐悍妇怪罪。作家在写这个生活场景时,遣词用字十分讲究。马介甫至杨家,杨翁"披絮去"而杨氏兄弟"岸帻出迎",活脱脱写出杨家的有悖天理。杨氏兄弟要留饭,却要"迭互出入"地催,尴尬之状可掬。杨万石"热汗蒸腾""草草便去",几个字,便把此人极端荏弱画出。马介甫愤于杨家这种纲常倒置,留在杨家,欲制服尹氏。因马介甫让杨翁安饱,尹氏大怒,又听说杨万石之妾怀孕,大闹一场:

> 乃唤万石跪受巾帼,操鞭逐出。值马在外,惭遽不前;又追逼之始出。妇亦随出,叉手顿足。观者填溢。马指妇叱曰:"去,去!"妇即反奔,若被鬼逐,裤履俱脱,足缠萦绕于道上,徒跣而归,面色灰死。少定,婢进袜履。着已噭咷大哭。家人无敢问者。马曳万石为解巾帼。万石耸身定息,如恐脱落。

杨万石之丑态画得入木三分,悍妇之劣行写得立于纸上,句句形象、笔笔生动。"耸身定息"怕巾帼脱落,简直真切到似乎作家自己感同身受,有切肤之痛。似乎读者身临其境,目击其事。尤为精彩者,当尹氏因马介甫魔法而收敛其凶焰,对杨万石"欢笑而承迎之"时,杨竟"生平不解此乐,遽遭之,觉坐立皆无所可"。不敢脱巾帼,乃受辱不怨;坐立不安为受宠若惊。杨万石的既无志气又无骨气一齐写出,无怪马介甫要给他服"丈夫再造散"了。

《马介甫》写悍妇懦夫之所以生动,首先因为下笔准确。用语准确乃文学语言的首要因素。刘勰剖析《诗经》,举出:"灼灼状桃花之鲜,依依尽杨柳之貌,杲杲为日出之容。"(《文心雕龙》)"灼灼""依依""杲杲"都是最合适的字眼。苏东坡谈诗人写物之功,指出:"桑之未落,其叶沃若,他木殆不可以当此。"还指出"疏影横斜""暗香浮动"绝不能指桃李。曹雪芹写林黛玉"眉尖若蹙",此语断不会用在史湘云身上。马卡连柯说过,一个用得其所的字,可以给人以力。亚里士多德认为,语言的准确性,是优良风格的基础。《聊斋志异》用语准确,叙物写人,力求巧似。从形似入手,求气韵、求神韵。聊斋另一篇为惧内者画影图形之作《江城》更加淋漓尽致:

> 其初,长跪犹可以解;渐至屈膝无灵。……生面上时有指爪痕。……一日,生不堪挞楚,奔避父所,芒芒然如鸟雀之被鹯驱者。……(当生与他人约会,为江城发现时)大惧失色,堕烛于地,长跪戢辣,若兵在颈。女摘耳提归,以针刺两股殆遍,乃卧以下床,醒则数骂之。生以此畏若虎狼,即偶假以颜色,枕席之上亦震慑不能为人。女批颊而叱去之,益厌弃,不以人齿。生日在兰麝之乡,如犴狴中人仰狱吏之尊也。

这段描写令但明伦大加赞赏:"形容绝倒""穷形尽态""情境逼真"。且大感不解:"不识先生从何处见来?"

鲁智深三拳打死镇关西,宋江怒杀阎婆惜,施耐庵从何处见来?却将一百单八人曲尽其态。金圣叹认为,施耐庵之所以能一百单八人各为其妙,"无他,十年格物而一朝物格",就是说:长期观察、推敲、揣摩人情世态，终于发生了飞跃，掌握了规律，达到了物我双会、以形传神境地。蒲松龄家有贤妻，却对他人之妻"十年格物"——如王鹿瞻妻及留仙二位长嫂——才写出《马介甫》《江城》式的妙文来。①

举出《马介甫》《江城》，并非因为此二文特别好，而是说明像"惧内"如此隐秘、如此棘手的题材，作家尚且可以写得如此得心应手，如此形神俱备，其余任何事体，岂在话下？

请看作家如何以妙品辞令写形传神：《辛十四娘》女主角去见鬼郡主，"望妪俯拜……娉娉而立，红袖低垂。妪理其鬓发，捻其耳环"。少女恭敬而娇羞自重，老妪慈爱而倚老卖老，情态如画。《王六郎》写替死之妇入水，"儿抛岸上，扬手掷足而啼。妇沉浮者屡矣，忽淋淋攀岸以出"。婴儿啼哭的状态、少妇浑身是水的神态，历历可见。《公孙九娘》写莱阳生与公孙九娘新婚遽别，深夜去告别甥女，"因过叩朱氏之门，朱白足出逆；甥亦起，云鬟蓬松，惊来省问"。半夜惊起的神态出神入化。《青凤》写狂生耿去病和青凤之叔斗法："一鬼披发入，面黑如漆，张目视生。生笑，染指研墨自涂，灼灼然相与对视。"狂态如见。《九山王》写狐叟待客的殷勤："酒鼎沸于厨下，茶烟袅于厨中。"生活气息浓郁。《张诚》写张家那位孤苦老人突然富起来，"既见婢媪厮卒，内外盈塞，坐立不知所为"。逼真活跳，又只用"马腾于槽，人喧于室"八个字，写尽家庭兴旺……

《聊斋志异》的叙事语言常常以描写——主要是白描——出之。作家对事情的叙述，不是一般地讲过程，而是在故事进展中，每一语每一词均顾及人物，顾及以貌写神，顾及人与人之间的关系，以及这种关系带来的特有情态。如以下两段同是待客场面的文字：

> 南三复，晋阳世家也，有别墅，去所居十里余，每驰骑日一诣之。适遇雨，途中有小村，见一农人家，门内宽敞，因投止焉。

---

① 《蒲松龄集》中《与王鹿瞻书》写其好友王鹿瞻惧内事；《述刘氏行实》记其二位长嫂无理取闹事。

近村人故皆威重南。少顷，主人出邀，跼蹐甚恭。入其舍斗如。客既坐，主人始操彗，殷勤氾扫。既而泼蜜为茶。命之坐始敢坐。问其姓名，自言："廷章，姓窦。"未几，进酒烹雏，给奉周至。

——《窦氏》

女曰："屡屡夜奔，固不可；常偕伉俪，亦不能。"安闻言，邑邑而悲。女曰："必欲相偕，明宵请临妾家。"……安抵暮驰去，女果伺待，偕至旧所。叟媪欢逆。酒肴无佳品，杂具藜藿。

——《花姑子》

南三复乃"世家"即大地主，他横行乡里，因而村人"故皆威重南"。当他偶然闯进一位平民百姓家时，其主人不得不慌忙迎接，且"跼蹐甚恭"——因为恐惧而格外恭敬、格外拘束。作家极写南三复之"威"，窦廷章之"甚恭"。窦请南入坐后，慌忙打扫，以示恭敬；泼蜜为茶，是在窦家的条件允许下做出的最好招待；明明是在自己家中，却要南三复命坐，窦廷章才敢坐，在他自己诚惶诚恐地与南三复周旋时，已命家人备好了酒菜，连小鸡都杀掉煮好，"给奉周至"地请南三复用餐。这段话不到一百八十字，却把一个恶霸在老实农民家作威作福，平民的畏惧写得淋漓尽致。《花姑子》中，前去章叟家做客的安生有双重身份，既是章叟的救命恩人，又是花姑子的情人。安生到章家，章叟对恩人理所当然要"欢逆"，从心里边欢迎，而不是故作欢迎状。又因章叟为人质朴，他对安生以真情相待，并不搞什么特别隆重招待，仅"杂具藜藿"而已。安生抵章家一段，三十余字，而双方融洽之状、亲热之情，溢于言外。这两段待客描写，极具神采，招待周至的，反而是关系疏远，实际是不欢迎；招待粗疏的，倒是关系亲近，衷心欢迎。

聊斋写景状物，珠联璧合、笔周意到。请看斗蟋蟀：

壁上小虫，忽跃落衿袖间。视之：形若土狗，梅花翅，方首长胫，意似良。喜而收之。将献公堂，惴惴恐不当意，思试之斗以觇之。村中少年好事者，驯养一虫，自名"蟹壳青"，日与子弟角，无不胜。欲居之以为利；而高其值，亦无售者。迳造庐访成。

视成所蓄，掩口胡卢而笑。因出己虫，纳比笼中。成视之，庞然修伟，自增惭怍。不敢与较。少年固强之。顾念蓄劣物终无所用，不如拼博一笑，因合纳斗盆。小虫伏不动，蠢若木鸡。少年又大笑；试以猪鬣毛撩拨虫须，仍不动。少年又笑。屡撩之，虫暴怒，直奔，遂相腾击，振奋作声。俄见小虫跃起，张尾伸须，直龁敌领。少年大骇。解令休止。虫翘然矜鸣，似报主知。成大喜。方共瞻玩，一鸡瞥来，径进以啄。成骇立愕呼。幸啄不中，虫跃去尺有咫；鸡健进，逐逼之，虫已在爪下矣。成仓猝莫知所救，顿足失色。旋见鸡伸颈摆扑，临视则虫集冠上，力叮不释。

描写何等详尽委曲！少年三次大笑："掩口胡卢而笑""大笑""又笑"，显其天真而自以为是，成名惭而不敢与之较，见其朴讷纯真。促织之争如大将驱敌，"大勇若怯，驱敌之计，敌人三鼓，可以乘之矣。堂堂之鼓，正正之旗，斩将搴旗，如入无人之境"（但明伦评语）。促织斗鸡，故作惊人之笔，变出意外，倍加神奇。成名不再惭，"大喜"，喜极又生悲，担心虫丧鸡喙，"骇立愕吓"。促织胜鸡，则"益惊喜"。这个场面，胜于阮大铖精心撰写的《促织志》，成为绝妙的人情画。

《王成》篇斗鹌鹑，与《促织》有异曲同工之妙：

王命放鹑，客亦放；略一腾踔，客鹑已败。王大笑。俄顷，登而败者数人。主人曰："可矣。"相将俱登。王相之，曰："睛有怒脉，此健羽也。不可轻敌。"命取铁喙者当之。一再腾跃，而王鹑铩羽。更选其良，再易再败，王急命取宫中玉鹑。片时把出，素羽如鹭，神骏不凡。王成意馁，跪而求罢，曰："大王之鹑，神物也。恐伤吾禽，丧吾业矣。"王笑曰："纵之，脱斗而死，当厚尔偿。"成乃纵之。玉鹑直奔之。而玉鹑方来，则伏如怒鸡以待之；玉鹑健啄，则起如翔鹤以击之；进退颉颃相持约一伏时。玉鹑渐懈，而其怒益烈，其斗益急。未几，雪毛摧落，垂翅而逃。观者千人，罔不叹羡。王乃索取而亲把之，自喙至爪，审周一过，问成曰："鹑可货否？"

描写变幻而熟达。大王之鹑，千呼万唤始出来，层层铺垫，一露面则神骏不凡。两鹑相斗，并未如《促织》篇，"直龁敌领"，而相持一伏时，神骏不凡的玉鹑终于败绩。亲王把玩王成鹑，"自嗛自爪"至遍，却始终不具体写此鹑之形态，省笔也。

《聊斋志异》尽万物之态，美哉多乎。然凡写事物，无不穷尽其特点。亚里士多德在《修辞学》中谈语言必须"切题"时说："语言表现了情绪和性格，而又切题，那么，你的语言就是妥帖恰当的。所谓'切题'，那就是说，既不要把重大的事说得很随便，也不要把琐碎的小事说得冠冕堂皇……乡下人和有知识的人，既不会谈同样的话，也不会以同样的方式交谈。"《聊斋志异》叙事状物写人恪遵分寸，我们可以将几处场面描写对照阅读：

> 忽见有二中使赍天子手诏，召曾太师决国计。曾得意疾趋入朝。天子前席，温语良久。命三品以下，听其黜陟；……然拈髭微呼，则应诺雷动。俄而公卿赠海物，伛偻足恭者，叠出其门。六卿来，倒屣而迎；侍郎辈，揖与语；下此者，颔之而已。……有龙图学士包上疏，其略曰："窃以曾某，原一饮赌无赖，市井小人。一言之合，荣膺圣眷，父紫儿朱，恩宠为极。不思捐躯摩顶，以报万一；反恣胸臆，擅作威福。可死之罪，擢发难数！……
>
> ——《续黄粱》

> 殡日，棚阁云连，幡幢翳日，殉葬刍灵，饰以金帛；舆盖仪仗数十事；马千匹，美人百袂，皆如生。方弼、方相以纸壳制巨人，皂帕金铠；空中而横以木架，纳活人内负之行。……
>
> ——《金和尚》

> 女叠掌为之轻按，自顶及踵皆遍；手所经，骨若醉。既而握指细擂，如以团絮相触状，体畅舒不可言；擂至腰，口目皆懵，至股，则沉沉睡去矣。
>
> ——《梅女》

既出佩剑,弹之而歌;又斩路侧小树;以矜其利。

——《佟客》

顷之,合尊促坐,宴笑甚欢。忽一少女抱一猫至,年可十一二,雏发未燥,而艳媚入骨。大娘曰:"四妹妹亦要见姊丈耶?此无坐处。"因提抱膝头,取肴果饵之。移时,转置二娘怀中,曰:"压我胫股酸痛!"……少女孜孜展笑,以手弄猫,猫戛然鸣。

——《狐梦》

不同的场合,用不同的笔调、不同的措辞。《续黄粱》写宰相之气焰熏天,笔如利刃。包学士之言词,有庙堂应对之庄严,有讨伐奸佞之义愤,犀利铿锵。《金和尚》写土豪的气派,皮里阳秋,寓讥刺于冷静的客观描写。《梅女》中的按摩术使人如同身感体受,真切之至。《佟客》中吹牛者之态,诙谐可哂。《狐梦》情趣盎然,如春风和煦。作家绝不让包学士像狐女那样巧语倩言,也绝不会像《梅女》按摩场面那样,以柔情脉脉之笔写金和尚。小说与人当然不要千人一面,叙事描景状物,亦应千姿百态,聊斋真是十八般武艺俱全矣。

(二)文约事丰,优美凝练

普希金在《评早期叙事诗》中说:"精确与简洁,这是散文的主要美质。"高尔基说:"简洁是才能的姐妹。"他在给青年作者特列涅夫的信中还诙谐地说:"您如果描写骆驼,那肯定会在一个句子里把骆驼一词重复四五次,好像您是卖骆驼似的。"中国古代作家更讲究炼词炼句,剪裁浮词。所谓"意少一字则义阙,句长一言则辞妨"(刘勰语),所谓"字少意多,文约事丰"(刘知几《史通》),所谓咫尺有万里之势……聊斋文笔简洁凝练,充分发挥了文言文高浓度、大容量的表现技巧,例如《红玉》中冯相如的妻子为宋御史所窥,欲以重赂诱之为妾,冯父怒而痛骂宋御史家人,此后有一段描写:

宋氏亦怒,竟遣数人入生家,殴翁及子,汹若沸鼎。女闻之,弃儿于床，披发号救。群纂异之，哄然便去。父子伤残，吟呻在地，儿呱呱啼室中。邻人共怜之，扶之榻上。经日，生杖而能起。翁忿不食，呕血寻毙。

这一段写宋御史给冯家带来的灾难，有总写，"……汹若沸鼎"；有分写，冯相如妻如何，暴徒如何，冯氏父子如何，邻人如何，仅仅百余字，面面俱到、动静合宜，语言凝练而富于表现力。接下来，《红玉》篇写冯生家破人亡，报仇雪恨后归家：

生归，瓮无升斗，孤影对四壁。幸邻人怜馈食饮，苟且自度。念大仇已报，则辄然喜；思惨酷之祸，几于灭门，则泪潸潸堕；及思半生贫彻骨，宗支不续，则于无人处，大哭失声。

寥寥数语，无一漏笔。既交代了冯生归家后的生活场景，又揭示了他复杂的内心世界——他的三层心思：始而因仇报而喜，继而因家祸而悲，最后终因宗支不续而痛哭。这几十字，并非专门描写冯生的遭遇，还担负着从家遭惨祸到狐女兴家的过渡，真乃一以当十，一笔多用。

《宫梦弼》之附则，写了一个吝啬鬼的故事。作者以"搜算入骨"为丝线，穿起六个珍珠般晶莹的细节：其一，藏银不让人知；其二，从不待客；其三，哭穷；其四，有钱而饿死；其五，藏银终未交代下落；其六，死后无棺木。如此多的情节，仅仅数行便描写尽致：

乡有富者，居积取盈，搜算入骨。窖镪数百，惟恐人知，故衣败絮、啖糠秕以示贫。亲友偶来，亦曾无作鸡黍之事。或言其家不贫，便瞋目作怒，其仇如不共戴天。暮年，日餐榆屑一升，臂上皮摺垂一寸长。而所窖终不肯发，后渐尪羸，濒死，两子环问之，犹未遽告；迨觉果危急，欲告子，子至，已舌蹇不能声，惟爬抓心头，呵呵而已，死后，子孙不能具棺木，遂藁葬焉。

以尽量少的字句凝聚尽量多的寓意，聊斋精粹洗练之语随处可见。《萧七》写徐继长等待情人的焦急心情，"犹冀七姊复至，晨占雀喜，夕卜灯花，而竟无消息矣"。《姊妹易嫁》写姊之"不从牧牛儿"，一句写二个动作："掩面向隅而泣""不妆""犹眼零雨而首飞蓬""益哭失声"。她的父亲着急,也是一句一个动作:"催之妆""自入劝女""怒而逼之""急出""又奔""往来无停履""周张欲自死"。父女二人的形态、性情、心理一并写出,淋漓尽致。《寄生》写一位封建家长对害相思病的女儿的态度:"怒不医,以听其死。"仅仅七个字,封建僵尸的残忍面目,裸呈无遗。

《庄子》云:"凫胫虽短,续之则忧;鹤胫虽长,断之则悲。"有才能的作家应当既可用墨如泼,又能惜墨如金。要字少意多,文约事丰。当省墨时不著一字,当泼墨时,如火之燃、泉之涌、江河之决堤。蒲留仙深谙此法。《王成》篇中,王成之鹑与大王玉鹑相斗,场面精彩形象,铺张之至。王成之鹑得胜,大王持王成之鹑,"自喙至爪"地观赏,作家始终不用一字写鹑的具体形态。因为,大王一见此鹑便作了"英物"的评价。大王玉鹑"神骏非凡",却垂翅而逃,王成之鹑已被映衬透足,此处一字不写,胜于连篇累牍。《二商》中,二商贫困时,其子求援于大商,大商之妻回答:"兄弟析居,有饭各食,谁复能相顾也!"等到大商为盗贼所困,向二商家呼救时,二商之妻回答:"兄弟析居,有祸各受,谁复能相顾也!"仅仅易一字,以"祸"易"饭",以"受"易"食",便入木三分地写出了二商之妻那种终于吐出一口恶气的心境,生动地再现了两个妇人的唇枪舌剑。《梅女》中的鬼妪大骂典史:"汝本浙江一无赖贼,买得条乌角带,鼻骨倒竖矣!汝居官有何清白?袖有三百钱,便而翁也!"六句话,既对故事的前因后果作了介绍,又对人物进行了简练扼要的评价。而对人物评价既有其贪鄙行为的实际揭露,又有夸张讽刺、形容绝倒。

凝练而富有表现力的语言常给聊斋带来诗情画意。因而既是聊斋中的小说,也可以当作优美的散文、美文,如写人夜半迷途所见景物及个人心境:"望北行四五里,星月已灿,芳草迷目,旷无逆旅。窘甚。见道侧墓,思欲傍坟栖止,大惧虎狼。因攀树猱升,蹲踞其上,听松声谡谡,宵虫哀奏,中心忐忑,悔至如烧。"(《巧娘》)寥寥数语,荒凉之景与恐怖的心境交相辉映。写神游太空,逸游西湖:"彩船一只,自空飘落,烟云绕之,众俱登……舟渐上入云霄,望南游行,其驶如箭。逾刻,舟落水中。但闻弦管敖曹,鸣声喧聒。出舟一望,月印烟波,游船成市。"(《彭海秋》)天上湖中,景美如画。《晚霞》文如篇名,美如澄空祥云,其龙宫歌舞场面层次井然,首以夜叉部为反衬,次以乳莺部为正衬,最后才引出主角晚霞,迷离惝恍、清新优美:

> 首按夜叉部:鬼面鱼服,鸣大钲,围四尺许;鼓可四人合抱之,声如巨霆,叫噪不复可闻。舞起,则巨涛汹涌,横流空际,时堕一点星光,及着地消灭。龙窝君急止之,命进乳莺部:皆二八姝丽,笙乐细作,一时清风习习,波声俱静,水渐凝如水晶世界,上下通明。按毕,俱退立西墀下。次按燕子部:皆垂髫人。内一女郎,年十四五已来,振袖倾鬟,作散花舞;翩翩翔起,衿袖袜履间,皆出五色花朵,随风扬下,飘泊满庭。

情景交融、谐和无间。写夜叉部,有形象有动作,有其舞蹈引起的龙宫变化。写乳莺部,则与夜叉部形成鲜明对照,互相映衬而愈加鲜明。然而不管夜叉、乳莺,都是燕子部的映衬,最后一部柳条部,仅十二字:"端作前舞,喜怒随腔,俯仰中节。"各个部形貌采章,各有侧重。文章变幻离奇,时而是钲鼓大作,时而笙乐细作,时而巨涛骇浪,时而水波不兴,令人眼花缭乱。龙宫舞会,显出了蒲留仙多彩多样的描写艺术,然给人印象最深的却是优美。水晶一般的纯净,晚霞一般的绚烂。汤显祖论文,以为好的文章应当是工力与才情相结合,绚烂与平淡相融合,蒲松龄的文章即如此,古朴而艳丽、凝练而优雅。

第二节 趣语 隽语 幻语 口语

唐宋八大家的开山之祖韩愈提出一个著名论点:"惟陈言之务去。"去到什么程度?不袭前人一言一语。明代唐宋派主张文章要写出"千古不可磨灭之见"。袁宏道则强调"绝不肯从人脚跟"(《冯琢庵师》)。袁枚提出,一切文字总须字立纸上,他甚至别出心裁,主张作诗文,宁可如野马,不可如疲驴;不能作甘言,便作辣语、荒唐语……凡此种种,都强调语从己出。清代学者方东树在《昭昧詹言》中更明确提出,去"陈言"包括去"熟意":

> 去陈言,非止字句,先在去熟意;凡前人已道过之意与词,力禁不得袭用。

语从己出,当然首先要见从己出。然而语言是思想的衣裳,只有新颖别致的语言才能恰如其分地表达真知灼见。蒲松龄在锤炼文学语言时,既做到优美凝练,富于表现力,又做到不拾前人牙慧。敢于用他人不敢用、不愿用、不会用的语言。警句、秀句俯拾皆是,趣语、隽语、幻语、口语比比也,他大胆地运用方苞主张忌讳的语言,如:魏晋六朝人藻丽俳语、诗歌中隽语、南北史佻巧语。李绂主张忌用的四六骈语、市井鄙言。蒲松龄在语言园地披荆斩棘,刀火耕种,培植出异香迷人的香花瑶草。

(一)趣语隽语,情趣盎然

聊斋先生讽世嫉俗、振笔直遂,如兔起鹘落;描景抒情,笔势悠闲,如清风明月,溪水淙淙。有些最容易写得猥琐,写得庸俗的事物,他也以趣语隽语出之,使之隽永雅洁,如:

> 叶大如席,花大如盖,落瓣堆梗下盈尺。……一美人拔莲花而入,则晚霞也。相见惊喜,各道相思,略述生平。遂以石压荷盖令侧,雅可障蔽;又均铺莲瓣而籍之,欣与狎寝。
> ——《晚霞》

> 竹青出,……握手入舍曰:"郎来恰好,妾旦夕临蓐矣。"生戏问曰:"胎生乎?卵生乎?"……三日后,汉水神女皆登堂,以服食珍物相贺,并皆佳妙,无三十以上人。俱入室就榻,以拇指按儿鼻,名曰:"增寿。"既去,生问:"适来者皆谁何?"女曰:"此皆妾辈,其末后着藕白者,所谓'汉皋解佩'即其人也。"
> ——《竹青》

莲笑曰："恐郎强健，醋娘子要食杨梅也。"李敛衽曰："如有医国手，使妾得无负郎君，便当埋首地下……"莲解囊出药，曰："妾早知有今，别后采药三山，……然症何由得，仍以何引，不得不转求效力。"问："何需？"曰："樱口中一点香唾耳。我以丸进，烦接口而唾之。"李晕生颐颊，俯首转侧而视其履。莲戏曰："妹所得意者惟履耶？"李益惭，俯仰若无所容。莲曰："此平时熟技，今何吝焉？"

——《莲香》

逡巡入，向生敛衽。妇命相呼以兄妹。巧娘笑曰："姊妹亦可。"并出堂中，团坐置饮。饮次巧娘戏问："寺人亦动心佳丽否？"生曰："跛者不忘履，盲者不忘视。"

——《巧娘》

四段文字俱与性爱有关，但均写得如仙乐嘹亮，如瑞云飘拂，充溢着生活情趣，没有一点猥句淫词，《晚霞》一段，令点评家们叹息："欲写幽欢，先布一妙境，视桑间野合、濮上于飞者，有仙凡之别。""人间所谓兰闺洞房，贱如粪壤。"（冯镇峦）《竹青》中丈夫向鸟儿变成的妻子开"胎生""卵生"玩笑，既亲昵又别致。按儿鼻则"增寿"，妙语天成。"汉皋解佩"则荒唐而典雅。《莲香》一节是最难措置的情境。桑生同时爱恋二女，莲香为狐，李女为鬼。莲劝桑疏远李以免减寿。桑告于李，李切齿。桑生终于病入膏肓。莲香在此情况下救了桑生，自然有一种居高临下的胜利感。然而莲香为人爽利而与人为善。她总是用隽语打趣李女，"醋娘子""得意者惟履耳""此平时熟技"等语，都带点醋溜溜的味道，但又都和和气气，绝不剑拔弩张。李女的幼稚、莲香的老练，均在风趣的对话、生动的形态中映出。真真是闺房戏谑均成隽语，吃醋拈酸亦变趣话。《巧娘》本来也是个很蹩脚的命题：一个天阉的书生刚刚变成伟男，他人不知，因而以"姊妹""寺人"调侃。他自己却因遽成伟男窃喜，故而以"不忘履"类话回敬。问得幽默，答得巧妙，设色生香，既巧且饶。聊斋为文，有脂粉气、学究气、纵横气、草野气、锦衣玉食气，然皆以平淡自然出之，以妙语趣语为之，使之浮华刊落，真乃辞采雅丽而笔势悠闲。

　　古人论文，常以"大雅平淡"为高层次审美要求。要有味外之味，不要虽有靓妆之媚而气尽语竭，神不完，韵不远。《聊斋志异》的作者文化修养极深，意趣表现便醇厚。其作品常常意在言外，需反复回味，常貌似可笑，状类滑稽，实际包含着深邃的人生哲理，如以下几段文字：

　　　　狐声言火屋，主人益惧。有健者，率家人噪出，飞石施箭，两相冲击，互有夷伤。狐渐靡，纷纷引去。遗刀地上，亮如霜雪；近拾之，则高粱叶也。……忽一巨人，自天而降。高丈余，身横数尺，挥大刀如门，逐人而杀。群操矢石乱击之，颠踣而毙，则刍灵耳。……主人适登厕，俄见狐兵，张弓挟矢而至，乱射之；集矢于臀，大惧急喊。众奔斗，狐方去。拔矢视之，皆蒿梗。

　　　　　　　　　　　　　　　　　　　　——《胡氏》

　　　　僧笑命李试其技，李乃解衣唾手，如猿飞，如鸟落，腾跃移时，诩诩然骄人而立。僧又笑曰："可矣。子既尽吾能，请一角低昂。"李忻然，即各交臂作势。既而支撑格拒，李时时蹈僧瑕；僧忽一脚飞掷，李已仰跌丈余。

　　　　　　　　　　　　　　　　　　　　——《武技》

《胡氏》初看是个十分壮观的战斗场面，有飞石有矢箭、有亮如霜雪的刀、有吓人的巨人。实际呢？稻草为人，蒿叶为刀，蒿杆为箭。一场虚惊变为一场笑谑。忙中生趣，凡中见奇。《武技》写武打场面，实则深寓人生哲理：像李生这样目光如豆者，所见必陋；拾人糟粕者，鲜有不蹉跌而为人笑。作家的讥弹之意并未溢于言表，仅在文中略指点一二，如"仰跌丈余"便把李某前此种种"健美"动作——猿飞、鸟落——一概抵消，使人看到他的浅薄。读罢不禁反思人类中若干类似人物而哑然失笑。

（二）写鬼亦有伦次

冯镇峦《读聊斋杂说》有一段话：

> 昔人谓，莫易于说鬼，莫难于说虎。鬼无伦次，虎有性情也，说鬼到说不来处，可以意为补接；若说虎到说不来处，大段著力不得。予谓不然。说鬼亦要有伦次，说鬼亦要得性情。谚语有之：说谎亦须说得圆。此即性情伦次之谓也。试观聊斋说鬼狐，既以人事之伦次，万物之性情说之。说得极圆，不出情理之外，说来极巧，恰在人人意愿之中。

《聊斋志异》雕空镂影，镜花水月，鬼话连篇。然而，雕空富人情，镂影寓实事，镜中花比地上花妩媚，水中月较天上月明亮。作者笔力悬绝，百炼钢化绕指柔，事幻而情真，笔玄而意浓。作者如何雕镂藻绘，使说鬼"有伦次"有性情？概而言之：

其一，寓意双关。

《莲花公主》写窦旭梦中与莲花公主结婚。先被导入一"叠阁重楼，万椽相接，曲折而行，觉万户千门"的所在。表面似描写一个有独特建筑风貌的殿阁，实际写蜂巢。窦生见"宫中女官，往来甚伙"。字面写人物众多，实际寓众蜂繁忙。窦生被请入堂上饮酒，堂下奏乐，"笙歌作于下，钲鼓不鸣，音声幽细"。仍然围绕着蜂声之细做文章。莲花公主出面了，"环佩声近，兰麝香浓"，既是一位装扮美丽的少女，又隐含着蜜蜂飞翔花中带花香之意。二人入洞房，"洞房温清，穷极芳腻"，是人间新夫妇的洞房，又是温暖的蜂房。既是别致的人间楼阁、殿堂、新房、美女，又是蜂巢。作家描写手法被称为"暗点法"，此法被作家用之烂熟。汪士秀之父过洞庭而溺于水，汪父生前善于踢球。汪士秀再过洞庭，见几个人在湖上踢球。"取一圆出，大可盈抱，中如水银满贮，表里通明。""中有漏光，下射如虹""又如经天之彗，直投水中，滚滚作沸泡声而灭。"既是踢球，又是踢水族特有的球——鱼胞。因为汪父已成水鬼，这个特异的球正暗示他的身份（《汪士秀》）。

《绿衣女》写于生与绿衣女相爱，女"绿衣长裙，婉妙无比""罗襦既解，腰细殆不盈掬""声娇细""声细如蝇"是写美丽而娇弱的少女情态，又时时暗寓绿蜂身份。婉妙的身材，写蜂形；娇细的声音，写蜂音，皆丝丝入扣，婉转合度。她最后变成绿蜂便是顺理成章了。《香玉》中清心寡欲的耐冬花神绛雪，不肯与黄生卿卿我我。黄生苦苦思念，牡丹花神香玉便想办法把绛雪请出来：

> 生恨绛雪不至。香玉曰："必欲强之使来，妾能致之，"乃与生挑灯出，至树下，取草一茎，布掌作度，以度树本。自下而上，至四尺六寸处，按其处，使生以两爪齐搔之，俄见绛雪从背后出，笑骂曰："婢子来，助桀为虐也耶！"牵挽并入。

黄生"布掌作度"量的是一棵树，"两爪齐搔"也是搔的树，可是结果"绛雪从背后出"。原来，那树干四尺六寸处，正是绛雪的腋窝。绛雪姑娘畏痒，树代她受之。树而人，人而树，融为一体。

其二，合情合理的骤变。

鬼有伦次，物有人情，常因作家魔术师一样的骤变而致。《劳山道士》中的仙道将一支筷子掷向月中，立即变成一个美人，从月中来到地面，"及地遂与人等"。不仅身与人等长，还有人的性情、形态。她"纤腰秀项，翩翩作霓裳舞"。她还唱出"幽我于广寒"的哀怨之曲。这个一闪而过的嫦娥，有着"碧海青天夜夜心"的苦恼。一支筷子变成了有形、有态、有个性的人。再如：

> 马使与陶相较饮。二人纵饮甚欢，相得恨晚。自辰以讫四漏，计各尽百壶：曾烂醉如泥，沉睡座间；陶起归寝，出门践菊畦，玉山倾倒，委衣于侧，即地化为菊；高如人，花十余朵，皆大于拳。
>
> ——《黄英》

> 媪曰："余即石室中灸瘤之病妪也。"……罗浆具酒，酬劝谆切。媪亦以陶碗自酌，谈饮俱豪，不类巾帼。……纵饮不觉沉醉，酣眠座间；既醒已曙，四顾竟无屋庐，孤坐岩石上。闻岩下喘息如牛。近视，则老虎方睡未醒。喙间有二瘢痕，皆

大如拳。

——《二班》

如果这两段文字分别从中间分开,《黄英》以"玉山倾倒"为界,《二班》以"既醒"为界,则都明显地分成鲜明对照的两部分。《黄英》的前段完全是不带一点怪异的常人饮酒,后段纯粹是正常的菊花形态。作家把它们遽然相连,人变花妖,变得快畅、变得新峭、也变得圆转。但明伦评《葛巾》,谓"纯用迷离闪烁,夭矫变幻之笔,不惟笔笔转,直句句转,且字字能转矣"。所谓"转"包括构思上的活跃,也包括描写上的灵活。转得灵婉轻快,不著一语呆笨。《二班》中的医生为嘴生双瘤的老妪看病,老妪对他招待如同常人,惟"谈饮俱豪"暗提她的异物身份。医生一觉醒来,茅屋成孤岩,老妪化猛虎。他始悟人而虎,虎而人。作家写人而物时,写人十足像人,写物则完全为物。电光石火般一变,人物合为一体,文笔既险而快,又从容不迫。《莲花公主》中窦旭梦中在桂府娶莲花公主,一切礼仪和朝廷纳驸马一般庄重,窦旭与公主新婚欢笑时,灾祸突起,桂府大王称"国祚将覆",含香殿黑翼大学士奏本,称:"祈早迁都,以存国脉事。"说有一千丈巨蟒盘踞宫外,吞食臣民一万三千八百余口……完全是台阁议事的情境,连那位"学士"的奏章,都写得沉稳庄重,颇有翰苑之才。莲花公主向窦苦求拯救,啼啼哭哭。窦旭醒来,发现适才之事乃梦,"而耳畔啼声,嘤嘤未绝,审听之,殊非人声,乃蜂子二三头,飞鸣枕上"。娇啼的公主一下子变成嘤嘤叫的蜜蜂,桂府也完全变成蜂巢。国王、学士均不复存在,变成"络绎如绳"的群蜂,那威胁桂府的"头如山岳,目等江海"的"一千丈巨蟒"呢?不过是"蛇据其中,长丈许"。蜜蜂就是蜜蜂,绝不是什么公主,明明是桂府的国王因"国祚将覆"携众臣子迁都,却变成蜜蜂搬家,"蜂入生家,滋息更盛,亦无他异"。人而鬼,人而妖,变得快速、变得利索,绝不拖泥带水。作家像那些巧夺天工的魔术大师,眨眼间,纸变飞鸟,活人切两半,人们深为惊讶之际,幕布便深深垂下,留下无限余地让人回味。《莲花公主》结尾"无他异",《阿纤》结尾"无他异",《蕙芳》结尾"亦无他异"。人而仙之异已合情合理地完成,自然不必再狗尾续貂了。

其三,以实写幻,诞而近情。

冯镇峦《读聊斋杂说》云,聊斋"说鬼说狐如华严楼阁,弹指即现""虽海市蜃楼,似真似幻,实一一如从人人意中所欲出"。聊斋之文确实"奇性异采,矫然若生"。写奇写幻而让人认为确有此事,此依赖于作家的真实可信的细节。《种梨》中,梨树勾勒出,成树,枝叶扶疏,倏而花,倏而实,何等神奇?但梨树发芽、成树、开花、结果的细节完全是生活真实,绝不会不开花而结果,也不会先结果后开花。倏花倏实奇则奇矣,然而不过把现实中几年中的事压缩为片刻完成。《陆判》判官为人换心易首,是怎样怪诞荒谬?但陆判为朱尔旦换心时,朱"觉脏腑微痛",像我们现在使用了麻醉药开刀的感觉;换罢心,朱"腹间觉少麻木",似麻醉药作用尚未消失;虽然是判官换心,却留下了医生开刀常有的瘢痕。朱尔旦的妻子换美人首,更是奇异之至,但换首过程又似乎确有此事:陆判带着"颈血犹湿"的美人首来朱家,先告诉朱尔旦"勿惊禽犬"。为什么?准是怕鸡叫狗吠为人知,也怕黄狗把美人首叼走。陆判"按夫人项,着力如切腐状,迎刃而解"。这固然是任何外科医生都办不到的,是书空杜撰。但夫人换首后次日,"觉颈间微麻,面颊甲错,搓之,得血片"。多么真切的细节!颈部有损伤的感觉,脸上有凝血结成的鳞片。对人体搞断鹤续凫,移花接木,何等虚妄!但手术者感受之真切,如在眼前。

《鲁公女》写张于旦同鲁公女相亲相爱,五年后鲁公女获得了转世为人机会,将托生于河北卢员外家。她约张生再结来生之缘。张生为之泣下,曰:"生三十余年矣,又十五年,将就木焉。会将何为?"两人姻缘似乎不得不断绝了。突然张于旦梦得神人指示,要他到南海去。在南海,他饮了菩萨所赐之茶,又浴于池。洗浴过程中,"失足而陷,过涉灭顶"。他因之惊寤。从此开始返老还童,神异地,又是一步一步地返老还童:"由此身益健,目益明。自捋其须,白者尽簌簌落;又久之,黑者亦落。"几个月后，他变成了十五六岁的童子。张于旦返老还童事奇异之至，却又写得极有层次、合情合理。真是"将天下所无事写为人人意中有"（冯镇峦评语）。《祝翁》中已经死去的祝翁担心老伴"抛汝一副老皮骨在儿辈手，寒热仰人，亦无复生趣"，又返回人间邀老妪同死。人之生死，岂可由个人意志操纵？祝翁之语，岂非谵妄？读者必如此揣测，祝翁家之"媳女皆匿笑"，老妪也说："子女皆在，双双挺卧，是何景象？"然而，祝翁要老伴同死居然成功。果真是"泉路茫茫，去来由尔"？作者把老妪之死写得次第井然：先没了笑容，后闭了眼，再停止呼吸，终于体温也丧失："俄视妪笑容忽敛，又渐而两眸俱合，久之无声，俨如睡去。众始近视，则肤已冰而鼻无息矣。"这是用实际死亡过程的详述，把"同死"的妄语变得真实。用近情近理的描写，使荒诞变得可信。亚里士多德在《诗学》中说："荒诞不经的情节，可以靠华丽辞藻来美化。"蒲松龄则用清词丽句，用诗意化的描写，用浸透着人情温暖的描写将海市蜃楼变得可信。

（三）艺术王冠的珍珠——精彩的口头语言

高尔基在同青年作者谈话时说，人民群众的口语，可以使人物"写得更形象化，浮雕化，使人物更生动"。普希金对莫斯科做圣饼的妇女的语言评价很高。普希金还特地向自己的奶妈学习语言。民间语言往往可以给文学家提供准确、恰当、有意义的语言，使文学语言更明朗单纯、更形象生动、更有压缩性。蒲松龄可算是古代作家中最了解平民大众的作家之一。他的《墙头记》等十四部俚曲，完全用生动活泼的淄川方言写成。杂著《日用俗字》则把山东一带人民的口语以文字学形式固定下来。《聊斋志异》虽然典雅古朴，却大量运用口语，运用村翁、老妪、少妇、少女、市井商贩等的语言。使得聊斋语言生动活泼不呆板，如：

"诸婢想俱饿，遂如狗舐砧。"（《萧七》）

"人家男子，何烦他挞楚耶！""此等男子，不宜打煞耶！"

(《江城》)

"何物村姬,敢引身与娘子接坐,宜撮鬓毛令尽!"(《宫梦弼》)

"小妮子!亦学人喋聒,尔何不从他去?"(《姊妹易嫁》)

"偷生鬼子常畏人。"(《绿衣女》)

"痴郎!尚不敢一呈身,谁要汝问门第,作嫁娶耶?"(《小谢》)

"豺鼠子!曩日负肩担,面沾尘如鬼。初近我,熏熏作汗腥,肤垢欲倾塌,足手皴一寸厚,使人终夜恶。自我归汝家,安坐餐饭,鬼皮始脱,母在前,我岂诬耶?"(《云翠仙》)

"孽障哉!不知何人饶舌,遂使风狂儿屑碎死!"(《荷花三娘子》)

"吾侄亦殊不恶,何守头巾戒,杀吾娇女!"(《寄生》)

"贱骨了不长进,欲携筐作乞人妇,宁不羞死!"(《青梅》)

"阿甥已十七矣,得非庚午属马者耶?"(《婴宁》)

"贪鄙贼,坏我家钱树子,三百贯要偿也!"(《梅女》)

"岂独凤妹妹有拳大酸婿耶?"(《凤仙》)

"侬也凉凉去!"(《镜听》)

……

一个人有一个人的口气,一个人有一个人的语言,有闺房调笑、有泼妇骂街,有的谦恭之甚、有的张狂之至、有的絮絮叨叨、有的尖刻锋利、有的甜美、有的辛辣、有的诙谐、有的朴讷,如闻其声、如见其人。有时聊斋中出现长篇生动的人物对话,也以活泼的口语使人从对话窥见人物的神态、心思,如常为评论家反复引用的:《聂小倩》中妖妇与老妪、聂小倩的对话;《翩翩》中花城与翩翩的对话;《阎王》中李久常与嫂的对话;《邵女》中媒婆同邵妻的对话……人物口吻逼肖、写形传神、贴切逼真。

《聊斋志异》口语的运用,大致可以归纳为三种方式:

其一，运用群众特有的称呼——带感情色彩的称呼，加深语言的爱憎作用，如：

"畜产"和"老畜产"，词本身带嫌恶色彩，嵌入语中，则使憎恨之情更深。《红玉》中冯翁骂冯相如与红玉苟合，曰"畜产所为何事？……"《宫梦弼》中柳和骂自己嫌贫爱富的岳父，曰："黄家老畜产尚在否？"《鬼作筵》中杜秀才之父魂附杜妻之体，呼杜秀才为"儿"，杜秀才诧异而问，则骂曰："畜产何不识尔父？"则似恨实爱也。

"个儿郎"，实际是"那小子"之意，用于人物话语中，显得亲切随便："个儿郎目灼灼似贼！"（《婴宁》）

"赔钱货"，是民间对女孩子的蔑视性称呼，一般来说，做母亲的不忍以此称自己女儿，情不自禁地用时，则表现绝望的心情。如《青梅》中程生和狐女生一女儿，狐女要求程生不要娶妻："我且为君生男。"程却聘婚王氏，狐女气极，把女儿交给程生，曰："此汝家赔钱货，生之杀之，俱由尔，我何故代人做乳媪乎！""赔钱货"的叫法，加重后边的恼怒语的分量。

"小鬼头""小妖婢"，昵称也，出现在句中，可以表达出似恨实怜的复杂心情。如《小谢》中二鬼女向陶生耍调皮，陶生怒曰："小鬼头，捉得便杀却！"《聂小倩》中世故的老妪称聂小倩"小妖婢悄来无迹响""妖婢"是讨好的爱称，与此后说的"小娘子端是画中人"为一种口气。

《姊妹易嫁》中姊称妹"小妮子"，乃厌恶之心为之；《邵女》中媒婆呼"好个美姑姑！"乃阿谀之心为之；《翩翩》中花城用"醋葫芦娘子"和翩翩调笑，乃亲如姐妹之情为之……用什么口语或称呼，分寸感极为讲究。

其二，民间谚语的文言化。高尔基称谚语为"警句的思维"，是把手指握成拳头的压缩语言。聊斋用民谚，则是把这种拳头般压缩语言进一步凝练，化为文言；

"丑媳妇总得见公婆。"——《连城》中改为:"丑妇终须见姑嫜。"

"一日夫妻百日恩。"——《张鸿渐》改为:"一日夫妻,百日恩义。"

"强扭的瓜不甜。"——《胡氏》中改为:"瓜果之生摘者,不适于口。"

"癞蛤蟆想吃天鹅肉。"——《邵女》中改为:"此非饿鸱作天鹅想也?"

"好了疮疤忘了痛。"——《娇娜》中改为:"创口已合,未忘痛耶?"

其三,按照古汉语的语法,直接把群众的口头语言译成文言。

书生张鸿渐的故事先写进聊斋,后改成俚曲,从小说和俚曲的对应章节,可以看出文言与口语的转换规律。如方娘子劝张鸿渐而发"秀才"之论:

> 大凡秀才作事,可以共胜,而不可以共败。胜则人人贪天功,一败则纷然瓦解,不能成聚。今势力世界,曲直难以理定。君又孤,脱有翻复,急难者谁也?
>
> ——《张鸿渐》

> 秀才们做事松,得了胜都居功,人人会托花枪弄。如今只论钱和势,衙门里不合你辨青红。况你孤单无伯仲。若还是万一不好,那时节受苦谁疼?
>
> ——《磨难曲》

再如张鸿渐与方氏见面时方氏的话:

> (方氏)变色曰:"妾望君如岁,枕上啼痕固在也。甫能相见,全无悲恋之情,何以为心矣!"
>
> ——《张鸿渐》

> 张鸿渐这几年你良心全坏,我为你人间的罪数全捱,现如今那枕头上泪痕还在。五年的夫妻一相会,一眼泪也不流下来。像

奴家这一等无心的痴人，该着他死在监牢永不睬！

——《磨难曲》

《张诚》改编为俚曲《慈悲曲》，其中张讷因张诚被虎衔去，悲而以斧自杀，后母诟骂：

母哭骂曰："汝杀吾儿，欲劙颈以塞责耶？"

——《张诚》

他娘听说，又来骂他："你杀了我那儿，难道抹一刀就罢了？"

——《慈悲曲》

同样的话，俚曲用纯粹淄川方言说，《聊斋志异》用文言句式说，固然一俗一雅各有佳妙。但俚曲显然不如《聊斋志异》更凝练、更生动。原因为何？

有的研究者以为，聊斋之口语，乃是以淄川方言入文言。不可否认，《聊斋志异》中有淄川方言的痕迹，如"道不得""遮莫""消受""便宜他""假惺惺"。不仅对话，其叙述语言也有方言痕迹，如《章阿端》："忽有人以手探被，反复扪孙……敛手蹀躞而去。""扪孙""蹀躞"皆淄川方言。但方言形式并不是最重要的。聊斋之口语入文言，采用的是双重"翻译"，即先将淄川口语变为北方官话，再将白话的北方官话变成严格按古汉语语法行文的文言文。如果将《聊斋志异》翻译成白话，绝对回复不到俚曲的形态。有人译《张诚》中张讷被骂的那段话为："继母哭着骂道：'你杀了我儿，想划道伤口来搪塞罪过呵！'"[1]这样译就与《慈悲曲》有了雅俗之分。《聊斋志异》有那么多口语，却不仅为淄川人、山东人喜闻乐见，且在广袤的中华大地风行，"双重翻译"（——我们姑且为它造一个词儿）可能是重要原因。

---

[1] 齐力子：《白话聊斋》，齐鲁书社1988年版，第73页。

第十八章
独步千古的文言艺术
——聊斋和古籍典故

王村西铺毕际有刺史家里有座藏书甚丰的万卷楼，状元王寿鹏为之题写对联："万卷藏书宜子弟，十年种树起风云。"蒲松龄青年时代在青云寺苦读，壮年后设帐绰然堂。有白阳老人的万卷藏书，更可以驰骛于书林，翱翔于艺苑。他博观约取、入耳著心、贪多务得、细大不捐、才储八斗、学富五车。古人著作成为他的重要取材来源，更给他以厚重的历史积淀、博大的文化教养。他的文言艺术，脱胎诸子，出入齐梁，超凡脱俗，卓然不群：他人语作俗滥处，他出之以雅隽；他人语作寻常处，他出之以奇崛；他人语作浅陋处，他出之以深邃，其所以如此，皆因其强学博览、贯通古今。

第一节　酿得蜜成花不见

《聊斋志异》中的古籍语汇难以详指。蒲松龄用了哪些书，像天上的星星数不清。举凡《诗经》《楚辞》《论语》《孟子》《左传》《国语》《战国策》《史记》《晋书》《太平广记》《太平御览》……可以说，经史子集，无所不包。先秦散文、汉赋乐府、唐诗宋词、唐宋名文、戏曲小说、野史杂著，乃至星相卜医、药书类书……兼收并蓄。然后，运以精思，"酿得蜜成花不见"。胶柱鼓瑟、刻舟求剑地搜寻蒲留仙同古籍的关系，既无必要又甚为困难。但我们可以把聊斋如何从古籍汲取滋养，大体分为三个方面进行探索。

（一）古语直引

把前人的语言——自然是精当的、确切的语言——原封不动地引进自己的作品，是蒲松龄经常采用的语言方式。《真定女》有语："不图拳母，竟生锥儿。"直接引自《世说新语》。《张诚》中后母虐前子，"啖以恶草具"，从《史记·陈丞相世家》搬过来。陈平向楚军使反间计，项王使至汉，故意"更以恶草具进楚使"。张诚的长兄要回故乡，其母担心后妻不容，张别驾说："天下岂有无父之国？"此语自《礼记·檀弓》照引。《巧娘》中狐媪托傅廉捎信，说："有尺一书……"乃用《前汉书》中匈奴书牍的说法。《阿霞》的女主角告诉陈生："母远去，托妾于外兄，不图狼子野心，畜我不卒。"直接引用两部书，即《左传·宣公四年》："谚曰：狼子野心，是乃狼也，其可畜乎？"《诗经·邶风·日月》："父兮母兮，畜我不卒。"《画皮》中陈氏求乞者救自己丈夫，乞者大笑："人尽夫也，活之何为？"语出《左传·桓公十五年》："人尽夫也，父一而已。"《酒友》写"车生者，家不中赀"，语出《史记·游侠列传》："郭解家贫不中赀。"《潞令》中"潞子故区，其人魂魄毅，故其为鬼雄"，引自《楚辞·国殇》："魂魄毅兮为鬼雄"……

这些语言均系将古语直接用于文章中，不加变通。因为前人创造的语言形象而富于表现力，引用又恰到好处，便起了以一当十的作用。《刘姓》一文开头即说："邑刘姓，虎而冠者也。"语出《史记·齐悼惠王世家》："太尉勃等尽诛诸吕，大臣议立齐王，琅琊王及大臣曰：'齐王母家驷钧，恶戾，虎而冠者也。'"《史记》用"虎而冠"概括一个"恶戾"者，精练而生动。蒲松龄用来作为无赖恶棍的话语，贴切有力。《邵女》中，柴生偷娶邵氏为妾，瞒着家中嫡妻金氏，邵氏劝他还是向妻子自首为好："君之计，所谓燕巢于幕，不谋朝夕者也。"语出《左传·襄公二十九年》，吴公子札谓孙文子语："（吴公子札）

自卫如晋，将宿于戚，闻钟声焉。曰：'异哉！吾闻之也，辩而不德，必加于戮。夫子获罪于君以在此，惧犹不足，而何又乐？夫子之在此也，犹燕之巢于幕上，君又在殡，而可以乐乎？'遂去之。文子闻之，终身不听琴瑟。"《左传》此语，是用燕子筑巢于随时可撤的幕布，比喻孙文子处于险恶的政局下犹听音乐，说明他失于计较。《邵女》用此话比喻懦弱的丈夫暂时欺骗悍妻。"虎而冠""燕巢于幕"，虽然可以追溯到原古书，但因为语言本身具有形象性、概括性，即使不知原出处而仅解字面，也同样形象可感。

《聊斋志异》小说中的人物吟诵过大量古诗、古词、古曲，基本皆直引原意。小说人物对话中嵌入某些古书词语，也绝不牵强附会。《青梅》篇写道："青梅事女谨，莫敢当夕。"语出《礼记·内则》："妻不在，妾御莫敢当夕。"莲香看见李女后说："窈娜如此，妾见犹怜，何况男子！"语出《世说新语》南康公主见丈夫私纳之小妾的话："我见犹怜，何况老奴！"《云翠仙》中，梁有才被岳父家的人以锐簪剪刀刺股，云翠仙曰："可暂释却。渠便无仁义，我不忍其觳觫。"语出《孟子·梁惠王上》，齐宣王曰："舍之！吾不忍其（牛）觳觫。"……这类语言，虽为古书原话原意，但已与《聊斋志异》浑然天成、精当生辉。

（二）濯去旧见，化为己言

用古书之原话，可以简练而确切地体物叙事。聊斋尤能濯去旧见，推出新意，食笋而去箨（竹皮）：

"女犹眼零雨而首飞蓬也"（《姊妹易嫁》），将《诗·卫风·伯兮》中"首如飞蓬"化入词中，与"眼零雨"对照，形容周至。

"舍妹与君有缘，愿无弃葑菲"（《狐妾》），语出《诗·北风·谷风》："采葑采菲，无以下体。"此诗的前几句为："习习谷风，以阴以雨。黾勉同心，不宜有怒。"整个诗的意思是，丈夫对妻应当同心，不要动辄发怒，对妻子更要重德行，而不要仅看颜色。《狐妾》用此语，既可以说有《谷风》原意，也可以说，仅取了"葑"（蔓青），"菲"（芦菔）之意。

"一日，北风策策"（《夜叉国》），语出韩愈诗："秋风一披拂，策策鸣不已。"（《秋怀诗》之一）聊斋用"策策"已基本同原诗无涉。

"朱因竟日饮，遂不觉玉山倾颓"（《陆判》），由《世说新语·容止》化出："嵇叔夜之为人也，岩岩若孤松之独立；其醉也，傀俄若玉山之将崩。"《世说新语》侧重写嵇叔夜之俊美。《陆判》中的朱尔旦并不美，"玉山倾颓"仅描其醉态。

"故大家，第宅弘阔，后凌夷"（《青凤》），语出《汉书·成帝纪》："帝王之道，日以陵夷。"聊斋用此语，已不指帝王之道，而指世家没落。

《莲香》中连续使用古书中的语言，随时变更，为作者创造人物形象服务。李女与桑生幽会，说："妾为情缘，葳蕤之质，一朝失守。"活用《楚辞·七谏·初放》中"上葳蕤而防露"，表述处女献身的心情。李女后来讲述自己虽然是鬼，却追求情爱："已死春蚕，遗丝未尽。"又是化用李商隐"春蚕到死丝方尽"诗句，而语言似乎更深一层。因为李商隐诗意蚕死而丝尽，李女却死而有遗丝。待到李女因以鬼身害桑生病危时，她表示："如有医国手……"她将埋首地下，永不再蛊惑桑生。"医国手"一语，出自《国语·晋语》："平公有疾，秦景公使医和视之……文子曰：'医及国家乎？'对曰：'上医医国，其次医人，固医官也。'"因而"医国手"指治国之人。《莲香》用此语，转而仅指高明的医生。《莲香》中，三次用在李女身上的古语，或借用以抒情，或引申以表白，或与古书原意相异。这些语言为刻画人物而出现，为刻画人物而变通。

《王成》一文，则屡屡以作者的需要对古书中的语句裁长补短。开头，王成"与妻卧牛衣中，交谪不堪"。用了《诗·邶风·北门》"室人交遍谪我"之意。待到王成认了狐祖母，"呼妻出现，负败絮，菜色黯焉"。又用了陶潜《与子俨书》中的"败絮自拥"和《礼记·王制》

中的"民无菜色"。狐祖母谢绝王成留她同住之情，曰："汝一妻不能自存活，我在，仰屋而居，复何裨益？"用了《宋史·富弼传》"但仰屋窃叹者"。王成贩葛，天偏偏下连阴雨，"不意淙淙彻暮，檐雨如绳"。借用黄山谷诗句"蓬窗高卧雨如绳"。王成将至京，传闻"葛价翔贵"。用《前汉书·食货志》中的"谷价翔贵"。这些都是变前人之言为己言，信手拈来而随意变幻。"仰屋而居"内含嗟叹之意。以"葛"易"谷"，方便轻巧。《王成》篇几乎每段都有古语新用。王成贩鹌鹑，众鹑皆死，仅存一只。店主审视曰："此似英物。"（语出《晋书·桓温传》：温峤见温生，试使啼，曰："真英物也。"《晋书》指人，《王成》指鸟。）亲王要买王成之鹑，曰："赐而重直，中人之产可致。"（语出《汉书·文帝纪》：帝欲建露台，匠人计之约需百金。上曰，"百金，中人十家之产也……何以台为"。文帝用"中人之产"反对浪费，王用"中人之产"引诱王成。）王成不肯卖鸟，说："臣以为连城之璧不过也。"（用《史记》的和氏璧故事）《王成》描写的不过是一个懒汉发财的经历，何以涉及如此多的历史故事？其实，作者在写此文时，并非掉书袋、炫才学，而是无意中选择了对于叙事写人、言情状物最为适合的字句。这些字句早已不是作为史实出现，而仅仅是作者的描写性语言。

蒲松龄善于用自己的语言来概括古书中的史实和意境，故《聊斋志异》似古而非古，既借用古语又超越古语。《陈云栖》中，洁身自好的女道士向真毓生剖白："如望为桑中之约，所不能也。"《凤阳士人》中丽者歌曰："望穿秋水，不见还家，潸潸泪似麻。"《黄九郎》中狐女让情人发誓："能矢山河，勿令秋扇见捐。则唯命是听。"都是从古语脱化而来。其一出自《诗经·鄘风·桑中》："期我乎桑中。"其二出自《西厢记》："望穿了盈盈秋水。"其三出自班婕妤《怨歌行》："新裂齐纨素，……裁为合欢扇，……出入君怀袖，动摇微风发，常恐秋节至，……恩情中断绝。"这三句古语已经具备典故资格，蒲松龄却将其化为自己特有语言形式，把古书词语的个别含义推而广之。"桑中之约"成为苟合的代用词，"望穿秋水"成为殷切期待的形容词，"秋扇见捐"成了妇女被遗弃的专用词。这样，使古语更为通俗而富表现力。当然，不可否认，蒲松龄之前的小说家，已经有人这样做过。如"秋扇见捐"，唐宋传奇中的女主人公已有人说过。

（三）滥觞于古籍的行文

但明伦评《邵女》之媒婆说媒，云："此一段文字，得力全在故与邵妻絮语一句，……抑扬顿挫，不即不离，使人入其彀中而不觉。此等笔墨乃滥觞于《战国策》者。"冯镇峦亦云："此一段词令之妙，仿佛国策。"

《聊斋志异》擅长更古籍为新作，化古语为己言，更善于汲取古籍的行文方式。《战国策》中《触龙说赵太后》，启迪聊斋生出两段美文。一段为《邵女》中媒婆说媒，一段为《寄生》中媒婆说媒。触龙欲劝说太后时，太后早已扬言，谁再提长安君为质，"老妇必唾其面"。如果单刀直入地劝说，非失败不可。触龙遂故意先同太后絮言。《邵女》中的贾媪，如果开口就介绍秀才女儿做妾，必被轰出门外。遂故意同邵妻絮语。触龙选择太后爱听的"爱怜其少子"的话题开讲；贾媪则挑邵妻喜闻的"好个美姑姑"话题开腔。触龙故意说赵太后爱燕后甚于爱长安君；贾媪则故意说柴家郎君想娶邵氏为妾乃"饿鸱作天鹅想"。触龙从国家形势剖析了"位尊而无功，奉厚而无劳"将给长安君带来的损失；贾媪则从家庭经济状况出发，以千金为诱，雄辩地说明"失尺而得丈"的道理。赵太后终于为国家安危而同意长安君为质；邵妻亦终于因图财而舍娇女为妾。《战国策》论国家大事的滔滔雄辩，演变为聊斋虔婆说媒拉纤的花言巧语。触龙说赵太后，导致国泰民安的政局；贾媪说邵妻，却把邵女引入受尽摧残的深渊。

世上没有两片相同的树叶，聊斋也不会出现面目相同的媒婆。《寄生》中的于媪说媒，固然也有脱化于《触龙说赵太后》的痕迹，但却不像《邵女》那样，游说步骤、方式、心理战术均由触龙演化。《寄生》之于媪，除了像《邵女》之贾媪一样舌底生莲，说得天花乱坠外，更具有自负、自信的特点，因而《寄生》出现更为婀娜多姿的场面。

寄生字王孙，钟情表妹闺秀。其姑夫却以内亲为嫌。寄生遂害相思病。张五可因路遇寄生，也害了相思病。五可之母"微示之"媒婆于媪。于媪便开始为张五可与寄生牵线搭桥：

> 媪遂诣王所。时王孙方病，讯知，笑曰："此病老身能医之。"芸娘问故。……媪入，抚王孙而告之。王孙、摇首曰："医不对症，奈何？"媪笑曰："但问医良否耳：其良，召和而缓至，可矣；执其人以求之，守死而待之，不亦痴乎？"王孙欷歔曰："但天下之医，无愈和者。"媪曰："何见之不广也？"遂以五可之容颜发肤，神情态度，口写而手状之。王孙又摇首曰："媪休矣！此余愿所不及也。"反身向壁，不复听矣。

于媪的游说以失败而告终，但其口若悬河之状已非常人可比。她以战国时两个并驾齐驱的名医来比喻两个同样"神仙不啻"之少女，妥帖、形象。只是寄生终因情人眼里出西施，"不复听矣"。此后，寄生梦见五可，又请邻媪探访，亦言其美。他便"谋以亲见五可"。五可因病，每日由丫鬟扶过对院，于媪让寄生藏在暗处偷看，于媪还"故指挥云树以迟纤步"，让五可缓行，以便寄生看得真切。这个故意让五可慢行的动作，真化工之笔，写出于媪之精明。通过亲见五可，寄生终于弃闺秀而求五可。其父母请了另一个媒婆去求婚，"五可已别字矣"。寄生遂"悔闷欲死""鸡骨支床"地害起相思。于媪又出现了，夸口曰："早与老身谋，即许京都皇子，能夺还也。"寄生之父恐被五可家拒绝，于媪曰："前与张公业有成言，延数日而遽悔之；且彼字他家，尚无函信。谚云：'先炊者先餐。'何疑也！"雄辩滔滔，巧舌如簧。事情果如于媪估计，寄生求婚，五可家"并无异词"。

《寄生》于媪说媒，也像《邵女》那样，有滥觞于《战国策》的痕迹。于媪看人下菜碟，对寄生思美人闺秀，则先以"和""缓"将五可与闺秀并列，又"口写而手状"五可之美，最后，"故指挥云树以迟纤步"。终于用五可取代了闺秀在寄生心中的地位。对于张五可之父母，于媪则以"先炊者先餐"来对付,真是一位雌陆贾。但这位媒婆又与《邵女》中的贾媪不同,她不是一次成功,而是数度用力;她既要说寄生,又要向五可父母夺回已字他人的五可。所以,她身上又有话本小说《卖油郎独占花魁》的刘四妈影子,刘四妈既能说得誓不接客的莘瑶琴欣然接客,又能说得以花魁女为摇钱树的王九妈放花魁从良。归根结底,于媪就是于媪,她既不是触龙的女性化,也不是刘四妈的翻版。她是她自己,一个着笔不多而神气飞扬的媒婆形象。

"糟粕所传非粹美,丹青难写是精神。"(王安石《读史》)蒲松龄虽然博贤群籍,可以师法古人。但他更擅于师天写实,师心造境。所以,他的文辞固然有古语之滋养,却绝不陈语重谈,袭故蹈常,落套刻板。袁子才《随园诗话》云:"蚕食桑,而所吐者丝,非桑也;蜂采花,而所酿者蜜,非花也。读书如吃饭,善吃者长精神,不善吃者长痰瘤。"蒲留仙读书万卷而取其神,于规矩之外变化万千、变熟为生、推陈出新,真如春蚕食桑而吐锦绣,蜜蜂采花而酿王浆。

第二节 得手应心 点化熔铸

写文章免不了要用典,如何取法乎上,钱锺书先生在《谈艺录》中引《西清诗话》谈少陵诗云:"作词用事,要如释语;水中著盐,饮水乃知盐味。"所谓"释语"即《善慧大士传录》卷三语:"水中盐味,色里胶青;决定是有,不见其形。"钱锺书先生认为,"水中著盐""即席勒论艺术高境所谓内容尽化为形式而已。既貌同而心异,复理一而事分。故必辨察而不拘泥,会通而不混淆,庶乎可以考镜群言矣"。

冯镇峦《读聊斋杂说》有一段谈及聊斋用典的特点:

近来说部,往往好以词胜,搬衍丽藻,以表风华,涂绘古事,以炫博雅。聊斋于粗服乱头中,略入一二古句,略装一二古字,如《史记》诸传中偶引时谚时语,及秦汉以前故书。斑剥陆离,苍翠欲滴,弥见大方,无一点小家子强作贫儿卖富丑态,所以可贵。

古人认为，用典用得好，在于"质用不如借用，明用不如暗用，正用不如翻用，整用不如拆用"（方东树《昭昧詹言》）。蒲松龄用典极有讲究，概言之：一曰用事必切；二曰熔铸点化；三曰化腐为奇。

（一）丛绿点红，点化熔铸

聊斋用古人之典表达自己的心意，典故于文中，如丛绿点红、雪枝立鹊：

> 披萝带荔，三闾氏感而为骚；牛鬼蛇神，长爪郎吟而成癖。……人非化外，事或奇于断发之乡；睫在眼前，怪有过于飞头之国。……萧斋瑟瑟，案冷疑冰。集腋为裘，妄续幽冥之录；浮白载笔，仅成孤愤之书。……知我者，其在青林黑塞间乎？
> ——《聊斋自志》

典故对于抒发聊斋先生创作的追求、苦闷，起到了言简意赅、言有尽而意无穷的作用。屈原忧国忧民而为离骚，李贺以牛鬼蛇神喻世，此二典抒发作家志向；文身断发，飞头獠子的故事比喻作家的搜奇猎异；古代文人写作的艰辛暗指聊斋的穷而著书，杜甫《梦李白二首》之一"魂来枫林青，魂返关塞黑"诗句，符合了蒲留仙觅知音的殷切。

> 又逾年，朝士窃窃，似有腹非之者；然各为立仗马。曾亦高情盛气，不以置怀。有龙图学士包上疏，其略曰："窃以曾某，……可死之罪，擢发难数！……公卿将士，尽奔走于门下：估计贪缘，俨如负贩；仰息望尘，不可算数。或有杰士贤臣，不肯阿附，轻则置之闲散，重则褫以编氓，甚且一臂不袒，辄忤鹿马之奸；……"
> ——《续黄粱》

曾某做宰相倒行逆施，使得朝廷百官背后议论纷纷，又不敢上疏弹劾，用两个典故写此情。"朝士窃窃"，典出《汉书·食货志》："汤奏当异九卿，见令不便，不入言而腹非，论死。""立仗马"典出《新唐书·李林甫传》，李林甫居相横行天下，杜琎上言进谏被贬官，劝其余同行："君等独不见立仗马乎？"盖指皇帝临朝时立在宫门外的八匹马，静立无声，从不嘶叫。"朝士窃窃"和"立仗马"写群臣内心虽有意见却贪恋厚禄不敢进谏，把尸位素餐的官员写得穷形尽相。

"仰息望尘"用《晋书》中石崇、潘岳阿谀贾谧的典故："候其出，望尘而拜。""辄忤鹿马"用《史记·秦始皇本纪》赵高指鹿为马事，历史上奸佞为恶的政治性典故用在为非作歹的宰相身上，天衣无缝。

陆放翁有言："文章切忌参死句。"袁子才认为用典如同陈设古玩，宜堂宜室，各有攸宜。作家写文章劬学博闻，时有典故固然好，但倘若墨守成规、不谙变化，便会出现前人常訾议的酸秀才体、穷学究体。变成江西诗派式的读破万卷、死声活气、无一字无来历；变成前后七子式的庙中木骸、乞儿开店、古董搬家；变成《镜花缘》式的以才学为文。聊斋擅于将典故点化熔铸，用于文中，如同己出。

《莲香》写李氏爱恋桑生，轮回转世为燕儿又嫁了回来，桑生曰："此似曾相识燕归来也。"用晏殊著名的春恨词。晏殊之"燕"乃天空飞燕，桑生之"燕"乃李氏香魂。以成语而抒己情，慧极而妙绝。《连琐》中阴司恶役逼连琐为妾，王生在梦中帮助她脱难。她说："将伯之助，义不敢忘。""将伯"之典出于《诗·小雅·正月》"将伯助予"。连琐是位灵心慧性、富于文人气质的少女，她在对话中用典，恰合其身份。《封三娘》中狐女封三娘为女友范十一娘做媒，夜入孟生家，孟生一见艳美的封三娘，"大悦，不暇细审，遽前拥抱。封拒之曰：'妾非毛遂，乃曹丘生。十一娘愿缔永好，请倩冰也'"。毛遂为自荐之典，曹丘生为荐人之典。封三娘用此二语，"典赡稳切。自荐荐人，用古雅切"（但明伦评语）。《罗刹海市》龙女写给马骥的书信，几乎一句一典，盈盈一水（——古诗："迢迢牵牛星，皎皎河汉女。……盈盈一水间，脉脉不得语"），青鸟难通（——《汉武内传》："上于承华殿前，见青鸟从西方来，问东方朔，朔曰：'此西王母欲来也。'"）……顾念奔月姮娥（——典出王充《论衡》），且虚桂府（——典出《酉阳杂俎》："月中有桂，高五百丈。"）；投梭织女（——故事见于《续齐谐记》），犹怅银河"（——江总诗："织女今夕渡银河。"）

龙女书信中的用典与她叙写同马骥分手后的经历，抒发她忠贞不二的痴情水乳交融，不论叙述还是抒情均佐以典雅庄重的典故，妙语双关，深情无限，切合龙女的高贵身份。《聊斋志异》的"异史氏曰"用典也往往是对典故活法消融，"我手写我口"。《陆判》用"断鹤续凫""移花接木"之典赞陆判的神力，用"媸皮裹妍骨"之典概括陆判形象，对于故事正文中的形象描写起画龙点睛之功。《聂政》正文不长，"异史氏曰"却不短，作家连用"豫之义""鱄之勇""曹之智"等古代侠客典故，把聂政较荆轲更堪敬服，写得尽情尽理。

（二）以故为新，以俗为雅

《聊斋志异》放笔使气，一泻无余。甄采前言，常常师其辞而不师其意。如《董生》写青州书生半夜归家而衾中"腻有卧人"且"神仙不殊"，戏探下体，毛尾修然。董生遂曰："我不畏首而畏尾。"就把《左传·文公十七年》的典故之意全换（原文"畏首畏尾，身其余几"），政治劝诫之语，变成了男女相嬉之话。作家神来兴发，意得手随，常常写出令聊斋点评家瞠乎其后的离经叛道之文。如《仙人岛》：

> 一夕，对酌，王以为寂，劝招明珰。芳云不许。王曰："卿无书不读，何不记'独乐乐'数语？"芳云曰："我言君不通，令益验矣。句读尚不知耶？'独要，乃乐于人要；问乐，孰要乎？曰：不。'"一笑而罢。适芳云姊妹赴邻女之约，王得间，急引明珰，绸缪备至。当晚，觉小腹微缩，痛已而前阴尽缩。大惧，以告芳云。芳云曰："必明珰之恩报矣！"王不敢隐，实供之。芳云曰："自作之殃，实无可以方略，既非痛痒，听之可矣。"数日不瘳，忧闷寡欢。芳云知其意，亦不问讯，但凝视之，秋水盈盈，朗若曙星。王曰："卿所谓'胸中正，则眸子瞭焉。'"芳云笑曰："卿所谓'胸中不正，则瞭子眸焉。'"盖"没有"之"没"，俗读似"眸"，故以此戏之也。王失笑，哀求方剂。曰："君不听良言，

前此未必不疑妾为妒，不知此婢原不可近。曩实相爱，而君若东风之吹马耳。故唾弃不相怜。无已，为若治之。然医师必审患处。"

乃探衣而咒曰："黄鸟黄鸟，无止于楚！"王不觉大笑，笑已而瘳。这段闺房戏谑妙趣横生。情节仅两三句就可以囊括，即：王勉欲私明珰，芳云反对。王乘芳云外出，与明珰私通，导致前阴尽肿。王向芳云求医，芳云以咒语疗之。这样的情节，设若由《金瓶梅》的作者来写，则不知要敷衍出怎样污秽不堪的文字。聊斋先生却写得雅致而富谐趣。此段洋洋洒洒，排荡摇曳数百言，人物情态活泼，语言轻巧生动。作家在此段中连用三个取自圣贤书的典故，却由情生文，章句虽存而文意全变：

其一，《孟子》"独乐乐"语。原文："独乐乐，与人乐乐，孰乐？曰：不若与人。与少乐乐，与众乐乐，孰乐？曰：不若与众。"原文是劝帝王行仁政的名句。芳云重新断句并更窜数字，却成了不允许王勉与明珰幽会的打趣话。

其二，《孟子》"胸中正，则眸子瞭焉"，原意是：一个人内心好坏，可以从眼睛反映出来。如果内心光明正大，眼光就特别明亮。芳云说王勉"胸中不正，则瞭子眸焉"。"眸"为"没有"中"没"的俗音，而"瞭子"为山东方言对男子性器官的谐称。聊斋竟把圣贤书的大道理改成了夫妇间的戏谑。惹得聊斋评点家们大加诛伐，冯镇峦曰："真是以文为戏，口孽哉！聊斋恶息，当以为戒。"但明伦曰："语亦巧合，特嫌其侮。"

其三，《诗经·秦风·黄鸟》原文："……交交黄鸟，止于楚。谁从穆公？子车鍼虎。维此鍼虎，百夫之御。临其穴，惴惴其栗。彼苍者天，歼我良人。如可赎兮，人百其身。"据《左传·文公四年》载："秦伯任好卒，以子车氏之三子奄息、仲行、鍼虎为殉，皆秦之良也。国人哀之，为之赋《黄鸟》。"因而，《黄鸟》诗乃是挽歌，反映人民对暴君的憎恨。芳云却异想天开，以"黄鸟"为咒，为丈夫治起"前阴尽肿"之病来。

三个典故，均典出圣贤书，却得意忘言。点评家们以"瞭子眸"为"口孽"，而称"独乐乐"之典"断句成文，锦心绣口"，称"黄鸟"之典为"绝妙医手，绝妙灵咒"。实际上，三典之用，均绝圣弃贤。《孟子》之王道教化，《诗经》之婉而多讽，俱变为作家撰写闺房嬉戏的俳优文字，变成调笑打趣的神来之笔。作家挥毫落笔、圆通妙澈、披沙拣金、化腐为奇。典故亦变板结为轻盈，变凝死为飞动。当然，即使不从卫道出发，因为对子车氏三子的同情，人们可能对"黄鸟"之典的用法有不舒服之感。苏东坡嬉笑怒骂皆成文章，戴石屏《论诗》訾之曰："时把文字供戏谑，不知此体误人多。"聊斋笔舌伶俐，然因才而失度也是有的。

《聊斋志异》大笔高调、古雅清纯。然而，作家亦有炫博矜奇、典实丛叠之误。如：

《绛妃》之"讨风神檄"，才大思深，尽文章之能事，将有关风的典故旁收博览，舜弹琴歌"南风之歌"、宋玉撰《风赋》、刘邦写《大风歌》、汉武写《秋风词》、杜甫写《茅屋为秋风所破歌》……几乎成为"风"的博物馆。固然构思巧而典实丰，然似乎有点曼衍铺比、冶容过甚。

《马介甫》之"异史氏曰"几乎收集了史实、传说中大部分惧内掌故：周婆之礼、河东狮吼、斫树摧花、误打妻舅、丈夫化羊……用典均属确切，骈文对仗亦极工整，然而似乎浮澜过分，有炫才之嫌。

《黄九郎》为写男风的揭露性小说，其"笑判"用了十几处典故，有切合男风之典，如断袖分桃。但大多与故事无涉，如吕布辕门射戟。《妾击贼》篇末用典甚丰，诸如，化鹰为鸠，内人展笑，贵主同车……也与正文关系不大，真所谓五谷不熟，不如荑稗。《犬奸》之正文不过是一畸形社会谈片，"异史氏曰"却大写各种与奸情有关之典，如濮上、桑中、夜叉、续貂、温柔乡……如此滥肆才情，非但典故撑肠成痞，甚至有牛刀宰鸡、隋珠弹雀之嫌。

……

聊斋先生的教养来源，说不清也无必要完全弄清。歌德同爱克曼谈话，爱克曼说："人们怀疑这个或那个名人是否有独创性，要追查他的教养来源。"歌德意味深长地回答：

> 那太可笑了。那就无异于追问一个身体强健的人吃的是什么牛、什么羊、什么猪，才有他那样的体力。我们固然生下来就有些能力，但是我们的发展要归功于广大世界千丝万缕的影响，从这些影响中，我们吸收我们能吸收的和我们有用的那一部分。我有许多东西要归功于古希腊人和法国人，莎士比亚、斯泰恩和哥尔斯密给我的好处更是说不尽的。但是这番话并没有说完我的教养来源，这是说不完的，也没有必要。关键在于要有一颗爱真理的心灵。随时随地碰见真理，就把它吸收进来。……这个世界现在太老了。几千年以来，那么多重要人物已生活过，思考过，现在可找到的和可说出的新东西已不多了。……我努力在这个思想混乱的世界里再开辟一条达到真理的门路，这就是我的功绩。①

聊斋先生同这位德国诗人一样，如日月经天，万人瞩目。他也同歌德、同莎士比亚、同曹雪芹一样，具有民族天才的最鲜明标志。即：他的才能在某种程度上是天赋的，是一种非人力所能控制的神力。这种才能因植根于民族文化的基础而日渐增长，因对真理的追求而璀璨发光。他是一个富有创造力的人物，他对中华民族浩瀚灿烂的民族文学博学慎思，又有所前进、有所创造。他的创造对中华民族乃至人类产生了有益的乃至持久的影响。

聊斋先生"被明月兮佩宝璐，登昆仑兮食玉英"，处蓬蒿而忧天下，人间声价是文章。《聊斋志异》才大巧思、鬼斧神工、锦工织锦、玉人琢玉、穷巧极妙、流转圆美。千秋万岁、名不寂寞。

---

① ［德］爱克曼辑录，朱光潜译：《歌德谈话录》，人民文学出版社1978年版，第177页。

附　录

诺贝尔文学奖和《聊斋志异》

　　莫言在诺贝尔文学奖授奖仪式上称自己是"讲故事的人",深受故乡讲故事前辈蒲松龄的影响,"我是他的传人"。莫言诺贝尔文学奖致辞讲了几个故事。最后一个故事大意是:八个外出打工的泥瓦匠为避暴风雨躲进破庙。天空雷声紧、火球滚,似乎还有龙叫。众人说:我们中肯定有人做了亏心事。咱们把草帽丢出去,哪个人的草帽被吹走,哪个人出去接受惩罚。草帽丢出去之后,只有一个人的草帽被吹走。七个人把他抬起来丢到庙门外。此人刚被扔出,庙轰然坍塌。

　　这个故事的范本是《聊斋志异》中真实历史人物传奇《孙必振》:

　　　　孙必振渡江,值大风雷,舟船荡摇,同舟大恐。忽见金甲神立云中,手持金字牌下示;诸人共仰视之,上书"孙必振"三字,甚真。众谓孙:"必汝有犯天谴,请自为一舟,勿相累。"孙尚无言,众不待其肯可,视旁有小舟,共推置其上。孙既登舟,回首,则前舟覆矣。

一念之恶定生死的《孙必振》提醒世人:做人不能损人,损人结果很可能害己。众人在金甲神出现时,如果不那样自私自保,可能会沾孙必振的福气逃过一劫。

　　莫言的致辞直接受聊斋故事影响,《聊斋志异》构思模式对莫言小说的影响更是随处可见,以《生死疲劳》为例略做分析。

　　《生死疲劳》堪称莫言小说的扛鼎之作,其轮回转世和人兽交替、亦人亦兽创作手法，明显受《聊斋志异》的影响。

《聊斋志异》有多个轮回转世的故事。《三生》写一作恶多端者被阎王先后罚做马、狗、蛇。轮回为畜类后仍保持人的思维。马、狗、蛇都惦记如何恢复人身。聊斋故事《向杲》的亦兽亦人最受人称道。向杲之兄被恶霸害死，他不管告状还是行刺都没法复仇，道士给他披上一件袍子，向杲变成猛虎，化虎后完全按人的思维行事，却以猛虎之躯将仇人的头咬下来。

莫言的小说创作颇有哲学意味，很讲究艺术辩证法。《生死疲劳》圆熟地将轮回转世和亦兽亦人两种构思方式结合起来：地主西门闹土改期间被枪毙，先后转世为西门驴、西门牛、西门猪、西门狗，最后转世为叙事主人公大头婴儿蓝千岁，不管是驴、是牛、是猪、是狗，一概保持西门闹的思维，特别是他的刻骨"阶级仇恨"。如西门驴一降生，看到西门闹小老婆迎春成了雇农蓝脸的妻子，通过透视观察到迎春肚里的婴儿脸上有块蓝痣。西门驴愤愤不平地想："我的尸骨未寒，你就与长工睡在一起……"一番诅咒后，西门驴想的是："被打到畜生道的却是我正人君子西门闹，而不是我的二姨太太。"眼看自己的二姨太和长工搞在一起，西门驴痛苦地用脑袋碰撞驴棚门，而笸箩里新炒的黑豆搅拌着铡碎的谷草进入驴嘴，"在吞咽中又使我体验到一种纯驴的欢乐"。是人还是驴？亦人亦驴。驴的生存方式，人的思维定式。因为西门闹有驴、牛、猪、狗的形体，高密东北乡的芸芸众生毫不掩饰在它面前生活、折腾，把人性之恶、之善、之复杂表现出来，彰显出半个多世纪以来，在历次政治运动面前人们的追求、抗争、挫折、勾心斗角……单干→合作化→人民公社→土地承包（新的单干），从形式上看，就是一种轮回。蓝脸坚持单干，反对潮流。莫言诺奖致辞说："小说中那位以一己之身与时代潮流对抗的蓝脸，在我心目中是一位真正的英雄。"如果说蓝脸是《生死疲劳》最佳男主角，那么，西门闹包括其轮回形式就是小说的叙事男主角。从众人围攻蓝脸单干到学习蓝脸单干，貌似轮回，实为否定之否定，螺旋式上升。是当代中国历史的发展轨迹。《生死疲劳》是一面镜子，是中国历史的缩影。

莫言曾在一次讲座中介绍《生死疲劳》受聊斋故事《席方平》的影响。确实，小说开头，西门闹遭受阎王殿油炸与席方平阴司遭遇如出一辙，这是容易看出来的影响，更深刻的影响却在整体构思。《席方平》写席父与土豪有矛盾，土豪死后，将席父拉进阴司并利用金钱将席父送进监狱，席父被打得两腿鲜血淋淋。席方平愤赴幽冥替父申冤，先后告到城隍、郡司、阎罗殿。各级官司受贿，席方平冤不得申，受尽酷刑，被丢进油锅、推上刀山、锯成两半。最后二郎神审案，判席家父子还旧，严惩土豪、阎王、郡司、城隍。其判词说："金光盖地，致使阎罗殿上尽是阴霾，铜臭熏天，遂教枉死城中全无日月。"这是对社会痼疾的经典性概括：金钱控制一切，从地方到中央乌烟瘴气。阴司其实是封建社会末期阳世的翻版。毛泽东1942年在延安文艺座谈会前夕对陈荒煤等作家说："鬼故事《席方平》可作清朝历史读。"受《席方平》影响的《生死疲劳》同样可以当作半个世纪（1950—2000）中国农村史读。西门闹轮回四部分恰好对应四个历史时期：

"驴折腾"——土改与合作化；

"牛犟劲"——人民公社；

"猪撒欢"——文革；

"狗精神"——改革开放。

诡谲的轮回故事如何能成为沉重的、形象化历史？当然靠作者对现实人生的观察和思考。诺贝尔奖得主索尔·贝娄说："小说是向社会做调查的一种工具。"莫言靠着对农村生活潜水员般深入的理解，将"高密东北乡"变成浓缩当代中国农村的那张"邮票"，宛如诺贝尔奖得主福克纳创造的密西西比"邮票"。莫言的成功更离不开借鉴古典。除了采用六道轮回、亦兽亦人的创作手法外，《生死疲劳》还采用似乎"过时""陈旧"的章回小说形式。请看几个回目：

受酷刑喊冤阎罗殿，遭欺瞒转世白蹄驴（"驴折腾"）；

蓝解放叛爹入社，西门牛杀身成仁（"牛犟劲"）；

猪十六大战刁小三，草帽歌伴奏忠字舞（"猪撒欢"）；

　　蓝解放虚情戏发妻，狗小四保镖送学童（"狗精神"）。

　　章回小说是中国古典长篇小说的重要形式，由开山之作《三国志通俗演义》《水浒传》开创定型，具有分回标目、段落整齐、故事连接的特点，最适合讲故事。每个章节都有好看且相对独立的故事，再共同联合形成一个宏伟的整体。因为画龙点睛回目的使用，章回小说好看、有趣、引人入胜。如《红楼梦》第六回"贾宝玉初试云雨情，刘姥姥一进荣国府"，分别从贾宝玉和刘姥姥的角度讲述鼎盛时期的贾府故事，拉开贾府盛衰序幕。晚清之后，因受西方小说的影响，现代作家写长篇小说已很少采用章回体。莫言推陈出新、古为今用，重新赋予这种古老艺术形式新的生命。这对中国文学很重要，所谓"倒退"到经典反而成了进步。这是艺术上的轮回、变迁、发展。

　　除《生死疲劳》外，《檀香刑》同样有聊斋痕迹。小说以"狗肉西施"眉娘与县令情人钱丁的纠葛为重要视角，以大清第一刽子手赵甲为支点，叙述与几种清代酷刑——阎王闩、凌迟、檀香刑——紧密相连的悲欢离合，既有慈禧乱政、刺杀袁世凯、戊戌六君子历史事实的影子，又有高密东北乡村民反对德国修铁路的故事。情节奇诡、人物鲜活。小说次要人物小甲有特异功能，能看出人物"原形"：妻子眉娘是吐着紫色信子的白蟒；坐在慈禧所赐太师椅上的父亲赵甲是只瘦瘦的黑豹；戴蓝顶官帽穿红色官袍的县令钱丁是只胖胖的白虎；领导义和团抗德国兵的岳父孙丙是只大黑熊；自愿代孙丙受刑的假孙丙小山子是只大黑猪；山东巡抚袁世凯是只巨鳖；德国驻青岛总督狼头人身……这样的构思与《聊斋志异》著名故事《梦狼》极其相似。白翁在梦中看到儿子官衙站着坐着都是狼，要吃饭时，狼就叼进个人"聊充庖厨"。在金甲使者面前，白翁做县令的长子变成一只老虎。蒲松龄据此提出"官虎吏狼比比也"的著名判断。在莫言笔下，大清朝廷封疆大吏是鳖，俗称"王八"；七品官员是虎；金发碧眼的侵略者狼头人身说德语。传统花样仍在耍，各有巧妙不同。

莫言在斯德哥尔摩虽然只说自己是蒲松龄的传人,其实他同样无愧为罗贯中、施耐庵的传人。莫言将画鬼绘妖、亦兽亦人的奇特想象和章回小说艺术形式融为一体、用以包容当代社会生活,在二十世纪将中国传统长篇小说的构思形式和以聊斋为代表的魔幻理念推向世界。台湾《联合报》说:"莫言的成就,可以和之前获得诺贝尔文学奖的各国大家,无愧并列、平起平坐。"因为,莫言是站在中国前辈作家的肩上。

《丰乳肥臀》俄文版译者伊·叶格罗夫说得好:"莫言讲述了自己国家和人民苦难的真相。他是一个杰出的讲故事的人。他的作品饱含富有哲理的寓言故事和发人深省的格言警句,很容易看出中国古典文学的传统。他以满腔的爱描写自己的土地,深深陶醉于自然!他热爱自己的国家,关心国家的命运。"

莫言获得诺贝尔文学奖更重要的影响,恐怕是莫言为"小说家是讲故事的人"正名,令擅长写故事、写人物的小说家扬眉吐气。二十世纪八十年代以来,许多中国小说家模仿西方现代派、后现代派,重观念、重方法,向内转,反传统、反情节、反故事。章回体故事早已成了敝屣。小说家淡化情节、淡化人物、淡化思想、淡化故事,固然也创作过一些风行一时的好作品,但能够长期吸引读者眼球的往往还是有故事有人物的小说,如获得茅盾文学奖的《白鹿原》和《穆斯林的葬礼》。其实西方主流小说也并不全像普鲁斯特《追忆似水流年》那样的意识流,多半还是《复活》《悲惨世界》《老人与海》这样有故事有情节有人物的作品。英国小说家兼小说理论家佛斯特《小说面面观》总结小说第一要素是故事,第二要素是人物,第三要素是情节。我在给青年作家讲课时说过:你们很乐意学习外国作家的魔幻现实主义、意识流、潜意识等,其实,所谓魔幻现实主义、意识流、潜意识,中国十七世纪《聊斋志异》都采用过,后来又由曹雪芹的《红楼梦》发扬光大。

中国古代作家在琢磨小说构思艺术上开世界风气之先。《聊斋志异》作者蒲松龄,平生最擅长琢磨事,他有两个"琢磨透":

第一个琢磨透，是"官虎吏狼"的黑暗社会。朝廷官员其实是不拿刀枪的强盗，贪贿横行，公道不彰，有真才实学者不得志，袖金输璧者向上爬，这是靠七十年与普通百姓生活在同一水平线，忧荒、忧税、忧贫的经历琢磨出来的。

第二个琢磨透，是中国古代小说构思的理念和章法。蒲松龄自幼博览群书，康熙十八年（1679年）到西铺坐馆后，更得益于东家"万卷楼"。诗词文赋、小说野史、经史子集，无所不学。从《聊斋志异》能找到两千多种古代典籍的踪迹。其早年作品《莲香》人物对话一句一典。有些聊斋故事还成为某类故事的"百事典"，如《绛妃》讨风神檄成为风典、《酒狂》附"酒人赋"成为酒典，《马介甫》附《妙音经续言》成为妒妇典。读书破万卷，下笔如有神。琢磨透社会本质和小说章法，在"才非干宝，雅爱搜神"终生爱好的鼓舞下，在"三闾氏感而为赋"精神的指导下，终生磨一书，《聊斋志异》不仅与《红楼梦》成为中国古代小说的双璧，还成为世界文库的东方瑰宝。

想象是巨匠和庸才的分界线，想象是伟大的潜水者。天才想象是对现实的巧妙补充、升华。而神、鬼、狐妖、梦幻、离魂是蒲松龄常用的超现实艺术想象手段。

一曰神。仙乡在哪里？传统认为在西方、在深山、在海底，聊斋说不见得，它在人们心目中，在随手点化的情景中。聊斋开篇不久的《画壁》创造了"幻由人生"的哲学。只要你执着追求，你的美妙理想就蓦然实现。朱孝廉喜爱壁画上的散花天女，不由自主飘入画中与其相爱，当他飘出画外，画上天女也从少女发型改梳少妇发型。朱孝廉的幻想改变了画中天女的人生。劳山道士剪个纸月亮贴在墙上，立即光照满室，将筷子掷向月中，嫦娥翩翩而下，载歌载舞。丐仙将严冬花园点化得温暖如春、百鸟争鸣。凤凰、黄鹤、蝴蝶展翅叼着酒杯、茶杯飞来，蝴蝶变成美女轻歌曼舞。美景醉人，以手抚之，却什么也没有，好像三百年前就有虚拟网……聊斋神仙和传统紫气仙人的最大不同，是关心平民百姓。《菱角》中，观音菩萨变成老妪，给胡大成做母亲，洗衣做饭,帮助胡大成和菱角战乱后团圆。雹神本应散布雹灾,却将冰雹降到山谷,不伤庄稼。仙女翩翩救助因嫖妓得恶病、几成饿殍的罗子浮,溪水洗疮,蕉叶剪衣,白云絮袄。罗子浮好了疮疤忘了疼,对翩翩女友花城动手动脚,身上锦衣变蕉叶。他收敛邪念,蕉叶重新变锦衣。翩翩淡泊清高的生活态度教育了罗子浮也成全了罗子浮。

二曰鬼。世上有没有鬼?有鬼论者说有,无鬼论者说无。读者看聊斋,却身不由己相信有。聊斋写出鬼的特有存在形式,特别是女鬼美丽、柔弱、怕冷、忧愁、爱诗的存在方式,我把它叫作"美弱冷愁诗"的存在方式。聊斋写出各类生动精彩的鬼,有痴情鬼、有复仇鬼、有报恩鬼、有讽刺调侃官场丑类的鬼、有历尽三世轮回冤情不解的鬼,还有鬼中之鬼。聊斋写灵魂出窍的步骤,写精彩奥妙的轮回和寓意深邃的三生,在这些令人奇异惊悚描写背后,是对社会人生的哲理思考。

聊斋女鬼最能牵动读者心弦:连琐、小谢、秋容、伍秋月、宦娘、晚霞、窦氏、梅女、鲁公女、公孙九娘……她绿裙飘飘,她甩出鲜花朵朵,她弹着叮咚琴曲,她吟着优美诗篇……向读者款款走来,走出不同个性、不同故事、不同命运。

聊斋写鬼,五花八门,鬼魂的遭遇、鬼魂的追求、鬼魂的伦理难题,实际上是时代生活的变形。从对生活的表现看,鬼魂就是人生;从作者想表达的理念看,鬼魂胜于人生;从作家的奇思妙想看,三百年前的聊斋先生,不亚于当代西方人。《陆判》写想换头就换头,需要换心就换心,现代医学望尘莫及;《成仙》写两个朋友瞬息之间互相换脸,让导演《变脸》的好莱坞导演吴宇森望洋兴叹;十八世纪英国流行的哥特式小说讲究"黑色性",写荒野、古宅、恐怖,而《画皮》堪称全球"黑色性"小说祖宗。

三曰狐妖。一代美学宗师朱光潜教授说:"我在读了《聊斋》之后,就很难免地爱上了那些夜半美女。"这些"夜半美女"多半是狐女:娇娜、婴宁、小翠、鸦头、辛十四娘、红玉……她们媚丽绝代、风情万种、思想开放、富有活力、行为豁达,不受封建礼法约束,既用迷人风采吸引男人眼球，又充满独立意识和舍己精神。阳光女孩似的娇娜阐释了男女之间虽非情人却重于情人的感情；爱花爱笑的婴宁阐释了什么叫内心不为外界扰动；辛十四娘与红玉在男人一筹莫展时，挽狂澜于既倒，是狐中仙、狐中侠。《恒娘》写女人如何利用性魅力操纵男人，堪与二十世纪美国妇女杂志文章相媲美；《凤仙》写狐女做丈夫镜中导师，监督他读书成名，一个多世纪前就被翻译成英文，收入美国"少男少女丛书"，印了一百多版。聊斋有所谓"飞翔的灵魂"，最吸引读者眼球的正是狐狸精。聊斋彻底颠覆了狐狸精传统，画出媚丽迷人、智谋超群的狐狸精美女群像。绘出运筹帷幄、惩贪治虐的狐叟狐书生行乐图。且在狐狸精故事中寄寓深刻的社会内容和哲理思考。莫言有首忆往昔的打油诗："少小辍学业，放牧在荒原。蓝天如碧海，牛眼似深潭。河底摸螃蟹，枝头掏鸟卵。最爱狐狸精。至今未曾见。"

凡是动物、植物、器物变化成人，跟人交往，就叫妖精或精灵。蒲松龄创造的妖精品类最多，大自然有什么生物，蒲松龄就相应创造什么"亦物亦人""亦妖亦人"。千姿百态的精灵，由虫、鸟、花、木、水族、走兽幻化而成，从天上、从水中、从深山密林、从蛮荒原野，为寻求挚爱真情，纷至沓来人间，带来一大批有特殊意趣、好玩动听的故事。人花相爱，牡丹、菊花、荷花变士子贤妻。一个个带翅膀精灵彩翼翩翩向人间飞来，小绿蜂变成绿衣长裙、婉妙无比的绿衣女；鹦鹉变成娇婉善言的阿英；乌鸦变成神女竹青。"獐头鼠目"是形容不良者的常用语，而《花姑子》偏偏写活重情重义的香獐精，《阿纤》写活善良勤劳的高密老鼠精。大自然最凶恶丑陋的动物扬子鳄幻化成秀美的西湖主；国家一级保护动物白鳍豚，幻化成爱诗少女白秋练；粉白如玉的智谋才女素秋乃书中蠹鱼所化……女人不向男人要求家庭地位、经济供养，还在功名经济上帮男人，人世岂能有这种女人？只能是不受人间戒条约束、飞来飞去的鸟儿、游来游去的鱼儿、跑来跑去的山野生灵。蒲松龄还写物化人、人化物，并在其中寄寓道德教义。

《黎氏》里的谢中条将山谷野合的妇人黎氏带回家做妇，结果黎氏变成大灰狼吞噬谢的三个儿女；《杜小雷》写不孝的媳妇因为给婆婆吃屎壳郎变成两条腿的猪，早于奥地利作家卡夫卡《变形记》让寂寞苦闷的人变成大甲虫，更早于《百年孤独》中让退化的人长出条猪尾巴。

四曰梦幻离魂。弗洛伊德说"梦是愿望的达成"。聊斋梦则是人生愿望的集成。梦中可以升官发财，如《续黄粱》；梦中可以娶媳妇，如《莲花公主》；梦幻中可以来第三者，如《凤阳士人》；梦中可以得个好儿子，如《雷曹》……梦可以让凡人联系任何神鬼狐妖。有什么愿望无法在现实中达成在聊斋也很好办：离魂。贫穷书生孙子楚爱上富家女阿宝，现实中求婚不成，孙子楚先离魂追随，后化鸟追随。

神鬼狐妖梦幻离魂，在聊斋中经常交叉出现、补充构思。通过这些瑰丽的想象，《聊斋志异》呈现出与一般小说不同的风貌。郭沫若给蒲松龄故居写过一副对联：

写鬼写妖高人一等

刺贪刺虐入骨三分

写鬼写妖是形式，刺贪刺虐是内容。有时候写鬼写妖不仅是艺术形式，它还是抨击现实的需要。窦氏被恶霸南三复始乱终弃，抱着婴儿冻僵在南家门前。窦父告状，官府受贿，冤沉海底。窦氏鬼魂出现，将南三复送上断头台。梅女因典吏受贿三百个铜钱，诬陷她与小偷通奸，愤而自杀，在人间书生封云亭的帮助下复仇。窦氏和梅女非做鬼不可，不做鬼就不能复仇，不做鬼就不能揭露夜台一样的社会。《梅女》经常被研究者引用的话是妓院老鸨骂典吏："汝本浙江一无赖贼，买得条乌角带，鼻骨倒竖矣！汝居官有何清白？袖有三百钱便而翁也！"老鸨是鬼妪，也必须是鬼，如果是民间老妇，见官只有跪地磕头的份儿，哪敢、哪能骂得如此痛快淋漓？

聊斋神鬼狐妖故事吸引着读者的眼球，也给作家、给诺贝尔奖获得者写作参考。此前有人认为莫言的作品是"魔幻现实主义"且受马尔克斯的影响。其实《聊斋志异》是马尔克斯书架上的常读书。《聊斋志异》被翻译成二十几种文字在全球畅销。世界各国很多作家都受到《聊斋志异》的影响。与马尔克斯齐名的拉美文学巨匠博尔赫斯为阿根廷版《聊斋志异》写的序说："(《聊斋志异》)跌宕起伏如流水，千姿百态如行云。这是梦幻的王国，或者更确切地说，是梦魇的画廊和迷宫。"《聊斋志异》早在江户时代就传入日本，日本近年有部畅销四百万册的《阴阳师》，作者梦枕貘的宣传策略就是自称"日本聊斋"。

研读经典、杂学旁收、融会贯通，是许多诺贝尔文学奖得主获取成功的灵丹妙药，也是若干作家成功的妙诀。大江健三郎可算莫言在"世界文学院"的前辈师兄。他学拉伯雷（法）、塞万提斯（西班牙）等人的写作方法，学巴赫金（俄罗斯）的荒诞写实主义理论，研究中国等亚洲文化的经验，植根日本创作出有代表性的作品。莫言也汲取不少"舶来品"营养。《百年孤独》《喧哗与躁动》《被偷换的孩子》可算莫言"杂食架"上三块七分熟的牛排。不过莫言更常吃的是中餐。儿时还不识字就通过爷爷的讲述吃聊斋餐、听狐狸精故事、听高密老鼠精故事。据说莫言当作家的理想是可以天天吃饺子。《聊斋志异》正是百吃不厌、皮薄馅足、吃罢颊齿留香的精美文学"饺子"。

后 记（一）

蒲松龄研究是国家教委确认的山东大学博士点之重点科研项目。由于人力所限，科研工作只能在教学之余进行。1985年夏，我的《蒲松龄评传》完成第三稿，准备送人民文学出版社时，蒲松龄研究室主任袁世硕教授让我将论聊斋艺术的数万字抽出。他说："这是你下一部书的任务。"聊斋创作论的写作旋即开始。我曾为中文系本科生、外国留学生和元明清文学专业的研究生讲授同名专题课，并不断修改书稿。1989年底袁世硕教授审阅了书稿。根据袁先生的意见，我再次修改、定稿。

此书写作过程中曾得到吴组缃教授和程千帆教授的热情指导与帮助。吴组缃教授还为本书定名《聊斋志异创作论》并题写书名。此书写作过程中，还就有关问题同英国剑桥大学白亚仁博士、美国哈佛大学蔡九迪博士、捷克李沙娃博士等外国同行交换过意见。朱广祁副教授阅读过书稿并提出不少宝贵意见。马怀荣、邹宗良、谢锡文、江秀生、傅萍、邓基平、李耀奎等同志过录了书稿，在此一并敬致谢忱。

马瑞芳
1990年5月20日

后 记（二）

《聊斋艺术高峰论》其实是《聊斋志异创作论》修订版。

1985年人民文学出版社出版我第一本专著《蒲松龄评传》后，我即转入《聊斋志异创作论》的写作。当时没有电脑，写论文专著都是根据上大学时陆侃如先生的传授，先写卡片。我写下几千张卡片和活页纸，认真推敲《聊斋志异》如何塑造人物、如何结撰故事、如何处理前人题材、如何提炼语言，一章一章写完，而且写了两稿，但总觉得书里缺点什么，就在这时，我幸遇两位古代文学大家吴组缃先生、程千帆先生，向他们请教，得到及时雨般的指点。

吴组缃先生对我说："研究《聊斋志异》既要一篇一篇细读，不搞大而无当的'高屋建瓴'分析，也不要局促于篇章之间，要知道时代背景对蒲松龄的重要影响，当时山东经济发达，大运河穿境而过，京城数日可至，这样的背景不可能不影响蒲松龄的思想和创作。"

程千帆先生点拨"我已分析得够细怎么还觉得隔靴搔痒"的困惑时，说："你把立论后的例子换成《红楼梦》，还能成立吗？"我想了想说："能。"程先生说："这说明你还没抓住只属于《聊斋志异》特有的东西，还没挖到它的精髓。"

吴先生和程先生的话令我如拨云见日，改写第三稿时，我特别注意挖掘《聊斋志异》异于人情小说、历史小说、英雄传奇的地方，特别关注神、鬼、狐、妖、梦幻、离魂，专门加了神思编，将聊斋思想艺术融合到一起论述，后来这一部分得到很多古代文学专家和当代作家的好评。

　　时光如白驹过隙，吴组缃先生、程千帆先生早已变成天上的文曲星，我也霜雪满头。这么多年，我又写了若干本有关聊斋的专著，但是特别看重的，却是当年"少作"，那是年富力强时最用功的劳作，且留有20世纪80年代后期的文化学术气息。蒙齐鲁书社不弃，出版《聊斋艺术高峰论》。我在文字上作了些修订，增加了新内容，如《聊斋志异》命名规律的研究、《聊斋志异》和诺贝尔奖的论述。书中出现的《聊斋志异》原文，也依据任笃行先生的《全校会注集评〈聊斋志异〉》重新做了校订。希望读者喜欢并不吝赐教。

马瑞芳

2017年12月8日

图书在版编目（CIP）数据

聊斋艺术高峰论 / 马瑞芳著. -- 济南：齐鲁书社，2018.6
ISBN 978-7-5333-3948-7

Ⅰ.①聊… Ⅱ.①马… Ⅲ.①《聊斋志异》－小说研究 Ⅳ.①I207.419

中国版本图书馆CIP数据核字（2018）第085082号

聊斋艺术高峰论
LIAOZHAI YISHU GAOFENGLUN

马瑞芳 著

主管部门	山东出版传媒股份有限公司
出版发行	齐鲁书社
社　　址	济南市英雄山路 189 号
邮　　编	250002
网　　址	www.qlss.com.cn
电子邮箱	qilupress@126.com
销售中心	(0531)82098521　82098519
印　　刷	山东临沂新华印刷物流集团有限责任公司
开　　本	720mm×1000mm　1/16
印　　张	28.5
插　　页	2
字　　数	420 千
版　　次	2018 年 6 月第 1 版
印　　次	2018 年 6 月第 1 次印刷
印　　数	1-3000
标准书号	ISBN 978-7-5333-3948-7
定　　价	78.00元